Gilbert Morris
Wakefield Chronik
Band 3
Der Schlüssel der Weisheit

GILBERT MORRIS

Der Schlüssel der Weisheit

Aus dem amerikanischen Englisch
von Laura Zimmermann

SCM

Stiftung Christliche Medien

SCM Hänssler ist ein Imprint der SCM Verlagsgruppe, die zur Stiftung Christliche Medien gehört, einer gemeinnützigen Stiftung, die sich für die Förderung und Verbreitung christlicher Bücher, Zeitschriften, Filme und Musik einsetzt.

Dieser Titel erschien zuvor unter der ISBN 978-3-7751-2687-8.

1. Auflage 2020 (2. Gesamtauflage)

© der deutschen Ausgabe 2020
SCM Hänssler in der SCM Verlagsgruppe GmbH
Max-Eyth-Straße 41 · 71088 Holzgerlingen
Internet: www.scm-haenssler.de · E-Mail: info@scm-haenssler.de

Originally published in English under the title: *Shield of Honour*
© 1996 by Gilbert Morris
Published by Tyndale House Publishers, Inc.

Übersetzung: Laura Zimmermann
Umschlaggestaltung: Jan Henkel, www.janhenkel.com
Wappen: Adler: © Potapov Alexander/Shutterstock.com,
Schild: ©pashabo/Shutterstock.com,
Titelbild: Schloss: © Rolf E. Staerk/Shutterstock.com,
Frau: © ohhi/Shutterstock.com,
Mann: © Ruslan Huzau/Shutterstock.com
Satz: Satz & Medien Wieser, Stolberg
Druck und Bindung: GGP Media GmbH, Pößneck
Gedruckt in Deutschland
ISBN 978-3-7751-5997-5
Bestell-Nr. 395.997

INHALT

Geschichtlicher Überblick 7

Erster Teil: Fremde und Heilige 1603–1621 9

1 Die Letzte der Tudors 10
2 Ein Schlüssel dreht sich im Schloss 25
3 Fremde und Heilige 42
4 Zwei Arten von Sturm 58
5 »Ich war immer allein« 74
6 Mr Bradfords Verlust 95
7 Alle Welt ist krank 109
8 Sir Robin erlebt einen Schock 132

Zweiter Teil: Schatten über dem Land 1624–1640 145

9 Zu seinen Vätern versammelt 146
10 Gavin lernt einen Royalisten kennen 163
11 Liebe auf den ersten Blick 189
12 Ein Leben für ein Leben 209

Dritter Teil: Der Schatten des Krieges 1641–1645 237

13 Der Tod triumphiert nicht 238
14 »Ich sehe, dass die Vögel fortgeflogen sind!« 250
15 Lasst die Hunde des Krieges los 263
16 Ein Bewerber für Susanne 278

17 Was bedeutet schon ein Traum? 292
18 Eine Lektion in Demut 308
19 »Gott ist mit uns!« 320

Vierter Teil: Ein königlicher Tod 1645–1649 337

20 Das Schwert Oliver Cromwells 338
21 Auf Frauenart 349
22 Die Mauern stürzen ein 360
23 Die Prophezeiung 374
24 Ein Zimmer in London 386
25 Das Beil fällt 402
26 »Wenn die Sonne erlischt!« 404

Leseprobe Band 4 417

GESCHICHTLICHER ÜBERBLICK

1625 Tod von König Jakob I.
Sein Nachfolger Karl I. (verheiratet mit Henrietta Maria) versucht England, Schottland und Irland zu vereinigen.

1637 Karl I. und Erzbischof Laud führen die anglikanische Kirchenverfassung auch in Schottland ein, um die Monarchie zu festigen, aber es kommt zum Bürgerkrieg mit Schottland. Karl I. braucht Hilfe und beruft ein Parlament ein mit John Pym an der Spitze.

1641 wird der Große Verweis (Autor John Pym) vom Parlament angenommen.

1642 eröffnet König Karl I. den Krieg gegen das Parlament. Unter Oliver Cromwell wird das Parlamentsheer zu einem Modellheer calvinischer Zucht und Härte.

1645 Schlacht bei Naseby.
Sieg des Parlamentsheeres über Prinz Rupert und die königlichen Kavaliere.

1649 Hinrichtung König Karls auf Drängen des Parlaments.

Die Wakefield-Dynastie

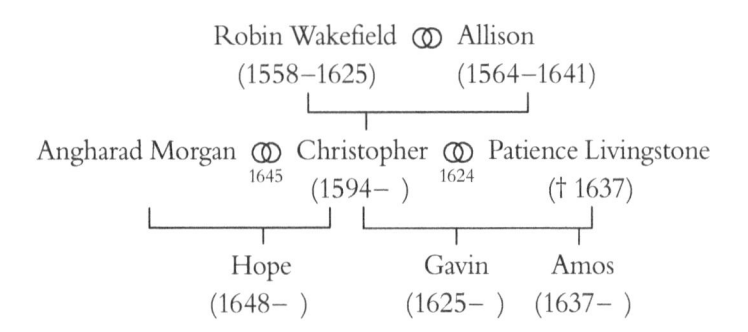

```
       Robin Wakefield  ⊙  Allison
         (1558–1625)       (1564–1641)
                   └──────┬──────┘
Angharad Morgan  ⊙  Christopher  ⊙  Patience Livingstone
              1645    (1594–  )  1624      († 1637)
       └──────┬──────┘      └──────┬──────┘
              Hope              Gavin      Amos
            (1648–  )         (1625–  )  (1637–  )
```

I

Fremde und Heilige
1603–1621

1
DIE LETZTE DER TUDORS

April 1603

»Seid Ihr auch gekommen, um das Begräbnis der alten Königin zu sehen, eh?«

Christopher Wakefield fuhr zusammen, als eine Hand seinen Arm berührte. Er dachte an die Gefahr, von Taschendieben bestohlen zu werden, und so wirbelte er augenblicklich herum, und seine Hand schloss sich um die Hand eines hochgewachsenen Mannes, der an seine Seite getreten war.

»He, Mann! Ihr braucht mir nicht die Finger zu brechen!«

»Oh, das tut mir leid –!«, entschuldigte sich Chris. Seine Wangen brannten.

Der Mann grinste ihn an und hob die Augenbrauen. »Ihr seid neu in London, nicht wahr? Und ganz allein?« Er hatte ein Paar frostiger blauer Augen unter schwarzen Brauen und trug Kleider, die beträchtlich besser als der Durchschnitt aussahen.

Chris war beeindruckt von der Lässigkeit und dem Selbstbewusstsein, die der Mann zur Schau trug. »Nun – meine Familie – wir sind zum Begräbnis gekommen.«

»Eure Familie? Doch sicher keine Ehefrau. Ihr seid ja noch keine achtzehn Jahre alt, darauf wette ich.« Er betrachtete ihn herausfordernd. Was er sah, war ein junger Mann, fast ein Meter achtzig groß. Er bemerkte das keilförmige Gesicht, den breiten Mund und ein sehr kampflustiges Kinn. Er wusste, dass die Damen Gefallen am kastanienbraunen Haar des Jungen finden würden, und an seinen dunkelblauen Augen, die erstaunlich scheu in die Welt blickten.

Da Chris erst vierzehn war – freilich groß und kräftig gebaut für sein Alter –, fühlte er bei den Worten des Mannes eine Welle von Stolz. Dass man ihn für einen *Mann* hielt, war schon eine großartige Sache! Er warf sich in die Brust, als er sagte: »Ich meinte meinen Vater, Sir Robin Wakefield –«

»Nicht zu glauben, ich habe im ersten Augenblick gesehen, dass Ihr ein Lord seid! Nun, mein Name ist Harry Jones. Und der Eure, Sir?«

»Chris Wakefield.«

»Darf ich annehmen, dass Ihr schon oft in London wart?«

»Nein, das ist das erste Mal. Allein, meine ich.«

»Das sagt Ihr mir?« Jones riss die Augen weit auf und klopfte Chris freundschaftlich auf die Schulter. »Nun, es gibt eine Menge zu sehen in dieser Stadt. Aber Ihr müsst vorsichtig sein, wisst Ihr.«

»Vorsichtig?«

»Nun, es wimmelt hier geradezu von Halsabschneidern, Sir!« Jones schüttelte missbilligend den Kopf, »und schlechten Weibern, wie ich leider sagen muss. Ich musste schon mehr als einen jungen Burschen davor bewahren, sich auf Böses einzulassen.«

»Das ist sehr gut von Euch, Mr Jones, davon bin ich überzeugt.«

Jones machte eine abwehrende Geste mit der Hand. »Wozu sind wir sonst da, als um unseren Mitmenschen zu helfen? Wir alle sind Brüder; die Bibel sagt uns, dass zwei besser sind als einer!«

Chris stand da und lauschte Jones' Worten. Der Bursche war so unterhaltsam, dass er seine Einsamkeit vergaß. Schließlich sagte Jones: »Warum machen wir beide nicht einen kleinen Spaziergang? Ich kann Euch die Stadt zeigen.«

»Oh, das kann ich nicht«, sagte Chris rasch, »mein Vater schärfte mir ein –«

»Nun, ein junger Edelmann wird doch ein paar Minuten mit einem Freund spazieren gehen dürfen, oder? Es dauert noch *Stunden*, bis das Begräbnis beginnt! Kommt, wir sehen uns ein Weilchen die Stadt an.«

Chris protestierte schwach, aber Jones ergriff seinen Arm und zog ihn die geschäftige Straße entlang. *Nur eine kleine Weile*, versprach er sich selbst. *Ich habe noch jede Menge Zeit, bis der Trauerzug beginnt* ... Während der nächsten Stunden führte Harry Jones den jungen Mann durch die brodelnden Straßen der Stadt. Nach den schmalen, stillen Straßen in seinem Dorf schien es ihm, als sei ganz London ein riesiges Uhrwerk! Karren und Kutschen donnerten vorbei, dass es ihm in den Ohren brauste. An jeder Ecke und in jedem Winkel trafen sich Männer, Frauen und Kinder, drängten sich aneinander, schwatzten, lachten, schubsten einander herum und schrien. Es ging so geschäftig zu wie in einem Bienenstock! Hammer dröhnten an einem Ort, Teekessel pfiffen an einem anderen, Töpfe klirrten an einem dritten!

Er sah Rauchfangkehrer, die schmutzige Lumpen trugen, während Angehörige des Adels in Gold und glänzendem Satin vorbeistolzierten. Träger schwitzten unter ihrer Last, Kunden eilten von einem Geschäft ins andere, und Händler hasteten hin und her wie Ameisen und zogen mögliche Kunden an den Röcken.

»Vorsicht, Sir Chris!«, rief Harry Jones scharf und zog Chris gerade noch rechtzeitig zurück, um einer Flut von Spülwasser zu entgehen, das jemand aus einem Fenster im Oberstock schüttete. »Wir wollen doch nicht, dass Eure schönen Kleider ganz schmutzig werden, nicht wahr?«

Während die blasse, weiß glühende Sonne des April 1603 ihre goldenen Strahlen über London breitete, zog Jones Chris Wakefield durch die Straßen der großen Stadt. Wie hypnotisiert von den Geräuschen, den Farben, der wirbelnden Geschäftigkeit dieser Welt, verlor der junge Mann sich darin und vergaß völlig, dass die Zeit verging.

Die beiden Männer blieben stehen und beobachteten die Kapriolen einiger dressierter Affen, die auf einem Hochseil ihre Kunststücke zeigten. Die Tiere waren wie hohe Herrschaften gekleidet und zogen ihre Hüte unter dem Applaus der Menge, die sich zusammengefunden hatte, um sie zu betrachten. »So gut wie Lords, nicht wahr,

Chris?«, lachte Jones. Der Junge beobachtete hingerissen, wie einer der Affen mit einem Korb Eier in der Hand einen Purzelbaum schlug, ohne ein einziges Ei zu zerbrechen. Danach zeigte ein zierliches italienisches Mädchen Kunststücke auf dem Hochseil. »Kommt schon!«, wisperte Harry Jones. »Seht Euch nicht die fremde Dirne an! Solche machen Euch nichts als Ärger. Nun, ich kenne zufällig eine junge Dame, die einen Burschen wie Euch zu schätzen wüsste ...!«

Sie schritten weiter durch die Straßen, und Jones sagte: »Seht nur, dort drüben neben dem Gasthaus zum Roten Pferd findet ein Stierkampf statt. Gefällt Euch das?«

Jones führte ihn an die Stelle, wo das Ereignis stattfinden sollte. Er bezahlte für zwei Sitze, die an zwei Seiten eines großen Hofes aufgestellt worden waren. Sie kamen gerade rechtzeitig, denn als sie sich eben setzten, wurde ein junger Ochse hereingeführt und mit einem langen Seil an einem Eisenring mitten im Hof festgebunden. »Seht nur!«, sagte Jones. Seine Augen glitzerten vor Erregung, »hier kommen die Hunde!«

Chris beobachtete, wie ein paar in Lumpen gekleidete Männer den offenen Raum betraten. Sie hatten eine Meute Hunde bei sich. Zwei von ihnen ließen etwa sechs Hunde los, die sich augenblicklich auf den angebundenen Ochsen stürzten und ein wildes Knurren von sich gaben. Sie fielen über das arme Tier her, das sich wehrte, so gut es konnte, aber es hatte keine Chance. Der Ochse schlug wild mit den Hinterhufen aus und schaffte es sogar, einige der Hunde zu treffen, ja, ihnen sogar die Gedärme herauszureißen. Aber die Männer ließen einfach noch mehr Hunde los. Diese Bestien, die jetzt vor Blutdurst rasten, fielen von allen Seiten über den schwer verwundeten Ochsen her. Einer der größeren Hunde packte das brüllende Tier an der Schnauze, die anderen stürzten sich auf seine Beine.

Die Menge lärmte, feuerte einzelne Hunde mit lautem Geschrei an, heulte vor Erregung, wenn einer der Hunde tot liegen blieb. Als der Ochse schließlich verendete, sagte Jones: »Jetzt haben sie ihn! Er war ein wackerer Bursche, was, Chris?«

Er gab keine Antwort. Die Hitze und der Blutgeruch hatten ihn überwältigt, sodass die Süßigkeiten, die er zuvor gierig hinuntergeschlungen hatte, ihm jetzt hochzukommen drohten. Er kämpfte gegen die Übelkeit an, während er sich umdrehte und den Hof verließ. Er hielt sich tapfer aufrecht und weigerte sich, dem Brechreiz nachzugeben. Sobald sie draußen waren, blieb er stehen. Harry Jones trat an ihn heran und sagte: »Oh, fühlt Ihr Euch nicht wohl? Kommt nur mit. Wir gehen in eine Schenke, die ich kenne, und genehmigen uns einen Drink.«

Während Chris Jones durch ein Labyrinth von Straßen folgte, fühlte er sich zerrissen vor Unentschlossenheit. *Ich sollte lieber zur Herberge zurückkehren*, sagte er sich. Aber London hatte ihn bezaubert, und Jones war ein amüsanter Bursche. Die beiden erreichten eine Schenke mit einem blauen Adler auf dem Schild, das über der Tür schwang, und Jones wurde von zwei Männern begrüßt, die Karten spielten. »Hier ist ein wackerer Bursche, der eben in London eingetroffen ist«, verkündete er, dann deutete er auf die Männer. »Der hier ist James, und dieser hässliche Bursche ist Henry.« Die beiden begrüßten Chris voll Wärme, und bald saß er mit ihnen zusammen und genoss das Braunbier, das der Wirt in Strömen fließen ließ.

Die drei Männer schienen jedermann in London zu kennen. Chris lauschte mit brennendem Interesse ihren Geschichten, während er mehrere Maßkrüge voll des warmen bernsteinfarbenen Biers trank. Es dauerte nicht lange, und seine Gedanken schienen ihren Lauf zu verlangsamen. Er fühlte sich wohlig warm und dachte voll Befriedigung: *So lässt sich's leben!*

»Und nun lasst uns etwas Besonderes ausprobieren«, drängte Jones. Er winkte dem Wirt, der sofort eine braune Flasche mit vier Gläsern brachte. »Das ist das Wahre. Ich verschwende es nicht an irgendwelche Leute, müsst ihr wissen. Das ist nur für meine guten Freunde!«

Die feurige Flüssigkeit brannte in Chris' Kehle, als er sie schluckte, aber er schaffte es, sie, ohne zu husten, hinunterzuwürgen. »Wunderbar!«, verkündete er, aber seine Stimme kam schwach und kräch-

zend über die Lippen. Er räusperte sich und streckte sein Glas vor. »Ich zahle die nächste Runde!«
Die Flasche ging im Kreis, und dann begann ein Kartenspiel. Chris stellte fest, dass seine Zunge immer dicker wurde, und seine Finger fühlten sich wie betäubt an. Ihm war bewusst, dass er zu viel lachte, aber es schien ihm, dass er nicht einhalten konnte. »Muss – bald – gehen!«, murmelte er, dann stand er schließlich auf und sagte: »Muss – nach Hause.« Aber da überkam ihn eine Welle von Übelkeit.
»He, geht's dir nicht gut, Chris?«, fragte Jones. Seine Stimme klang wie aus weiter Ferne, und Chris musste die Augen verdrehen, um sein Gesicht zu erkennen. »Hier, komm mit. Leg dich ein wenig nieder. Gleich geht's dir wieder gut …«

Chris stolperte, von Jones geführt, in ein Zimmer und fiel auf ein Bett nieder. Es schien emporzuschnellen und ihm ins Gesicht zu schlagen – und ihm war, als falle er in eine tiefe Grube …

Chris war zumute, als versuche er aus einer Art Loch zu kriechen, einem sehr tiefen Loch. Sein Kopf drehte sich, und als er versuchte, die Augen zu öffnen, schoss ihm eine Welle von Schmerz durch den Kopf. Es war, als hätte jemand einen glühenden Bratspieß durch seinen Schädel gerammt. Er schloss rasch die Augen und lag still. Die Sonne blendete ihn, und er hustete und rollte sich auf die Seite. Irgendetwas roch abscheulich, und er begann, sich zu erbrechen. Er war so schwach, dass er nicht einmal den Kopf heben konnte. Schließlich ließ der Brechreiz nach, und er setzte sich auf und sah sich um.

Er lag in einer Art Hintergasse, in der sich der Unrat häufte. Er lag mit dem halben Körper in einem Haufen Abfälle, und noch während er sich aufsetzte, hastete eine riesige braune Ratte mit einem weißen Schnäuzchen an seinen Füßen vorbei. Er stieß danach und raffte sich in panischer Eile auf. In seinem Kopf drehte sich alles – und er war wie betäubt, als er an sich herunterblickte und sah, dass er nur seine Unterwäsche trug.

Ein Zittern ergriff ihn, und er wollte aufschreien, aber da war niemand, den er um Hilfe bitten konnte. Er schaute mit wilden Blicken um sich und sah einen Haufen alter Lumpen an der Mauer aufgestapelt liegen. Als er sie durchwühlte, fand er einige zerlumpte Kleidungsstücke. Sie stanken und waren von Schmutz bedeckt, aber er hatte keine andere Wahl. Mit zitternden Händen zog er sie an, dann drehte er sich um und verließ die Hintergasse mit weichen Knien.

Was würde sein Vater sagen – und seine Mutter?

Er sehnte sich danach, einen dunklen Ort zu finden und sich zu verstecken, aber da bestand keine Hoffnung. Die Leute lachten über ihn, als er durch die Straßen stolperte, aber er kümmerte sich kaum darum. Er hatte nur einen einzigen Gedanken: *Jetzt habe ich es vermasselt! Sie werden mir das in alle Ewigkeit vorhalten!*

★ ★ ★

»Ich denke immer noch, du hättest nicht mitkommen sollen, Liebste.« Robin Wakefield hielt vorsichtig den Arm seiner Frau, während sie die überfüllte Straße entlangschritten. »Deine Zeit ist so nahe.«

»Ich kann ein Baby genauso gut in London wie in Wakefield kriegen.« Augenblicklich bedauerte Allison ihre scharfe Antwort. Sie wusste, dass Robin sich große Sorgen um sie machte. *Er benahm sich genauso, als Christopher geboren wurde*, dachte sie, dann erinnerte sie sich: *Jetzt gibt es noch mehr Grund zur Sorge – ich bin neunundreißig Jahre alt. Möglicherweise zu alt, um ein Kind zu bekommen.* Leise ergriff sie die Hand ihres Mannes und weckte augenblicklich sein Interesse. Ihr aschblondes Haar umrahmte ihr ovales Gesicht, und ihre violetten Augen waren so klar wie an dem Tag, an dem er sie zum ersten Mal gesehen hatte. »Mir geht es gut«, sagte sie mit leiser Stimme. »Hat Gott uns nicht versprochen, dass es mir und meinem Kind wohlergehen wird?«

Robin Wakefield blickte in die Augen der Frau, die er mehr als alles andere auf Erden liebte. Als sie seinen Blick auffing, dachte Allison, dass er immer noch in vieler Hinsicht so aussah wie bei ihrem ersten Treffen. Er war ein Junge gewesen, älter als sie, aber doch noch ein Junge. Als Erwachsener war er groß und schlank geworden, und seine blaugrauen Augen waren voll Wärme, als er sagte: »Ja, das hat er getan. Ich glaube, du musst mich öfter daran erinnern. Ich bin nervös wie eine Katze!«

»Komm jetzt, lass uns gehen.« Sie schob ihre Hand unter seinen Arm, und sie schritten langsam durch die gedrängt vollen Straßen. Sie waren kaum fünfzig Fuß weit gegangen, als sie sagte: »Oh, sieh nur, Robin. Da sind die Cromwells.«

»Tatsächlich.« Robin hob die Stimme und rief: »Robert – Robert Cromwell!« Ein hochgewachsener Mann, der mit einer Frau und mehreren Kindern spazieren ging, blieb stehen, sah sich nach dem Paar um und winkte dann.

»Lass uns gehen und das neue Baby ansehen«, sagte Allison. Sie ging voran, und als sie die Gruppe erreichten, sagte sie: »Guten Tag, Mr Cromwell, Elisabeth und all ihr jungen Cromwells.«

Die Kinder piepsten ein gedämpftes »Guten Tag«, und Elisabeth Cromwell meldete sich fröhlich zu Wort. »Ich erwartete nicht, dich hier zu sehen – nachdem deine Schwangerschaft so weit fortgeschritten ist, Allison.« Sie wechselte das Baby, das sie trug, auf den anderen Arm und fügte hinzu: »Ich werde kommen und dir helfen, wenn das Kind geboren ist.«

»Lass sie ansehen.« Allison streckte die Arme vor, und als sie das Baby hielt, berührte sie die feisten roten Bäckchen. »Wie hübsch sie ist!«

»Sie ist ein Mädchen!« Der kleine Junge, der dicht bei seinem Vater stand, sprach die Worte voll Abscheu aus. »Ich wollte einen Bruder.« Er sah sich stirnrunzelnd um und fügte hinzu: »Wer braucht schon so ein dämliches Mädchen?«

»Ich brauche eines, Oliver«, sagte Allison augenblicklich. »Und du wirst sehen – du wirst diese Kleine lieben, wie du alle deine Schwestern liebst.« Ihr Blick hing an dem immer noch aufgebrachten Gesicht des kräftigen Jungen. Obwohl er erst vier Jahre alt war, hatte der Junge einen sehr starken Willen – wie seine Mutter. Allison lächelte: »Vielleicht werde ich einen Jungen haben, dann könnt ihr zwei Freunde sein.«

Während die beiden Frauen plauderten, zog Robert Robin beiseite. »Nun, die Königin ist dahin. Was wird jetzt kommen?«

»Nichts, das so gut wäre wie sie, Robert«, sagte Robin ernst.

»Du hattest immer eine hohe Meinung von ihr, nicht wahr? Aber du hast sie auch sehr gut gekannt. Ich glaube, im hohen Alter hat sie ein paar dumme Fehler gemacht.«

Robins klare Augen wurden traurig und nachdenklich. »Sie war die Letzte der Tudors. Mehr als hundert Jahre lang haben sie sich mit nur einer Handvoll Leibgardisten auf dem Thron gehalten, für Frieden gesorgt, die diplomatischen Angriffe Europas zurückgeschlagen und das Land sicher durch Veränderungen gesteuert, an denen es hätte zerschellen können.«

»Ja, das stimmt.« Cromwell nickte. Er war ein hochgewachsener, vierschrötiger Mann von strengem Charakter und mit humorlosen Ansichten; ein gewissenhafter Gutsherr und Friedensrichter. »Was kommt jetzt, meinst du?«, verlangte er von Neuem zu wissen.

»Elisabeth hat Jakob IV. von Schottland zu ihrem Nachfolger berufen.«

»Was für eine Art Mann ist er?«

»Ein ehrbarer Mann, denke ich – aber er ist kein Tudor. Er wird es nicht so leicht finden, England zu regieren, wie sein heimatliches Schottland.«

»Nun, es liegt in Gottes Hand.« Als strenggläubiger Calvinist akzeptierte Cromwell den neuen Mann auf dem Thron, wie er die Sonne am Himmel akzeptierte. Beide waren von Gott an ihren Ort gestellt. Er zuckte die schweren Schultern. »Komm jetzt, es ist an der Zeit, dass wir uns einen Standplatz suchen.«

»Ja, aber wo ist mein Junge?« Eine Spur von Ärger klang in Wakefields Stimme mit. »Ich habe ihm die Erlaubnis gegeben, sich in London umzusehen, aber er versprach mir, um ein Uhr zurück zu sein.«

Robert strich sich den Bart und betrachtete eindringlich seinen Freund. Er wusste, dass Robin Wakefield ein Mann von vorzüglichen Qualitäten war, aber er fürchtete, dass diese Vorzüge irgendwie nicht auf Christopher, den einzigen Sohn der Familie, übergegangen waren. Er dachte sorgfältig nach, dann sagte er langsam:»Du machst es dem Jungen zu leicht, Robin.«

Der Jüngere blickte voll Überraschung auf. Er hatte denselben Gedanken gehabt, und es erschütterte ihn, dass ein Mann, der ein so guter Richter war, ihn aussprach.»Ich – ich wollte ein guter Vater sein«, sagte er mit gedämpfter Stimme.»Aber Chris hat kein Gefühl dafür, was es heißt – gehorsam zu sein.« Das war die bittere Wahrheit, die Robin kaum jemals aus seinen Gedanken verbannen konnte – und Allison wohl auch nicht, dessen war er sich sicher. Die Geburt ihres Sohnes war eine Zeit der Freude gewesen, und sie hatten große Pläne für das Kind gemacht, das eines Tages der Herr von Wakefield sein würde. Aber Christopher war von frühester Jugend an rebellisch und launisch gewesen.

Robin blickte rasch zu Allison hinüber, und sein Gesicht wurde ernst.»Er hat seine Mutter um den kleinen Finger gewickelt. Und ich war zu lasch.« Seine Lippen wurden schmal, und er nickte kurz.»Er muss lernen, was es heißt, Verantwortung zu tragen.«

»Nun, er wird sich schon noch blicken lassen.« Cromwell zuckte die Achseln.»Aber wenn wir einen Platz finden wollen, wo wir den Trauerzug vorbeiziehen sehen, müssen wir uns beeilen. Jedermann in London ist hier – und sogar Leute vom Land.«

Die beiden gesellten sich zu den Frauen, und die kleine Gruppe begann, sich durch die Menschenmenge zu drängen.»Das ist unmöglich!«, schnappte Robin zuletzt.»Du hältst das nicht durch, Allison!«

»Aber ich möchte den Leichenzug sehen!«

Robin dachte nach, dann nickte er.»Wir müssen mit einer Droschke nach Westminster fahren. Ich glaube, ich finde eine.«

»Oh, Robin, wirklich?«

Augenblicklich rief Robin eine Droschke herbei, und als sie am Straßenrand hielt, begann er, Allison hineinzuhelfen. Aber noch während er ihre Hand hielt, hörte er Elisabeth Cromwell ausrufen:»Aber da ist ja Christopher –!«

Chris Wakefield hatte ihre Zimmer in einem hübschen Anzug aus Plüsch und Seide verlassen. Sein Haar war sorgfältig gekämmt gewe-

sen, und er hatte mit ein paar Goldstücken in seiner Börse geklimpert.
Der Junge, den sie vor sich sahen, war in schmutzige Lumpen gekleidet, die zum Himmel stanken! Sein Haar war verfilzt. Und das Schlimmste von allem war, dass er ein wenig stolperte, als er auf sie zukam, und sobald er vor ihnen stand, rochen beide den säuerlichen Geruch von Alkohol.

»Christopher!«, wisperte Allison und streckte die Hand aus, um sein bleiches Gesicht zu berühren. »Was ist dir zugestoßen?«

Aber Robin war nicht so sanft gestimmt wie seine Frau. Er hatte seinem Sohn erst erlaubt, mit ihnen zu kommen, nachdem er ihm ein festes Versprechen abgerungen hatte, sich gut zu benehmen. Und nun das! Er bemerkte das unterdrückte Lachen der Leute, die herankamen, um zu gaffen, und eine Welle des Zorns durchlief ihn. Als er sprach, war seine Stimme leise und kalt.

»So hältst du also dein Versprechen?«

Chris' Augen flogen zum Gesicht seines Vaters, während ein dunkles Rot in seine Wangen stieg. »Ich – ich kann nichts dafür!«

»Jeder ist selbst schuld daran, der sich betrinkt!«

Chris war durch die Straßen geirrt und hatte die angewiderten Blicke, die ihn trafen, nicht einmal bemerkt. Als er seine Eltern gesehen hatte, war er voll Scham zu ihnen gegangen. Jetzt wusste er, dass es klüger gewesen wäre, ihnen aus dem Weg zu gehen und zur Herberge zurückzukehren und sich in Form zu bringen.

»Verschwinde mir aus den Augen, Christopher«, sagte Robin. »Geh zur Herberge und bleib dort.«

»Aber – das Begräbnis –!«

»Du bist ein prachtvoller Anblick für das Begräbnis einer Königin!« Robin Wakefield neigte für gewöhnlich nicht zur Bitterkeit, aber jetzt hatte er vorgehabt, seinen Respekt und seine Liebe zu seiner Herrscherin zu bezeugen. Herbe Enttäuschung erfüllte ihn, und er wandte sich von seinem Sohn ab und nahm Allisons Arm.

»Robin –!«, protestierte Allison, als er sie in die Kutsche schob, aber er schüttelte den Kopf. Sie warf Chris einen qualvollen Blick zu, dann wurde die Tür geschlossen. Als die Droschke davonrollte, sprach keiner von beiden ein Wort. Allison kannte das Herz ihres Gatten so gut wie ihr eigenes. Sie wusste um die Liebe, die er für Chris empfand, aber sie hatte gesehen, wie seit Jahren der rebellische Geist seines Sohnes eine Kluft zwischen ihnen aufgerissen hatte – und sogar zwischen Chris und ihr selbst.

Sie legte ihre Hand auf Robins Hand, und als er sich umwandte und ihr ins Gesicht blickte, sah sie, dass die Sehnen an seinem Hals vor Anspannung hervorstanden und Qual aus seinen Augen sprach. »Ich kann ihn einfach nicht verstehen, Allison!«, flüsterte er. »Ich würde für diesen Jungen sterben – aber ihm ist alles egal!«

Allison fühlte, wie ihr Tränen in den Augen brannten, und sie blinzelte, um sie zurückzudrängen. »Ich weiß, Liebster«, flüsterte sie. »Aber er ist jung. Er wird sich noch ändern.« Während die Droschke dahinrollte, betete sie: *Oh Gott! Schenke uns mehr Liebe für diesen Jungen! Er hat uns schrecklich verletzt, aber nicht so arg, wie wir dich oft verletzt haben! Lass uns ihn lieben, wie du uns liebst.*

★ ★ ★

Hinten an der Straße stand Chris und sah der Droschke nach, bis sie verschwand. Krank machende Scham erfüllte ihn, und ihm war plötzlich bewusst, dass die Cromwells ihn beobachteten. Er wandte sich ab, unfähig, ihnen ins Gesicht zu blicken, aber Elisabeth Cromwell sagte mit leiser Stimme: »Geh in die Herberge und warte auf sie, Christopher. Nach dem Begräbnis kannst du ihnen erklären, wie es dazu gekommen ist.«

Chris wandte sich ihr zu. Sie hielt Olivers Hand, und die Augen des Jungen betrachteten ihn eindringlich. Irgendwie entnervte dieser Blick des Jungen Chris, und er schüttelte den Kopf. »Nein«, murmelte er. »Sie würden es nicht verstehen.«

Chris hatte immer eine Vorliebe für Oliver gehabt und hatte sich oft mit ihm getroffen, wenn sein Vater und Robert Cromwell sich trafen, um geschäftliche Dinge zu besprechen. Jetzt kam der junge

Oliver ohne Warnung zu ihm herüber und nahm Chris' Hand. Er blickte auf und sprach mit klarer, heller Stimme: »*Ich bin nicht böse auf dich, Christopher!*«

Chris blinzelte den Jungen an, dann flüsterte er: »Wirklich nicht, Oliver?«

»Nein!«

»Das – das tut gut.«

Dann zog Chris seine Hand zurück und ging eilends davon. Als er verschwand, schüttelte Robert traurig den Kopf. »Zu schlimm! Er wird ihnen das Herz brechen – er hat es schon getan.« Dann sagte er mit schwerer Stimme: »Komm mit. Lass uns einen Platz finden, wo wir die Prozession beobachten können.«

Chris eilte blindlings die Straßen entlang und ignorierte die höhnischen Worte, die ihm mehrere Leute nachriefen. Der Schock der Worte seines Vaters – und der Anblick des angstvollen Gesichts seiner Mutter – hatten die Wirkung des Rausches vertrieben. Nun war es wie ein erschreckender Albtraum – nur dass es kein Albtraum war. Er würde nicht aufwachen – wie es bei anderer Gelegenheit geschehen war – und einen Seufzer der Erleichterung ausstoßen, dass es nicht Wirklichkeit war. *Ich werde niemals den Ausdruck auf Mutters Gesicht vergessen, als sie mich sah!* dachte er qualvoll. *Warum habe ich es nur getan? Warum?* Aber Chris fiel keine Antwort ein. Er fand niemals Antworten auf sein schlechtes Benehmen. Kummer empfand er zuweilen, aber er wusste nie, *warum* er den Versuchungen nicht widerstehen konnte, die ihn verlockten. Er stolperte die Straße entlang und fragte sich, warum er Harry Jones überhaupt Beachtung geschenkt hatte. Er quälte sich selbst mit Fragen. *Du wusstest doch, was er war – warum um Himmels willen hast du ihn nicht einfach stehen gelassen?*

Aber ihm fiel keine Antwort ein. Überhaupt keine. Er hatte diese Selbstvorwürfe schon oft in seinen vierzehn Jahren durchlitten und wusste, dass er lange Nächte damit verbringen würde, sich qualvolle Vorwürfe wegen seines Verhaltens zu machen. Vor langer Zeit hatte er gelernt, diese törichte Seite seines Lebens verborgen zu halten; niemand hatte ihn jemals gesehen, wie er Kummer über sein schlechtes Benehmen zeigte. Aber der Kummer war da, und er fuhr ihm wie ein Messer durchs Herz!

Schließlich ging er langsamer und hob den Blick, um die Menschenmengen zu beobachten, die sich alle in die Straßen drängten, durch die der Trauerzug hindurchziehen würde. Ein Stich der Enttäuschung durchfuhr ihn und machte beinahe augenblicklich einer dickköpfigen Entscheidung Platz. *Ich werde ihn mir eben allein ansehen. Wie kann das schlimmer sein, als was ich bereits getan habe?*

Ein perverser Geist ergriff ihn, und er schloss sich der Menge an, die vorwärtsdrängte. Die Straßen waren gedrängt voll, aber er verzog sich in eine Hintergasse und kletterte auf das Dach einer Herberge mit Namen Das Springende Pony. Da saß er nun, hoch oben auf der scharfen Kante des Dachfirsts, und wartete auf den Trauerzug.

Unten drängte sich die Menge und kämpfte um Raum, aber Chris fühlte sich allein auf seinem hohen Ausguck. Die Menge schien weit weg, das Geräusch ihrer Rufe drang gedämpft zu ihm herauf. Er war gerne allein und fühlte sich, als wäre er in einer klaren Blase eingeschlossen. Er konnte sehen und hören, was sich ereignete – aber es hatte nur wenig mit ihm zu tun. Ein Gedanke kam ihm, als die ersten Reiter unten auf der Straße auftauchten: *Ich wünschte, ich könnte immerzu so allein sein!*

Aber er wusste, dass er das nicht konnte. Niemand war allein. Jeder hatte seinen Platz – und Chris hatte nie gelernt, wo sein Platz war. Als die lange Reihe der Adeligen auf ihren glänzend herausgeputzten Pferden an ihm vorbeizog, dachte er: *Ich bin der Sohn von Lord Robin und Lady Allison Wakefield. Eine Menge Jungen wären gern reich und hätten einen Titel. Warum kann ich nicht gut sein?*

Die Schuld brannte in ihm wie ein Feuer und versengte sein Herz – aber er hatte gelernt, damit zu leben. Mit stoischer Entschlossenheit klammerte er sich an den Dachziegeln fest und starrte hinunter, während der Trauerzug unter ihm vorbeizog. Er war der Königin einmal begegnet, ganz kurz nur, und als die Staatskarosse mit ihrem Sarg erschien, heftete er den Blick darauf. Etliche schwarz gekleidete Trauergäste flankierten den Wagen und hielten die Fahnen des Empire hoch. Die Stille der Luft war erfüllt von dem Trauergesang, den sie anstimmten, aber Chris' Blick hing an dem Sarg. Er versuchte sich den Leichnam vorzustellen, brachte es aber nicht zustande. »Sie ist tot«, murmelte er und versuchte über den Tod nachzudenken. »Wo ist sie jetzt? Im Himmel oder in der Hölle?«

Irgendwie ängstigte ihn der Gedanke, und er schlüpfte über die Dachziegel hinunter und stieg zum Pflaster ab. Der Gedanke kam ihm ganz plötzlich: *Ich kann davonlaufen! Weit weg – und Vater und Mutter niemals wiedersehen! Ich kann niemals gut sein, also werden sie mich auch niemals lieben!*

Dann hob er den Kopf und starrte den Himmel an – der ihm eine Farbe wie Grabsteine zu haben schien. Einsamkeit ergriff ihn, und er wusste, dass er keine Wahl hatte. Langsam drehte er sich um und verließ die Hintergasse, dann trottete er die Straßen von London entlang zu der Herberge.

2
EIN SCHLÜSSEL DREHT SICH IM SCHLOSS

Juni 1620

London ertrank beinahe in heftigen Regenfällen. Jeden Morgen sammelten sich tief hängende Wolken, dunkel und geschwollen vor Feuchtigkeit, über der Stadt und ließen dicke Tropfen fallen, die auf die Straßen und Dächer niederklatschten. Und jeden Nachmittag wurden die Bürger der Stadt von Überschwemmungen geradezu biblischen Ausmaßes heimgesucht.

Chris Wakefield war am Dienstagvormittag um zwölf Uhr aufgestanden, war hastig in seine Kleider geschlüpft und hatte das Frühstück vergessen. Sein Schädel pochte gewaltig, als er seine Unterkunft verließ und sich nach Lincoln's Inn begab, eines der vier altertümlichen Häuser, die den Rechtsanwälten als Stützpunkt dienten. Der kalte Regen rann über seinen Hut, lief ihm den Nacken hinunter und durchnässte seine Kleidung, während er tropfend die Straße entlangeilte. Die Gossen standen tief unter Wasser, und Chris musste durch sechs Zoll Wasser waten, als er die Straße überquerte. Er fluchte gedämpft und drängte sich durch die Gruppe von Männern, die den schmalen Eingang versperrte.

»Guten Tag, Mr Dollarhyde«, sagte er, sobald er eines der Büros betreten hatte, die zu beiden Seiten eines dunklen, schmalen Flurs lagen.

»Ah, da seid Ihr ja, Mr Wakefield.« Ein außergewöhnlich hochgewachsener Mann mit einem beinahe erschreckend mageren Gesicht blickte von einem schäbigen Schreibtisch auf, der mit Papieren bedeckt war. Er hatte ein Paar blassblauer Augen, aus denen Enttäuschung sprach – das Resultat von Jahren, in denen er beobachtet hatte, wie Leute von den Mühlen der Gerechtigkeit erfasst und durch die Mangel gedreht wurden. Er lehnte sich zurück, ließ seine langen, knochigen Finger knacken, die von schwarzer Tinte befleckt waren, und betrachtete seinen Besucher mit forschenden Blicken.

Im Alter von zweiunddreißig Jahren waren Chris' blaue Augen zynisch – und gerötet von den späten Stunden, in denen er zu Bett zu gehen pflegte. *Vermutlich trinkt er auch*, dachte der Ältere. *Er guckt jeden Tag in die Flasche, so wie er aussieht. Eine Schande – ich glaube nicht, dass er es schaffen wird.* Aber er sagte nur: »Ihr sucht, äh, Mr Cromwell, nehme ich an?«

»Ja – ist er hier, Silas?«

Der hochgewachsene Mann verschränkte seine Finger zu einem komplizierten Muster und befreite sie dann wieder. Er schüttelte den Kopf und sprach in bedauerndem Ton. »Ah – Ihr vergesst die Zeit, Sir.«

»Zeit? Welche Zeit meint Ihr?«

»Den Zeitpunkt von Mr Cromwells Heirat.« Ein leises Lächeln kräuselte die Lippen des Anwalts, als sei ihm plötzlich ein erheiternder Gedanke gekommen. »Ah – ich sehe, Ihr habt den Termin vergessen. Eure Geschäfte lassen Euch keine Zeit, nehme ich an.« *Es erfordert ja auch viel Zeit und Energie, sich zu betrinken und hinter jedem Weiberrock in London her zu sein!* dachte er verächtlich.

Chris starrte Dollarhyde mit leeren Augen an, dann schnitt er ein Gesicht. »Ja, Ihr habt recht. Dann ist er also fort?«

»Ah – ja, er ist vor vierzehn Tagen aus Lincoln's Inn abgereist. Ich nehme an, er wird jetzt zu Hause sein.«

»Verflucht!« Chris schlug sich mit dem regendurchweichten Hut an den Schenkel, sodass sich ein Sprühregen von Wasser über die abgetretenen Dielen des Bodens ergoss. Er schob das Kinn mit einer zornigen Geste vor und spürte augenblicklich, wie das Hammerwerk in seinem Kopf gegen seine Schläfen schlug. Er schnitt von Neuem ein Gesicht. »Er hat nicht – etwas für mich hinterlassen, nehme ich an?«

Dollarhyde öffnete die Lippen, gerade genug, um zu fragen: »Etwas für Euch, Mr Wakefield? Ah – nein, ich glaube nicht. Habt Ihr etwas erwartet?«

Höchstwahrscheinlich geliehenes Geld – oder eine Abzahlung! Dollarhyde wusste Bescheid über die intimen Details von Oliver Cromwells Geschäften, wie er die Details von Dutzenden junger Männer kannte, die in Lincoln's Inn residierten. Obwohl sein Gesicht keine Spur erkennen ließ, brauchte sein rasiermesserscharfer Verstand nur die Seite in einem von Cromwells Aktenordnern aufzurufen – der Anwalt hatte die phänomenale Fähigkeit, Seiten in seiner Erinnerung zu »sehen«, als würden sie ihm vor Augen gehalten –, und er dachte über die Serie von »Krediten« von Mr Cromwell an Mr Wakefield nach.

Mehr als einmal hatte Dollarhyde den jungen Cromwell vor solchen Geschäften gewarnt. »*Dieser Mr Wakefield ist nichts wert, Mr Oliver – kein Vergleich mit seinem Vater oder seinem Urgroßvater, Sir Myles! Ihr wisst doch, dass er alles, was Ihr ihm gebt, für Wein und Weiber verschleudert!*«

Aber Cromwell hatte immer nur die Achseln gezuckt und ihm dieselbe Antwort gegeben. »Er hat einen guten Kern, Silas. Ich hoffe, dass er eines Tages erwachen und Gott erkennen wird.«

Dollarhyde erlaubte keinem seiner Gedanken, sich auf seinem Gesicht widerzuspiegeln, sondern fragte nachdenklich: »Geht Ihr nicht zur Hochzeit, Mr Wakefield? Ich weiß, dass Mr Cromwell Euch erwartet.«

Chris warf dem Anwalt einen bösen Seitenblick zu. Er wusste, dass Dollarhyde trotz seiner höflichen Manieren nichts für ihn übrig hatte. »Ich nehme an, das werde ich tun, Silas«, murmelte er. Er *musste* Oliver einfach sehen. Er war verzweifelt auf der Suche nach Geld, um seine Gläubiger abzuschütteln. Ein weiterer Blick auf Dollarhydes Gesichtsausdruck verriet ihm, dass der Anwalt das vermutlich wusste. *Zur Hölle mit ihm! – Er hat ein Paar Augen, das durch einen Mann hindurchblickt, als wäre er aus Glas!* »Nun, dann gehe ich jetzt.«

»Oh – richtet Braut und Bräutigam meine besten Wünsche aus,

Sir«, rief Dollarhyde, als Wakefield den Raum verließ. Die Tür fiel krachend ins Schloss, der Anwalt kicherte. Er griff nach seiner Schreibfeder, aber die Tür schwang von Neuem auf, und ein kleiner dicker Mann mit einem fröhlichen roten Gesicht tauchte auf.

»War das Wakefield?«, fragte er. Er deponierte einen Stapel Papiere auf dem Berg von Dokumenten, der sich auf Dollarhydes Schreibtisch erhob. »Wieder mal da, um Cromwell abzustauben, eh?«

»Warum sollte er sonst kommen sollen?«

»Verstehe nicht, warum Euer Vorgesetzter sich das gefallen lässt!«

Dollarhyde schnappte: »Das geht dich nichts an, James!« Dann gab er nach und zuckte die mageren Schultern. »Es ist, nun ja, *seltsam*. Mr Cromwell ist ein harter Mann – aber er hat eine Vorliebe für diesen Wakefield-Burschen, die ich nie verstanden habe. Natürlich, sie wuchsen zusammen auf, und Wakefield war mehr oder weniger ein älterer Bruder für ihn. Cromwell hat hauptsächlich Schwestern, und Wakefield nahm ihn auf die Jagd mit – und dergleichen mehr. Und er brachte immer etwas mit für Mr Wakefield, wenn er auf Reisen ging. Ich nehme an, es liegt daran, obwohl ich wünschte, er würde den Mann abschütteln. Er wird demnächst ins Schuldgefängnis kommen. Entweder das oder man wird ihn in irgendeiner Kneipe bei einer Rauferei wegen eines Mädchens erstechen.«

»Wie viel schuldet er Mr Oliver?«

»*Das* geht dich nun wirklich nichts an! Und jetzt – raus mit dir!«

Draußen trottete Chris durch den stürmischen Regen, ging mit schweren Schritten den gepflasterten Bürgersteig entlang.

Muss Bargeld auftreiben – kann meine Gläubiger nicht mehr länger hinhalten!

Die Wolken über ihm wurden immer dunkler, und schließlich fand er sich in einer schmalen Straße vor einer Taverne. Er presste die Lippen zusammen und murmelte: »Nein! Ich muss genug Geld auftreiben, um über die Runden zu kommen, bis ich auf einem Schiff anheuern kann!«

Er stand unsicher da. Der Regen rann von der Krempe seines Hutes. Verzweiflung umfing ihn, so dunkel wie die schmutzfarbenen

Wolken, die den Himmel bedeckten. Er dachte an seine Vergangenheit, an die Zeiten, als er mit goldgefüllten Taschen von einer Reise zurückgekommen war … und bald überschwemmten ihn bittere Erinnerungen daran, wie ihm das Geld wie Wasser durch die Finger geronnen war. Wie oft hatte er den festen Entschluss gefasst festzuhalten, was er erworben hatte! Wie oft hatte er sich geschworen, sich aus dem Teufelskreis zu befreien, in dem er gefangen war – er machte Geld, und dann verschleuderte er es bei Wein und Weibern und Glücksspiel!

Der Regen trommelte dumpf auf die Steine. Chris duckte den Kopf und starrte das wirbelnde Wasser an, das Strohhalme, kleine Stöckchen, Papierstückchen und anderen Unrat an seinen Füßen vorbeischwemmte. Die Stadt London hatte eine einfache Methode gefunden, sich des Abfalls zu entledigen. Unrat und Kehricht wurden einfach auf die Straße geworfen – und wenn die Regenfälle kamen, wurden sie fortgeschwemmt, die einzige Gosse in der Mitte der Straße entlang.

Warum gibt es nichts, das all den Unrat wegschwemmt, den ich in meinem Leben angehäuft habe?

Christopher Wakefield war ein Mann der Tat und neigte nicht zum Grübeln. Wenn man ihm eine Aufgabe stellte, ihm ein Schwert in die Hand gab – nun, dann wusste er, was er zu tun hatte! Aber als er da durchnässt im Regen stand, erfüllte ihn ein jähes Gefühl dafür, wie leer und nutzlos und verpfuscht sein Leben war. Er hatte das schon früher empfunden, aber er hatte immer Vergessen im Rausch und im Trubel gesucht.

Er dachte an seine Familie – wie er seinen Eltern mit seinem wilden Leben das Herz gebrochen hatte –, und ein tiefer Schmerz durchschauerte ihn. Er dachte an seinen jüngeren Bruder, Cecil, der mit siebzehn Jahren all die Vorzüge besaß, an denen es ihm mangelte.

Mit jäher Gewalt überschwemmten ihn das Elend seiner Kopfschmerzen, die Krise, die sich drohend am Horizont abzeichnete, und die Erkenntnis, dass er in jeder Hinsicht ein Versager war. Die

Tür der Schenke öffnete sich vor ihm, als ein Mann heraustrat – und Wakefield roch den Duft des Braunbiers und hörte das Gelächter der Leute drinnen. Er hasste sich selbst dafür, dass er schwach wurde, und während er eintrat, schwor er sich: *Nur ein Trunk – ich muss darüber nachdenken, was ich tun soll, aber was schadet schon ein einziges Glas?*

Egal, wie hell die Sonne auch draußen schien, das Innere der Schenke zum Schwarzen Drachen war immer düster und schattenverhangen. Selbst das Geschäftsschild, das diesen angriffslustigen Titel trug, war zu einem nebelhaften Grau verwittert, und die Farbe darauf war so verwaschen, dass das Tier, nach dem die Schenke benannt war, eher einem verzerrten Schwein als einem Drachen glich. Die namenlose Gasse, in der der Drache sich zwischen andere Schenken quetschte, war selbst im strahlenden Mittagssonnenschein düster. Das lag an den vorspringenden zweistöckigen Etagen des hölzernen Gebäudes, die die Sonnenstrahlen von der schmalen Straße unten abschnitten.

Im Innern der Schenke jedoch breitete sich ein behagliches Gefühl aus. Ein Feuer knisterte in dem großen Kamin, der eine Seite der Schenke beherrschte. Kerzen tüpfelten die Dunkelheit mit ihrem gelben Glanz, und ein fröhliches Durcheinander von Stimmen erhob sich, als die Steingutkrüge auf die Eichentische geschmettert wurden, an denen Myriaden von Trinkern saßen.

Chris setzte sich an den einzigen freien Tisch, und eine Frau kam heran, um ihn zu bedienen. »Nun, wir haben dich eine ganze Weile nicht gesehen, Chris.« Sie war eine üppig gebaute Frau mit einem Paar scharfer schwarzer Augen. »Warst du auf Reisen, ja?«

»Hallo, Maude«, sagte Chris. Sie war eine einfache Frau, nicht hübsch, aber sie war immer für jeden Spaß zu haben, und sie schätzte die Geschenke, die er ihr brachte. Sie war die Besitzerin des Drachen, hatte ihn von ihrem Mann geerbt, den die Pest dahingerafft hatte. Nun füllte sie einen Becher mit Braunbier und stellte ihn vor ihm hin, wobei sie kokett bemerkte: »Ich hoffe, du hast ein wenig Zeit, bevor du wieder zur See fährst, eh?«

Chris war zumute, als hätte er diese Szene schon oft durchlebt. Er trank hastig den Becher aus und versuchte Entschlossenheit zu zeigen. Er wollte sich erheben, sagte: »Hab geschäftlich zu tun –«

»Oh, du kannst doch jetzt nicht fortlaufen, Chris!« Die Frau unterbrach ihn, schubste ihn zurück und lächelte lockend. »Du und ich – wir müssen uns ein bisschen unterhalten. Eine Frau fühlt sich manchmal einsam, weißt du das nicht? Nun bleibst du erst einmal hier sitzen, und ich bringe dir etwas zu essen.«

Die Stunden vergingen wie hinter einer Nebelwand, und der letzte verzweifelte Gedanke, den Chris hatte, bevor der Rausch ihn völlig übermannte, war: *Ich muss hier raus!* Aber der Alkohol überwältigte ihn, und es war zwölf Uhr mittags am nächsten Tag, als er den Drachen verließ – ausgebrannt und von Elend überwältigt. In seinen Ohren hallten die wütenden Schreie der Frau wider, die entdeckt hatte, dass er kein Geld in der Tasche hatte, und ihn deshalb mit Flüchen und der Warnung, sich nie wieder blicken zu lassen, hinausgejagt hatte.

Als er sein Zimmer erreichte, wusch er sich das Gesicht und bemerkte, dass seine Hände zitterten. Während er sie noch anstarrte und versuchte, einen Ausweg aus der Klemme zu finden, schien ein schwerer Schlag die Tür zu erschüttern. Er blinzelte vor Überraschung, dann trat er vor, um sie zu öffnen. Zwei Männer standen da, und ihre Augen waren kalt und hart. »Christopher Wakefield?«, verlangte einer von ihnen zu wissen.

Chris wusste augenblicklich, wer sie waren. Er hatte sie erwartet. »Ich bin Wakefield. Und Ihr seid gekommen, um mich wegen Schuldenmacherei zu verhaften.«

Der Größere der beiden grinste und zeigte geschwärzte Zähne dabei. »Ein kluger Bursche, was?« Dann nickte er abrupt. »Kommt am besten ohne Widerstand mit. Keine Schwierigkeiten, verstanden?«

»Keine Schwierigkeiten.«

Der kleinere Mann hatte ein einfaches Gesicht und wirkte betrübt. »Tut uns leid, dass wir das tun müssen, Sir. Aber Befehle sind Befehle. Und Ihr habt doch sicher Freunde, die Euch heraushelfen werden, oder etwa nicht?«

Wie er da vor den beiden Männern stand, ging Chris in Gedanken die Männer durch, die er kannte – dann sagte er mit verzweifelter Stimme, die zu seinen stumpfen Augen passte: »Nein, ich habe niemand. Ich bin bereit.«

»Ah, so schlimm kann es doch nicht sein, Sir!«

»Halt's Maul, Harry!«, schnappte der Größere. »Hast du im Tower nicht genug so feine Gentlemen wie diesen hier gesehen, um es besser zu wissen?« Er stieß ein verächtliches Schnauben aus, dann sagte er: »Packt Eure Sachen, Wakefield. Euer neues Zuhause wartet auf Euch!«

★ ★ ★

Die Kirche von St. Giles war keineswegs eine Kathedrale, aber sie war ein vornehmes Gebäude, gut gebaut und voll Würde. Elisabeth Bourchiers Familie waren gestandene Mitglieder, und die Kirche war gedrängt voll mit Familienangehörigen und Freunden, als sie das Kirchenschiff entlangschritt und neben ihren Bräutigam, Oliver Cromwell, trat. Er lächelte, als er ihre Hand ergriff, und die beiden drehten sich um, um von Angesicht zu Angesicht vor dem Pfarrer zu stehen.

Während die Zeremonie weiterging, betrachtete Robin Wakefield von seiner Kirchenbank im Mittelteil aus das Paar mit forschenden Blicken. Elisabeth war ein hübsches Ding – adrett und mit rosigen Wangen. Ihre Augen waren riesengroß, und zwei Grübchen zeichneten sich in ihren Wangen ab, als sie den Geistlichen anlächelte.

Eine gute junge Frau für Oliver – vernünftig und hinreichend hübsch. Robin nickte leise, dann zuckten seine Lippen in einem Lächeln, als ihm ein Gedanke kam: *Nachdem er mit sechs Schwestern aufgewachsen ist, sollte Oliver über Frauen Bescheid wissen!* Er dachte darüber nach, wie Oliver im Alter von achtzehn Jahren gezwungen gewesen war, zum Oberhaupt der Familie zu werden, nachdem sein Vater gestorben war. Jedermann hatte beobachtet, wie viel Zärtlichkeit der junge Mann seiner Mutter entgegenbrachte und wie freundlich er mit seinen Schwestern umging.

Familienoberhaupt mit achtzehn – das ist eine schwere Belastung für einen jungen Mann, aber Oliver hat sich wacker gehalten. Das Bild von Robins eigenen zwei Söhnen huschte durch seine Gedanken: Cecil, der ein wenig wie Oliver war, und Chris, das genaue Gegenteil. Er wies den Gedanken zurück und betrachtete den Bräutigam weiterhin mit forschenden Blicken. Er sah die hohe Gestalt und das ziemlich strenge Gesicht. Etwas Mystisches leuchtete in Cromwells Augen, und seine Lippen waren entschlossen zusammengepresst. Er war nicht attraktiv; er hatte mehrere kleine Warzen und eine mächtig vorspringende Nase – aber die Kraft in seinen Gesichtszügen war nicht zu leugnen. Als er sprach, trug seine Stimme weit durch die Kirche, hoch und ein wenig rau. Nachdem Robin einige Male mit dem jungen Mann auf die Jagd gegangen war, wusste er, dass diese Stimme sich wie eine Trompete erheben konnte, wenn Oliver gehört werden wollte. *Ich hoffe, er schreit Elisabeth nicht an,* dachte Robin, aber als er die Zärtlichkeit in den Augen des jungen Mannes sah, wusste er, dass das niemals der Fall sein würde.

Schließlich endete die Zeremonie, und Braut und Bräutigam mischten sich im großen Vorraum der Kirche unter die Gäste. Robin führte Allison und Mary, ihre Tochter, auf das Paar zu und sagte: »Meinen Glückwunsch, Oliver! Du hast eine bessere Frau, als du verdienst, aber so ist es mir auch ergangen!«

Cromwell ergriff den Arm seiner frisch angetrauten Frau und lächelte breit. »Ja, da hast du recht, Robin. Sie wird es nicht leicht haben, aus mir einen guten Ehemann zu machen.«

»Ich verrate dir ein paar Geheimnisse, wie du das anstellst, Elisabeth«, sagte Allison, während sie sich vorbeugte, um die glatte Wange der Braut zu küssen. »Aber du kannst nur den zweitbesten Ehemann in England haben. Den besten habe ich!«

»Sieh einer an!« Oliver nickte und lachte laut. »Das setzt mir ein hohes Ziel – der zweitbeste Gatte im ganzen Land zu werden!«

Die Hochzeitsparty nahm ihren Lauf, und schließlich war es Mary, die von ihrem Platz neben ihren Eltern aufblickte und ihren Zwillingsbruder Cecil ansah. »Cecil! Hierher!«, rief sie aus. Als er herbeikam und neben sie trat, sagte sie: »Du hast die Hochzeit verpasst! Schande über dich!«

Cecil Wakefield war klein gewachsen, nicht viel mehr als ein Meter einundsiebzig. Er warf seiner Schwester einen vorwurfsvollen Blick zu und klagte: »Es war nicht meine Schuld, Mary. Ich musste …«

Plötzlich unterbrach er sich und warf seinen Eltern einen zweifelnden Blick zu, als hätte er schlechte Nachrichten zu überbringen.

Augenblicklich fragte Allison: »Was ist los, Cecil? Ist zu Hause jemand krank?«

»Nein, nicht dass ich wüsste, Mutter.«

»Na – raus damit, Junge!«, stieß Robin scharf hervor. »Ich sehe doch, dass irgendetwas nicht in Ordnung ist.«

»Ja, Sir, ich fürchte, da ist …« Cecil zögerte ein wenig, dann zuckte er die Achseln. »Es geht um Chris. Er steckt in Schwierigkeiten.«

Ein Schatten fiel über Robins Züge, und er warf Allison einen raschen Blick zu. »Lass uns hier verschwinden«, murmelte er. »Ich werde uns bei Braut und Bräutigam entschuldigen.«

Er drängte sich durch die Menge, dann blieb er vor dem Paar stehen. »Ich wünsche euch beiden viel Glück«, sagte er. Er unterhielt sich kurz mit beiden, dann fügte er hinzu: »Ich fürchte, wir müssen uns augenblicklich verabschieden.«

Cromwell betrachtete ihn mit beunruhigtem Blick. »Ihr seid ja ganz verstört, Mr Wakefield. Gibt es Schwierigkeiten?« Als Robin zögerte, sagte Cromwell: »Ich nehme an, es geht um Christopher?«

Robin biss sich auf die Lippen und nickte. »Ich fürchte es. Cecil hat uns eben die Nachricht überbracht, aber mach dir deshalb keine Sorgen, Oliver.«

Cromwells tief liegende Augen nahmen einen nachdenklichen Ausdruck an. »Ich erinnere mich an den Tag, an dem die gute Königin Bess starb … erinnert Ihr Euch, wie er daherkam, schmutzig und betrunken von irgendeiner Schlägerei?«

»Ich erinnere mich.«

Ein Lächeln huschte über die Lippen des Jüngeren. »Ich habe ihm gesagt, ich sei ihm nicht böse. Wie oft habe ich ihm seither dasselbe gesagt?« Er schüttelte den Kopf und sagte nachdenklich: »Chris ist ein Mann ohne Stern, denke ich. Er kann ein Schiff zu einem unmöglichen winzigen Fleckchen von einer Insel im weiten Ozean steuern, aber er kann nicht einmal seinen eigenen Weg finden!«

»Lass dir deinen Hochzeitstag nicht verderben«, sagte Robin rasch. Er zögerte, dann fügte er hinzu: »Ich habe ihn immer ausgelöst, wenn er in Schwierigkeiten war – oder du hast es getan, Oliver. Ich weiß, wie sehr du dich bemüht hast, ihm zu helfen. Vielleicht ist es an der Zeit, dass solche Hilfe ein Ende hat.«

Cromwells Blick wurde scharf. »Ich habe ebenfalls daran gedacht, Sir. Vielleicht ist es an der Zeit, dass Chris gezwungen wird, auf eigenen Beinen zu stehen. Aber lasst es mich wissen, wenn ich helfen kann.«

»Danke, Oliver. Das ist sehr liebenswürdig von dir.« Robin lächelte, dann verabschiedete er sich von den Hochzeitsgästen. Er gesellte sich zu den anderen im Schatten des Glockenturms, wo Cecil ihm die Einzelheiten mitteilte. »Er ist im Tower«, sagte Cecil kurz angebunden. Als er sah, wie seine Mutter die Hand an die Kehle hob, sagte er rasch: »Hab keine Angst, Mutter, es geht nicht um ein Kapitalverbrechen.«

»Gott sei Dank dafür!«, sagte Robin mit tiefer Erleichterung. Einen schrecklichen Augenblick lang hatte er gedacht, Chris hätte jemanden getötet. »Wie lautet die Anklage, Cecil?«

»Er ist wegen Schulden in Haft, Vater.«

Der Schatten, der über Allisons Gesicht gezogen war, löste sich auf. »Oh. Nun, wir werden uns darum kümmern müssen.«

Aber Robins Lippen hatten einen strengen Ausdruck angenommen. Er schüttelte zornig den Kopf. »Nein, wir werden uns *nicht* darum kümmern. Diesmal nicht!«

»Aber, Vater«, protestierte Mary, »du kannst Chris nicht im Tower lassen!«

»Er ist einunddreißig Jahre alt«, sagte Robin grimmig. »Er hat alles verschleudert, was ich ihm je gegeben habe. Wie oft mussten wir ihm schon aus der Klemme helfen?!«

»Aber der *Tower*«, murmelte Allison. Tiefer Gram stand in ihren schönen Augen geschrieben.

»Er wird nicht daran sterben«, schnappte Robin. »Mein Urgroßvater war dort und überlebte recht gut. Obwohl Chris nicht aus demselben Holz geschnitzt ist wie Robert Wakefield, wird das vielleicht ein wenig vom Feuer seines Urgroßvaters in dem Jungen entfachen. Nein, wir werden ihn nicht auslösen. Diesmal soll er es auf die harte Tour lernen!«

»Wirst du ihn wenigstens besuchen gehen, Robin?«, fragte Allison.

Robin blickte auf sie herab, und die Härte verließ sein Gesicht. Nach so vielen Ehejahren liebte er sie mehr als zuvor. »Ich hätte es wissen müssen, dass du Entschuldigungen für ihn finden würdest«, sagte er schließlich, dann lächelte er ein wenig. »In Ordnung, ich werde ihn besuchen, aber ...«

Allison bemerkte die Pause. »Was ist, Liebster?«, fragte sie.

»Nur ein Gedanke«, sagte er langsam. »Cecil, bring deine Mutter und Schwester in die Herberge. Ich bin zurück, sobald ich kann.« Er sah zu, wie sie in die Kutsche stiegen, dann sagte er laut: »In Ordnung, Mr Christopher Wakefield. Lass uns sehen, was du anfangen wirst, um aus dem Gefängnis herauszukommen!«

★ ★ ★

Das Knirschen des Schlüssels im Schloss riss Chris aus dem Halbschlaf. Er setzte sich augenblicklich auf der Pritsche auf, dann stand er auf, als die Tür sich öffnete. Beim Anblick seines Vaters erstarrte er, aber er wartete, bis die Tür ins Schloss fiel, bevor er sagte: »Ich nehme an, Cecil hat dir die freudige Nachricht überbracht?«

Robin sah sich in der Zelle um, ohne zu antworten. Es war ein kleiner Raum mit nur einer Pritsche und einem kleinen Tisch als

Einrichtung. Ein Eimer im Winkel verströmte einen penetranten Geruch – aber der ganze Kerker roch so durchdringend nach ungewaschenen Körpern, verdorbenem Essen und menschlichen Abfällen, dass er kaum zu bemerken war. Es gab keine Fenster im Raum, und die einzelne Kerze verströmte nur schwaches Licht.

»Tut mir leid, dass ich dir keinen Sessel anbieten kann«, sagte Chris achselzuckend. »Du kannst auf der Pritsche sitzen.«

»Ich bleibe nicht lange.«

Chris blinzelte, als er den strengen Ton in der Stimme seines Vaters hörte. Er hätte damit rechnen müssen, aber es erschütterte ihn dennoch. »Ich habe nicht um deinen Besuch gebeten«, krächzte er. Er hatte »Gefängnisfieber« bekommen, und seine Kehle war rau vom Husten. »Falls Cecil das gesagt hat –«

»Dein Bruder sagte uns nur, dass du wegen Schuldenmacherei im Gefängnis sitzt.« Robin betrachtete eindringlich Chris' Gesicht und dachte daran, was für ein gut aussehender junger Mann er gewesen war. *Immer noch wäre*, dachte er, *wenn er sein wüstes Leben aufgäbe!* »Deine Mutter macht sich natürlich Sorgen.«

Die Worte taten Chris weh, aber er sagte nur: »Sie sollte daran gewöhnt sein. Sag ihr, sie soll mich aufgeben.«

»Das wird sie nie tun, wie du sehr wohl weißt.«

»Und wie steht es mit dir, Sir?« Chris starrte die klaren Linien im Gesicht seines Vaters an. »Ich nehme an, du bist nicht gekommen, um mich hier rauszuholen.«

»Das weißt du nicht.«

»Tatsächlich? Dir steht das Nein im Gesicht geschrieben.«

Robin blinzelte überrascht. Er war immer ein wenig schockiert, wenn er feststellte, dass sein missratener Sohn einen scharfen Verstand hatte und oft in Gesichtern lesen konnte wie ein Gelehrter in einem Buch. Er runzelte die Stirn, dann sprach er langsam und wählte die Worte mit Sorgfalt. »Ich – habe dir ein Angebot zu machen, Chris.«

»Ein Angebot? Was für ein Angebot?« Chris' Gesichtszüge erstarrten plötzlich, und er spie die Worte aus: »Oh, lass mich raten!

Du holst mich raus aus diesem Höllenloch, wenn ich heimkomme und ein braver Junge bin.«

Robin sagte nichts, sondern betrachtete nur seinen Sohn. Chris empfand den Drang, sich unbehaglich zu winden, weigerte sich aber, dem Drang nachzugeben. Er war nun einmal, was er war, und es war höchste Zeit, dass seine Eltern mit der Tatsache zurande kamen.

Schließlich zuckte sein Vater die Achseln. »Ich bin kein solcher Narr, dass ich dächte, du würdest das tun. Aber wir können nicht so weitermachen. Es ist zu schwer für deine Mutter – und für mich auch, ob du es glaubst oder nicht.«

Chris fühlte einen Stich der Reue, denn er wusste, dass sein Vater ihn – nach all dem Kummer, den er der Familie angetan hatte – immer noch liebte. »Tut mir leid, Sir«, sagte er mürrisch. »Ich – ich bin nicht gerade gut aufgelegt.« Er warf seinem Vater einen fragenden Blick zu. »Bitte, erzähl mir mehr über dein Angebot.«

»Ich werde deine Schulden bezahlen und dich hier rausholen, wenn du unter dem Kommando einer meiner Freunde zur See fährst«, sagte Robin langsam. »Und du wirst unter seinem Befehl arbeiten, bis er mir sagt, dass du ein vertrauenswürdiger Mann geworden bist.«

Chris starrte seinen Vater überrascht an. Das hatte er nicht erwartet. »Wer ist er, dieser Kapitän? Was für ein Schiff befehligt er?«

»Er hat denselben Vornamen wie du, sein Nachname ist Jones. Er befehligt einen Kauffahrer.«

»Wie groß ist das Schiff?«

»Das braucht dich nicht zu kümmern, Chris. Du erklärst dich mit dem *Mann* einverstanden, nicht mit dem Schiff.« Robin überlegte einen Augenblick, dann fuhr er langsam fort. »Du kannst dich nicht im Zaum halten. Du hast die Gewohnheit, einfach wegzulaufen, wenn etwas nicht nach deinem Kopf geht, von dem Schiff, auf dem du unterwegs warst, und dem Job, den du gerade gemacht hast. Wenn du meinem Angebot zustimmst, muss ich dein Wort haben, dass du bei Jones bleibst, bis er der Ansicht ist, du seist in der Lage, ihn zu verlassen.«

»Du würdest mein Wort für diesen Handel nehmen?«

»Ich glaube nicht, dass du mich jemals angelogen hast, Sohn. Du hast sonst alles Böse getan, Gott weiß es – aber das nicht.«

Das stimmte – schon als kleiner Junge hatte Chris seinen Eltern die ganze Wahrheit gesagt – und als Erwachsener hatte er dasselbe getan. Es war eine Art Pfand für Chris, dass er das Richtige tun konnte, wenn er nur wollte!

Chris dachte einen Augenblick nach, dann erwiderte er den Blick seines Vaters. »Ich – kann das nicht tun, Sir.« Chris schüttelte trotzig den Kopf. »Ein Kapitän kann das Leben für einen Seemann zur Hölle auf Erden machen. Dieser Jones könnte ein Teufel von einem Kapitän sein. Und er könnte mich jahrelang auf einem schlechten Schiff festhalten.«

»In Ordnung, ich betrachte das als deine Antwort.« Robin wusste, dass es keine Diskussion mit seinem Sohn gab. Er hatte sich entschlossen, das Angebot zu machen und jede Antwort anzunehmen, die Chris ihm gab. Jetzt drehte er sich um und hämmerte an die Tür. Er rief laut: »Kerkermeister, lass mich hinaus.«

Chris war verblüfft. Er hatte erwartet, dass sein Vater die Angelegenheit zumindest *diskutieren* würde. Aber als die Tür geöffnet wurde, sagte der ältere Wakefield: »Du hältst den Schlüssel in der Hand, Chris. Schreib mir, wenn du einen neuen Anfang machen und hier rauskommen willst, aber du musst wissen, dass das nur zu den Bedingungen möglich ist, die ich dir genannt habe.«

Dann fiel die Tür ins Schloss, und er war verschwunden.

Chris stand da und starrte die schwere Tür an, die ihn von der Freiheit abschnitt. Zorn durchströmte ihn, und er schrie: »Ich werde das nicht tun. Hörst du mich? Lieber verrotte ich, bevor ich nachgebe!« Er trat einen Schritt vor, schlug mit der Faust an die Tür, dann wirbelte er herum und warf sich auf die übel riechende Matratze. Seine Lippen waren zu einer dünnen Linie zusammengepresst.

★ ★ ★

»Wir haben einen Brief von Chris bekommen.«

Allison legte ihre Näherei beiseite und erhob sich augenblicklich. Ihr Gesicht war angespannt. »Ist er krank? Was steht darin, Robin?«

Robin hatte das Wohnzimmer mit einem Stück Pergament in der Hand betreten. Der Brief war eben von London eingetroffen, und er streckte ihn aus. »Lies ihn selbst«, bot er an.

Allison ergriff das Pergament und überflog es voll Eifer. Nur wenige Zeilen standen darauf:

Sir, ich akzeptiere das Angebot, das du mir gemacht hast. Du hast mein Wort, dass ich unter Kapitän Jones dienen werde, bis er überzeugt ist, dass mein Verhalten deinen Vorstellungen entspricht.

Allison blickte voll Verwunderung auf, denn Robin hatte ihr nichts von der Diskussion mit seinem Sohn erzählt. »Was bedeutet das?«, fragte sie. Ihre Augen waren von Hoffnung erfüllt.

Robin trat vor und schloss sie in die Arme. »Ich weiß, du denkst, ich war unfair zu Chris, aber ich habe ihm tatsächlich das Angebot gemacht, ihm zu helfen. Er lehnte ab, also musste ich warten, bis er zustimmte. Nun … nun habe ich zum ersten Mal seit langer Zeit wieder Hoffnung für ihn.«

»Ich hätte niemals an dir zweifeln sollen«, sagte Allison. Sie zog seinen Kopf herab und küsste ihn nachdrücklich. »Nun erzähl mir, was eigentlich los ist!«

Sie lauschte hingebungsvoll, als Robin ihr die Bedingungen erzählte, dann fragte sie: »Was für ein Mann ist Kapitän Jones?«

»Ein hartgesottener Kauffahrer, aber der beste Seemann, den ich je kennengelernt habe. Zäh wie ein Stiefel, dabei klug und gerecht. Ich sprach mit ihm, bevor ich zu Chris ging, und bat ihn, mir den Gefallen zu tun. Ich habe ihm ein- oder zweimal einen Gefallen getan, also war er einverstanden.« Robin lächelte, als er hinzufügte: »Er gab mir jedoch zu verstehen, dass ich meine Ansichten für mich behalten sollte, sobald Chris unter seinem Kommando steht!«

Allison fragte: »Wird es Chris guttun?«

»Er muss nichts anderes lernen, als seine Leidenschaften im Zaum zu halten. Jetzt wird es ihn Kapitän Jones lehren. Es wird zweifellos eine harte Lektion werden, aber es ist besser als der Tower.«

»Oh Robin, das hast du so gut gemacht!« Sie küsste ihn von Neuem. »Wann werde ich lernen, was für einen brillanten Ehemann ich habe? Wird Kapitän Jones bald in See stechen?«

»Ja. Er hat sich bereit erklärt, eine Schiffsladung Pilger in die Neue Welt zu bringen.«

»Wie heißt sein Schiff?«

»Die *Mayflower*.«

3

FREMDE UND HEILIGE

Die Augustsonne warf große Streifen bleichen Lichts auf die Schiffe, die in Southampton vor Anker lagen. Große Stränge von durchsichtigen Wolken zogen träge über den Himmel und warfen flackernde Schatten über das Schiff, dem sich Chris Wakefield näherte. Er kümmerte sich kaum um die Fischer, die ihren Fang an Kabeljau ausluden, sondern hielt einen von ihnen gerade lange genug auf, um ihn zu fragen: »Ist das die *Mayflower*?«

»Ja, das ist sie«, sagte der vierschrötige Seemann und nickte. Er betrachtete Wakefield vorsichtig, dann bot er an: »Ich bring Euch für einen Shilling an Bord.«

»In Ordnung.« Wakefield stellte seine Seekiste in das flachkielige Ruderboot, nahm Platz, und während der Seemann das Boot über die stille Oberfläche des Wassers steuerte, studierte er das Schiff, das sein Zuhause sein würde. Als sie näher kamen, sah er, dass die *Mayflower* nicht mehr als achtzig Fuß lang war. Sie war nur wenig mehr als dreimal so lang wie breit und hatte ein plumpes, unbeholfenes Aussehen.

Die Mannschaft würde aus etwa fünfundzwanzig Leuten bestehen – und sie musste ein feuchtes Schiff sein, da sie so tief im Wasser lag. Er sah die üblichen drei Masten – der Vor- und Hauptmast waren in der einfachsten Weise getakelt, während der kurze Besanmast hinten auf dem Heck ein Lateinsegel trug. Auf dem Vorderdeck erhob sich ein geräumiges Vorschiff, wie ein kleines Haus, das man gewaltsam vorwärtsgeschoben hatte. Hölzerne Stufen erklommen die geneigte Flanke. Chris ergriff sie und kletterte heraus, als das kleine Boot die Flanke des Schiffes berührte.

Er gab dem Mann einen Shilling und sagte: »Reich mir die Kiste nach, sobald ich an Bord bin, ja?« Damit kletterte er an Bord, dann drehte er sich um und ergriff die kleine Kiste. Als er sich aufrichtete, sah er zwei Matrosen, die ihn beobachteten. Einer von ihnen, ein kleiner muskulöser Mann, zeigte geschwärzte Zähne, als er grinste. »Schau mal, Coffin«, sagte er. »Sieht aus wie ein weiterer von diesen Psalmsängern.«

Der andere, hochgewachsen und dünn wie ein Schilfrohr, betrachtete Chris nachdenklich, dann schüttelte er den Kopf. »Glaub ich nicht, Thomas. Der sieht nicht heilig genug aus. Ich schätze, er ist ein Fremder.«

Chris betrachtete das Paar sorgfältig. Auf jedem Schiff war es wichtig, mit der Mannschaft gut auszukommen, und in diesem Fall war es von alles entscheidender Bedeutung. Er hatte keine Ahnung, wie seine Stellung an Bord aussehen würde, und bevor er das nicht wusste, war er entschlossen, sich keine Feinde zu machen. Wenn er einen von den beiden beleidigte und es sich nachher herausstellte, dass er ihm übergeordnet war, standen ihm schlimme Zeiten bevor.

»Niemand hat mich je einen Heiligen genannt«, sagte er liebenswürdig. »Also bin ich wohl ein Fremder. Ist Kapitän Jones an Bord?«

Thomas warf Wakefield einen bedachtsamen Blick zu, seine kleinen Augen glitten über die starken Schultern und großen Hände. Er fühlte sich offenbar versucht, den Fremden auszufragen, aber er zuckte nur die Achseln und sagte: »Er ist heute nicht in guter Stimmung.« Er wies mit einem schmutzigen Daumen auf das Heck und murmelte: »In der Kapitänskajüte.«

Chris nickte den beiden zu, stellte seine Kiste ab und schritt eine kurze Treppe zum Hinterdeck hinauf. Dann klopfte er kräftig an die schwere eichene Tür, die in die Kapitänskajüte führte.

Als eine Stimme ihn eintreten hieß, öffnete er die Tür und trat ein. Der Mann, der an einem Tisch saß, warf Chris nur einen flüchtigen Blick zu, dann begann er zu schreiben und ignorierte ihn völlig.

Chris nutzte die Gelegenheit, um sich die Kapitänskajüte genauer anzusehen. Sie war so geformt, dass sie sich der runden Ausbuchtung des Schiffsrumpfes anpasste. Eine Reihe von Fenstern am Heck erlaubten den Sonnenstrahlen, den Raum mit seiner niedrigen Decke zu erhellen. Eine Messinglaterne hing von den Sparren herunter, und er sah, dass der Raum mit spartanischer Einfachheit eingerichtet war. Ein Einzelbett nahm eine Ecke ein, zwei Stühle und verschiedene Hocker standen am Querschott entlang aufgereiht. Hölzerne Zapfen waren in die Rippen geschlagen, wo sie sich nach innen buchteten; sie dienten als Garderobe für Hemden, Ölhäute und verschiedene Gegenstände wie einen hochglanzpolierten Sextanten und ein Breitschwert nach alter Machart.

Der Kapitän saß an einem Mahagonischreibtisch, dessen Platte mit Seekarten überhäuft war. Der Mann war kräftig und kompakt gebaut, mit sonnengebräunter Haut und einem dichten braunen Haarschopf, der nach einem Kamm schrie. Chris schätzte, dass er irgendwo in den späten Dreißigern war.

»Also – was ist los?« Der Kapitän stieß seine Feder ins Tintenfass und sprach kurz angebunden. Er blickte auf und enthüllte ein Paar aufmerksamer brauner Augen.

»Ich bin Christopher Wakefield, Kapitän Jones.«

Seine Worte erregten Jones' ungeteilte Aufmerksamkeit, und er lehnte sich zurück und betrachtete Chris aufmerksam. Seine Augen waren wachsam. »Ich habe dich erwartet, Wakefield«, sagte er. »Du bist spät dran.«

»Es ist nicht leicht, aus dem Tower herauszukommen, selbst wenn man nur wegen Schulden in Haft ist. Ich kam, sobald ich entlassen wurde.«

Seine Worte schienen Jones zu missfallen, der sich erhob und an eines der Fenster trat. Anscheinend entdeckte er etwas Interessantes auf der Küste, denn er stand still – eine lange Zeit, wie es schien. Schließlich drehte er sich um und ließ den Blick auf Chris ruhen. »Du bist nicht gerade ein ganzer Kerl, was, Wakefield?«

Zorn stieg in Chris auf, aber er unterdrückte ihn. Sein Schicksal lag in den Händen dieses Mannes, und er hatte sich entschlossen, ihm zu Gefallen zu sein. »Nicht sehr, Sir«, sagte er mit leiser Stimme. »Ich nehme an, mein Vater hat Euch von mir erzählt.«

»Er sagte, du bist ein nutzloser Taugenichts«, schnappte Jones. »Ich kenne deinen Vater seit Langem – er ist ein wackerer Mann. Nach dem, was er mir erzählt hat, hast du dein Bestes getan, so rasch wie möglich zum Teufel zu gehen. Wie lautet deine Version der Geschichte?«

»Ich habe keine.«

Jones' Augenbrauen wanderten vor Überraschung in die Höhe. »Nur gut, dass du so denkst«, schnappte er. Dann ließ er ein Sperrfeuer von Fragen auf Chris los – alles Fragen, die die Seefahrt betrafen.

Christopher beantwortete sie alle mit Leichtigkeit, und als er die Überraschung auf Jones' Gesicht sah, lächelte er leise. »Ich bin ein nutzloser Sohn für meine Eltern, Kapitän, aber ich bin ein guter Seemann.«

»Kannst du dieses Schiff navigieren?«

»Ja, Sir.«

»Nun, das werden wir ja bald sehen! Aber du wirst als einfacher Matrose dienen, bis ich sehe, was in dir steckt.« Er betrachtete Chris eindringlich, dann verlangte er zu wissen: »Du kennst die Bedingungen, unter denen du hier Dienst tun wirst?«

»Ich diene Euch, bis Ihr meinem Vater berichten könnt, dass ich wert bin, am Leben gelassen zu werden.«

Kapitän Jones grinste unerwartet. »Recht so! Und es wird Zeiten geben, Wakefield, wo du dich fragst, ob es die Mühe wert ist!« Er ließ sich auf seinem Stuhl nieder und warf einen Blick auf die Karten, dann sah er Chris an. »Kennst du unsere Fracht?«

»Nein, Sir.«

»Wir transportieren eine Schiffsladung von Siedlern nach Virginia. Es wird zwei Schiffe geben, dieses hier und die *Speedwell*.« Er schüttelte den Kopf, und ein beunruhigtes Licht glomm in seinen Augen auf. »Ich sehe es kommen, dass wir Ärger mit ihnen bekommen, bevor wir noch den Anker lichten. Fremde und Heilige, wer hat das je gehört!«

»Was bedeutet das, Kapitän? Fremde und Heilige?«

Jones schüttelte ungeduldig den Kopf. »Die ganze verrückte Sache fing damit an, dass eine Gruppe religiöser Fanatiker aus Leyden zu der Ansicht kam, Holland sei zu weltlich geworden, um darin zu leben. Diese Gruppe ist die der Heiligen. Sie beschlossen, in die Neue Welt auszuwandern – die wohl auch nicht so heilig sein wird, wenn du mich fragst! –, aber sie hatten nicht genug Bargeld, um ein Schiff zu heuern. So haben sie sich mit anderen aus London zusammengetan, den Fremden, wie sie sie nennen.« Er schnaubte und schlug mit einer harten Handfläche auf den Schreibtisch. »Beim Himmel, ich kann nicht unterscheiden, welche die Fremden und welche die Heiligen sind! Aber wir werden sehen, was in ihnen steckt, bevor diese Reise zu Ende ist!«

»Ich denke, ich würde zu den Fremden passen, Sir«, sagte Chris mit einem Lächeln. »Ich habe nicht viel von einem Heiligen an mir.«

»Interessiert mich nicht. Kümmere dich um deine Arbeit, und lass die Hände von den Frauen«, schnappte Jones. »Und wenn ich dich betrunken erwische, lasse ich dich kielholen!«

»Wann werden wir in See stechen, Sir?«

»Sobald die Vorräte an Bord sind. In ein paar Tagen wird es so weit sein, hoffe ich. Nun komm mit. Ich übergebe dich Mr Clarke …«

Mr Clarke, der Bootsmann, war ein hartgesottener Typ – wie alle Bootsmänner, die Chris je kennengelernt hatte. Clarke stand dem neuen Mitglied der Mannschaft skeptisch gegenüber und befahl ihm, das Deck mit Scheuerstein zu putzen und dem Schiffskoch zur Hand zu gehen. Das widerfuhr allen frisch angeheuerten Matrosen, und Chris beklagte sich nicht. Er hatte den Verdacht, Kapitän Jones hätte den Bootsmann angeregt, ihn mit aller Härte zu behandeln – und er hatte recht damit.

»Lass ihn eine harte Hand spüren, Clarke«, hatte Kapitän Jones befohlen. »Sieh zu, ob du ihn zum Weinen bringst.«

Clarke war überrascht über das Interesse des Mannes; üblicherweise überließ es der Kapitän ihm, einen Neuen einzuarbeiten. »Ihr habt ein besonderes Interesse an dem Mann, Sir?«

»Ich war Schiffsjunge bei seinem Großonkel, Sir Thomas Wakefield, auf der *Falke*«, nickte Jones. »Ich war an Deck, als ihn der tödliche Schuss traf. Ein wackerer Seemann! Und der Vater des Burschen, Sir Robin – der ist auch ein guter Mann.« Er rieb sich nachdenklich das Kinn, dann fügte er hinzu: »Es ist normalerweise nicht mein Geschäft, Clarke, verlorene Söhne zu bessern, aber ich bin diesen beiden einen Gefallen schuldig.«

»Aye, Sir.« Clarke lächelte grimmig. »Ich werde ihn kurieren oder umbringen – das eine oder das andere.«

★ ★ ★

Nur wenige an Land kümmerten sich um die beiden Schiffe, die den Solent hinunterfuhren, die schmale Wasserstraße zwischen der Insel Wight und England. Die *Speedwell*, eine Pinasse von nur sechzig Tonnen, hüpfte wie ein Korken, während die größere goldbraune *Mayflower* den Weg wies.

»Sie sind Narren, dass sie so große Masten und Segel auf ein so kleines Schiff setzen«, bemerkte Chris. Er hatte geholfen, die Segel der *Mayflower* zu setzen, nun stand er an der Reling und sah zu, wie das kleinere Schiff auf den Wellen schwankte, die sich zu riesigen Wogen auftürmten.

Clarke nickte zustimmend. »Ich würde nicht gerne mit ihr segeln, Wakefield. Sie ist ein nasses Schiff.« Chris war einmal auf einem solchen Schiff gefahren. Das Alter des Fahrzeugs und das Hämmern der See hatten die Planken des Decks so weit auseinandergetrieben, dass kein Teeren das Wasser fernhalten konnte.

Der Bootsmann schnaubte und ließ eine alte Binsenweisheit der Seefahrer hören. »Wer zum Vergnügen zur See fährt, könnte gleich zum Zeitvertreib in die Hölle fahren.«

Chris lachte. Er hatte Clarke bewundern und respektieren gelernt. »Nun, am liebsten würde ich all die Heiligen in die *Speedwell* verfrachten, dort könnten sie Psalmen singen und predigen, ohne uns andere zu stören.«

»Oh, sie sind keine schlechten Kerle.« Clarke zuckte die Achseln. Er blickte zum Himmel auf, studierte die Segel und fügte hinzu: »Der Sturm wird ihnen ihre Religion aus dem Schädel blasen, bevor wir noch in Virginia sind.«

Aber die *Speedwell* geriet schon wenige Tage, nachdem sie Southampton verlassen hatten, in Schwierigkeiten. Sie begann, eines ihrer Segel zu setzen und wieder zu raffen – ein Notsignal. Als ihr Kapitän, ein säuerlicher Mann namens Reynolds, an Bord kam, um sich mit Kapitän Jones zu besprechen, brachte er schlechte Nachrichten mit: Die *Speedwell* leckte so schlimm, dass die Pumpen ständig in Betrieb sein mussten, um sie über Wasser zu halten. Es gab keine andere Wahl, als an Land zurückzukehren. Die beiden Schiffe kehrten nach Dartmouth zurück, einige Meilen von Southampton entfernt.

Nach vier Tagen stachen die beiden Schiffe wieder in See, aber als sie dreihundert Meilen zurückgelegt hatten, kam Kapitän Reynolds wieder an Bord. Er teilte Kapitän Jones mit, sein Schiff lecke so schlimm, dass eine Weiterfahrt der reine Selbstmord sei. Die bittere Entscheidung wurde getroffen, und die beiden Schiffe schleppten sich nach Plymouth.

Kurz nachdem die *Mayflower* Anker geworfen hatte, gab Kapitän Jones dem Bootsmann einen Befehl. »Mr Clarke, seht zu, dass wir die verzehrten Vorräte wieder auffüllen.«

»Aye, Sir.« Clarke sah sich um, und als er Chris und einen Seemann namens Amos Prince untätig an der Reling stehen und den Himmel beobachten sah, schnappte er: »Wakefield! Prince! Kommt mit mir.«

»Was gibt's, Bootsmann?«

»Wir gehen an Land, um Vorräte zu kaufen.«

Chris blinzelte Amos zu, der flüsterte: »Landurlaub!«, und die beiden luden ein paar leere Kisten und große Fässer auf das kleine Beiboot des Schiffes und ruderten an Land. Als sie das Zentrum der Stadt erreichten, stellte Clarke fest, dass das Bier, mit dem einige der Kisten gefüllt werden sollten, erst aus dem Speicher gebracht werden musste, und auch einige der anderen Vorräte waren nur zu bekommen, wenn sie auf den nächsten Morgen warteten. »Ich muss zurück aufs Schiff«, sagte er, merklich irritiert. »Ihr beide bleibt und ladet heute Nachmittag das Bier auf. Ihr könnt an Land schlafen bei den Vorräten, die wir bereits haben, und den Rest am Morgen zusammenpacken.« Er reichte Chris ein Stück Papier. »Es ist alles bezahlt – hier ist die Quittung, Wakefield.«

»Wir kümmern uns darum, Bootsmann.«

Clarke warf ihm einen zweifelnden Blick zu. »Halte dich fern von den Schenken und sieh zu, dass du nicht in Schwierigkeiten gerätst, oder ich lasse dich auspeitschen. Verstanden?«

»Ich dachte, wir würden die Nacht in Gebet und Meditation verbringen«, sagte Chris und setzte sich auf, was er für einen besonders frommen Ausdruck hielt.

Wider Willen grinste Clarke. »Das bezweifle ich, aber bedenkt, was ich gesagt habe! Prince, kümmere dich darum, dass ihr beide nicht in Schwierigkeiten geratet.«

Der Bootsmann drehte sich abrupt um und eilte mit gewichtigen Schritten zurück zu den Docks, und Chris grinste seinen Gefährten an. »Du hast gehört, was der Bootsmann sagte. Hab ein Auge auf mich und achte darauf, dass ich nicht in Schwierigkeiten gerate.«

Amos – ein fröhlicher junger Mann von zwanzig Jahren mit Apfelbäckchen und einem Paar wissender blauer Augen – nickte Wakefield zu. »Aber wer wird mich im Auge behalten, Chris?«, verlangte er zu wissen. Die beiden lachten und eilten augenblicklich auf die Taverne zu.

Es war ein langer, heißer Nachmittag, also hielten sich die beiden hauptsächlich im relativ kühlen Inneren verschiedener Schenken auf. Sie saßen da, tranken Bier und Braunbier und verließen die höhlenartige Dunkelheit gerade lange genug, um sich in eine andere Bierschenke zu begeben. Chris amüsierte sich, denn die kurzen Reisen der beiden Schiffe hatten ihn irgendwie beunruhigt. Er hörte Amos zu, einem sehr gesprächigen jungen Mann, der von seinen Erfahrungen erzählte. Das meiste Garn, das der junge Seemann spann, betraf seine Eroberungen bei schönen Frauen, und einmal protestierte

Chris: »Du bist zu jung, um schon so viele Frauen gehabt zu haben, Bursche!«

»Ich liebe sie, und ich verlasse sie!« Diese Erklärung amüsierte Chris, und Amos wiederholte sie in regelmäßigen Abständen. Am späten Nachmittag waren beide Männer angenehm beschwipst. Chris musste den jungen Mann aus einer Bar, die Das Verlorene Lamm hieß, loseisen, um die restliche Lieferung an Bier für das Schiff abzuholen. Sie sahen zu, dass die Flaschen richtig abgefüllt wurden, verstauten sie in dem Karren, den Chris zum Transport der Vorräte gemietet hatte, und fuhren dann in langsamem Tempo weiter, bis sie einen Stall fanden. Dort bezahlten sie eine kleine Gebühr dafür, das Pferd einzustellen.

»Nun lass uns ernsthaft mit dem Trinken anfangen«, sagte Amos voll Eifer.

»Jemand muss bei dieser Ladung Bier bleiben«, sagte Chris. »Ich werfe eine Münze, wer die erste Wache übernehmen muss.« Er zog eine Münze aus der Tasche, warf sie hoch, und Amos rief: »Adler!«

Sie beugten sich darüber, und Chris lachte. »Kopf! Auf zur Wache, Seemann Prince!«

Prince ließ sich aufs Heu fallen. Er warnte: »Sieh bloß zu, dass du vor Einbruch der Dunkelheit zurück bist, Chris. Ich will nicht viel Zeit verlieren mit diesen schwarzäugigen Dirnen im Verlorenen Lamm!«

»Ich werde kurz hineinschauen und ihnen erzählen, was für ein brandgefährlicher Bursche du bist, Amos«, neckte ihn Chris. Lachend verließ er den Stall, und während der nächsten Stunde schlenderte er durch die Straßen des Hafens und beobachtete die Sonne, die langsam in den blassgrauen Fluten versank. Die Salzluft biss ihn in der Kehle, während er darüber nachdachte, wie viele Länder er schon besucht hatte. *Das Meer ist immer dasselbe*, dachte er, *wie unterschiedlich auch die Länder und die Menschen sein mögen.*

Als der Wind die Hitze des Tages vertrieb, genoss er die kühle Brise. Schließlich wandte er sich von den Docks ab und schritt durch die steingepflasterten Straßen. Als ihm die Langeweile schließlich zu viel wurde, betrat er eine Schenke und blieb mehr als eine Stunde dort. Er empfand keine Freude daran, in einem Stall zu schlafen, um eine Ladung Bier zu bewachen, also trank er ziemlich ungehemmt.

Als er eine Münze hinlegte und den Becher erneut an die Lippen hob, lastete dunkel der Gedanke auf ihm, dass er das Geld seines Vaters verbrauchte. Er erinnerte sich, wie er einen kleinen Beutel mit etlichen Golddukaten darin erhalten hatte, als der Kerkermeister ihm seine Sachen zurückgab. Der Beutel hatte eine Nachricht enthalten, die besagte: *Gott behüte dich in den kommenden Tagen, Sohn. Deine Mutter und ich – und deine Geschwister – werden für dich beten. Du wirst ein wenig Kleingeld brauchen, bis du deinen ersten Lohn erhältst. Es wäre gut, wenn du deiner Mutter schreiben würdest.*

Chris saß da und blickte auf den Beutel nieder, den er immer noch in der Hand hielt. Er saß lange da und starrte ihn an. Ein bitterer Gedanke stieg in ihm auf: *Da bin ich nun – einunddreißig Jahre alt –, und ich besitze keinen Pfennig außer diesen paar Münzen. Und selbst die sind ein Geschenk meines Vaters!*

Abrupt stand er auf und befahl, die kleine Silberflasche, die er vom Schiff mitgebracht hatte, mit Brandy zu füllen. Er bezahlte, verließ die Schenke und starrte die Straße entlang. Es war eine ungeheure Erleichterung gewesen, aus dem Gefängnis entlassen zu werden, aber als er die Straße entlangtrottete, dachte er an die Tage und Monate – ja, sogar Jahre! –, die vor ihm lagen, und er murmelte vor sich hin: »Worin besteht der Unterschied? Ich bin immer noch in einem Gefängnis! Und es ist genauso ungemütlich wie der Tower!«

Die Nacht brach herein, und er fürchtete sich davor, zum Stall zu gehen. Er wandte sich um und schritt langsam den Kai entlang, wo die Schiffe der Reihe nach vor Anker lagen. Von Zeit zu Zeit trank er aus der silbernen Flasche und zuckte zusammen, wenn der starke Schnaps in seine Kehle biss. Als er zur *Mayflower* hinüberblickte, konnte er ihre Umrisse ausmachen, und er dachte darüber nach, wie es wohl sein mochte, auf unbegrenzte Zeit auf ihr gefangen zu sein. Er lehnte sich an einen runden Poller und hörte dem schreienden Gezänk der Möwen zu, die sich um irgendwelche Abfälle stritten, die ein Matrose ins Wasser geworfen hatte. Die Wellen schlugen gegen den Kai und sangen eine zischende Symphonie. Als er den Kopf hob, sah er einen Fregattenvogel auftauchen und beobachtete, wie er majestätisch auf dem Sturm ritt, ein graziöser Umriss in den sinkenden Schatten.

Als die Kreatur dicht über der Erde dahinsegelte, dachte Chris, sie sähe einem Klipperschiff ähnlich, aber als der Vogel landete, verlor er seine ganze Grazie. Er schien sich plötzlich in einen Clown mit zerlumpten Kleidern und einem absurden Gesicht zu verwandeln – aber mit grausamen und beutegierigen Augen! Chris fuchtelte mit den Armen, und der Fregattenvogel schlug heftig mit den Flügeln und stieg auf. Er gewann rasch an Höhe, bis er in einem weiten Kreis über seinem Kopf dahinflog. Während Chris noch zusah, hörte er eine Stimme so dicht hinter sich, dass er zusammenschreckte. Er fuhr herum und hob abwehrbereit die Hände.

»Was war das für ein Vogel?«

Eine junge Frau in einem leichten hellbraunen Mantel stand da und beobachtete ihn. Sie hatte die Kapuze zurückgeworfen, und er sah, dass sie ein ovales Gesicht mit großen Augen hatte, einen breiten Mund und hellbraunes lockiges Haar. Zuerst dachte Chris, sie sei eine der Kneipendirnen, aber als er die Klarheit in ihren Augen sah und die klaren Linien ihres Gesichts, wusste er, dass das nicht stimmte.

Sie betrachtete seine erhobenen Hände, ohne ein Wort zu sagen, und er ließ sie rasch sinken. »Das? Ein Fregattenvogel.« Als die Frau aufblickte und den Vogel, von dem die Rede war, betrachtete, fügte er hinzu: »Kein netter Bursche, fürchte ich.«

»Kein netter Bursche? Wie kann ein Vogel schlecht sein?«

Sie war ziemlich groß gewachsen, und sie hatte eine Offenheit an sich, die Chris nicht erklären konnte. Sie war hübsch und gut gebaut, und er reihte sie augenblicklich in dieselbe Kategorie ein wie alle anderen jungen Frauen: eine mögliche Eroberung. Er sagte leichthin: »Nun, Euer Fregattenvogel ist ein Pirat. Soll heißen, er stiehlt.«

»Ich verstehe nicht.«

Chris trat näher an die junge Frau heran, betrachtete sie eindringlich und fragte: »Wohnt Ihr hier in Plymouth?«

»Nein.« Ihre Stimme war ziemlich tief und rau, und Chris versuchte sich eine andere Frage einfallen zu lassen, die er ihr stellen wollte, aber offenbar war sie ziemlich methodisch, denn sie kehrte zurück zu der Frage nach dem Fregattenvogel. »Wie kann ein Vogel stehlen?«

»Er wartet, bis ein anderer Seevogel einen Fisch fängt, dann stürzt er sich auf ihn und schnappt ihm die Beute weg.« Sie war wirklich *ausgesprochen* hübsch. Chris trat näher heran und sprach von den Gewohnheiten des Vogels. Obwohl sie sich nicht im Geringsten vor ihm zu fürchten schien, hatte sie auch nichts Herausforderndes an sich. Sie schien sich einfach wohlzufühlen.

Sie lauschte aufmerksam und sah zu, wie der Fregattenvogel über ihnen seine Kreise zog und schließlich in der Dunkelheit verschwand. »Ich nehme an, er schlägt sich durch, so gut er kann«, bemerkte sie.

»Das kann man von uns allen sagen«, grinste Chris. »Aber wenn Männer und Frauen anderen etwas wegnehmen, nun, dann werden sie dafür gehängt. Dieser Bursche da braucht keine Jury und keinen Strick zu fürchten! Das ist doch nicht recht, oder? Dass ein Vogel mehr Rechte hat als ein Mensch.«

Eben da wehte der Klang einer Fiedel zu ihnen herüber, schwebte mit dem Wind von einem der Schiffe, die auf der steigenden Flut hin und her schwankten. Die Musik klang wehmütig, und die Frau wandte den Kopf zur Seite und stand angestrengt lauschend in der sinkenden Dunkelheit. Schließlich sagte sie: »Dieser Mann spielt sehr gut. Ich kenne dieses Lied. Es ist eine irische Melodie.« Sie warf Chris einen raschen Blick zu, dann sah sie sich um und stellte überrascht fest, wie dunkel es schon geworden war. »Gute Nacht«, sagte sie und wandte sich zum Gehen.

»Geht nicht«, sagte Chris. Er hielt ihren Arm fest und fügte hinzu: »Bleibt und plaudert noch ein bisschen.«

»Nein, ich muss jetzt gehen.« Sie versuchte sich loszumachen, aber er hielt sie fest. Ihre Augen begegneten den seinen, und er sah weder Zorn noch Furcht darin. Nur feste Entschlossenheit. »Lasst mich los, bitte«, sagte sie mit gleichmütiger Stimme. Als er weiterhin ihren Arm festhielt, stellte sie mit gedämpfter Stimme fest: »Ich müsste um Hilfe rufen, und Ihr würdet in Schwierigkeiten geraten.«

Betäubt von zu viel Alkohol, entschied Chris, dass ihre passive Haltung ihn ärgerte. Wie konnte er die Gleichmütigkeit erschüttern, die sie an den Tag legte? Mit einem wüsten Grinsen zog er sie eng an sich, und bevor sie noch aufschreien konnte, presste er die Lippen auf die ihren.

Sie stand steif und unbeweglich in seinem Griff. Es war, als hielte er ein Stück Holz.

Als Chris sie schließlich losließ, bemerkte sie nur: »Ihr seid betrunken. Lasst mich gehen.«

Chris runzelte die Stirn. Woher kam solche Kaltblütigkeit? Die meisten Frauen hätten sich die Lunge aus dem Leib geschrien. Er stellte fest, dass er ihre Kaltblütigkeit bewunderte, und er lächelte. »Ja, ich bin betrunken«, sagte er mit einem vertraulichen Nicken. »Und jetzt verschwindet hier und dankt Eurem Schicksal, dass ich nicht betrunkener bin. Sonst wärt Ihr nämlich nicht so billig davongekommen.«

Sie blieb auf der Stelle stehen, einen Augenblick unbeweglich, dann nickte sie. »Gute Nacht. Und Ihr solltet lieber ins Bett gehen. Ich denke, eine ordentliche Mütze voll Schlaf würde Euch guttun.« Damit drehte sie sich um und schritt davon. Ihr Rücken war gerade, ihre Schritte präzise und gleichmäßig.

»Da soll mich doch –!«, wisperte Chris. »Beim Himmel, was für ein kaltblütiger Typ!« Er lachte still vor sich hin und sah ihr nach, bis sie außer Sicht war. Dann begab er sich in den Stall, wo er Amos zappelig vor Ungeduld vorfand.

»Wo warst du, Chris?«, verlangte er zu wissen, dann schüttelte er den Kopf. »Ich war nahe daran, dir einfach nachzukommen, und die Vorräte soll der Teufel holen!«

Chris setzte sich auf ein Bierfässchen nieder und sagte ruhig: »Dieses Schicksal wird eher dir und mir zuteilwerden. Nun verschwinde schon. Das schwarzäugige Mädchen wartet auf dich.«

Prince starrte ihn misstrauisch an. »Du hast das Mädchen doch nicht für dich selbst behalten, eh, Chris?«

»Ich bin zu dem Entschluss gekommen, dass sie besser zu dir passt«, sagte er grinsend. »Aber da war eine Frau, die du nicht anrühren darfst. Ich traf sie auf dem Kai, wo wir ein kurzes, aber bedeutungsvolles Treffen hatten. Aber wer braucht schon Worte, wenn das Mondlicht scheint?«

»Ah, du bist betrunken, Chris!« Prince eilte hinaus in die Nacht. Chris Wakefield saß noch lange auf dem Bierfässchen, und vor seinem inneren Auge tanzte das Bild eines Mädchens mit klaren Augen, das einen braunen Mantel trug und aus dem Nichts auftauchte. Schließlich streckte er sich auf dem Heu aus und sagte zu dem Pferd, das ihm einen fragenden Blick zuwarf: »Ja, Pferd, ich habe tatsächlich ein paar Worte mit einer jungen Frau gewechselt. Alles ganz unschuldig, das versichere ich dir.«

Das Pferd, ein Apfelschimmel, schnaubte zu dieser Information und kaute weiter an seinen Heubüscheln.

★ ★ ★

Plymouth war berühmt für seine Schiffsbauer, und ein Schwarm von Experten untersuchte die widerspenstige *Speedwell*. Die Heiligen beobachteten mit sorgenvollen Blicken, wie Meister und Maate, Bootsmänner, Steuerleute, Küfer und Tischler die Rippen absuchten, die Flanken des Fahrzeugs untersuchten und jeden Zoll von Holzwerk und Deck überprüften.

Nach jeder Überprüfung hieß das Urteil, dass die neuen Maste zu groß waren und dass eine Fahrt in den mächtigen Wellen des Atlantiks die strapazierten Planken immer weiter auseinandertreiben würde.

»Wir können nichts anderes tun, als sie aufgeben«, verkündete Kapitän Reynolds einer Versammlung von Heiligen und Fremden.

William Bradford, der Anführer der Leydener Gruppe der Heiligen, rief aus: »Aber Kapitän, wie sollen wir dann nach Virginia kommen? Wenn wir in Amerika kein eigenes Schiff haben, sind wir von aller Hilfe aus England abgeschnitten, sobald Ihr uns verlasst!«

Tatsächlich war die *Speedwell* der Eckstein all ihrer Pläne gewesen – aber Bradford war ein Mann von starkem Glauben. Nach langen Diskussionen und Debatten sagte Bradford schließlich: »Kapitän Jones, wir wollen so viele Passagiere wie möglich in die *Mayflower* übernehmen. Der Rest wird später nachkommen müssen.«

Das brachte viel Kummer und Gram, aber schließlich mussten zwanzig Passagiere nach Leyden zurückgesandt werden. Die Vorräte wurden alle von der *Speedwell* in die *Mayflower* umgeladen, und am 6. September 1620 – nach einer Verzögerung von sieben Wochen – war schließlich alles bereit für die Reise.

Als die Passagiere der *Speedwell* an Bord der *Mayflower* kamen, wurde Chris dazu abgeordnet, den Frauen zu helfen. Er teilte sich die Aufgabe mit Prince, und als er die Hand ausstreckte, um einer jungen Frau zu helfen, blickte sie ihm ins Gesicht. Ein Schock durchschauerte ihn, als er die Frau wiedererkannte, die er auf dem Kai geküsst hatte!

Auch sie erkannte ihn augenblicklich wieder, und er erwartete halb und halb, dass sie einen Schrei ausstoßen und ihn anklagen würde. *Wenn sie das tut – dann kriege ich die neunschwänzige Katze!,* dachte er und presste die Zähne zusammen.

Aber als sie an Bord war und er ihre Hand losgelassen hatte, sagte sie nur mit ruhiger Stimme »Danke«, und dann stand sie da und fixierte ihn mit ihren blauen Augen. Erschüttert wandte Chris sich um, um der nächsten Frau an Bord zu helfen, einer, die offenkundig ein Baby erwartete. Als Chris ihr an Deck half, sagte sie: »Nun, Patience, das ist jetzt unsere Heimat, nicht wahr?«

»Für eine Weile, Susanna«, sagte die junge Frau. »Komm mit und ich helfe dir, es dir bequem zu machen.« Sie hielt inne, dann richtete sie ihre klaren Augen auf Chris. »Wie heißt Ihr, Sir?«

Unbehaglich antwortete er: »Christopher Wakefield.«

»Ich bin Patience Livingstone, und dies ist Mrs Susanna Hopkins. Wir danken Euch für Eure Hilfe.«

Chris fiel es schwer, ihrem festen Blick zu begegnen. Er fühlte, wie ihm das Blut in die Wangen stieg – etwas, an das er sich nicht mehr erinnern konnte, seit er ein Kind gewesen war! –, und stammelte: »Nichts zu danken, Miss. Wenn Ihr während der Reise irgendetwas braucht, lasst es mich wissen.«

Später, als alle 102 Passagiere an Bord waren, half Chris mit, die Segel zu setzen. Als die *Mayflower* von Plymouth aus ins offene Meer segelte, blickte er vom Krähennest auf die Passagiere hinunter, die an der Reling aufgereiht standen. Er fühlte, wie es seinen Blick zu Patience zog, und grinste über seine eigene Narretei. *Du benimmst dich wie ein grüner Junge!*, verspottete er sich selbst. *Das ist genau das, was du nicht brauchst, Christopher Wakefield – dein Herz an eine psalmensingende Frau zu verlieren!*

England kümmerte sich nicht um das kleine Schiff, als es den Bug in tiefes Wasser steckte und zur Neuen Welt aufbrach. In London sprach man über nichts anderes als über König Jakob und die Schwäche, die er im Umgang mit Spanien zeigte. England stand kurz davor, in den Flammen des Krieges aufzugehen – wer kümmerte sich da um eine Handvoll zerlumpter Exilanten, die in einem wettergegerbten Frachter nach Westen segelten, in der absurden Illusion befangen, dass Gott sich in der wilden Einöde um sie kümmern würde? Hätte irgendjemand einen Gedanken an sie verschwendet, so nur, um sie Narren zu nennen.

Aber William Bradford, der Anführer der Heiligen, wusste es besser. Er wusste, was diese kleine Zahl dazu trieb, die Sicherheit ihrer Heimstätten zu verlassen, um Gefahr und Tod zu trotzen. In seinem Tagebuch schrieb er über die Heiligen: *Sie verließen Leyden, diese gute und liebenswürdige Stadt, in der sie fast zwölf Jahre lang Ruhe und Frieden gefunden hatten – aber sie wussten, dass sie Pilger waren!«*

4
ZWEI ARTEN VON STURM

Die *Mayflower* war in Sektionen unterteilt, und alle Passagiere hielten sich streng an ihre klar erkennbare Gruppe. Das Schiff war bis zum letzten Fußbreit vollgepackt mit den Besitztümern der Passagiere und den Vorräten. Von den 102 Passagieren waren nur wenig mehr als ein Drittel – 41 – Pilger, die aus Europa geflohen waren und eine Neue Welt suchten, wo sie Gott anbeten und sich ein neues Leben aufbauen konnten.

Die anderen, die große Überzahl, waren »Fremde«, vor allem aus London und dem Südwesten Englands. Sie waren nicht auf der Flucht vor irgendeiner Verfolgung, sei es aus religiösen oder anderen Gründen. Im Gegenteil; sie waren treue Mitglieder der Kirche von England, nicht aus eigener Überzeugung, sondern weil sie in diesen Glauben hineingeboren und getauft worden waren.

Alle Passagiere jedoch hatten etwas gemeinsam: Sie stammten aus den niedrigen Klassen, aus den Hütten, nicht den Palästen Englands. Man fand kein Tröpfchen blaues Blut unter ihnen. Unter diesen einfachen Leuten befanden sich drei Fremde, die die Geschichte zu höchstem Ruhm führen würde: Miles Standish, John Alden und Priscilla Mullins.

Miles Standish war ein Mann in fortgeschrittenen Jahren, ein hartgesottener Berufssoldat, den man auch als Kapitän Shrimp kannte, weil er klein gewachsen war. Er hatte rotes Haar und eine blühende Gesichtsfarbe, die scharlachrot aufflammte, wenn er in Zorn geriet, was ziemlich häufig geschah.

Priscilla ging auf die Zwanzig zu und war vermutlich nicht halb so steif und zimperlich, wie manche dachten. Ihr zukünftiger Gatte, John Alden, war ein vielversprechender junger Mann aus Essex. Er war hochgewachsen, blond und von kraftvoller Statur – einer der stärksten Männer in Plymouth.

Die Fremden und die Heiligen waren nicht die einzigen deutlich getrennten und oft feindselig gegen die anderen eingestellten Gruppen an Bord der *Mayflower*. Eine dritte Gruppe bestand aus Mietarbeitern, fünf im ganzen, die für die reicheren Mitglieder der Gruppe arbeiten sollten. Und eine vierte und weitaus größere Gruppe hielt sich scharf abseits von den anderen: die zwangsverpflichteten Diener. Sie waren keine Diener im modernen Sinn des Wortes. Sie wurden mitgenommen, um die schwersten Arbeiten zu verrichten: Bäume fällen, Balken zurechthauen, Häuser bauen, Felder roden und pflügen, die Ernte einbringen und tun, was ihr Herr ihnen befahl. Elf von diesen Dienern waren starke junge Männer, andere waren junge Frauen, manche kaum dem Kindesalter entwachsen.

Eine weitere Gruppe war natürlich die Mannschaft. Die Offiziere des Schiffes standen unter dem Kommando von Kapitän Jones, der im Alter von fast vierzig Jahren ein hartgesottener, rauer Seebär war. Ihm unterstanden vier Maate und ein Bordschütze. Der Erste Offizier, Daniel Clarke, war ein Mann, der schon viele Abenteuer erlebt hatte und ein guter Freund der Pilger war.

Der September war bei klarem Himmel und frischem Wind gekommen und vergangen, und die *Mayflower* war nun unterwegs in den mittleren Atlantik. Christopher Wakefield hatte sich an die Routine des Segelschiffes gewöhnt und erwies sich als geschickter Matrose – er navigierte besser als jeder andere von Kapitän Jones' Offizieren. Eines Morgens Anfang Oktober stand er am Bug des Schiffes und beobachtete eine Gruppe von Delfinen, die dem Schiff folgten. Er bewunderte die Wölbung ihrer Rücken und die scharf gezeichneten Rückenflossen, mit der sie das Wasser zu durchschneiden schienen. Jeff Thomas stand neben ihm, groß und vierschrötig, mit einem Ausdruck des Widerwillens auf dem Gesicht.

»Ich habe die Nase gestrichen voll von diesen Psalmsängern.«

Chris blickte hinüber zu William Bradford, der auf dem Achterdeck stand und der Gruppe, die sich versammelt hatte, eine Predigt hielt. Es war ein gewohnter Anblick an einem Sonntag: Die Heiligen hielten einen Gottesdienst ab, bei dem sich alle versammelten, um gemeinsam zu singen und Bradford predigen zu hören.

»Ich nehme an, sie sind vollkommen harmlos, Thomas«, sagte Chris mit einem Achselzucken.

»Ich wünschte, wir könnten das ganze Pack über Bord und den Haien vorwerfen.« Aus irgendeinem Grund hatte Jeff Thomas einen grimmigen Hass gegen Bradford entwickelt und ließ keine Gelegenheit vergehen, ihn hinter seinem Rücken zu verfluchen. Er wagte nicht, weiter zu gehen, denn der Kapitän hatte die strikte Anordnung gegeben, die Passagiere in Ruhe zu lassen. Jetzt jedoch, als Thomas die Augen über die Gruppe schweifen ließ, fiel sein Blick auf einige junge Frauen, die in seine Richtung blickten. Ein lüsternes Grinsen verzog seine Mundwinkel, und er knurrte: »Nun, diese dort, das Livingstone-Mädchen, ist sicher nicht halb so tugendhaft, wie sie tut. Ich werde sie eines Tages erwischen, wenn keiner von diesen Predigern in der Nähe ist, und werde es herausfinden.«

»Lass sie lieber in Frieden. Du kennst Kapitän Jones – er würde dich kielholen lassen.«

»Er müsste mich zuerst einmal zu fassen kriegen, und ich kann dir sagen, genau das wird er nicht.« Er schwatzte weiter, plapperte lüstern über die jungen Frauen, bis Kapitän Jones von der Back her auf sie zukam. Beim Anblick des Kapitäns presste Thomas die Lippen zusammen und ging fort.

Jones kam heran und blieb neben Chris stehen. »Hörst du dir die Predigt an, Wakefield?«

»Man kann nicht anders als zuhören, solange man an Deck bleibt.« Chris grinste. »Bradford hat eine gewaltige Stimme, nicht wahr?«

»Ja, das stimmt.« Jones betrachtete den Prediger eindringlich, dann drehte er sich abrupt um, und seine hellblauen Augen hefteten sich auf Chris. »Was hältst du von alledem, diesen Psalmensängern, diesen Predigern? Ich weiß, dein Großonkel und dein Vater sind christliche Männer. Wie steht es mit dir?«

»Ich denke, Ihr wisst, wo ich stehe, Kapitän«, gab Chris zurück.

»Ich habe mich nie mit all dem anfreunden können. Nicht dass ich etwas gegen diese Leute hätte. Ich habe in meiner Familie genug gesehen, um zu wissen, was echte Religion ist, aber ich habe auch eine Menge von der anderen Seite gesehen.«

Jones schwieg einen Augenblick lang – Chris hatte bereits herausgefunden, dass der Kapitän ein Mann war, der die Dinge gerne in Ruhe überdachte –, dann presste er den viereckigen Kiefer fest zusammen und nickte. »Ich weiß, es gibt Heuchler, aber ich möchte mich von ihnen nicht abschrecken lassen, die Wahrheit herauszufinden.« Er zögerte, dann neigte er den Kopf in Richtung Bradford. »Diese Leute haben etwas Echtes an sich, Wakefield. Ich weiß nicht, was es ist, aber es scheint mir etwas Wirkliches und Zuverlässiges zu sein.«

Die beiden Männer standen still und hörten Bradford zu. Chris war beeindruckt, wie geschickt der Geistliche mit seinem Thema umging. Er hatte nicht viele Predigten gehört, aber als Bradford nun von der Liebe Gottes sprach und von dem Erbarmen und der Langmut, die Gott allen Menschen entgegenbrachte, da glaubte er daran, dass dieser Mann echt war. *Er glaubt tatsächlich, was er sagt,* dachte Chris, *und ich nehme an, das macht den Unterschied aus zwischen einem wirklichen Diener Gottes und einigen, die ich gesehen habe, die nur ihr Geld kassierten und sich aus dem Staube machten.*

»Ich werde Sir Robin einen guten Bericht erstatten können«, sagte Jones plötzlich und riss Chris damit aus seinen Gedanken. Er lächelte, als er den Ausdruck der Überraschung auf dem Gesicht des jungen Wakefield sah. »Ich muss zugeben, ich habe weniger von dir erwartet, aber allmählich denke ich, ich habe mich getäuscht. Du hast gute Arbeit geleistet, Junge. Ich glaube, du könntest dieses Schiff ohne Hilfe steuern, wenn mir etwas zustieße.« Er zögerte, dann sagte er: »Ich kann nicht verstehen, warum du es in der Welt zu nichts gebracht hast, Christopher.« Chris wurde warm ums Herz, als er hörte, wie der Mann seinen Vornamen gebrauchte. »Du hattest alle Vorzüge – gute Erziehung, gute Familie. Warum hast du nichts aus dir gemacht?«

Chris hatte sich dieselbe Frage schon öfter gestellt, als er sich erinnern konnte, aber er hatte immer noch keine Antwort gefunden. Er schüttelte den Kopf, und Bitterkeit kroch in seine Stimme, als er antwortete: »Niemand kennt die Antwort darauf, Kapitän. Ich habe mein Leben verpfuscht ... ich habe nichts vorzuweisen, aber ich weiß nicht, warum. Einige Menschen wie Ihr haben das Zeug dazu, ihren Weg zu gehen und Erfolge zu haben. Und dann gibt es Burschen wie mich, die einfach herumziehen, ihr Leben lang den leichteren Weg wählen und weder Frieden noch Befriedigung finden.« Er blickte zu Bradford hinüber, der die Predigt beendete, und lauschte, als sie ein Lied zu singen begannen, einen der Psalmen. Er wünschte, er könnte Besseres zur Verteidigung seines Lebenswandels vorbringen, aber er wusste, dass es nichts gab.

»Nun«, sagte Kapitän Jones nach einigem Zögern, »ich bin nicht so sicher, dass ich ein solcher Erfolgsmensch bin. Ich besitze ein Schiff, aber ein Schiff zu besitzen, ist nicht alles, was das Leben bietet.« Die *Mayflower* hob sich plötzlich auf einer mächtigen Welle, und die beiden Männer spreizten automatisch die Beine. Dann sank das Schiff in ein Wellental, ein Brecher ergoss sich über den Bug, und die Tropfen funkelten wie Diamanten in der Sonne. Kapitän Jones schüttelte den Kopf. »Wir werden noch beide bekehrt werden, du und ich, wenn wir weiterhin diesem Burschen zuhören.« Er wandte sich ab und ließ Chris stehen, bis er schließlich auch ging.

★ ★ ★

Patience stieg vorsichtig die Leiter hinunter, die in den Rumpf des Schiffes führte. Der Wind hatte aufgefrischt, und das Schiff rollte, als es durch die Wellentäler glitt. Es gab nur die elementarsten Bequemlichkeiten: die sanitären Möglichkeiten bestanden aus dem traditionellen Eimer. Die Luft in den engen, gesteckt vollen Quartieren unter Deck war zum Erbrechen übel. Die kühle Brise half ein wenig, sodass der Gestank nicht ganz so überwältigend wie sonst war.

Aber während die kühle Luft auf diesem Gebiet eine Hilfe war,

war sie eine harte Prüfung auf anderen Gebieten. Der Nordatlantik, der immer kalt war, legte seine harte Hand auf die Passagiere, denen es fast unmöglich war, sich warm und trocken zu halten. Abgesehen von einem gelegentlichen heißen Gericht lebten sie von einer monotonen und den Magen verderbenden Diät aus Zwieback, getrocknetem Fisch, Käse und Bier.

Während der letzten paar Tage hatte sich Patience Sorgen um Dorothy Bradford, William Bradfords junge Frau, gemacht. Sie betrat die winzige Kabine, wo die Frau auf einem Bett aus rohen Planken lag. »Geht es dir gut, Schwester Bradford?«, fragte sie.

Dorothy Bradfords Gesicht war bleich und ihre Augen weit aufgerissen. Sie stöhnte leise und sagte: »Oh Patience, ich sterbe.«

»Unsinn«, sagte Patience fröhlich. »Du bist bloß seekrank. Sobald wir an Land gehen, geht es dir wieder gut.«

»Nein, das ist es nicht. Ich werde meine Heimat nie wiedersehen. Wir werden alle in dieser heulenden Wildnis umkommen, oder das Schiff wird sinken.« Dorothy Bradford war schon unter günstigen Umständen eine zerbrechliche junge Frau. Die Härten der Reise hatten von der Frau körperlich und gefühlsmäßig einen harten Tribut gefordert. Als Patience sich neben ihr niederließ, begann die Frau zu weinen. Patience redete ihr mit ruhiger Stimme zu, bis die gequälte Leidende in einen unruhigen Schlaf fiel.

Patience stand auf und machte sich auf den Weg zu ihrer eigenen Matratze, aber das Gehen fiel ihr alles andere als leicht. Die große Breite der *Mayflower* im Vergleich zu ihrer Höhe hatte zur Folge, dass die junge Frau jeden Stoß der Wellen zu fühlen bekam. Sooft der Wind drehte, tanzte das Schiff auf den Wellen, und die Segel knallten donnernd im Wind – und Patience hatte alle Mühe, sich auf den Beinen zu halten.

Die *Mayflower* war ein geräumiges Schiff, dazu gebaut, große Frachten aufzunehmen. Zwischen dem tiefen Lagerraum und dem oberen Deck befand sich ein Kanonendeck, sechsundzwanzig Fuß breit und siebenundachtzig Fuß lang. Hier hatten die meisten Passagiere Platz gefunden. Patience musste ihre Schritte vorsichtig setzen, denn der Großteil dieses Decks war mit Decken und Federbetten bedeckt. Schließlich kam sie zu einem dunklen Durchgang und stieß dort plötzlich auf einen von der Mannschaft – einen massig gebauten Seemann, der ihr den Weg versperrte und sie breit angrinste.

»Sieh mal einer an, was ich da gefunden habe.« Der Mann streckte die Finger aus, um ihr Gesicht zu berühren, und Patience duckte sich von ihm fort. Sie hatte den Mann schon früher gesehen – Jeff Thomas war sein Name –, und sie mochte die Art nicht, wie er redete und sich benahm. Sie machte eine Bewegung, um davonzulaufen, aber er packte ihr Handgelenk. »Nein, du kannst nicht vor Jeff davonlaufen. Kein Mädchen läuft vor Jeff davon. Nein, ganz gewiss nicht.«

Patience hatte keine Angst – das Schiff war so gedrängt voll, dass er kaum wagen würde, sie zu attackieren oder zu verletzen –, aber er widerte sie an. Sie versuchte die Hand zurückzuziehen, aber seine dicken Finger schlossen sich um ihr Handgelenk. Er lachte und zog sie eng an sich, und bevor sie ihn hindern konnte, packte er ihren Kopf und drückte seine gummiartigen Lippen in einem schmatzenden Kuss auf die ihren. Sie wandte den Kopf ab. »Hört auf damit! Lasst mich in Ruhe! Haltet ein!«

Ohne sich um ihre Schreie zu kümmern, zog Thomas sie erneut an sich, aber plötzlich schloss sich eine Hand um sein Handgelenk. Er fuhr herum und fand sich von Angesicht zu Angesicht mit Chris Wakefield, der offenkundig eben die Leiter heruntergeklettert war. Thomas grunzte drohend.

»Raus hier, Wakefield! Ich habe sie zuerst gefunden!« Er versuchte seine Hand aus Wakefields Griff zu befreien, aber Chris' Finger zogen sich plötzlich um seine Handgelenke zusammen wie kalte Stahlbänder. Zorn flammte in Thomas' Augen auf. Wenige hatten ihn je herausgefordert, denn er gebrauchte seine brutale Kraft, um über das Zwischendeck zu herrschen. Nur wenige Männer mochten ihn, aber die meisten fürchteten ihn.

»Vergiss das Ganze, Jeff. Du weißt, was der Kapitän über die Passagiere sagt.«

Thomas ließ Patience' Handgelenk los, aber nur, um Wakefield einen jähen, unerwarteten Schlag zu versetzen. Seine Faust traf Chris hoch oben an der Stirn und ließ Sterne vor dessen Augen aufblitzen, als er rückwärts fiel. Er hatte kaum Zeit, wieder auf die Füße zu kommen, bevor Thomas sich brüllend auf ihn stürzte, entschlossen, ihn kurz und klein zu schlagen. Wakefield setzte den rechten Fuß fest aufs Deck und wehrte einen gewaltigen Schlag ab, der genau auf sein Gesicht zielte. Er konterte mit einer harten geraden Rechten, die voll auf den Mund des Mannes traf.

Es war, als wäre der Größere in einen Pfosten gerannt. Der Schlag ließ ihn mitten im Schritt innehalten, aber er war nur betäubt. Nachdem er ein- oder zweimal den Kopf geschüttelt hatte, stürzte er sich mit einem Aufbrüllen der Wut wieder auf Wakefield.

Patience wich zurück, ihre Augen wurden groß, als die beiden Männer kämpften. Thomas wirkte in seiner bärenhaften Kraft wie ein riesiges Tier. *Oh Vater*, betete sie, als Angst um Wakefield sie überkam, *beschütze ihn!*

Plötzlich bellte eine Stimme, so scharf, dass sie das Grunzen der beiden Männer übertönte. »Was ist da los? Was ist da los?« Wakefield und Thomas erstarrten auf der Stelle, und Patience erkannte voll Freude den Ersten Offizier, Daniel Clarke. Ärger stand auf seinem Gesicht geschrieben. »Raufst du schon wieder, Thomas? Und du, Wakefield, ich dachte, du wärst klüger geworden! Kommt mit, ich bringe die Sache vor den Kapitän.«

Die beiden Männer folgten dem Ersten Offizier und standen kurz darauf vor Kapitän Jones, der sie beide mit Missvergnügen betrachtete. »Ich habe dich schon früher gewarnt, Thomas: keine Schlägereien! Vielleicht lernst du das besser, wenn du die neunschwänzige Katze zu schmecken bekommst.« Sein Blick fiel auf Chris. »Wakefield, du überraschst mich. Worum ging es denn überhaupt?«

Chris fühlte die Versuchung, seine Seite der Geschichte zu erzählen, aber er wusste, dass noch eine lange Reise vor ihnen lag, und überhaupt war er keiner, der einen anderen verriet. »Nur eine Streitigkeit, Kapitän«, sagte er. Er bettelte nicht, sondern stand da und wartete auf sein Urteil. Die Augen des Kapitäns wurden schmal. »Der Erste Offizier erzählte mir, Miss Livingstone war in die Sache verwickelt. Ich habe gehört, du hast Bemerkungen über sie gemacht. Ich nehme an, du hast sie belästigt.«

Thomas' Gesicht verzerrte sich zu einer wütenden Grimasse. »Ihr denkt immer das Schlechteste von mir, Kapitän.« Er warf Wakefield einen Seitenblick zu und fügte hinzu: »Warum gebt Ihr ihm nicht die Schuld?«

Der Kapitän schüttelte den Kopf und wollte eben zum Sprechen ansetzen, als plötzlich an der Tür gepocht wurde. »Kommt herein«, sagte er brüsk. Als sich die Tür öffnete, starrte er die Frau an und sagte: »Miss Livingstone, kommt herein. Ich werde Eure Hilfe brauchen, um ein Urteil zu fällen.«

Patience betrat den Raum, und Kapitän Jones war beeindruckt von dieser hochgewachsenen, wohlgestalteten Frau. Sie war den kranken Mitgliedern seiner eigenen Mannschaft eine große Hilfe gewesen, und er hatte bereits tiefes Vertrauen zu ihr gefasst. Nun sagte er: »Ich werde Euch bitten, mir zu sagen, was da unten geschehen ist. Hat einer dieser Männer Euch in irgendeiner Weise belästigt oder beleidigt?«

Einen Augenblick hielt Patience die Augen des Kapitäns fest. Sie machte einen ernsten Eindruck, aber ihr Ernst hatte etwas Attraktives an sich. Sie hatte leuchtend blaue Augen, und ihr Blick glitt zu den beiden Männern hinüber, die an der Seite des Schreibtisches des Kapitäns standen. »Ich möchte keine Schwierigkeiten machen, Kapitän. Wenn es irgendein Missverständnis gab, gebt bitte mir die Schuld daran.«

Chris warf Thomas einen Seitenblick zu und sah, wie eine Schockwelle über die plumpen Züge des großen Mannes lief. Dann blickte er Patience an und sah ihr in die Augen. Er hörte zu, wie der Kapitän sie bedrängte, denn Jones war überzeugt, dass mehr hinter dem Zwischenfall steckte, als sie zugegeben hatte. Aber als Patience bei ihrer Geschichte blieb, zuckte der Kapitän die Achseln und sagte: »Dann soll die Sache abgeschlossen sein. Ihr beide seid entlassen.«

Chris ging voran zur Tür, und als er und Thomas die Kapitänskajüte verlassen hatten, sagte er: »Sie hat dir den Hals gerettet, Thomas. Wenn sie sich nicht eingemischt hätte, hätte der Kapitän uns beide ans Gitter binden lassen.«

Thomas' Wut hatte sich gelegt, und ein verblüffter Ausdruck tauchte in seinen schlammigbraunen Augen auf. »Warum hat sie das getan?«, murmelte er. Er kratzte sein verfilztes braunes Haar und schüttelte den Kopf. »Hab nie gesehen, dass eine Frau sich so benimmt.«

Chris sagte nichts weiter, aber später, als er Patience allein auf Deck antraf, sagte er: »Danke, dass Ihr mich aus der Klemme geholt habt. Ich habe es nicht erwartet.«

»Nein?«

Er war überrascht über ihre kurze Antwort. »Der Kapitän ist hart zu Männern, die die Passagiere belästigen. Das wusstet Ihr doch, nicht wahr?«

Patience blickte über die See hinaus und rief plötzlich aus: »Seht! Seht da!«

Chris sah hin und sagte: »Nun, das ist ein fliegender Fisch! Habt Ihr noch nie einen gesehen?«

»Nein! Seht nur, da sind noch mehr – ein ganzer Schwarm!«

Es schien, als hätte sie die Diskussion vergessen, aber Chris hatte sie im Verdacht, dass sie schlicht und einfach versuchte, das Thema zu wechseln. Das wollte er jedoch nicht zulassen. »Ich stehe in Eurer Schuld, Miss Livingstone, und Thomas ebenso. Ich versuche immer, meine Schulden zu bezahlen.«

»Die Fische sind wunderhübsch, nicht wahr?« Die junge Frau blickte übers Meer hinaus, aber einen Augenblick später drehte sie sich um und lächelte leicht. »Ich möchte nicht, dass einer von euch Schmerzen leiden muss – wegen einer Dummheit«, sagte sie leise, dann drehte sie sich um und verließ das Deck. Ihre Schritte schwankten leise mit den Bewegungen des Schiffes.

★ ★ ★

Es war nicht ungewöhnlich, dass jemand an Bord der *Mayflower* krank wurde. Das Essen war schlecht, und es gab praktisch keine Möglichkeit, richtig zu kochen. Die Kombüse war den Passagieren verschlossen, und es gab nur einen Koch für Offiziere und Mannschaft, also war es unmöglich, hundert Passagiere zu bekochen. Die Frauen brachten es zustande, hin und wieder Erbsensuppe oder Labskaus zuzubereiten – eine dicke Suppe oder ein Eintopf, der Stücke von gepökeltem Fleisch enthielt. Ab und zu gab es einen Leckerbissen – Haferbrei, der mit Melasse gesüßt wurde, oder Teigklöße – Klöße aus nassem Mehl, das in Schweinefett gebraten wurde – oder, was das Beste war, Rosinenauflauf, ein Rindertalgpudding, der Rosinen oder Pflaumen enthielt.

Aber die Passagiere waren nicht an die strenge und magere Kost gewöhnt, und die Krankheit überkam sie meist ohne Vorwarnung. Zwei Männer der Schiffsmannschaft waren lebensbedrohlich erkrankt. Peter Maxwell, ein Assistent Samuel Fullers, erkrankte an einem verdorbenen Magen, den er nicht loswurde, und zwei Tage später musste sich Jeff Thomas trotz seiner klobigen Kraft mit einer mysteriösen Krankheit, die niemand identifizieren konnte, zu Bett legen.

Samuel Fuller, der Arzt, beugte sich über den kranken Matrosen, während Chris und Patience auf Kisten neben ihm saßen. »Wie fühlst du dich, Thomas?«, fragte er leise.

Thomas öffnete die Augen und murmelte vor sich hin. Chris sah, dass die Augen des Mannes gelb verfärbt waren, und er hatte so viel Gewicht verloren, als wäre ihm das Fleisch von den Knochen gefallen. »Krank – krank – helft mir!«, keuchte der Mann.

Fuller wandte den Blick ab und sah Chris in die Augen. Er schüttelte leise den Kopf, sagte aber nur: »Ich werde eine Medizin mischen. Wakefield kann sie Euch geben. Ihr werdet Euch sofort besser fühlen.«

Chris stand auf, als der Arzt ihm zunickte.

»Lasst mich nicht allein!«, stieß Thomas verzweifelt hervor, und

Patience beugte sich vor und ergriff die große Hand, die sich nach Chris ausstreckte.

»Ich bin bei Euch, Mr Thomas. Ihr seid nicht allein.«

Augenblicklich beruhigt, schloss Thomas mit einem Stöhnen die Augen, während Chris dem Doktor nach draußen folgte.

»Was ist es, Dr. Fuller?«, fragte er. »Ich habe niemals etwas dergleichen gesehen. Ein großer, starker Mann wie Thomas war auf fünfzig Reisen, und er sagte, er sei niemals einen Tag in seinem Leben krank gewesen.«

»Ich weiß es nicht. Ich habe auch nie etwas dergleichen gesehen. Es ist eine Art Kreuzung zwischen Malaria und Scharlachfieber. Und dieses Fieber verzehrt ihn bei lebendigem Leibe.«

»Könnt Ihr nichts für ihn tun?«

Fuller blickte ihm geradewegs in die Augen. »Ich kann beten.«

Chris biss sich angewidert auf die Lippen. »Ich dachte, Ihr wärt ein Arzt.«

»Das bin ich, aber ich bin kein Wundertäter. Ich weiß nicht, was dem Mann fehlt. Die meisten von uns Ärzten wissen ohnehin nicht viel. Wir können ein gebrochenes Bein einrichten, einen Mann zur Ader lassen, aber ich weiß nicht, was Thomas fehlt. Er ist ein kranker Mann, das weiß ich.«

Das Schiff machte eine abrupte Bewegung, und Chris blickte jählings auf. Er hatte das Wetter vergessen, und nun sah er die Wolken, die von Norden heranrollten. »Wir müssen mit einem Sturm rechnen«, sagte er. »Ich gehe besser hinunter und binde Thomas fest. Ich muss die Segel bemannen. Was hat es mit dieser Medizin auf sich?«

»Ich gehe mit Euch, Chris, um ihm etwas zu geben, das ihn in Schlaf versetzt. Aber das ist so ziemlich alles, was ich jetzt für ihn tun kann.«

Sie kehrten in die Kabine zurück, wo der Arzt eine Medizin mischte. Patience hielt Thomas' Hand, als er sie austrank.

Innerhalb von Minuten fiel der Leidende in tiefen Schlaf. Chris stand da und betrachtete ihn einen Augenblick lang, dann hob er den Blick und sah dem Arzt in die Augen. »Wird er die Nacht überleben?«

Sam Fuller war ein guter Arzt, aber er hatte längst gelernt, wann er sich in das Unvermeidliche ergeben musste. Nun, als er dastand und Thomas ins Gesicht blickte, hob er den Blick und sagte: »Ich habe getan, was ich konnte. Ich glaube nicht, dass er den Morgen noch erleben wird.«

Patience blickte auf und forschte eindringlich im Gesicht des Arztes. Schließlich sagte sie: »Er darf nicht sterben. Er ist nicht bereit, vor Gottes Angesicht zu treten.« Sie streckte die Hand aus und legte sie auf die Stirn des Kranken, dann schüttelte sie den Kopf. »Er muss Jesus kennenlernen, bevor er in die Ewigkeit eingeht.«

★ ★ ★

Im Gegensatz zu der Vorhersage des Arztes überlebte Thomas die Nacht, obwohl es ihm beständig schlechter ging. Chris hatte mitgeholfen, das Schiff auf Kurs zu halten, dann machte er sich an seine täglichen Pflichten. Obwohl er kein wirklicher Freund Thomas' war, tat er für ihn, was er konnte. Der Mann hatte etwas Bemitleidenswertes an sich – er war so stolz auf seine Kraft gewesen, und nun lag er hilflos wie ein krankes Kind da, und das Leben sickerte aus seinem Leib. Chris hatte den Tod oft genug gesehen, um zu wissen, dass Thomas kaum eine Chance hatte, noch länger zu leben.

Während der vergangenen Tage war Patience Livingstone die getreueste Pflegerin des kranken Mannes gewesen. Immer wieder war Chris in das Loch hinabgestiegen, in dem man Thomas untergebracht hatte, in einem Teil des Schiffes, der besonders für die Kranken reserviert war, und hatte Patience vorgefunden, wie sie neben dem abgemagerten Matrosen saß und ihm das Gesicht mit frischem Wasser wusch. Einmal hatte Chris sie überrascht und war, als er ihre Stimme hörte, in der trüben Dunkelheit stehen geblieben. Er hatte gehört, wie sie von ganzem Herzen für die Seele des Mannes betete. Er hatte sich gefragt, wie sie für jemand wie Thomas beten konnte, nach allem, was er ihr anzutun versucht hatte. Er war noch nicht bei einer Antwort angelangt.

Wieder einmal stieg er zu Thomas hinunter, und als er sich umblickte, sah er den Arzt, das Mädchen und Kapitän Jones.

»Könnt Ihr nichts tun, Doktor?«, fragte der Kapitän feierlich.

»Kein menschliches Wesen könnte etwas ausrichten.« Fuller schüttelte den Kopf. »Wenn ich Ihr wäre, Kapitän, würde ich den Geistlichen rufen.«

»In Ordnung«, sagte Jones. »Ich hole selbst Reverend Bradford.«

Nicht lange nachdem er gegangen war, kam Bradford, und dann begann die lange Wache. Chris hatte das Gefühl, er würde diese Nacht niemals vergessen. Von Zeit zu Zeit bemerkten alle drei – Bradford, Patience und er selbst –, dass die Augen des Sterbenden offen waren, und entweder Bradford oder Patience sprachen mit gedämpfter Stimme zu Thomas. Wenn Patience sprach, zitierte sie einen Bibelvers nach dem anderen. Es gab kein Licht, um in der Dunkelheit deutlich zu sehen, und sie hatte keine Bibel bei sich, aber sie zitierte viele Bibelverse über die Liebe Gottes.

Zuweilen drängte Bradford den Mann: »Wollt Ihr Christus in Euer Leben lassen, Thomas? Wollt Ihr Buße tun?« Bei solchen Gelegenheiten wurde Thomas unruhig, aber die Bibelverse schienen ihn zu beruhigen.

Schließlich, eine halbe Stunde vor Anbruch der Dämmerung, öffnete Thomas die Augen und schien wieder er selbst zu sein. Bradford war hinausgegangen, um nach seiner Frau zu sehen, sodass nur Patience und Chris übrig geblieben waren. »Bist du wach? Kennst du mich, Jeff?«

Er wandte ihr den Blick zu. Seine Lippen waren von den Zähnen zurückgezogen, und in seiner Brust rasselte es. »Ja«, sagte er, »ich kenne Euch.« Seine Stimme war heiser, und Chris konnte ihn kaum verstehen.

Patience beugte sich vor, legte ihre Hand auf die des großen Seemannes und sagte: »Jeff, ich habe dir aus Gottes Wort vorgelesen, und die Bibel sagt uns, dass Gottes Wort Licht bringt ...« Sie streckte die Hand aus, berührte seine Wange und sagte: »Christus ist das Licht der Welt. Obwohl wir im Dunkeln wandeln, wird er uns Licht bringen, wenn wir es ihm erlauben. Willst du Jesus in dein Herz lassen, damit er dir Licht bringt?«

Thomas betrachtete sie. Sein Blick war starr, und seine Lippen zuckten. »Ich bin nicht – wert, zu Gott zu kommen.«

»Nein, keiner von uns ist es wert, zu Gott zu kommen. ›Alle haben gesündigt und ermangeln der Herrlichkeit Gottes.‹« Patience sprach die Worte langsam. Dann sagte sie: »Aber hör zu, Jeff: ›So viele ihn aufnahmen, denen gab er Kraft, Kinder Gottes zu werden.‹« Sie hielt wieder inne und wartete, bis die Worte ihre Wirkung getan hatten.

Chris stand daneben, während sie sprach und immer wieder den Namen Jesu anrief. Schließlich flüsterte sie: »Jeff, du musst Jesus vertrauen. Du wirst ihm bald gegenüberstehen. Deine einzige Hoffnung ist das Blut Jesu Christi. Er starb am Kreuz für dich. Warte nicht, bis du würdig bist. Du wirst *niemals* würdig sein. Keiner von uns wird jemals würdig sein.«

»Was – was soll ich tun?«

Von dem matten Gewisper ermutigt, sagte sie: »Ich werde für dich beten, und während ich bete, sagst du einfach: ›Gott, hab Erbarmen mit mir, einem Sünder, und vergib mir, in Jesu Namen.‹ Willst du das tun?« Dann, ohne auf eine Antwort zu warten, begann sie zu beten.

Chris stand da in dem trüben Licht. Er fühlte, wie das Schiff von einer Seite zur anderen rollte. Er beobachtete, wie das dünne Licht der Kerze das Gesicht des sterbenden Matrosen erhellte. Patience hatte die Augen geschlossen, sah er, aber Thomas' Augen hingen an ihr, und während sie betete, begannen sich Thomas' Lippen zu bewegen. Früher hätte Chris über dergleichen gelacht oder gespottet, aber als er nun die Furcht in Thomas' Augen sah, fühlte er nur das feierliche Bewusstsein, dass etwas Ernstes stattfand. *Ich werde selbst eines Tages an dieser Schwelle stehen. Und ich bin um nichts besser als er*, dachte er. Dann hörte er Jeffs Stimme.

»Ich bin ein furchtbarer Sünder, Gott, aber errette mich um Jesu willen.«

Die letzten Worte kamen mit einem Keuchen heraus, und noch während sie ausgesprochen wurden, sagte Patience: »Vertrau ihm! Willst du ihm vertrauen, Jeff, dass er dich errettet?«

Thomas nickte langsam. »Ja«, sagte er. Es war alles, was er über die Lippen brachte, obwohl er zu sprechen versuchte. Er schloss müde die Augen, und innerhalb weniger Augenblicke war es vorbei. Thomas sprach nur noch ein einziges Mal. Er sagte zu Patience mit rauer, gebrochener Stimme: »Danke Euch – danke Gott –«

Schließlich lag Thomas reglos da, in jener schrecklichen, vielsagenden Stille, die die Toten an sich haben, und Patience Livingstone wandte sich um und richtete ihre schönen blauen Augen auf Christopher Wakefield.

»Er ist dahin, aber ich glaube, er ist im Vertrauen auf Jesus Christus gestorben.« Hoffnung lag in ihren Augen und ihrer Stimme. »Ihr müsst dasselbe tun wie er, Chris. Ihr braucht Gott genauso dringend, wie Jeff Thomas ihn gebraucht hat.«

Die Worte trafen Chris wie ein Schlag, und er brachte es nicht fertig, ihr in die Augen zu schauen. Wie betäubt ging er fort. Er verließ das Unterdeck und entfernte sich so weit wie möglich von dem Toten und dem Mädchen, das neben ihm Wache hielt. Er stieg weit den Bug hinauf und starrte blindlings in die Wasserwüste hinaus – aber die Schwärze der See war um nichts tiefer als die Leere in seiner Seele, und er wusste, er würde diese Worte ein ums andere Mal widerhallen hören: *Ihr braucht Gott genauso dringend, wie Jeff Thomas ihn gebraucht hat.*

5
»ICH WAR IMMER ALLEIN«

Nach Jeff Thomas' Hinscheiden versuchte Chris nach Kräften, sich von Patience fernzuhalten. Auf einem so kleinen Schiff wie der *Mayflower* waren gelegentliche Begegnungen unumgänglich, er entzog sich ihr jedoch und verbrachte lange Stunden der Nachtwache an der Reling. Der Tod des Matrosen hatte ihn irgendwie gezeichnet und eine Düsternis über seine Seele gebreitet. Immer wieder ließ er sich die Ereignisse in Gedanken durch den Kopf gehen. Vor allem erinnerte er sich an die qualvolle Furcht in Thomas' Augen – und dann an den Frieden, der über ihn gekommen war, sobald er Gott angerufen hatte. Sosehr er es auch versuchte, er konnte diese Gedanken nicht abschütteln. Mit der Zeit wurde er immer trübsinniger und melancholischer.

Zu seiner eigenen Überraschung stattete er Peter Maxwell, dem jungen Assistenten des Arztes, der schon zu Anfang der Reise erkrankt war, einen Besuch ab. Der erste Besuch war mehr oder weniger ein Zufall, denn Chris hatte eigentlich einen der Heiligen sprechen wollen, der sich angeblich um den Jungen kümmerte. Aber als er den Raum betrat, fand er Peter allein vor. Bevor Chris jedoch wieder gehen konnte, öffnete der Junge die Augen, und die Freude, die beim Anblick seines Besuchers in ihnen aufleuchtete, hatte Chris mehr das Herz erwärmt, als er zugeben wollte. Er wollte den kranken Diener nicht enttäuschen, und so blieb Chris ein Weilchen sitzen und unterhielt sich mit Maxwell. Der junge Mann erwies sich als außergewöhnlich intelligent – und sah trotz seiner Krankheit überraschend positiv in die Zukunft. Chris hatte den Jungen daraufhin ziemlich regelmäßig besucht, und er hatte ihn niemals schlecht über jemand anderen sprechen gehört, selbst wenn derjenige es verdient hätte. Andere Passagiere erzählten, dass Peter vor seiner Erkrankung sich sehr bemüht hatte, anderen behilflich zu sein, so niedrig die Arbeit auch sein mochte. Die Folge war, dass Maxwell den meisten Leuten auf dem Schiff ans Herz gewachsen war. Und bei jedem Besuch wuchs der Junge auch Wakefield ans Herz, und ihre gemeinsamen Stunden wurden der einzige lichte Fleck in Chris' zunehmend umdüsterten Leben.

Das Schiff erkämpfte sich seinen Weg durch berghohe Wellen. Manchmal trafen es Stürme, manchmal wurde es nur von einem typischen nordatlantischen Winter verfolgt. Inzwischen waren Wochen vergangen, seit irgendjemand es fertiggebracht hatte, ein Feuer zu entzünden. Das Essen, das aus dem Lagerraum heraufgebracht wurde, wurde immer schlechter. Den Zwieback musste man mit einem Meißel zerkleinern. Der Käse war schimmlig, die Butter ranzig. Endlose Schnitten von Salzfleisch oder Fisch mussten mit Bier hinuntergewürgt werden, das ebenfalls sauer wurde.

Alle an Bord drohten zu verzagen – alle außer William Bradford. Der Pastor kümmerte sich unablässig um seine kleine Herde und sagte ein ums andere Mal: »Wir haben uns dem Willen Gottes anheimgestellt, und wir sind entschlossen durchzuhalten.«

Irgendwie schafften es Bradfords Worte, die müden Leutchen aufzumuntern. Obwohl sie mit hundert anderen in einen Raum gepfercht wurden, der nur wenig mehr Quadratmeter maß als das Innere eines kleinen Hauses, obwohl sie seit mehr als dreizehn Wochen weder die Kleider gewechselt noch sich gewaschen hatten, trotz des eisigen Wassers, das um sie herum schwappte und spritzte – so feucht und durchfroren sie auch waren, die meisten der Passagiere fühlten sich ermutigt und von frischer Kraft erfüllt. Die ruhigen, aufmunternden Worte des Geistlichen gaben ihnen neue Kraft.

Andere Passagiere jedoch, wie die Frau des Geistlichen, jammerten beständig um alles, was sie zurückgelassen hatten. Dorothy Bradford sprach in einem fort von den warmen, schmucken Häusern in Leyden, wo das Leben so ruhig wie ein holländischer Kanal an ihnen vorbeigeströmt war. Sie sprach von ihrer Kindheit in der behaglichen

Welt der Niederlande und wurde immer wieder von nagenden, qualvollen Zweifeln gequält, die kein Gebet vertreiben konnte.

Eines Nachmittags wurde ein erschreckender Laut hörbar. Schmerzensschreie drangen aus der großen Kabine, und Chris, der mit den Segeln beschäftigt war, hörte es sogar hoch oben in den Wanten. Aufgeschreckt blickte er hinunter und sah Patience und Sam Fuller, die eben die vordere Luke betraten.

»Ich frage mich, was da passiert ist. Hört sich an, als wäre jemand verletzt«, murmelte er. Er blickte zu Amos Prince hinüber, dessen Gesichtsausdruck verriet, dass er ebenfalls das Geräusch gehört hatte. Prince, der sich im Lauf der Fahrt eng mit Chris angefreundet hatte, schrie gegen den Wind, der immer noch in der Leinwand und den Leinen pfiff. »Schätze, das ist Mrs Hopkins. Ich hörte Dr. Fuller sagen, ihre Stunde sei gekommen.«

Als die beiden Männer aus den Wanten stiegen, ging Amos seines Weges, aber Kapitän Jones trat Chris in den Weg. »Geh in die Kombüse hinunter. Sieh zu, dass der Koch dir Wasser gibt.«

»Was geht da vor, Kapitän?«

»Mrs Hopkins bekommt ihr Baby.« Jones hatte einen schmerzlichen Ausdruck in den Augen und zuckte seine mächtigen Schultern. »Das hat uns noch gefehlt, nicht wahr – dass ein Baby mitten in diesem Sturm geboren wird. Geh schon, mach vorwärts.«

Stunden vergingen, und aus irgendeinem Grund war Chris fasziniert. Er wusste praktisch nichts über die Geburt eines Babys; die ganze Angelegenheit machte ihm Angst. Er stand an der Reling und dachte darüber nach, wie gefährlich es war, ein Kind zu bekommen, vor allem an Bord eines sturmgebeutelten Schiffes. Da sprach ihn eine Stimme von hinten an.

»Hallo, Chris.«

Er fuhr herum und sah Patience vor sich stehen. Er nickte kurz angebunden und antwortete brüsk: »Hallo.« Er warf einen Blick auf die Kabine. »Wie geht es Mrs Hopkins?«

Die klaren Augen der jungen Frau waren von Sorge umflort. »Sie hat es nicht leicht. Dr. Fuller macht sich Sorgen um sie.«

Chris blinzelte erschrocken. »Ihr meint – sie könnte sterben?«
»Die Möglichkeit besteht.«
»Ich hoffe nicht. Sie ist eine so nette Dame.«
»Ich wollte mit Euch sprechen«, sagte Patience abrupt, »aber mir scheint, Ihr geht mir aus dem Weg.«
»Ich hatte zu arbeiten.«
Patience schüttelte den Kopf, dass eine ihrer Locken unter dem Häubchen hervorrutschte und zu tanzen begann. »Nein«, sagte sie ruhig, »Ihr seid mir aus dem Weg gegangen.« Sie hatte eine angeborene Fähigkeit, anderen zu widersprechen, ohne sie zum Zorn zu reizen. »Ich fürchte, ich habe Euch mit meinem Predigen erschreckt. Das täte mir leid.«
Chris dachte daran, wie sie Thomas bis zum Tode gepflegt hatte. Er schämte sich für seine Haltung und erwiderte: »Nun, ich bin darüber hinweg.«
»Niemand ist darüber hinweg, das Evangelium zu hören.«
Patience sah zu, wie Chris trotzig den Kopf schüttelte. Die langen Wochen, in denen er der Sonne ausgesetzt gewesen war, hatten sein Gesicht gebräunt, und seine leuchtend blauen Augen standen in scharfem Kontrast zu seiner dunklen Haut. Sein kastanienbraunes Haar flatterte in der Brise, dessen reichliche Rottöne sich in dem Bart wiederholten, den er sich hatte wachsen lassen. Zum Unterschied von vielen der anderen Matrosen stutzte er seinen Bart kurz, wie Patience bemerkte.
Er ist ein bemerkenswert gut aussehender Mann, dachte sie, obwohl sie ihre Zweifel hatte, ob ihm das überhaupt bewusst war. Seine Stimme riss sie abrupt aus ihren Gedanken.
»Mein Vater und meine Mutter sind wackere Christen, Miss Livingstone. Wenn sie es nicht geschafft haben, mich zurechtzubiegen, dann schafft es wohl niemand. Also«, sagte er mit einem grimmigen Lächeln, »verschwendet Eure Zeit nicht an mich.« Er bewegte sich unbehaglich und blickte aufs Deck hinunter, dann hob er den Kopf und zuckte die breiten Schultern. »Tut mir leid, das klingt unhöflich. Ich schätze sehr, was Ihr für Thomas getan habt. Er war nicht mein

Freund, aber ich bin froh, dass Ihr in seinen letzten Augenblicken bei ihm wart.«

Patience begriff, dass das alle Wertschätzung war, die Chris für ihre Versuche, mit dem Sterbenden von Gott zu sprechen, übrighatte. Sie betrachtete ihn voll Bedauern, dann sagte sie: »Ich bin froh, dass ich da war, um zu tun, was ich konnte.« Dann drehte sie sich um und ging übers Deck davon, wobei sie sich graziös mit dem Steigen und Fallen des Schiffes bewegte.

Als sie verschwunden war, empfand Chris jähe Missbilligung ... seiner selbst. »Du benimmst dich wie ein Bär mit Kopfweh«, murmelte er und schlug mit seiner harten Faust auf die Reling. »Was ist bloß los mit dir?«

Stunden vergingen, und die Geräusche des Sturms füllten die Ohren aller, die an Deck oder im Zwischendeck warteten. Selbst unter günstigen Umständen war eine Geburt schwierig. Eine Geburt in einer feuchten, übel riechenden Kabine mit kaum einer Heizung oder heißem Wasser war besonders hart. Schließlich öffnete sich die Tür der Kabine und Patience kam heraus. Sie sah Chris, der in der Nähe herumgelungert hatte, und trat augenblicklich auf ihn zu. Im selben Augenblick drang ein fröhlicher, durchdringender Schrei aus der Kabine.

»Es ist ein Junge«, sagte sie, und Freude schwang in ihrer Stimme mit. Irgendwie fühlte Chris sich durch diese Ankündigung erleichtert. Er verstand nicht, warum er sich Sorgen um die Frau gemacht hatte, es sei denn, weil sie so freundlich zu jedermann war. Er atmete tief ein und aus und brachte ein Lächeln zustande. »Wie soll er heißen?«

»Sie nennen ihn Oceanus, Oceanus Hopkins.« Patience gestattete einem Lächeln, in den Winkeln ihrer breiten Lippen aufzuflackern, und Frohsinn malte sich in ihre Augen. »Oceanus Hopkins, nach Neptun benannt, nehme ich an. Auf jeden Fall ist er ein prächtiger Junge, und er wird ein schönes Leben in dem neuen Land haben.«

Einen Augenblick standen die beiden nebeneinander, dann kam Amos Prince herbei und sagte: »Miss Patience, ich wünschte, Ihr würdet nach Peter Maxwell sehen. Es geht ihm schlechter, denke ich.«

»Danke, Amos. Ich mache mich sofort auf den Weg.«

»Ich gehe mit«, erklärte Chris augenblicklich. Die beiden stiegen die Leiter hinunter in die dunklen Winkel des Schiffes, und als sie den winzigen Raum erreichten, der für Peters Bett zur Verfügung stand, sahen sie beide augenblicklich, dass sein Zustand ernst war.

»Wie geht es dir, Peter?«, fragte Patience und kniete neben ihm nieder.

»Kann nicht klagen«, war die schwache Antwort.

»Du klagst doch nie.« Patience streckte die Hand aus, berührte seine Stirn und zeigte sich alarmiert von der Hitze des Fiebers. Sie drehte sich um und sagte: »Würdet Ihr etwas kühles Wasser holen, Chris? Vielleicht können wir das Fieber senken.«

Die beiden arbeiteten zusammen; sie legten kühle Kompressen auf den Körper, der in einem schrecklichen, alles verzehrenden Fieber zu brennen schien. Schließlich – nach langer Zeit, wie es schien – ging das Fieber zurück, und die Ruhelosigkeit des jungen Mannes nahm ein Ende. Einen Augenblick später sah er die beiden an, die an seiner Bettkante saßen, und flüsterte: »Es tut mir leid, dass ich so viel Mühe mache. Ich habe nicht mehr lange zu leben.«

Erschrocken bemerkte Chris: »Was redet Ihr da, Peter! Ihr kommt schon in Ordnung! Wir werden bald an Land gehen, und dort gibt es frisches Wasser, vielleicht auch frisches Fleisch. Ich werde mich aufmachen und selbst etwas schießen und es nur für Euch allein kochen.«

»Würdet Ihr das tun? Das wäre nett.« Maxwell gab sich alle Mühe, fröhlich zu klingen, aber seine Stimme war dünn – ein hohes Tremolo, so schwach, dass Chris und Patience es kaum hören konnten. Dennoch schien ihre Anwesenheit ihn zu trösten, und lange Zeit lag er still da und sprach nur hin und wieder.

Schließlich sagte Patience: »Soll ich dir aus dem Wort Gottes vorlesen?«

»Ja, bitte.«

»Ich gehe hinunter und hole meine Bibel.« Sie ging, kehrte aber bald wieder mit der dicken schwarzen Bibel, die sie oft an Deck las, wenn das Wetter es erlaubte, zurück. Sie öffnete das Buch und begann aus dem 23. Psalm zu lesen: »Der Herr ist mein Hirte, mir wird nichts mangeln.« Der Klang ihrer Stimme war gedämpft, aber melodisch, und Chris lehnte sich an die Planken des Schiffes und lauschte. Die flackernde gelbe Kerze setzte der Dunkelheit einen bernsteinfarbenen Tupfer auf. Ihre schwachen Strahlen wanderten über den kranken Diener und setzten Glanzlichter auf das Gesicht des Mädchens, sodass ihre glatten Wangen beinahe die Farbe von altem Elfenbein annahmen. Sie las weiter und weiter, während das Schiff knarrte und die anderen, die in der Nähe zu Bette lagen, mit gedämpften Stimmen murmelten.

Schließlich fiel Maxwell in Schlaf, und Chris und Patience erhoben sich und schritten den Durchgang entlang. Chris hielt inne und sah Patience an. »Ich muss an Deck gehen und meine Arbeit tun. Wir werden bald unseren Kurs wechseln, daher muss ich die Segel setzen.«

»Danke, dass Ihr bei Peter gesessen habt. Es bedeutet ihm viel.«

»Ja.«

Das einzelne Wort, das ohne jeden Zweifel ausgesprochen wurde, schien Chris zu treffen. Er blickte schockiert in ihr Gesicht, dann fragte er: »Wie könnt Ihr so sicher sein?«

»Der Herr hat es mir gesagt.«

Wieder empfand Chris einen Schock, als die Worte von ihren Lippen fielen, sanft, aber fest. »Gott ... redet mit Euch?«, fragte Chris beinahe zornig. »Er spricht aus dem Himmel herunter und sagt Euch, was er tun wird?«

»Seid nicht zornig«, sagte sie. Innere Stärke zeigte sich in ihrem Gesicht und Mitleid in ihren Augen, als sie zu ihm aufblickte. »Ich habe niemals die Stimme Gottes gehört, nicht so, wie ich Eure Stimme höre«, gab sie zu, »aber wenn ich bete, dann werden mir Dinge zuteil. In der Bibel steht geschrieben: ›Meine Schafe hören meine

Stimme.‹ Irgendwie hat der Herr mir mitgeteilt, dass Peter nicht leben wird.«

»Das glaube ich nicht.«

Sie zankte nicht mit ihm, sondern sagte nur: »Ich kann mich täuschen. Ich hoffe es. Ich hoffe, er lebt, bis er ein alter Mann ist und seine Enkelkinder zu seinen Füßen sitzen. Das würde mir gefallen.«

Chris zog die Augen zu schmalen Schlitzen zusammen. »Das ist aber nicht das, was Ihr glaubt. Ihr denkt wirklich, Gott hätte Euch mitgeteilt, dass er nicht leben wird.«

Sie hielt seinen Blick einen Augenblick lang fest, dann schüttelte sie leise den Kopf. Der Wind hatte ihre Wangen gerötet, aber sie waren immer noch glatt und irgendwie warm in der stürmischen Luft. »Gott hat uns dazu erschaffen, Gemeinschaft mit ihm zu haben«, sagte sie schlicht. »Es ist mir immer seltsam erschienen, wie Männer und Frauen ihr Leben zu Ende leben können und niemals genug Interesse zeigen, um dem zuzuhören, der sie geschaffen hat.«

Solche Reden, auch wenn er sie nur selten hörte, bereiteten Chris Unbehagen. Und das Gefühl wurde nur intensiver, als er die ruhige Haltung und das gelassene Gesicht der jungen Frau vor sich sah. Obwohl er sicher war, dass sie es nicht so gemeint hatte, fühlte er, dass etwas in ihrer ruhigen Selbstsicherheit ein Vorwurf gegen sein eigenes Leben war. »Ich verstehe nichts von diesen Dingen. Ich weiß nur, dass ich den Jungen lebendig sehen möchte. Ich habe ihn sehr lieb gewonnen.«

»Ich auch, aber das haben wir alle. Er ist die Art Mensch, bei dem man sich schon wohlfühlt, wenn man nur mit ihm redet.«

Bitterkeit schien Wakefields Mund zu einer dünnen Linie zusammenzupressen. »Das ist mehr, als je von mir gesagt werden konnte«, sagte er, dann drehte er sich zornig um und eilte davon. Patience blieb zurück und starrte ihm nach. Sie war nicht überrascht von seiner Heftigkeit. Sie hatte schon längst gespürt, wie viel Bitterkeit und Härte Chris in sich aufstaute.

»Bitte, Gott, lass ihn begreifen, dass du ihn liebst«, betete sie.

* * *

»Könnt Ihr kommen? Ich glaube, Peter stirbt.«

Chris hatte in der Nähe der Kombüse gesessen, wo der Koch es tatsächlich fertiggebracht hatte, genug Feuerholz zu sammeln, um ein Feuer anzuzünden. Das muntere Prasseln und die gelben Flammen hatten ihn irgendwie aufgeheitert. Er hatte in die flackernden Flammen gestarrt und an sein Zuhause in England gedacht, als Patience von hinten an ihn herantrat und seine Schulter berührte. Aufgeschreckt fuhr er herum und stand augenblicklich auf. Der Ernst auf ihrem Gesicht drang zur selben Zeit in sein Bewusstsein wie ihre leise gesprochenen Worte. Die Lippen fest zusammengepresst, fragte er: »Seid Ihr sicher?«

»Ja. Bitte kommt rasch. Er möchte Euch sehen!«

Chris empfand keinen Wunsch danach, und er verließ mit schwerfälligen Schritten die Kombüse und folgte dem Mädchen, bis sie beide vor dem zierlichen Körper des jungen Mannes standen. Sam Fuller und William Bradford standen im Hintergrund, und Chris sah ihren Gesichtern an, dass sie keine Hoffnung für den Jungen mehr hatten.

Patience kniete nieder und sagte: »Chris ist hier, Peter. Kannst du mich hören?«

Die Lider flatterten, und die dünnen Lippen bewegten sich, als der junge Mann flüsterte: »Ich möchte Auf Wiedersehen sagen, Chris.«

Chris trat wie betäubt vor. Er hasste jeden Augenblick. Er hatte genug vom Tode gesehen. Thomas' Tod war schockierend gewesen, aber er hatte dem Mann nicht nahegestanden. Dieser junge Mann war ein Stück lebendes Fleisch, erfüllt von Träumen, Hoffnungen und Zukunftsplänen. Scharfe Bitterkeit erfüllte Wakefield, als er neben dem Jungen niederkniete und die schlaffe, abgemagerte Hand ergriff. »Ich bin hier, Peter.«

»Wir waren gute Freunde, Chris«, sagte Maxwell schlicht. Seine Stimme wurde ein wenig kräftiger, und er brachte ein Lächeln zustande.

Chris fühlte, dass ihm die Augen brannten, und blinzelte kräftig, um die Tränen zurückzudrängen. »Es tut mir – es tut mir leid, dass es so weit gekommen ist«, murmelte er. »Ich hatte gehofft, die Neue Welt mit dir zusammen zu sehen.«

»Ist schon in Ordnung, Chris. Ich werde jetzt eine andere Welt sehen, eine bessere als diese … obwohl ich dich gerne begleitet hätte.« Seine Hand drückte Chris' Finger, und er flüsterte von Neuem: »Wir sind gute Freunde, nicht wahr?«

»Gute Freunde für allezeit, Peter.« Dann kamen die Tränen, sie liefen Chris über die Wangen und in den Bart. Er wischte sich heftig mit dem Ärmel über die Augen und trocknete sie. Seine Kehle war so rau, dass er kaum sprechen konnte. »Wir waren allezeit die besten Freunde, Peter.«

Die Worte schienen Maxwell zu erfreuen, und lange Zeit lag er da und hielt Chris' Hand fest. Schließlich wurde sein Atem flacher, und der Arzt trat einen Schritt vor. Er legte die Hand auf den Kopf des Jungen, dann fühlte er nach seinem Herzen, und ohne ein Wort zu sagen, schüttelte er den Kopf und trat zurück in den Schatten.

Kapitän Jones sagte: »Es kann also nichts mehr für ihn getan werden?«

»Nein, er tritt vor Gottes Angesicht«, antwortete Fuller schlicht.

Fünfzehn Minuten später öffnete Maxwell die Augen. Er blickte im Halbdunkel jedes Gesicht an und versuchte zu sprechen. Als Chris sich vorbeugte, verstand er nur »Preist den Herrn«, und dann schlossen sich Peters Augen, und seine Brust wurde still.

Chris erhob sich, drehte sich um und ging ohne ein Wort. Er konnte um nichts in der Welt die Tränen zurückhalten, die ihm über die Wangen liefen. Er neigte nicht zum Weinen, aber ihm war die Gebrechlichkeit und Verletzlichkeit allen Lebens bewusst geworden, als der junge Mann seinen Griff in der Welt gelöst hatte und in jene unbekannte Leere hinausgeglitten war. Peters Tod mitanzusehen, hatte Chris erschreckt, noch mehr, als Thomas' Ende ihn erschreckt hatte. Nicht dass er sich Sorgen um die Seele des jungen Mannes gemacht hätte. Nicht einmal seiner eigenen Existenz war er sich so sicher wie der Tatsache, dass Peter Maxwell in den Himmel gelangt war. Nein, es war mehr als das. Es war seine eigene Seele, die ihn beunruhigte, und er wusste, dass er früher oder später vor Gottes Angesicht treten musste.

Sie bestatteten Peter am nächsten Tag auf See. William Bradford hielt eine schlichte Predigt, die vor allem aus Bibelversen bestand. Alle an Bord waren zugegen. Alle Mannschaftsmitglieder nahmen teil, außer denen, die das Schiff segelten, und alle Passagiere, Fremde und Heilige gleichermaßen. Dann, nach ein paar kurzen Worten, versank Peter Maxwell von Austerfield in der grauen Tiefe, fast dreitausend Meilen von jenen grünen Feldern entfernt, die er und William Bradford ihr Zuhause genannt hatten.

»Ein wackerer Junge war er«, flüsterte Kapitän Jones Chris zu, der in seiner Nähe stand. »Er hat die Chance verpasst, die Neue Welt zu sehen, aber schließlich«, fügte er hinzu, »hat er eine bessere gefunden.«

★ ★ ★

Der Morgen des nächsten Tages brach an, wie alle anderen Morgen angebrochen waren, seit sie unterwegs waren. An Deck tat die Mannschaft ihre Routinearbeiten, und Kapitän Jones stand über das Heck gebeugt und beobachtete die Dämmerung, die über einer glitzernden See aufstieg. Aus dem Westen kam eine neugierige Möwe und flog mit erstaunten Schreien über das müde Schiff. Oben flatterten die Segel im erlöschenden Wind. Plötzlich drang ein erregter Aufschrei von oben herunter: »Land! Land ho! Land ho!«

Nun ließ die Sonne die schäbigen Segel des Schiffes erglänzen, als wären sie aus purem Gold gemacht. Eine Brise folgte dem aufgehenden Licht, als Mannschaft und Passagiere zur Reling stürzten und alle den Horizont anblickten, der vor ihnen lag. Dort erstreckte sich in all ihrer Glorie die Neue Welt.

Schlaftrunkene Männer und Frauen schreckten von ihren Kojen hoch. Kapitän Jones bellte Kommandos, und aller Augen folgten ihm, als er befahl, mehr Segel zu setzen. Sie waren fünfundsechzig Tagesreisen von Plymouth entfernt, neunundsiebzig von Southampton. Freudenschreie und Tränen der Erleichterung mischten sich auf den glücklichen Gesichtern aller, die auf Deck standen. Viele Menschen fielen auf die Knie und dankten Gott in schlichter Spontaneität. William Brewster, einer der Passagiere, stimmte ein Loblied an, in das alle Heiligen herzhaft einstimmten.

Den ganzen Tag herrschte Freude – aber sie verstummte abrupt, als sie feststellten, dass sie sich nicht in dem Abschnitt befanden, der ihnen zugewiesen worden war. Es war schon schwer genug gewesen, die Neue Welt überhaupt zu finden, aber nun befanden sie sich vor einem Gebiet, das sich südlich des 41. Breitengrades befand, das hieß, sie befanden sich nicht in dem Landabschnitt, den ihnen der König zugeteilt hatte.

Die Pilger der *Mayflower* waren jedoch Menschen, die an die persönliche Führung Gottes glaubten. Sie versammelten sich in aller Eile, verbrachten eine Zeit im Gebet, dann kamen sie zu dem Entschluss, es sei die Hand Gottes gewesen, die sie hierhergebracht habe. Bis tief in die Nacht hinein diskutierten die Anführer aus Leyden und die Anführer aus London die Lage, bis sie schließlich entschieden, dass Neuengland der Ort war, an den Gott sie bringen wollte. Sie überbrachten ihre Entscheidung am nächsten Morgen Kapitän Jones, und er ließ die *Mayflower* prompt wenden und fuhr die Küste hinauf, um einen geeigneten Landplatz zu finden.

Sie hatten das kaum getan, als einige der Londoner, die Fremden, einen Entschluss fassten: Da sie an einem anderen Ort landeten, hatten die Heiligen mit ihrem königlichen Patent kein Anrecht auf Oberhoheit über sie. Dies war eine wirklich alarmierende Entwicklung. Jeder fähige Mann wurde gebraucht, wenn die neu gegründete Kolonie ihnen Schutz bieten sollte, bevor der Schnee kam. Die Möglichkeit einer bewaffneten Revolte war nicht mehr auszuschließen. Während des ganzen nächsten Tages, des 10. November, trafen sich die Anführer der kleinen Expedition in der großen Kabine der *Mayflower*, um das Problem zu diskutieren. Die Heiligen scheuten instinktiv vor jeder Anwendung von Gewalt zurück. Langsam, nach vielem Hin- und Hergerede, beschlossen sie, sich zu einer unabhängigen politischen Körperschaft zu erklären und an Gesetze zu halten, die ausschließlich zum Besten der Kolonie erlassen wurden und für Fremde und Heilige gleichermaßen Geltung haben sollten.

Während die *Mayflower* sich vorsichtig ihren Weg um Cape Cod suchte, übertrug man William Brewster, der eine Universitätsausbildung genossen hatte, und Stephen Hopkins, der ebenfalls hochgebildet war, die Aufgabe, einen kurzen »Vertrag«, aufzusetzen. Die beiden Männer machten sich an die Arbeit und hatten bald darauf die Worte zu Papier gebracht. Als alle Passiere sich versammelt hatten, teilten ihnen die Anführer mit, man sei zu einer Übereinkunft gekommen; das Dokument müsste nur noch unterzeichnet werden. William Bradford stand auf und las den *Mayflower*-Vertrag:

»Wir, deren Namen hier unterzeichnet sind, die getreuen Untertanen unseres Oberherrschers, König Jakob, von Gottes Gnaden König von Großbritannien, Frankreich, Irland, Verteidiger des Glaubens usw.

Nachdem wir zur Ehre des Glaubens und zur Förderung des christlichen Glaubens und zur Ehre unseres Königs und unseres Vaterlandes eine Reise unternommen haben, um die erste Kolonie in den nördlichen Teilen von Virginia zu begründen, verbinden und vereinigen wir uns feierlich und auf Gegenseitigkeit in der Gegenwart Gottes und unserer Gefährten zu einer zivilen politischen Körperschaft, um der besseren Ordnung und Aufrechterhaltung und der Förderung der oben genannten Ziele willen, und kraft dessen wollen wir solche gerechten und auf Gleichheit beruhenden Gesetze, solche Statuten, Gesetzesvorlagen, Konstitutionen und Ämter von Zeit zu Zeit erlassen, konstituieren und verfassen, wie es für das allgemeine Beste der Kolonie am geeignetsten erscheint, und wir versprechen alle gebührende Unterwerfung und Gehorsam. Zum Zeugnis dafür haben wir mit unseren Namen unterschrieben vor Cape Cod, am 11. November, im Regierungsjahr unseres Oberherrschers König Jakob von England, dem achtzehnten in England, Irland und Frankreich und dem fünfundvierzigsten in Schottland. Anno Domini 1620.«

Als die Dämmerung des elften November anbrach, fuhr das Schiff in einen weiten Hafen ein. Der Matrose mit dem Senkblei machte die Tiefe in Faden aus, und das Schiff nahm die komplizierte Aufgabe des Einfahrens in Angriff. Unter Deck waren die Passagiere versammelt, und der *Mayflower*-Vertrag wurde unterzeichnet.

Als Erste wurden die Anführer der Gruppe, einschließlich John Carver und William Bradford, eingeladen zu unterzeichnen. Schließlich war das Unterzeichnen erledigt und nur eine geschäftliche Aufgabe blieb noch zu regeln: die Wahl eines Gouverneurs. John Carver wurde auf ein Jahr gewählt. Es gab keine Opposition.

Um zehn Uhr, nachdem Kapitän Jones den Hafen abgesucht und zahlreiche Sandbänke gefunden hatte, ließ er etwa eine Meile von der Küste entfernt Anker werfen. Nach zwei harten Monaten auf See war seine Arbeit schließlich getan. Er schritt an der Reling entlang und blickte über das Land hinaus, bis William Bradford sich zu ihm gesellte. Beide betrachteten die Passagiere, die sich an Deck aufhielten, und bemerkten, dass sie alle niedergeschlagen wirkten.

Bradford sagte: »Ich kann nur staunen über den gegenwärtigen Zustand dieser armen Leute. Wir haben einen riesigen Ozean überquert und ein Meer von Schwierigkeiten, bevor wir unsere Reise antraten.« Er blickte über das Land hinaus. »Nun finden wir keine Freunde, die uns willkommen heißen, keine Schenken, die uns Kurzweil bieten, keine Häuser, viel weniger noch Städte.«

Kapitän Jones warf dem Geistlichen einen neugierigen Seitenblick zu. »Ist Euer Glaube denn schwach geworden, Pastor?«

»Nein.« Bradford schüttelte entschlossen den Kopf. »Schwierige Zeiten stehen uns bevor, aber Gott – der Geist Gottes und seine Gnade – wird uns erhalten.«

Christopher Jones forschte in den entschlossenen Zügen des Geistlichen und nickte langsam. »Ich glaube, Ihr habt recht.« Dann warf er einen Blick auf das Land. »Aber es ist ein feindseliger Ort. Es ist nicht das Gelobte Land, in dem Milch und Honig fließen, und wir sind zu einer ungünstigen Zeit gekommen. Der Winter ist nahe.«

Bradford sagte schlicht: »Aber Gott kennt unsere Wege. Wenn er uns geprüft hat, werden wir uns als Gold erweisen.«

Kapitän Jones nickte leicht. »Amen. So möge es sein.«

★ ★ ★

Die erste Truppe, die an Land ging, bestand aus sechzehn bewaffneten Männern, die sich in der Umgebung umsahen. Die Musketen schussbereit, drang die Truppe einige Meilen ins Landesinnere vor. Das war weit genug, um ihnen zu sagen, dass sie sich auf einem schmalen Haken Landes befanden, der sie an das Sanddünenland in manchen Gebieten Hollands erinnerte. Allerdings war dieses Land besser, berichteten sie, als sie, vollbeladen mit den dringend benötigten Vorräten an Feuerholz und Wasser zurückkamen, denn es hatte eine Krume aus ausgezeichneter schwarzer Erde und war dicht bewaldet.

Am nächsten Tag wurde keine Arbeit getan, denn es war der Sabbat. Stattdessen verbrachte man den Tag in Gebet und Meditation an Bord. Der nächste Tag jedoch, der 13. November, war Neuenglands erster Montag. Die Frauen wurden in aller Morgenfrühe unter dem Schutz bewaffneter Wachen an Land gebracht, um die Familienwäsche zu erledigen – eine Arbeit, an der großer Bedarf bestand. Während sie Haufen von schmutzigen Kleidern und Bettwäsche klopften und schrubbten und spülten, rannten die Kinder unter den wachsamen Augen von Chris und den anderen Wachen wie wild an der Küste auf und ab. Die Männer brachten mithilfe der Langboote, die zwischen den Decks der *Mayflower* verstaut gewesen waren, das große Schiff vor die Küste und zogen es auf Sand, um Reparaturarbeiten vorzunehmen. Es war schlimm zugerichtet worden von den Stürmen auf See.

Eine Gruppe machte sich an die Arbeit am Boot, und andere

streiften auf der Suche nach Muscheln die Küste entlang. Außer sich vor Gier nach frischer Nahrung, hielt die Gruppe ein großes Mahl mit zarten, weichschaligen Strandaustern und Muscheln ab. Unglücklicherweise erwies sich das als schwerer Fehler, denn einige aus der Gruppe wurden todkrank.

Chris genoss es, wieder die Erde unter seinen Füßen zu fühlen. Er trug die Muskete, die Miles Standish ihm zugeteilt hatte, und hielt Ausschau nach feindseligen Indianern, sah jedoch keine. Alles war offen und still und friedlich. Der Wind war frisch, und er zog seinen Mantel enger um sich, als er die Küste entlangschlenderte. Er dachte immer noch an den Tod, besonders den Tod des jungen Peter Maxwell. Irgendwie versetzte die Einsamkeit des Landes ihm einen Stich ins Herz, vor allem, wenn er an den jungen Mann dachte, der nun auf dem Meeresgrund ruhte.

Er drehte sich um und wollte schon zu den anderen zurückkehren, als er Patience aus einer Gruppe magerer Schößlinge auftauchen sah. Er wartete, bis sie näher herangekommen war, dann sagte er: »Ihr solltet Euch nicht so weit von der Gruppe entfernen. Es könnte hier Indianer geben.«

»Ich weiß«, sagte sie, »aber es tut so gut, an Land zu sein. Seht nur, was ich gefunden habe.« Sie hielt ein paar kleine Blumen mit winzigen blauen Blüten in die Höhe.

Als sie sie an ihre Wange hob, um die zarten Blütenblätter zu genießen, dachte Chris, dass er selten ein hübscheres Mädchen gesehen hatte. »Ich bin überrascht, dass Ihr sie so spät im Jahr gefunden habt«, sagte er. »Habt Ihr sonst noch etwas gesehen?«

»Es gab ein paar Beeren.« Sie öffnete ihre Schürzentasche und holte einige hervor, hielt sie in die Höhe und sagte: »Ich habe Angst, sie zu essen; sie könnten giftig sein.«

»Gebt her, ich mache Euch den Vorkoster.« Er steckte eine in den Mund, biss darauf und öffnete weit die Augen. »Sie sind herb, aber gut! Gibt es noch mehr davon?«

»Oh ja. Ich hole noch mehr, wenn Ihr meint, sie seien gut zum Essen.«

»Ich gehe besser mit Euch. Ich glaube nicht, dass es hier Eingeborene gibt, aber man weiß es nie.«

Die beiden gingen zurück, und die nächste halbe Stunde verging aufs Erfreulichste. Der Wind war kalt und erfrischte ihre Wangen, aber nach den Übelkeit erregenden Gerüchen im Lagerraum der *Mayflower* erschienen ihnen die frische, salzige Luft und der lehmige Geruch der Erde süß wie Ambrosia.

»Ich freue mich darauf, wenn der Frühling kommt«, sagte er, dann sah er sich um. »Dieses Land ist ganz anders als mein Heimatland.«

»Wo seid Ihr zu Hause?«, fragte sie.

Er erzählte ihr von Wakefield, beschrieb ihr die Felder im Frühling, die moschusartige, seltsame Gerüche ausströmten, und die jungen Knospen, die sich zu Blüten öffneten. Sie hielt den Blick fest auf ihn gerichtet und genoss die Begeisterung in seinen Augen und seiner Stimme. Es dauerte nicht lang, bis sie ihre Schürzentasche mit Beeren gefüllt hatte, und so standen sie einfach nebeneinander und beobachteten die Wolken, die über ihnen dahinzogen.

Er lächelte auf sie herab. »Wo ist Eure Heimat?«

»Ich habe keine, außer hier«, antwortete Patience. Als sie den überraschten Blick in seinen Augen sah, zuckte sie die Achseln. »Mein Vater starb, bevor ich geboren wurde, und meine Mutter starb bei meiner Geburt.«

»Wer hat Euch dann aufgezogen?«

»Eine Zeit lang war es eine entfernte Verwandte, aber sie wurde bald zu alt. Also wurde ich zu einem Bauern in Dienst gegeben.«

Chris schüttelte den Kopf. »Es tut mir leid, das muss ein hartes Leben gewesen sein«, sagte er. »Wart Ihr unglücklich?«

Patience dachte über die Frage nach. Nach einer Weile senkte sie den Kopf und betrachtete den Sand unter ihren Füßen. Schließlich beugte sie sich vor, brach ein vom Wetter gebleichtes Stöckchen ab und begann, Muster in den Sand zu zeichnen, beinahe als hätte sie seine Frage nicht gehört. Aber Chris schwieg, bis sie schließlich aufblickte. Ihr Gesicht war bitterernst. »Als Kind war ich unglücklich. Ich war immer allein«, sagte sie, »ich war immer allein.«

Etwas an dieser einfachen Feststellung berührte Chris, und er sagte: »Das ist hart für ein Mädchen. Wie kommt es, dass Ihr in die Neue Welt gekommen seid?«

»Ich betete darüber, und Gott wies mir zu kommen. Ich weiß aber nicht, warum. Diese Art Leben passt nicht zu mir, nehme ich an. Ich habe keine Ahnung vom Bauernleben … aber ich kann arbeiten, und wenn Gott mich hierhergebracht hat, so hat er einen Plan für mich.«

Sie standen da und unterhielten sich. Chris war fasziniert von ihrem schlichten Glauben. Schließlich sagte sie: »Es muss schön sein, eine Familie zu haben. Erzählt mir über die Eure.«

Chris zögerte, dann begann er von seinen Eltern zu sprechen. Er sprach geradeheraus und ehrlich, ohne sich selbst zu schonen. Patience beobachtete ihn und merkte, wie er den Blick abwandte. Tiefe Traurigkeit erfüllte sie, als er eingestand, wie er seine Jugend vergeudet hatte und wie sein Leben zerstört wurde. Schließlich blickte er sie an und sagte: »Ich bin ein Taugenichts, das ist alles, nehme ich an. Ein verlorener Sohn, der noch nicht nach Hause gekommen ist.«

Seine Worte berührten sie tief, und sie flüsterte sanft: »Ein verlorener Sohn … wenn Ihr Euch so betrachtet, so besteht noch Hoffnung für Euch. Ihr kennt doch das Ende der Geschichte.«

»Was? Der verlorene Sohn?«

»Ja. Als er ganz unten war, sagte er: ›Ich will mich aufmachen und zu meinem Vater gehen, und ich will zu ihm sagen: Mach mich zu einem deiner Tagelöhner.‹ Erinnert Ihr Euch daran?«

»Ich nehme an, ja. So ungefähr war es. Er ging wirklich nach Hause, nicht wahr?«

»Oh ja.« Ihre Augen glänzten, und sie lächelte. »Es ist meine liebste Stelle in der Bibel, glaube ich. Sie zeigt uns, wie Gott ist. Erinnert Ihr Euch, was dann geschah?«

»Erzählt es mir.«

»Als der junge Mann noch weit entfernt war, sah ihn sein Vater. Er wartete nicht, bis der Sohn zu ihm kam. Nein, er liebte diesen Jungen so sehr, dass er den Weg entlangrannte und ihm um den Hals fiel, und als der Junge einwenden wollte, dass er Unrecht getan hatte, schien der Vater es einfach nicht zu hören. Oh, ich *liebe* diese Geschichte.«

Chris war fasziniert vom Spiel des Lichts in ihren grauen Augen, von der aufgeregten Farbe in ihren Wangen und der Beweglichkeit ihrer Lippen. »Der Schurke hat das nicht verdient«, sagte er. »Soweit ich mich an die Geschichte erinnere, hatte er sein Erbteil verprasst, alles, was sein Vater so hart erarbeitet hatte, um es ihm zu geben. Man hätte ihn auspeitschen sollen.«

»Das dachte sein älterer Bruder auch.« Patience lächelte ihn an. »Aber der Vater sagte: ›Bringt die besten Gewänder herbei und legt sie ihm an und steckt ihm einen Ring an die Hand. Und lasst uns essen und fröhlich sein, denn mein Sohn war tot und lebt wieder.‹ Oh, das ist das beste Bild Gottes in der ganzen Bibel, das ich kenne. Wie sehr liebt er uns! Wie sehr liebt er uns!«

Chris war verblüfft von ihrer Begeisterung. Es berührte ihn, ihr üblicherweise so ruhiges Gesicht so von Leben erfüllt zu sehen, aber er verstand seine eigene innere Bewegung nicht. »Ihr glaubt das tatsächlich, nicht wahr?«

»Oh ja!«

»Das freut mich«, sagte er schlicht, »und ich hoffe, Ihr glaubt es allezeit.«

Sie legte die Hand auf seinen Arm und sagte mit ruhiger Stimme: »Ihr werdet es auch eines Tages glauben. Ich weiß, dass Ihr es tun werdet.«

Sie standen sehr nah beieinander, und der Druck ihrer Hand auf seinem Arm berührte ihn tief. Er streckte die freie Hand aus, um die ihre zu bedecken. Er konnte die Kraft in ihren Fingern spüren, als er sie drückte. Er sah, wie die Überraschung in ihre Augen sprang, als er es tat. Er konnte eine Linie von Sommersprossen, winzig klein, quer über ihrem Nasenrücken, sehen, die er nie zuvor bemerkt hatte. Ihre Augen wurden groß, und er fühlte sich in sie hineingezogen. Beinahe ohne zu denken, streckte er die Hand aus und fasste sie im Nacken. Er zog sie sanft auf sich zu und küsste sie. Tief sog er ihre Süße ein ... bis er plötzlich begriff, was er tat, und sich losmachte. Hastig trat er einen Schritt zurück.

»Es tut mir leid«, sagte er abrupt. »Ich hätte das nicht tun sollen.«

»Nein, das hättet Ihr nicht«, sagte Patience. Ausnahmsweise fehlte ihrer Stimme die gelassene Ruhe, die sie sonst zur Schau trug. Obwohl sie es zu verbergen suchte, hatte seine Liebkosung sie erschreckt. Einen Augenblick lang standen sie da und starrten einander an, bis sie schließlich den Kopf schüttelte. »So etwas darf nie wieder geschehen.«

»Es wird auch nicht wieder geschehen«, antwortete Chris. Er ärgerte sich über sich selbst, obwohl er nicht genau wusste, warum. Er hatte schon früher Mädchen geküsst, aber irgendwie erschien es ihm diesmal wie ... ein Bruch des Vertrauens. Er fühlte sich schrecklich, als hätte er einen ernsthaften Fehler gemacht. »Vergebt mir«, sagte er von Neuem.

Sie betrachtete den betroffenen Ausdruck auf seinem Gesicht, und ein Lächeln zuckte in ihren Mundwinkeln. »Nun, es ist nicht so schlimm«, sagte sie. »Es war schließlich nur ein Kuss.«

Ihr Lächeln war ansteckend, und er empfand eine Welle der Erleichterung, als er sagte: »Ich dachte mir, dass die Heiligen häufig küssen, aber ich muss eine Menge über euch Leute herausfinden.«

»Ich glaube nicht, dass Euch viel Zeit dazu bleiben wird. Nun, da wir angekommen sind, wird Kapitän Jones höchstwahrscheinlich die *Mayflower* zurücksegeln.« Sie blickte ihn an und sagte ruhig: »Ich werde Euch vermissen, Chris.«

Ihre Bemerkung traf ihn unversehens. Die anderen Frauen, die er gekannt hatte, hätten dergleichen niemals eingestanden. Sie hatten immer darauf gewartet, dass der Mann seine Gefühle offenlegte. Aber Patience war anders. Sie hatte eine schlichte Ehrlichkeit an sich, die ihm entgegenleuchtete, und er ertappte sich dabei, wie er sagte: »Ich werde Euch auch vermissen, Patience. Mehr, als Ihr wissen könnt.«

Sie kehrten schweigend die Küste entlang zurück, beide mit ihren eigenen Gedanken beschäftigt. Später, als Chris an Bord des Schiffes zurückkehrte und sich in seiner engen Koje zum Schlafen niederlegte, dachte er an ihre weichen Lippen und den Blick in ihren Augen, als sie gesagt hatte: *»Ich werde Euch vermissen, Chris.«*

6

MR BRADFORDS VERLUST

Dorothy Bradford blickte zu ihrem Gatten auf, sie streckte die Hände aus, um seine Rockaufschläge zu ergreifen. »Bitte verlass mich nicht, William, bitte«, flehte sie. »Ich werde verrückt, wenn du mich allein lässt.«

William Bradford löste vorsichtig ihre Finger, hielt ihre Hände und beugte sich dann vor und küsste sie. Er war kein Mann, der seine Gefühle offen zeigte, und nun wünschte er, er hätte es getan. Irgendwie wurde er zerrissen zwischen seinen beiden Verantwortungsbereichen: der einen als Anführer der Heiligen, der anderen als der Gatte dieser zerbrechlichen Frau, die vor ihm stand. Nun fühlte er sich, als würde er in zwei Teile zerrissen. »Ich muss gehen, Dorothy. Wir werden nicht lange weg sein, und du wirst Patience hier bei dir haben.«

Sie zitterte, als hätte sie plötzlich ein Schwall bitterer Kälte überfallen. »Das letzte Mal, als du fortgingst, blieb ich die ganze Nacht wach. Ich fürchtete, jeden Tag die Nachricht zu erhalten, dass du von den Indianern erschlagen worden wärst.« Ihre Stimme war ein bloßes Flüstern, und in ihren sanften, milden Augen zeigte sich ein verwirrter Blick.

Bradford blickte etwas beunruhigt zur Küste hinunter, wo ein Trupp Männer sich zum Aufbruch vorbereitete. Zuvor hatten sie eine Expedition unternommen und in weiter Entfernung einige Wilde gesehen. Sie hatten mehrere Entdeckungen gemacht und suchten verzweifelt nach einem Ort, wo sie ihre Stadt in der Neuen Welt begründen konnten. Ein wahrer Wolfswinter lag in der Luft.

»Dorothy«, sagte er ruhig, »ich verlasse dich nicht aus eigener Wahl. Ich wünschte, ich könnte hierbleiben, aber ich kann es nicht.

Wir müssen einen Platz zum Bauen finden, ehe der Winter uns überkommt. Wir brauchen ein Obdach. Kapitän Jones ist nur so lange hiergeblieben, weil er ein gutes Herz hat, deshalb lässt er uns sein Schiff als ein Dach über dem Kopf gebrauchen, während wir uns auf die Suche machen.« Er sprach weiter, aber er merkte, dass sie ihm nicht zuhörte, oder falls sie es doch tat, hinterließen seine Worte keinen Eindruck bei ihr. *Ich hätte sie niemals an diesen Ort bringen dürfen*, dachte er. *Gott helfe uns! Wie können wir mit solchen zimperlichen Frauen hier überleben?* Dann schob er ihre Hände beiseite, beugte sich vor und küsste ihre kalte Wange. »Gott wird uns beistehen, du wirst sehen. Ich bin zurück, bevor du merkst, dass ich weg gewesen bin.« Er drehte sich um und ging. Als er Patience an der Mündung des Süßwasserbaches, der in die Bucht floss, Wäsche waschen sah, hielt er inne. Er trat rasch an sie heran. »Patience«, sagte er, »achte bitte auf Dorothy.«

»Natürlich, Pastor.« Patience nickte augenblicklich. »Das hätte ich auf jeden Fall getan.« Sie erhob sich und blickte die Küste entlang, bis sie Dorothy erblickte, die hin und her lief, die Hände rang und auf den Sand starrte, ein Bild der Verzweiflung. »Ich gehe gleich zu ihr. Sie wird mich ein Weilchen brauchen. Wie lange werdet Ihr weg sein?«

»Ich bin nicht sicher. Es wird ein längerer Ausflug als das letzte Mal.« Er schüttelte den Kopf. »Einer der Matrosen, der zuvor hier war, erzählte uns von einem guten Platz, wo wir die Stadt erbauen könnten. Wir müssen uns den Ort ansehen.« Er zögerte, dann platzte er mit ungewohnter Heftigkeit heraus: »Ich *hasse* es zu gehen. Mein Platz ist hier bei ihr!«

Als sie den Kummer bemerkte, der sein Gesicht verzerrte, sagte sie rasch: »Ihr müsst gehen. Ich bleibe bei Dorothy. Tut Euer Bestes, Gott wird uns beistehen.« Sie drehte sich um und schritt die Küste entlang auf Dorothy zu.

Sie streckte sanft die Hand aus und berührte die Schulter der erregten Frau. »Dorothy, komm mit! Ich zeige dir, wo es köstliche Beeren gibt. Wir pflücken ein paar und backen einen Kuchen.« Sie wartete auf Dorothys Reaktion, aber als sie Patience schließlich anblickte, hatten ihre Augen einen leeren Ausdruck. Patience fühlte einen jähen Stich der Furcht, denn sie hatte diese Leere in Dorothys Gesichtsausdruck schon früher gesehen. *Es ist, als wäre sie nicht wirklich anwesend ... als wäre sie aus sich selbst herausgetreten*, dachte sie.

Weiter unten an der Küste stachen sechzehn Männer in einem kleinen Boot in See, um einen Blick auf Plymouth zu werfen, wie es von Kapitän John Smith vor sechs Jahren benannt worden war. Coffin stand an der Ruderpinne. Es war bitterkalt, ein steifer Wind wehte, und die Gischt, die in das offene Boot sprühte, schnitt wie ein Messer und ließ ihre Kleider gefrieren. Viele der Männer waren krank. Edward Tilly und der Bordschütze wurden beinahe ohnmächtig vor Kälte, aber sie hielten Kurs an der Küste entlang und peilten einen Punkt im Norden an.

»Seht!«, rief Chris aus. Er saß nahe am Bug des Bootes und hatte eine Bewegung an der Küste entdeckt. »Eingeborene! Dort drüben!«

Alle blickten auf und tatsächlich, zehn oder zwölf Indianer standen an der Küste. Der Rauch eines Feuers stieg am Horizont auf, aber Kapitän Standish sagte: »Wir können jetzt nicht anhalten. Wir werden unsere ganze Kraft brauchen, um diesen Ort zu finden und wieder zurückzukehren.«

Sie fuhren weiter bis zum späten Nachmittag, bevor sie endlich an der Küste landeten. Innerhalb kurzer Zeit fanden sie einen kleinen Fluss, wo sie eine Barrikade aufzuwerfen begannen, Feuerholz sammelten und sich schließlich zu einem mageren Abendessen zusammensetzten. Spät in der Nacht war der Warnruf zu hören.

»Zu den Waffen! Zu den Waffen!«

Jedermann sprang auf und ergriff seine Muskete. Chris konnte in der Dunkelheit nichts sehen, also stand er einfach da und hielt seine Muskete schussbereit. »Was ist los, Kapitän Standish?«, flüsterte er heiser.

»Indianer, fürchte ich.« Noch während er sprach, echoten schreckliche Schreie und unverständliche Worte furchterregend aus den umgebenden Wäldern.

Standish behielt die Nerven, während er die Männer kommandierte. Einige rannten wie von Sinnen hin und her, und er rief sie brüsk zur Ordnung, bis sie die Barrikade fertiggebaut hatten. »Ist schon in Ordnung. Ich nehme an, sie versuchen einfach, uns zu erschrecken«, sagte Standish grimmig. »Haltet stand, Männer, und sie werden nicht hereinkommen.«

Die Nacht verging ohne weitere Zwischenfälle, obwohl sie alle auf Posten standen. Als der Morgen schließlich anbrach, entdeckten sie, dass die Barrikaden von Pfeilen durchlöchert waren.

Kurz darauf zwängten sie sich ins Boot und stachen in Richtung Plymouth in See. Das Wetter war zuerst schön, aber bald begann es zu schneien, und am frühen Nachmittag wehte ein Sturm. In der tobenden See schafften es zwei Männer gerade noch, das kleine Fahrzeug mit den Rudern zu steuern. Als die Nacht hereinbrach, hissten die Männer die Segel, um vor Einbruch der Dunkelheit heimzukommen, worauf der Mast in drei Stücke brach und über Bord ging. Glücklicherweise schafften sie es, den Mast zu kappen und sich zu retten, bevor sie kenterten, sodass sie sicher an die Küste gelangten.

Am Morgen erfuhren sie, dass sie sich auf einer Insel im Hafen Plymouth befanden: Clarkes Island, wie sie es nach dem tüchtigen und freundlichen Ersten Offizier nannten, der als Erster den Fuß darauf gesetzt und ihnen Anweisungen gegeben hatte, es ausfindig zu machen. In aller Morgenfrühe am Montag, dem 11. Dezember, maßen sie die Tiefe des Hafens und stellten fest, dass er Schiffe beherbergen konnte. Als sie die Umgebung untersuchten, fanden sie reiche Maisfelder und frische Bäche. Am späten Nachmittag des vierten Tages, nach genauer Erforschung, setzten sie wieder Segel. Der Mast war repariert worden, und Chris sagte zu William Bradford: »Ich werde froh sein, wenn ich zum Schiff zurückkehre. Ich weiß, das gilt auch für Euch.«

»Ja«, sagte Bradford und nickte. »Ich mache mir Sorgen um meine Frau. Sie hat nicht das Zeug, unter solchen Umständen zu leben.«

* * *

Jeden Tag, nachdem das kleine Boot auf Forschungsreise gegangen war, fand Patience es schwieriger, Dorothy ruhig zu halten. Voll Sorge sprach Patience mit Sam Fuller über ihre Schwierigkeiten. Der Arzt hörte ihr aufmerksam zu, während sie die Symptome der älteren Frau schilderte. »Dr. Fuller, ich fürchte, sie verliert den Verstand. Sie ist von Melancholie befallen und scheint überhaupt keinen Glauben an Gott mehr zu haben.«

Fuller schüttelte zweifelnd den Kopf. »Diese Zustände hier sind schon schlimm genug für Frauen, die ihr Leben lang harte Arbeit getan haben, aber Mrs Bradfords bisheriger Lebensweg war eine schlechte Vorbereitung auf das Leben, das sie hier erwartet.« Er biss sich auf die Lippen und fügte hinzu: »Ich wünschte, Mrs Bradford hätte ihre Heimat erst verlassen, sobald wir bessere Quartiere für sie gehabt hätten, irgendetwas mit ein wenig Bequemlichkeit.«

»Was meint Ihr, wann werden sie zurückkommen?«, fragte Patience.

»Das kann jeden Tag sein. Sie müssen einfach einen Ort finden, um die Stadt zu erbauen. Bleib ihr so nahe wie möglich, Patience. Sie vertraut dir, und sie braucht dich. Es ist ein Dienst, den nur du jetzt übernehmen kannst.«

Patience wachte sorgfältig über die ihr Anvertraute, aber sie musste mitansehen, wie sich der Zustand der Frau täglich – ja fast stündlich – verschlechterte. Was sie am meisten erschreckte, war die Art, wie Dorothy in ein langes Schweigen verfiel, das manchmal stundenlang andauerte. Zuerst versuchte Patience, mit ihr zu reden, aber die Frau schien es nicht einmal zu hören, wenn Patience mit ihr sprach. Angespannt und unsicher, an wen sie sich wenden sollte, sprach Patience einmal mit John Carver, dem ältlichen Gouverneur der Kolonie. Carver war ein starker Mann, rüstig und gesund für sein Alter. Aber es war seine Freundlichkeit, die Patience bewog, sich an ihn zu wenden.

»Ich schätze es sehr, was Ihr für Schwester Bradford getan habt«, sagte er. »Hier muss sich einer um den anderen kümmern. Es gibt keine Erlösung für uns, wenn wir das nicht tun.« Er betrachtete sie mit prüfenden Blicken. »Ich sehe, Ihr seid müde, Miss Livingstone. Ihr habt in letzter Zeit nicht viel geschlafen. Warum legt Ihr Euch nicht ein wenig nieder?«

»Ich habe Angst, Dorothy alleinzulassen.«

»Angst? Nun, sie ist doch nicht wirklich krank, oder?« Carver begriff nicht, wie ernst Dorothy Bradfords Zustand tatsächlich war, und so bestand er darauf: »Ihr könnt so nicht weitermachen, meine Liebe. Ihr legt Euch jetzt nieder. Ich werde eine der anderen Frauen beauftragen, sich um Mrs Bradford zu kümmern.«

Hätte er das auch tatsächlich getan, so wäre wohl alles gut gewesen. Aber nachdem Patience widerwillig zugestimmt hatte, sich ein wenig hinzulegen, kam jemand und bat Carver um Hilfe. Er wandte sich seiner neuen Aufgabe zu, und die Erinnerung an das Versprechen, das er Patience gegeben hatte, verschwand aus seinen Gedanken. Und so fiel Patience in unruhigen Schlaf, erschöpft, wie sie war, nachdem sie lange Stunden über Dorothy gewacht hatte, und niemand betrat die kleine Kabine der Bradfords.

Nach einem langen Schlaf von etwa acht Stunden erwachte Patience mit einem Ruck. Sie hatte nicht gut geschlafen, böse Träume hatten sie geplagt. Mit einem tiefen Seufzer erhob sie sich und holte frisches Wasser, wusch sich das Gesicht und machte sich dann augenblicklich auf die Suche nach Dorothy Bradford. Als sie Dorothys Kabine erreichte, fand sie jedoch den kleinen Raum leer vor. Nagende Furcht ergriff Patience, und sie drehte sich auf dem Absatz um und verließ die Kabine. Sie durchsuchte das Schiff, und nachdem sie alle Orte durchsucht hatte, wo Mrs Bradford sich plausiblerweise hätte aufhalten können, geriet sie in Verzweiflung. Sie wusste, es war die früheste Morgenstunde, und die meisten Leute schliefen, aber sie eilte zu John Carver und schüttelte seine Schulter.

»Mr Carver, wen habt Ihr gebeten, sich um Mrs Bradford zu kümmern?«

Carver erwachte aus tiefem Schlaf und blinzelte Patience benommen an. »Wie ... was ...« Er zögerte, dann rief er aus: »Ich – habe es vergessen!« Er blickte durch die Dunkelheit, die nur von einer Laterne erhellt wurde, die an einem Zapfen hing. »Was ist los, meine Liebe? Geht es Mrs Bradford schlechter?«

»Ich kann sie nicht finden«, sagte Patience. »Ich habe mich im ganzen Schiff umgesehen.«

Die Erregung in ihrer Stimme weckte Carver vollends auf, und er erhob sich rasch. »Sie muss irgendwo sein. Kommt, wir holen Hilfe.« Er begann, einige der Männer beim Namen zu rufen, und Patience lief hin und her und weckte einige der Frauen. Das Schiff wurde von oben bis unten durchsucht, und eine Stunde später traf sich eine kleine Gruppe an Deck.

Daniel Clarke, der Erste Offizier, blickte in die grimmigen Gesichter rundum und schüttelte den Kopf, als Carver ihm eine Frage stellte. »Kein kleines Boot hat die Küste angelaufen, nicht seit Einbruch der Dämmerung, und keines wird vermisst. Sie kann auf keine Weise an Land gelangt sein.«

Ein düsteres Schweigen breitete sich über die Gruppe. Niemand wollte sprechen. Die Furcht, die sie überkam, schien beinahe körperliche Gestalt zu haben, und Patience fühlte, wie ihr Gesicht straff wurde und die Haare in ihrem Nacken sich sträubten. Schließlich flüsterte sie: »Wenn sie nicht an Bord ist und wenn sie nicht an die Küste gelangt ist, kann das nur bedeuten –« Sie brach ab. Sie wollte den Satz nicht beenden. Der Gedanke, der ihr durch den Kopf fuhr, war zu schrecklich, um darüber nachzudenken.

Clarke warf ihr einen verstörten Blick zu, setzte zum Sprechen an, schloss aber den Mund wieder. Schließlich breitete sich ein grimmiger Ausdruck über sein Gesicht. »Ich werde das Boot zu Wasser lassen, und wir werden sehen, was wir finden.«

Im Lauf der nächsten zwei Stunden herrschte große Erregung unter den Heiligen. Sie versammelten sich und beteten, flehten Gottes Erbarmen auf Mrs Bradford herab. Schließlich wurde die Spannung unerträglich, als sie ein kleines Boot näher kommen hörten. Es war eine Stunde nach Anbruch der Dämmerung, und ein dünnes graues Licht war im Osten angebrochen und warf seinen schwachen Glanz über das Land.

»Sie sind zurückgekehrt, Patience«, sagte John Carver. Seine Stimme war heiser vor Erregung, und er spähte durch den Nebel, der auf dem Wasser schwebte, als das Boot anlegte. »Ich bete zu Gott, dass sie ... nichts gefunden haben.«

Aber sobald Daniel Clarke an Bord kam und Patience sein Gesicht sah, wusste sie alles. Der Erste Offizier trat vor, blickte sie an, dann senkte er den Blick. »Ich bringe schlimme Nachrichten«, murmelte er.

»Sie ist tot, nicht wahr?«, flüsterte Patience.

»Ja, wir fanden ihren Leichnam am Strand. Sie muss über Bord gefallen sein, und die Flut hat sie an Land geschwemmt.« Clarke blickte auf seine Hände nieder, ballte sie zu Fäusten, dann schüttelte er den Kopf. »Was sollen wir tun, Gouverneur?«

»Bringt sie an Bord, Mr Clarke. Wir werden uns um sie kümmern.«

★ ★ ★

Als das kleine Boot sich am Mittwoch der *Mayflower* näherte, schien die Sonne hell und klar, und die Luft war milder, als man es seit Tagen gewohnt war. Ein Ruf war zu hören: »Da ist das Fahrzeug!«, und einen Augenblick später war die Reling gedrängt voll mit Frauen, die nach ihren Ehemännern Ausschau hielten. Sie winkten, als das kleine Boot näherkam, ein Spielball der Winde.

Näher und näher kam das Boot, bis die einzelnen Männer erkennbar wurden. Als das Fahrzeug festgemacht wurde, kletterten die Männer die Leiter hinauf. Patience trat auf sie zu, Furcht im Herzen. Man hatte beschlossen, dass sie William Bradford mitteilen sollte, was geschehen war.

Bradford war einer der Letzten, die die Leiter erkletterten, und während die anderen jauchzten und ihre Frauen umarmten, trat Patience auf den Geistlichen zu. Die Forschungstruppe war eine ganze Woche lang unterwegs gewesen, und viele der Frauen hatten ihre Männer verloren gegeben. Nun begrüßten sie ihre Rückkehr mit Tränen der Dankbarkeit.

Als Patience näher trat, sah sie, dass Bradford eifrig um sich blickte. *Er sucht Dorothy*, dachte Patience, und ein Stich fuhr ihr durchs Herz. Zuletzt fiel sein Blick auf Patience. Er schien zu erstarren. Als sie auf ihn zutrat, sagte er: »Es geht um Dorothy, nicht wahr?«

Patience streckte die Hand aus, und instinktiv ergriff Bradford sie. Sie sprach mit leiser Stimme. »Sie ist zu Jesus gegangen, Mr Bradford.«

Die Augen des Geistlichen schienen sich in den Höhlen zu verdrehen, und er rang nach Atem. Patience fürchtete, er würde in Ohnmacht fallen, aber dann schien der Mann mit den harten Zügen seine Kraft wiederzugewinnen. Er stand da und starrte sie an, dann drehte er sich ohne ein Wort um und stieg unter Deck. Sie folgte ihm, wollte mit ihm sprechen, aber er trat in die dunklen Winkel des Decks, in die Kabine, wo sich die Sachen seiner Frau befanden, und schloss die Tür.

Patience drehte sich um und ging fort, entschlossen, in der Nähe zu sein, wenn er wieder herauskam. Stunden vergingen, und immer noch war Bradford nicht aus seiner Kabine aufgetaucht. Schließlich ging Patience auf Bitten Kapitän Jones' zur Kabinentür und klopfte. Zu ihrer Überraschung öffnete Bradford.

Sie hielt dem gequälten Blick des Älteren stand. »Es ist hart für Euch, Mr Bradford, aber alles, wofür Ihr steht, verlangt Glauben an Gott. Ihr habt das Liebste in dieser Welt, diesem Leben verloren, und wir klagen und weinen mit Euch. Dorothy ist gegangen, aber Ihr müsst weitermachen.«

Bradford stand stocksteif da. Langsam nickte er. »Ja«, flüsterte er zuletzt, »wir müssen weitermachen.«

Er war von Sorgen und Kummer erfüllt, und instinktiv legte Patience eine Hand auf seinen Arm. »Ihr dürft Euch nicht die Schuld geben. Es war nicht Eure Schuld.«

Er schüttelte den Kopf, Qual stand in seinen Zügen geschrieben. »Ach, ich fürchte doch! Ich hätte sie niemals an diesen Ort bringen dürfen.«

»Nein, das dürft Ihr nicht sagen! Das dürft Ihr nicht denken!« Patience war beinahe erschrocken über ihre eigene Beharrlichkeit. Sie war nur eine junge Frau, und er war der Leiter der Expedition, aber sie fühlte, wie der Geist Gottes in ihr aufwallte. Sie begann, ihm tröstende Worte zu sagen, und nach einer Weile wurde sein Gesicht weich, und Tränen erschienen in seinen Augen.

Schließlich nickte er und sagte: »Du bist mir ein Trost, Patience Livingstone. Gott hat dich gesandt, um mich über den Verlust meiner Liebsten hinwegzutrösten.«

★ ★ ★

Die Arbeit in New Plymouth begann am Montag, dem 25. Dezember. Das war Weihnachten, aber das machte keinen Unterschied für die Pilger – jedenfalls nicht für die Heiligen.

»Weihnachten ist nur eine menschliche Erfindung«, sagte Mr Bradford und schnaubte. Er war sehr still geworden seit dem Tod seiner Frau, aber jetzt, wo die Bauarbeiten tatsächlich begannen, stürzte er sich in den Bau der Stadt, die ihre Rettung sein sollte, wenn der Winter kam. Er hatte alle fähigen Männer zusammengetrieben und blickte furchtsam zum Himmel auf, als laure der Winter unmittelbar hinter dem Horizont. Einige Männer schickte er, um Holz zu fällen, andere, um Lasten zu tragen. Keiner der vielen Männer ließ die Hände im Schoß liegen, und auch die Frauen arbeiteten hart.

Obwohl sie nur langsam weiterkamen, nahm New Plymouth allmählich Gestalt an. Eine kurze Straße wurde am hohen nördlichen Ufer des Stadtbaches entlang angelegt. Sie wurde einfach »die Straße« genannt. Sie kletterte ziemlich steil von der Küste herauf und verlief einige Hundert Meter weit bis zum Fuß eines steilen Hügels, der Fort Hill genannt wurde. Hier zimmerte Kapitän Standish eine hölzerne Plattform, auf der er seine Kanone aufbaute. Die Parzellen für die Häuser wurden entlang der Straße abgesteckt. Sie waren sehr schmal – nur acht Fuß breit und zwanzig Fuß lang. Die Gesellschaft wurde auf neunzehn Haushalte reduziert, indem man ledige Männer und Frauen bat, sich eine Zeit lang einer Familie ihrer Wahl anzuschließen. Für jeden Mann und jede Frau wurde eine Parzelle abgesteckt, aber sie galten nur als vorläufig und gewährten keine dauernden Rechte.

Die Pilger hätten wohl nur wenig zustande gebracht, wäre da nicht Kapitän Jones gewesen, der die Mannschaft dazu bewegte, beim Aufbau zumindest einiger Gebäude zu helfen. Alle arbeiteten von der Morgendämmerung bis zum Anbruch der Nacht, und Männer wie Frauen wurden müde und hungrig. Sie froren bis ins Mark, und oft legten sie sich auf dem gefrorenen Boden nieder, um ein wenig zu schlafen.

»Ich verstehe nicht, wie das funktionieren soll«, sagte Chris eines Abends. Er sägte eben ein Brett aus einem Baumstamm. Am anderen Ende der Säge schnaufte und keuchte Kapitän John Smith.

»Was meint Ihr damit, Junge?«, fragte Smith, während er innehielt, um sich das Gesicht mit dem Taschentuch abzuwischen. Er hatte Chris lieb gewonnen und lächelte ihn an, während er sprach.

»Ich meine, der Winter ist beinahe hier, und wir schaffen es nicht, Häuser für diese Leute zu bauen, nicht einmal, wenn Kapitän Jones das Schiff hier liegen lässt – was er wohl nicht gut tun kann.«

»Die Mannschaft will zurückkehren, nehme ich an.«

»Man hört sogar Gerüchte über eine Meuterei.« Chris starrte zu einer offenen Stelle hinüber, wo Christopher Jones mit einer Gruppe arbeitete, die einen frisch gehauenen Baumstamm herbeizog, um ihn in Bretter zu zerschneiden. »Der Kapitän überrascht mich. Er weiß, dass wir zurückkehren müssen, weil wir nicht genug Vorräte für den Winter haben.«

»Er ist ein guter Mensch, Kapitän Jones«, sagte Smith, »aber das ist es nicht, was mir Sorgen macht. Wir können arbeiten, und wir können die Vorräte strecken, aber diese Krankheit –« Er runzelte die

Stirn und schüttelte betrübt den Kopf. »Ich weiß nicht, was es zu bedeuten hat.«

Chris nickte grimmig. Er wusste, die späte Abreise der Pilger aus England hatte nun zur Folge, dass sie nicht rechtzeitig ein warmes und winterfestes Obdach erbauen konnten. Er war ziemlich überzeugt, dass das der Grund für die »allgemeine Krankheit« war, wie sie nun genannt wurde. Jeden Tag schien irgendein Mitglied der Mannschaft, der Fremden oder der Heiligen zu erkranken. Zuerst machte man sich darüber keine wirklichen Sorgen. Bis die Leute zu sterben begannen.

Chris hatte die Notizen gesehen, die Kapitän Jones in seinem Journal machte, als die beiden darüber sprachen. Sie schienen ihm jetzt vor Augen zu stehen.

Am heutigen Tage stirbt Solomon Martin, der sechste und Letzte, der in diesem Monat stirbt, 24. Dezember.
Am 29. Januar stirbt Rose, die Frau von Kapitän Standish. In diesem Monat sterben acht von uns.
21. Februar, Mr William White stirbt, Mr William Mullens ... Am 25. stirbt Mary, die Frau von Mr Isaac Allerton. In diesem Monat sterben siebzehn von uns.
Am 25. März stirbt Elisabeth, die Frau von Mr Edward Winslow. In diesem Monat sterben dreizehn von uns, und in den letzten drei Monaten ist die Hälfte unserer Gruppe gestorben. Von hundert Personen sind kaum fünfzig übrig geblieben, die Lebenden sind kaum noch in der Lage, die Toten zu begraben.

Während die beiden Männer dastanden, um wieder zu Atem zu kommen, sagte Chris langsam, mit einer vor Erschöpfung schweren Stimme: »Was haltet Ihr davon, Kapitän Smith?«

Smith hatte seine eigene Frau, Rose, verloren, und das Leben hatte alle Freude für ihn verloren, er hatte sie so sehr geliebt. Nun schüttelte er nur den Kopf und sagte: »Lasst uns weiter Holz sägen, Wakefield.«

Fast genau vierundzwanzig Stunden später, am nächsten Nachmittag, erkrankte Chris. Er war in den Wäldern auf Jagd gewesen, aber mit leeren Händen zurückgekommen. Auf dem Weg zurück ins Lager überkam ihn eine plötzliche Schwäche. Seine Knie begannen zu zittern, und er wurde kurzatmig. *Ich bin bloß müde*, sagte er sich selbst, aber als er ins Lager zurückgekehrt war, konnte er kaum noch gehen.

Die erste Person, auf die Chris stieß, war Patience. Sie kam auf ihn zu und sagte: »Kein Jagdglück, Chris?«, und dann sah sie sein Gesicht, und augenblicklich veränderte sich ihr eigener Gesichtsausdruck. Sie trat vor ihn hin, legte die Hand auf seine Stirn und sagte dann leise: »Ihr müsst Euch sofort niederlegen.«

»Mir geht es gut«, protestierte Chris. »Ich bin einfach nur müde.«

Patience schüttelte den Kopf. »Nein, Ihr habt die Krankheit.«

Ihre Stimme war ruhig, aber sie sandte einen Stich jäher Furcht durch Chris' Herz. Er knurrte unfreundlich: »Mir geht es gut! Ich muss mich nur ein wenig ausruhen.«

Patience hatte mitgeholfen, die Gräber der Verstorbenen zu graben. Sie hatte viele gepflegt, Junge und Alte, und zugesehen, wie sie verschieden. Sie kannte diese Krankheit gut und erkannte ohne Mühe ihre Anzeichen an dem Mann, der so kraftvoll vor ihr stand. Sie sprach von Neuem, ihre Stimme war ruhig, aber fest. »Nein, Ihr habt die Krankheit. Kommt und legt Euch nieder.«

Chris starrte sie wie betäubt an. Er konnte nicht fassen, was sie sagte. Wie konnte das sein? Diejenigen, die erkrankten, erholten sich nicht wieder! Wenn sie recht hatte – und im tiefsten Herzen wusste er, dass sie recht hatte –, dann war sein Leben zu Ende. Der bittere Gedanke erfüllte ihn: *Nun werde ich meinem Vater niemals beweisen, was für ein Mann ich sein kann.*

Patience ergriff Chris am Arm und führte ihn nach drinnen, dann brachte sie ihn zu Bett neben all den anderen, die auf den groben Pritschen lagen. Sie zog eine Decke über ihn, und als er die Augen schloss, stand sie da und blickte auf ihn herab.

Nun hast du einen Feind, den du nicht mit deinem Schwert schlagen kannst, dachte sie in einer Mischung aus Trauer und Mitleid … und noch mehr, denn als sie dastand und auf den kranken Mann hinunterblickte, überschwemmte sie eine Welle von Furcht. Bevor sie näher über ihre Gefühle nachdenken konnte, wandte sie ihr Herz dem Gebet zu.

Einen Augenblick später schritt sie still zwischen den Kranken auf und ab und hielt öfters inne, um ein Wort des Trostes zu sagen. Schließlich, als sie zurückkehrte und sah, dass Chris schlief und heiser atmete, legte sie ihre Hand auf sein Haar und liebkoste es einen Augenblick. Wiederum durchströmten sie sonderbare Gefühle, und ihr Herz schrie auf: *Oh Gott, errette diesen Mann, lass ihn in zukünftigen Tagen große Werke für dich tun. Lass ihn nicht sterben, während er sich für einen Versager hält. Lass ihn nicht sterben, ohne dass er erfährt, wie sehr du ihn liebst!*

7
ALLE WELT IST KRANK

Die Krankheit war anders als alles, was die Pilger je gesehen hatten. Sie waren natürlich Zeugen der Pest gewesen, die über die Dörfer dahinfegte und Männer, Frauen und Kinder dahinraffte. Diese Krankheit jedoch, die über sie gekommen war, war schrecklicher und verzehrender als alles, was sie je gesehen hatten.

Tag für Tag erlebten sie den melancholischen Anblick, wie einer der Ihren in ein Leichentuch genäht und in eines der seichten Gräber auf einem niedrigen Hügel unmittelbar oberhalb der Küste gelegt wurde. Der Friedhof war ein verlorener Ort, ein Sammeltopf von Gram und Verlust.

Ein kalter Wind wehte über die Gräber, als zwei Männer ein weiteres Loch in die kahle Erde gruben. Ein Sturm heulte von Norden, und die an der Küste zurückgeblieben waren, schauderten und drängten sich eng aneinander, um die bittere Kälte des Dezember zu ertragen.

»Ich weiß nicht, wie lange wir noch so weitermachen können.« Kapitän Christopher Jones blickte müde auf den nassen Lehm hinunter und stützte sich auf seinen Spaten. Dann hieb er mit einem Schnauben ein Stück Lehm neben dem Grab los. Sein Gesicht war vergrämt, von den Strapazen gezeichnet, und Gedanken an den Tod verfolgten ihn. Nun blickte er zu Bradford hinüber und stieß einen Seufzer aus. »Wir sind einfach nicht genug, um die Arbeit zu tun«, sagte er schließlich.

William Bradford lehnte sich an die Seiten des Grabes und versuchte sich den roten Lehm von den Händen zu reiben, brachte aber nicht viel zustande. Auch sein Gesicht trug die Spuren des Kampfes, den er mitgemacht hatte. Er war ein kultivierter Mann, nicht an harte körperliche Arbeit gewöhnt – aber als immer mehr dahingerafft wurden, hatte er sich wie der Rest der Gruppe in den Kampf ums nackte Überleben geworfen. Seine Hände, sah er, waren mit Blasen bedeckt, und neue bildeten sich, aber er ignorierte den Schmerz und antwortete ruhig: »Gott wird uns durchbringen, Kapitän Jones.«

Jones starrte seinen Gefährten an. »Ich weiß nicht, wie Ihr das glauben könnt. Jeden Tag stirbt ein anderer.« Er blickte plötzlich über die Felder hinweg und sagte: »Das ist der letzte Leichnam, den wir auf diesem Friedhof begraben, Pastor Bradford.«

»Der letzte? Aber –«

»Die Indianer können vielleicht nicht lesen«, sagte Jones grimmig, »aber gewiss können sie zählen! Sie wissen, wie viele von uns an Land gegangen sind, und jedes Mal, wenn wir jemanden begraben, wissen sie, dass wir um einen weniger sind. Von jetzt ab müssen wir die Gräber innerhalb der Palisaden anlegen, wo sie nicht mitzählen können.«

»Ich nehme an, Ihr habt recht.«

»Nicht dass ich es gerne tue«, fügte Jones eilig hinzu. Er wusste, dass die Leute viel auf geweihten Grund hielten, und auch seine eigenen Gedanken gingen in diese Richtung. Dennoch, er war ein Seemann, und als solcher war er ein immens praktischer Mann. Er hatte viel gelernt von Bradford und den anderen aus der kleinen Gruppe der Heiligen. Als er den Blick über die Gräber schweifen ließ, wurde ihm klar, dass kaum noch genug tatkräftige Männer und Frauen übrig waren, um die nötige Arbeit zu tun. Er dachte an die schrumpfenden Vorräte auf seinem Schiff und die lange Heimreise, und Dämonen des Zweifels tanzten vor seinen Augen, als er an die mageren Vorräte dachte. Meuterei war immer eine Möglichkeit, und ihm war durchaus bewusst, dass seine Mannschaft nicht weit davon entfernt war.

Bradford beobachtete das Spiel der Gefühle, das über die verwitterten Züge des Kapitäns zog. »Es war gut von Euch, dass Ihr bei uns geblieben seid«, sagte er rasch. »Hättet Ihr die *Mayflower* nicht hierbehalten und die Mannschaft angewiesen, uns zu helfen, so hätte keiner von uns so lange überlebt.«

Seine Worte brachten den stoischen Kapitän in Verlegenheit. »Ich konnte euch nicht hier verhungern lassen«, sagte er kurz angebunden. »Aber wir müssen praktisch denken.« Er hatte die Situation oft durchdacht, und so sagte er abrupt: »Habt Ihr daran gedacht, Euren Sinn zu ändern?«

»Meinen Sinn zu ändern?«

»Ja, wieder nach Hause zu fahren.«

»Nein, daran habe ich keinen Augenblick lang gedacht.« Erstaunen breitete sich über Bradfords Gesicht, und er schüttelte entschlossen den Kopf. »Nein, Kapitän Jones. Gott hat uns so weit gebracht, und er wird uns durchbringen.«

»Nicht, wenn ihr weiterhin sterbt«, hielt ihm Jones entgegen. Seine kräftigen Kiefer waren zusammengepresst, und seine Lippen bildeten eine dünne Linie. Er deutete mit der Hand auf die ruppigen Palisaden, das einzige Resultat ihrer Arbeit bisher. »Es braucht Männer, um eine solche Arbeit zu tun, und Ihr habt einfach keine.«

»Nun, darüber kann ich nicht mit Euch streiten, Kapitän. Aber das ändert nichts. Wir müssen hierbleiben.« Ein Gedanke kam dem Geistlichen, und er blickte den Kapitän voll Eifer an. »Wisst Ihr, es gibt so etwas, dass Gott einen Menschen sucht. Wir nennen es *vorauseilend* – vorauseilende Gnade.«

Ein verwirrter Ausdruck breitete sich über Jones' Gesicht. »Was bedeutet das?«

»Es bedeutet, dass kein Mensch jemals Gott suchen wird, es sei denn, Gott suche ihn zuvor.« Er hielt kurz inne und lockerte die Finger, ohne auf den Schmerz und die aufgesprungenen Blasen zu achten. »Ich kann nicht anders, ich glaube, dass Gott Euch gesucht hat, Kapitän. Ich würde Euch gerne ermutigen, ihn ebenfalls zu suchen.« Er sprach noch ein paar Augenblicke weiter, um den Mann in seiner Überzeugung zu bestärken, der so viel für sie getan hatte. Aber Bradford war klug genug, nicht zu weit vorzustoßen, also sagte er nach kurzer Zeit mit sanfter Stimme: »Gott hat mir eine große Liebe für Eure Seele geschenkt, Kapitän, und ich werde dafür beten, dass Ihr Gott sucht, wie er Euch gesucht hat, denn die Bibel verspricht uns, ›wer sucht, der findet‹.«

Jones starrte in das abgehärmte Gesicht des Pastors, dann neigte er den Kopf. »Ihr mögt recht haben, Sir. Auf dieser Reise habe ich gewiss gelernt, dass Gott im Leben eines Menschen sein muss – und ich habe ihn draußen gelassen.« Er zögerte, dann sagte er: »Danke, Pastor. Ich werde über Eure Worte nachdenken.« Dann, als hätte er es eilig, das Thema zu wechseln, sagte er: »Ihr seid erschöpft, Pastor. Ich entbinde Euch von Eurer Arbeitspflicht.«

»Warum, ich kann weitermachen.«

»Streitet nie mit einem Kapitän.« Jones lächelte kurz. »Das ist das Problem mit mir und Euch – wir sind es beide gewohnt, dass man uns gehorcht! Aber in diesem Fall bitte ich Euch, mir meinen Willen zu lassen. Wir sind hier beinahe fertig. Bereitet Euch für das Begräbnis vor. Ich werde das Grab fertig machen. Wenn ich zu müde werde, hole ich mir einen der Männer, um mir zu helfen.«

»In Ordnung.« Bradford blickte zum Himmel auf, der tief herabhing, von einer dunkelgrauen Wolkendecke bezogen, die vom Meer hereinkam. »Wir sollten uns beeilen, mit dem Begräbnis fertig zu werden, ehe der Regen kommt.«

★ ★ ★

»Wie geht es ihm? Er sieht mir nicht gut aus, Miss Patience.«

Christopher Jones hatte den Raum betreten, wo die Kranken in Reihen lagen, einige auf roh gezimmerten Pritschen. Patience saß auf einem kleinen dreibeinigen Hocker neben Chris Wakefield. Sie hatte sein Gesicht mit einem nassen Tuch abgewischt, und als sie aufblickte, sah sie den Kapitän mit sorgenvollen Augen an. »Ich fürchte, es geht ihm tatsächlich nicht gut, Kapitän Jones.«

»Dieses Fieber ist etwas Schreckliches.« Er betrachtete sie genauer und sagte: »Ist Euch nicht klar, dass Ihr Euch bei den Kranken anstecken könntet?«

»Furcht ist ein schlechter Ratgeber, Kapitän.«

Jones grinste augenblicklich. Er schätzte die Tapferkeit dieses Mädchens und nahm auf einem Hocker auf der anderen Seite des Bettes Platz. »Das gefällt mir«, sagte er. Er betrachtete eindringlich ihr Gesicht und bemerkte die feinen Linien um ihren Mund, die von ihrer Erschöpfung sprachen. Sie hatte viele Stunden – ja sogar Tage – darum gekämpft, die Kranken am Leben zu erhalten. Zusätzlich hatte sie mitgeholfen, die Toten zu begraben, hatte gekocht, gewaschen, geputzt, sogar am Bau mitgearbeitet. Sie musste einfach erschöpft sein!

Dennoch bot sie dem müden Kapitän ein erfrischendes Bild. Das feuchte Wetter hatte ihr hellbraunes Haar mehr als üblich gelockt; es bildete einen sanften Rahmen für ihr Gesicht, beinahe wie ein Heiligenschein. Sie hatte ein ovales Gesicht, und bei der geringsten Andeutung eines Lächelns erschienen zwei Grübchen, auf jeder Wange eines.

Sie ist tatsächlich eine attraktive Frau, dachte er. *Und vollkommen verschwendet hier draußen in der Wildnis.* Laut fragte er: »Ist er schon aus dem Koma erwacht?«

»Nicht wirklich. Manchmal scheint er aufzuwachen, aber er erkennt weder mich noch sonst etwas.«

Jones beugte sich plötzlich vor und durchforschte mit den Blicken das Gesicht des Mannes. Chris Wakefields Gesicht war bleich und feuchtkalt vor Schweiß. Seine Augen schienen ebenso eingesunken wie seine Wangen, sodass sein Kopf einem Totenschädel glich. Jones hatte diesen Anblick oft gesehen, denn jeder, der der Krankheit zum Opfer fiel, die sie dezimierte, bot bald diesen abgemagerten Anblick. Er runzelte plötzlich die Stirn.

»Es schien mir, dass er eben etwas zu sagen versuchte.« Er blickte Patience fragend an. »Spricht er denn überhaupt?«

Patience nickte und dachte einen Augenblick nach. »Er spricht oft – aber das meiste ist nur Fiebergeschwätz. Er redet viel von seiner Heimat, von seiner Kindheit. So viel habe ich herausbekommen.«

Jones forschte in den Zügen der jungen Frau. Er bemerkte die zärtliche Sorge in ihrem Gesichtsausdruck, wenn sie ihren Patienten betrachtete, die Sanftmut in ihrer Stimme, wenn sie von ihm sprach. Seine Augen wurden einen Augenblick lang groß, als ihn jähes Verständnis überkam, und er blickte auf den kranken Mann nieder und dann auf in das relativ gesunde Gesicht der jungen Frau. »Habt Ihr Interesse an diesem Mann, Miss Patience? Ich meine, habt Ihr je daran gedacht, dass er ein Mann sei, den Ihr heiraten könnt?«

Patience fuhr vorsichtig mit dem Tuch über Wakefields bleiche Stirn. Sie vollendete die Bewegung, tauchte das Tuch in die Wasserschüssel, wrang es aus und wusch dann das eingefallene Gesicht – alles, ohne eine Antwort zu geben. Schließlich blickte sie auf, einen nachdenklichen Ausdruck in den grauen Augen. »Vielleicht habe ich das, Kapitän.« So müde sie auch war, er sah doch ein jähes Flämmchen von Humor in den Augen des Mädchens aufblitzen. »Wenn man eine alte Jungfer ist, wie ich es bin, denkt man an jeden unverheirateten Mann als einen möglichen Ehemann.«

»Alte Jungfer! Du liebe Zeit, Ihr seid nicht älter als zwanzig!«, schnaubte Jones. Er betrachtete sie voll Bewunderung. Ihr Geständnis, was Wakefield anging, interessierte, ja faszinierte ihn. »Nicht viele junge Frauen geben es offen zu, wenn sie an einem Mann interessiert sind«, bemerkte er nachdenklich. Er lehnte sich zurück, umschlang ein Knie mit den Händen und streckte sich mühsam, um seine überarbeiteten Muskeln zu lockern. Seine Gelenke knackten, das Resultat der ungewohnten harten körperlichen Arbeit, die er verrichtet hatte, und er schnitt ein Gesicht. »Ich habe nie gedacht, dass ich auf dieser Reise Gräber graben würde«, sagte er traurig. Dann fuhr er mit seiner Befragung fort. »Wie kommt Ihr darauf, dass Ihr an unserem Mr Wakefield interessiert seid? Ein Mann wie John Alden würde besser zu Euch passen – ein so kräftiger Mann.«

»Oh, tatsächlich, das wäre schon möglich.« Die Grübchen wurden wieder sichtbar, als sie dem interessierten Blick des Kapitäns begegnete. »Aber John ist total verliebt in Patricia Mullens. Sie werden bald heiraten, da wette ich darauf.«

Jones zog die Augenbrauen hoch, als er diese Mitteilung hörte, und er dachte einen Augenblick lang darüber nach. »Nun, dann eben einer von den anderen.« Er schüttelte bedauernd den Kopf. »Selbst wenn Wakefield wieder gesund wird, was mir im Augenblick nicht als sehr wahrscheinlich erscheint, ist er doch nicht der Mann, den ich Euch empfehlen möchte.«

Patience' Augen wurden neugierig, als sie den leisen Unterton von Härte in der Stimme des Kapitäns hörte. »Ich hatte den Eindruck, Ihr mögt Chris, Kapitän Jones.«

»Das tue ich auch, Miss. Aber ich mache mir keine Illusionen über den Mann. Ich weiß, wie er wirklich ist.« Er zog die Augenbrauen hoch; in seinen Augen glänzte ein gewisser trockener Humor. »Da Eure Gedanken in diese Richtung gehen, wisst Ihr doch sicher auch über ihn Bescheid?«

Patience neigte nur den Kopf und ließ sich nicht beeindrucken von dem Vorwurf, der in seiner Stimme mitklang. »Nein, das nicht. Ich weiß sehr wenig über ihn.«

»Nun, seine eigene Familie hat ihn verstoßen. Er machte seinen Eltern – die beide gute Christen sind, müsst Ihr bedenken – von Kindheit an nichts als Kummer und Schande.«

Patience nickte. »So viel weiß ich, Kapitän.«

Wiederum zog der Seemann die Brauen hoch. »Nun, ich dachte, Ihr Heiligen heiratet nur wiederum Heilige.«

Patience warf ihm einen listigen Blick zu. »Ihr habt neuerdings großes Interesse an den Heiligen – und an Gott – nicht wahr, Kapitän?«

Ein leises Rot stieg in die Wangen des Mannes, und er grinste beinahe schuldbewusst. »Man kann ja nicht anders, als in Eurer Nähe an Gott denken, Miss Patience. Ihr Leute redet ja über nichts anderes! Vielleicht sollte ich mich ein bisschen mehr mit den Fremden abgeben. Die sind offenbar mehr mein Typ.«

Patience schüttelte den Kopf, einen überraschend ernsten Ausdruck auf dem Gesicht. »Nein, das finde ich nicht«, sagte sie. »Ich glaube, Ihr empfindet einen Hunger nach Gott. Und ein solcher Hunger verlangt nach Befriedigung.«

Ein erstaunter Ausdruck trat auf das Gesicht des Kapitäns, und er rief aus: »Das ist genau, was Pastor Bradford sagte! Er sagte, Gott suche mich, und nun sollte ich ihn suchen.«

»Pastor Bradford ist ein sehr weiser Mann und hat einen guten Durchblick. Wäre ich an Eurer Stelle, so würde ich darauf hören, was er mir sagt.« Sie blickte auf Chris Wakefields stilles Gesicht nieder und schwieg einen Augenblick lang. Von draußen kam das Geräusch einer Axt, die in einen Baum beißt – ein Geräusch, das so selbstverständlich geworden war, dass sich niemand mehr darum kümmerte, denn in jeder wachen Minute schlugen die Leute Bäume um oder schnitten Holz, um ihre Häuser zu bauen.

Patience beugte sich ein wenig vor und blickte in das Gesicht des Schlafenden. »In Wirklichkeit kümmert mich weder seine Vergangenheit noch seine Gegenwart, Kapitän, denn ich könnte keinen Mann heiraten, der Gott nicht kennt, und Chris kennt Gott nicht«, sagte sie schlicht.

Jones blickte sie an. Er merkte, dass er eine empfindliche Saite im Inneren des Mädchens berührt hatte. »Ihr nehme an, Ihr wollt gern heiraten?«

»Natürlich, jede Frau will das, oder nicht? Ein Heim zu haben und Kinder. Aber ich werde es vielleicht niemals haben, und wenn es Gottes Wille ist, dann werde ich ihn bitten, dass ich damit zufrieden sein kann.«

Christopher Jones fühlte sich überfordert. »Nun«, sagte er schließlich, während er aufstand, »ich hoffe, Ihr findet einen Mann, aber nicht diesen hier. Jedenfalls nicht, ehe er sich vernünftiger benimmt als in der Vergangenheit.« Er wandte sich zum Gehen, und als er den großen Raum verließ, dachte er: *Das könnte eine schlimme Sache werden. Falls Wakefield sich erholt, werde ich ein Auge auf ihn haben müssen. Das Mädchen ist zu gut, um sich an einen Taugenichts wie ihn wegzuwerfen.*

★ ★ ★

Manchmal erschien es Chris, als falle er in ein ödes, verlassenes Loch in der Erde. Er wollte aufschreien, vor Schrecken schreien, und er bereitete sich auf den entsetzlichen Augenblick vor, wo er auf dem Boden aufschlagen würde. Während er fiel, hörte er ein Brausen in den Ohren, und er fühlte sich atemlos, als wäre er in eine dicke, erstickende Decke gehüllt.

Zeitweise jedoch verblasste der Traum zu einer merkwürdigen Ruhe. Und dann war da ein helles Licht, ziemlich sanft und gedämpft, das ihn in Wärme badete, bis die markerschütternde Kälte, die ihn zu zerstören drohte, schließlich von ihm wich.

Manchmal träumte er, dass er in Flammen stand, dass sein Körper mit einer sengenden Hitze brannte, die ihn über und über mit Blasen bedeckte, bis seine Haut ausgedörrt und trocken war und wie altes Papier knisterte. Oft, wenn die Hitze unerträglich wurde, geschah etwas Unerwartetes – etwas, worauf er zu warten gelernt hatte. Eine Kühle erreichte sein Gesicht, so zart, als berührte ein Vogelflügel seine Haut.

Kühle Feuchtigkeit badete dann seinen Körper und wusch die Schmerzen weg, aber er fand wenig Erleichterung darin, denn innerhalb von Minuten meinte er zu ertrinken, fühlte sich unter einem Gewicht gefangen, von dem er sich nicht befreien konnte. Manchmal erschien es ihm, dass er sich der Oberfläche der Dunkelheit näherte, die ihn umgab, er konnte sogar Bewegungen sehen und Stimmen hören ... aber er konnte nicht auftauchen. Wenn diese Zeiten kamen, rang er sich ein gequältes Wispern von den Lippen in einem verzweifelten Versuch, sich verständlich zu machen.

Schließlich kam eine Zeit, wo er sehr nahe an die Oberfläche gelangte. Er spürte, wie es in seinem Kopf hämmerte, und seine Zunge schien so dick, dass er nicht sprechen konnte, aber als er die Augen öffnete, schwamm plötzlich ein Gesicht vor ihm. Anfangs war es unklar, als würde es von einer Wolke verdeckt. Aber einen Augenblick später gelang es ihm, seinen Blick gerade zu richten, und er stellte fest, dass er in die ruhigen grauen Augen einer Frau blickte. Er starrte sie an, leckte sich die Lippen und versuchte nachzudenken. Der Raum drehte sich um ihn, während er dalag, und er fragte sich, ob er sich an Bord eines Schiffes befände. Dann wurde es ruhig, und er begriff, dass er sich in einem Raum befand, den er wiedererkannte.

Er öffnete die Lippen, aber sie waren so trocken, dass er nur einen rasselnden, hustenden Laut hervorbrachte.

»Trinkt das.« Die Frau hob seinen Kopf, und er spürte, wie ein Becher seine Lippen berührte. Er schluckte durstig. »Nicht so rasch!«, sagte sie. »Wie geht es Euch?«

Er trank das Wasser bis zum letzten Tropfen aus, dann sagte er: »Durstig.«

Er beobachtete, wie die Frau Wasser aus einem Krug auf dem Tisch holte und einschenkte und zurückkam, und Erkennen flackerte in seinen Augen auf. »Patience –«

»Ihr kennt mich?« Patience blieb abrupt stehen, ihre Augen waren groß. Dann beugte sie sich über ihn und berührte seine Stirn. »Das Fieber – es lässt nach!« Sie lächelte ihn an, und er nahm unbestimmt wahr, wie glücklich ihr Ton und ihr Gesichtsausdruck waren.

»Wie – wie lange bin ich schon hier?«

»Drei Tage. Ihr wart sehr krank.«

Er starrte sie an und versuchte seine Gedanken zu ordnen. »Kann ich noch mehr Wasser haben?«

»Ja, natürlich.« Sie setzte sich neben das Bett und hielt ihm den Becher an die Lippen. Er versuchte sich aufzusetzen und stellte zu seinem Erstaunen fest, dass er zu schwach dafür war.

»Lasst mich Euch helfen«, sagte sie. Sie schlang ihm den Arm um die Schultern und half ihm, sich aufzusetzen. Sie gab ihm ein paar weitere Schluck Wasser. »Nicht zu viel«, warnte sie. »Euch könnte übel werden.«

Er starrte sie an, dann sah er sich im Zimmer um. »Ich erinnere mich nicht daran, wie ich hierhergekommen bin ... und auch sonst ist mir nicht viel von den letzten Tagen im Gedächtnis geblieben ...«

»Es wird Euch bald wieder gutgehen«, sagte sie rasch. Sie war überzeugt, dass sie damit recht hatte. So bösartig die Krankheit auch war, sie verlief weitgehend vorhersagbar. Wenn sie erkrankten, fielen die Opfer immer ins Delirium. Von da an waren die Patienten stets zwei Wegen gefolgt; entweder kehrten sie nie ins Bewusstsein zurück und dämmerten dahin, bis sie starben, oder sie erwachten aus dem Delirium, und wenn das der Fall war, erholten sie sich fast jedes Mal. Bei dieser Erkenntnis leuchtete ein frohes Licht aus Patience' Augen, als sie flüsterte: »Ihr kommt wieder in Ordnung, Chris! Ich freue mich so.«

Chris nickte schwach. »Ich glaube nicht, dass ich je zuvor so krank gewesen bin«, sagte er. Die Worte kamen ihm langsam und mühevoll über die Lippen. Seine blutunterlaufenen Augen hielten ihren Blick fest. »Ein Mann fühlt sich wie ein Nichts, wenn ihm seine ganze Kraft genommen wird.« Er krauste die Stirn und fragte vorsichtig: »Habe ich irgendetwas gesagt? Habe ich geredet?«

»Ein wenig.«

»Was habe ich gesagt?«

Trotz seiner Schwäche brachte er es immer noch fertig, fordernd zu klingen. Sie sah die Spannung in seinen Augen und erkannte, dass er irgendwie Angst hatte, er hätte etwas gesagt, das er besser bei sich behalten hätte. Sie lächelte ermutigend. »Oh, nicht viel. Ihr habt über Euer Heim in Wakefield gesprochen, über die Felder dort, über die Jagd – über solche Dinge eben. Und eine Menge über die See und Eure Seereisen.«

Röte stieg in seine mageren Wangen, und er murmelte: »Ich hoffe, ich habe Euch mit meinem Gerede nicht schockiert, Patience.«

»Nein, nichts dergleichen.« Sie war froh, dass er sprechen konnte und dass er wieder gesund werden würde. Sie hatte nicht erfasst, wie sehr sie um ihn gebangt hatte, und nun begann sie zu zittern. Das war ungewöhnlich, denn sie war kein Mädchen, das Furcht zeigte. Jetzt, wo das Schlimmste vorbei war, stellte sie fest, dass sie so schwach war, dass sie kaum sitzen konnte, ohne vornüberzusinken.

Chris sah, dass ihre Hände zitterten und ein Beben über ihre Lider fiel. »Was ist los?«, fragte er. »Ihr seid doch nicht krank, oder?«

»Nein – nein.« Sie zögerte, legte ihre Hand auf seine und sagte: »Ich bin bloß so froh zu sehen, dass es Euch wieder gut geht, Chris.«

Er wusste nicht, wie er das hinnehmen sollte, und sagte nach einem langen Schweigen: »Ich habe das Gefühl, ich wäre nicht mehr da, wenn Ihr Euch nicht um mich gekümmert hättet.«

»Wir alle haben uns um Euch gekümmert«, sagte sie ein wenig abweisend. Sie wollte die Stimmung auflösen, die sich über sie beide gesenkt hatte. »Nun, meint Ihr, Ihr könnt ein wenig essen?«

Bei ihren Worten überfiel ihn ein wütender Hunger, und er begriff, dass er hungriger war als je zuvor in seinem Leben. »Ja, was immer es ist«, sagte er.

Sie nickte ihm zu, dann verließ sie ihn. Sobald sie quer durchs Zimmer zu der Feuerstelle gegangen war, wurde er wieder müde. Er zwang sich, wach zu bleiben, halb von Angst erfüllt, in diesen schrecklichen Schlaf zurückzukehren, der ihm wie der Tod selbst erschienen war. Er beobachtete sie, wie sie das Essen zubereitete, und dann überfiel ihn die Erkenntnis: *Sie hat mir das Leben gerettet.* Fast augenblicklich folgte Bitterkeit darauf. *Wozu? Ich bin nichts wert.*

Er saß da und kämpfte gegen Schlaf und Depression an, bis sie mit ein wenig Maisbrei zurückkehrte. »Könnt Ihr ohne Hilfe essen?«

»Ja.«

Er schaufelte den Brei so rasch in sich hinein, dass sie leise auflachte. »Gebt acht, dass Ihr nicht erstickt, Chris! Und esst nicht so viel! Euch wird übel werden.«

Sie saß noch eine Weile neben ihm, nachdem er ihr die Schüssel zurückgegeben hatte, und ein merkwürdiges Stillschweigen breitete sich zwischen ihnen aus. Patience wunderte sich über die Erleichterung, die sie überkommen hatte, als sie sah, dass Chris am Leben bleiben würde. Trotz ihrer Worte hatte sie nicht gewusst, dass dieser Mann sie so sehr fesselte. Sie war an ihm interessiert, ja fasziniert von ihm, und nachdem er ihr Teile seiner Geschichte erzählt hatte, sehnte sie sich mehr denn je danach, dass er Gott finden möge. Aber die Gefühle, die jetzt in ihrer Brust tobten, bedeuteten mehr als Sorge um seine Seele. Obwohl sie keine Erfahrung hatte, fragte sie sich: *Sind das die Gefühle einer Frau, die einen Mann liebt?*

Nach einer Weile schlief er ein. Sie verließ ihn und machte sich an ihre Arbeit, aber nach diesem ersten Tag war er nie wieder in Lebensgefahr. Er wurde so rasch wieder gesund, dass alle, die ihn beobachteten, staunten. »Er heilt aus wie ein Tier«, sagte Sam Fuller zu Patience. Seine kleinen braunen Augen betrachteten sie sorgfältig, und er fuhr fort: »Und das ist gut so. Nun kannst du deine Zeit auch den anderen Patienten widmen.«

Sie errötete. »Ich wollte sie nicht ignorieren. Es ist nur so, dass –«

»Ist schon in Ordnung, Patience«, sagte Fuller mit einem freundlichen Lächeln. »Wakefield ist ein attraktiver Bursche. Sei nur vorsichtig. Nach allem, was ich über den Mann weiß, würde ich sagen, er hat mehr Erfahrung mit Frauen als manch anderer. Ich möchte nicht, dass du so jemand in die Hände fällst.«

Patience schüttelte entschieden den Kopf. »Ihr braucht Euch keine Sorgen zu machen, Sir. Nichts dergleichen wird zwischen Mr Wakefield und mir vorfallen.«

★ ★ ★

Chris war ein so geschäftiger Mann gewesen, dass er wenig Zeit zum Nachdenken hatte. Nun jedoch – obwohl er rasch gesundete – kamen lange Stunden, in denen er still liegen musste. Oft fiel er in Schlaf, während sein Körper sich nach der Krankheit erneuerte. Er war ein schlechter Patient; am liebsten wäre er aufgestanden und herumgegangen, aber Patience wollte nichts davon hören und Sam Fuller genauso wenig. Also lag Chris viele Stunden lang auf seiner Pritsche – aber nach nur einem Tag rebellierte er und begann herumzugehen. Am folgenden Tag verließ er die Hütte und stützte sich, indem er sich an den Wänden festhielt. Als er ins Freie trat, atmete er in tiefen Zügen die kalte, beißende Luft ein. Er fühlte sich erfrischt – oder zumindest war er froh, nach draußen zu kommen.

Während dieser Tage, fast eine Woche lang, tat Chris etwas, das er nie zuvor getan hatte: Er dachte über seine Vergangenheit nach. Bislang hatte ihm sein Leben nur wenig Zeit für solche Nachdenklichkeit gewährt. Aber nun war da eine erzwungene Zeit der Stille und des Schweigens, und als er besser gehen lernte, stellte er fest, dass er in Gedanken verloren um die Siedlung herumwanderte. Szenen aus seiner Kindheit tauchten vor seinem inneren Auge auf, fast so real wie damals, als sie sich abgespielt hatten. Er erinnerte sich an Dinge, an die er seit Jahren nicht mehr gedacht hatte – beispielsweise daran, wie sein Vater ihn zum Lachsfischen mitgenommen hatte. Er erinnerte sich vor allem an eine Szene, als er einen monströsen Lachs an der Angel hatte und sein Vater neben ihm stand und ihn drängte weiterzumachen. Einmal hatte er beinahe aufgegeben und ausgerufen: »Hilf mir!«

Er konnte immer noch das Bild seines Vaters vor sich sehen, der ihn anlächelte und sagte: »Ein Mann muss seine Fische selbst an Land ziehen. Du schaffst es.«

Im Lauf der Tage dachte er an die Güte seiner Mutter, an die Freundschaft, die er zu dem jungen Oliver Cromwell gefasst hatte, und an andere Freunde aus seiner Kindheit.

Aber hinter diesen erfreulichen Erinnerungen lauerte immerzu eine grimmige Frage, die seine Gedanken störte: *Was hast du aus deinem Leben gemacht?* Er fand keine Antwort darauf, außer dass er mit den Zähnen knirschte und den Kopf schüttelte. Einmal sprach er es laut aus: »Nichts! Ich habe alles verschleudert!« Es fiel ihm schwer, dieser Tatsache ins Auge zu sehen. Obwohl ihm die Erkenntnis schon früher aufgedämmert war, hatte er sie immer beiseiteschieben oder in Vergnügungen und Alkohol ertränken können. Nun gab es keine Flucht mehr.

Als er über sein Leben und die Wege, die er eingeschlagen hatte, nachdachte, musste er sich zum ersten Mal in seinem Leben eingestehen, was er war.

Patience sah ihn oft, wenn er langsam über das Siedlungsgebiet wanderte, das Gesicht eingefallen und voll Schmerz. Intuitiv empfand sie den Kampf, der in seiner Brust tobte. Einmal bemerkte sie zu Kapitän Miles Standish: »Habt Ihr Chris Wakefield bemerkt? Er macht eine schwere Zeit durch.«

Standish war damit beschäftigt, eine Muskete zusammenzusetzen, die er zum Reinigen auseinandergenommen hatte. Er nickte. »Ja, aber die meisten von uns brauchen schwere Zeiten, um uns aus dem herauszureißen, was wir geworden sind.« Er blickte auf und stellte fest, dass Patience ihre Aufmerksamkeit auf etwas anderes richtete. Er folgte ihrem intensiven Blick und sah Wakefield in einiger Entfernung stehen. Er lehnte an einer der Wände der Palisade und starrte in die Ferne. Standishs Gesicht wurde nachdenklich, und er blickte von Neuem Patience an. Er hatte seine Fragen, was das Paar betraf. Er wollte etwas zu Patience sagen, obwohl er sich nicht sicher war, ob er sie warnen oder vielleicht ermutigen sollte. Mit einem leisen Kopfschütteln wandte er seine Aufmerksamkeit wieder seiner Muskete zu. Er war ein schlichter Soldat und völlig unerfahren in diesen Dingen; er konnte nicht in Worte fassen, was er im Herzen empfand. Schließlich ließ er das letzte Teil der Muskete einschnappen, zielte probeweise, dann erhob er sich und sagte: »Meine Ehe war das Beste in meinem Leben.«

Schockiert wandte Patience sich zu ihm um. Ihre Gedanken flogen zu Rose Standish. »Ihr habt sie sehr geliebt«, sagte sie leise.

»Mehr als alle Welt.«

»Ich finde das wundervoll.« Patience' Gesicht wurde ernst. »Man sieht so viele Ehen, die so ... leer wirken, als hätten der Mann und die Frau einander satt, ja als würden sie einander nicht mögen. Ich hasse den Gedanken, mit einem Mann verheiratet zu sein, den ich nicht mögen oder respektieren könnte.« Sie richtete den Blick auf Standish. »Wie habt Ihr und Eure Frau Eure Ehe so kraftvoll lebendig erhalten können? Habt Ihr je aufgehört, sie von Herzen zu lieben?«

Standish fuhr sich mit der Hand durch das rote Haar. Er war ein wortkarger Mann – und die meisten seiner Worte waren kriegerische Worte, die Worte eines rauen Soldaten. Er stand da und kämpfte darum, in Worte zu fassen, was in seinem Herzen vorging. »Es lag vor allem an ihr«, sagte er schließlich. »Ich war nicht viel wert, bevor ich Rose heiratete. Oh, ich war ein guter Soldat, aber ich hatte wenig Verstand.« Seine Augen wurden traurig und gedankenvoll, und er schüttelte den Kopf. »Aber sie hatte genug Verstand für uns beide, genug Urteilsvermögen, genügend Güte für die ganze Welt.«

Patience trat neben ihn und legte die Hand auf seinen Arm. »Es tut mir so leid, Miles, ich weiß, wie Ihr sie vermisst.«

Standish warf ihr einen gedankenvollen Blick zu und berührte seinen rechten Arm. »Mehr, als ich diesen Arm vermissen würde, wenn er mir abgetrennt würde.« Er wollte noch etwas sagen, aber eine heftige Gefühlsbewegung verzerrte seine Lippen, und er fuhr herum und ging auf die Tür zu. Als er jedoch dort angelangt war, hielt er inne und blickte sich zu ihr um. »Vergewissert Euch, dass Ihr einen Mann bekommt, der es wert ist, dass Ihr ihm Euer ganzes Herz schenkt.« Er drehte sich abrupt um, durchschritt die Tür und schlug sie hinter sich zu.

★ ★ ★

Chris Wakefield merkte nichts davon, dass er das Objekt von so viel Kopfzerbrechen und Diskussion war. Er kümmerte sich um seine Genesung und dachte über sein Leben nach. Als er kräftiger wurde, fand er sich mehr und mehr damit beschäftigt, die Kranken zu pflegen. Es gab so wenige, die sich um diejenigen kümmern konnten, die zu krank waren, für sich selbst zu sorgen. Einmal, als John Carver ein kleines Unglück hatte, als er im Bett lag, ging Chris zu ihm hin und begann, ihn zu reinigen. Obwohl Carver schwer krank war, versuchte er zu protestieren. »Ihr müsst das nicht für mich tun, mein Junge.«

Chris ließ sich nicht abhalten. Er zog den Mann aus, säuberte ihn sorgfältig, zog ihm frische Kleider an und lächelte. »Seht nur zu, dass Ihr gesund werdet, Mr Carver.«

Carver, ein älterer Mann, hatte Wakefields Arbeit unter den Kranken sorgfältig beobachtet. Nun bemerkte er: »Ihr müsst Euch um viele Kranke gekümmert haben. Eure Hände sind sanft und stark zugleich.«

Chris blinzelte überrascht. »Nein, ich habe nicht für viele Kranke gesorgt«, sagte er, und plötzliche Bitterkeit überzog sein Gesicht. Ein Sonnenstrahl fiel durch das einzige Fenster auf sein Gesicht und gab ihm ein herbes Aussehen. »Ich war zu beschäftigt damit, mich um mich selbst zu kümmern, um viel für andere zu sorgen, Mr Carver.«

»Ihr dürft nicht so reden«, protestierte Carver. »Wir alle haben bemerkt, wie Ihr hier geholfen habt.« Er streckte die Hand aus, und Chris ergriff sie. Die Hand des Alten war so zerbrechlich wie die Knöchlein eines Vogels, aber er drückte die Hand des Jüngeren und lächelte ihn segnend an. »Ihr habt etwas an diesem Ort gefunden«, sagte er leise. »Ich hatte das Gefühl, Ihr seid nicht aus freiem Willen hierhergekommen und hättet nicht erwartet, hier irgendetwas zu finden; aber etwas ist mit Euch geschehen. Ich habe es Euch angesehen, mein Junge.«

Chris hielt inne, während er die Hand des alten Mannes festhielt. »Aber … ich weiß nicht, was es ist. Ich habe mein Leben so sehr verpfuscht, ich kann kaum mehr vernünftig denken.«

Carver drückte von Neuem die starke Hand. »Gott hat seine Hand auf Euch gelegt. Ich habe das schon früher gesehen. Weist ihn nicht zurück, wenn er kommt.«

Chris wusste nicht, was er darauf antworten sollte. Ihm war bewusst, dass diese Leute – Bradford, Patience, Carver, selbst der raue Soldat Miles Standish – etwas in ihm zu sehen schienen, etwas Wertvolles, das er nicht identifizieren konnte. Er wusste nicht, was er antworten sollte, also sagte er nur: »Ich mache Euch etwas zu essen, Mr Carver.«

Zwei Tage später, am Nachmittag, war Chris klar, dass er körperlich kräftig genug war, um zurück an die Arbeit zu gehen. Aber etwas hielt ihn zurück, etwas Beunruhigendes, das seine Gedanken umdüsterte, etwas, das er nicht verstand. Er fühlte sich durch und durch elend und sprach zu niemand davon. Andere bemerkten es jedoch, und es war Bradford, der Patience zuflüsterte: »Gott ist ihm hart auf den Fersen. Bete innig, Mädchen. Bete, so innig du kannst!«

Später am selben Nachmittag wurde der Druck, den Chris in sich fühlte, so stark, dass er eine Muskete nahm und Miles Standish zurief: »Ich will sehen, ob ich ein Reh schießen kann.«

Standish warf ihm einen aufmerksamen Blick zu. »In Ordnung, aber streift nicht zu weit herum. Die Wilden sind immer noch dort draußen.«

Als Chris ins Unterholz vordrang, fühlte er sich so niedergeschlagen, dass es ihn kaum kümmerte, ob die Indianer da waren oder nicht. Er trabte durch den gefrorenen Wald und fühlte sich bei jedem Schritt schlechter. Schließlich kam er zu einem kleinen Bach, der in den Ozean mündete. Als er dort die Fußspuren eines Rehs sah, bezog er Posten und wartete. Die Kälte schien schärfer zu werden, aber er merkte es nicht einmal, als seine Hände taub wurden. Er war immer stolz darauf gewesen, dass er sich vor nichts fürchtete. Nun hatte ihn eine namenlose, unbekannte Furcht gepackt. Er wusste nur, dass dies alles irgendwie mit Gott zu tun hatte.

»Habe ich Angst, dass ich sterbe und zur Hölle fahre?«, fragte er sich selbst und sprach die Worte laut aus. Die Worte schienen in der gefrorenen Luft zu hängen, sodass er sie beinahe als Echo hören konnte. Sie hallten in ihm wider, und er wünschte, er hätte seine Furcht nicht in Worte gefasst, denn nun ließ sie sich nicht mehr zum Schweigen bringen.

Lange Zeit stand er da und bewegte sich nur, um sich einen neuen Platz zu suchen, bis er so starr vor Kälte wurde, dass er es nicht länger ertragen konnte. Den ganzen Nachmittag und bis Einbruch der Dämmerung bewegte er sich leise weiter. Der innere Druck wurde schlimmer und schlimmer. Schließlich gelangte er in ein kleines Tal, um das vom Winter kahl gefegte Bäume wuchsen. Als Chris um sich blickte, kam ihm der fantastische Gedanke, dass die Bäume ihre blätterlosen Äste in die Luft reckten wie Totenarme. Der Himmel war so bitter und kalt, dass sich keine Spur von Erbarmen darin zu finden schien.

»Oh Gott! Was soll ich tun? Ich halte das nicht mehr aus!« Chris erschrak, als ihm bewusst wurde, dass er die Worte laut ausgesprochen hatte. Und dann begann er, in seinem Herzen, in seinem Geiste die Worte der Bibel zu hören: »*Wenn ihr nicht Buße tut, werdet ihr alle ebenso zugrunde gehen ... Wer den Sohn hat, der hat das Leben ... Wer an den Sohn glaubt, hat das ewige Leben, und wer nicht an den Sohn glaubt, wird das Leben nicht sehen, sondern der Zorn Gottes bleibt über ihm.*«

Die Worte des letzten Bibelverses trafen Chris mit der Kraft einer Keule. Furcht überwältigte ihn, als er an den Zorn Gottes dachte, und die Muskete glitt aus seinen kraftlosen Fingern, als er auf der harten, kalten Erde auf die Knie fiel und das Gesicht auf den Boden presste. Ein Schrei stieg aus den Tiefen seines Inneren auf, ein Schrei, wie er ihn nie zuvor in seinem Leben ausgestoßen hatte.

»Oh Gott, hilf mir! Hilf mir! Zeig mir, was ich tun soll!«

★ ★ ★

Patience blickte von dem großen rußigen Topf auf, über den sie gebeugt stand, und sah Chris Wakefield auf sich zukommen. Als sie ihm ins Gesicht blickte, sah sie augenblicklich, dass etwas geschehen war. Sie ließ den Stecken fallen, den sie dazu verwendet hatte, die Kleidungsstücke im kochenden Wasser umzurühren, und drehte sich zu ihm um.

»Chris! Was ist? Was ist geschehen?«

Einige Augenblicke lang sprach er kein Wort. Er war sehr bleich, und seine festen Lippen sprachen von einer Verletzlichkeit, die sie nie zuvor an ihm bemerkt hatte. Seine Augen waren rot gerändert und geschwollen, und seine Hände bebten unruhig.

Sorge erfüllte Patience. »Seid Ihr krank? Ist es das?«

»Nein«, sagte er augenblicklich. Er stieg von einem Fuß auf den anderen, dann blickte er zu zwei Frauen hinüber, die in einem Topf, der über einem weiteren Feuer hing, Wäsche wuschen. Seine Augen kehrten zu ihrem Gesicht zurück. »Wollt Ihr mit mir kommen?«, fragte er. »Es gibt da etwas, das ich Euch erzählen will.«

»Aber natürlich.« Patience rief: »Susanna, würdest du für mich auf diese Kleider aufpassen? Ich bin gleich wieder da.«

Sie drehte sich um und ging mit Chris an der Palisade entlang, bis sie schließlich nach draußen traten. Immer noch hatte er nicht gesprochen, und sie stand vor einem Rätsel, da sie nicht wusste, was mit ihm nicht in Ordnung war. Aber irgendetwas – eine Stimme tief in ihrem Inneren – sagte ihr, dass er eine Krise in seinem Leben überstanden hatte.

Als sie zu der Baumreihe kamen, die zum Meer hinabführte, blickte Chris schweigend die Bäume an, dann sagte er: »Lasst uns zum Meer hinuntergehen.«

»In Ordnung.«

Als sie den Ozean erreichten, blickte Patience die *Mayflower* an, die auf den Wogen tanzte. Sie stand schweigend da und wartete darauf, dass Chris das Wort ergriff. Der Anblick des Schiffes schien ihn zu faszinieren, und er betrachtete es lange Zeit hindurch. Dann drehte er sich schließlich um und blickte ihr in die Augen.

»Patience, mir ist etwas widerfahren.« Seine Stimme war ruhig, ganz anders als sein gewöhnlicher Ton, und da war etwas in seinen Augen und seinem Gesichtsausdruck, das sie zuvor nicht gesehen hatte …, aber sie erkannte es augenblicklich.

»Ihr habt Gott gefunden, Chris, nicht wahr?«

Er nickte langsam. »Ich weiß nicht, wie ich darüber reden soll.« Er schüttelte den Kopf, dann zog er den Hut und fuhr sich mit der Hand durchs Haar. »Es ist … ganz anders als alles, was ich je erlebt habe.«

Hoch über ihren Köpfen schrien Möwen mit ihren harten, heiseren Stimmen, und er bewegte sich ruhelos, als er zu ihnen aufblickte. Dann drehte er sich um, nahm ihren Arm und sagte: »Lasst uns am Strand entlanggehen. Ich werde versuchen, Euch davon zu erzählen.«

»In Ordnung, Chris.«

Die beiden wanderten die felsige Küste entlang. Patience hörte mit angespannter Aufmerksamkeit zu, als Chris zögernd von seiner Erfahrung sprach. Zuweilen brachte er kein Wort über die Lippen, dann wurde seine Stimme rau, und er presste die Lippen zusammen, als müsste er eine gewaltige Gemütsbewegung zurückdrängen. Sein ganzes Wesen hatte etwas merkwürdig Unsicheres an sich, etwas, das sie nie zuvor an ihm gesehen hatte, aber als er davon sprach, wie er Gott angerufen hatte, wie er Gott angefleht und wie Gott sein Gebet erhört und Frieden in sein Herz gebracht hatte, füllten Tränen ihre Augen. Sie blieb abrupt stehen und suchte in ihrer Tasche nach einem Taschentuch.

Er drehte sich um, als sie es fand und sich die Augen wischte, dann streckte er die Hände aus und ergriff ihre Arme und hielt sie fest. »Ich habe nie zuvor etwas dergleichen gefühlt«, sagte er. Seine Stimme war von Staunen erfüllt. »Solcher Friede ... ich *weiß*, dass Gott mit mir ist.«

»Ja, das sehe ich«, antwortete Patience und lächelte unter Tränen. »Ich freue mich so für Euch. Ich freue mich.«

»Wird es andauern?« Seine Stimme klang drängend, seine Augen füllten sich mit plötzlichem Zweifel. »Ich war so ... nun, bedrückt, zornig, denke ich ... mein Leben lang. Vor allem auf mich selbst war ich zornig. Nun fühle ich mich – als wäre ich von Frieden erfüllt.«

»Das ist der Friede, den Gott gibt«, sagte sie leise, »der Friede, der höher ist als alle Vernunft. Und ja, er wird Bestand haben. Sei Gott treu, Chris, und du wirst es sehen. Er wird Bestand haben.«

Sie waren etwa zweihundert Meter an der Küste entlanggegangen. Die Wildnis lag zu ihrer Rechten, dunkel, ungespurt, geheimnisvoll. Zu ihrer Linken erstreckte sich die graue See und traf mit dem Himmel in einer so dünnen Linie zusammen, dass man nicht sagen konnte, wo eines endete und das andere begann. Die Wellen stöhnten, als sie sich am Strand brachen. Die Luft war kalt, scharf und schneidend, aber die beiden, die da dahinwanderten, schienen es nicht zu bemerken.

Plötzlich warf Chris Patience einen Blick zu, und dann, ohne jede Vorwarnung, ergriff er sie, nahm sie in die Arme und zog sie eng an sich. »Ich weiß, es ist zu früh dafür«, sagte er, »und ich will dich um nichts bitten, aber ich möchte dir etwas sagen, wenn du es mir erlaubst.«

Patience blinzelte vor Staunen. Die Berührung seiner Arme, die sie umfasst hielten, durchschauerte sie mit seltsamen Gefühlen, und sie brachte einen Augenblick lang keine Antwort über die Lippen. Er hielt sie locker umschlungen, und sie widerstrebte ihm nicht. »Was ist es, Chris?«, flüsterte sie.

»Ich habe noch einen langen Weg vor mir«, sagte er mit gedämpfter Stimme. »Ich habe nichts. Ich habe mein Leben verpfuscht. Selbst meine eigene Familie hat es nicht mehr mit mir ausgehalten.« Und dann änderte sich sein Tonfall, und er sagte eindringlich: »Aber eines weiß ich. Ich liebe dich, Patience. Du wirst es mir vielleicht nicht glauben, aber es ist so.«

Patience war voll Staunen – vor allem über sich selbst, dass so wenige Worte sie mit einer solchen Freude erfüllen konnten. Wie sie da in der losen Umarmung dieses hochgewachsenen Mannes stand, wusste sie plötzlich, dass sie ihn liebte, wie sie nie einen anderen lieben würde. Und da sie ein aufrichtiges Mädchen war, blickte sie einfach auf und sagte schlicht: »Ich liebe dich auch, Chris, und ich weiß, ich werde dich immer lieben.«

Freude blitzte in seinen Augen auf, und er zog sie näher an sich und senkte den Kopf. Ihre Lippen waren weich unter den seinen, und sie überließ sich ihm in aller Unschuld. Er hielt sie fest, genoss die Weichheit ihrer Lippen, das Wunder ihrer Zuwendung, aber am meisten liebte er den Geist, der in ihr wohnte – einen Geist, den er schon lange für das Feinste hielt, was er je kennengelernt hatte.

Schließlich zog er sich zurück und sagte: »Ich muss dich für den Rest meines Lebens haben, Patience. Ich weiß, ich bin keine gute Partie, ich habe dir nichts zu bieten als mein Herz. Und dennoch bin ich mir sicher, dass ich den Rest meines Lebens darauf verwenden werde, ein Mann zu werden, den du respektieren kannst. Und ich möchte, dass du mich heiratest.«

Patience zögerte nicht. »Ja.«

Plötzlich grinste er. »Nun, das sieht dir ähnlich! Die meisten Mädchen hätten mir eine lange, blumige Antwort darauf gegeben. Aber du, meine Liebste, sagst einfach nur Ja.«

»Wenn ich Ja sage«, sagte sie, und ihre Augen waren ernst, trotz des Lächelns, das ihre Lippen umhuschte, »so gebe ich dir alles, was ich bin und habe.« Sie zog seinen Kopf mit überraschender Kraft nach unten und küsste ihn. Endlich lösten sie sich voneinander, und er lachte plötzlich.

»Nun«, sagte er, »da ist etwas, das ich herausfinden möchte, und Gott sei gedankt, du wirst es mit mir herausfinden.«

»Und das wäre?«

Chris blickte hinaus auf die See und strengte den Blick an, als hoffte er, England erkennen zu können. Dann blickte er sie wieder an und hielt sie mit einem Arm fest umschlungen. »Ich möchte sehen, ob die Geschichte vom verlorenen Sohn sich bewahrheitet. Ich werde zu meinem Vater zurückkehren und ihn bitten, mir zu vergeben, und ich möchte, dass du mit mir kommst.«

Freude durchströmte Patience. Sie drückte seine Hand und nickte. »Er wird dir vergeben, Chris. Da bin ich mir sicher. Aber selbst wenn er es nicht täte, dein himmlischer Vater hat dir vergeben, und das ist alles, was du brauchst.« Die beiden standen da und sahen die Welt in den Augen des anderen, dann kehrten sie um und wanderten langsam die felsige Küste der Neuen Welt entlang zurück.

8

SIR ROBIN ERLEBT EINEN SCHOCK

Endlich war der Frühling in der Plymouther Kolonie angebrochen. Nun versammelten sich alle, Fremde und Heilige, als das kleine Beiboot der *Mayflower* sich bereit machte, mit zwei Passagieren an Bord zurückzukehren: Chris Wakefield und Patience Livingstone, die ihren Freunden ein herzliches Lebewohl zuwinkten.

Der harte Winter war ausgestanden, und nun, an diesem fünften Tag des April 1621, blies eine wohlriechende Brise vom Meer herein, sanft und duftend. Kapitän Miles Standish stand da und hielt Patience' Hand. Er hob den Kopf und ließ den Wind in sein erhobenes Gesicht wehen. »Ich wünschte, wir hätten diesen warmen Wind vor ein paar Monaten gehabt.« Er lächelte sie an und schüttelte den Kopf. »Es kommt mich hart an, dass du uns verlässt, Mädchen«, sagte er voll Bedauern. »Der Ort hier wird nicht mehr derselbe sein ohne dich.«

»Ich werde Euch auch vermissen, Miles, und ich werde jeden Tag für Euch beten.«

»Willst du das tun? Das ist sehr freundlich von dir.« Standish wandte sich Chris zu, der mit einem Lächeln auf den Lippen neben Patience stand. »Und du, Wakefield«, sagte der Soldat mit gespielter Strenge, »du behandelst mir dieses Mädchen gut, oder ich haue dich in Klump und Asche, wenn wir uns das nächste Mal treffen.«

Chris blickte voll inniger Zuneigung auf Patience hinunter, dann lächelte er und erwiderte den Blick des Soldaten. »Ich hoffe, Ihr tut genau das, falls ich sie wirklich einmal schlecht behandeln sollte«, sagte er.

Dann fragte er: »Warum kommt Ihr nicht mit uns zurück, Miles?

Mein Vater könnte einen Mann wie Euch gebrauchen, da bin ich mir sicher.«

»Nein, ich kann diesen Haufen Psalmsänger nicht im Dreck stecken lassen.« Chris lächelte; er wusste, dass Miles seine Zuneigung zu der Gruppe oft hinter rauen Worten versteckte. Standish warf einen Blick auf William Bradford, der herüberkam und sich zu den dreien gesellte. »He, Pastor«, sagte er laut, »warum verbindet Ihr diese beiden nicht im heiligen Ehestand?« Er grinste sie voll Vergnügen an.

»Sie haben eine lange Seereise vor sich, und ich weiß nicht, ob man diesem Burschen ein so liebliches Mädchen anvertrauen kann.«

»Das würde ich gerne tun«, sagte William Bradford. »Um ehrlich zu sein, ich habe sie schon dazu gedrängt, genau das zu tun.«

»Nichts wäre mir lieber«, antwortete Chris rasch, »aber es wäre Patience gegenüber nicht fair. Ich möchte sie meiner Familie vorstellen, und ich möchte, dass sie sie kennen- und lieben lernen. Das wird meiner Mutter Gelegenheit geben, eine große Hochzeit zu veranstalten. Sie liebt dergleichen.«

Bradford nickte, ein freundliches Lächeln auf den Lippen. Er hatte Gewicht zugelegt während des Frühlings, und nun schienen die wolfsmageren Monate, die ihn und die anderen beinahe zerstört hatten, mehr ein böser Traum als Realität zu sein. Hätten nicht so viele einen scharfen Stich des Verlusts gefühlt, wenn sie zum Friedhof hinüberblickten, so hätten sie beinahe glauben können, die harten Monate wären nie gewesen. Aber nur beinahe.

Nun streckte Bradford Chris die Hand entgegen, und sie schüttelten einander kräftig die Hand. »Gott segne dich, mein Junge«, sagte der Pastor aus tiefstem Herzen. »Ich kann dir nicht sagen, wie froh ich bin, da ich sehe, wie du mit Gott wandelst.«

»Ich werde mich immer an Euch erinnern, Mr Bradford, und falls Ihr jemals wieder nach England kommt, dann hoffe ich, dass Ihr uns besucht.«

»Es ist wenig wahrscheinlich, dass ich je wieder zurückkehre, mein Junge, aber ich danke dir. Und du sollst wissen, dass meine Gebete euch begleiten.« Bradford wandte sich Patience zu. Er streckte die Rechte aus, die sie mit beiden Händen ergriff. Sie lächelte ihn an. Er sah die Tränen in ihren hellen Augen glitzern, und er räusperte sich. »Gott segne dich, meine Liebe. Du hast deinen Weg gefunden, und ich freue mich mit dir.«

»Danke, Pastor.« Patience hielt ihn einen Augenblick lang fest. Sie hatte diesen Mann von ganzem Herzen lieben gelernt, und sie hatte hinter seiner etwas steifen Fassade ein warmes und großzügiges Herz entdeckt. Sie lächelte voll Zuneigung. »Ich werde Euch schreiben, sooft ich kann, und Ihr antwortet, wenn Ihr Zeit habt.«

In diesem Augenblick rief Kapitän Jones, der aufrecht im Boot stand: »Kommt ihr beide jetzt oder nicht? Wir haben zu viele Meilen vor uns, als dass ihr dastehen und schwatzen könnt.«

Rasch schüttelten Chris und Patience allen die Hand und fühlten die Hände derer, die mit der kleinen Gruppe zurückblieben, auf ihren Schultern. Dann drehten sie sich um und gingen zum Boot. Zwei Matrosen hielten es fest, während Chris Patience beim Einsteigen half. Kapitän Jones rief: »Vielleicht sehe ich Euch bald wieder, Pastor Bradford!«

»Das glaube ich auch, aber wenn es nicht mehr in dieser Welt ist, dann in der nächsten, eh, Kapitän?«

Die Worte trafen Christopher Jones, und er nickte ernst und sagte: »Aye. So wird es auch kommen, denke ich, und ich habe Euch zu danken, dass Ihr mir den Weg zum Herrn geöffnet habt. Auf Wiedersehen, Pastor.«

Auf den Befehl des Kapitäns hin stießen die Matrosen das kleine Fahrzeug hinaus ins schäumende Wasser, sprangen hinein und begannen, zusammen mit zwei anderen auf das Schiff zuzurudern.

Als sie schließlich an Bord waren, standen Chris, Patience und Kapitän Jones an der Reling und winkten Lebewohl. Die Gruppe an der Küste wirkte klein und verletzlich vor dem düster aufragenden Hintergrund des Waldes, der hinter ihnen lag und sich dicht und ungespurt über Tausende Meilen erstreckte. »Beim Himmel, ich hasse es, sie hier zurückzulassen!«, rief Chris plötzlich aus. »Aber wir müssen uns auf den Weg machen.«

Patience ergriff seine Hand und hielt sie fest. »Ja, der Herr hat eine Menge Dinge für dich bereit, die du tun sollst.«

»Eines davon ist, mich in den besten Ehemann zu verwandeln, den ich zustande bringe«, sagte er. Dann grinste er. »Und in einen guten Vater ebenfalls.«

Patience errötete ein wenig. »Darüber sprechen wir später«, sagte sie züchtig, dann wandte sie sich um, um den an der Küste Zurückgebliebenen neuerlich zu winken. Die drei standen da, bis die Küstenlinie nur noch schwach und dünn zu erkennen war, und Traurigkeit überkam Patience. Sie entschuldigte sich und ging fort, um für sich allein zu sein.

Chris hörte seinen Namen und drehte sich um. Er sah Kapitän Jones, der ihm zuwinkte. Er trat augenblicklich auf den Kapitän zu und sagte: »Aye, Sir?«

»Wenn du deine zarten Gefühle überwunden hast, kannst du mit mir in die Kapitänskajüte kommen. Das heißt, falls du mir die Gnade erweisen willst, auf dieser Reise irgendwelche Arbeit zu tun.«

»Ich bin für alles bereit, Kapitän. Gebt mir nur den Befehl.«

»Dann heißt der Befehl: Komm mit.« Er drehte sich um und stampfte das Deck entlang. Mit der Leichtigkeit langer Gewohnheit stieg er die Leiter hinunter. Als sie in der Kapitänskajüte angelangt waren, ging er zu den Heckfenstern hinüber, die beinahe die ganze Rückseite der Kajüte einnahmen. Draußen rollte die graue See in langen, auf und ab wiegenden Wellen. Er beobachtete das Steigen und Fallen der Wellen, als faszinierten sie ihn, dann wandte er sich schließlich Chris zu. »Nun, was hast du für dich zu sagen?«

»Für mich zu sagen?«

»Ja, Mann, steh nicht da wie ein Tölpel.« Jones schlug mit einer harten Hand auf den Tisch und setzte sich in seinen Stuhl. Er fixierte Chris mit einem harten Blick. »Du fährst heim, um diese junge Frau zu heiraten. Letzthin habe ich gehört, deine Familie wollte nichts mehr von dir wissen. Wie willst du für sie sorgen?«

Chris blinzelte. Er war ein wenig verblüfft, wenn auch nicht eingeschüchtert von der Eindringlichkeit des Kapitäns. »Ich muss wohl zugeben, Kapitän, dass im Moment meine Aussichten nicht gut sind.«

»Das finde ich auch. Wie alt bist du? Zweiunddreißig, nicht wahr? Du besitzt nichts außer den Kleidern, in denen du dastehst.«

»Das stimmt, Kapitän. Aber ich bin ein guter Seemann, das wisst Ihr. Ich kann immer eine Heuer bekommen, und ich werde meinem Vater beweisen, dass ich mich geändert habe.«

»Ach, du hast dich also geändert?«

»Ja, Sir, und ich glaube, Ihr wisst es.« Chris hielt inne und blickte den Kapitän an. »Wie Ihr Euch verändert habt.«

Der Seemann warf ihm einen beleidigten Blick zu, dann lachte er plötzlich. »Beim Himmel, du hast recht! Wir haben uns beide geändert.« Dann wurde er ernst. »Zum Besseren, nehme ich an. Es tut meinem Herzen gut, in Gesellschaft von Männern wie William Bradford zu sein und zu wissen, dass Gott immer noch auf Erden gegenwärtig ist.« Er streckte die Hand aus und spielte mit einer Truthahnfeder, die in einem Tintenfass steckte, dann blickte er wieder auf. »Ich wusste nie, wie es sein würde, Gott zu dienen. Ich dachte immer, es wäre eine ziemlich langweilige und steife Angelegenheit, aber das stimmt nicht.«

»Nein.« Chris dachte einen Augenblick nach, dann lächelte er und sagte: »Ich wünschte, ich hätte schon vor Jahren gewusst, wie es ist, wenn man sein Leben Gott übergibt. Ich hätte mir eine Menge Kummer ersparen können.«

»Nun, wir können die Vergangenheit nicht ungeschehen machen.« Jones starrte den jungen Mann eindringlich an. »Höre, ich habe dir etwas zu sagen.«

»Ja, Sir?«

»Ich möchte dir eine Position als Erster Offizier auf der *Mayflower* bei ihren zukünftigen Fahrten anbieten.«

Chris war verblüfft. Er starrte Kapitän Jones an, dann sagte er: »Was ist mit Mr Clarke?«

»Der verlässt uns, um einen neuen Posten anzutreten«, sagte Jones. »Macht dich das nicht nachdenklich?«

»Was meint Ihr, Kapitän?«

»Ich meine, ich würde dir doch nicht einen Job als Erster Offizier anbieten, wenn ich kein Vertrauen zu dir hätte, oder?«

»Nun, ich denke nein, Sir.«

Jones starrte Wakefield beinahe voll Groll an. »Bist du völlig behext von diesem Mädchen? Begreifst du nicht, was ich da sage?«

Chris starrte den Kapitän verdattert an. »Nun, ich schätze das Angebot sehr, aber —«

Jones grinste plötzlich und lehnte sich zurück. »Du bist bis über die Ohren verliebt, das ist das Problem mit dir. Es läuft immer so. Ein verliebter junger Mann ist keinen Heller wert. Ich spreche von dir und deinem Vater, Chris.«

»Mein Vater?«, fragte Chris und zog eine Augenbraue hoch. »Oh —!«, sagte er in ziemlich törichtem Ton.

»Ja, *oh*«, äffte ihn Kapitän Jones nach. Er stand auf und ging um den Tisch herum, um vor den Jüngeren hinzutreten. »Ich werde deinem Vater den Bericht geben, den zu hören er erhofft. Er bat mich, ihm zu sagen, wenn du ein vertrauenswürdiger Mann geworden wärst. Nun, die *Mayflower* ist alles, was ich habe, und ich bin willens, sie dir anzuvertrauen, also wird mir dein Vater wohl glauben, wenn ich ihm sage, du hast dich geändert.«

Chris schluckte schwer. »Das wird er wohl, Sir. Das wird er wohl. Er legt großen Wert auf Euer Urteil. Ich danke Euch.«

Jones hob die Hand. »Nichts zu danken. Du hast dir deine Heuer verdient. Ich habe dich sorgfältig beobachtet, und weißt du, was mich zu dem Entschluss veranlasste, deinem Vater zu sagen, du seist wieder imstande, dein Leben in die Hand zu nehmen?«

»Nein, Sir.«

»Als ich sah, wie du dich um die Kranken gekümmert hast. Du hast nicht einmal gezögert, die zu waschen, die sich über und über besudelt hatten.« Jones nickte fest. »Als ich das sah, da sagte ich mir, hier ist ein junger Mann, der überall anpacken wird. Es war schön, mein Junge, dass du dich um die Kranken gekümmert hast.«

»Nun, sie kümmerten sich um mich, als ich krank war.«

»Manche Leute hätten das anders gesehen, aber ich freue mich, dass du so denkst. Dann sind wir uns also einig?«

Chris zögerte, dann sagte er: »Ich kann jetzt noch nicht zustimmen, Kapitän Jones. Ich muss nach Hause fahren und mich vor meinem Vater beweisen. Ich weiß, er würde auch Euer Wort nehmen, aber –« Er zögerte, dann schüttelte er den Kopf. »Ich muss etwas *tun*. Versteht Ihr mich, Kapitän? Ich meine, ich habe Vater und Mutter nichts als Kummer bereitet. Nun möchte ich einen Weg finden, sie stolz auf mich zu machen, ihnen zu zeigen, dass es eine Veränderung gegeben hat. Und ich möchte dabei sein, wenn sie Patience kennenlernen. Ihr werdet einen anderen Offizier brauchen, während ich das tue.«

»Nun, mein Junge, das ist gut gesprochen. An all das hatte ich nicht gedacht. Lassen wir es also fürs Erste bleiben. Dennoch, ich muss mit deinem Vater reden.«

»Danke, Kapitän.«

»Nun verschwinde von hier und mach dich an die Arbeit! Meinst du, ich hätte nichts weiter zu tun, als den ganzen Tag hier mit dir zu schwatzen? Verschwinde hier, Wakefield! Und lass die Hände von diesem Mädchen, verstanden?« Chris grinste und nickte übertrieben demütig. »Aye, Sir, ich werde mein Bestes tun.« Sein Grinsen wurde noch breiter. »Aber ich kann keine Versprechungen machen.«

★ ★ ★

»Ich weiß nicht, was geschehen wird. Es sieht aus, als sollte im ganzen Land Krieg ausbrechen.« Oliver Cromwell stand Sir Robin Wakefield gegenüber. Er starrte auf die großen duftenden Rosen hinab, die herrliche rote Beete entlang des Spazierweges im Garten bildeten. Er streckte die Hand aus, brach eine der Blumen ab und roch daran. Auf seinem langen, reizlosen Gesicht malte sich Vergnügen. Er blickte mit einem Lächeln auf. »Am liebsten würde ich alles vergessen und mich nur um mein Gut kümmern. Ihr nicht auch, Sir Robin?«

»Ja, das wäre angenehm, aber das wird wohl nicht unser Schicksal sein, oder?«

»Nicht, solange der König weiterhin agitiert.«

»Das Problem mit seiner Majestät«, sagte Robin langsam, »ist: Er hat die Tatsache nicht erkannt, dass seit Elisabeths Tod etwas Neues nach England gekommen ist.«

Oliver Cromwell warf seinem Gastgeber einen raschen Blick zu. »Beim Himmel, Ihr habt recht!«, sagte er. »Es geht tatsächlich etwas mit diesem Lande vor. Aber wie wollt Ihr es definieren? Was geschieht eigentlich? Es ist ein Gefühl, als brodele die ganze Nation wie Wasser, das kurz vor dem Sieden steht.«

Robin streckte die Hand aus und berührte eine der flammend roten Rosen. Er genoss die Weichheit der scharlachfarbenen Blütenblätter. »Irgendwo«, sagte er mit gedämpfter Stimme, »zwischen dem Zeitpunkt, wo Königin Elisabeth ihren letzten Atemzug als Monarchin Englands und Jakob seinen ersten Atemzug als König von England tat, haben wir Engländer den Geschmack an der absoluten Monarchie verloren.«

Cromwell grinste plötzlich. »Das wird der König Euch niemals glauben«, erklärte er mit Bestimmtheit. Er zuckte ruhelos die Achseln. »Wenn je ein Mann an das Königtum von Gottes Gnaden geglaubt hat, dann ist es Jakob der Erste, unser Oberherrscher. Er ist überzeugt, dass er Gottes Stellvertreter auf Erden ist.«

»Nun, es gab eine Zeit, da dachten wir alle so, besonders, was Elisabeth anging. Sie sorgte dafür, dass wir lebendig und frei blieben, wie alle Tudors es taten, aber diese Stuarts scheinen das nicht zu verstehen. Ich fürchte, der Konflikt wird sich nicht leicht beilegen lassen.«

Die beiden schlenderten langsam durch den Garten und unterhielten sich über Politik, bis eine Stimme hörbar wurde: »Robin, komm rasch!«

Wakefield schreckte auf und blickte über den Garten hinweg. Er sah seine Frau, Allison, die ihm lebhaft zuwinkte. »Da stimmt etwas nicht!«, sagte er aufgeschreckt. »Komm mit, Oliver!« Die beiden Männer begannen zu laufen. Als er seine Frau erreichte, verlangte Robin zu wissen: »Was ist nicht in Ordnung? Ist irgendjemand verletzt?«

Allison blickte ihn an, und ihre Augen füllten sich mit Tränen. Das erschreckte ihn zutiefst. Sie war keine Frau, die leicht weinte. »Um Himmels willen, Allison, was ist geschehen? Ist jemand tot?«

Sie streckte die Hand aus und legte sie auf seine Brust, dann flüsterte sie mit gebrochener Stimme: »Robin ... er ist heimgekehrt!«

Augenblicklich leuchtete Verständnis in Robins Augen auf. »Er ist hier?«

»Ja, er kam vor wenigen Minuten an. Ich habe mit ihm geredet.«

Robin warf Oliver einen Blick zu, und ein Stirnrunzeln erschien auf seinem Gesicht. »Es ist Chris, aber er sollte nicht hier sein. Ich sagte ihm, er solle nicht zurückkommen, bevor ich nicht einen guten Bericht von Kapitän Jones hätte.«

»Er hat einen Brief des Kapitäns«, sagte Allison rasch. Die Tränen rannen ihr jetzt über die Wangen, und ihre Lippen zitterten. »Oh Robin, es ist nicht, was du denkst! Er hat sich so sehr geändert!«

Robin starrte sie an. Er konnte kaum glauben, dass das Ereignis, auf das sie gehofft und um das sie gebetet hatten, letztendlich eingetreten war. »Verändert? Wie verändert?«

Allison schüttelte den Kopf und ergriff seinen Arm. »Er wird es dir selbst sagen. Komm mit.«

Oliver beobachtete die beiden. Er hatte Verständnis für ihre Situation. »Dann verabschiede ich mich jetzt –«

»Oh nein!« Allison streckte die Hand aus und ergriff Oliver am Arm. Sie hielt beide Männer und sagte: »Ihr kommt beide mit. Du bist sein Freund, Oliver, und warst es immer schon.«

Die beiden Männer ließen sich in die Halle führen. Aber als Robin eintrat und Chris hoch aufgerichtet auf sich warten sah, schluckte er schwer. Er sah aus dem Augenwinkel eine junge Frau, die an der Seite seines Sohnes stand, und er räusperte sich und sagte: »Nun, Sohn, du bist zurückgekommen.«

Chris ließ sich vom Ton seines Vaters nicht einschüchtern. »Ich habe einen Brief für dich, Vater, von Kapitän Jones.« Er durchquerte den Raum und reichte ihn seinem Vater, dann ging er zurück und stellte sich wieder neben das Mädchen. Robin bemerkte, wie sein Sohn mit besitzergreifender Geste den Arm des Mädchens ergriff. Ein rascher Seitenblick zu Cromwell hinüber verriet dem älteren Wakefield, dass sein Freund die Geste ebenfalls bemerkt hatte.

»Nun, dann wollen wir sehen, was der wackere Kapitän schreibt.« Robin erbrach das Siegel des Briefes, öffnete den Umschlag und zog ein einzelnes Blatt Papier heraus. Cromwell und Allison beobachteten sein Gesicht sorgfältig, während er las, und Cromwell erfasste sofort, dass der Brief gute Nachrichten enthielt, denn Erleichterung breitete sich über Sir Robins Züge.

Robin faltete den Brief sorgfältig und schob ihn zurück in den Umschlag, dann drehte er sich um und legte ihn auf den großen Mahagonitisch.

»Nun –«, sagte er, dann zögerte er. Er fand keine Worte, um seine Gefühle auszudrücken.

Chris sprach inmitten der emotionsgeladenen Stille. »Sir, ich bin heimgekehrt, um euch zu sagen, dass ich ein schlechtes Leben geführt habe, und ich bitte um deine und Mutters Verzeihung.«

Allison entrang sich ein Schluchzen, und sie rannte zu ihrem Sohn hin und schlang die Arme um seinen Nacken. Robin stand reglos da, bis Cromwell die Hand ausstreckte und ihm einen verstohlenen, wenn auch kräftigen Stoß versetzte. »Geht zu ihm hin, Sir. Rasch!«

Als wäre er aus einem Traum erwacht, durchquerte Robin augenblicklich den Raum und streckte die Hand aus. Chris ergriff sie nach einer Pause. Ein glückliches Licht leuchtete in seinen Augen. Wieder räusperte sich Sir Robin und sagte: »Dein Kapitän Jones sagt bewundernswerte Dinge über dich, mein Junge.« Und dann konnte er sich nicht länger beherrschen. Er drückte die Hand mit aller Kraft und brach in ein gewaltiges Freudengelächter aus. »Lieber Himmel, ich bin stolz auf dich! Jeder Mann, der es fertigbringt, sich Christopher Jones' Anerkennung zu verdienen, ist ein wackerer Mann.«

Chris fühlte die harte Kraft der väterlichen Hand, und er wollte ihn in die Arme schließen, aber er hielt sich zurück. Stattdessen sagte er nur, die Stimme schwer vor innerer Bewegung: »Danke, Sir.« Dann ließ er die Hand seines Vaters los und drehte sich um. Er deutete auf Patience, deren Gesicht angesichts des freudigen Wiedersehens leuchtete, und sagte: »Vater, darf ich dir Fräulein Patience Livingstone vorstellen?« Er zögerte nur einen Augenblick, dann fuhr er fort: »Ich habe die freudige Ehre, dir mitzuteilen, dass sie deine neue Schwiegertochter sein wird.«

Robins Gesicht verfiel, und er tauschte einen betroffenen Blick mit Allison. Er sah augenblicklich, dass ihr die Neuigkeit schon bekannt gewesen war, und er richtete sich steif auf und sagte ziemlich brüsk: »Nun! Ich bin froh, dass du die Wiedersehensprozedur hinter dich gebracht hast, ehe du uns damit überfällst.«

Aber Oliver Cromwell trat vor und sagte mit herzlicher Stimme: »Gratuliere, Chris! Es wird mir eine Freude sein, die Braut kennenzulernen!«

Patience schüttelte ihm die Hand, dann drehte sie sich um, um ihre zukünftigen Schwiegereltern zu betrachten. »Ich freue mich sehr, Euch beide kennenzulernen«, sagte sie. »Ich weiß, das bedeutet einen schrecklichen Schock für Euch, aber ich hoffe, dass wir uns bald besser kennenlernen werden.«

Chris hielt ihre Hand mit festem Druck umschlossen. »Ich habe euch noch etwas zu sagen.« Er zögerte, und Robin sah, wie sich die Hand der jungen Frau um seinen Arm presste. »Ich meine, ich bin ein Christ geworden. Ich denke, das habt du und Mutter euch schon immer gewünscht.« Er schüttelte traurig den Kopf. »Es hat lange gedauert, und ich habe Jahre verschwendet, aber Gott ist in mein Leben gekommen, und ich habe ihm mein Leben übergeben.«

Auf diese erstaunliche Nachricht hin konnte Sir Robin Wakefield sich nicht länger zurückhalten. Mit einem glücklichen Ausruf schlang er beide Arme um seinen Sohn, und die beiden Männer hielten einander einen Augenblick lang umschlungen. Beide waren zu bewegt, um ein Wort zu sprechen.

Allison ging zu Patience und umarmte sie. Während sie sie festhielt, flüsterte sie: »Ich bin froh, dass du gekommen bist, meine Liebe. Ich sehe, mein Sohn liebt dich sehr.«

»Wie ich ihn auch liebe«, wisperte Patience.

Schließlich trat Robin einen Schritt zurück. Er war ein wenig verlegen, weil er seine Gefühle so offen gezeigt hatte. Er lachte. »Ich wollte deinetwegen keine Tränen vergießen wie eine Frau, mein Junge, aber du kannst dir nicht vorstellen, wie glücklich ich bin – wie glücklich wir beide sind, deine Mutter und ich.«

»Danke, Sir.« Chris biss sich auf die Lippen, dann sagte er: »Ich bitte dich nur um eines. Willst du mir eine Chance geben zu beweisen, dass mein Herz sich verändert hat? Kapitän Jones hat mich gebeten, als Erster Offizier auf der *Mayflower* zu dienen, aber ich bat ihn, mir Zeit zu geben, bis ich dir gedient hätte, in welcher Form auch immer. Gib mir etwas zu tun, Vater, und ich werde mein Bestes tun, dir zu zeigen, was für eine Art Mann ich zu werden versuche.«

»Gut gesagt! Ja, gut gesagt!« Cromwell schob sich in den Vordergrund, klopfte Chris auf den Rücken und sagte: »Gott segne dich, mein lieber Chris! Das ist die beste Nachricht, die ich seit Langem gehört habe. Du sollst nur wissen, dass du mich so manche Stunde des Gebets gekostet hast. Nicht so viele, wie du deine lieben Eltern gekostet hast, aber mehr, als du jemals wissen wirst.«

»Danke, Oliver«, sagte Chris schlicht. »Irgendwie habe ich immer gewusst, dass die Freundschaft zu dir mir guttun würde.«

Sie unterhielten sich noch eine Weile miteinander, dann befahl Allison den Dienern, den Tisch für sie zu decken. Chris diskutierte lebhaft mit seinem Vater über das Gut und die Möglichkeit, auf einem der Schiffe seines Vaters zu dienen. Oliver saß da und lächelte über das glückliche Ereignis, und später, als Chris und Patience einen Augenblick lang allein waren, sagte sie: »Nun, der verlorene Sohn ist letztendlich nach Hause zurückgekehrt.«

»Ja, die Geschichte erweist sich wirklich als wahr, stimmt's?« Chris schlang die Arme um sie. »Meine Eltern lieben dich, das habe ich sofort gemerkt.«

»Sie sind so wunderbar«, wisperte Patience. »Ich habe niemals eigene Eltern gehabt. Es wird so guttun, einen Vater und eine Mutter zu haben.«

»Und einen Ehemann!« Chris grinste. Sie standen in einem der kleinen Räume, die über den Garten hinausblickten. Die Nacht senkte sich rasch; die Sonne ging im Westen unter und hinterließ nur einen goldenen Kreis von Licht. Sie standen da und sahen zu, und Chris hielt sie fest. Er sagte: »Ich habe gestern Abend einen neuen Bibelvers entdeckt, bei dem ich an dich denken musste.«

»Welcher war es?«

»Er lautete: ›Eine kluge Frau ist ein Geschenk des Herrn.‹« Dann wurde er ernst. Er betrachtete ihre Hand, während er sie festhielt und zärtlich streichelte. »Ich weiß, du bist ein Geschenk des Herrn an mich, und ich werde den Rest meines Lebens damit verbringen, ihm dafür zu danken.«

»Oh, Chris«, rief sie glücklich aus, dann schlang sie die Arme um ihn. Sie küsste ihn innig und hielt ihn fest, dann trat sie einen Schritt zurück. Ihre Augen glitzerten von Tränen des Glücks. »Gott hat mir dich auch geschenkt. Ich kenne keinen Bibelvers dafür.«

Chris sagte: »Ich schon.« Ein koboldhafter Ausdruck trat in seine Augen. »Gibt es nicht einen Bibelvers, der etwas sagt wie: ›Ich war ein Fremder, und ihr habt mich aufgenommen‹?«

»Du dummer Narr!«, lachte sie und streckte die Hand aus, um ihn neckisch am Haar zu ziehen.

»Au!« Er packte ihr Handgelenk und hielt es hinter ihrem Rücken fest, dann küsste er sie gründlich. Er hob einen Augenblick lang den Kopf und lächelte sie an. »Hier bin ich, ein Fremder, und du hast mich aufgenommen.«

»Ja«, hauchte sie, und ihre Augen glühten vor Liebe, »für den Rest unseres Lebens.«

II

Schatten über dem Land 1624–1640

9
ZU SEINEN VÄTERN VERSAMMELT

Die Themse wand sich wie eine Schlange entlang der grünen Gräser am Ufer. Ein Fisch sprang und sandte eine Reihe von Kreisen aus, die aber bald wieder flach wurden und eine glatte Oberfläche hinterließen.

Oliver Cromwell beobachtete, wie der Bootsmann seine Ruder in kurzen, abgehackten Schlägen eintauchte und wieder hochzog. Er wandte sich um und sagte zu seinem Gefährten: »Nun, Chris, ich nehme an, eine Flussfahrt ist kein großes Abenteuer für dich, nachdem du das Meer überquert hast.« Er blickte in den harten blauen Himmel auf, bewunderte die Wolken, die wie Wollschäfchen über ihnen dahinzogen, und schnitt ein Gesicht. »Ich habe die See nie so geschätzt wie du, Chris. Kann nicht behaupten, dass ich sie besonders mag.«

»Ich nehme an, diese Liebe ist einem Menschen zu einem gewissen Grad angeboren.« Christopher Wakefield betrachtete die Biegung des Flusses; er bewegte sich im Rhythmus des Wassers, das die Nussschale von einem Boot auf seinem breiten Rücken dahintrug. »Weißt du, dass dieser Fluss zweihundert krumme Meilen weit fließt, bis nach London? Ich habe gehört, er wäre der längste Fluss in ganz England.«

»Ich nehme an, das stimmt. Trotzdem mag ich dieses kleine Ding von einem Boot nicht«, brummte Cromwell.

Chris betrachtete seinen Gefährten eindringlich. Er bemerkte das melancholische Gesicht, die schwerlidrigen Augen, bei denen er nie herausfand, ob sie grün oder grau waren, und er lachte kurz auf, trotz der Sorge, die in seinen Augen geschrieben stand. »Stell es dir so vor: Fast jeder Tropfen Regen, der hier fällt, landet in diesem Strom. Die

Themse verschlingt alle anderen Flüsse, die Bächlein, alle die kleinen Flüsschen und Gewässer, jede Quelle, die im ganzen Gebiet sprudelt. Kommst du dir nicht wichtig vor, wenn du auf einem so großartigen Strom dahingetragen wirst?«

»Nein«, erwiderte Cromwell säuerlich. »Ich wünschte, ich wäre daheim bei Elisabeth.«

»Das weiß ich, umso mehr, als wir in derselben Situation sind. Ich weiß nicht, warum diese Geschäftsangelegenheiten immer dann auftauchen, wenn ein Mann zu Hause bleiben sollte. Deine und meine Frau stehen so kurz vor der Geburt, dass es schwerfällt, sie gerade jetzt allein zu lassen.«

»Nun, Gott sei's gedankt, dass wir dieses Geschäft erledigt haben und auf der Heimreise sind.« Cromwell hob den Blick und deutete. »Sieh nur! Da ist Oxford!« Er betrachtete die Institution, die die besten Gentlemen und Gelehrten in England hervorgebracht hatte. Cromwell genoss den Anblick der majestätischen Mauern, der Türme des College.

Später fuhren sie in einer engen Krümmung an Dorchester vorbei, dann erreichten sie die Stelle, wo die Isis und die Themse zusammenfließen.

Chris und Oliver sprachen abwechselnd über ihre gemeinsamen Interessen und Sorgen, vom Landbau angefangen bis zur Politik. Nachdem sie eine Biegung passiert hatten, blickte Chris auf und sagte: »Da ist Windsor.« Die beiden Männer betrachteten die grauen Bruchsteintürme des Schlosses, das erhaben an einem Ufer aufragte, und die Schule Eaton am gegenüberliegenden Ufer. »Windsor ist ein richtig königliches Schloss, findest du nicht, Oliver? Und es hat einen herrlichen Ausblick. Der König kann beinahe überall hinsehen, einschließlich der Wälder und des Flusses und der Felder.«

»Ich finde aber doch, dass die Jagd ruiniert ist. In den Tagen von König Harold war es ein perfektes Vergnügen, vor allem die Jagd auf Rotwild. Er hatte sechzig oder mehr Wildparks, die von Toren umschlossen waren, von denen sich eines ins andere öffnete.« – »Man sagt, Arthur habe die erste Festung hier gebaut. Einige sind der Meinung, er würde nach England zurückkehren, wenn schlechte Zeiten kommen.«

Oliver warf seinem Freund einen sardonischen Blick zu. »Nun, er kann jederzeit kommen, denn die schlechten Zeiten sind da.«

»Ach komm, so schlimm ist es nun auch wieder nicht!«

»So schlimm ist es nicht?« Cromwells Augen glühten, und er schlug mit einer zornigen Geste ins Wasser, sodass die Silbertropfen hoch aufflogen und in der Sonne funkelten.

Das erschreckte den Bootsmann, der grunzte: »Vorsicht, Sir! Seid vorsichtig oder Ihr bringt uns alle zum Kentern!«

Ohne sich um den Bootsmann zu kümmern, knurrte Cromwell: »Wir werden nicht einmal mit unserem eigenen Land fertig, und König Jakob beschließt, Spanien den Krieg zu erklären. Was für eine Idiotie!«

Chris warf einen Seitenblick auf den Bootsmann und flüsterte: »Sei vorsichtig, Freund Oliver. Solche Bemerkungen könnten als Hochverrat ausgelegt werden.«

»Soll er es doch hören!«, sagte Cromwell beinahe wild. »Jeder soll es hören! Warum wollen wir gegen Spanien kämpfen? Haben wir nicht genug Probleme in England?«

Wakefield gab keine Antwort, und Cromwell verfiel in missgestimmtes Schweigen. Chris drehte sich um und blickte, tief in Gedanken versunken, über den Fluss hinaus – obwohl seine Gedanken nicht dem Zustand des Landes galten. Er dachte stattdessen an Patience. Es war ihr nicht gut gegangen, und obwohl der Arzt behauptete, sie sei zum Gebären geschaffen, hatte es während ihrer Schwangerschaft Komplikationen gegeben, die ihn beunruhigten.

Sie hatte über seine Angst gelacht und gesagt: »Du bist wie alle jungen Väter. Aber warte nur. Gott wird uns einen schönen Sohn schenken.«

Dennoch konnte Chris seine Sorgen, was sie und ihr Kind anging, nicht abschütteln, während das kleine Boot den Fluss hinunter auf London zufuhr. Plötzlich wandte er sich an Oliver und sagte: »Du hast es schon zweimal durchgemacht, dass deine Frau ein Baby bekam, Oliver.« Sorge zerfurchte sein Gesicht. »Ich weiß nicht, wie du das überlebt hast. Ich würde lieber einen Sturm auf hoher See erleben.«

Cromwells Gesichtsausdruck war eine Mischung aus Humor und Mitleid. »Beim Ersten geht es immer so, nehme ich an. Ich erinnere mich, wie ich alle Welt verrückt machte, als Robert geboren wurde. Aber als Oliver zwei Jahre später geboren wurde, war ich schon ein alter Routinier.«

»Du machst dir also keine Sorgen um Elisabeth und dieses neue Baby?«

Cromwell zuckte seine muskulösen Schultern. Er gestattete einem Lächeln, auf seinem breiten Mund zu erscheinen, und antwortete: »Nun, um ehrlich zu sein, mein Freund, ich bin ein wenig besorgt. Elisabeth hat keinerlei Probleme gehabt, aber es ist gefährlich für eine Frau, ein Kind zur Welt zu bringen.« Er legte plötzlich die Hand auf Wakefields Schulter. »Aber wir haben darüber gebetet, nicht wahr? Wir waren einer Meinung, und die Bibel sagt, wo zwei eines Sinnes sind, wird es geschehen. Wir müssen in dieser Sache Glauben haben.«

Irgendetwas an Cromwells Verhalten gab Chris seine Sicherheit wieder, und er entspannte sich ein wenig. Er sah sich um und entdeckte, dass sie an einer spärlich bewachsenen Insel vorbeifuhren. »Sieh nur! Da ist Runnymede.«

»Ja, wo König Johann von England sich den Baronen unterwarf«, sagte Cromwell und betrachtete die kleine Insel voll Interesse. »Er schaffte es, sich alle Welt zum Feind zu machen, aber doch hat er die Geschichte Englands verändert.«

Beide Männer schwiegen einen Augenblick lang. Beide dachten an den Tag – den 15. Juni 1215 –, als der Adel König Johann von England gezwungen hatte, die große Charta, oder die Magna Carta, wie man sie nannte, zu unterzeichnen. Dieses Dokument garantierte den Engländern Rechte, die sie niemals bereitwillig aufgeben würden, zum Beispiel die Vorschrift, dass kein freier Mann verhaftet oder eingekerkert werden durfte, es sei denn durch ein den Gesetzen entsprechendes Gericht der ihm Gleichgestellten oder von Gesetzes wegen.

Chris schüttelte den Kopf. »Ich fürchte, auch unserem König wird es übel ergehen. Der Streit zwischen ihm und dem Parlament wird immer schlimmer.«

»Ja, das stimmt«, sagte Cromwell, dann versank er wieder in Schweigen, während sie weiterfuhren. Der Fluss schlängelte sich träge in der ersten Wärme des Juni dahin, und bald rückten die Städte und Dörfer enger zusammen: Egham, Staines, Walton, Hampton.

»Sieh nur, da«, sagte Chris. »Hampton Court.«

»Ja, Kardinal Wolseys närrischer Prachtbau. Es ist ein monströses Ding, ein wahres Monument des Hochmuts. Das Geld hätte man anders besser anlegen können. Warst du jemals im Inneren?«

»Nein, niemals.«

»Nun, ich muss gestehen, ich war beeindruckt. Es gibt dort zwei Parks, ein Teil für Rehwild und der andere für Hasen; eine Menge Gasträume und Apartments; eine grandiose Kapelle und gewölbte Decken aus irischer Eiche. Jeder, der dem Palast einen Besuch abstattet, ist wie betäubt von der Opulenz des Ganzen – Tapisserien, Vorhänge, Gemälde. Ich finde es keineswegs überraschend, dass König Heinrich nicht ruhte, bevor er es Wolsey wegnehmen konnte, kaum dass er es gebaut hatte.«

Später passierten sie Richmond, die Lieblingsresidenz Königin Elisabeths und der Hauptsitz ihres Großvaters, Heinrich VII. »Mein Vater war oft hier«, sagte Chris, »als Königin Elisabeth hierhergebracht wurde.«

»Ich wünschte, diese Zeiten kehrten zurück«, sagte Cromwell. »Die Tudors waren die passenden Monarchen für uns. Diese Stuarts ruinieren das Land. Merk dir meine Worte gut.«

Das kleine Boot fuhr flussabwärts. Manchmal ließ der Wind es auf und ab tanzen wie den Korken an der Leine eines Anglers. Schließlich erreichten sie, jenseits von Richmond, Lambeth Palace, den Sitz der Erzbischöfe von Canterbury. Hier, wo der Fluss tiefer und klarer verlief, wurden die Abwässer Londons aufgenommen. Beide Männer fingen den Geruch auf, denn London entsorgte jedes Jahr Tonnen von Unrat in den Fluss, aber in der Themse wimmelte es immer noch von Forellen, Flussbarschen, Stinten, Shrimps, Schellfisch und vielen anderen Wassertieren.

Schließlich sagte der Bootsmann: »Da ist sie, meine Herren – die London Bridge.« Über allem erhob sich die Kuppel von St. Paul, die höher als alle anderen Gebäude aufragte. Chris bewunderte sie. Aber dann erhob sich drohend die London Bridge vor ihnen, und der Lärm des Wassers, der durch die Bögen strömte, war beinahe ohrenbetäubend. Dazu kam noch das ferne Geratter des Verkehrs oben.

Als sie sich der Brücke näherten, blickte Chris an den einundzwanzig steinernen Pfeilern hinauf, die zwanzig Bögen trugen. Während sie in einem brüllenden Wirbel unter der Brücke durchfuhren, betrachtete Chris die Häuser, die auf der Brücke erbaut waren. Jedes Domizil schickte Rauch aus dem Kamin himmelwärts.

Chris schüttelte erstaunt den Kopf. »Das ist schon etwas Großartiges, diese alte Brücke. Ich kann mir London ohne sie nicht vorstellen.«

Cromwell gab keine Antwort, aber bald fuhr das Boot ans Ufer, und er sagte: »Sieh nur, da sind diese Theater, Zur Rose und Zur Kugel. Teufelswerk, das sind sie. Eines Tages werden wir sie niederreißen.«

»Ich finde die Werke von Mr Shakespeare nicht völlig verwerflich«, sagte Chris milde.

»Du nicht? Nun, ich nehme an, ich bin ein hartgesottener alter Puritaner. Ich würde gerne jedes dieser Häuser geschlossen sehen.«

Einen Augenblick lang flammte ein fanatischer Ausdruck in Oliver Cromwells Augen auf, ein Blick, den Chris bei seltenen Gelegenheiten schon früher gesehen hatte. Er verstand Cromwell während dieser Phasen nicht und achtete sehr darauf, mit seinem Freund nicht in Streit zu geraten, wenn eine dieser Stimmungen ihn erfasst hatte. »Komm, Oliver, lass uns hier verschwinden. Ich habe den Fluss satt.«

Die beiden Männer stiegen aus dem Boot, bezahlten die Fahrt und saßen bald darauf in einer Kutsche, die in ihre Heimatgegend fuhr. Die Kutschfahrt von London war rau. Der Frühlingsregen hatte die Straßen in Morast verwandelt, und mehr als einmal mussten die müden Passagiere aussteigen, während die Kutsche auf trockeneren Grund gehievt wurde. Schließlich, als sie sich dem Dorf Wakefield näherten, sagte Oliver: »Deinem Vater geht es nicht gut, nicht wahr, Christopher?«

Die Sorge malte sich auf Chris' Stirn, und er rieb sich mit einer nervösen Geste das Kinn. »Nein, gar nicht gut, Oliver. Ich mache mir Sorgen um ihn.«

»Was sagt der Arzt?«

»Nichts, er schiebt alles auf das hohe Alter. Aber das kann es nicht sein. Er ist fünfundsechzig, aber er hat immer ein gesundes Leben geführt. Meine Mutter ist kerngesund. Dennoch, irgendetwas macht ihm arg zu schaffen. Ich glaube, es ist sein Magen. Er klagt nicht, aber ich sehe ihm an, dass er meistens Schmerzen hat.«

»Ich werde für ihn beten«, sagte Oliver.

»Danke. Ich wusste, dass du das tun würdest.«

Die Kutsche hielt in dem kleinen Dorf an, und Christopher stieg aus. Er streckte die Hand aus, und Oliver schüttelte sie mit festem Griff. »Lass mich wissen, wenn das Baby kommt, und ich schicke dir eine Nachricht, sobald unseres geboren ist.«

»Ja, tu das. Wenn du Hilfe brauchst, lass es mich wissen.«

Die Kutsche rollte weiter, und Christopher wandte sich um und schritt zum Stall. Er wurde von vielen Seiten begrüßt, als er durch das kleine Dorf schritt. Während er ging, dachte er: *Vor ein paar Jahren wären sie nicht so erfreut gewesen, mich zu sehen. Die meisten haben sich über mich Säufer und Taugenichts wohl lustig gemacht.*

Der Grobschmied begrüßte ihn warmherzig. »Die Stute hat vor zwei Nächten ein Fohlen geworfen, Mr Christopher, ein sehr hübsches Fohlen.«

»Fein«, sagte Chris. Er zögerte, dann fragte er: »Keine Nachricht von —«

»Von dem Baby? Nein, Sir, heute Morgen habe ich nichts dergleichen gehört. Ich weiß, Ihr habt es eilig. Ich sattle das Pferd für Euch.«

Wenig später ritt Chris durch das Tor in den Mauern, die das Schloss Wakefield umgaben. Das große Haus selbst war auf drei Seiten von Mauern umgeben, und ein kleiner Fluss bildete auf der vierten Seite die Grenze. Ein großes Tor öffnete sich neben dem Turm, und über dem Tor hing das Wappen der Wakefields, ein Falke mit weit ausgebreiteten Flügeln, der ein Bündel Pfeile in einer Klaue hielt. Einen Augenblick lang hielt Chris inne und blickte zu dem Wappen hinauf. Er zögerte, dann ritt er weiter ins Innere. Er warf einen Blick auf die nördliche Ecke des Hauses und betrachtete den Turm, der mit Schießscharten für Bögen oder Geschütze versehen war. Alle Seiten des Hauses waren von Palisaden und Erdwällen umgeben. Während er abstieg, erinnerte er sich, dass er seinen Vater danach gefragt hatte, und Sir Robin hatte gesagt: »Wir werden wohl kaum noch von irgendjemandem angegriffen werden. Solche Ereignisse hat es schon seit vielen Jahren nicht mehr gegeben. Dieser Ort ist alt, mein Sohn, und hat zu seiner Zeit viele Kämpfe gesehen. Es gab tatsächlich eine Zeit, da hätte es uns passieren können, dass wir aufblicken und die Spanier am Fluss entlang über diese Felder kommen sehen. Aber eines wissen wir: Falls sie jemals kommen, sind wir für sie bereit.«

Chris warf die Zügel seines Pferdes einem hochgewachsenen jungen Diener zu, begrüßte ihn freundlich und ging dann ins Innere des Hauses. Fast augenblicklich stieß er auf seine Mutter, und er fragte sofort: »Wie geht es ihr?«

Allison Wakefield schüttelte den Kopf. Sie sah müde aus, und ihre Lippen waren eng zusammengepresst und verrieten ihre Erschöpfung. »Sie hat Schwierigkeiten, aber es ist noch nichts Ernstes. Sie wird dich sehen wollen, Chris. Geh hinein, und ich bereite dir inzwischen etwas zum Essen. Du musst hungrig sein.«

Chris begab sich augenblicklich ins Schlafgemach, und sobald er eintrat, wandte sich Patience von dem Fenster um, an dem sie gestanden und hinausgesehen hatte. Sie lächelte und sagte: »Ich sah dich ankommen.«

Sie breitete die Arme aus, und er ging zu ihr, hielt sie sanft umschlungen; seine Hand streichelte ihren Rücken. Sie hob ihm das Gesicht entgegen, und er küsste sie zärtlich. Er wollte sie mit aller Kraft halten und sagte es auch. »Ich würde dich gerne fest an mich pressen, aber das wäre nicht gut für das Baby.«

»Die Zeit kommt wieder«, sagte sie. Sie lehnte sich in seinen Armen zurück und blickte auf, dann berührte sie sein Gesicht mit der Handfläche und liebkoste seine Wange. »Du siehst müde aus, Chris. Ich bin froh, dass du wieder zurück bist.«

Er führte sie zum Bett und half ihr, sich niederzusetzen. Sie bewegte sich unbeholfen – ein Zeichen, dass ihre Zeit sehr nahe war. Chris betrachtete sie mit Sorge in den blauen Augen. »Ich hätte dich nicht allein lassen sollen. Ich hätte daheimbleiben sollen.«

»Nein, die Geschäfte mussten erledigt werden, aber jetzt bist du zurück.« Sie ergriff seine Hand und drückte sie an ihre Wange, und er staunte wiederum, wie weich ihre Haut war. Sie flüsterte: »Es ist jetzt bald so weit. Mach dir keine Sorgen.«

Sie kannte ihn so gut, ihren Ehemann! Obwohl sie erst drei Jahre verheiratet waren, erschien es ihr wie eine Ewigkeit. Die Ehe hatte sich, wie sie gehofft hatte, ganz natürlich entwickelt. Sie hatte sich ihrem Gatten mit einer Freude und Spontaneität hingegeben, die ihn entzückt hatte, wie ihre Ehe für sie eine Freude gewesen war. Als sie erfuhren, dass ein Kind unterwegs war, liebten sie einander noch mehr. Sie hielt seine Hand fest umschlossen, streichelte seinen Handrücken und sagte: »Erzähl mir die Neuigkeiten.«

Er erzählte ihr die Einzelheiten seiner Reise, bis seine Mutter in der Tür erschien und sagte: »Komm jetzt, es gibt zu essen.« Sie führte ihn die Stiege hinunter. Während er hungrig aß, sprach sie nur wenig. Bald hielt er inne, blickte zu ihr auf und sagte: »Geht es Vater schlechter?«

Allison biss sich auf die Lippen. Sie war keine Frau, die sich Sorgen machte und klagte. Sie hatte eine innere Stärke an sich, die Chris immer bewundert und nachzuahmen versucht hatte, aber als sie jetzt sprach, sah er, dass ihr unbehaglich zumute war.

»Es geht ihm nicht gut. Vor drei Tagen mussten wir den Arzt rufen. Er hat eine stärkere Medizin hiergelassen. Robin schläft darauf so viel, dass er sie nicht mehr nehmen will – er sagt, er möchte lieber ein bisschen Schmerzen haben und dafür wissen, was um ihn herum vorgeht.«

»Ich sehe nach ihm!« Chris wollte sich erheben, aber seine Mutter schob ihn auf seinen Platz zurück.

»Iss dein Essen, danach kannst du gehen.«

Nachdem er gegessen hatte, begab Chris sich augenblicklich ins Zimmer seines Vaters. Er fand ihn vor, wie er in einem Sessel saß und zum Fenster hinausblickte. Er wirkte gebrechlich und eingefallen, und Chris dachte: *Jedes Mal, wenn ich ihn sehe, geht es ihm schlechter. Es geht dem Ende entgegen.* Aber er ließ nichts davon in seinen Augen oder seiner Stimme spürbar werden.

»Nun, hier bin ich wieder«, sagte er lässig, während er auf seinen Vater zuging, um ihm die Hand zu schütteln. Als er sie umfasste, entging ihm nicht, wie zerbrechlich die einst so starke Hand sich jetzt anfühlte. »Ich habe vermutlich alles vermurkst. Du hättest dort sein sollen. Du hättest genau gewusst, wie du es anpacken musst.«

Robin lächelte seinen hochgewachsenen Sohn an. »Nicht im Geringsten«, sagte er. »Du bist ein besserer Geschäftsmann, als ich jemals war. Obwohl du niemals der Reiter sein wirst, der ich war«, fügte er mit einem Lächeln hinzu.

Chris wusste, dass das nicht wahr war, aber er nickte. »Du hast recht, was das angeht. Ich habe einfach keine Begabung dafür. Dabei hast du dich so sehr bemüht, es mir beizubringen.«

Robin lächelte, dann lachte er laut. »Erinnerst du dich, wie der Apfelschimmel, den du reiten wolltest, dich abwarf, sodass du einen Kopfstand machtest?«

Chris rieb sich den Nacken, ein verlegener Ausdruck zog über sein Gesicht. »Ja, ich erinnere mich daran. Ich wünschte allerdings, du hättest es vergessen. Du erzählst die Geschichte jedes Mal, wenn wir über Pferde reden.«

»Nun, wenn du getan hättest, was ich dir gesagt habe –« Robin brach plötzlich ab, sein Atem kam in kurzen Stößen, er schien nach Luft zu ringen. Er schloss einen Augenblick lang die Augen, dann presste er die Lippen fest zusammen.

»Vater –!«

»Schon gut, schon gut.« Robin umklammerte einen Augenblick lang die Lehnen seines Sessels, und Chris musste hilflos zusehen, wie sein Vater gegen den Schmerz ankämpfte. Schließlich atmete er mühsam ein und öffnete die Augen, versuchte zu lächeln und sagte: »Ich habe ein wenig Bauchweh. Bringst du mir bitte die braune Flasche, Sohn?«

Chris sprang auf, lief durchs Zimmer und brachte die Flasche, sagte aber: »Ich kann keinen Löffel finden.«

»Ich nehme den Saft gleich so ein.« Robin zog den Korken heraus, trank einen Schluck, dann noch einen, steckte den Korken wieder zurück und reichte Chris die Flasche. »Scheußlich schmeckt das Zeug. Macht mich auch schläfrig. Setz dich nieder, bevor ich eindusele, und dann kannst du mir von deiner Reise erzählen.«

Fünfzehn Minuten lang saß Chris da und berichtete über die Einzelheiten seiner Reise. Er sah, dass die Droge tatsächlich sehr wirkungsvoll war, denn innerhalb von fünf Minuten begann sein Vater schläfrig zu blinzeln. Schließlich murmelte er: »Ich sollte mich vielleicht besser niederlegen.« Chris half seinem Vater ins Bett, indem er seine Beine hob, und sobald sein Vater im Bett lag, war er auch schon in tiefen Schlaf versunken. Chris blickte auf ihn hinunter, schüttelte den Kopf und verließ das Zimmer.

Als er in die Küche zurückkehrte, blickte er seine Mutter an. »Es geht ihm viel schlechter, seit ich abgereist bin.«

»Ja, das stimmt, aber jetzt, wo du wieder zurück bist, kannst du mehr Zeit mit ihm verbringen.«

Während der nächsten vier Tage hielt Chris sich viel zu Hause auf. Er hatte die geschäftlichen Angelegenheiten von Wakefield übernommen und war de facto Herr im Hause, aber er achtete sehr darauf, dass er jede wache Stunde mit seinem Vater verbrachte und die Einzelheiten des Gutes mit ihm durchsprach. Am späten Nachmittag des vierten Tages, den er zu Hause verbrachte, saßen die beiden Männer im Garten und unterhielten sich. Es war einer von Robins besseren Tagen. Er wirkte beinahe herzlich und sehr fröhlich. Plötzlich blickte Chris auf und sagte: »Sieh nur! Da kommt Cromwell.«

»Tatsächlich!« Robins Gesicht leuchtete auf, und er sagte: »Ich habe diesen jungen Mann immer bewundert.« Dann blickte er Cromwell an. »Runter von diesem Pferd, du Schurke. Du reitest wie ein Bauer.«

Cromwell ritt bis an den Rand des Gartens heran, schwang sich aus dem Sattel und übergab einem der Knechte die Zügel. Er kam herbei, streckte die Hände aus und schüttelte beiden Männern die Hand, dann sagte er: »Ihr wart immer schon eitel, was Eure Reitkünste angeht, Mr Wakefield. Stolz ist eine Sünde, die schon so manchen Mann zugrunde gerichtet hat.«

»Nun, da könntest du recht haben.« Robin grinste. »Setz dich doch.«

»Nein, ich glaube, das kann ich nicht. Ich bin zu aufgeregt!«

»Das Baby ist angekommen!«, rief Robin grinsend aus.

»Ja, tatsächlich! Ein kleines Mädchen. Wir haben sie Bridget genannt, und sie ist putzmunter und kerngesund.« Dann verlangte er augenblicklich zu wissen: »Und wie steht es mit deiner Frau, Chris?«

»Jeden Augenblick ist es so weit, sagt meine Mutter, aber das sagt sie schon seit zwei Tagen. Nimm Platz, während ich uns einen Krug Braunbier hole. Vielleicht beruhigt mich das ein wenig. Ich bin nervös wie eine Katze.«

Cromwell nahm Robin gegenüber Platz, und als Chris sie verließ, sagte er: »Er ist ziemlich besorgt. Ich nehme an, das ist bei Erstlingsvätern ganz natürlich.«

»Das nehme ich an. Bei mir war es auch so. Ich freue mich, dass dein Baby gesund zur Welt gekommen ist. Geht es Elisabeth gut?«

»Sehr gut, sehr gut.« Cromwell fragte nicht nach Robins Gesundheit, denn die Krankheit stand ihm im Gesicht geschrieben, und es war deutlich zu sehen, dass es ihm nicht gut ging. Er beugte sich vor und sagte: »Ich bin stolz auf unseren Christopher, Sir, und Ihr solltet es auch sein. Ich weiß, dass Ihr es seid.«

Robin lehnte sich zurück, faltete die Hände und betrachtete sie einen Augenblick lang, dann hob er den Blick. »Gott war gut zu mir, Oliver. Er hat mir meinen Sohn zurückgegeben, und Chris ist ein besserer Mann geworden, als ich im tiefsten Herzen je war.«

»Nein, sagt das nicht«, sagte Oliver entschieden. »Ein Mann, so gut wie Ihr einer seid – so stimmt es.«

»Nun, lass mich die Neuigkeiten hören. Was geht im Lande vor sich? Du kennst jeden Frosch, der in unserem Königreich quakt. Was macht der König?«

»Liegt im Sterben, würde ich sagen.« Cromwell sah die Beunruhigung, die in Wakefields Augen aufflackerte, und er hob protestierend die Hand. »Nein, nicht buchstäblich, obwohl er kein gesunder Mann ist. Ich entschuldige mich. Ich sollte keine solchen Scherze darüber machen.«

»Wie steht es mit Prinz Karl? Hat er die spanische Prinzessin schon verschmerzt?«

Auf die Frage hin machte Oliver eine kleine ungeduldige Bewegung. Das Thema schien ihm übel aufzustoßen. Im Vorjahr hatte der Prinz von Wales, der Sohn des Königs, die weite Reise bis Madrid gemacht, um eine junge Frau dort zu umwerben, aber es war ein totaler Misserfolg gewesen.

Cromwell schnaubte. »Wenigstens können wir froh sein, dass diese Verbindung nicht zustande kam, aber die Nachrichten, die ich habe, sind beinahe genauso schlimm.«

»Was ist es?«

»Ein neuer Vertrag soll mit den Franzosen geschlossen werden. Karl soll Henrietta Maria heiraten.«

»Lass mich nachdenken, das ist die Tochter von Heinrich IV. und Maria de' Medici, nicht wahr?«

»Genau das ist sie.«

»Du bist nicht einverstanden, wie ich sehe.«

»Nein, bin ich nicht. Warum heiratet er nicht eine Engländerin?«

»Was ist los mit diesem Mädchen?«

»Sie ist katholisch! Papistisch bis ins Mark! Und sie wird aus Karl ebenfalls einen Papisten machen, das könnt Ihr mir glauben.«

»Vielleicht nicht. Vielleicht macht er eine gute Anglikanerin aus ihr.«

»Karl? Der hat nicht das Rückgrat dazu. Nein, wenn ich richtig gehört habe, wird diese Frau ihn vom Wege abbringen.« Er lehnte sich zurück und sagte: »Diese Könige lassen sich alle von den falschen Leuten beeinflussen. Seht euch nur Jakob an. Er wagt nicht zu husten, es sei denn, George Villars, der Herzog von Buckingham, gibt ihm die Erlaubnis dazu.«

»Und da Buckingham sich jetzt an Prinz Karl heranmacht, fragt man sich, wer eines Tages König sein wird, nicht wahr?«

»Genau richtig. Buckingham ist der nutzloseste Ratgeber, den ein König jemals hatte, und Jakob und Karl hören auf ihn, als wäre er Gott im Himmel.«

Die beiden waren ganz vertieft in ihre Diskussion über die Politik des Landes, als plötzlich ein lauter Ausruf zu hören war. Beide blickten verblüfft auf, und Oliver grinste. »Na! Das war ja an der Zeit! Das Baby muss da sein.«

Chris stürmte aus der Tür und rannte in voller Geschwindigkeit auf sie zu, wobei er schrie: »Er ist hier! Er ist hier!« Er hielt vor den beiden Männern an, zog seinen Vater auf die Füße und sagte: »Komm! Sieh dir deinen neuen Enkel an!« Oliver trat augenblicklich an Robins andere Seite, und die beiden jüngeren Männer stützten den Herrn von Wakefield, während sie über den Rasen gingen. Als sie ins Schlafzimmer traten, sagte Chris: »Da ist er! Der jüngste Lord Wakefield. Nun, vielleicht eines Tages.«

Robins Augen leuchteten. »Lass mich ihn ansehen.«

Patience lag im Bett, ihr Gesicht war blass, aber ein Lächeln spielte um ihre Lippen. Sie schob die Decken zurück, und Allison trat vor, um das Kind an sich zu nehmen. Sie hob es hoch, hielt es mit ausgestreckten Armen vor sich hin und sagte: »Halte ihn, Robin. Dein Enkel.«

Robin ergriff das winzige Bröckchen Mensch und hielt ihn sorgsam in den Armen. Eine seltsame Schönheit überzog das Gesicht des alten Mannes, als er das Kind sah. Er streckte einen Finger aus und berührte die rote Wange, was einen Wutschrei des Säuglings zur Folge hatte.

»Er hat ein ganz schönes Temperament, nicht wahr?«, sagte Robin und warf einen stolzen Blick auf seinen Sohn. »Ja, der Herr von Wakefield. Das heißt natürlich, nach dir.«

Es war das erste Mal, dass Robin die Tatsache andeutete, dass er nicht mehr lange leben würde. Er ging rasch darüber hinweg, indem er zu Patience sagte: »Ein hübscher Sohn, Tochter. Ich bin stolz auf dich.«

Es war ein glorreicher Tag für die Wakefields – und für das Dorf, denn Christopher hatte darauf bestanden, für seinen Erstgeborenen ein Fest zu veranstalten.

»Das halbe Dorf wird dabei sein«, bemerkte Cromwell mit einem Grinsen, als Chris den Befehl ausgab, zu Ehren seines Sohnes Braunbier auszuschenken.

»Man bekommt nicht jeden Tag einen Erstgeborenen«, erwiderte Chris. »Das passiert einem nur einmal im Leben.« Er blickte Oliver an und sagte: »Gott war gut zu uns. Eine Tochter für dich, einen Sohn für mich.« Ein Gedanke überkam ihn, und er lächelte und sagte: »Wäre es nicht seltsam, wenn diese Babys, sobald sie erst mal erwachsen sind, sich ineinander verlieben und heiraten würden?«

»Nichts würde mir besser gefallen als ein wenig Wakefield-Blut in der Erblinie der Cromwells«, stimmte Oliver zu. »Komm, lass uns den jungen Gentleman noch einmal bewundern. Wie hast du ihn genannt?«

»Gavin. Ein starker Name für einen starken Mann!«

★ ★ ★

Anfang des Jahres 1625 begann König Jakob I. von England, während eines Aufenthalts auf seinem Schloss Hertfordshire an Fieber und Krämpfen zu leiden. Seine Mutter und der Herzog von Buckingham riefen augenblicklich alle prominenten Ärzte des Königreiches zusammen. Sie behandelten Jakob mit neuen Medikamenten, mit neuen sogenannten Heilmitteln, aber sie verschlimmerten seinen Zustand nur noch. Einmal entdeckte Jakob, dass Buckingham vor seinem Bett kniete und jemand anklagte, ihn vergiftet zu haben. Danach sprach er kaum noch, und am 27. März ging König Jakob I., umgeben von Erzbischöfen, Bischöfen und Kaplänen, ohne Schmerzen oder Krämpfe zu seinen Vorvätern ein.

Zwei Tage nach dem Tod König Jakobs gab es einen weiteren Todesfall in England, diesmal auf Schloss Wakefield. Robin Wakefield war es im Lauf des Jahres immer schlechter gegangen. Er hatte es noch erlebt, wie sein Enkel Gavin gedieh, und eines Abends, als die Sonne sank, versammelte sich seine Familie um ihn. Seine Tochter Mary und sein Sohn Cecil hatten die Nachricht rechtzeitig erhalten, um herbeizueilen, und nun umringten sie gemeinsam mit Chris und Allison das Bett Robin Wakefields.

Robin blickte auf und sah den Kummer auf den Gesichtern seiner Kinder, dann streckte er die Hand aus und ergriff die Hand seiner Frau. Er hielt sie fest und sagte: »Gott war gut zu mir. Alle meine Kinder sind im Dienste Gottes versammelt, und ich danke ihm dafür.« Als er sah, wie Allison die Tränen übers Gesicht rannen, sagte er: »Weine nicht um mich, meine Liebste. Ich werde bei ihm sein, den ich mehr liebe, als ich es auf dieser Welt jemals sagen kann – bei Jesus Christus, meinem Herrn.«

Trotz seiner Krankheit schien Robin sich wohlzufühlen, als wäre der Schmerz verschwunden. Er bat, seinen Enkel zu ihm zu bringen, und eine Zeit lang lag er mit dem Baby zusammen im Bett. Es schien, als hätte er seine Freude am Strampeln des winzigen Jungen. »Er wird ein Mann Gottes in der Geschichte werden«, sagte er mit leuchtenden Augen. Dann blickte er zu Chris auf und sagte: »Du warst mir eine Freude, mein Sohn. Ich danke Gott für den Mann, der du geworden bist.«

Chris schnürte es die Kehle ab, und er schüttelte den Kopf, unfähig, ein Wort hervorzubringen. »Ich bedaure«, stieß er schließlich hervor, »die verschwendeten Jahre.«

»Nichts ist in Gottes Haushaltsplan verschwendet«, flüsterte Robin. »Die Jahre, in denen du mir fern warst, hat Gott verwendet, um in dir zu wirken. Dann brachte er dich zu dieser Frau.« Er griff nach Patience' Hand und drückte sie, während er sagte: »Ihr beide seid in wundervoller Liebe verbunden, derselben Liebe, die deine Mutter und ich so viele Jahre miteinander teilten.«

Dann segnete er seine Kinder, eins nach dem anderen. Zuletzt zogen sie sich vom Bett zurück, und Allison kam, beugte sich vor und küsste ihren Gatten zärtlich. Die anderen standen im Schatten des Raumes, und sie lauschten in respektvollem Schweigen, wie die beiden ihrer Liebe füreinander zum letzten Mal Ausdruck gaben. Schließlich streckte Robin die Hand aus und berührte ihre Wange und sagte: »Meine Liebste, deine Liebe – war mein Alles.«

Dann fiel seine Hand zurück, und er verschied.

Allison beugte sich vor, um ihn ein letztes Mal zu küssen. Dann faltete sie seine Hände und drehte sich mit den Worten um: »So ist dieser mächtige Mann Gottes zu seinen Vätern eingegangen! Wie leichten Schrittes ging er aus der Welt!«

10

GAVIN LERNT EINEN ROYALISTEN KENNEN

1636

Als Gavin Wakefield zwischen den hochgewachsenen Eichen seines Weges ging, knirschten die Blätter lärmend unter seinen Füßen. Ungeduldig krauste er die Stirn und versuchte zu vermeiden, dass er mehr Lärm als nötig machte. Vor ihm lag, wie er wusste, eine beliebte Tränke des Rehwilds, das um den Fluss herumstreifte, und er kauerte sich zusammen; seine Augen durchforschten den dichten Wald, während er vorwärtsschlich. Der Septemberhimmel über ihm war bleigrau und kündigte Regen an. Die Bäume, Riesen, die ihre Arme seit hundert Jahren an dieser Stelle erhoben, waren kahl und erschienen wie knochige, geschwärzte Skelette vor dem Hintergrund des Himmels.

Gavin hatte während der letzten zwei Jahre wiederholt versucht, sich an eines der schnellfüßigen Rehe anzuschleichen. Er hatte damit angefangen, als er erst zehn gewesen war. Sein Vater hatte ihn oft in die Wälder mitgenommen und ihn einige der Künste eines Jägers gelehrt, aber er hatte nie etwas Größeres als ein Kaninchen erlegt. Selbst das, wusste er, war beinahe ein glücklicher Zufall gewesen.

Er hatte das Haus am frühen Morgen verlassen, und statt seinen kleinen Bogen mitzunehmen, den der Zimmermann für ihn gefertigt hatte, hatte er den hohen Langbogen mitgenommen, den sein Vater verwendete. Es hatte beinahe seine ganze Kraft gebraucht, die Sehne an den Bogen zu spannen, und als er jetzt durch die Wälder schlich, blieb er plötzlich stehen, stemmte die Füße fest auf den Boden und hob die Waffe. Vorsichtig zog er einen Pfeil hervor und legte ihn an die Sehne, dann zog er die Sehne langsam zurück, bis der Bogen vollends gespannt war. Er entspannte sich, obwohl er den Pfeil an seinem Ort beließ, und bewegte sich – diesmal mit etwas mehr Selbstvertrauen – durch die Wälder.

Die Ranken zupften an ihm, und einmal riss ein Dorn eine Schramme in seine Wange. Er öffnete den Mund, um einen leisen Schrei auszustoßen, und empfand augenblicklich Ekel vor sich selber. »Jäger weinen nicht«, sagte er angewidert. Er wischte sich das Blut mit einer heftigen Bewegung ab und schlich weiter.

Als er sich dem Fluss näherte, wurde er umso vorsichtiger. Er blickte auf seine Füße hinunter, um den Fuß eher auf die moosbedeckten Stellen der Erde als auf die brüchigen Blätter zu setzen, die den Boden bedeckten. Er erinnerte sich, dass sein Vater hier, bei dieser Tränke, das Tier erlegt hatte, dessen Geweih nun das Studierzimmer in Wakefield zierte. Es war ein Augenblick, den er niemals vergessen hatte, und er hatte sich im Herzen vorgenommen, dass er eines Tages dasselbe tun würde. Sein Vater hatte seinem Ehrgeiz Beifall gezollt, aber ihn gewarnt: »Warte, bis du ein wenig älter bist. Dein Arm wird stärker sein, dein Auge ruhiger. Dann wirst du einen Hirsch erlegen, gegen den sich dieser hier wie ein Baby ausnimmt.«

Gavin war jedoch nicht die Sorte junger Mann, die gerne wartet. Ungeduldig in allen Dingen, erschien es ihm im reifen Alter von zwölf Jahren, dass er niemals alt oder stark genug werden würde. Jeder Tag verging in bleierner Langsamkeit. Als er sich jetzt durch den Wald zwängte, war er entschlossen, Beute zu machen und seinen Vater damit zu erfreuen.

Schließlich erreichte er eine massive Eibe, suchte sich einen Platz dahinter und hielt den Bogen in der linken Hand, die Finger auf dem Pfeil. Er stand reglos da. Er hatte gelernt, dass Rehwild die aufmerksamsten Tiere überhaupt sind. Die geringste unerwartete Bewegung, das wusste der Junge, würde dazu führen, dass die Rehe innerhalb von Sekunden außer Sichtweite verschwunden waren. Er wusste, dass sich wilde Tiere durch schnelle Bewegungen schützen, und so hatte er gelernt, reglos zu stehen und sich nicht einmal ein Augenzwinkern zu gestatten. Er beherrschte das so gut, dass er sich einmal, still und schweigsam, bis auf ein paar Fuß an einen Fuchs herangeschlichen hatte.

Die Jagd war eine ernsthafte Beschäftigung für den Jungen, und innerhalb von zehn Minuten waren die Vögel zurückgekehrt, und eine Krähe ließ sich nicht mehr als fünf Fuß über seinem Kopf nieder und krähte mit heiserer, fragender Stimme. Immer noch bewegte der Junge sich nicht.

Eine leise Bewegung fesselte seinen Blick. Er beobachtete die Stelle atemlos und war entzückt, als ein Reh aus einem Dickicht flussabwärts trat und zur Tränke ging. Es war zu weit für einen Schuss, das wusste er, also setzte er sich wieder hin und betete, dass das Tier näher kommen möge. Aber das wandte sich zum Gehen, und in seiner Verzweiflung trat er hinter dem Baum hervor. Mit einer einzigen geschmeidigen Bewegung zog er den Pfeil so weit wie möglich zurück und ließ ihn fliegen. Der Pfeil pfiff durch die Luft, aber das Reh sprang rasch davon, und der Pfeil flog, ohne Schaden anzurichten, über seinen Kopf.

Als das graziöse Geschöpf auf beinahe magische Weise im Dickicht verschwand, warf Gavin den Bogen seines Vaters zu Boden und stieß mit rauer Stimme ein Wort hervor, für dessen Gebrauch ihn sein Vater schon einmal verprügelt hatte.

Plötzlich drang wie aus dem Nichts ein lautes Lachen an sein Ohr. Gavin wirbelte herum, Furcht überkam ihn einen Augenblick lang. Da stand ein Mann, und Gavin nahm an, dass er hinter einem hohen, dicken Baum hervorgetreten war. Heiße Scham überflutete den Jungen, nicht weil er das Reh nicht getroffen hatte, sondern weil er geflucht hatte. Zornig sagte er: »Was steht Ihr da und spioniert mir nach?«

Der Mann zog die Augenbrauen hoch. »Dir nachspionieren? Nein, ich habe deine Geschicklichkeit als Jäger bewundert.« Der Mann war knapp mittelgroß, aber solide und kräftig gebaut. Er hatte das schwärzeste Haar, das Gavin je gesehen hatte, mit dichten Augenbrauen, die dazupassten. Sein Gesicht war sonnengebräunt, und er blickte aus scharfen dunkelbraunen Augen. Schnurrbart und Bart waren kurz und säuberlich getrimmt, doch er hatte abgetragene Kleider an. Er trug einen Stab in der Hand und ein Messer in einer Scheide, die an seiner Hüfte hing. »Nun, zum Teufel mit dem Reh«, sagte er fröhlich und schüttelte wehmütig den Kopf. »So geht es eben mit diesen Dingen. Jetzt lässt sich nichts mehr ändern, nicht wahr?«

Er trat ein wenig näher, und Gavin, der sich völlig verwirrt fühlte, beugte sich vor und hob den Bogen auf. »Ich muss den Pfeil zurückholen«, sagte er. »Er ist zu gut, als dass ich ihn liegen ließe.«

»In Ordnung, ich gehe mit dir.« Der Mann trat neben den Jungen, und als sie die Lichtung überquerten, sagte er: »Du hast dich geschickt angeschlichen, Sir. Du wirst einmal ein guter Jäger werden. Dein Arm ist noch nicht stark genug für diesen Bogen, aber das kommt noch.«

Gavins üble Laune ließ nach, als er den lobenden Ton des Mannes hörte. »Es ist der Bogen meines Vaters«, erklärte er, während er sich bückte, den Bogen aufhob und nachsah, ob er beschädigt war. Mit Erleichterung sah er, dass nichts geschehen war. Er hielt den Bogen lose in der Hand und sagte: »Ich habe Euch nie zuvor gesehen, oder doch?«

»Nein, Junge, ich bin neu in dieser Gegend. Nur auf der Durchreise, könnte man sagen.«

Gavin senkte den Blick. »Ich – ich hatte nicht vor zu fluchen«, sagte er, »aber es macht mich so zornig, wenn ich ein Ziel verfehle!«

»Nun, wir alle schießen hin und wieder daneben, mein Junge, aber das nächste Mal wirst du es besser machen.«

»Ich bin in diesen Wäldern unterwegs, seit ich zehn Jahre alt bin, und zum ersten Mal bin ich einem Wild nahe genug gekommen, um es tatsächlich zu treffen.«

»Ist das wahr? Wie heißt du denn, mein Junge?«

»Gavin Wakefield.«

»Du kannst mich Will Morgan nennen.« Der Mann bewegte sich mit der lässigen Eleganz eines Athleten, und er hatte etwas Wildes an sich. Er bemerkte, wie der Junge ihn sorgfältig betrachtete. »Du bist dir nicht ganz sicher, was mich angeht, nicht wahr, Junge?«

»Nein, bin ich nicht.«

Morgan lächelte kurz über die brüske Antwort. Er zog die Augen zu schmalen Schlitzen zusammen. »Es ist gut, wenn ein Junge vorsichtig ist. Ich habe gehört, es gäbe böse Männer, die Kinder stehlen und verkaufen. Ich könnte einer von ihnen sein, nicht wahr? Was würdest du tun, wenn das der Fall wäre?«

Mit einer raschen Bewegung legte Gavin den Pfeil auf die Sehne, trat zurück und spannte den Bogen. »Ich würde Euch mit diesem Pfeil erschießen«, sagte er schlicht. Er empfand ein wenig Angst vor dem Mann. Trotz seiner ruhigen Antwort wusste er, dass er keine Chance hätte, wenn der Mann ihn überwältigen wollte.

Morgan warf den Kopf zurück und lachte. Dann schlug er sich auf den Schenkel und sagte: »Ich *mag* tapfere Jungen! Du erinnerst mich an mich selbst, als ich zwölf war.« Ein Gedanke kam ihm, und er sagte: »Würdest du wirklich gerne ein Wild nach Hause bringen?«

Gavins Augen leuchteten vor Leidenschaft auf. »Mehr als alles in der Welt.«

»Dann komm mit. Ich glaube, das können wir arrangieren. Sofern du mir erlaubst, einen Schuss mit deinem Bogen zu tun.«

Gavin zögerte, dann nickte er. »Es wäre nicht ganz dasselbe, als wenn ich es selbst getan hätte, aber ich möchte lernen.« Er folgte dem Mann, der sich mit geübter Leichtigkeit seinen Weg durch den Wald suchte, bis sie schließlich an eine Stelle kamen, die Gavin nie zuvor gesehen hatte.

»Es gibt eine Menge Wildspuren hier«, sagte Morgan. »Wir werden ein bisschen warten, dann wirst du zweifellos ein Reh sehen. Verhalte dich jetzt ganz still.«

Es dauerte tatsächlich nur dreißig Minuten, bis ein Rehbock aus dem Wald trat und zum Wasser ging. Trotz der Erregung, die ihn beim Anblick des prächtigen Tieres durchschauerte, wusste Gavin, dass es ein weiter Schuss war, und er war überzeugt, dass Morgan es nicht schaffen würde. Aber der Mann spannte rasch und geschmeidig den Bogen und ließ den Pfeil los, der lautlos durch die Luft flog und den Bock hinter der linken Schulter traf, sodass er geradewegs ins Herz fuhr.

»Ihr habt ihn! Ihr habt ihn!«, schrie Gavin und sprang wie närrisch herum. Er sprang und rannte auf das Tier zu, aber bevor er das hingestreckte Tier erreichen konnte, packte ihn Morgan und hielt ihn zurück. »Vorsichtig, Junge! Es stimmt, das Wild scheint tot zu sein, aber ich habe schon gesehen, wie ein sterbender Rehbock einen Jäger mit seinen scharfen Hufen in Fetzen riss. Lass uns noch einen Augenblick warten.«

Gavin hielt augenblicklich inne und forschte in Morgans Gesicht nach einem Zeichen, wann es sicher war weiterzugehen. Nach einigen Augenblicken nickte der Mann, und sie knieten neben dem Tier nieder. Als Morgan die Kehle des Bocks durchschnitt und ihn ausbluten ließ, sagte Gavin: »Können wir ihn in mein Elternhaus bringen? Ich möchte ihn meinem Vater zeigen.«

»Warum auch nicht? Es wird eine schwere Last werden, aber wir könnten es schaffen. Wie weit von hier wohnst du?«

»Fast vier Meilen.«

»Nun, dann wollen wir uns ans Werk machen.«

Die beiden kehrten zurück nach Wakefield, und als sie das Gut betraten, sagte Gavin: »Lasst das Wild hier liegen. Ich hole meinen Vater.« Er rannte die Treppen hinauf und fand seinen Vater in seinem Arbeitszimmer. »Vater! Komm und sieh das Wild, das wir erlegt haben!«

Chris Wakefield blickte überrascht auf. »Wild? Von welchem Wild redest du?« Er stand auf und trat an den Jungen heran, wobei er ihn eindringlich betrachtete. »Warst du schon wieder im Wald?«

»Komm und sieh ihn dir an, Vater!«

Die beiden stiegen die Treppe hinab. Der Junge zupfte ungeduldig am Arm des Älteren. Chris lächelte über den Eifer des Jungen. Er hatte keine Ahnung, was Gavin eigentlich getrieben hatte, aber er war mehr als bereit, dem Jungen seinen Willen zu lassen. Dann blieb er stehen, als er ins Freie trat und den Kadaver und den schlecht gekleideten dunkelhaarigen Mann sah, der danebenstand. Nach einem Augenblick nickte er. »Du hast tatsächlich ein Stück Wild.«

Gavin sagte augenblicklich: »Ich schoss auf eines, aber ich konnte den Bogen nicht weit genug spannen, um das Wild zu erlegen. Dann kam Will vorbei, und er führte mich an eine neue Stelle. Du hättest den Schuss sehen sollen, den er getan hat, es müssen gute hundert Yards gewesen sein!«

»So weit war es nun auch wieder nicht, mein Junge.« Morgan lächelte, dann blickte er den hochgewachsenen Mann an und nickte. »Ihr habt hier einen wackeren Jäger, Sir. Ich denke, es wird nicht mehr lange dauern, bis er sein eigenes Wild nach Hause bringt.«

Christopher konnte sein Lächeln nicht unterdrücken. »Ich freue mich, dass er einen guten Lehrer hatte. Das ist ein schönes Stück Wild«, sagte er. Dann betrachtete er den Mann sorgfältig und sah die Zeichen weiter Reisen und die Müdigkeit um die dunklen Augen. Er fügte in mildem Ton hinzu: »Es gibt hier ein Gesetz gegen Wilderer, das versteht Ihr doch.«

Der dunkeläugige Fremde lächelte nur. »Aye, Sir, das weiß ich nur zu gut, aber« – er grinste Gavin an – »ich dachte, dieser Junge wird wohl kein Wilderer sein, wenn er der Sohn von Sir Christopher Wakefield ist, wie er es zu sein behauptet.«

Chris lachte und sagte: »Nun, wenn Ihr diesen Rehbock ausweidet, können wir ihn der Köchin übergeben. Dann wollen wir zu Abend essen, nur Ihr und mein Junge und ich.«

»Ja, Sir, das will ich tun.«

Gavin blieb und sah dem Mann zu, wie er geschickt den Rehbock ausweidete und in Stücke schnitt, wobei er jedes Stück einzeln erklärte. Schließlich, nachdem sie eins der Viertel der Köchin – einer hageren Frau mit einem Pferdegesicht namens Jane – übergeben hatten, gesellte sich Chris zu ihnen, und die drei saßen in einer Nische. Die beiden Männer tranken Braunbier, und Gavin genoss seinen Apfelsaft. Sir Christopher, der sich darauf verstand, Leute auszufragen, hatte bald herausgefunden, dass sein Gast weitgereist war. »Ihr kommt aus Wales, nehme ich an?«, fragte er, als sie sich schließlich zu den perfekt zubereiteten, immer noch rauchenden Fleischstücken an den Tisch setzten. Dann zögerte er und sagte: »Wir sprechen das Tischgebet, wenn es Euch nichts ausmacht.«

»Überhaupt nicht, Sir Christopher.« Morgan neigte den Kopf. Nach dem kurzen Tischgebet sagte er: »Ihr habt ein gutes Ohr, Sir Christopher. Es stimmt, ich komme aus Wales, obwohl ich es vor vielen Jahren verlassen habe.«

Christopher schnitt eine Portion Fleisch mit seinem Messer ab und reichte die Platte weiter. Als sie alle ihre Teller gefüllt hatten, steckte er ein Stück Fleisch in den Mund, kaute sorgfältig und nickte. »Es geht doch nichts über frisches Fleisch, nicht wahr?« Dann betrachtete er Morgan und fügte hinzu: »Meine Leute kommen aus Wales, jedenfalls teilweise.«

»Tatsächlich? Wie heißen sie?«

»Genau wie Ihr: Morgan. Aber es ist ein weitverbreiteter Name. Dennoch …« Ein Gedanke ging ihm durch den Kopf, und er lächelte. »Ihr und ich sind vielleicht entfernte Vettern.«

»Vielleicht, aber wie Ihr gesagt habt, es gibt so viele Morgans in Wales wie Flöhe auf einem Hund. Außer meinem eigenen Vater kenne ich nicht viele Familienmitglieder.« Er blickte den Jungen an und sagte: »Nun, Master Gavin, kein schlechtes Abendessen, wie?«

»Es schmeckt gut!« Gavin stürzte sich auf das Fleisch. Er grinste vor Vergnügen. »Erzählt noch ein paar Geschichten, wie Ihr es beim Zerlegen des Rehbocks getan habt.«

Morgan protestierte, aber er war ein ausgezeichneter Geschichtenerzähler, und die beiden Wakefields unterhielten sich aufs Beste. Als die Mahlzeit schließlich beendet war, nickte er. »Sir Christopher, es war gut von Euch, dass Ihr mir erlaubt habt, an Eurem Tische zu speisen.«

»Nun, Ihr habt die Mahlzeit geliefert«, sagte Chris. Er zögerte, dann fragte er: »Habt Ihr ein bestimmtes Ziel, Morgan?«

»Nein, Sir, ich streife einfach so herum. Ich bin ein wanderlustiger Mensch, genau wie mein Vater vor mir.«

»Versteht Ihr etwas von der Landwirtschaft?«

»Ich weiß nur, dass ich keine Lust dazu habe, jedenfalls zum Kartoffelanbau. Ich habe genug Kartoffeln ausgegraben, dass es mir fürs Leben reicht.«

Christopher zögerte wieder, dann sagte er: »Ich könnte hier ein wenig Hilfe gebrauchen. Wenn Ihr noch andere Begabungen habt als die Jagd, dann könnte ich etwas für Euch tun.«

»Nun …« Morgan zuckte die Achseln. »Ich hab mich in der Schmiedekunst versucht. Es gibt Leute, die behaupten, ich wäre gar nicht mal schlecht. Ich habe auch ein Talent für Hunde. Um die Wahrheit zu sagen, manchmal denke ich, ich könnte einem Hund beibringen, klüger zu sein als ich selbst.«

»Bleibt ein Weilchen hier«, drängte Chris. »Wir brauchen Hilfe in der Schmiede, und ich habe Hunde hier, die können einen Fuchs nicht von einem Reh unterscheiden. Der Winter kommt bald, und Ihr könntet dem jungen Mann hier mehr über die Jagd beibringen. Ich würde es gerne selbst tun, aber ich werde ziemlich oft außer Haus sein müssen. Nach allem, was ich gesehen habe, wärt Ihr ein guter Lehrer.«

Gavin hielt den Atem an. Er wünschte sich verzweifelt, Morgan möge bleiben, und als der Mann schließlich zusagte, war er entzückt.

Während der nächsten zwei Wochen heftete sich Gavin beinahe ständig an Wills Fersen. Der Waliser verfügte über einen unerschöpflichen Vorrat an Geschichten. Obwohl Gavin sich nie sicher sein konnte, wie viele davon nun eigentlich wahr waren, erzählte Morgan sie so gut und mit so viel Humor, dass der Junge sie mit Begeisterung anhörte. Er hockte meistens auf einem Schemel in der Nähe, während der neue Grobschmied arbeitete, und bat ihn, seine Geschichten ein ums andere Mal zu erzählen. Zusätzlich stellte er fest, dass Morgan tatsächlich alles über Hunde wusste. Das begeisterte Gavin besonders, denn er liebte Hunde, und so nahm er begierig alles Wissen auf, das der Waliser ihm einflößte.

Nur drei Wochen später, als Gavin und sein Vater gerade von ihrem neuen Diener sprachen, stellte Gavin eine Frage, die ihm zu schaffen gemacht hatte. »Wusstest du, dass Will Katholik ist, Vater?«

»Nein, aber es überrascht mich nicht. Ich denke, die meisten Waliser sind Katholiken.«

»Ich war überrascht«, bekannte Gavin.

»Wie hast du es herausgefunden? Wollte er dir seinen Glauben einreden?«

»Oh nein, ich sagte nur etwas, dass er mit uns zur Kirche kommen sollte. Er sagte, er würde in seine eigene Kirche gehen, wenn er überhaupt ginge. Ich fragte ihn, was das für eine Kirche sei, und er sagte, er sei Katholik, oder jedenfalls seien seine Eltern Katholiken gewesen. Ich glaube, er geht in überhaupt keine Kirche.«

»Es gibt viele solche Katholiken, genauso, wie es Mitglieder der Kirche von England gibt, die dem Herrn nur mit den Lippen dienen.« Wakefield blickte den Jungen an und fragte sich, was in diesem hübschen Köpfchen vorging. Er bewunderte die kraftvollen, attraktiven Züge seines Sohnes, denn er fand Patience in dem Jungen wieder. Gavin hatte das aschblonde Haar seiner Mutter und die blaugrauen Augen seines Großvaters. Er hatte ein langes Gesicht mit hohen Wangenknochen und war sehr groß und schlank.

Er wird so groß werden wie sein Großvater, dachte Chris, und die Erinnerung an Robin Wakefield rührte ihn. Oft erkannte er seinen Vater in dem Jungen wieder, in der Art, wie Gavin den Kopf leicht zur Seite neigte, wenn er eine Frage stellte, und der Art, wie sein Haar in einem Spitz in die breite bleiche Stirn wuchs. Er dachte: *Es ist seltsam, wie das Blut sich bemerkbar macht. Da sitzt er, und ich sehe mich selbst und Patience und meinen Vater, meine Mutter. Hätte ich die gekannt, die vor ihnen kamen, so würde ich sie wahrscheinlich auch wiederfinden. Das Blut hat Kraft.* Er streckte die Hand aus und klopfte dem Jungen auf den Rücken und sagte: »Wir werden demnächst eine Reise machen, hast du das gewusst?«

»Nein, Vater. Fahren wir nach London?«

»Diesmal nicht. Wir reisen in eine Gegend nördlich von London, um eine Familie namens Woodville zu besuchen. Ich habe Geschäfte mit ihnen gemacht, und sie haben uns zu Besuch geladen. Wir werden eine Woche dort bleiben.«

»Kommt Mutter auch mit?«

»Oh ja, ich würde nirgendwohin ohne sie gehen. Und ich bezweifle, dass sie dich hier deinen eigenen Streichen überlassen würde.«

»Gibt es dort einen Jungen in meinem Alter?«

»Ich glaube nicht«, sagte Chris. »Es gibt ein kleines Kind, ein Mädchen, aber du wirst viel zu sehen bekommen. Sir Vernon ist einer der reichsten Männer in England. Er hat einen riesigen Gutsbesitz. Ich nehme an, du und ich werden Gelegenheit haben, uns davonzuschleichen und vielleicht ein wenig zu angeln oder ein Stück Wild zu erlegen.«

»Oh, das würde mir gefallen. Kann Will auch mitkommen?«

Ein Stich der Eifersucht fuhr Chris durchs Herz, aber er schob ihn beiseite. Die Zuneigung, die der Junge für den Diener empfand, war nur vernünftig, denn Morgan verbrachte – wie Chris es von ihm verlangt hatte – viel Zeit mit Gavin. Chris bedauerte sein eigenes geschäftiges Leben und nahm sich vor, mehr Zeit mit seinem Jungen zu verbringen.

»Ich würde sagen, das ist eine gute Idee. Er kann die Kutsche fahren. Aber du und ich werden mehr Zeit miteinander verbringen. Das würde mir gefallen.«

Gavin blickte auf. »Mir auch, Vater«, sagte er, »wir werden ein Wild erlegen, nicht wahr?«

★ ★ ★

Der Familiensitz Sir Vernon Woodvilles erinnerte Gavin an die Schlösser, die er in der Nähe von London gesehen hatte, vor allem an Schloss Windsor. Er blickte auf, als die Türmchen aus dem Nebel aufstiegen, und erschrak über die Größe des Gebäudes. »Das ist aber groß, nicht wahr?«, rief er aus.

Patience beugte sich vor und blickte aus dem Fenster der Kutsche, dann zog sie sich zurück und sagte: »Ja, es ist eines der größten, reichst geschmückten Schlösser in England.«

»Ein bisschen zu reich geschmückt, wenn du mich fragst«, murrte Chris. »Ein Mensch kann sich nur in einem Raum zur selben Zeit aufhalten. Wozu braucht er ein Schloss mit hundert Schlafzimmern?« Er grinste herausfordernd und strich sich den kurzen, sorgfältig gestutzten Bart. »Du lieber Himmel, stellt euch vor, hundert Übernachtungsgäste brechen plötzlich über euch herein! Ich denke, ich würde den Verstand verlieren und die Köche und Mägde ebenso.«

»Werden hundert Leute da sein, während wir zu Besuch sind?«, forschte Gavin.

»Das glaube ich nicht«, sagte Patience. »Es ist nur eine kleine Gruppe, nicht wahr, Liebster?«

»Ja, vielleicht zwei oder drei weitere Familien.« Chris versank in Schweigen, und Patience wurde neugierig.

»Was meinst du, warum sie uns wohl eingeladen haben? Kennst du Sir Vernon so gut?«

»Wir haben Geschäfte miteinander gemacht«, gab Chris zu. Er starrte aus dem Fenster, während sie sich den riesigen, von livrierten Lakaien bewachten Toren näherten, und sagte: »Um die Wahrheit zu sagen, ich glaube, wir sollen umworben werden.«

»Umworben?«

»Ja. Sir Vernon ist einer der treuesten Anhänger König Karls. Ich nehme an, er hat uns hierher eingeladen, um seine Loyalität unter Beweis zu stellen und uns ein wenig tiefer in seinen Kreis zu ziehen.«

»Oh.« Patience dachte einen Augenblick lang darüber nach, dann fragte sie: »Steht Sir Vernon dem König sehr nahe?«

»Oh ja. Seit Karl Buckingham, seinen hauptsächlichen Ratgeber, verloren hat, hat er vor allem auf Vernon gehört.« Ein Schatten glitt über Chris' Gesicht. »Unglücklicherweise könnte das Probleme mit sich bringen.«

»Probleme?« Patience krauste die Stirn. »Wie das?«

»Nun, du kennst die katholischen Neigungen der Königin, und die Woodvilles sind eingefleischte Katholiken.« Er warf einen Blick auf Gavin, der aus dem Fenster starrte und voll Ehrfurcht das grandiose Gebäude innerhalb der Umgrenzungsmauer betrachtete, und schüttelte den Kopf. Er wollte den Jungen nicht in den Krieg, der zwischen König und Parlament tobte, hineinziehen lassen, obwohl er den Verdacht hegte, dass Gavin mehr darüber wusste, als er sich anmerken ließ. »Vielleicht irre ich mich«, sagte er. »Auf jeden Fall wird es ein schöner Ausflug für uns. Du wirst einige wunderschöne Gärten zu sehen bekommen, meine Liebe, obwohl jetzt, wo der Winter kommt, wahrscheinlich nicht mehr viel zu sehen sein wird. Ich muss dich ein andermal hierherbringen, denn das Gerücht behauptet, Lady Woodvilles Garten sei der schönste in England.«

Die Kutsche hielt an, und als der Kutscher herabsprang und die Tür öffnete, stieg Chris aus und half Patience beim Aussteigen. Ein Diener näherte sich, ein hochgewachsener Mann mit einem eisig zeremoniellen Gesichtsausdruck, und sagte: »Mein Herr und meine Herrin würden sich freuen, wenn Ihr sofort kommen wolltet, sodass sie Euch in der Bibliothek begrüßen können.«

»Ja, natürlich.« Chris wandte sich um, ergriff Patience' Arm, und die drei folgten dem hochgewachsenen Diener ins Haus. Von allen Seiten umgaben sie kunstvoll ausgeführte, palastähnliche Dekorationen, wie sie keiner von ihnen je gesehen hatte. Die riesige Halle maß volle zwanzig Fuß vom Boden bis zur Decke. An den Wänden hingen dicht an dicht große Porträts der Familie Woodville. Goldene Ornamente leuchteten in reichem Glanz von den polierten Mahagonitischen, die an der Wand aufgereiht standen, und als die Wakefields an den Fenstern vorbeischritten, wurden reich bestickte Draperien zurückgezogen, um die Sonne durch die Buntglasfenster strömen zu lassen.

»Sieht aus wie in einer Kathedrale«, murmelte Chris vor sich hin. »Man traut sich ja nicht mal auszuspucken.«

»Möchtest du gerne ausspucken, Vater?«, grinste Gavin.

»Nein, aber wenn ich es gerne täte, dann gäbe es hier keinen Ort, wo man es tun könnte, nicht wahr, Sohn?«

Sie folgten dem Diener durch eine lange Halle und um mehrere Biegungen. Schließlich gelangten sie an eine massive Doppeltür, deren Flügel kunstvoll aus Walnussholz geschnitzt waren. Der Diener klopfte zart, und als eine Stimme sprach, trat er ein und verkündete: »Sir Christopher Wakefield und Lady Wakefield.«

Gavin manövrierte sich an seinen Eltern vorbei in den Raum und betrachtete das Paar, das sich von seinen Sitzen erhoben hatte. Das Apartment war von riesenhafter Größe, viel größer als so manches lebensgroße Pächterhaus. Es war, als befände er sich in einem Vortragssaal. Wohin er auch blickte, überall befanden sich Statuen, Gemälde, geschnitzte Schränkchen aller Art und Tapisserien. Gold und Silber glitzerten, als die bleiche Oktobersonne schwache Strahlen durch die hochgewölbten Butzenglasfenster warf.

»Nun, Sir Christopher!« Ein hochgewachsener, gut aussehender Mann in den Vierzigern trat näher und streckte die Hand aus, um Christopher Wakefield die Hand zu schütteln. »Es freut mich, Euch wiederzusehen, Sir. Und das ist Eure Dame, wie ich annehmen darf?«

»Ja, meine Frau, Patience. Darf ich Sir Vernon Woodville und seine Frau, Lady Woodville, vorstellen?«

Lady Woodville war ebenso reizvoll anzusehen wie ihr Gatte. Sie hatte ein herzförmiges Gesicht und riesige braune Augen. Ihr Haar war nach einer kunstvollen Mode aufgesteckt, die Gavin nie zuvor gesehen hatte – Patience übrigens auch nicht. Lady Woodvilles Kleid war aus blassgrüner Seide und vorne ziemlich weit ausgeschnitten. Als sie herankam, streckte sie die Hand aus und gestattete Christopher, sie zu küssen, dann sagte sie mit träger Stimme: »Wir sind so glücklich. Wir haben uns so lange darauf gefreut, Euch hierzuhaben, Christopher, und Euch auch, Lady Wakefield.«

Lord Woodville lächelte herablassend. »Nun, nehmt Platz und erzählt uns, was Ihr so tut. Oh, wer ist – das ist Euer Sohn, nehme ich an?«

»Ja, das ist Gavin. Gavin, Sir Vernon Woodville und Lady Woodville.«

Gavin hatte das Gefühl, dass die Augen der beiden ihn prüfend betrachteten, und sagte: »Ich freue mich, Euch kennenzulernen.«

Lady Woodville schürzte die roten Lippen und sagte: »Was für ein hübscher Junge du bist!« Sie blickte Chris aus feuchten Augen an. »Du bist in vieler Hinsicht wie dein Vater.«

Patience beobachtete dieses Hin und Her sorgfältig. Die Frau hatte etwas Katzenhaftes an sich, und obwohl Patience nicht dazu neigte, spontan Abneigung oder Zuneigung zu empfinden, hatte die charmante, schöne Lady Woodville doch etwas an sich, das sie als beunruhigend empfand. Sie bemühte sich, ihre Stimme ruhig zu halten, als sie sagte: »Ja, er ist wie sein Vater. Und noch mehr wie sein Großvater.«

»Ach ja, Sir Robin.« Sir Vernon schüttelte traurig den Kopf. »Was für ein Verlust für uns, als er zu seinen Vätern versammelt wurde. Er war bis zum Letzten treu, nicht wahr? Diente der Königin sein Leben lang.«

»Ja, er hatte Königin Elisabeth sehr gerne, und sie ihn ebenfalls, wenn ich recht verstanden habe.«

Sir Vernon warf Chris einen vorsichtigen, beinahe berechnenden Blick zu, und betrachtete ihn, als versuchte er seine Gedanken zu lesen. Vorsichtig zog er eine Schnupftabakdose aus der Tasche, klappte den Deckel auf und streute ein paar Körnchen auf sein Handgelenk. Er schloss die Dose, roch an den Körnchen, dann ließ er die Lider halb über die Augen sinken. »Nun, Christopher, wir leben in Zeiten, in denen unser König die Treue aller guten Männer braucht, wollt Ihr dazu Amen sagen?«

»Amen«, sagte Chris augenblicklich. Er war ziemlich überzeugt gewesen, dass das der wahre Grund war, warum sie hier waren, aber es überraschte ihn, dass es so schnell gekommen war. »Habt Ihr den König in letzter Zeit gesehen, Sir Vernon?«

»Oh ja, ich komme eben aus dem Palast zurück. Er ist ganz außer sich, müsst Ihr wissen, ganz außer sich.«

»Ach, und warum?«

»Oh, dieser Bursche – wie heißt er doch? Cromwell! Ich glaube, Ihr kennt ihn.«

»Tatsächlich kenne ich ihn, wenn es Oliver Cromwell ist, den Ihr meint.«

»Ja, das ist sein Name. Was für ein pöbelhafter Bursche das ist! Und immer hetzt er die Leute gegen den König auf.«

»Oh, ich glaube, das kann man Mr Cromwell nicht zum Vorwurf machen. Er ist gewiss mit einigen politischen Entscheidungen des Königs nicht einverstanden, aber selbst die treuesten Untertanen sind selten mit allem einverstanden, was der König tut.«

Die beiden Männer unterhielten sich weiter, bis Lady Woodville schließlich sagte: »Oh, Vernon, genug geredet über Politik! Du und Sir Christopher, ihr habt eine ganze Woche Zeit, über den König und das Parlament und all das zu reden. Kommt mit, Sir, lasst mich Euch das Haus zeigen. Ich bin überzeugt, Eure Gemächer werden Euch gefallen.«

Später erhielt Gavin endlich die Erlaubnis, sich ein wenig umzusehen.

»In Ordnung«, sagte Patience, »aber du solltest lieber deine alten Kleider anziehen. Ich kenne dich, du wirst dich im Schmutz wälzen oder in den Fluss fallen oder etwas dergleichen.« Da es bereits später Nachmittag war, erinnerte sie Gavin, dass die Zeit begrenzt war. »Wir essen mit den Woodvilles zu Abend, und es wird erwartet, dass du dabei bist, also komm rechtzeitig heim, dass ich dich sauber machen kann. Und jetzt lauf.«

★ ★ ★

Als Gavin aus dem Haus heraustrat – wenn man es ein Haus nennen konnte, denn es war ein imposantes dreistöckiges Gebäude mit hundert Zimmern und fünfzehn oder zwanzig Kaminen, die sich in den Himmel erhoben –, ging er mit sicherem Schritt auf die Ställe zu. Er liebte Pferde und wäre gern auf einigen der schönen Tiere geritten, die er dort sah, aber als er sich vorsichtig an den Stallmeister wandte, sagte der Mann: »Oh, dazu würden wir Sir Vernons Erlaubnis brauchen. Warum fragt Ihr ihn nicht? Ich bin sicher, er wird nichts dagegen haben, aber ich darf Euch kein Pferd ohne seine Erlaubnis reiten lassen.«

Gavin hatte es nicht eilig, dem Herrn des Hauses von Neuem unter die Augen zu treten, also fragte er: »Kannst du mir sagen, wie ich zum Wald komme? Oder gibt es hier in der Nähe einen Fluss?«

Der Stallmeister, ein kurzbeiniger, untersetzter Mann mit einem runden roten Gesicht und einem Paar heller Augen sagte: »Oh, natürlich kann ich das, junger Herr. Ihr wollt wohl ein wenig angeln?«

Gavins Augen leuchteten auf. »Gibt es hier einen guten Platz zum Fischen? Wo ich einen großen Fisch fangen könnte?«

»Nun, mir liegt das Fischen auch. Kommt, ich werde Euch den Weg zeigen, und Ihr könnt meine Anglerausrüstung verwenden.«

»Oh, das ist nett! Ich bin sehr froh darüber.«

Gavin folgte dem vierschrötigen Stallmeister und hielt bald nicht nur eine Angelrute und Leine und notwendiges Zubehör in Händen, der Stallmeister führte ihn auch zu einer Stelle, von der aus er mit der Hand wies und sagte: »Seht Ihr diese Baumreihe? Unmittelbar hinter ihr findet Ihr einen der hübschesten kleinen Flüsse, aus dem ein Junge je einen Fisch an Land gezogen hat. Er ist aber tief und reißend, also achtet darauf, dass Ihr nicht hineinfallt und ertrinkt.«

»Das werde ich nicht.« Gavin konnte es kaum erwarten, zum Fluss zu kommen. Zwanzig Minuten später watete er bis zu den Hüften ins Wasser hinein und warf seine Angel nach Forellen aus. Er war sicher, dass sie da waren und nur auf seinen Haken gewartet hatten.

Er fischte etwa eine Stunde lang und fing einige kleinere. Dann beschloss er, sich ein wenig auszuruhen, und kletterte die Uferböschung hinauf. Seine Füße traten auf einen Batzen schlüpfrigen Schlamms, rutschten unter ihm weg, und er rollte die schlammige Böschung hinunter. Er raffte sich auf und blickte angewidert an sich hinunter. Seine Kleider waren reichlich mit schwarzem Schlamm bedeckt, und sogar in seinem Haar klebte Schlamm. Er blickte zum Himmel auf und sah, dass die Zeit rasch verging. Er musste zurück und sich säubern. Er sammelte sein Angelzeug ein, warf die paar Fische, die er geangelt hatte, in den Bach zurück und eilte dann zum Haus zurück. Er hatte beinahe den halben Weg dorthin zurückgelegt, als er von einem Seitenpfad her Stimmen hörte. Als er weitere zwanzig Fuß zurückgelegt hatte, traten hinter einer Ligusterhecke, die sorgfältig beschnitten war, sodass sie eine Gasse bildete, ein Knabe und ein Mädchen hervor. Das Mädchen war neun oder zehn Jahre alt, der Junge drei oder vier Jahre älter als Gavin. Sie blieben abrupt stehen, und das Mädchen lachte: »Sieh nur den schmutzigen Jungen an!«

Der junge Mann an ihrer Seite war hochgewachsen und hatte schwere Knochen und einen dichten Schopf blonder Haare. Er hatte auch blassblaue Augen, die irgendwie kalt wirkten, selbst wenn er lachte. »Er ist tatsächlich ein dreckiger Schurke, nicht wahr?« Er trat einen Schritt näher heran. »Du liebe Zeit, wie er stinkt!« Seine Augen schienen Gavin vor Verachtung auf dem Boden festzunageln. »Was für ein schmutziges Geschöpf du bist!«

Gavin starrte die beiden an, dann presste er die Lippen aufeinander und wollte schweigend weitergehen, aber der Junge packte seinen Arm. »Jetzt warte mal, Junge! Wer bist du überhaupt? Du siehst aus wie ein Bettler. Weißt du nicht, dass du in dem Fluss nicht fischen darfst? Dies hier ist Sir Vernon Woodvilles Besitz. Ich sollte dich lieber mitnehmen und zusehen, dass du eine ordentliche Tracht Prügel mit dem Rohrstock bekommst, weil du Privatbesitz betreten hast.«

»Ich bin kein Bettler«, schnappte Gavin und versuchte seinen Arm loszureißen. Aber die große Hand des Burschen hielt ihn eisern fest. »Lass mich los«, sagte er.

»Ich lasse dich los, wenn es mir passt. Jetzt komm mit! Ich werde zusehen, dass du deine Tracht Prügel bekommst!«

In diesem Augenblick verlor Gavin die Selbstbeherrschung. Das widerfuhr ihm selten – aber wenn sein Zorn erst einmal entflammt war, konnte er sich nicht bremsen. Sein Vater hatte gesagt: »Du musst lernen, diese Wut zu bezähmen, Junge, oder du endest am Galgen. Es ist schön und gut, wenn ein junger Mann ein hitziges Temperament hat, aber du musst lernen, dich selbst im Zaum zu halten.«

Selbstbeherrschung war das Letzte, woran Gavin dachte, als er wütend seinen Arm zurückriss. Der Junge streckte die Hand aus und schlug Gavin über den Mund, dass er zurücktaumelte. Er ließ das Angelzeug fallen, warf sich nach vorne und rammte den Kopf in den Bauch des Jungen. Es hörte sich an, als hätte jemand auf eine Trommel geschlagen, und der größere Junge stieß ein »Wuff« aus und torkelte rückwärts. Atemringend blickte er an sich herab und sah Schlamm auf seinem feinen Gewand, aber bevor er noch reagieren konnte, schlug Gavin mit beiden Fäusten auf ihn ein.

»Was, du frecher –!« Der große Junge, der offenbar besser mit der Kunst des Kämpfens vertraut war, ließ Gavins Attacke über sich ergehen, dann begann er, Gavins Gesicht und Körper kräftig mit den Fäusten zu bearbeiten. Gavin war so blind vor Zorn, dass er nicht einmal den Schmerz spürte. Er ignorierte die Schläge, bis sie ihn schließlich zu Boden warfen. Augenblicklich warf sich der Junge rittlings über ihn. Sein bleiches Gesicht glühte rot vor Zorn, und seine blauen Augen leuchteten in einem bösen Licht. »Jetzt!«, keuchte er. »Jetzt erteile ich dir eine Lektion.« Er begann, mit den Fäusten auf Gavins hilfloses Gesicht einzuschlagen, wobei er unter der Anstrengung jedes Schlages grunzte.

»Hör auf, Henry! Das ist genug!« Das Mädchen kam herbei und versuchte ihn wegzuziehen. Ihre Augen waren vor Furcht geweitet. »Du wirst ihm wehtun!«

»Ich habe die Absicht, ihm wehzutun. Er wird keine Zähne mehr übrig haben, wenn ich mit ihm fertig bin.« Henry schlug weiterhin auf Gavin ein, der wild um sich schlug, sich aber nicht befreien konnte.

Plötzlich bellte eine Stimme: »Jetzt ist es aber genug!«, und eine große, starke Hand schloss sich fest um Henrys Nacken. Er wurde hochgezogen und grob weggestoßen. Er stolperte zurück und sah, dass ein Diener in brauner Kleidung und mit braunen Augen ihn betrachtete. »Du bist ein wenig groß für diesen Burschen«, sagte der schwarzhaarige Mann. »Verschwinde jetzt, bevor du Prügel beziehst.«

»Wie kannst du es wagen, so mit mir zu sprechen! Ich lasse dich auspeitschen!«

»Wir werden sehen, wer hier ausgepeitscht wird, wenn du nicht rasch verschwindest.« Will Morgan trat einen Schritt vor und hob die Hand, und der Junge sprang verteidigungsbereit zurück. »Verschwinde jetzt, und damit meine ich *sofort*, sonst lege ich dich flach auf den Rücken!«

Das Gesicht des Jungen wurde bleich vor Zorn, und seine Stimme klang gedämpft vor unterdrückter Wut. »Du wirst mich noch kennenlernen!« Er drehte sich um und ging weg, während er sagte: »Komm, Susanne, wir hetzen die Hunde auf diese Burschen.«

Will ignorierte sie und ging augenblicklich zu Gavin, der sich abmühte, den Kopf zu heben und auf die Füße zu kommen. »Komm jetzt, das war ein wenig zu viel.« Morgan setzte Gavin auf, holte ein Stück Leinen heraus, das er als Taschentuch benutzte, und begann, das blutige Gesicht abzutupfen. »Lass mich sehen – nun, du hast ganz schön Prügel bezogen. Macht nichts.«

»*Macht nichts?*« Gavin spuckte vor Wut. »Er hätte mich umgebracht, wenn du nicht gekommen wärst.«

»Oh, so schlimm ist es auch wieder nicht! Komm jetzt mit. Wir müssen dich sauber machen. Lady Wakefield würde einen Anfall bekommen, wenn sie dich in diesem Zustand sähe. Sie hat mich geschickt, dich zu holen.«

Gavin kämpfte sich mit Wills Hilfe auf die Füße, dann schüttelte er die helfende Hand ab und eilte zornig auf das Haus zu. »Ich kriege ihn noch«, murmelte er. »Warte nur ab. Er ist vielleicht zu groß, als dass ich mit ihm raufen könnte, aber er ist nicht größer als ein Messer oder ein Stock.«

»Hör mal, Junge, genug davon!« Morgans Stimme war rau, als er die Hand ausstreckte und Gavin am Arm packte. Er riss ihn grob zurück. »Du wirst nicht so reden und nicht so denken. Ein Teil dessen, ein Mann zu sein«, sagte er mit ruhiger Stimme, »heißt lernen, eine Niederlage einzustecken. Du hast eben eine erlebt, und jetzt wirst du sie tragen wie ein Mann.«

»Aber er ist größer als ich! Es war nicht fair!«

»Fair? Na, wenn du eine Welt suchst, in der es fair zugeht, dann solltest du dich zum lieben Gott in den Himmel aufmachen. Das ist der einzige Ort, wo alles fair ist.«

In Gavins Gesicht zeichnete sich immer noch Meuterei ab. »Würdest du etwa zulassen, dass jemand dich so verprügelt?«

»Ich bin auch schon geschlagen worden, mehr als einmal«, sagte Morgan, und plötzlich glomm ein wildes Licht in seinen Augen auf. »Höre, Gavin, ich sage nicht, dass es mir gefällt, ich sage dir nur, ein Mann muss lernen zu leiden, eine Niederlage einzustecken. Hörst du mich?«

»Ja, ich höre dich, Will, aber … nun, es gefällt mir nicht.«

»Es muss dir auch nicht gefallen. Mir hat es auch nicht gefallen. Ich würde den Lumpen gerne packen und in den Fluss werfen oder ihn mit dem Stock prügeln, aber wir müssen diese Dinge Gott überlassen. Komm jetzt mit. Du wirst noch einige Prügel einstecken müssen, bevor du dich in der Erde zur Ruhe bettest. Lerne, das Beste daraus zu machen.«

★ ★ ★

Als Gavin sich der Tür näherte, die in die große Halle führte, fühlte er sich streng gezüchtigt. Sein Vater hatte ihn nicht verprügelt, wie er es zuerst angedroht hatte, als er seinen Zustand gesehen hatte, denn seine Mutter hatte sich zu viele Sorgen über den Schaden gemacht, der das Gesicht ihres Jungen betroffen hatte. Nachdem Will erklärt hatte, was geschehen war, wurde Christopher zusehends milder.

»Nun, es scheint wohl, dass es nicht ganz allein deine Schuld war. Säubere ihn und mach ihn präsentabel, Patience. Wir können nicht mit einem solchen Raufbold auftauchen, nicht, solange wir hier zu Gast sind.«

Als sie die große Halle betraten und den langen Tisch von zumindest zwanzig Gästen besetzt fanden, blieb Gavin wie erstarrt stehen, denn sein Blick war auf ein junges Mädchen gefallen – dasselbe, dem er zuvor begegnet war. Er wandte rasch den Blick und sah den großen jungen Mann, Henry, ihr gegenüber am Tisch sitzen.

»Sieh nur! Er ist es! Der schmutzige Junge, mit dem du den Raufhandel hattest, Henry!«

Das Mädchen, das Gavin auf den ersten Blick erkannt hatte, sprach so laut, dass alle Gäste sie hörten. Gesichter wandten sich, um Gavin anzublicken, der am liebsten auf der Stelle kehrtgemacht hätte und davongelaufen wäre, aber sein Vater hielt ihn fest am Arm.

»Das ist er«, sagte Henry. »Das ist das Ungeziefer, das durch den Park gekrochen ist!«

»Aber nein, dies ist der Sohn von Sir Christopher und Lady Wakefield«, sagte Sir Vernon rasch. »Was ist denn geschehen?«

Sir Thomas Darrow, Henrys Vater, sagte: »Oh, es hat irgendein Durcheinander gegeben. Henry hat Euren Gast nicht erkannt. Wenn ich recht verstanden habe, war er nicht gerade in einem reputierlichen Zustand.«

»Er war dreckig wie ein Schwein!«, sagte Henry. »Und er sollte ausgepeitscht werden dafür, dass er die Hand gegen mich erhoben hat.«

»So wie sein Gesicht aussieht«, sagte Lady Woodville bescheiden, »hast du den Kampf gewonnen.« Sie lächelte und sagte: »Komm und setz dich. Ihr drei müsst alle Freunde sein. Susanne, nach dem Essen müssen du und Henry unsere Gäste unterhalten.«

Mehr wurde nicht gesagt, aber als Gavin den kalten Blick bitterer Wut sah, den Henry Darrow ihm zuwarf, wusste er, dass er sich einen Feind gemacht hatte.

Der Zwischenfall schien vergessen, und das Gespräch am Tisch drehte sich hauptsächlich um Politik, sodass Gavin nicht viel davon verstand. Den Namen Cromwell hörte er oft. Er wusste, dass sein Vater und Oliver Cromwell enge Freunde waren, und er war gewitzt genug zu verstehen, dass einige der Tischgäste Cromwell fürchteten und seinen Vater vor der Gefahr warnen wollten, mit einem solchen Mann bekannt zu sein. Gavin verstand nur wenig von der Tagespolitik. Er wusste, dass man Leute wie Oliver Cromwell und seinen Vater Parlamentarier nannte. Der König war zornig auf sie, weil sie nicht tun wollten, was er von ihnen verlangte. Aber im weiteren Verlauf des Abendessens schweiften seine Gedanken ab. Er stellte fest, dass er immer öfter das junge Mädchen anblickte, das sehr hübsch war. Sie hatte blondes Haar und ausdrucksvolle Augen, ein herzförmiges Gesicht, aber irgendwie war ihr Kinn ein bisschen zu entschlossen für ein Mädchen.

Schließlich sagte Sir Darrow: »Dieser Cromwell ist ein gefährlicher Mann, einer dieser tobenden Puritaner, die den Thron und alle Autorität verachten. Er wird ausbrechen, ihr werdet es sehen!« Dann hob er seinen Pokal und sagte: »Einen Toast auf unseren Herrscher, König Karl I.« Alle erhoben sich und wiederholten den Toast. Aller Augen schienen an Christopher Wakefield zu hängen, und als er den Toast wiederholte, wandte Lady Woodville ihm ihre glatten Wangen zu, und ihre Augen glitten mit einem merkwürdigen Blick über ihn hin. »Siehst du, Liebster«, sagte sie, »er ist dem König ergeben.« Sie flüsterte die Worte, sodass niemand sie hörte, und ihr Gatte sagte: »Wir werden sehen. Es wäre gut für ihn, wenn er königstreu wäre und diesen Burschen Cromwell abschüttelte.«

★ ★ ★

Am nächsten Morgen stand Susanne Woodville früh auf. Sie war so lange aufgeblieben, wie ihre Eltern es ihr erlauben wollten, und war mit dem Gedanken an den Jungen, der mit Henry gekämpft hatte, schlafen gegangen. Rasch zog sie sich an und ging zum Frühstück hinunter. Die Erwachsenen schliefen noch, und sie ging nach draußen. Sie machte sich zu den Ställen auf, um ihr Pony zu besuchen. Als sie näher kam, sah sie Gavin Wakefield und sagte augenblicklich: »Hallo, Gavin.«

Gavin blieb abrupt stehen, warf ihr einen Blick zu und sagte mürrisch: »Hallo.« Dann wandte er sich zum Gehen.

»Wo gehst du hin?«, sagte Susanne. Sie sah die Angelrute in seiner Hand und fragte: »Gehst du angeln?«

»Wozu sollte ich sonst wohl eine Angelrute mit mir herumtragen?«

»Lass mich mitgehen.«

»Nein. Ich will dich nicht dabeihaben.« Gavin sah, wie das junge Gesicht plötzlich einen verletzten Ausdruck annahm, und er merkte, dass er sehr unliebenswürdig mit ihr gesprochen hatte. *Schließlich*, dachte er, *war sie nicht diejenige, die mir das Gesicht zerschlagen hat.* Laut sagte er: »Ich glaube nicht, dass es deiner Mutter gefallen würde. Du kannst nicht fischen, ohne schmutzig zu werden.«

»Oh, das macht nichts. Ich trage meine alten Kleider.« In Wirklichkeit trug sie ein reich verziertes Kleid, aber vielleicht waren das für jemand in ihrer Position alte Kleider.

»Gut, komm mit, aber steh mir nicht im Weg herum.«

Die beiden gingen zum Fluss, und bald war Gavin dabei, dem Mädchen beizubringen, wie man fischt. »Hast du nie zuvor geangelt?«, fragte er.

»Nein.« Ihre Augen waren von einem sehr dunklen Blau, und sie hatte eine Lebhaftigkeit an sich, die Gavin sehr anziehend fand. Er brachte ihr das Angeln bei, und als sie eine Forelle von beträchtlicher Größe fing und vor Entzücken quietschte, sagte Gavin, während er den Fisch an einem gegabelten Stock befestigte: »Wir bringen sie nach Hause, und du kannst sie zum Abendessen essen, wenn du die Köchin dazu bewegen kannst, sie zu kochen.«

»Oh, sie wird machen, was ich sage.«

Gavin starrte sie an, und ein Grinsen bewegte seine breiten Lippen. »Machen sie immer, was du sagst?«

»Ja, warum auch nicht?«

»Nun, man könnte sagen, weil du ein kleines Mädchen bist und sie erwachsen sind.«

»Aber sie sind doch Diener!«, sagte Susanne.

Kein einziges Mal kam ihr der Gedanke, dass jemand ihr nicht gehorchen könnte, und Gavin betrachtete sie sorgfältig. »Nun, eines Tages wirst du herausfinden, dass es nicht immer nach deinem Kopf gehen kann.«

Er zögerte, dann sagte er: »Wer ist Henry Darrow? Ein guter Freund von dir?«

»Oh, die Darrows wohnen auf dem angrenzenden Gut. Sie haben ein großes Haus, und wir besuchen sie oft.« Sie zögerte, dann sagte sie: »Es tut mir leid, was passiert ist. Henry ist jähzornig.«

Gavin zuckte die Achseln und sagte: »Mir tut es auch leid, aber ich war nicht groß genug, um viel dagegen zu tun.«

»Ich versuchte ihn dazu zu bringen, dass er dein Freund ist, aber er wollte nicht. So ist er, weißt du: Wenn er dich mag, tut er alles für dich, aber wenn er einmal auf jemand böse ist, verzeiht er ihm niemals.«

Die beiden streiften den Fluss entlang, und schließlich war es Zeit zurückzukehren. Als sie das Haus erreichten, gingen sie schnurstracks zur Köchin, die den Fisch bewunderte. »Oh, die wird ein köstliches Abendessen abgeben. Nicht genug für das ganze Haus, aber genug für Euch, Miss Susanne.«

»Wird es auch für Gavin genug sein?«

»Ich glaube schon.«

An diesem Abend beim Essen brachte die Magd zwei Teller mit der dampfenden Forelle herein und flüsterte: »Das sind sie. Ihr habt diese bestellt, nicht wahr?«

Susanne blickte zu ihrer Mutter auf und sagte: »Schau, Mutter, ich habe diesen Fisch selbst gefangen. Gavin zeigte mir, wie es geht.«

Die Erwachsenen lächelten alle, außer Henry Darrow, und Patience sagte: »Nun, das war sehr lieb von dir, Gavin.«

Gavin errötete und sagte: »Oh, das war nichts – sogar ein Mädchen sollte fischen können.«

Gelächter brandete am Tisch auf, und das Essen ging weiter.

Von diesem Tag an waren Gavin und Susanne unzertrennlich. Das Mädchen folgte ihm auf Schritt und Tritt. Er fühlte sich wie ein älterer Bruder. Er sagte das auch seiner Mutter. »Susanne ist ein nettes Kind, nicht wahr? Manchmal ein bisschen vorwitzig, aber für ein Mädchen ist sie gar nicht schlecht.«

Als die Zeit des Abschieds kam, durchlebte er einen peinlichen Augenblick. Susanne war mit ihren Eltern zur Kutsche gekommen, und als man einander Lebewohl sagte, rannte sie herbei und schlang die Arme um Gavins Hüfte. Gavin blickte hilflos über ihren Kopf hinweg und sah das amüsierte Glitzern in den Augen der Erwachsenen.

Susanne hob den Kopf und sagte: »Wir wollen immer Freunde sein, nicht wahr, Gavin?« Dann zog sie seinen Kopf herab, küsste ihn innig und lächelte ihn an.

Gavin wurde rot wie Rote Bete, als die Erwachsenen lachten. Hastig kletterte er in die Kutsche. »Leb wohl«, murmelte er. Sobald sie das Gut hinter sich gelassen hatten, nahm Patience seine Hand. »Sie ist ein liebes Kind, also lass dich nicht in Verlegenheit bringen. Ich glaube, sie hat ein schweres Leben.«

Gavin war überrascht. »Warum denkst du das? Sie hat alles, was ein Mädchen sich wünschen kann.«

»Außer einer liebenden Mutter.«

Chris hatte zugehört, und nun warf er Patience einen scharfen Blick zu. »Du hast das gesehen, nicht wahr? Es ist wirklich schlimm. Sie haben nicht viel Zeit für das Kind – sie ist einsam.«

Patience nickte. »Ja, deshalb hat sie sich auch so an Gavin gehängt. Die Diener sagen, sie hat niemand, mit dem sie spielen könnte. Ein reiches Mädchen, das keine Freunde hat.«

Gavin saß eine Weile lang schweigend da, dann blickte er auf und sagte: »Mutter?«

»Ja, Sohn?«

»Ich werde Susannes Freund sein.« Sein Gesicht war so vertrauensvoll und so reizvoll, dass Patience sich zu ihm beugte und ihn küsste.

»Gut. Sei immer freundlich zu denen, die dich brauchen. Das ist der Sinn des Lebens.«

11

LIEBE AUF DEN ERSTEN BLICK

Karl I., der König von England, stand in scharfem Gegensatz zu seinem Vater, König Jakob I. Obwohl er der König von England war, war Jakob ein Mann gewesen, der keinen Wert auf Etikette legte, ruppig und immer altmodisch gekleidet, aber unendlich zugänglich. Karl konnte man besser als zurückgezogen, launisch, eisig beschreiben, ein Mann, den kaum jemand wirklich kannte. Was die körperliche Gestalt anging, so war Karl ziemlich klein, ein Schwächling, der im Schatten eines überaus tüchtigen älteren Bruders aufgewachsen war – bis dieser Bruder mit zwölf Jahren an den Blattern starb. Und was noch schlimmer war, Karl war ein Stotterer und ein Mann, der sich nicht entschließen konnte – aber wenn er einmal einen Entschluss gefasst hatte, sei er richtig oder falsch, so ließ er sich kaum wieder davon abbringen. Er war einer jener Politiker, die so überzeugt sind von ihrer eigenen Herzensreinheit und so vertrauensvoll, was ihre Handlungen angeht, dass er es niemals für notwendig hielt, sich irgendjemand gegenüber zu erklären.

Im Jahre 1630 war es bereits zu heftigen Zusammenstößen und stürmischen Auseinandersetzungen über jede nur denkbare Frage zwischen König und Parlament gekommen. Der Konflikt wurde dermaßen brisant, dass Karl beschloss, ohne Parlament zu regieren. Er hoffte, die Generation der Hitzköpfe und Unzufriedenen würde aussterben, und dann würde die einst so harmonische Beziehung zwischen König und Parlament wieder aufleben. Unglücklicherweise war das eine allzu einfache und völlig falsche Vorstellung.

Im Sommer 1637 war Karls Mangel an Verständnis gegenüber den Puritanern überdeutlich sichtbar geworden. Drei puritanische

Schriftsteller, William Prynne, Dr. John Bastwicke und ein Geistlicher namens Henry Burton wurden vor Gericht gestellt und wegen Anstiftung zum Aufruhr verurteilt, da sie eine Schrift veröffentlicht hatten, die die Krone – und Karl – massiv kritisierte. Alle drei Angeklagten erhielten dasselbe Urteil: Ihnen sollten die Ohren abgeschnitten werden. Prynne erlitt noch eine weitere Raffinesse der Grausamkeit, da er mit den Buchstaben SL – sie standen für »aufrührerische Schmähschrift« – auf der Wange gebrandmarkt wurde.

Das war eine relativ milde Strafe im Vergleich zu den Hunderten Unglücklichen, die von Maria der Blutigen und ihrem Vater, Heinrich VIII., auf dem Scheiterhaufen verbrannt worden waren. Dennoch war es einige Jahre her, seit das Volk eine solche Behandlung englischer Untertanen gesehen hatte. Während der Regentschaft von Königin Elisabeth hatte England eine mitleidigere Herrscherin gekannt, und so hatte die Verstümmelung der drei Männer eine durchschlagende Wirkung auf die Zuschauer. Weit entfernt davon, irgendjemand von der Gefolgschaft abzuschrecken, kamen viele zu dem Schluss, dass Karl im Irrtum war und es verdiente, wenn man ihn kritisierte.

Als Prynne die Ohren abgeschnitten wurden, rief er aus: »Je mehr ich zu Boden geschlagen werde, desto höher erhebe ich mich.«

Eine Frau aus der Menge antwortete: »Es gibt viele Hunderte hier, die mit Gottes Hilfe bereitwillig für die Sache leiden würden, für die Ihr leidet.«

Im selben Jahr – während das Volk noch über die Behandlung der drei Männer klagte – geriet Karl in verzweifelte Geldnöte, da er ohne Parlament regieren musste. Da fiel ihm eine vermeintlich einfache Methode ein, nämlich neue Steuern zu erheben. Es wurde eine Steuer eingeführt, die man Schiffsgeld benannte. An sich war das Schiffsgeld keine Sache, die hohe Wellen schlug. Es diente der Verteidigung der Küstenstädte durch Schiffe und wurde seit vielen Jahren erhoben. Aber als Karl erklären ließ, dass ja ganz England von dieser Verteidigung profitiere, und darauf bestand, dass auch die im Binnenland gelegenen Provinzen ihren Anteil bezahlten, flammte eine kleinere

Revolution auf. Oliver Cromwells Vetter, John Hampden, weigerte sich, die zwanzig Shilling zu zahlen, auf die er eingeschätzt wurde. Gegen ihn wurde Anklage erhoben, die Richter entschieden für den König, und Hampden musste kurz ins Gefängnis.

Ein weiterer schwerer Fehler, der Karl den Rest seines Lebens verfolgen sollte, ereignete sich 1637. Karl hatte Schottland weder gemocht noch verstanden. Er war diesem Teil seines Königreiches entfremdet, und vor allem verstand er die eingefleischt konservative Haltung der schottischen Kirche nicht. Als er die Schotten mit einer harten Steuer belegte, dann das Geld für den Bau verschwenderischer Kirchen ausgab und Erzbischof Laud in sein Amt einsetzte, reagierten die Schotten. In einem vor Zorn triefenden Dokument schrieb der schottische Minister George Gillespie: »Die fauligen Überreste des Papismus, von denen England und Irland niemals ganz gereinigt wurden und die schon einmal voll Abscheu ausgespien worden waren, sind zurückgekehrt. Englands liebliches Gesicht ist verfärbt. Die Gier der Hurenmutter ist bei uns. Ihre hübschen Locken sind mit dem Brenneisen des Antichrist gekräuselt. Ihre keuschen Ohren werden gezwungen, den Freunden der großen Hure zu lauschen.«

Trotz des kühnen Widerstandes war Karl entschlossen, seinen Kopf durchzusetzen, und begann einen Krieg mit seinem eigenen Volk. Diese militärische Aktion begann mit dem sogenannten Ersten Krieg – ein Unternehmen, das bei den Engländern alles andere als beliebt war. Der Krieg kostete die Krone eine beträchtliche Menge Geld, das Karl nicht hatte, und erreicht wurde nichts.

Als das Jahr 1640 heraufdämmerte, war ganz England in düsterer Stimmung. Da er das Geld im schottischen Krieg verschleudert hatte, war der König gezwungen, das Parlament wieder einzuberufen. Diese Versammlung wurde bekannt als das Kurze Parlament, und in diesem Parlament trat auch Oliver Cromwell wieder auf. Seine Familiensituation hatte sich seit dem letzten Zusammentreten des Parlaments verändert. Seine Frau hatte zwei Kinder geboren, die beide bei der Geburt gestorben waren, und 1639 war sein ältester Sohn, Robert, an einem Fieber gestorben. Die Erinnerung an den bitteren

Kummer angesichts des Todes seines geliebten Kindes sollte Cromwell bis ans Ende seines Lebens nicht mehr verlassen.

Das Kurze Parlament stand unter der Leitung des großen Puritaners John Pym. Als ein Löwe von einem Mann, ein Veteran von fünfundfünfzig Jahren, fasste er die Philosophie der Puritaner in seiner Eröffnungsrede in klare Worte. »Die Macht des Parlaments verhält sich zu der politischen Körperschaft wie die Denkfähigkeit zur Seele des Menschen.«

Karl reagierte darauf in seiner typischen Art, indem er das ganze Parlament mit einer hochmütigen Geste entließ. Da er jedoch unfähig war, seine Streitigkeiten mit den Schotten beizulegen, ließ Karl sich von Neuem in militärische Aktionen verstricken, die man den Zweiten Bischofskrieg nannte. Wiederum rief Karl das Parlament zusammen, um Geld für seinen Kampf aufzutreiben.

Am dritten November trat diese entscheidende Versammlung, die das Lange Parlament genannt wurde, zum ersten Mal zusammen. Das Datum war bedeutungsvoll, denn es war der Jahrestag des Parlaments von Heinrich VIII., dem Parlament, in dem Wolsey gestürzt wurde. Einige Mitglieder des Langen Parlaments versuchten Erzbischof Laud zu überreden, dass unter diesen Umständen das Datum geändert werden sollte, aber Laud weigerte sich.

Damals wusste noch niemand um die Bedeutung der Ereignisse, denn in diesem Parlament saßen die Männer, die die Monarchie stürzen und dafür sorgen sollten, dass Karl I. der Kopf abgeschlagen wurde.

★ ★ ★

»Das ist es – das große weiße Haus. Gefällt es dir, Susanne?«

Susanne Woodville hatte die Boote beobachtet, die die Themse bevölkerten, aber auf die Frage ihrer Mutter hin drehte sie sich um und sah aus dem Fenster. Sie sah ein langes, zweistöckiges Gebäude, das sich am Ufer entlang erstreckte, und sagte: »Oh ja, es ist sehr hübsch, Mutter. Werden wir hier wohnen?«

Lady Woodville schüttelte den Kopf. »Nein, das ist nur die Bankettthalle. Sie wurde von einem berühmten Architekten namens Inigo Jones erbaut.«

»Aber wird die königliche Familie auch da sein?«, fragte Susanne eifrig.

»Oh ja, wir werden uns zu ihnen gesellen, zusammen mit anderen Leuten.« Sie lehnte sich in den gepolsterten Sitz zurück und lächelte ihre Tochter an. »Du wirst wirklich sehr hübsch«, bemerkte sie. »Aber du lässt mich aussehen wie eine alte Frau.«

»Oh nein, Mutter«, sagte Susanne rasch. Sie hatte herausgefunden, dass ihrer Mutter – die immer darauf achtete, gut auszusehen und ihre Schönheit zu bewahren – der Gedanke wirklich zu schaffen machte. »Du wirst niemals alt werden.«

Ein mürrischer Gesichtsausdruck kerbte Frances' Woodvilles glatte Stirn. »Das bleibt uns allen nicht erspart«, murmelte sie. Dann verfiel sie in Schweigen, und Susanne hütete sich, sie zu stören.

Es war das erste Mal, dass ihre Mutter und sie gemeinsam nach London fuhren. Ihr Vater war krank und konnte nicht kommen, aber er hatte gesagt: »Fahrt nur, ihr beiden. Lasst es euch gut gehen. Ich will euch nicht das Vergnügen verderben.«

Als das Boot nun anlegte, erhoben sich die beiden Frauen, und die Diener halfen ihnen an Land. Lady Woodville bezahlte den Fahrpreis, dann sagte sie: »Sendet unser Gepäck in den Königspalast.«

»Ja, Ma'am!« Der Diener, der offenbar gebührend beeindruckt war, begann eifrig, das Gepäck der beiden zu entladen. Anscheinend waren sie auf einen längeren Aufenthalt gekommen, denn sie hatten eine ganze Anzahl Reisetaschen mitgebracht, von denen einige ziemlich groß waren.

»Komm, wir begeben uns sofort zum Palast.« Die beiden begaben sich nach Whitehall und wurden von einem Majordomo begrüßt, der, als er ihre Namen hörte, sagte: »Ah ja, Lady Woodville, und das ist gewiss Eure Tochter? Sehr erfreut! Sir Vernon ist nicht mitgekommen?«

»Nein, er fühlt sich nicht wohl.«

»Oh, das ist unerfreulich. Nun, kommt mit, ich zeige Euch Eure Zimmer. Ich hoffe, sie finden Euer Gefallen.«

Der Palast war entschieden mehr als nur gefällig. Er glitzerte förmlich, und das Bett in Susannes Zimmer war etwas, das sie noch nie gesehen hatte. Die geschnitzten Bettpfosten waren mit fantastischen Figuren bedeckt, alle mit Blattgold verziert, sodass das Bett – wenn die Sonne durch die hohen Fenster leuchtete – in seinem eigenen Licht zu glühen schien. Sie warf sich auf die dicke Matratze und sagte zu der Magd, die ihr zugeteilt worden war: »Ich habe nie ein solches Bett gesehen!«

»Königin Elisabeth schlief in diesem Bett. Es kam aus dem Nonesuch-Palast hierher.«

»Königin Elisabeth! Nicht auszudenken!«

Eine Zeit lang ging Susanne im Raum hin und her, berührte die Ornamente und starrte die Bilder an, die an der Wand hingen. Einige von ihnen waren ziemlich langweilig. Da gab es Porträts alter Männer mit langen Bärten und strengen Augen. Sie hatte keine Ahnung, wer sie sein mochten, aber sie kümmerte sich auch nicht viel um sie. Andere Bilder jedoch zeigten Szenen des Landlebens: ein Teich, von hohen Bäumen umringt, die sich im Wasser spiegelten, eine Schafherde, die in der Ferne graste. »Es sieht aus wie zu Hause«, murmelte sie. Dann wurde sie unruhig und beschloss, den Palast zu erforschen.

Sie verließ ihr Zimmer und ging den Korridor entlang, an dessen Wänden ebenfalls Porträts streng blickender Herren hingen. Sogar die Frauen sahen imposant aus, obwohl Susanne überzeugt war, dass sie zu ihrer Zeit sehr schön gewesen sein mussten. Es beunruhigte sie ein wenig zu denken, dass alle diese Leute jetzt tot waren. *Alles, was von ihnen geblieben ist, sind diese Bilder an der Wand. Ich frage mich, ob eines Tages mein Porträt an den Wänden des Palastes hängen wird.* Mit einem Achselzucken machte sie sich wieder auf ihren Erkundungsgang.

Schließlich geriet sie in einen großen Raum voller Möbel. Offenbar war dies eine Art Salon, wie sie zu Hause einen hatten, nur viel größer.

»Hallo! Wer bist du?«

Susanne drehte sich um und sah einen in dunkelblauen Samt gekleideten Jungen, der sie beobachtete. »Ich hab dich noch nie gesehen«, bemerkte er, während er von seinem Stuhl aufstand, um sie genauer zu betrachten. »Wie heißt du?«

»Susanne Woodville. Und du?«

Der Junge lachte, seine Augen funkelten. »Du kennst mich nicht? Ich bin der Prinz von Wales.«

Susanne japste zerknirscht. »Oh, Euer Majestät, das tut mir leid!«

Charles, Prinz von Wales, der älteste Sohn von Karl I., starrte sie aus großen braunen Augen an. Er hatte einen ziemlich hässlichen Mund, groß und sinnlich, aber die Mundwinkel waren zu einem Lächeln verzogen. »Du musst mich nicht so nennen. Nicht, bevor Vater stirbt. Erst dann werde ich ›Euer Majestät‹ sein. Du hast wohl nicht viel von deinen Hauslehrern gelernt?«

Susanne errötete, dann aber lachte sie laut auf. »Da hast du wohl recht. Wie soll ich dich dann nennen?«

»Oh, nenn mich einfach Charles, bis ich – bis ich König werde. Dann musst du mich ›Euer Majestät‹ nennen – oder ich lasse dir den Kopf abschlagen.«

»Das würde mir nicht gefallen«, sagte Susanne. Er war ein gut aussehender Junge, vor allem sein Haar, das lang und schwarz war und in dicken Locken über seine Schultern hing. Seine Augen jedoch waren der auffallendste Zug an seinem Gesicht, denn sie waren groß und leuchtend und lagen tief in den Höhlen. Er hatte eine sehr blasse Haut und zierliche Hände und schien trotz seiner Position und der Verantwortung, die er trug, recht fröhlich zu sein.

»Ich habe noch nie jemand von der königlichen Familie getroffen«, sagte Susanne. »Ich lebe auf dem Land. Mein Vater ist Sir Vernon Woodville. Meine Mutter und ich sind hier zu Besuch.«

»Kannst du Karten spielen?«, fragte Charles abrupt.

»Ein wenig.«

»Komm mit. Ich bringe dir ein paar neue Spiele bei. Der französische Botschafter hat sie mir beigebracht.« Susanne folgte ihm in ein weiteres Zimmer, in dem sie bald an einem schweren Mahagonitisch saßen. Charles teilte die Karten mit großartiger Gebärde aus, und Susanne lernte das Spiel rasch, hatte aber Verstand genug, ein paar Mal zu verlieren.

»Ich bin ein sehr guter Kartenspieler«, sagte Charles. »Wenn du sehr lange hierbleibst, wirst du vielleicht auch ein bisschen besser.«

»Gibt es hier andere Kinder, mit denen du spielen kannst?«

»Ach, meinen Bruder Jakob, aber er ist erst sechs Jahre alt und überhaupt nicht lustig.« Charles betrachtete sie einen Augenblick lang, dann sagte er: »Komm mit, lass uns etwas zu essen holen. Ich bin hungrig.«

Susanne folgte dem selbstbewussten jungen Mann geradewegs in die Küche, wo sich alle Köche sofort wie wild verbeugten. Eine Frau brachte einen Teller mit Kuchen, den Charles an sich nahm, ohne auch nur Danke schön zu sagen.

»Komm mit, wir gehen nach draußen«, sagte er. Als sie die Küche verlassen hatten, führte er sie zu einer niedrigen Mauer, die einen Obstgarten voll der verschiedensten Bäume umschloss – Äpfel, Birnen und Kirschen. Er setzte sich nieder und sagte: »Hier, diese sind gut. Sie machen sie speziell für mich.«

Susanne nahm einen der Kuchen, knabberte daran und fand ihn köstlich. »Es muss angenehm sein, Prinz von Wales zu sein«, sagte sie mit einem wehmütigen Lächeln. »Alle müssen genau das tun, was du willst.«

Charles starrte sie einen Augenblick an, dann schüttelte er ernst den Kopf. »Mag sein, aber manchmal wird es ein wenig einsam. Wie alt bist du?«, verlangte er zu wissen.

»Dreizehn.«

»Ist das alles? Du siehst älter aus. Ich dachte, du wärst mindestens sechzehn oder siebzehn. Du bist sehr hübsch.« Er streckte plötzlich die Hand aus und hielt eine Strähne ihres blonden Haares in der Hand. »Ich mag keine hässlichen Leute.«

»Da haben sie Pech gehabt.« Susanne lächelte; seine Offenheit amüsierte sie. »Sie können nichts dafür, nehme ich an.«

»Nein, aber ich muss sie nicht mögen.« Er fuhr fort, ihr Haar zu liebkosen, und sagte: »Du hast so schönes Haar. Ich wünschte, ich hätte blondes Haar. Meines ist schwarz und grob.«

»Nein, ich finde, du siehst sehr hübsch aus.«

Charles ließ das Haar los und griff nach einem weiteren Kuchen. Er stopfte ihn in den Mund, kaute ein paar Sekunden lang und sagte dann: »Hattest du eine Menge Freunde, dort, wo du aufgewachsen bist? Freunde in deinem Alter, meine ich?«

»Nicht allzu viele. Ich habe auch keine Brüder und Schwestern.«

»Nun, dann wirst du vielleicht einsam sein, wie es mir manchmal geschieht, aber wenn ich älter werde, kann ich meine eigenen Freunde haben, und das wird etwas anderes sein.« Er starrte sie an und sagte: »Bist du für das Parlament oder für die Krone?«

Aufgeschreckt antwortete Susanne: »Nun, natürlich für die Krone. Mein Vater ist königstreu und meine Mutter ebenfalls. Seltsam, dass du das fragst.«

»Eigentlich nicht.« Charles stopfte sich ein weiteres Stück Kuchen in den Mund und schluckte es im Ganzen hinunter. Er schien zu essen, ohne irgendetwas zu schmecken, denn sein Gesicht zeigte keine Spur Vergnügen an den Delikatessen, die er verschlang. »Das Parlament mag meinen Vater nicht. Er muss die ganze Zeit gegen sie ankämpfen. Sie verstehen nicht, dass er der König ist und dass Gott ihn dazu eingesetzt hat, über England zu herrschen. Er ist Gottes Stellvertreter auf Erden, und jeder, der die Hand gegen ihn erhebt, erhebt sie gegen Gott.«

Susanne hörte ihm interessiert zu. Sie bemerkte, wie der Prinz die Worte wiederholte, auf dieselbe Weise, wie sie die Lektionen repetierte, die ihr eingetrichtert wurden: ohne jede wirkliche Bewegung oder Überzeugung, und sagte: »Natürlich müssen wir alle dem König dienen.«

Diese schlichte Zusicherung schien ihm Freude zu machen, und er sagte: »Heute Abend gibt es ein Fest. Wirst du hingehen?«

»Wenn es meine Mutter erlaubt.«

»Gut! Ich werde auch dort sein. Dort gibt es immer etwas Gutes zu essen. Bei solchen Festen gibt es immer jede Menge Essen.« Er sprang auf und lief davon, ohne noch ein Wort zu sprechen.

Susanne sah ihm nach. Schließlich stand sie auf und ging in ihr Zimmer zurück, wobei sie zu sich selbst sagte: »Nun, ich habe noch keinen König getroffen, aber ich habe jemand getroffen, der eines Tages König sein wird.«

★ ★ ★

Die Bankettshalle in Whitehall übertraf alles, was Susanne je gesehen hatte. Der riesige Raum hatte eine dreißig Fuß hohe Decke und in halber Höhe einen Balkon in glänzendem Gold und Weiß, der um den ganzen Saal lief. Leuchter, die aus purem Gold gemacht zu sein schienen, hingen von der Decke, und als das junge Mädchen zu ihnen aufblickte, sog sie scharf den Atem ein. »Sieh nur, da oben, Mutter!«, sagte sie und deutete auf die Decke.

Lady Woodville blickte auf und lächelte; sie war schon früher in Whitehall gewesen. »Ja, das ist schön, nicht wahr?« Die Decke bestand aus massiven Gemälden in Rahmen aus feiner Schnitzerei, die ebenfalls gold und weiß bemalt war. »Ein Mann namens Rubens hat sie gemacht, ein berühmter Maler aus den Niederlanden.«

Plötzlich senkte Susanne den Blick und sah eine kleine Gruppe durch die massiven Türen am Nordende des Raumes eintreten. »Sieh nur, Mutter! Ist das der König?«

»Ja, versuche ihn nicht allzu auffällig anzustarren.« Sie lächelte und ergriff den Arm des Mädchens. »Sieh nur, er begrüßt einige der Gäste. Komm mit.«

Sie führte Susanne zu der Schlange wartender Gäste, und bald hielten der König und die Königin vor ihnen an. »Ah, Lady Woodville«, sagte der König.

»Euer Majestät.«

Susanne hörte die Antwort ihrer Mutter kaum. Ihre Augen weiteten sich beim Anblick der Königin, denn Henrietta Maria war eine aufsehenerregende Frau. Ihr königsblaues Kleid war aus Seide, die Puffärmel waren mit feiner Stickerei bedeckt. Eine doppelreihige Perlenkette fiel über die Schultern und die Brust der Königin, und eine goldene, diamantbesetzte Tiara war auf ihrem königlichen Haupt befestigt. Sie war ungefähr genauso groß wie der König, der – wie Susanne mit Erstaunen feststellte – ein sehr klein gewachsener Mann war. Sie hatte gedacht, alle Könige wären mächtig und hochgewachsen und stark.

Der König bemerkte, wie fasziniert sie seine Frau anstarrte, und lächelte. »Ah ja, und diese junge Dame? W-wer ist sie?«

»Meine Tochter, Euer Majestät«, murmelte Lady Woodville. Sie knickste tief, und Susanne tat es ihr gleich.

Der König trug ein dunkelgrünes Wams mit dazu passenden Kniehosen. Ein weißer Spitzenkragen reichte ihm bis hoch unters Kinn und hob den spitzen Bart hervor. Seine Beine steckten in glänzenden weißen Strümpfen, und seine Füße waren mit einem Paar scharlachroter Samtschuhe geziert. Er trug einen großen Ring mit einem grünen Stein an der rechten Hand, aber keinerlei weiteren Schmuck.

In diesem Augenblick sagte eine Stimme: »Ich – ich kenne sie, Papa.« Der Prinz von Wales stand plötzlich neben seinem Vater. »Ihr Name ist Susanne. Wir sind Freunde, obwohl sie nicht gut Karten spielen kann.«

Karl hatte ein Paar trauriger brauner Augen, die er nun Susanne zuwandte. »Nun, ich bin froh, dass du den Prinzen unterhalten hast. Er fühlt sich manchmal einsam hier.« Die königliche Familie stand noch einen Augenblick ins Gespräch versunken da, dann schritt sie weiter.

Das darauffolgende Bankett war nicht sonderlich üppig, was das Essen anging, wie Susanne es erwartet hatte. Sie saß da und aß, als eine junge Frau ihr gegenüber, die sie beobachtet hatte, sagte: »Nicht sehr zufriedenstellend für ein hungriges junges Mädchen, hm?«

Susanne blickte verblüfft auf und fing den Blick einer jungen Frau von vielleicht achtzehn oder neunzehn Jahren auf. Sie trug ein leuchtend smaragdgrün gefärbtes Kleid, das vorne tief ausgeschnitten war und eine attraktive Gestalt betonte. Ihr kohlschwarzes Haar fiel ihr in langen Locken über die Schultern, und ihre Augen und Lippen hatten etwas an sich, das Susannes Aufmerksamkeit fesselte. Sie lächelte. »Ich bin Francine Fourier. Wir sind uns noch nicht vorgestellt worden.«

»Ich bin Susanne Woodville.« Susanne blickte die junge Frau an und sagte: »Ich war nie zuvor am königlichen Hof, aber wir haben zu Hause manchmal besseres Essen als dies hier.«

Francine lächelte und sagte: »Aber zu Hause habt ihr nicht den König und die Königin und alle diese hübschen jungen Höflinge, oder?«

Die beiden jungen Frauen unterhielten sich über den Tisch hinweg, dann standen sie auf und begannen, im Raum umherzuschlendern. Francine Fourier unterhielt sich mit jedermann. Sie schien die meisten der Leute hier zu kennen. Schließlich drehte sie sich um und betrachtete Susanne eindringlich. Sie lächelte beinahe kokett und sagte: »Dies ist der rechte Ort, um einen Ehemann zu finden.«

»Einen Ehemann! Oh, danach suche ich nicht, noch lange nicht.«

»Du bist dreizehn? Nun, ich nehme an, das ist ein wenig jung. Nächstes Jahr wirst du schon mehr Interesse zeigen.«

Susanne hob das Kinn. »Ich werde kein Interesse zeigen.« Dann platzte sie heraus: »Suchst du nach einem Ehemann?«

Francine warf den Kopf zurück und lachte. Sie streckte die Hand aus, ergriff das Mädchen an der Hand und schüttelte sie spielerisch. »Keine junge Frau würde es zugeben, aber das ist es, was wir alle tun.«

»Ich nicht!«, sagte Susanne leidenschaftlich. »Wenn ich jemand heirate, wird ein Mann mir nachjagen müssen.«

Ein spielerisches Licht glomm in Francines Augen auf, und sie sagte: »Ich nehme an, so sollte es sein. Das Problem ist«, fügte sie nachdenklich hinzu, »dass die Hübschen, die kommen, nicht immer diejenigen sind, die du willst oder brauchst.«

»Was meinst du?«

»Ich meine, hübsch ist erfreulich, charmant ist sehr erfreulich – aber Geld ist der entscheidende Faktor.«

Susanne starrte ihre neue Freundin verblüfft an. »Willst du sagen, du würdest keinen Mann heiraten, der nicht reich ist?«

»Gewiss nicht! Dafür gefallen mir hübsche Dinge zu gut.« Sie sah den Schock in Susannes Augen und lächelte sie an. »Kümmere dich nicht um mich. Ich will dich nicht beleidigen, aber ich nehme an, jede junge Frau hier will einen reichen, charmanten, gut aussehenden Ehemann finden. Sieh nur! Ich zeige dir die begehrtesten Kandidaten. Siehst du da drüben? Das ist Marcus Stovall, der älteste Sohn von Lord Stovall, der zufällig so reich wie Krösus ist. Er könnte jede Frau im Königreich haben, die ihm gefällt.«

Susanne blickte hinüber und sah einen ziemlich unansehnlichen jungen Mann mit einer Hakennase, einem unzufriedenen Gesichtsausdruck und einem spindeldürren Körper. Er sah völlig reizlos aus. Ihre Augen wurden groß vor Unglauben, als sie sich wieder ihrer Gefährtin zuwandte. »Den würdest du doch nicht heiraten, oder, Francine?«

»Warum denn nicht, in aller Welt?«

»Er ist so ... unansehnlich.«

»Ich heirate niemand, um ihn anzugucken«, gab Francine scharf zurück. »Was immer du auch sagst, in einigen Jahren wirst du über den Mann nachdenken, den du heiraten willst. Ich habe den Verdacht, dass deine Mutter es bereits tut. Nun will ich dir einige weitere Heiratskandidaten zeigen.« Sie ging im Saal herum und wies auf verschiedene weitere junge Männer. Schließlich sagte sie: »Schau! Hier ist ein junger Bursche, an dem du interessiert sein könntest. Ein bisschen jung, noch keine sechzehn, würde ich sagen, aber ein hübscher Bursche. Ich kenne ihn nicht.«

Susanne ließ den Blick über die Menge schweifen und rief plötzlich in hellem Erstaunen aus: »Nun, ich kenne ihn!«

»Wie heißt er?«

»Gavin Wakefield. Wir sind gute Freunde. Komm, ich stelle dich ihm vor. Ich wusste nicht, dass er kommt.«

Francine ließ sich durch den Ballsaal ziehen, und sobald sie vor dem jungen Mann standen, sagte Susanne augenblicklich: »Gavin! Ich wusste nicht, dass du hierherkommst!«

Gavin blinzelte vor Verblüffung. »Ich – ich wusste auch nicht, dass du hier bist. Ich bin mit meinem Onkel gekommen, Cecil Wakefield.« Er wandte sich um und stellte den hochgewachsenen jungen Mann vor. »Du kennst Susanne Woodville, glaube ich, Cecil?«

Gavins Onkel verneigte sich und sagte: »Gewiss, aber sie war noch ein Baby, als ich sie das letzte Mal gesehen habe. Ist Eure Familie da?«

»Meine Mutter ist da, aber Vater geht es nicht gut.« Susanne wandte sich um und sagte: »Das ist Miss Francine Fourier.«

Francine streckte die Hand aus, und der ältere Wakefield ergriff sie und küsste sie galant. Dann streckte sie sie Gavin hin, der Susanne einen gequälten Blick zuwarf, ehe er unbeholfen dasselbe tat.

»Du hast mir gar nicht gesagt, dass du einen so hübschen Freund hast, Susanne«, sagte Francine mit einem Lächeln.

Cecil lachte laut. »Ich nehme an, Ihr sprecht von meinem Neffen. Nun siehst du es!« Er schlug Gavin auf den Rücken. »Ich habe dir gesagt, die Damen am Hofe würden dich attraktiv finden.«

Gavin trat nervös von einem Fuß auf den anderen und versuchte sich eine Antwort auszudenken, aber ihm fiel nichts ein. Er empfand, um die Wahrheit zu sagen, tiefe Ehrfurcht vor dem Königshof und hatte kaum ein halbes Dutzend Worte gesprochen, seit sie Whitehall betreten hatten. Schließlich sagte er: »Du hast mich nie besucht, sodass ich dir das Angeln hätte beibringen können, Susanne.«

»Ich wollte schon, aber Mutter wollte, dass ich zu Hause bleibe.« Susanne starrte Gavin an. Sie hatte ihn bislang nur in Arbeitskleidung gesehen und war nicht darauf vorbereitet, wie groß er in dem Jahr geworden war, das seit ihrem letzten Zusammentreffen vergangen war. Mit nur fünfzehn Jahren war er beinahe so groß wie sein Onkel, und seine dünne Gestalt hatte zugesetzt, sodass er jetzt schlank, aber muskulös war. »Du siehst sehr gut aus«, sagte sie.

»Du auch«, murmelte Gavin, und in diesem Augenblick begann die Musik.

Francine sagte: »Zeit zum Tanzen.« Sie streckte augenblicklich die Hand aus und sagte: »Ich wähle Euch, Mr Gavin Wakefield.«
Gavin blickte sie erschrocken an. »Oh nein, das könnte ich nicht!«
»Natürlich könnt Ihr das. Du hast ihm doch wohl das Tanzen beigebracht, Susanne?«
»Eigentlich nicht.«
»Nun, dann werde ich es tun. Kommt mit.«
Die nächsten zwanzig Minuten wurde Gavin von Francine beschlagnahmt, und es dauerte nicht lange, bis er fasziniert war. Obwohl diese schöne junge Frau um drei Jahre älter als er selbst war, ließ sie ihn den Altersunterschied nicht spüren. Trotz seiner puritanischen Erziehung kannte er die Tanzschritte, denn sein Onkel Cecil, der es mit dem Puritanismus nicht ganz so ernst nahm, hatte ihn einige der formelleren Tanzschritte gelehrt. Als er durch den Saal wirbelte und Francine ihn anlächelte, fühlte er sich berauscht von ihrem Parfüm und wie betäubt von ihrer Schönheit. Mehr als einmal drückte sie beim Tanzen seine Hand, und als der Tanz vorbei war, war Gavin voller Bewunderung für die junge Frau.
Später im Verlauf des Abends wurde Susanne ungeduldig. »Will er denn die ganze Zeit mit ihr verbringen?«, fragte sie Cecil gereizt.
Er blickte quer durch den Raum, wo sein hochgewachsener Neffe und die reizvolle junge Frau sich lebhaft miteinander unterhielten. Ein nachdenkliches Licht trat in seine Augen, und er sagte: »Kennt Ihr diese junge Frau gut, Susanne?«
»Ich habe sie heute Abend erst kennengelernt.«
»Ich nehme an, sie ist auf der Suche nach einem Ehemann.« Er sah den verblüfften Blick, den Susanne ihm zuwarf, und lachte. »Hat sie Euch das gesagt? Ich habe diese Sorte schon früher gesehen. Was für ein hübsches Ding sie ist, nicht wahr? Ich habe den Verdacht, dass sie aus einer armen Familie stammt und auf der Suche nach dem ältesten Sohn irgendeines Lords ist – jemand wie unser junger Mr Gavin.«
»Aber sie ist umso viel älter als er.«
Cecil blickte hinüber und schüttelte den Kopf. »Das scheint nicht viel auszumachen, oder? Seht ihn nur an! Ich glaube, der arme Junge

hat sich verliebt. Ich habe mein ganzes Leben von dieser ›Liebe auf den ersten Blick‹ gehört«, sagte er und nahm einen Schluck von seinem Trunk. »Hab sie aber nie gesehen. Ich muss ihn hier rausholen, sobald die Mahlzeit vorbei ist – und bevor er sie bittet, ihn zu heiraten.«

Es wurde später, und schließlich saßen Francine und Gavin mit Cecil und Susanne an einem der kleineren Tischchen beisammen. Susanne, die sich nicht sonderlich gut unterhielt, lächelte plötzlich. »Da ist Henry!«, rief sie aus, und Freude malte sich auf ihr Gesicht.

Gavin blickte augenblicklich auf und krauste die Stirn. Francine bemerkte es und fragte: »Henry? Wer ist das?«

»Henry Darrow«, sagte Susanne.

»Der Sohn von Lord Darrow?«

»Ja.« Susanne stand auf und winkte, und schließlich erregte sie die Aufmerksamkeit des hochgewachsenen Mannes, der eben hereingekommen war.

Er kam augenblicklich auf sie zu und lächelte. »Oh, Susanne. Ich habe dich schon gesucht.«

Sie erwiderte sein Lächeln, dann stellte sie ihn den Tischgästen vor. »Du kennst diese Herren, aber ich glaube, diese Dame hast du noch nicht kennengelernt.«

Auch Darrow hatte sich verändert. Er war jetzt achtzehn Jahre alt, hochgewachsen und bereits ein sehr selbstbewusster junger Mann. Als sein Blick auf Francine fiel, leuchteten seine Augen auf, und als sie einander vorgestellt wurden, sagte er: »Enchanté. Ihr seid neu am Hofe, nehme ich an, Miss Fourier.«

»Ja, ich bin zu Besuch hier. Wollt Ihr Euch nicht zu uns gesellen, Mr Darrow?«

Darrow blickte Gavin und Cecil an, und ein Lächeln spielte in seinen Mundwinkeln. »Wenn diese Gentlemen nichts dagegen haben.« Er wartete keine Antwort ab, sondern setzte sich nieder.

Die Zeit verging, und Darrow beherrschte das Gespräch. Es dauerte nicht mehr lange, da begann die Musik wieder zu spielen, und er erhob sich augenblicklich und sagte: »Ich fordere die Ehre dieses Tanzes, Miss Fourier.«

»Gewiss.« Francine erhob sich, und die beiden verließen den Tisch.

Cecil betrachtete den finsteren Ausdruck auf dem Gesicht seines Neffens und sagte: »Mach kein böses Gesicht, mein Junge, er wird sie wieder zurückbringen.« Seine Stirn krauste sich nachdenklich. »Darrow ... Darrow ... oh ja, ich erinnere mich an den Burschen.« Er warf Gavin einen schrägen Blick zu und sagte: »Ihr beide habt euch nie vertragen, was? Wie kommt das?«

»Oh, sie hatten vor ein paar Jahren eine Schlägerei«, sagte Susanne. »Sie sollten das inzwischen überwunden haben. Es ist albern!«

Gavin blickte das tanzende Paar an und sagte: »Er ist arrogant. Ich habe ihn nie gemocht.«

Susanne studierte Gavins Gesicht und dachte: *Sieh einer an, er ist eifersüchtig auf Darrow. Er hat Francine eben erst kennengelernt, und schon benimmt er sich, als dürfte sie keinen Schritt von seiner Seite weichen.* Sie ließ den Blick durch den Saal schweifen und betrachtete Francine Fourier eindringlich. So jung sie auch war, sie hatte genug gesehen, um die Frau zu durchschauen. *Sie ist eine Jägerin*, dachte sie. *Das hat sie selbst zugegeben.* Dann sagte sie rasch: »Sie passen gut zusammen. Ich glaube, Francine wäre eine gute Frau für Henry, meinst du nicht?«

»Ich weiß nicht, warum du das sagst«, sagte Gavin in dumpfem Zorn. Er stand auf und sagte: »Komm, Cecil, lass uns heimgehen. Ich hab genug von dieser Narretei.«

»Setz dich nieder, Junge.« Cecil kannte seinen Neffen sehr gut. »Wir haben hier einiges zu tun, wir müssen Leute kennenlernen.« Er sah sich im Saal um. »Dies hier sind die Leute, denen der König vertraut, und nachdem er uns hierher eingeladen hat, werden wir uns wie Gentlemen benehmen.«

Gavin ließ sich in seinen Stuhl plumpsen. »In Ordnung – aber es erscheint mir als Zeitverschwendung.«

Da hast du wohl recht!, dachte Susanne voll Mitgefühl, als sie sah, wie Gavins Blicke jeder Bewegung von Darrow und Francine folgten.

★ ★ ★

Am nächsten Morgen traf Susanne Gavin beim Frühstück. Sie hatte darauf bestanden. Während sie aßen, sagte sie: »Du warst gestern Abend verdrossen. Henry macht dich immer zornig.«

»Ich werde wohl lernen müssen, darüber hinwegzukommen.«

»Ich weiß, was es war.« Susanne legte ihren Löffel hin und blickte über den Tisch hinweg. »Du warst eifersüchtig wegen Francine, nicht wahr?«

Gavin blickte sie an und setzte plötzlich ein überlegenes Lächeln auf. »Wenn du erwachsen wirst, wirst du diese Dinge besser verstehen.«

Noch während er sprach, hob sich Susannes Kinn in die Luft. »Erwachsen werden! Ich *bin* erwachsen! Ich bin dreizehn Jahre alt! Damit bin ich eine Frau – beinahe.«

Gavin grinste sie an. »Sobald wir zu Hause sind, werfe ich dich in den Fluss, wie ich es letztes Jahr getan habe, als wir das letzte Mal fischen gingen. Solange ich das zustande bringe, bist du ein kleines Mädchen.«

Susanne wurde ärgerlich. »Du bist kein Gentleman, Gavin, und wag es nicht, mich je wieder in den Fluss zu werfen! Ich gehe nie mehr mit dir angeln!«

Gavin sah, dass er sie verletzt hatte. Er stand auf und trat neben sie. »Sei nicht zornig«, sagte er. »Ich bin bloß schlechter Laune. Wir sind Freunde, stimmt's? Für immer.« Er drückte ihre Schulter und sagte: »Erinnerst du dich an die Zeit in deinem Haus, als du mir das sagtest? Komm schon, erinnerst du dich?«

Susanne fühlte seine Hände auf ihren Schultern und erhob sich, um ihm ins Angesicht zu sehen. »Ja«, sagte sie ruhig. »Ich erinnere mich. Ich habe es niemals vergessen.«

»Erinnerst du dich noch, was du getan hast?«

»Nein!«

»Ich wette doch«, neckte Gavin sie. »Du hast gesagt, ›Wir wollen immer Freunde sein, nicht wahr, Gavin‹, dann hast du mich umschlungen und geküsst, genau auf die Wange.« Er lächelte sie voll Zuneigung an. »Es war mir damals tödlich peinlich.«

»Daran erinnere ich mich nicht«, log Susanne, denn sie erinnerte sich sehr gut. Sie erinnerte sich an jedes einzelne Zusammentreffen mit Gavin.

»Du warst damals ein kleines Mädchen, aber jetzt bist du keines mehr, das sehe ich. Bist du sicher, dass du mir nicht noch einen letzten Kuss geben willst, bevor du eine völlig erwachsene junge Frau wirst?«

Susanne betrachtete ihn einen Moment lang eindringlich, dann blickte sie sich rasch um, um zu sehen, ob sie allein waren. Einen Augenblick lang fühlte sie sich wieder wie ein kleines Mädchen, aber etwas sagte ihr, dass diese Tage vergangen waren, dass sie und Gavin niemals wieder durch die Felder wandern würden, dass sie niemals wieder vor Vergnügen quietschen würde, während sie eine wild um sich schlagende Forelle an Land zog. Traurigkeit überkam sie, als ihr bewusst wurde, dass sie etwas Kostbares verlor.

Als sie jetzt zu Gavin aufblickte, der so groß und ernst vor ihr stand, dessen Augen auf sie herablächelten, sagte sie ihrer Kindheit Lebewohl. Sie streckte die Hände aus, legte sie zart an seine Wangen und sagte: »Wir werden immer Freunde sein.« Dann küsste sie seine Wange und hielt ihn einen Augenblick lang umschlungen. Schließlich trat sie zurück. »Das ist der letzte Kuss, den du von mir bekommst«, sagte sie mit fester Stimme. »Du wirst dir ein anderes kleines Mädchen suchen müssen, mit dem du spielen kannst.«

Gavin blickte sie an. Er staunte über den Ernst in ihrer Stimme. Er sog den Anblick des süßen ovalen Gesichts in sich auf, der gut geformten Figur, des blonden Haars und der dunkelblauen Augen, und auch er fühlte einen seltsamen Verlust. Er sagte leise: »Es ist eine Schande, dass die Dinge sich ändern müssen. Wir können nie wieder sein, was wir einmal waren.« Ein Gedanke stieg in ihm auf, und er schüttelte den Kopf. »Deine und meine Familie sind unterschiedlicher Meinung, was die Politik angeht.« Er sah besorgt drein und sagte: »Aber das darf nie einen Keil zwischen uns treiben, Susanne.«

Sie schüttelte den Kopf und kämpfte gegen den Drang an, die Tränen fließen zu lassen, die in ihren Augen brannten. Sie zwang sich zu einem Lächeln. »Nein«, sagte sie, »das wird niemals der Fall sein, Gavin. Freunde für immer! Das wollen wir sein.«

12
EIN LEBEN FÜR EIN LEBEN

Der Winter war plötzlich gekommen, als sei er mit einem einzigen Schritt am Herbst vorbeigegangen, und die bittere Kälte, die die ganze Landschaft wie ein Leichentuch bedeckte, ließ Christopher Wakefield schaudern, als er die Stufen zu seinem Haus hinaufstieg. Er stampfte mit den Füßen, bewegte seine starren Lippen in einer hölzernen Grimasse und murmelte: »Lieber Himmel, ist es hier kalt!« Dann betrat er das Haus. Er schlug die Tür hinter sich zu und schritt die große Halle entlang. Dann blieb er nachdenklich stehen, drehte sich um und machte sich auf den Weg zu einem der Räume, die im rechten Winkel zum Hauptteil des Hauses lagen. Er klopfte an die Tür und rief: »Mutter, bist du da?« Als er eine Antwort hörte, trat er ein und ging auf Allison Wakefield zu, die neben einem fröhlichen Feuer saß. Er breitete die Hände in der Wärme aus, schnippte mit den Fingern und schüttelte den Kopf.

»Wir könnten Vieh verlieren, wenn es noch kälter wird, Mutter.«

Allison erhob sich und trat auf den großen Tisch zu, auf dem verschiedene Steingutgefäße standen. Sie wählte einen Becher aus und schenkte ihn mit einer blass bernsteinfarbenen Flüssigkeit voll, dann trat sie ans Feuer, hob den Feuerhaken auf, der in der Glut lag, und steckte ihn in die Flüssigkeit. Es zischte, und ein aromatischer Dampf begann aufzusteigen. Sie hielt den Becher ihrem Sohn hin. »Hier, trink etwas davon, Chris. Es wird dir die Eingeweide wärmen.«

Chris nahm das warme Getränk entgegen und nippte daran. Er blinzelte, als er schmeckte, wie heiß es war, dann tat er einen vorsichtigen Schluck. »Ah, das ist gut«, sagte er. Er setzte sich nieder und lehnte sich zurück. Sein Blick hing an seiner Mutter, die sich wieder auf ihren Platz setzte und ihn anblickte. »Es ist beinahe Weihnachten«, sagte er müßig. Er betrachtete sie sorgfältig und dachte, dass sie selbst noch im Alter von fünfundsiebzig Jahren rüstig und gesund war. In einer Zeit, in der viele Menschen schon mit Mitte dreißig starben, war er jeden Tag dankbar für das Überleben seiner Mutter. Sie hatte die Leere ausgefüllt, die der Tod seines Vaters vor Jahren hinterlassen hatte, und er hielt sie in hohen Ehren.

»Was macht dir Sorgen, Sohn?«, fragte Allison plötzlich. Ihre Augen waren immer noch dunkelblau, fast violett, und bildeten einen verblüffenden Kontrast zu der Krone silbernen Haars, die ihr Gesicht umrahmte. Ihre einst so glatte Haut war nun von feinen Runzeln durchzogen, aber ihre Lippen waren immer noch fest, ebenso wie ihre Wangen, und sie lächelte über sein überraschtes Blinzeln. »Du konntest nie etwas vor mir verbergen, nicht wahr, Chris?«

»Nein, das konnte ich nicht.« Chris lehnte sich zurück, nahm einen weiteren Schluck von dem Apfelmost und sagte: »Es geht um Gavin. Ich mache mir Sorgen um ihn. Was hältst du von ihm? Er benimmt sich, als wäre er betrunken oder blöde geworden.« Ein Windstoß fuhr durch das lange schmale Fenster und gab einen Augenblick lang ein schrilles, klagendes Geräusch von sich, dann wurde es wieder still.

»Nun, er ist liebeskrank. Ich dachte, du würdest darüber Bescheid wissen. Du hattest dasselbe Problem oft genug, als du in seinem Alter warst.«

Mit einem halb verlegenen Lächeln schüttelte Chris den Kopf. »Ich dachte mir etwas dergleichen. Es macht mir Sorgen. Meinst du, es ist ein Mädchen aus der Umgebung?«

»Nein, nichts dergleichen, obwohl er heftig hinter ihnen her ist – genau, wie du es zu deiner Zeit warst.«

»Musst du das immer wieder aufs Tapet bringen, Mutter? Das alles war vor langer Zeit.«

Allison faltete die Hände und berührte ihr Kinn in einer vertrauten Geste, und ihre Augen wurden träumerisch, als sie an die langen Jahre ihres Lebens zurückdachte. »Ich erinnere mich daran«, sagte sie leise, »wie es war, als die spanische Armada auftauchte. Ich stand am

Strand und beobachtete sie, und irgendwie wusste ich, dass Robin dort sein könnte und vielleicht getötet wurde, wie sein Onkel Thomas getötet wurde. Ich erinnere mich an den Tod von Königin Elisabeth und das Begräbnis. Ich erinnere mich an so viele Dinge.« Ihre Stimme verebbte, und ein Schweigen breitete sich über den Raum, das nur das sanfte Murmeln des Windes draußen und das Prasseln des Feuers störten. Sie blickte ihren Sohn mit einem Ausdruck voll Zuneigung an und sagte: »Und ich erinnere mich an dich, an die vielen Jahre, die wir für dich gebetet haben, Robin und ich. Nun lass den Kopf nicht hängen, Chris. Das ist alles Vergangenheit. Du warst uns ein lieber Sohn, nachdem Gott ein Werk in deinem Herzen getan hatte.« Sie setzte sich auf und sagte: »Der Junge hat eine Liebste, das ist alles. Er ist beinahe sechzehn, was erwartest du da? Sei geduldig mit ihm. Wir wollen hoffen, dass er daraus herauswächst und es überlebt, wie alle anderen Wachstumsschmerzen auch.«

Sie saßen da und unterhielten sich noch lange. Das Gespräch mit seiner Mutter brachte Chris Frieden und Trost ins Herz. Sie war eine fest gegründete Insel in einer Welt, die in allen Fugen krachte. Schließlich stand er auf und küsste sie voll Zuneigung. »Du tust mir gut«, sagte er. »Ich weiß nicht, was ich all die Jahre ohne dich getan hätte. Ich nehme an, du hast recht, was Gavin betrifft. In seinem Alter kann man einem Jungen wohl nicht viel sagen, also will ich es gar nicht erst versuchen.« Dann verließ er den Raum und begab sich in sein eigenes Zimmer.

Er traf Patience drinnen beim Nähen an und grinste sie an. »Wann wirst du endlich fertig mit diesem verflixten Zeug?«, sagte er. »Du hast hier genug Babykleider für ein Bataillon.«

Patience blickte zu ihm auf. Sie stand kurz vor der Geburt, und ihr Leib wölbte sich hochauf. Ihr Gesicht war bleich, beinahe aschfarben, und ihr Lächeln war – wenn es überhaupt aufblitzte – nicht so ungezwungen, wie er es sonst an ihr kannte. Er wusste, dass sie Schmerzen hatte, obwohl sie niemals klagte.

Sie antwortete ihm gelassen. »Man kann nie zu viele Babykleider haben.«

Er ging zu ihr, setzte sich neben sie und küsste ihre weichen Lippen. »Ich mache mir Sorgen um dich«, sagte er. »Es ist dir nicht gut gegangen.«

»Ich bin eine alte Frau«, sagte sie und streichelte seine Wange. »Siebenunddreißig ist zu alt für die meisten Frauen, um noch ein Kind zu bekommen.« Sie sah die Sorge in seinen Augen und sagte: »Aber ich komme schon in Ordnung. Mach dir keine Gedanken, Liebster, alles wird gut, du wirst es sehen. Nun erzähl mir, wo du warst.«

Sie lauschte seinen Reden und genoss es, einfach mit ihm zusammen zu sein. Ihre Ehe war eine Verbindung von Herz und Seele gewesen, denn seit sie einander den Treueschwur gegeben hatten, waren sie nicht nur Liebende, sondern die besten Freunde gewesen. Natürlich hatte es einige stürmische, turbulente Zeiten gegeben, aber keiner hatte je daran gedacht, dass die Ehe auseinandergehen könnte. »Wir mögen miteinander streiten«, hatte er gesagt, »aber wenn es vorbei ist, haben wir keine Wahl. Gott hat uns zusammengefügt, und wir sind für immer zusammen.«

Sie hatte immer Gefallen an dieser Haltung gefunden, und nun saß sie da, erduldete die Unbequemlichkeit ihrer fortgeschrittenen Schwangerschaft und genoss den Klang seiner Stimme. Mit fünfzig Jahren war Christopher Wakefield immer noch derselbe gut aussehende Mann, den sie kennengelernt hatte. Sein Kinn war immer noch kräftig und kampflustig, sein kastanienbraunes Haar immer noch dicht, obwohl sich nun silberne Fäden hindurchzogen. Er war immer schlank und sportlich, mehr als die meisten Männer, die nur halb so alt waren wie er. Er war, das wusste sie, ein Mann von echtem Schrot und Korn. Und er gehörte ihr.

Als er auf Gavin zu sprechen kam, lächelte sie. »Er kam vor ein paar Minuten herein. Er möchte die Woodvilles besuchen.«

»Die Woodvilles? Wozu das?«

»Du weißt doch, er hat Susanne immer gern gemocht. Sie waren wie Bruder und Schwester.« Sie nahm die Näharbeit auf, befingerte die feinen Stiche einen Augenblick lang; dann legte sie sie wieder weg. »Ich habe den Verdacht, er möchte mit irgendjemand über seine geheimnisvolle Liebste sprechen. Er kann nicht mit dir oder mir darüber sprechen – ich denke, wir sind in seinen Augen so altertümlich wie die Pyramiden. Aber er und Susanne, so jung sie auch ist, waren immer dicke Freunde.«

»Sollen wir ihn hinfahren lassen?«

»Ich denke schon, nur zu einem kurzen Besuch. Zu Weihnachten wäre er wieder zurück.«

Später am Nachmittag beschloss Chris, Gavin eine Gelegenheit zum Reden zu geben. Er hoffte, dass er etwas darüber sagen würde, was ihm Kopfzerbrechen machte. So ging er zum Zimmer des Jungen, klopfte, und als niemand antwortete, trat er ein, halb und halb in der Erwartung, ihn schlafend vorzufinden. Der Raum war jedoch leer. Er wandte sich zum Gehen, hielt aber inne, als er ein Blatt Papier auf dem Boden liegen sah. Er bückte sich, hob es auf und sah, dass das Fragment eines Gedichts darauf geschrieben stand. Beim Lesen stellte Chris fest, dass es nicht Gavins Handschrift war. Der Titel war provokant, und er las ihn laut: »Den Jungfrauen zum Rate, wie sie das Beste aus ihrer Zeit machen.« Er bewegte unruhig die Schultern und las stumm das Gedicht.

Pflücke die Rosen, solange noch Zeit,
und mach dich auf zu werben
dieselbe Ros', die heut noch lacht,
liegt morgen schon im Sterben.

Sieh an die Sonn' am Himmelszelt,
wie höher sie und höher steigt,
doch immer näher kommt die Zeit,
da sie sich wieder westwärts neigt.

Die Jugend ist die beste Zeit,
doch ist sie erst vergangen,
wird rasch dich hohen Alters Pein
die schlimme Zeit umfangen.

So sei nicht scheu und nutz die Zeit,
den Liebsten zu umarmen,
denn ist die Jugend erst vorbei,
die Zeit kennt kein Erbarmen.

»Vater –«

Chris wandte erstaunt den Kopf und sah Gavin vor sich stehen. Schuldbewusst sagte er: »Oh, ich kam herein und suchte nach dir – und fand das hier auf dem Boden.«

Gavin warf einen Blick auf das Papier, und sein Gesicht lief rot an. »Ja, ein Freund hat es mir geschickt. Ich nehme an, du hast kein großes Interesse an Poesie.«

»Das hier interessiert mich«, sagte Chris. Er blickte wieder auf das Papier nieder und schüttelte den Kopf. »Ich verstehe nicht viel von Poesie, aber ich weiß, dass ich nicht einverstanden bin damit, was dieses Gedicht sagt.«

»Warum nicht? Ich fand es gut geschrieben.«

»Nun, wenn ich es richtig gelesen habe, sagt es uns, wir sollten all den Spaß haben, den wir kriegen können, weil wir bald tot sein werden.«

Gavin presste die Lippen zu einer dünnen Linie zusammen. »So würde ich es nicht unbedingt formulieren.«

»Wie würdest du es dann formulieren? Sieh nur, was hier steht. ›So sei nicht scheu und nutz die Zeit, den Liebsten zu umarmen, denn ist die Jugend erst vorbei, die Zeit kennt kein Erbarmen.‹« Er hob die Augen und traf auf den Blick seines Sohnes. »Ich will dir nicht nachschnüffeln, Gavin. Hier.« Als der Junge das Papier ergriff und unbeholfen dastand, fühlte Chris einen Stich schlechten Gewissens. »Es gibt nichts Schlimmeres, als in den Geheimnissen eines anderen zu stöbern«, sagte er leise. »Ich habe viel Schlimmeres gelesen, als ich in deinem Alter war.«

»Ein Mann namens Harrick hat es geschrieben. John Winters hat es mir geschickt. Er schreibt hin und wieder.« Gavin blickte die Zeilen an und sagte: »Da hast du wohl recht. Ich würde sagen, das ist ziemlich genau das, was es besagt.«

»Das ist keine sehr gute Philosophie, Sohn«, sagte Chris. »Ich sollte das wissen, denn ich habe ihr viele Jahre angehangen. Bis ich deiner Mutter begegnet bin – und Gott. ›So viel Spaß wie möglich‹ war mein Schlachtruf. Hätte ich so weitergemacht, so weiß ich nicht, was aus mir geworden wäre. Die Welt lässt diese Philosophie trotzdem immer im besten Licht erscheinen.« Er stand hilflos da und fragte sich, wie er die Kluft zwischen sich und diesem jungen Mann überbrücken sollte. Gavin war erst fünfzehn Jahre alt, aber im Augenblick war er sehr weit von ihm entfernt. »Deine Mutter sagt mir, du möchtest zu den Woodvilles zu Besuch fahren«, sagte er.

»Wenn du einverstanden bist, Sir.«

»Ich wüsste nicht, warum ich Nein sagen sollte, außer … deiner Mutter geht es nicht gut, wie du weißt. Das Kind könnte sehr bald kommen. Es wäre schrecklich, wenn irgendetwas geschähe –«

Ein besorgter Ausdruck zog über Gavins Gesicht. »Meinst du, sie kommt in Ordnung?«

»Ich hoffe es. Ich bete zu Gott, dass es ihr bald wieder gut geht, aber bei diesen Dingen weiß man nie.« Er versuchte seiner Stimme einen fröhlichen Klang zu verleihen. »Ich sag dir was, mach vorwärts, reite hinüber zu den Woodvilles, bleib aber nicht länger als ein paar Tage. Es wäre mir lieber, dich hier bei mir zu haben. Du bist mir ein Trost, Sohn.«

Seine Worte schienen Gavin aufzumuntern. Er lächelte seinen Vater an. »Ja, Sir, ich komme innerhalb von zwei Tagen zurück.«

»Sprich unbedingt mit deiner Mutter, bevor du gehst. Das würde ihr Freude machen.«

Gavin machte augenblicklich seine Pläne, und früh am nächsten Morgen stand er im Zimmer seiner Mutter. Sein Vater war bereits gegangen. Sie nahmen ein frühes Frühstück ein, und er verabschiedete sich von seiner Mutter. »Ich würde nicht gehen, wenn du es nicht willst«, sagte er. »Ich weiß, du fühlst dich nicht besonders gut.«

»Es geht schon«, sagte Patience. »Nun gib mir einen Kuss.« Sie küsste ihn innig und sagte: »Nun, unterhalte dich gut mit Susanne. Ihr beide seid so enge Freunde.«

Das schlechte Gewissen stach Gavin, und er begann zu reden, wobei er über die Worte stolperte: »Nun – Mutter – es ist eigentlich nicht –«

»Was ist los, Gavin?«

Gavin blickte zu Boden und biss sich auf die Lippen. »Ich mache den Besuch nicht wegen Susanne. Nicht, wenn ich ehrlich bin. Es gibt da eine junge Frau – ich habe dir nichts von ihr erzählt, aber ich habe sie im Palast kennengelernt. Ihr Name ist Francine Fourier.«

»Ich verstehe.« Patience betrachtete den Jungen sorgfältig. »Und du hast sie sehr gern, nicht wahr?«

»Sie ist das schönste Mädchen, das ich je gesehen habe.«

»Ich verstehe. Dann ist sie wohl in deinem Alter?«

»Ein wenig älter. Aber das macht nichts.« Er stolperte über die Worte, als er ihr mit leuchtenden Augen erzählte, wie viel ihm das Mädchen bedeutete. Als er zu Ende gekommen war, sagte er: »Ich weiß, ich bin jung. Aber ich habe noch nie jemand wie sie kennengelernt.«

Patience Wakefield war viel zu weise, um dem Jungen die ganze Wahrheit zu sagen. Sie hatte seiner Erzählung sorgfältig gelauscht, und es gelang ihr, aus den Fragmenten die ganze Wahrheit herauszulesen. *Das Mädchen ist älter als er, und dennoch ist sie wie verrückt nach ihm. Normalerweise gibt es nur einen einzigen Grund für diese Aufmerksamkeit einer älteren Frau, nämlich, dass sie aus einer verarmten Familie kommt und auf der Suche nach einem reichen Ehemann ist. Aber nichts davon kann ich Gavin sagen.*

Sie berührte die Schulter ihres Sohnes. »Geh, Gavin, unterhalte dich gut, aber versprich mir, dass du dich auch Susanne widmest. Du könntest sie leicht vergessen, so verliebt, wie du in dieses andere Mädchen bist. Aber sie ist deine Freundin, und es wäre nicht richtig.«

»Ich verspreche es, Mutter.« Er zögerte, dann sagte er: »Ich gehe nicht gerne jetzt, wo deine Zeit so kurz bevorsteht, aber ich komme zurück, und wir werden ein großartiges Weihnachtsfest feiern, nicht wahr? Ich bringe dir auch etwas Hübsches mit, du wirst schon sehen.« Er küsste sie nochmals und verschwand.

Patience saß einen Augenblick lang da, dann erhob sie sich und trat ans Fenster. Sie war beinahe schwindlig vor Schmerzen. Sie klammerte sich am Fenster fest, biss sich auf die Lippen und stand dort gerade lang genug, um zu sehen, wie er aus dem Haus rannte und sich in den Sattel eines Pferdes schwang, das Morgan für ihn hielt. Sie begann zu beten: »Gott, lass ihn nicht in die Schlingen einer fremden Frau fallen.« Sie sah ihm nach, wie er verschwand. Die Pferdehufe wirbelten einen Blizzard aus frischem Schnee auf, als er die Straße entlang davonjagte. Dann wandte sie sich um, ging zum Bett und legte sich vorsichtig nieder.

★ ★ ★

»Sei vorsichtig, dass du nicht ins Eis einbrichst.«

»Halt mich fest! Ich habe Angst, Gavin.« Susanne und Gavin standen in dem frisch gefallenen Schnee, der ihnen bis zu den Knien reichte. Es war Pulverschnee, die Flocken sammelten sich zu einer Daunendecke, und jede Bewegung schleuderte winzige Schauer der funkelnden Kristalle hoch, die in der Sonne glitzerten. Die beiden waren zum Fluss hinuntergegangen und traten nun auf die gefrorene Wasserfläche hinaus. Gavin war früh am Nachmittag angekommen und war augenblicklich zu Susanne gegangen.

»Ich wette, da unten gibt es ein paar große Fische«, sagte Gavin und stampfte mit dem Fuß auf das harte Eis. »Vielleicht könnten wir später ein Loch hacken und sehen, was wir fangen können.« Er blickte zu Susanne hinüber und sagte: »Wir sollten lieber zum Haus zurückkehren. Du bist beinahe erfroren.« Er streckte die Hand aus und zwickte sie ins Ohr, und sie jaulte auf. Er grinste sie spielerisch an. »Du solltest dir etwas um den Kopf wickeln. Deine Lippen sind blau.«

»Deine auch«, schnappte Susanne zurück. Sie streckte die Hand aus und kniff ihn in die Nase, und als er nun jaulte, sagte sie: »Da! Das wird dich lehren, deine Hände bei dir zu behalten.«

»Lass uns zu der großen Lichtung hinuntergehen und nachsehen, ob wir Rehspuren finden«, sagte er. »Ich wette, ich könnte jetzt eines erlegen, wenn dein Vater mir nur erlauben wollte, seine Bögen zu benutzen.«

Die beiden folgten den Serpentinenwindungen des Flusses und erreichten die große Lichtung. Sie suchten sorgfältig nach Fährten und fanden keine, aber das schien ihnen nichts auszumachen. Die Sonne war eine trübe, blassgelbe Kugel im Himmel, und Stille beherrschte die Erde.

»Es ist so ruhig«, flüsterte Susanne. Sie betrachtete die Wälder, die sich in ein Feenreich aus glitzerndem Weiß verwandelt hatten, und sagte: »Keine Vögel singen, man hört überhaupt kein Geräusch. Nur wir beide, Gavin.«

Er lächelte sie voll Zuneigung an. »Ich bin froh, dass ich hier bin«, sagte er. »Vielleicht können wir nicht angeln gehen, aber unseren Spaß haben wir doch.«

»Kannst du über Weihnachten bei uns bleiben?«

»Ich fürchte nein. Mutter erwartet ein Kind, das weißt du doch. Ich muss rechtzeitig zu dem Ereignis zurück sein.« Er zögerte, dann sagte er: »Francine ist hier, nicht wahr?«

Susanne warf ihm einen raschen Blick zu. »Ja, sie kam vor einer Woche. Wie kommt es, dass du davon weißt?«

Ihre Frage schien Gavin in Verlegenheit zu bringen. »Oh, sie hat mir einen Brief geschrieben«, sagte er. »Lass uns zurückkehren. Ich erfriere hier, und obendrein bin ich hungrig.«

Während sie durch den Schnee zurücktrotteten, wirkte Susanne seltsam still. Sie hatte viel Zeit mit Francine verbracht, und die Ansichten des älteren Mädchens über Frausein und Heirat beunruhigten sie. Sie warf einen Blick auf Gavin und bewunderte das Leuchten in seinen Augen. Er hatte seltsam gefärbte Augen, ebenso grau wie blau, und selbst jetzt konnte sie nicht bestimmen, welche Farbe sie eigentlich hatten. Er hatte ein langes Gesicht mit hohen Backenknochen, und seine gerade Nase war im Vorjahr gebrochen worden, was ihm eine ziemlich verwegene Erscheinung verlieh. Er überragte sie weit, und sie wusste, dass er sechs Fuß und zwei Zoll groß war. Nun fragte sie vorsichtig: »Bist du gekommen, um mich zu besuchen, Gavin … oder Francine?«

»Nun, ich bin gekommen, euch alle zu besuchen«, sagte Gavin rasch. Die Frage war ihm offenbar lästig. »Ich bekomme nicht viele Leute zu sehen. Immer hocke ich zu Hause. Mein Vater verbringt einen Großteil seiner Zeit im Parlament, so kümmere ich mich mehr und mehr um das Gut. Zusammen mit Morgan natürlich.« Sie schwiegen einen Augenblick, bis er sie plötzlich ansah und sagte: »Letzte Woche habe ich von dir geträumt.«

»Tatsächlich? Von mir? Was hast du geträumt?«

»Oh, es war nichts Besonderes. Ich träumte, ich schritte eine Straße entlang. Es war dunkel, die Nacht brach herein, und ich hörte allerlei erschreckende Geräusche aus den Wäldern.« Er dachte an den Traum und schüttelte den Kopf. Gavin wusste seit Langem, dass er eine mystische Gabe hatte. Morgan sagte, das käme von seinen walisischen Vorfahren. Er träumte oft und fragte seine Mutter, was die Träume bedeuteten. Für gewöhnlich antwortete sie darauf: »Sie bedeuten, dass du Waliser bist. Miss ihnen nicht zu viel Bedeutung zu.«

»Wie ging der Traum weiter?«, fragte Susanne.

»Nun, ich hatte das Gefühl, in die Irre zu gehen, und die Straße schien zu verschwinden, und die Büsche kratzten mich im Gesicht. Ich bekam Angst und begann zu rufen, und dann blickte ich auf und sah ein kleines Licht, weit in der Ferne. Ich begann darauf zuzulaufen, und je näher ich kam, desto heller wurde es, und weißt du, was ich entdeckte, als ich das Licht erreichte?«

»Was denn?«

»Nun, du warst es. Du hieltest eine Kerze in der Hand, und als ich dir nahe kam, hieltest du sie hoch und sagtest: ›So hast du mich also gefunden. Ich werde immer eine Kerze für dich haben, wenn du verloren gehst.‹«

Susanne lächelte. »Ich glaube, das ist ein hübscher Traum. Ich werde ihn niederschreiben, sodass ich ihn nicht vergesse, und du tust dasselbe.«

Er lachte sie an. »Du schreibst vieles in deinem Tagebuch nieder, nicht wahr? Ich würde es gerne einmal lesen.«

Susanne errötete. »Du kannst Teile davon lesen, würde ich sagen.«

»Du hast doch keine Geheimnisse vor mir, oder? Ich dachte, wir wären Freunde.«

»Selbst Freunde haben Geheimnisse«, sagte sie spröde.

Die beiden langten beim Haus an. Nachdem sie sich umgekleidet hatten, war es Zeit zum Abendessen. Es gab köstliche Speisen an diesem Abend. Der Julbaum lag bereits auf dem Feuer. Er sollte vier Tage lang brennen, aber Gavin hatte keinen Blick für Holzscheite, denn Francine kam auf ihn zu und streckte die Hände aus. »Gavin!«, sagte sie. Ihre Augen leuchteten vor Vergnügen. »Ich freue mich so sehr, dich wiederzusehen.« Sie blickte ihn an und sagte: »Wie groß du bist! Ich vergesse es immer wieder. Oder bist du noch weiter gewachsen?«

Gavin errötete und zuckte die Achseln. »Ich freue mich, dich zu sehen. Ich habe deinen Brief erhalten. Ich kam, so schnell ich konnte.«

»Nun« – Francine zuckte die Achseln – »es war langweilig in London, und als die Woodvilles mich einluden, da wusste ich, ich würde dich zu sehen bekommen. Wir werden ein wundervolles Weihnachten erleben, nicht wahr?«

Gavin ließ den Kopf hängen, sein Gesicht umdüsterte sich. »Ich kann nicht bleiben«, murmelte er. Er erklärte den Zustand seiner Mutter und sagte: »Ich wünschte, ich könnte bleiben, aber ich muss zu Hause sein.«

»Natürlich musst du das«, sagte Francine. »Es ist nur natürlich, dass du in diesen Stunden bei deiner Mutter sein willst.« Sie ergriff seinen Arm, dann führte sie ihn zum Essen. Sie aßen herrliche Speisen. Eine Taubenpastete gehörte dazu, ein Schweinskopf, faschierter

Braten, Porridge mit Pflaumen und Hammelfleisch. Gavin langte kräftig zu, schmeckte aber kaum einen Bissen, so versunken war er in Francines Augen und rote Lippen.

Nach dem Essen sangen sie Madrigale und Weihnachtslieder. Lady Frances Woodville kam auf ihn zu und sagte: »Ich freue mich, dass du gekommen bist. Susanne fühlt sich einsam.« Sie blickte Francine an, die mit ihrem Gatten redete, und sagte: »Miss Fourier ist sehr schön, nicht wahr?«

»Ja, das ist sie.«

»Alle jungen Männer sind hinter ihr her. Ich weiß nicht, welchem sie ihre Gunst schenken wird. Ich schätze, es wird Henry Darrow sein.« Sie sah zu, wie das Leuchten in seinen Augen erlosch und schien es irgendwie zu genießen. »Er hat jede Menge Geld, und er wird den Titel erben.« Sie zögerte, dann sagte sie: »Du wirst eines Tages ebenfalls einen Titel haben, nicht wahr?«

»Ich hoffe, bis dahin dauert es noch lange, Lady Woodville. Mein Vater ist der Herr von Wakefield und wird es noch viele Jahre bleiben.«

»Nun, du bist auch ein wenig zu jung für sie. Henry ist gerade richtig, denke ich.« Sie klopfte sich mit dem Zeigefinger auf die üppigen Lippen und nickte. »Ja, sie würden gut zusammenpassen.« Sie lächelte, als sei sie zufrieden mit sich selbst und ihrem Gespräch – und Gavins Unbehagen. In Wirklichkeit hatte sie die pubertäre Liebe des Jungen längst erkannt und fand ein perverses Vergnügen daran, ihm Nadelstiche zu versetzen, ohne dass es offenkundig wurde.

Vielleicht wäre alles gut gegangen, hätte Darrow sich nicht blicken lassen, aber zwei Tage später kam er. Er kam inmitten eines Maskenspiels an, das von einer reisenden Schauspielertruppe gegeben wurde, die bei den Woodvilles Zuflucht gesucht hatte. Es war kein besonders gut gemachtes Maskenspiel, aber immerhin genoss es Gavin, neben Francine zu sitzen.

Dann trat Darrow ein, und augenblicklich schien sich alle Aufmerksamkeit ihm zuzuwenden. Gavin kämpfte gegen die Reizbarkeit an, die ihn überkam, und brachte es fertig, zu lächeln und freundlich mit dem jungen Darrow zu sprechen. »Guten Tag, Sir. Ich hoffe, Ihr hattet eine sichere Reise durch all diesen Schnee.«

Darrow zuckte die Achseln. »Es war eine schwierige Reise, aber die Pferde waren gut. Wie geht es Euch, Wakefield?«

»Sehr gut.«

Es war eine kurze Konversation, und danach fühlte Gavin sich nicht mehr wohl. Während des gesamten Maskenspiels saß er schweigend da. Als man sich schließlich in der großen Bibliothek versammelte, saß er stumm da, während Darrow von seinen Erlebnissen in London erzählte, die sich hauptsächlich um die Reichen und Mächtigen drehten.

Susanne beobachtete sie aufmerksam. Ihr war schmerzlich bewusst, wie eifersüchtig Gavin auf Darrow war. Sie beobachtete, wie Francine die beiden Männer gegeneinander ausspielte. Raffiniert und mit voller Absicht provozierte sie die Abneigung, die die beiden gegeneinander hegten.

Am nächsten Nachmittag kam es zur Katastrophe. Die ganze Gruppe war in der großen Halle versammelt und nahm einen kleinen Imbiss ein, nachdem man sich draußen im Schnee vergnügt hatte. Da blickte Francine die Wand an und sagte: »Sind das Eure Schwerter, Sir Vernon?«

»Familienerbstücke, Miss Fourier«, sagte Woodville. Er streckte die Hand aus und nahm eines von der Wand. »Die Franzosen nennen sie Florett.«

Ein berechnender Ausdruck huschte über Darrows Gesicht. Er bemerkte leichthin: »Vielleicht könnten Ihr und ich uns damit versuchen? Nur ein kleiner Wettbewerb, Sir?«

»Oh, dafür hab ich zu viel gegessen«, protestierte Woodville.

Lady Frances Woodville sagte abrupt: »Hast du mir nicht erzählt, dass dein Vater dir das Fechten beigebracht hat, Gavin?«

»Oh ja, mein Vater ist sehr gut im Fechten.«

»Nun, dann könntest du es ja mit Henry aufnehmen, nicht wahr?«

Gavin hatte nicht die geringste Lust dazu, Henrys Partner zu spielen. Er öffnete den Mund, um abzulehnen, aber Francine sagte: »Ja, unbedingt. Lasst uns einen Fechtkampf sehen.«

»Oh, ich finde, das wäre nicht fair«, sagte Darrow. »Schließlich hat der Junge nicht den Vorteil eines guten Lehrmeisters gehabt.«

Heißer Ärger durchrieselte Gavin, als er die versteckte Beleidigung hörte. »Mein Vater ist so gut wie jeder Franzose«, schnappte er. »Ich werde mit Vergnügen gegen Euch antreten, Sir.«

Die Idee stieß augenblicklich auf Interesse, und Sir Vernon übernahm prompt die Leitung des Wettkampfs. »Ich werde der Schiedsrichter sein«, sagte er. »Aber wir müssen Kappen auf die Enden dieser Florette stecken. Wir wollen doch nicht, dass jemand verletzt wird.« Schließlich nahm er sich selbst ein drittes Florett. »Nun, seid Ihr bereit?« Darrow sagte: »Oh ja, völlig bereit«, und Gavin nickte. Sein Gesicht war ein wenig blass. Woodville sagte: »Nun gut, wir machen drei Runden. Wer zweimal von dreimal gewinnt, ist Sieger. Nun fangt an.«

Gavin wandte den Körper zur Seite, beugte ein Knie und streckte das Rapier mit seiner dünnen Klinge aus, um Henry Darrows Klinge zu berühren. Er liebte das Fechten, und sein Vater war ein guter Lehrer gewesen. Er blieb gut in Deckung, und die beiden Männer bewegten sich im Raum hin und her. Ihre Schatten tanzten an den Wänden. Sie schwankten vor und zurück, ihre Füße machten raschelnde Geräusche, während der helle Klang des Stahls in der stillen Luft hing.

Die Zuschauer trugen unterschiedliche Mienen zur Schau. Vernon Woodville liebte nichts mehr als Fechten, und er umkreiste die beiden, ständig auf der Suche nach einem Foul. Lady Woodvilles Lippen krümmten sich in einem merkwürdigen Lächeln nach oben. Ihr Gesichtsausdruck erinnerte ein wenig an den einer Katze, die den Vogel beobachtet, den sie gleich fressen will.

Susanne war offenkundig verängstigt. Sie wusste, dass das Fechten ein gefährlicher Sport war, und das böse Blut zwischen den Kontrahenten machte alles noch schlimmer. Sie warf Francine einen Blick zu. Zorn glitzerte in Susannes Augen, und eine Welle der Abneigung durchlief sie, als sie sah, wie die junge Frau mit einem seltsamen, hungrigen Ausdruck den Kampf beobachtete.

Die Füße der Fechtenden glitten über den steinernen Boden, und der Stahl ihrer Klingen schlug immer wieder hell tönend zusammen. Bald jedoch gewannen Darrows Erfahrung und seine größere Stärke die Oberhand, und seine Klinge berührte Gavin auf der Brust.

»Berührt! Ich gebe es zu, er hat mich berührt!«, rief Gavin.

»Das ist jetzt genug, nicht wahr?«, meldete Susanne sich nervös zu Wort.

»Oh nein, das war erst die erste Berührung«, protestierte Francine. Sie lächelte Gavin an und sagte: »Ich bin überzeugt, Gavin wird es das nächste Mal viel besser machen.«

Ihre Worte verliehen ihm neues Feuer, und als die beiden Kämpfer einander von Neuem gegenübertraten, ging Gavin das Risiko ein und glitt an der zitternden Klinge Henry Darrows vorbei, um die Brust des größeren zu berühren. Ärger malte sich auf Darrows Gesicht, und er wollte sich auf seinen Gegner stürzen, aber Sir Vernon trat herbei und stieß sein Schwert zwischen die beiden. »Jeder hat einen Treffer erzielt. Beim dritten Mal werden wir erfahren, wer der Sieger ist.«

Etwas in Darrows Gesicht warnte Gavin, dass die nächste Runde hitzig verlaufen würde. Und wirklich, als Sir Vernon zurücktrat, stürzte Henry sich mit einem wütenden Stoß auf den jungen Mann und drängte ihn zurück. Gavin konnte nichts weiter tun, als das blitzende Schwert von sich fernzuhalten, und er wich immer weiter zurück.

Plötzlich sah Susanne etwas durch die Luft fliegen und zu ihren Füßen rollen. Sie schrie auf: »Die Kappe des Floretts ist abgegangen!«

Gavin hatte gesehen, wie das kleine schwarze Pölsterchen von Darrows Klinge rutschte, und erwartete, der Mann würde aufhören, aber das tat er nicht. Er drang weiter auf ihn ein, kalte Entschlossenheit im Blick. *Er wird mich umbringen!* Bei dem Gedanken durchfuhr Gavin ein Schock. Er blickte in die kalten, blassen Augen seines Gegners und sah den Tod darin geschrieben. Aber er hatte keine Zeit mehr zum Nachdenken.

Sir Vernon rief ihm zu innezuhalten, aber Darrow schien ihn nicht zu hören. Plötzlich stieß Gavin mit dem Rücken gegen die Wand, und ein flüchtiger Stoß von Darrows Klinge traf ihn auf der rechten Wange. Ein scharfer Schmerz durchfuhr ihn, und ein Schrei wurde laut, obwohl Gavin nie erfuhr, wer geschrien hatte. Darrow zog seine Klinge zurück, um einen letzten Stoß zu tun, und in seiner Verzweiflung brach Gavin alle Regeln, die ihn sein Vater gelehrt hatte. Er sprang vor, auf die Klinge zu, und stieß einen wilden Schrei aus, der Darrow so alarmierte, dass er einen Augenblick die Klinge sinken ließ. Gavin nutzte die Gelegenheit, er streckte die linke Hand aus und schlug Darrow aufs Handgelenk. Der Schlag war so heftig, dass Darrow das Florett fallen ließ, und augenblicklich stieß Gavin die Klinge vor und berührte die Kehle seines Gegners.

Darrows Augen wurden leer, sein Mund klappte auf, und Gavin sah, dass sein Gegner sich als toten Mann betrachtete. Einen Augenblick lang empfand Wakefield eine wilde, unvernünftige Sehnsucht, die Klinge tief in Darrows Kehle zu stoßen – und dann wurde ein Aufschrei laut.

»Genug! Genug!« Sir Vernons Stimme war streng und beinahe zornig, und Gavin trat augenblicklich zurück und begann zu zittern.

Susanne rannte auf ihn zu. »Dein armes Gesicht«, jammerte sie. »Zu Hilfe!«

Gavin fühlte, wie ihm das Blut vom Gesicht tropfte, und Darrow sagte mit gepresster Stimme: »Tut mir leid, ich wusste nicht, dass die Kappe abgegangen war.«

Gavin wusste, dass das eine Lüge war, und augenblicklich hob er den Blick und sah den Hass im Gesicht des anderen.

Francine sagte rasch: »Komm, wir müssen etwas mit dieser Wunde tun.«

»Ja«, sagte Sir Vernon. »Das ist ein schlimmer Schmiss. Da wird eine Narbe zurückbleiben.«

Gavin widersprach nicht, aber als sie die Schnittwunde behandelten und mit warmem Wasser auswuschen, beobachtete er die weinende Susanne. »Weine nicht«, sagte er. »So schlimm ist es gar nicht.«

Sie umklammerte seine Hand und sagte: »Es war schrecklich. Ich dachte, er würde dich umbringen.«

Gavin blickte zur anderen Seite des Raumes, wo Darrow sich mit Francine unterhielt. »Das hatte er auch vor, denke ich.«

»Halte dich fern von ihm«, sagte Susanne. »Du kennst ihn nicht. Er hat ein furchtbares Temperament. Letztes Jahr prügelte er ein Pferd zu Tode, nur weil ihm ein Sprung misslang. Halte dich fern von ihm, Gavin.«

Gavin starrte Darrow an, dann schüttelte er den Kopf. »Das wird wohl nicht allzu schwer sein«, sagte er. Seine Stimme war ausdruckslos. »Ich werde in Wakefield sein. Und er …« Gavin sah Francines Gesichtsausdruck, während sie sich mit Darrow unterhielt. »Er wird an einem beneidenswerten Ort sein.«

★ ★ ★

Gavin lag im Bett. Der pochende Schmerz in seiner Wange ließ ihn nicht schlafen. Schließlich warf er die Decken zurück, zog sich an und ging ins Arbeitszimmer. Er zündete eine Kerze an, ging zur Hausbar und holte eine Flasche Brandy hervor. Vielleicht würde die bernsteinfarbene Flüssigkeit seinen Schmerz dämpfen und es ihm möglich machen zu schlafen.

Ein leiser Schritt erklang hinter ihm, und er drehte sich überrascht um.

Francine stand vor ihm, das Gesicht von Sorge erfüllt. »Ich wollte dich nicht überraschen«, sagte sie mit gedämpfter Stimme. »Aber ich konnte nicht schlafen. Ich machte mir solche Sorgen um dich.«

Gavin starrte sie nur an. Er wusste nicht, was er sagen sollte. Sie trat näher an ihn heran und berührte sein Gesicht mit sanfter Hand. »Es tut mir so leid, dass du verletzt wurdest«, wisperte sie. »Ich fürchte, es war alles meine Schuld.«

Gavin schnürte es die Kehle zusammen. Er konnte das moschusähnliche Parfüm der jungen Frau riechen und sagte mit rauer Stimme: »Ist schon gut. Nichts geschehen.«

Die Kerze brannte auf einem der Tische, flackerte still vor sich hin, während Francine zart sein Gesicht streichelte. »Ich fühle mich sehr schlecht«, flüsterte sie. »Wirst du mir jemals vergeben?«

Ein plötzliches Feuer durchflammte Gavins Adern. Er schlang die Arme um sie und hielt sie fest an sich gedrückt.

Francine murmelte sanft auf ihn ein, fuhr mit der Hand durch sein Haar, streichelte seinen Nacken. Sie flüsterte: »Du bist so tapfer, Gavin, so selbstbewusst. Einem Mann wie dir kann sich eine Frau fürs Leben anvertrauen.«

Seine Sinne schwammen, so sehr berauschte ihn das Gefühl, sie dicht an sich gedrückt zu halten. Er berührte ihr Gesicht, dann versuchte er sie zu küssen. Aber sie wich ihm plötzlich aus und murmelte: »Oh, ich darf das nicht erlauben.« Sie versuchte sich zurückzuziehen, aber er zog sie heftig an sich und ignorierte ihre schwache, halbherzige Abwehr.

»Ich liebe dich, Francine«, keuchte er und suchte von Neuem ihre Lippen.

Sie ließ es zu, dass er sie küsste, dann stemmte sie die Hände gegen seine Brust und stieß ihn fort. »Ich muss gehen«, sagte sie. »Das ist unrecht.« Er packte ihr Handgelenk und wollte sie festhalten, aber sie entwand sich ihm mit einer Kraft, die ihn erstaunte. »Später«, flüsterte sie. »Später.« Sie berührte seine heile Wange und flüsterte mit belegter Stimme: »Du bist ein so süßer junger Mann. Ich wage es nicht, noch länger mit dir allein zu sein.«

Dann wandte sie sich um und verließ den Raum. Die Tür schloss sich, und Gavin stand wie bezaubert da. *Sie liebt mich gewiss*, dachte er, *sonst würde sie sich nicht so sehr darum kümmern, dass ich verletzt bin!*

★ ★ ★

Am nächsten Morgen beim Frühstück wirkte Susanne sehr zurückgezogen. Wenn er sie anzusprechen versuchte, nahm sie ihn kaum wahr. Gavin machte sich immer mehr Sorgen, denn er konnte keinen Grund für ihr abweisendes Verhalten finden.

Was er nicht wusste – und auch nicht wissen konnte, denn sie hätte es ihm niemals gesagt –, war, dass Susanne mitangesehen hatte, wie Gavin sein Zimmer verließ. Sie hatte sich abends ruhelos gefühlt, hatte vor Sorge um Gavin nicht schlafen können. Als sie leise, vorsichtige Schritte im Flur hörte, hatte sie gedacht, jemand brauche Hilfe oder finde sich nicht zurecht. Sie hatte gerade noch rechtzeitig die Tür geöffnet, um zu sehen, wie Gavin die Treppe hinabstieg. Während sie noch überlegte, ob sie ihm folgen sollte oder nicht, hörte sie, wie eine weitere Tür geöffnet wurde, und sah, wie Francine aus ihrem Zimmer schlich, um Gavin zu folgen. Betrübt, zornig und gedemütigt beim Anblick der vermeintlichen Verabredung hatte sie augenblicklich die Tür geschlossen und war ins Bett zurückgeschlüpft. Sie hatte sich eingeredet, ihre Tränen drückten nur ihre Enttäuschung über ihren Freund aus und sonst nichts. Nun brannte heißer Zorn auf Gavin in ihrer Brust.

Später versuchte er wieder mit ihr zu reden, aber sie antwortete nur sehr einsilbig. »Was stimmt nicht?«, fragte er schließlich. »Warum bist du böse auf mich?«

Einen Augenblick dachte er, sie würde ihm wieder den Rücken kehren und fortgehen, aber sie blickte ihn an, und er sah, dass ihre Augen von tiefer innerer Bewegung erfüllt leuchteten. Als sie sprach, war ihre Stimme kalt und fern.

»Ich sah, wie Francine letzte Nacht hinunterging, um dich zu treffen«, sagte sie.

Gavin war so verblüfft, dass er fühlte, wie sein Gesicht rot anlief. »Ach, das war nichts«, sagte er rasch. »Sie wollte nur sagen, dass ihr meine Verletzung leidtat.« Er blickte sie an und sah, dass ihr Gesicht bleich und ihre Lippen fest zusammengepresst waren. Er wurde ungeduldig, dass er sich so schlecht fühlte, wo er doch nichts falsch gemacht hatte, also richtete er sich zu voller Höhe auf und sprach in herablassendem Ton. »Du wirst diese Dinge verstehen, wenn du älter wirst, Susanne. Du darfst mir nicht böse sein.«

Ein tief verletzter Ausdruck trat in ihre Augen, und plötzlich war er von Gewissheit erfüllt, dass dieser Streit etwas anderes war als die kleinen Auseinandersetzungen, die sie früher gehabt hatten. Irgendwie war das hier viel schlimmer. Und dennoch wusste er nicht, was er sagen oder tun konnte, um die Sache besser zu machen. »Es tut mir leid«, sagte er schließlich, »aber ich liebe sie. Mehr gibt es nicht zu sagen.«

»Sie liebt dich nicht«, sagte Susanne hartnäckig.

»Warum – wie kommst du darauf, so etwas zu sagen?«

Susanne wollte ihm sagen, was sie wusste. Dass sie es von Francines eigenen Lippen gehört hatte, dass sie auf der Suche nach einem Mann mit Geld war, aber selbst in ihrem jugendlichen Alter wusste sie, dass ein Mann niemals etwas dergleichen von der Frau, die er zu lieben meinte, glauben würde. »Ich weiß es einfach, das ist alles.« Sie drehte sich um und ging fort – und irgendwie hatte Gavin das Gefühl, dass er etwas sehr Kostbares verloren hatte.

Zwei Stunden später, als Gavin eben ausgeritten war, sah er einen Reiter die Straße entlangkommen. Einen Augenblick lang dachte er, es sei einfach ein Reisender, dann zog ihn etwas Vertrautes an der Erscheinung an. Er starrte angestrengt, dann richtete er sich auf. Er gab dem Pferd die Sporen und galoppierte vorwärts.

»Morgan!«, sagte er, als er den anderen erreichte. »Was ist los?«

Morgans Gesicht war bleich vor Kälte, und seine Lippen waren blau. Das Pferd atmete schwer und schien dem Zusammenbruch nahe. »Es geht um deine Mutter«, sagte er kurz angebunden. »Wir müssen sofort zurückkehren!«

»Ist sie tot?« Furcht durchschauerte Gavin. »Sie ist nicht tot! Sag mir, dass sie nicht tot ist!«

»Noch nicht, aber es geht ihr schlecht. Wir brauchen frische Pferde.«

Gavin begab sich augenblicklich zu Sir Vernon und erklärte ihm die Situation.

»Natürlich, mein Junge. Der Stallmeister soll dir unsere besten Pferde geben. Du kannst sie später zurückgeben. Ich hoffe, deine Mutter wird wieder gesund. Richte deinem lieben Vater meine besten Grüße aus.«

Als Gavin den Raum verließ, stieß er auf Francine. Sie lächelte ihn an und sagte: »Nun, du siehst –« Und dann hielt sie inne, als sie seinen besorgten Gesichtsausdruck sah. »Was ist los?«

»Es geht um meine Mutter. Sie ist sehr krank. Ich muss gehen.«

Francine trat augenblicklich an ihn heran. »Das tut mir leid«, sagte sie. Mitgefühl malte sich in ihren Augen und ihrer Stimme. Sie lehnte sich an ihn, und als der Duft ihres Moschusparfüms ihn umgab, sehnte er sich danach, den Kopf in ihrem duftenden Haar zu verbergen und seine Ängste von ihr lindern zu lassen. Die Frau hatte etwas an sich, etwas Machtvolles, das ihn anzog. Sie beugte sich vor, küsste ihn und sagte: »Lass uns wissen, wie es weitergeht und ob ich für dich oder deine Familie irgendetwas tun kann.«

Gavin hielt sie einen Augenblick lang umschlungen, dann verließ er das Haus mit raschen Schritten. Als er und Morgan zu den Pferden gingen, sah er Susanne, die von einem Spaziergang nach Hause zurückkehrte. Er blickte sie an und sagte: »Ich muss gehen. Meine Mutter ist sehr krank.«

Susanne blinzelte, und aller Ärger schien sie zu verlassen. »Das tut mir leid, Gavin. Ich wünschte, ich könnte dich begleiten. Ich hoffe, es geht ihr bald wieder gut.«

Sie streckte ihm ihre Rechte entgegen, und er nahm sie und hielt sie mit beiden Händen fest. Schließlich sagte er: »Freunde für immer, nicht wahr, Susanne?«

Tränen stiegen ihr in die Augen, und sie nickte. »Freunde für immer.«

Eine heftige Gefühlsbewegung erfüllte ihn, obwohl er sich nicht die Zeit nahm, sie zu analysieren. Ohne nachzudenken, beugte er sich vor und küsste ihre Hand, und ein feines Rot überzog ihr Gesicht. Er bestieg sein Pferd, und mit einem letzten Blick auf Susanne riss er das Tier herum und galoppierte nach Hause. Morgan begleitete ihn.

Susanne stand da und sah den beiden Männern nach, wie sie über den harten, festgetretenen Schnee davonstoben. Dann wandte sie sich um und kehrte zurück ins Haus.

★ ★ ★

Gavin konnte sich später kaum an den Ritt nach Wakefield erinnern. Morgan trieb sein Pferd grausam an, und Gavin tat es ihm gleich, sodass beide Tiere völlig erschöpft waren, als sie das Haus erreichten. »Geh zu deiner Mutter«, sagte Morgan mit belegter Stimme, als die beiden abstiegen. »Ich kümmere mich um die Pferde.« Gavin wandte sich augenblicklich um und rannte die Treppe hoch.

Noch bevor er die Vordertür erreichte, wurde sie geöffnet. Sein Vater stand vor ihm, und ein Blick auf sein Gesicht sagte dem Jungen alles.

»Sie ist tot, Sohn«, sagte Chris. Er streckte die Hand aus, zog den Jungen durch die Tür und hielt ihn dann an den Schultern fest. »Sie starb mit deinem Namen auf den Lippen.«

Gavin war zumute, als wäre der Himmel eingestürzt. Er konnte nicht denken, konnte nicht sprechen. Mehr als alles in der Welt wünschte er, er könnte weinen, aber er konnte es nicht. Er stand wie betäubt da, in seinem Kopf rauschte es, und ein Kummer, schwärzer und bitterer als alles, was er je erlebt hatte, stieg in ihm auf.

»Komm mit, Sohn. Sie ist tot, aber du kannst ihr Lebewohl sagen.« Chris drehte den jungen Mann um und bemerkte, dass er aussah wie ein Mann, der von einem Schuss getroffen worden ist – seine Augen waren leer und seine Züge starr. Mit sanfter Hand führte der Vater den Sohn in den Raum, in dem eine stille Gestalt lag.

Gavin bemerkte es nicht einmal, dass seine Großmutter am anderen Ende des Raums neben dem Feuer saß und ein Bündel auf dem Schoß hielt. Er trat steifbeinig vor und blickte auf das Gesicht seiner Mutter nieder. Er betrachtete die stillen Züge, und Tränen stiegen in ihm auf, aber er kämpfte sie nieder. Schließlich – nach langer Zeit, wie es ihm schien – fühlte er die Hand seines Vaters auf seinem Arm.

»Komm hierher, Gavin.«

Er wandte sich um und folgte seinem Vater zu der Stelle, wo seine Großmutter saß.

»Das ist dein Bruder Amos«, sagte sein Vater.

Gavin sah zu, wie seine Großmutter die Decke zurückschlug, und starrte in das Gesicht des Kindes. Er brachte kein Wort hervor, wandte sich um und schritt schweigend aus dem Raum.

»Ich wünschte, er wäre hier gewesen«, sagte Allison Wakefield. »Er wird sich Vorwürfe machen. Geh zu ihm, Chris.«

»Ja, Mutter.«

★ ★ ★

Allison hielt das Baby in den Armen, gluckste und lachte über seine Versuche, sie zu erreichen. Es hatte die Augen seiner Mutter, aber in jeder anderen Hinsicht glich es Christopher. Im Alter von drei Monaten war Amos groß und gesund. Allison hob ihn hoch und küsste eine feiste Backe, dann reichte sie ihn der Amme, einer untersetzten Frau namens Martha Simms. »Ich glaube, er braucht frische Windeln, Martha.«

»Ja, Lady Wakefield.« Martha nahm das Baby entgegen und warf es in die Luft, »was bist du doch für ein großer, hübscher Junge.« Sie war so stolz auf Amos, als wäre er ihr eigenes Kind, und sagte: »Was für ein schönes Kind er ist! Ich habe nie ein schöneres gesehen. Zu hübsch für einen Jungen – hätte ein Mädchen werden sollen.«

Allison lächelte, aber im Herzen war sie traurig. Sie erhob sich langsam. Arthrose verwüstete ihre Knie, und sie bewegte sich schwerfällig, auf einen Stock gestützt. Während sie den Raum verließ, dachte sie: *Ja, er ist ein hübsches Kind – und sein Vater und sein Bruder wissen es nicht einmal.*

Chris blickte auf, als er den Stock seiner Mutter draußen in der Halle hörte. Er erhob sich und öffnete ihr die Tür. »Komm herein, Mutter«, sagte er. Er wartete, bis sie den Raum durchquert hatte, dann fragte er: »Ist alles in Ordnung?«

Er erwartete, dass sie sich niedersetzte, aber Allison drehte sich um und blickte ihm ins Gesicht. »Nein, das ist es nicht!«

Chris runzelte besorgt die Stirn. »Warum? Du bist doch nicht krank, oder?«

»Krank? Ja, ich bin krank vor Enttäuschung – über dich.«

Christopher Wakefield blinzelte vor Überraschung. »Was habe ich getan?«

»Du hast einen kleinen Sohn, ein entzückendes Kind namens Amos, aber es scheint, dass du ihn völlig vergessen hast.«

Chris biss sich auf die Lippen, ein Schleier heftiger innerer Bewegung überzog seine Augen. »Ich weiß, ich habe einen Fehler gemacht, aber ich bin so einsam, Mutter! Ich vermisse sie so sehr, und sooft ich das Baby ansehe, denke ich an Patience.«

Allison starrte ihren Sohn an. Als sie schließlich sprach, war ihre Stimme uncharakteristisch scharf. »Sohn, der Verlust von Patience hat dich bitter gemacht, nicht wahr?«

»Ich – ich nehme an, das stimmt. Es tut so weh.«

»Ein Leben für ein Leben«, sagte Allison. »Manchmal läuft es so. Gott hat es aus seinen eigenen Gründen zugelassen, dass uns Patience genommen wurde. Aber Christopher, er ließ einen Teil von ihr hier zurück.« Ihre alten Augen leuchteten auf, und sie streckte eine welke Hand aus und berührte den Arm ihres Sohnes. »Gott hat zu mir gesprochen. Er sagte mir, der Geist Patience' würde in diesem Jungen wohnen, aber er braucht dich.«

Chris presste die Lippen zu einem schmalen Strich zusammen, schloss einen Augenblick lang die Augen und sagte dann: »Ich weiß, ich weiß, du hast recht.«

»Du bist ihm Vater *und* Mutter, Sohn. Er braucht dich sehr.«

Christopher Wakefield fasste einen Entschluss, der sein Herz zutiefst bewegte. »Ich war selbstsüchtig, Mutter«, gestand er ein. »Aber das soll sich ändern. Gott hat in dieser Sache zu mir gesprochen. Komm! Wir wollen gehen und meinen Sohn sehen.«

»Das ist mein guter Sohn«, sagte Allison, und die beiden schritten langsam durch die Halle. Der starke Mann half der gebrechlichen

Frau. Als sie das Kinderzimmer erreichten, blickte die Amme überrascht auf. Ihre Überraschung nahm noch zu, als der Herr von Wakefield das Kind auf den Arm nahm und an sich drückte. Leise sagte er: »Sohn, wir beide werden einander bald besser kennenlernen.«

Die Amme warf ihrer Herrin einen Blick zu. Die lächelte durch die Tränen, die ihr in den Augen standen.

Gavin hatte schweigend zugesehen, wie sein Vater mehr und mehr Zeit mit seinem kleinen Bruder verbrachte. Die Monate seit dem Tod seiner Mutter hatten die Schuldgefühle nicht gelindert, die an ihm nagten, und er schlief schlecht. Seine Träume waren dunkel und bedrohlich, und er sprach zu niemandem darüber.

Eines Tages kam Morgan zu ihm und sagte: »Du nimmst das falsch auf, Junge. Dass du deine Mutter verloren hast, meine ich.«

»Was verstehst du schon davon?«, schnappte Gavin.

»Nun, ich habe meine eigene Mutter verloren, nicht wahr? Meinst du, ich wüsste nicht, wie es ist? Du bist nicht der Erste, der einen lieben Menschen verliert, und du wirst auch sicher nicht der Letzte sein. Wir alle müssen unseren Teil Staub fressen.«

»Das geht dich nichts an«, gab Gavin zornig zurück und schritt davon. Er verbrachte den Rest des Tages allein. Immer tiefer vergrub er sich in sein Selbstmitleid. Als er sich schließlich so weit zusammennahm, dass er einen Besuch bei seiner Großmutter machte, schockierte ihn ihre Begrüßung: »Du bist bis obenhin voll Schuld, Gavin. Was hast du getan?«

Gavin starrte sie an. Sie war immer imstande gewesen, Dinge zu sehen, die anderen verborgen waren, und nun hatte er plötzlich das Gefühl, dass sie alles über ihn wusste. Das war natürlich unmöglich. »Nichts«, sagte er.

»Was habe ich getan, dass du mich anlügst?« Ihre Stimme war ruhig, aber Allisons alte Augen waren weise. »Meinst du, ich erkenne Schuld nicht, wenn ich sie sehe? Was hast du getan? Liegt es nur daran, dass du nicht hier warst, als deine Mutter starb?«

»Nein!«

»Nun, was dann?« Allison beobachtete den Kampf, der sich im Gesicht des jungen Mannes spiegelte, und sagte mit sanfter Stimme: »Erzähl es mir, Junge! Wenn du Dinge in deiner Brust vergräbst, werden sie sauer, und früher oder später stirbst du daran. Aber wenn du darüber sprichst, wird die Last leichter. Meinst du, ich würde dich weniger lieben, weil du etwas Böses getan hast? Du wärest ein Narr!«

»Großmutter, du verstehst das nicht …« Und dann platzte Gavin mit der ganzen Wahrheit heraus und bekannte, was er für seine schreckliche Sünde hielt. Er erzählte ihr von seiner Liebe zu Francine und endete mit den Worten: »Die ganze Zeit, während meine Mutter im Sterben lag, war ich damit beschäftigt, einem dummen Weib nachzulaufen.«

Als er zu Ende gekommen war, erhob sich Allison aus ihrem Sessel. Er stand vor ihr, groß wie ein Baum, wie es ihr erschien. Sie streckte die Arme aus, und er ergriff sie und fühlte ihre zerbrechlichen Knochen. Sie hielt ihn fest, und als sein Körper zu zittern begann, sagte sie: »Weine, mein Junge. Ein starker Mann muss wissen, wann es Zeit zu weinen ist. Wenn er das nicht weiß, stirbt er an seiner eigenen Stärke.«

Und Gavin Wakefield weinte. Die beiden ließen sich auf dem Sofa nieder, und er verbarg das Gesicht in den Händen und weinte wie ein Schuljunge. Schließlich hob er sein tränenfleckiges Gesicht und sagte: »Ich habe unrecht getan. Ich hätte hierbleiben sollen. Es war ein Unrecht fortzugehen.«

Allison begann zu sprechen. Lange Zeit sprach sie über die Liebe, und schließlich sagte sie: »Meinst du, deine Mutter würde kein Verständnis dafür haben? Sie liebte dich mehr als das Leben. Beinahe alle ihre letzten Worte galten dir. Sie sagte mir, wie sehr sie dich liebte und wie stolz sie auf dich war.«

»Aber ich hätte da sein sollen, ich hätte nicht –«

Sie schnitt ihm mit einem Nicken das Wort ab. »Du hast unrecht getan, aber Christus starb für unser Unrecht. Lass deine Scham nicht zu einer Bitterkeit werden, die dich vergiftet.« Sie zog ein Taschentuch aus der Tasche und wischte ihm die Tränen ab. »Unserer Nation stehen schreckliche Dinge bevor, dessen bin ich mir sicher. Ich werde es nicht mehr erleben, Gavin. Ich werde bald zu unserem Herrn gehen.« Sie fing seinen Blick auf. »Aber dein Bruder wird hier sein. Er wird mitten in diesen Zeiten gefangen sein, die eine harte Prüfung für alle Wakefields, ja ganz England sein werden. Hilf ihm, Gavin.«

»Was kann ich tun?«, fragte er verwirrt.

»Liebe ihn, kümmere dich um ihn. Wenn du wiedergutmachen willst, was du deiner Mutter vielleicht angetan hast, dann ergieße deine Liebe in dieses Kind.«

Gavin starrte sie an, dann nickte er langsam. »Du hast auch mit Vater darüber gesprochen, nicht wahr?«

»Ja, ihr beide seid alles, was Amos hat. Wirst du das tun, Enkelsohn? Wirst du deine Schuld in Liebe umtauschen?«

Gavin nickte. »Ja, ich verspreche es. Ich will Amos lieben und ihm ein Freund und Bruder sein.«

Die beiden saßen noch lange da, und als die Schatten lang wurden, sagte Allison in ihrem Herzen: *Ich danke dir, Gott, dass du diesem Jungen eine Hoffnung gegeben hast.*

III

Der Schatten des Krieges
1641–1645

13

DER TOD TRIUMPHIERT NICHT

Eine zackige Linie hochfliegender Amseln zog über den eisengrauen Himmel. Oliver Cromwell blickte zu ihnen auf, blinzelte im blassen Sonnenlicht, dann senkte er den Kopf und betrachtete den Erdhügel, der noch rau und frisch aufgeworfen war. Am Kopf des Hügels erhob sich ein Grabstein aus weißem Marmor. Er las still die Worte: *Allison Wakefield, geliebte Gattin von Sir Robin Wakefield. 1564–1641. Du, Gott, siehst mich.*

Die rätselhaften Worte berührten Cromwell, und er fragte: »Was hat das zu bedeuten, Christopher? ›Du, Gott, siehst mich‹?«

Der stürmische Wind blies eine Locke von Chris Wakefields kastanienbraunem Haar über seine Stirn. Er strich sie zurück, blickte seinen Freund an und sagte: »Das ist ein Bibelvers, den meine Mutter liebte. Mein Vater sagte, sie richtete ihr Leben danach aus.«

»Ich erinnere mich nicht daran. Steht der Vers im Alten Testament?«

»Im Buch Genesis, im sechzehnten Kapitel.«

Die beiden Männer standen in dem altertümlichen Friedhof neben der Pfarrkirche von Wakefield. Einige derjenigen, die unter den moosbewachsenen Steinen ruhten, waren von fremden Küsten nach England gekommen, und die Zeit hatte die Namen und Daten, die einst tief in den Stein eingemeißelt waren, beinahe unleserlich gemacht. Ein Stein jedoch war immer noch brandneu und unbefleckt; er trug den Namen von Allison Wakefield. Der Regen hatte dem Hügel eine sanfte Form gegeben, und scharfe smaragdgrüne Schösslinge hatten die Erde durchbrochen und waren im Lauf der Monate üppig gewuchert. Nun war das Gras unter dem eisernen Hauch des Winters trocken und grau geworden.

»Ich fürchte, ich bin furchtbar aufdringlich, mein Freund, aber was bedeutet er?«

Chris, dessen Blick an dem Stein hing, schwieg einen Augenblick lang. Der Tod seiner Mutter hatte eine Leere in seinem Leben zurückgelassen, und als er auf Cromwells fragende Blicke Antwort gab, war seine Stimme weich. »Es ist der Name, den Hagar Gott gab.«

»Ach ja, jetzt erinnere ich mich!« Oliver Cromwells langes Gesicht wurde nachdenklich. Er kannte seine Bibel in- und auswendig und setzte sinnend hinzu: »Als sie vor Abraham und Sarah davonlief und sich in der Wüste verirrte.« Er zog die Brauen eng zusammen, dann sagte er: »Aber es ist ein seltsamer Vers für eine Grabinschrift. Es gibt siegreichere Verse, sollte man meinen.«

»Mutter sagte, sie sehne sich danach, ihr Leben unter den Augen Gottes zu leben.« Ein Lächeln malte sich auf Chris' Lippen, als alte Erinnerungen auftauchten. »Einmal erwischte sie mich dabei, wie ich etwas tat, was ich nicht sollte, und ich sagte, es mache nichts aus, da niemand mich gesehen hätte. Sie zitierte diesen Bibelvers, und ich werde nie vergessen, was sie sagte. ›Christopher Wakefield – ich lebe jede Sekunde meines Lebens unter dem Auge Gottes. Er beobachtet uns alle, und wir sollten uns lieber überlegen, was wir tun.‹« Die Krähen über ihnen stießen heisere Schreie aus, und Chris blickte auf, dann schüttelte er den Kopf. »Sie lebte so, Oliver – unter dem Auge Gottes.«

»Sie war eine Magd des Herrn. Ich habe nie eine heiligere Frau gekannt.«

»Ja, das war sie.«

Cromwell warf Chris einen mitfühlenden Blick zu, dann sagte er: »Sie verlassen uns, nicht wahr, guter Freund?«

Chris nickte, dann sagte er mit schwerer Stimme: »Komm mit. Ich weiß, du musst nach Hause zurückkehren.«

Die beiden schritten langsam über den gefrorenen Boden, und als sie das Innere des Hauses betreten hatten, stocherte Chris mit dem Feuerhaken im Feuer, bis es Myriaden gelber und roter Funken aussandte. Er setzte sich nieder und dachte an seine Mutter. *Wie leer das*

Haus ohne sie ist! Wie eine einzige kleine, zierliche Frau eine solche Leere in einem Haus hinterlassen kann – oder im Herzen eines Mannes!

»Du hast ein liebendes Herz, Oliver«, sagte er, »keiner weiß das besser als ich. Eine meiner liebsten Erinnerungen gilt der Zeit, als du neben mich tratest und mir sagtest, du seist mein Freund. Damals warst du noch ein Kind. Erinnerst du dich?«

»Sehr gut! Jawohl, sehr gut!« Ein Lächeln kräuselte Cromwells Lippen, dann verschwand es wieder. »Ich bin ein so wankelmütiger Bursche, und es gab Zeiten, da litt ich unter entsetzlichen Zweifeln.«

»Ja, ich weiß. Aber das ist jetzt alles Vergangenheit, nicht wahr?« Chris wusste nur zu gut, dass ein Arzt bei Cromwell *melancholia* diagnostiziert hatte, was nur bedeutete, dass Cromwell als junger Mann oft missgestimmt und unglücklich gewesen war. Robin hatte Chris erzählt, dass der junge Mann »die dunkle Nacht der Seele«, wie man es nannte, durchlitten hatte, dass er das Gefühl gehabt hatte, Gott habe ihn verlassen. »Du hast doch nicht immer noch mit solchen schrecklichen Zweifeln zu kämpfen?«

»Nein, Gott sei es gedankt!« Cromwells Stimme klang leidenschaftlich, und er schlug die Hände zusammen. Er schritt auf und ab und schien seine Gedanken zu ordnen, dann sagte er: »Weißt du, Christopher, ich glaube, dieser Kampf war ein Teil dessen, was Gott in mir bewirken musste, um mich zu bekehren …« Er sprach rasch, sein Gesichtsausdruck war angespannt, seine Augen brannten, als er erzählte, wie Gott ihn letztendlich überwältigt hatte. »Es war eine Zeit großer Freude für mich, und ich danke Gott für sein Erbarmen mit einem armen Sünder!«

»Niemand liebt Gott mehr als du, Oliver.« Chris kam ein Gedanke, und er stand auf und ging zu dem Schreibtisch hinüber, der seinem Urgroßvater gehört hatte, Sir Myles Wakefield. Er öffnete eine Lade, raschelte mit Papieren und sagte dann: »Ah, hier ist es ja –« Er wandte sich lächelnd an Cromwell und sagte: »Du hast diesen Brief im Jahre 1638 geschrieben. Ich habe ihn nie gelesen, ohne darüber nachzudenken, was Gott für dich getan hat.«

Cromwell zog eine Augenbraue hoch, ergriff den Brief und begann zu lesen:

Ich bin bereit, meinen Gott zu ehren, indem ich öffentlich erkläre, was er für meine Seele getan hat. Kein armes Geschöpf hat größeren Anlass, sich für die Sache Gottes einzusetzen, als ich. Der Herr nahm mich auf in seinem Sohn und gewährt es mir, im Lichte zu wandeln, und gewährt es uns, im Lichte zu wandeln, wie er im Lichte ist. Er ist es, der unsere Schwärze, unsere Dunkelheit erhellt. Ich wage nicht zu sagen, dass er sein Angesicht vor mir verbirgt. Er gewährt mir Licht, um in seinem Lichte zu sehen. Ein Lichtstrahl an einem dunklen Ort bringt große Erfrischung. Gesegnet sei sein Name dafür, dass er sein Licht auf ein so schwarzes Herz wie meines scheinen lässt! Oh, ich habe in der Dunkelheit gelebt und sie geliebt und das Licht gehasst. Ich war der schlimmste aller Sünder. Das ist die Wahrheit; ich hasste ein gottgefälliges Leben, aber Gott hatte Erbarmen mit mir. Er sei um meinetwillen gepriesen, dafür, dass er ein gutes Werk begonnen hat und es am Tage Christi vollenden wird.

Cromwells Augen waren nass vor Tränen, als er das Stück Papier sinken ließ. »Ich hatte das vergessen. Es erinnert mich an die herrliche Zeit, als ich den Herrn Jesus fand!«

Die beiden Männer unterhielten sich eine gute Stunde lang, und schließlich sagte Cromwell: »Ich muss gehen, Christopher!« Als er seinen Mantel und seine Pelzkappe anlegte, sagte er: »Wirst du in Westminster sein, wenn das Parlament zusammentritt? John Pym legt großen Wert darauf, dass du kommst.«

»Was liegt so Dringendes vor?«

»Er misstraut dem König.«

»Du auch, Oliver?«

»Nun, ich halte den König in Ehren, aber ich fürchte, er schmiedet Pläne, die Papisterei wieder an die Macht zu bringen und den Puritanismus zu zerstören.« Cromwell zuckte die Achseln, seine derben Züge wurden ernst. »Der König steht unter dem Eindruck, er sei

Gottes gesalbter Stellvertreter auf Erden, und deshalb sei *alles*, was er tut, von Gott. Der Meinung bin ich nicht.«

»Was macht der König jetzt?«

»Er ist nach Schottland gereist, um sich mit den schottischen Führern zu versöhnen. Nachdem er sie mit Krieg überzogen hat, sucht er jetzt ihre Hilfe. Und wenn ihm etwas zustößt, werden wir mit den Schotten kämpfen müssen!«

Chris begleitete Cromwell zur Tür, klopfte ihm auf die Schulter und sagte voll Zuneigung: »Du warst mir ein Trost, Oliver – und ich weiß, deshalb bist du gekommen. Nicht, um über Politik zu diskutieren.«

Cromwell war bei seinen Feinden als ein gnadenloser Kämpfer bekannt. Er konnte rücksichtslos sein, wenn ihm daran lag, aber was seine Freunde und seine Familie anging, konnte niemand sie zärtlicher und fürsorglicher lieben. Er lächelte, und ein humorvolles Glänzen funkelte in seinen grünlichen Augen auf. »Was ist mit deinem Sohn? Benimmt er sich?«

»Besser, als ich mich in seinem Alter benommen habe!«

»Das will nicht viel heißen, oder?«, schoss Cromwell zurück, berührte aber dabei den Arm seines Freundes mit einer jähen Geste der Zuneigung. »Ich höre Gutes über ihn – und dass er an einer jungen Frau interessiert ist.«

»Die Schwärmerei eines Heranwachsenden – jedenfalls halte ich es dafür. Ich halte ihn unter Beobachtung. Leb wohl, Oliver, und danke fürs Kommen.« Als Cromwell verschwunden war, wandte Chris sich wieder seinem Arbeitszimmer zu. Er dachte über den Mann nach.

Seltsam – manchmal kann er so mitfühlend und fürsorglich sein, aber unter den entsprechenden Menschen und Umständen kann er hart wie ein Diamant sein. Niemand weiß, was von Oliver Cromwell noch alles zu erwarten ist. Nicht einmal er selbst!

★ ★ ★

»Sir Christopher – könnte ich Euch kurz sprechen?«

Wakefield, der eben das Vorderbein eines mächtigen Pferdes inspizierte, blickte auf und sah Will Morgan dastehen. Er ließ den Huf los, streckte sich und trat zurück. »Gewiss doch, Will. Was ist los?«

Morgan biss sich auf die Lippen, dann sagte er: »Es wird Zeit, dass ich Euch verlasse, Sir.«

»Was soll das heißen?«, fragte Chris überrascht. Er verließ sich in vieler Hinsicht auf Morgan und wusste, dass der Waliser einen ausgezeichneten Einfluss auf Gavin gehabt hatte. »Nun, das würde mir sehr missfallen, Will«, sagte er augenblicklich. »Geht es dir um den Lohn? Wenn es das wäre –«

»Nein, Sir, das ist es nicht. Ihr wart mir gegenüber mehr als großzügig.«

Wakefield fühlte sich beunruhigt. »Ich kann nicht auf dich verzichten, Will – wirklich nicht.« Das Klingen des Schmiedehammers hallte über den Hof, und eine der Mägde ging an der offenen Stalltür vorbei und rief jemand zu: »Ich sage dir, das nützt nichts –«

Morgan stand schweigend da, seine dunklen Augen hingen an dem Herrn von Wakefield. Er hatte gelernt, Sir Christopher Wakefield zu vertrauen – nein, es war mehr als das. Er hatte gelernt, den Mann gern zu haben. Er war ein unabhängiger Bursche, der mit seiner Loyalität sparsam umging, aber in all der Zeit, in der er den Herrn von Wakefield gekannt hatte, hatte er ihn nie eine unehrenhafte oder grausame Tat begehen sehen.

»Bist du schlecht behandelt worden?«

Morgan schüttelte den Kopf. »Nein, Sir, nichts dergleichen. Es gefällt mir gut hier – besser als überall, wo ich sonst war. Aber –« Er zögerte, dann, als er den ermutigenden Ausdruck auf dem Gesicht Sir Christophers sah, platzte er heraus: »Nun, Sir, ich habe Familienprobleme.«

»Du bist doch nicht verheiratet, Will?«

»Oh nein, Sir, es geht um meinen Vater drüben in Wales und um meine Schwester, Angharad.« Morgan ballte nervös die Fäuste, dann breitete er mit einer hilflosen Geste die Hände aus. »Seht, es sind schlechte Zeiten in Wales, Sir Christopher. Die Farm hat nie viel Ertrag geliefert. Deshalb bin ich fortgegangen und kam nach England. Aber mein ältester Bruder starb letztes Jahr. Er war der Einzige, der von uns Jüngeren noch übrig war, mich ausgenommen – jetzt ist niemand da, der die Farm betreibt.«

Christopher nickte langsam. »Ich habe gehört, es gäbe eine Hungersnot in Irland, und ich nehme an, das bedeutet auch Wales.«

»Ja, Sir. Es ist sehr schlimm.«

»Und du meinst, du könntest die Farm so führen, dass es sich lohnt?«

»Ich kann es versuchen.«

Die Antwort bedrückte Wakefield. Er schüttelte den Kopf und sagte: »Ich weiß, du würdest es schaffen, Will, wenn es überhaupt menschenmöglich ist. Aber nach dem, was du sagst, scheint es eine hoffnungslose Situation zu sein.«

Will schüttelte beharrlich den Kopf. »Wahrscheinlich habt Ihr recht, Sir, aber ich muss gehen. Mein Vater ist kränklich, und meine Schwester braucht jemand, der auf sie aufpasst.«

Wakefield kam ein Gedanke, und er verlangte zu wissen: »Würden sie Wales verlassen, was meinst du?«

»Wales verlassen? Und wohin sollten sie gehen?«

»Nun, sie könnten doch hierherkommen! Wir haben genug Arbeit für zwei weitere Leute.«

Morgan zerknüllte seinen Hut in den Händen, dann schüttelte er den Kopf. »Das ist sehr freundlich von Euch, Sir Christopher, aber es würde nicht funktionieren. Ich habe einen Brief von Angharad bekommen, und sie sagt, unser Vater sei zu schwach zum Arbeiten.«

»Zum Teufel damit, Will, bring ihn trotzdem her!« Wakefield war ein Mann schneller Entschlüsse, und der Einfall, der ihm gekommen war, schien immer logischer. »Deine Schwester – ist sie alt genug, um zu arbeiten, um eine Magd zu sein?«

»Oh ja, Sir Christopher! Sie ist jetzt dreißig und eine gute, fleißige Arbeiterin. Aber mein Vater – er bringt nichts mehr zustande. Ich weiß nicht, wie lange wir ihn noch bei uns haben werden.«

»Nun, du kannst hinfahren und sie holen, Will. Ich bezahle die Reise. Du kannst eine der Kutschen oder einen Karren nehmen. Wann möchtest du aufbrechen?«

Morgan schluckte und zerknüllte den Hut zwischen den Händen. »Ich werde heute noch aufbrechen, Sir, so Gott will.« Er zögerte, dann sagte er mit einer Stimme, die ein wenig unsicher klang: »Sir, das ist sehr gut von Euch. Ich werde schwer arbeiten, um es Euch zu entgelten.«

»Ich weiß, dass du das tun wirst, Will«, sagte Wakefield. Er mochte es nicht, wenn man ihm dankte, und fügte ruppig hinzu: »Nun mach vorwärts. Komm ins Haus, ich gebe dir genug Geld, um die Reise zu finanzieren.«

Will Morgan war ein Mann, der leicht von seinen Gefühlen überwältigt wurde, und er konnte beim besten Willen nicht verhindern, dass ihm die Tränen aus den Augen stürzten. Er wischte sie hastig ab, als Sir Christopher davonschritt, und murmelte heiser: »Nun, wer sonst hätte so etwas getan?«

Dann warf er plötzlich seinen Hut nach dem Pferd, und als er das Tier auf der Nase traf, versetzte es den Brettern seines Stalles einen bösartigen Tritt. Will schlug klatschend die Hände zusammen und begann, fröhlich zu singen.

★ ★ ★

»Ah, meine L-liebe, du siehst sehr gut aus.«

Susanne hatte sich in Gegenwart von König Karl nie besonders wohlgefühlt, aber sie hatte herausgefunden, dass sich hinter seiner steifen Fassade ein warmes Herz verbarg. »Danke, Euer Majestät«, antwortete sie und machte einen Knicks. »Die Königin hilft mir sehr viel bei meiner Kleidung.«

Karl lächelte Henrietta Maria an. »Dein Geschmack ist immer gut, meine Liebe«, sagte er. Er hob die Hand und fuhr sich mit einer beinahe effeminierten Geste über den sauber getrimmten Schnurrbart. Dennoch konnte Susanne nicht glauben, dass der Mann etwas

Weibisches an sich hatte. Er war ein ausgezeichneter Reiter und Jäger und konnte mit den männlicher gebauten Höflingen durchaus mithalten. Susanne war zu dem Schluss gekommen, dass vor allem eines gegen den König sprach und von seinen maskulinen Qualitäten ablenkte, nämlich sein Mangel an Größe und sein beinahe fanatisches Interesse an edlen Kleidern.

Susanne warf der Königin einen Seitenblick zu. Sie trug ein vornehmes Seidenkleid, das am Hals und an den Ärmeln mit holländischer Spitze verziert war. »Wärt Ihr keine Königin, so würdet Ihr eine ausgezeichnete Schneiderin abgeben, Euer Hoheit«, sagte sie.

König und Königin warfen ihr einen verdutzten Blick zu, dann lachte der König laut auf. »Was für ein Gedanke!«, sagte er. »Meine Henrietta keine Königin, sondern eine *Schneiderin!* Du h-hast wirklich die a- absonderlichsten Einfälle, Susanne!«

Die Königin lächelte ebenfalls, denn sie hatte die junge Frau schätzen gelernt. »Du hast recht, mein Gatte«, stimmte sie zu. Sie überreichte ihr jüngstes Kind einer bereitstehenden Hofdame, dann trat sie auf das Mädchen zu und schloss sie voll Zuneigung in die Arme. »Aber dein Witz unterhält uns, Susanne.« Sie trat neben den König und fügte hinzu: »Wir brauchen ein wenig Freude in den dunklen Zeiten, die uns umgeben.«

Karl ergriff ihre Hand und küsste sie sanft. »Wir werden auch bessere Zeiten erleben. Gott wird uns nicht im Stich lassen.«

Susanne hatte die Zuneigung zwischen den beiden schon eine ganze Zeit lang beobachtet. Als junge Frau von fünfzehn Jahren war sie höchst interessiert an der Liebe – und das Paar, das sie nun beobachtete, faszinierte sie. Sie wusste, dass Karl Henrietta geheiratet hatte, als sie ebenfalls sechzehn war, aber er war nicht in sie verliebt gewesen. Er hatte fast vollständig unter dem Einfluss von George Villers, dem Herzog von Buckingham, gestanden. Als der Herzog im Jahre 1628 einem Meuchelmord zum Opfer fiel, war Karl untröstlich gewesen. Susanne hatte erfahren, dass nur der Takt und das Verständnis seiner jugendlichen Braut ihn über seinen Verlust hinweggetröstet hatten.

»*Als der Herzog starb*«, hatte Henrietta einst in einem unbedachten Augenblick gesagt, »*waren wir frei und konnten uns ineinander verlieben.*« Nun waren die beiden unzertrennlich und widmeten sich mit voller Hingabe einander und ihrer Schar von Kindern. Vielleicht klammerten sie sich so eng aneinander, weil sie durch ihre Position von anderen abgeschnitten waren. Susanne war überzeugt, dass diese Isolation der Grund war, warum Henrietta sie in ihren kleinen Kreis eingeführt hatte.

Was Susanne nicht wusste, war, dass die Königin von ihrer Schönheit und ihrem fröhlichen Witz bezaubert war. Ihre Bemerkungen entzückten das königliche Paar so sehr, dass sie nicht zögerten, Susanne ein wenig tiefer in ihr Leben einzubeziehen.

»Ich wäre aber tatsächlich eine gute Schneiderin«, bemerkte die Königin spielerisch und lächelte ihren Ehemann an. »Und es wäre leichter, als Königin von England zu sein.«

»D-das stimmt, meine Liebe.« Karl nickte. »Aber wir müssen an dem Platz dienen, an den G-Gott uns stellt.« Es wirkte beinahe pompös, wie er das sagte – aber Susanne hatte entdeckt, dass er jedes Wort davon genau so meinte. »Gott gibt den Schneiderinnen im Reich ebenso ihren Platz wie den Regierenden.«

»Und stellt er auch Männer wie John Pym und Oliver Cromwell an ihren Platz?«, fragte Henrietta vorwurfsvoll, und ihr Ton wurde bitter. »Damit hat eher der Teufel etwas zu tun!« Diese Tochter eines französischen Königs, Heinrich IV., war eine sanftmütige Frau, es sei denn, es ging um den König und seine Position. Dann konnte sie zur Tigerin werden!

Karl war ihr niemals böse, aber manchmal beunruhigte ihn ihre militante Gesinnung. »Wir d-dürfen so etwas nicht denken«, sagte er rasch. Aber dann wirkte er selbst zutiefst beunruhigt. »Wir versuchten ohne Parlament zu regieren, a-aber so etwas ist unmöglich.«

»Das verstehe ich nicht, Euer Majestät«, meldete sich Susanne zu Wort. »Königin Elisabeth musste sich nicht mit einem Parlament herumschlagen.«

»Nein, und sie regierte England gut«, sagte Karl augenblicklich. »Wie w-wünschte ich, d-diese Tage kehrten wieder!«

»Das wirst du nicht erleben, fürchte ich«, sagte Henrietta wehmütig. »Nicht, solange ein Mann wie Oliver Cromwell im Parlament sitzt. Ich kann den Mann nicht ausstehen!«

Karl seufzte, dann zuckte er seine schmalen Schultern. »Wir müssen ihn ertragen, es sei denn –« Er unterbrach sich scharf und warf Susanne einen Blick zu. Was immer er sagen wollte, er hatte befunden, dass es nur für die Ohren der Königin allein bestimmt war. »Ich m-muss meine Ratgeber treffen«, sagte er. Er küsste die Königin, sprach freundlich mit Susanne und verließ den Raum.

»Er ist bekümmert«, sagte Henrietta, während sie sich auf den seidenbezogenen Diwan setzte. »Seine Untertanen wissen nicht, wie viele schlaflose Nächte mein Gatte für ihr Wohlergehen aufopfert.«

Susanne stand neben dem Fenster, das auf den Hof hinausblickte. Schnee bedeckte den Boden, und die Luft war frisch und kalt. Sie liebte den Wechsel der Jahreszeiten und hätte ungern an einem Ort gelebt, wo es dergleichen nicht gab.

Die Königin beobachtete sie und bemerkte die gut geformte Figur, die dichte Mähne aus blondem Haar und die klar geschnittenen Züge. *Sie ist eine Schönheit – aber sie ist nicht so stolz, wie viele andere an ihrer Stelle wären*, dachte die Königin. Laut fragte sie: »Hast du in letzter Zeit den jungen Wakefield gesehen?«

»Wie – oh ja, Euer Majestät«, Susanne wandte sich um und blickte die Königin an. Ihr Gesicht war plötzlich angespannt. »Er kam letzten Monat in unser Haus.«

»Ihr beide steht euch sehr nahe«, bemerkte die Königin.

»Francine Fourier steht ihm noch viel näher.«

»Die junge Französin?«

»Ja, meine Königin. Gavin ist in sie verliebt.«

»Sie hat weder gesellschaftliche Stellung noch eine vornehme Familie, nicht wahr?«

Susanne Woodvilles dunkelblaue Augen wurden traurig. »Das scheint ihm nichts auszumachen.«

Die Königin, die einen guten Blick für Charaktere hatte, hatte schon längst bemerkt, dass dieses Mädchen unglücklich war. Vorsichtig sagte sie: »Er würde nicht zu dir passen, Susanne. Vielleicht ist es ein Glück, dass er seine Aufmerksamkeit dieser jungen Frau zugewandt hat.«

»Er wäre nicht passend für mich?« Susanne starrte die Königin bestürzt an. »Warum nicht, Euer Majestät?«

Henrietta Maria erhob sich und trat neben das Mädchen. Sie war eine kleine Frau und musste den Kopf heben, um in die dunklen Augen zu blicken, die sie beobachteten. »Weil die Wakefields nicht unsere Freunde sind, meine Liebe. Das musst du doch wissen.«

Susanne wusste nur zu gut um die Kluft zwischen Krone und Parlament, die sich tagtäglich weiter öffnete. Ihre Eltern hatten ihr Vorträge darüber gehalten und sie gewarnt, dass es früher oder später zwischen den beiden Gruppen zum offenen Bruch kommen würde.

»Ich kann mir Gavin nicht als Feind vorstellen, Euer Majestät!«

Mitleid leuchtete in den dunklen Augen der Königin, und sie fühlte eine Woge der Zuneigung zu der jungen Frau. *Als ich in ihrem Alter war – wurde ich mit Karl verheiratet. Und ich hatte niemand, mit dem ich über meine Ängste –*

»Du darfst dein Leben nicht wegwerfen, Susanne«, sagte sie sanft. »Wir Frauen können nicht immer den Weg gehen, der uns am besten gefällt. Dunkle und schwere Zeiten brechen über England herein. Gott wird denen, die er als Herrscher eingesetzt hat, den Sieg geben. Leute wie Cromwell und Wakefield, die sich Gottes Willen für unser Land widersetzen, werden keinen Segen empfangen.«

»Sir Christopher ist ein guter Mensch«, beharrte Susanne. »Er ist ein Mann von starkem Glauben, und er ist so liebenswürdig ... und sein Sohn ist genauso.«

»Kein Zweifel, aber er ist im Irrtum, meine Liebe.« Königin Henrietta Maria schüttelte den Kopf, und ein tragischer Schatten verschleierte ihre Augen. »Gott hat meinen Gatten zum König eingesetzt, und die sich dem Willen des Herrn nicht beugen wollen, müssen dafür leiden.«

14

»ICH SEHE, DASS DIE VÖGEL FORTGEFLOGEN SIND!«

»Nun, es tut weh, einen letzten Blick darauf zu werfen.«

Will Morgan wandte sich seinem Vater zu und hielt die Pferde an. Die blassblauen Augen Owen Morgans hingen an dem Tal, auf das man von der Straße – die dort einen steilen Hügel hinaufführte – hinunterblickte. Will ließ sich in seinem Sitz zusammensinken. Er war müde bis ins Mark. Die Reise nach Wales war anstrengend gewesen. Nun dachte er daran, wie schwierig es für seinen Vater sein musste, das einzige Leben und Land, das er je gekannt hatte, zu verlassen.

»Es wird dir in England gefallen«, sagte Will tröstend, »es ist ein hübsches Land.«

»Ich wollte meine Knochen in diesem Tal zur Ruhe legen, Will.«

Owen Morgans sechsundachtzig Jahre hatten ihn ausgedörrt, und sein Gesicht und seine Hände hatten etwas Zerbrechliches an sich, das vom nahenden Tod sprach. Er hatte das felsige Land bearbeitet und es fertiggebracht, dem Boden seinen Lebensunterhalt abzuringen, aber mehr als das hatte er nie zustande gebracht. Er hatte seine Frau, seine beiden Schwestern und vier Kinder in dem Tal begraben – und nun sah es aus, als wollte er sich lieber zu ihnen in ihren schmalen Gräbern gesellen, als die Hügel von Wales zu verlassen.

Die Frau, die hinter ihm saß, beugte sich vor und rüttelte ihn an der Schulter. »He, das will ich gar nicht hören! Es wird dir gut gehen in England – und es ist an der Zeit, dass jemand ein Auge auf Will hat!«

Angharad Morgan war eine hochgewachsene Frau von dreißig Jahren, mit dem schwärzesten Haar, das man sich denken konnte, und warmen braunen Augen. Der schäbige Mantel, den sie um sich zog, enthüllte eine gut gebaute, wenn auch etwas unterernährte Gestalt. Ihr Gesichtsausdruck hatte etwas Vibrierendes an sich, das die Blicke der Männer anzog. Sie hatte viele Heiratsanträge abgewiesen und gesagt: »Wenn Gott mir einen Mann schickt, werde ich ihn nehmen – aber nicht vorher!«

Owen wandte ihr das Gesicht zu, lächelte dünn und nickte dann. »Wann bin ich dir das letzte Mal mit der Rute gekommen, Mädchen? Ist schon allzu lange her.«

Angharad lachte und zog die alte Wolldecke um ihren Vater zurecht. Sie tätschelte voll Zuneigung seine Schulter. »Da sieh nur an, wie verwirrt du bist, dass du deine wunderschöne, wohlerzogene Tochter verprügeln willst!« In der Absicht, ihn von der bitteren Trennung abzulenken, fragte sie: »Will, wie lange wird es dauern, bis wir diesen Ort erreicht haben … dieses Wakefield?«

Will verstand, was sie tat. Die beiden hatten einander immer sehr nahegestanden, obwohl er mehr als zehn Jahre älter als sie war. Er rief den Pferden zu, und als sie loszogen, sagte er: »Eine Woche etwa. Wir haben reichlich Lebensmittel im Wagen, und wenn es uns gefällt, kehren wir einfach in einer Herberge ein.« Er streckte die Hand aus und drückte den dünnen Arm seines Vaters. »Vielleicht sollten wir uns ein paar Tropfen von dem Brandy genehmigen, den du unbedingt mitnehmen wolltest, eh?«

»Vergiss es, mein Junge! Solange ich am Leben bin, verfällst du nicht dem Alkohol!«

Der Wagen holperte über die knochigen Felsen, die den mageren Boden durchstießen, und als die Morgennebel sich verzogen, stieg eine bleiche Sonne in den Himmel auf. Als sie direkt zu ihren Häupten stand, hielt Will an, und sie aßen ein kaltes Mittagessen, dann zogen sie weiter.

Angharad bereitete ihrem Vater ein Bett im Wagen und wickelte ihn in so viele Decken, dass er protestierte, er würde ersticken, aber er fiel augenblicklich in Schlaf. Sie zogen durch Wälder und Felder. Manchmal mühten sich die Pferde ab, die steilen, engen Straßen zu erklimmen, die aus den tiefen Tälern herausführten. Ansonsten jedoch bewegten sie sich in flottem Trab vorwärts.

Als die Schatten schließlich länger wurden, sagte Angharad: »Sieh nur, da ist ein hübsches Flüsschen, Will.« Er nickte und lenkte den Wagen unter eine Gruppe hoher Bäume, dann schlugen sie ihr Nachtlager auf. Angharad hieß ihren Vater im Wagen zu bleiben, bis Will ein helles Feuer entzündet hatte, dann sagte sie: »Nun steig aus und wärme dir die Zehen, während ich uns einen Bissen zu essen koche.« Will sah zu, wie sie Owen vom Wagen half und ihn auf eine gefütterte Decke setzte. »Nun setz dich her und sieh zu«, sagte sie lächelnd.

Will kümmerte sich um die Pferde und sammelte eine große Menge Feuerholz. Dann setzte er sich hin und starrte schläfrig ins Feuer. Der Geruch von bratendem Rindfleisch machte ihm Appetit, und als Angharad die Teller vor ihn und seinen Vater hinstellte, sagte er: »Es riecht herrlich – ich bin halb verhungert.« Er hätte fast schon einen Bissen geschluckt, als er sah, dass sein Vater ihn beobachtete. Rasch sagte er: »Warum sprichst du nicht das Tischgebet, Vater? Es ist lange her.«

Während das Feuer prasselte und das grüne Holz zu seufzen schien, neigten alle drei ihre Köpfe. Owen Morgan sprach auf eine vertrauliche Weise mit Gott, wie er zu Will oder Angharad sprach. »Oh Herr, hab vielen Dank für dieses Essen. Es ist immer dein Geschenk, wenn uns etwas Gutes zuteilwird. Denke an uns, während wir auf Reisen sind – und lass nicht zu, dass wir dich auf irgendeine Weise beleidigen. Ich bitte das im Namen Jesu.«

Angharad hatte saftige Steaks und Bratkartoffeln gekocht. Als Will seine vom Feuer geschwärzte Kartoffel aufschnitt, stieg duftender Dampf auf, und er witterte angeregt. Das weiße Fleisch zerbröckelte, und er aß es so rasch, dass er sich in seiner Hast Hände und Lippen verbrannte.

»Deine Tischsitten sind um nichts besser geworden«, sagte Angharad, ein Lächeln auf den breiten Lippen. »Wage nicht, an meinem Tisch wie ein Wolf zu schlingen!« Sie schnitt ein kleines Stück von ihrem Fleisch ab und kaute nachdenklich darauf herum. »Wir haben in letzter Zeit nicht viel dergleichen gehabt, nicht wahr, Vater? Oh, wie gut das schmeckt!«

Sie aßen sich satt, und dann kochte Angharad einen starken Tee aus Wurzeln, die sie selbst ausgegraben hatte. Als der stechende Geruch des Getränks in Wills Nase stieg, rief er aus: »Ich habe deine Kochkunst vermisst! Es wird guttun, Essen zu haben, das ordentlich den Magen füllt!«

Sie saßen still beisammen und sprachen nur wenig. Owen sann über das Land nach, das er verließ, aber er ließ kein Bedauern hören. Er hatte gelernt, dass Klagen keinen Sinn hatte, und er war, um ehrlich zu sein, froh, wieder mit seinem Sohn zusammen zu sein. Er hatte sich Sorgen um Angharads Schicksal gemacht, und als er nun über das Feuer hinwegblickte und das lachende Paar betrachtete, dachte er: *Gott war gut zu uns – er hat uns Will geschickt, damit er sich um seine Schwester kümmert.* Owen war erstaunt, dass er überhaupt noch lebte, aber er war dankbar für die Wendung, die sein Leben genommen hatte. Es wäre angenehm gewesen, in seinem Heimatland zu sterben, aber er war ein Mann, der an Gottes Plan glaubte, also betete er: *Gott, wenn ich die Wahl gehabt hätte, so wäre ich zu dir eingegangen – aber hier bin ich, bereit, dir gehorsam zu sein.*

Bald darauf wurde er schläfrig, und Angharad half ihm ins Bett. Sie kehrte zurück und setzte sich neben Will. »Er wird keinen zweiten Winter mehr erleben, glaube ich.«

Will war nicht überrascht über ihre Bemerkung. Er war ein wenig erstaunt gewesen, als er die hagere Erscheinung seiner Schwester gesehen hatte, aber der schlechte Zustand seines Vaters hatte ihn ehrlich schockiert. Er erinnerte sich, dass er selbst schon gedacht hatte, sein Vater würde nicht mehr lange leben. Er hob einen Stock auf und stocherte im Feuer herum, dann sah er zu, wie die tanzenden Funken in die Höhe wirbelten und weit in die Luft aufstiegen. Sie schienen sich beinahe mit den glitzernden Lichtpünktchen hoch über ihren Köpfen zu vermischen. »Ich hätte früher nach Hause zurückkehren sollen«, murmelte er.

Als ihr Bruder in Schweigen versank, war Angharad überzeugt, dass er wegen seiner langen Abwesenheit bekümmert war. Sie beugte sich vor und sah ihm tief in die Augen, dann legte sie ihre Hand auf sein Knie. »Du bist rechtzeitig nach Hause gekommen, Bruder. Wer weiß, vielleicht hat dich Gott auf deine Wanderschaft geschickt? Ich habe einmal davon geträumt – und davon, wie du zu uns zurückgekehrt bist.«

Lächelnd legte Will seine Hand auf die ihre und drückte sie fest. »Du und deine Träume! Aber diesmal hast du wohl richtig geträumt. Wir werden zusammen sein, und Vater wird mit seinen Kindern an seiner Seite sterben.«

»Dieser Mann, für den du arbeitest, hat er dich gebeten, uns zu holen?«

»Ja. Er ist der beste Mensch, den ich je kennengelernt habe, Angharad. Du wirst derselben Meinung sein, wenn du ihn kennenlernst.«

»Erzähl mir von ihm und von Wakefield.« Angharad schlang die Arme um die Knie und beobachtete Wills Gesicht, als er mit gedämpfter Stimme von Wakefield sprach.

Sie war eine zutiefst nachdenkliche junge Frau und eine Mystikerin von Geburt an. Ihr Gesicht war rund, und ihre Züge waren von einer klassischen Schönheit, die ihr eine typisch walisische Grazie verliehen. Sie hatte ihr ganzes Leben lang hart gearbeitet, aber in ihrem Gesicht war nichts Stumpfes, und ihre Schultern waren ungebeugt. Ihre Lippen formten eine sanfte Kurve, als sie den Kopf zur Seite neigte, und schließlich sah Will, dass sie einzunicken drohte.

»Zu Bett, Mädchen, wir haben eine lange Reise vor uns!«

Sie reisten zügig eine Woche lang weiter, und sobald der Schock, sein Heim verlassen zu haben, sich gelegt hatte, schien es Owen Morgan besser zu gehen. Er saß lange auf dem Sitz des Wagens; manchmal sang er die alten Lieder von Wales, manchmal erzählte er altertümliche walisische Legenden. Will saß neben ihm, schaukelte träge und lauschte aufmerksam. Vor allem liebte er die Geschichten des Morgan-Clans – und sein Vater war ein wahres Schatzkästlein, was das anging.

»Seltsam, dass er sich nicht mehr erinnern kann, was er mit seinem Löffel gemacht hat«, bemerkte er einmal Angharad gegenüber. »Aber er kennt die Geschichte jedes einzelnen Morgans in unserer Familie seit hundert Jahren.«

»Diese Dinge sind ihm wichtiger als ein Löffel.« Angharad zuckte die Achseln, »ein Löffel ist nur ein Stückchen Zinn, aber das Blut macht uns zu dem, was wir sind.«

Will hatte ihr zugestimmt und seinem Vater noch weitere Geschichten entlockt. Abends zog sie die Kälte ans Feuer, aber tagsüber schien die Sonne ihnen zuzulächeln. Die bittere Dezemberkälte war von milderem Wetter abgelöst worden, und die Temperatur war beständig angestiegen, als sie sich dem Gut näherten und Will auf Orientierungspunkte hinzuweisen begann.

Schließlich hielt Will das Gespann an und deutete auf das kleine Dorf, das von niedrigen Hügeln umschlossen vor ihnen lag. »Wakefield«, sagte er, »das ist jetzt eure Heimat.«

Owen und Angharad starrten das Häufchen Häuser an, das an den aufsteigenden Spiralen dünnen Rauches aus hundert Kaminen erkenntlich war. Sie standen auf einem Hügelkamm und blickten hinunter, und als Angharad einen Augenblick hinabgesehen hatte, sagte sie: »Seht nur, da ist ein Fluss, genau wie zu Hause.«

»In diesem hier sind mehr Fische«, sagte Will befriedigt. Er wandte sich seinem Vater zu und fragte ängstlich: »Gefällt es dir?«

Die Augen des Älteren hingen an der Szene, und er nickte langsam. »Nicht so hübsch wie unser Tal, aber nicht schlecht für England.«

Will zwinkerte Angharad zu, denn beide dachten daran, dass ihr Vater nie zuvor auch nur einen Zollbreit von England gesehen hatte, aber er sagte: »Im Frühling wird es dir gefallen. Wir werden Spaziergänge in den Wäldern machen, du und ich.«

Als der Wagen ins Dorf einfuhr, war die Sonne, ein orangegelber Ball, bereits halb hinter den niedrigen Hügeln im Westen versunken.

Will fuhr geradewegs zum Schloss, und Angharad rang nach Atem, als sie das große Haus sah. »Er muss ein König sein, dieser Lord Wakefield!« Ein junger Mann auf einem hohen Apfelschimmel sah sie und kam augenblicklich auf sie zu. »Ist das Sir Christopher?«, fragte sie.

»Nein, er ist der Sohn des Hauses.« Will zügelte die Pferde, sodass sie stehen blieben, und hob grüßend die Hand. »Mr Gavin, mein Vater, Owen – und meine Schwester, Angharad.«

Gavin trug ein blaues Wams und einen kurzen scharlachroten Wollmantel. Sein reiches aschblondes Haar stahl sich unter einer dunklen Pelzkappe hervor, und er trug kniehohe Lederstiefel. »Willkommen zu Hause, Will – und willkommen auch deine Familie.«

»Ist Euer Vater zu Hause?«

»Nein, er ist im Parlament. Aber er hat mir Befehl gegeben, mich darum zu kümmern, dass für deinen Vater und deine Schwester gesorgt wird.« Sein Pferd scheute und stieg, und er hatte zu kämpfen, um es zur Ruhe zu bringen. Er sagte: »Halt still, Cäsar!« Als er das Tier wieder unter Kontrolle hatte, sagte er: »Kommt mit. Ich habe eine Überraschung für euch.«

Will schnalzte mit den Zügeln, und das Gespann trabte vorwärts. Er sagte: »Ein feiner Junge! Ich habe ihn aufgezogen, müsst ihr wissen. Er hat seine Mutter und seine Großmutter verloren, und sein Vater ist oft in politischen Angelegenheiten unterwegs.«

»Wie kommt's, dass er seine Nase gebrochen hat?«, fragte Angharad.

Will lachte sie aus. »Was für eine Frage! Den meisten Frauen macht seine gebrochene Nase nichts aus.«

Gavin führte sie zu einem kleinen Bauernhaus, das etwa fünfhundert Meter von Wakefield Manor entfernt lag. Er schwang sich vom Pferd, wandte sich zum Wagen und bot Angharad zu ihrer Überraschung die Hand. Sie errötete leicht und murmelte »Danke, Sir«, als er ihre Hand ergriff und sie ihm gestattete, ihr aus dem Wagen zu helfen. Dann drehte sie sich um und half Will, seinen Vater sicher auf den Boden zu bringen.

»Nun, hier ist deine Überraschung, Will«, sagte Gavin stolz. »Wie gefällt es dir?«

Morgan starrte das Häuschen verwirrt an. »Aber – das ist doch wohl nicht für uns?«, stammelte Will. »Das ist das Haus der Witwe Marlow.«

»Sie ist mit ihrer Tochter nach Norden gezogen. Vater und ich hatten alle Hände voll zu tun, die anderen abzuwimmeln, die das Haus haben wollten«, sagte Gavin und grinste. »Wir dachten beide, es wäre gut für deine Familie.«

Angharad starrte das Haus an – einen Fachwerkbau mit einem guten strohgedeckten Dach. Sie ergriff Wills Arm und drückte ihn. »Es ist wunderschön, Sir«, flüsterte sie, und ihre Augen leuchteten Gavin an.

Gavin warf der Frau einen nachdenklichen Blick zu, dann zuckte er die Achseln. »Vater hält so viel von deinem Bruder, dass er ihm unser eigenes Wohnhaus zur Verfügung gestellt hätte, um ihn hierzubehalten. Nun, kommt nach drinnen und seht Euch an, was wir damit getan haben.«

Als die drei ins Innere des Hauses traten, rang Will nach Atem. »Nicht zu glauben – Ihr habt einen Palast daraus gemacht, Gavin!« Er starrte die frische Tünche und die soliden Möbel an und sagte dann: »Es ist ein Heim, wie ich es nie zu erträumen gewagt hätte. Gefällt es dir, Vater?«

Owen Morgan spähte nach allen Seiten, bis seine Augen sich an das Licht gewöhnt hatten, das durch das kleine Fenster hereinfiel, dann nickte er. »Ein Hafen der Ruhe für einen müden alten Mann, Sir. Ich danke Euch, und ich will auch mit Eurem Vater sprechen und ihm ebenfalls danken.«

»Er wird eine Zeit lang außer Haus sein, aber du kannst versichert sein, es hat ihm große Freude gemacht, das Haus für euch vorzubereiten.« Er wandte sich an Angharad und sagte: »Mein Vater und ich sind zwei einsame Männer in einem großen Haus. Möchtest du kommen und Agnes – das ist unsere Wirtschafterin – helfen, das Leben ein wenig angenehmer für uns zu gestalten?«

»Ich dachte, ich würde auf den Feldern arbeiten«, sagte Angharad. »Ich bin nicht an feine Manieren gewöhnt, nur an einfache Dinge.«

Gavin gefiel ihre Haltung. Er fand sie sehr hübsch, und er lächelte, als er antwortete: »Die sind die besten, und du wirst feststellen, dass wir sehr einfache Leute sind.« Er wandte sich zum Gehen, blieb aber in der Tür stehen und fügte hinzu: »Willkommen in Wakefield. Es wird jetzt eure Heimat sein.«

»Ich wusste nicht, dass die englischen Lords so bedachtsam sind«, sagte Owen und neigte den Kopf zur Seite. »Man könnte meinen, wir wären wichtige Leute, so haben er und sein Vater diesen Ort vorbereitet.«

»Ich glaube, Sir Christopher und sein Sohn sind der Meinung, dass die Menschen tatsächlich wichtig sind«, sagte Will und nickte. Dann sagte er: »Nun, lasst uns einziehen. Ich bringe eure Sachen herein, und du kannst deine erste Mahlzeit in Wakefield kochen, Angharad.«

»Gott hat uns an diesen Ort gebracht, mein Sohn«, sagte Owen. Er lächelte Will warmherzig an und fügte hinzu: »Wie Josef, der ausgesandt wurde, um einen Ort für seine Familie während der Hungersnot zu finden, hat Gott dich zu uns geschickt. Ich muss dir wirklich sagen, was für ein guter Sohn du bist.«

Und Will Morgan senkte den Blick. Er wollte nicht, dass sein Vater und seine Schwester die Tränen sahen, die in seinen Augen aufgestiegen waren. »Gott sei die Ehre – nicht mir«, flüsterte er, dann drehte er sich auf dem Absatz um und verließ den Raum.

★ ★ ★

In einer Pulverkammer genügt ein winziger Funke, um eine Explosion auszulösen. Genauso geschieht es in der Geschichte, denn große Ereignisse werden oft von einem so unbedeutenden Geschehnis ausgelöst, dass nur der rückblickende Beobachter die Verbindung zwischen dem kleinen Ereignis und dem katastrophalen Resultat ausfindig machen kann.

Die Regentschaft Karls I. war ein politisches Pulverfass. 1637 stand Karl auf der Höhe seiner Macht, aber er traf beinahe jede falsche Entscheidung, die man nur treffen konnte. In ebendiesem Jahr stolperte er in einen Bürgerkrieg mit den Schotten. 1639 und dann wieder 1640 plante er eine Invasion in Schottland, aber bei beiden Gelegenheiten standen die Schotten schneller unter Waffen, als irgendjemand es für möglich gehalten hätte. Stattdessen marschierten die Schotten in England ein, besetzten Newcastle und weigerten sich, nach Hause zu gehen, bis der König einen Vertrag mit ihnen schloss – ja, sie zwangen ihn sogar, ihre Kosten zu bezahlen!

Karl hatte ohne Parlament regiert, aber er war gezwungen, eines einzuberufen, und zwar eines, das nicht aufgelöst werden konnte! An der Spitze dieser Gruppe stand John Pym, ein Mann, der entschlossen war, das Übel der Monarchie mit den Wurzeln auszuraufen. Es war Pym, genannt »König Pym«, der die politische Härte und das Genie besaß, die Nation in den Bürgerkrieg zu treiben.

Ein weiteres Pulverfass, das Karl ins Gesicht explodierte, war die katholische Gewalttätigkeit gegen die Protestanten in Ulster. Die Katholiken beriefen sich darauf, dass sie auf Befehl des Königs handelten, und die Puritaner erhoben sich wie *ein* Mann, um dem König den Tod ihrer Glaubensgenossen zum Vorwurf zu machen.

Die Unternehmungen Erzbischof Lauds, seine Bemühungen, der Hochkirche in England zum Durchbruch zu verhelfen, schafften eine weitere explosive Situation, und derselbe Funke, der den Bürgerkrieg auslöste, entzündete einen Religionskrieg zwischen verschiedenen Gruppen im Lande.

Aber der einzelne Funke, der den Bürgerkrieg auslöste, war ein Dokument, das der Große Verweis genannt wurde.

John Pym war der Autor des Großen Verweises. Dabei handelte es sich um eine gewaltige, breit gefächerte Attacke gegen die Position der Monarchie als Ganzes. Am selben Tag, an dem die Nachricht vom Massaker an den Ulster-Protestanten ankam, stellte Pym das Dokument dem Unterhaus vor.

Der Große Verweis wurde am 22. November 1641 vom Unterhaus angenommen und war ein wirklich erstaunliches Dokument. Cromwell schloss sich seinen Freunden an, die alle darum kämpften, das Gesetz durchzubringen, obwohl es nur mit knapper Not durchging. Cromwell sagte zu einem seiner Freunde: »Wäre der Verweis zurückgewiesen worden, so hätte ich am nächsten Morgen meinen ganzen Besitz verkauft und England nie wiedergesehen!«

★ ★ ★

»Aber wenn wir das durchgehen lassen, mein Gatte, so werden sie dir als Nächstes die Krone vom Kopf reißen!«

Karl stand vor der Königin, ein nervöses Zucken im rechten Auge – ein Zeichen, dass er sich in einem seiner emotionalen Erregungszustände befand. Als er sprach, war sein Stottern deutlicher hörbar als sonst. »A-aber wir können die M-Männer nicht verhaften, meine Liebe –!«

Henrietta Maria stand steif aufgerichtet da, ihre Augen glänzten vor Zorn. Sie hatte Karl gedrängt, die fünf Mitglieder des Unterhauses, die die Opposition gegen die Krone anführten, verhaften zu lassen.

Karl war vorsichtiger. »Meine Liebe, ich h-habe eine Kirchenreform beschlossen. Das wird Pym und seinen A-anhängern g-genügen.«

»Wie kommst du darauf?«, verlangte Henrietta zu wissen. Ihr wohlgeformtes Gesicht, das für gewöhnlich bleich war, war jetzt vom Ärger gerötet. Es gab keine stehende Armee oder organisierte Polizeitruppe im Königreich. Selbst die Regimenter, die den König beschützten und zeremonielle Funktionen wahrnahmen, waren eher ein Zierat als eine wirkliche Kampftruppe.

Gnadenlos fuhr die Königin fort. Sie warf Karl vor, ein Feigling zu sein. »Wenn du dich dieser Herausforderung nicht stellst, beweist das, dass deine Liebe für mich und die Kinder eine eitle, schwächliche Sache ist!«

»Das stimmt nicht!«

»Und ob das stimmt! Die Verschwörer werden weder mich noch die Kinder verschonen. Wenn du kein Feigling bist, wirfst du diese Rebellen in den Tower!«

Von allen Seiten bedrängt und am Ende seiner Kräfte, machte König Karl I. einen fatalen Fehler. Er richtete sich energisch auf und sagte: »Ich s-selbst werde sie verhaften!«

Er rief dreihundert Schwertträger zusammen, die man die Kavaliere nannte, und sie verließen augenblicklich den Palast. Als sie zum Unterhaus ritten, enthüllte Karl seinen Plan seinem Neffen, Walter Fitzhugh.

»Aber – Ihr könnt das Parlament nicht betreten, Euer Majestät! So etwas ist noch nie geschehen!«

Fitzhugh hatte vollkommen recht. Kein König hatte je einen Fuß in diese Räume gesetzt. Aber Karl war entschlossen. »Ich werde Pym, H-Hampden, Haselrig, Holles und S-S-Strode verhaften«, sagte er großartig. »Kümmere dich darum, Neffe!«

Die bewaffnete Truppe wurde von mehreren scharfen Augen gesehen, und eine Hofdame der Königin schickte Pym eine rechtzeitige Warnung, dass der König unterwegs war.

Cromwell saß neben Christopher Wakefield und hörte sich eine Rede an, als ein Brief im Hause abgegeben wurde. John Pym las ihn, dann sagte er mit nachdrücklicher Stimme: »Der König kommt, um fünf Mitglieder dieses Hauses zu verhaften.« Er und die anderen vier Mitglieder verließen augenblicklich das Unterhaus.

»Das wird er doch nicht wagen, oder, Oliver?«, verlangte Wakefield zu wissen.

»Ich denke doch.« Cromwell sagte nichts weiter, aber dreißig Minuten später öffneten sich die Türen, und der König von England betrat in Begleitung seines Neffen den Raum.

Die Parlamentsmitglieder starrten einander schockiert an. Alle erhoben sich augenblicklich. Ihre Augen hingen an dem König. Der Sprecher ging zum König und kniete vor ihm nieder.

»Mr Speaker, wo sind die anderen Mitglieder dieser Körperschaft?«

Sprecher Lenthall sagte langsam, mit einer Stimme, in der sich Respekt und Trotz mischten: »Mit der gnädigen Erlaubnis Eurer Majestät, ich habe weder Augen zum Sehen noch eine Zunge zum Sprechen, es sei denn, dem Unterhaus gefällt es, mir Anweisungen zu geben.«

König Karl leckte sich die Lippen. Es begann ihm zu dämmern, welchen schrecklichen Schritt er getan hatte. In einem Versuch, die Sache leichthin abzutun, murmelte er: »Ich sehe, dass die Vögel fortgeflogen sind.« Dann wandte er sich auf der Stelle um und verließ das Haus.

Cromwell flüsterte: »Es ist geschehen! Es wird keinen Frieden in England geben, solange dieser Mann auf dem Thron sitzt!«

Er war ein guter Prophet, denn London wurde wild, als die Neuigkeit die Stadt erreichte. Wutentbrannte Menschenmassen versammelten sich vor dem Palast und kreischten Drohungen gegen König und Königin. Karl und Henrietta flohen aus der Hauptstadt nach Hampton Court.

König Karl I., Beherrscher von ganz England, sah London nie wieder – außer, als er hierherkam, um seinen Prozess und den Tod zu erleiden.

15

LASST DIE HUNDE DES KRIEGES LOS

»Aber Oliver, bist du so überzeugt, dass es Krieg geben wird?« Christopher Wakefields Gesicht hatte einen verdutzten Ausdruck angenommen, und als er nur einen strengen Blick Oliver Cromwells zur Antwort bekam, fügte er hastig hinzu: »Ich weiß, es geht um eine ernsthafte Sache, aber der König wird doch gewiss einsehen, welche Dummheit er begangen hat.«

»Er sieht nur eines, Christopher«, gab Cromwell scharf zurück. »Er sieht die Krone Englands, und er wird jeden einzelnen Mann im Lande opfern, um sich seine Position zu erhalten!«

Die beiden Männer standen vor der Vordertür des cromwellschen Hauses und warteten darauf, dass ihre Pferde aus dem Stall gebracht wurden. Sir Christopher Wakefield war kurz nach der Morgendämmerung eingetroffen, und die beiden Männer hatten zwei Stunden in Cromwells Arbeitszimmer verbracht, wo sie über die Probleme des Staates redeten, mit denen sie sich konfrontiert sahen. Seit der König widerrechtlich das Parlament betreten hatte, hatte Cromwell fieberhaft Vorbereitungen für den Krieg getroffen, von dessen Kommen er überzeugt war. Er war Mitglied ungezählter Komitees gewesen, und als der König sich geweigert hatte, die Kontrolle über die Miliz, den Tower und die Festungen aufzugeben, war Cromwell unter denjenigen gewesen, die sich anboten, eine Armee zu finanzieren, die dem König trotzen konnte.

Im Gegenzug war Königin Henrietta Maria mit den königlichen Juwelen auf den Kontinent abgereist, in der Hoffnung, Unterstützung für den König aufzutreiben.

Im ganzen Land gingen Kriegsgerüchte um. Viele Prediger mit parlamentarischen Ansichten hielten von Gift und Galle triefende Predigten, die zum Krieg drängten. Eine dieser Predigten, des Reverends Stephen Marshalls Kriegsruf, wurde im ganzen Land gepredigt. Christopher Wakefield hatte die Originalpredigt gehört, die auf einer Stelle aus dem Buch der Richter basierte: »›Verfluche Meroz‹, sprach der Engel des Herrn, ›verfluche seine Einwohner aufs Bitterste, denn sie kamen dem Herrn nicht zu Hilfe, als der Herr gegen die Mächtigen kämpfte.‹« Marshall stellte das Verbrechen der Bewohner von Meroz – die versagt hatten, als es darum ging, am Krieg teilzunehmen – der Weigerung gleich, die Streitkräfte der Parlamentarier in ihrem Kampf gegen die Krone zu unterstützen.

Als die Stallburschen nun Cromwells und Wakefields Pferde brachten, fragte Oliver plötzlich: »Welches Datum haben wir, Christopher?«

»Nun, den 14. August.«

Cromwell schwang sich in den Sattel: »Komm mit. Es gibt Arbeit zu tun.« Er gab seinem Pferd die Sporen, und die beiden Männer ritten Seite an Seite die staubige Straße entlang.

»Worin besteht die Arbeit, Oliver?«, fragte Chris. Er sah, dass Cromwell so in seine Gedanken versunken war, dass er ihn anscheinend vergessen hatte. Wakefield hatte sich an dieses Benehmen vonseiten Cromwells gewöhnt. Der Mann schien völlig in seine Gedanken versunken zu sein.

Chris' Frage holte Cromwell in die Gegenwart zurück, und er blickte seinen Freund an und antwortete: »Erinnerst du dich noch, wie wir über den Plan des Königs sprachen, das Silbergeschirr aus Cambridge und Oxford zu holen?«

»Ja, um seine Armee zu finanzieren.«

»Nun, die Nachricht ist gekommen, dass er genau das tut.« Ein grimmiges Stirnrunzeln verlieh Cromwells Gesicht den wilden Ausdruck, der so viele seiner Gegner eingeschüchtert hatte. Er zuckte die Achseln und fügte hinzu: »Wir werden dem ein Ende machen, eh?«

»Wir haben die Männer dazu, da bin ich mir sicher. Du hast gute Arbeit geleistet, Oliver. Deine Truppen sind die besten im ganzen Land.«

Cromwell spornte sein Pferd an. Er ritt wie ein Zentaur, sein starker Leib bewegte sich im Einklang mit den Bewegungen des Pferdes. Er hatte eine kleine Truppe Reiter aufgetrieben, und sie hatten sich als ausgezeichnete Soldaten erwiesen. Aber er krauste die Stirn und rief Christopher zu: »Wir sind nur wenige, und ich habe gehört, dass Prinz Rupert sich dem König angeschlossen hat. Kennst du ihn?«

»Nein, hab nie von ihm gehört.«

»Er ist ein Kavalier, und was für einer! Er ist der Neffe von König Karl – ein gebürtiger Deutscher und einer der fähigsten Kavalleriekommandanten in ganz Europa, sagt man. Ich bin froh, dass wir es heute Morgen nicht mit *ihm* zu tun bekommen!«

»Wo wollen wir denn nun wirklich hin?«

»Nun, der König hat eine seiner Truppen unter einem Hauptmann James Dowcra losgeschickt, die Schätze der Universitäten abzuholen. Aber darum werden wir uns kümmern!« Er gab seinem Pferd die Sporen und galoppierte voran, und bald hielten die beiden Männer vor einem Trupp bewaffneter Reiter. Er grüßte die Offiziere und hielt kurzen Kriegsrat.

»Wir wissen, dass Dowcra die Huntington Road entlangkommen wird. Wir schlagen von zwei Seiten zu.« Er hatte ein Stück Papier an einen Baum geheftet, und nun gestikulierte er eifrig, während er sprach. »Ich komme von Osten mit der Hälfte unserer Streitmacht. Christopher, du kommst von Westen.« Erregung brannte in seinen grauen Augen, als er sprach. »Wir werden der Nussknacker sein, und wir werden sie wie eine Walnuss zerknacken!« Die Offiziere lachten, und als Oliver sich vergewissert hatte, dass alle die Befehle verstanden hatten, zog er seinen Hut und begann zu beten. Er tat das ganz natürlich, ohne jede Zeremonie. Jeder der anwesenden Männer wusste, dass Oliver Cromwell sich als Diener Gottes fühlte. Als das Gebet zu Ende war, sagte er schlicht: »Wir haben uns Gott anheimgestellt, nun lasst uns unsere Pflicht tun!«

Wakefield übernahm das Kommando über die Hälfte der Truppe und folgte Cromwell, als er den Kriegszug die stille Straße entlangführte. Die Vögel sangen laut, und auf den Feldern stand eine reiche Ernte. Als sie eine Biegung der Straße erreichten, trennten sich die beiden Gruppen und gingen hinter den hohen Eibenbäumen, die die Straße säumten, in Deckung.

Chris befahl seinen Männern augenblicklich, vom Pferd zu steigen. »Wir lassen die Pferde jetzt rasten. Und bereitet euch vor, Männer, sodass ihr mit aller Kraft zuschlagt, wenn es so weit ist!«

Es dauerte weniger als eine Stunde, bis die Aktion stattfand. Cromwells Spione hatten jedes Detail aufs Genaueste berichtet. Ein Späher kam angaloppiert, das Gesicht rot vor Erregung, und schrie: »Sie kommen!«

Chris rief aus: »In den Sattel, Männer! Und denkt daran, wartet, bis Oberst Cromwell zuschlägt!«

Es funktionierte wie eine Übung in einem Handbuch für Militärstrategie. Als der ahnungslose Hauptmann seine Reiter die Straße entlangführte, saß er hoch aufgerichtet und selbstbewusst im Sattel, fest überzeugt, dass niemand wagen würde, die Armee des Königs anzugreifen. Als Cromwells Männer in voller Wucht zwischen den Bäumen hervorstürmten, verfielen die Männer des Königs in totale Verwirrung. Viele von ihnen kamen nicht einmal dazu, das Schwert zu ziehen, und diejenigen, die Musketen trugen, fanden keine Zeit, die sperrigen Waffen zu laden.

Chris sah Cromwells Männer auf die Truppe einschlagen und schrie: »Jetzt! Greift den Feind an!«

Es war Wakefields erste Schlacht, und sie war so schnell vorbei, dass er ein wenig schockiert war. In weniger als zehn Minuten – von der Zeit an gerechnet, als seine Männer über die verdutzten Streitkräfte Hauptmann Dowcras herfielen – war alles vorbei. Fünf Royalisten lagen tot im dichten Straßenstaub, während viele andere kleinere Wunden aufwiesen. Chris hatte einen Mann verloren und eine unangenehme Wunde am Unterarm davongetragen. Als Cromwell sie sah, machte er sich Sorgen. »Versorge die Wunde gut, Christopher«, drängte er. »Wenn eine solche Wunde eitert, kannst du den ganzen Arm verlieren.«

Hauptmann Dowcra war niedergeschlagen vor Scham. Er hatte tapfer gekämpft, aber er hatte keine Chance gehabt. »Ihr greift des Königs Truppen an, Oberst Cromwell?«, verlangte er zornig zu wissen. »Ihr werdet teuer dafür bezahlen.«

»Gebt Euch zufrieden, Hauptmann«, sagte Cromwell. Jetzt, wo der Überfall vorbei war, war das wilde Licht des Kampfes in seinen Augen erloschen. »Ihr werdet in dem Krieg, der auf uns zukommt, nicht sterben. Ihr werdet im Gefängnis sein, aber das ist immer noch besser als der Tod.«

»Das denke ich nicht!«, sagte Dowcra und schüttelte den Kopf. Er war ein stolzer Mann, und die Niederlage hatte ihn gedemütigt. Aber er hatte immer noch Courage genug zu sagen: »Wartet nur ab, bis Ihr dieses zusammengelaufene Gesindel gegen die gut ausgebildeten Truppen von Prinz Rupert führt! Dann werdet Ihr wissen, wie Niederlagen schmecken!«

Später, als die Gefangenen unter der Oberaufsicht eines Leutnants ins Gefängnis gebracht worden waren, sprachen Cromwell und Chris über den Kampf.

»Man kann kaum von einer Schlacht reden«, gab Cromwell zu, »es war eher ein Scharmützel.«

»Die Männer haben gut gekämpft, Oliver.«

»Tatsächlich, das haben sie; dennoch bezweifle ich, dass Prinz Rupert sich so einfach gefangen nehmen lassen wird.« Er schüttelte ernst und nachdenklich den Kopf. »Die Kavaliere sind uns gegenüber im Vorteil, Christopher. Sie kommen aus dem Adelsstand und waren, wie du auch, ihr Leben lang Reiter und Jäger. Unsere Männer werden aus den niedrigeren Klassen kommen. Sie wissen mit einem Pflug besser umzugehen als mit einem Schwert.« Dann flammten seine Augen auf, und er schlug Chris auf die Schulter und rief: »Aber Gott wird gute Soldaten aus ihnen machen, nicht wahr?«

»Das wird er tun!«, stimmte Chris zu. Dann sagte er: »Wenn du mich im Augenblick nicht sehr dringend brauchst, Oliver, möchte ich nach Wakefield zurückkehren.« Er fuhr sich mit einer nervösen Geste mit der Hand übers Kinn. »Ich mache mir Sorgen um meinen Sohn Amos. Es ist schwer, ein kleines Kind aufzuziehen und gleichzeitig im Krieg zu kämpfen!«

»Finde eine gute Kinderschwester für den Jungen, und kümmere dich um deinen Arm«, riet ihm Cromwell. »Ich fürchte, du wirst in den kommenden Tagen und Monaten häufig nicht zu Hause sein. Du bist ein tapferer Kämpfer, Christopher, und ich brauche jeden von deiner Art, den ich finden kann. Geh jetzt, und Gott schenke dir Weisheit, was den jungen Amos angeht!«

★ ★ ★

Owen Morgan hatte sich mit einer Leichtigkeit, die Will und Angharad erstaunte, an das Leben in dem Häuschen in Wakefield gewöhnt. Am Frühstückstisch, wo sie bei ihrem Porridge saßen, machte Will eine Bemerkung darüber. Er nahm einen dampfenden Löffel von dem Gericht und kaute sorgsam. »Du hast dich eingewöhnt, Vater. Es ist dir leichter gefallen, Wales zu verlassen, als ich dachte.«

Owen kostete von seinem Porridge, fügte ein wenig Sahne hinzu und aß geräuschvoll. »Ein Wohnort ist ein Wohnort.« Er zuckte die Achseln. »Es war gut von Gottvater, dass er uns ein Zuhause geschenkt hat.«

»Dazu sage ich Amen!« Angharad schenkte sich eine Tasse Milch ein, dann setzte sie sich zum Essen nieder. Sie hatte ein wenig zugenommen in den Monaten, die sie in dem Bauernhäuschen wohnten, und sah besser aus, als Owen sie je gesehen hatte. »Ich mache mir Sorgen um Sir Christopher«, bemerkte sie. »Er ist in die Schlacht gezogen, sagtest du, Will, nicht wahr?«

»Ich weiß es nicht mit Sicherheit, aber wenn Cromwell einen Mann auffordert, sich seiner Truppe anzuschließen, dann bedeutet das höchstwahrscheinlich Kampf.«

Owen sagte plötzlich: »Sir Christopher geht es gut. Ich sah ihn letzte Nacht.«

»Du hast ihn *gesehen*? Aber er ist bei den Truppen –!« Will unterbrach sich plötzlich, als ihm einfiel, wie es mit seinem Vater war. Schon oft hatte der ältere Morgan jemand in Träumen und Visionen »gesehen«. Mehr als einmal, erinnerte sich Will, hatte sein Vater in aller Ruhe angekündigt, dass er jemand von der Verwandtschaft, die weit entfernt lebte, gesehen hatte. Einmal hatte Owen um drei Uhr morgens die Vision eines Mannes gehabt – und später hatten sie erfahren, dass der Mann zu eben dieser Stunde gestorben war!

Angharad war mehr an die Visionen ihres Vaters gewöhnt und fragte mit plötzlicher Dringlichkeit: »Was hast du gesehen, Vater?«

»Ich sah Soldaten kämpfen«, sagte Owen. Er ließ den Löffel sinken und schloss halb die Augen, als die Erinnerung ihn überkam. »Manche waren blutig und tot, aber Sir Christopher ging es gut. Er hatte eine Wunde, aber sie war nicht ernst.«

Angharad beugte sich vor. Ihre braunen Augen hingen an ihrem Vater. »Das ist ein Segen«, sagte sie. »Amos hat es schwer genug, nachdem er schon seine Mutter verloren hat. Er braucht seinen Vater.«

»Ist das Kind gesund?«, fragte Will.

»Oh ja, ich wünschte, ich wäre so gesund!« Angharad lachte beim Gedanken an den kräftigen Dreijährigen, der ihr Herz im Sturm erobert hatte. Ihre mütterlichen Neigungen waren immer schon stark gewesen, und Amos Wakefield hatte eine wichtige Rolle in ihrem Leben gespielt, seit sie zur Dienerschaft in Sir Christophers Haus zählte. »Aber man hat alle Hände voll zu tun mit ihm.«

»Ich nehme an, sein Vater war genauso, als er im selben Alter war – schwer zu handhaben.« Will aß mit Genuss, dann erhob er sich und sagte: »Ich muss mich an die Arbeit machen. Vater, wir beide können später fischen gehen. Es sieht nach einem guten Nachmittag zum Angeln aus.«

»Ja, das stimmt.«

Owen saß in seinem Sessel und sah Angharad zu, die den Tisch abräumte, die Teller abwusch und dann ihre Schürze abnahm. »Auf ins Herrenhaus?« Er lächelte. Dann kam ihm ein Gedanke, und er sprach ihn langsam aus. »Du liebst den Jungen so ... du hättest einen Ehemann und Kinder haben sollen, Tochter.«

In der letzten Zeit hatte er nichts dergleichen zu ihr gesagt, und Angharad blickte ihn überrascht an. Dann trat sie zu ihm und legte die Hände auf seine Schultern. Sie fühlte, wie gebrechlich der einst so kräftige Körper geworden war. »Ich werde einen Ehemann haben, wenn Gott mir einen schickt«, sagte sie leise. »Und was Kinder angeht, so habe ich dich und Will.« Sie lachte, dann beugte sie sich vor und küsste ihn. »Du und Will, ihr werdet eine Menge Fische fangen. Wir werden sie zum Abendessen essen.«

Der Weg hinüber nach Wakefield Manor war ein Vergnügen für Angharad. Sie kannte jeden Diener und Landarbeiter und hatte mit Vergnügen mit ihnen allen gesprochen. Der Ort hatte eine glückliche Atmosphäre, die sie schätzen gelernt hatte, und sie dachte daran, wie sehr das Leben sich für sie und ihren Vater zum Guten gewendet hatte. In Wales hatten sie so schlimme Zeiten durchgemacht, und jetzt hatten sie es so bequem! Genug zu essen, ein warmes, kuscheliges Haus, keine Knochenarbeit mehr! Sie neigte nicht dazu, sich Sorgen zu machen, aber in Wales hatten sie oft genug Zeiten erlebt, wo sie an ihrer letzten Brotrinde kauten und sie der Verzweiflung nahe war. Nur ihr starker Glaube an Gott hatte sie aufrechterhalten.

Als sie nun in den Weg einbog, der zur Vorderseite des Hauses führte, sang sie Gott ein kleines Lied, einen Lobpreis. Selbst in den schwersten Zeiten hatte sie das getan. Sie hatte entdeckt, dass Gott zu preisen eine Wirkung auf sie hatte. Ihr Vater hatte einst gesagt: »Gott zu lobpreisen macht einen Mann oder eine Frau attraktiv.« Zum Beweis hatte er die Bibelstelle zitiert: »Der Lobpreis der Gerechten ist schön.« Angharad hatte ihn ausgelacht, aber sie fühlte, dass seine Theorie etwas für sich hatte. Menschen, die Gott aus ihrem Leben ausschlossen, wirkten furchtsam und elend. Aber Menschen wie ihr Vater, der Gott liebte und es auch sagte, hatten etwas Friedvolles an sich, das sie nirgends anders vorfand.

Sie betrat das Haus durch die Seitentür und machte sich augenblicklich auf die Suche nach Amos. Für gewöhnlich spielte er in dem großen Zimmer, das neben dem seines Vaters lag, aber dieser Raum erwies sich als leer. Ein Gedanke kam ihr, und sie wandte sich der Tür von Sir Christophers Zimmer zu. Amos war es verboten, es zu betreten, aber in den letzten paar Wochen hatte er hartnäckig darauf bestanden, es doch zu tun.

Als sie die Tür öffnete, sah Angharad den Jungen mitten im Raum sitzen. Er war so vertieft in sein Spiel, dass er sie nicht eintreten hörte. Als sie näher kam, sah sie, dass er eine von seines Vaters Pistolen genommen hatte und in ihre Teile zerlegte. Dennoch war es gefährlich, denn manchmal waren sie geladen.

»Amos! Was bist du für ein böser Junge!«, schrie Angharad und lief quer durchs Zimmer. Sie kniete neben ihm nieder, und obwohl sie ihn scharf anredete, konnte sie nicht anders, als die kindliche Schönheit des Jungen zu bewundern. Er hatte dunkelrotes Haar, lockig und dicht, und ein Paar großer Augen, so dunkelblau, dass sie beinahe schwarz wirkten. Jede Frau auf Erden hätte ihre Schätze hergegeben, um eine Haut so klar und glatt zu haben, wie dieser Junge sie hatte!

»Pistole – Papas Pistole!«, rief Amos stolz aus, hob sie hoch und richtete sie genau auf Angharads Gesicht.

»Amos, leg das weg!« Angharad schnappte das Steinschlossgewehr, was Amos einen zornigen Aufschrei entlockte. »Du darfst nicht hier drin spielen. Ich werde dich dafür durchprügeln müssen!«

»Papa hat mich hier hereingebracht!«

Angharad öffnete den Mund, um ihn zu schelten, aber plötzlich sagte eine Stimme: »Ich fürchte, das stimmt.« Angharad wirbelte herum und sah Sir Christopher auf dem Bett liegen, ein schwaches Lächeln auf dem Gesicht. »Ich wusste nicht, dass du ihm verboten hattest hierherzukommen.«

»Sir Christopher!« Angharad fühlte sich verlegen, wie sie da neben Amos kniete. Sie erhob sich, einen Ausdruck der Verwirrung auf dem Gesicht. »Ich – ich wusste nicht, dass Ihr zu Hause seid, Sir!« Sie hatte die Pistole in ihrer Hand vergessen. Als sie jetzt nervös ihre

Hände hin und her bewegte, richtete sich der Lauf der Waffe genau auf Chris' Herz.

»Nicht schießen!«, grinste Chris, »so schlimm ist es nun auch wieder nicht.«

»Oh –!« Angharad starrte die Pistole an, als hätte sie sie nie zuvor gesehen, dann errötete sie. Die Farbe machte sie anziehender, als sie selbst wusste. Sie sagte lahm: »Amos ist begeistert von Euren Pistolen, Sir, aber ich fürchte, er wird sich wehtun.«

»Ganz richtig! Diese hier ist nicht geladen, aber er könnte sich wehtun.«

Angharad starrte den Herrn von Wakefield an, dann krauste sie die Stirn. Er sah seltsam aus ... seine Wangen waren gerötet und seine Augen stumpf. »Geht es Euch gut, Sir Christopher?«

»Nun, ich habe mich schon besser gefühlt.« Er hob seinen linken Arm, der in Bandagen gewickelt war. Sie waren steif von getrocknetem Blut. Auf dem Heimweg von der Schlacht hatte er Fieber bekommen und fühlte sich schrecklich. »Ich habe einen kleinen Schnitt abbekommen, und es geht nicht allzu gut damit ...«

Angharad trat näher und sah, dass er sich in seinen staubigen und blutbefleckten Kleidern niedergelegt hatte. »Ihr müsst diese schmutzigen Kleider ausziehen!«, rief sie aus. »Ich bringe Amos zu Mary hinunter. Ich kümmere mich dann auch um Euren Arm. Nun komm schon mit, Amos.« Sie ignorierte die geräuschvollen Bitten des Jungen, bei seinem Vater bleiben zu dürfen, und schleppte ihn ohne große Zeremonien aus dem Zimmer.

Chris blickte auf seine schmutzigen Kleider nieder, dann stand er langsam auf und zog sie aus. Er fand ein sauberes Nachthemd und zog es mit einiger Mühe an. Dann brach er auf dem Bett zusammen und brachte es gerade noch fertig, die Decke hinaufzuziehen.

Seine Zunge fühlte sich dick an, und ihm war zumute, als verbrenne er. Er sank in unruhigen Schlaf, erwachte aber, als er hörte, wie die Tür geöffnet wurde. Angharad trat ein mit einem Krug heißen Wassers, einem Handtuch und einem kleinen Sack. Sie trat augenblicklich an ihn heran und sagte: »Lasst mich sehen ...«, dann schälte sie die blutsteifen Bandagen ab. Sie starrte lange die Wunde an, dann schüttelte sie den Kopf. »Das sieht nicht gut aus, Sir. Ich werde sie für Euch reinigen, dann werde ich Euch etwas zubereiten, das die Schmerzen lindert.«

»Ach, es ist bloß ein Schnitt –!«

Sie schnitt ihm mit einer ungeduldigen Geste das Wort ab. »Sir Christopher, solche Sorglosigkeit würde ich mir vielleicht von Amos erwarten. Das Kind ist schließlich erst drei Jahre alt. Aber Ihr seid ein Narr, Herr. Ihr seid um einiges älter als der Junge, und Ihr solltet es besser wissen!« Angharad machte sich große Sorgen, denn sie hatte solche Wunden eitern gesehen, bis sie tödlich wurden. Sie war so darin vertieft, den Herrn aufs Beste zu pflegen, dass sie vergaß, wie eine Dienerin zu sprechen. Mit fester Stimme sagte sie: »Wir müssen den Arzt rufen, aber bis er kommt, werde ich Eure Krankenpflegerin sein! Nun, haltet still – das wird wehtun ...!«

Christopher beobachtete das Gesicht der Frau, während sie die Wunde reinigte. Was sie machte, tat tatsächlich weh, aber nicht so sehr, dass es seine Aufmerksamkeit von den glatten Formen ihres Gesichts abgelenkt hätte. Ihr rabenschwarzes Haar war geflochten und zu einer Art Knoten zusammengedreht, und ihre starken Arme und ihr Nacken verrieten große Kraft.

Ihre Schönheit berührte ihn tief, während er gleichzeitig wachsende Bewunderung für ihren starken Charakter empfand. Sie war in aller Stille in sein Haus gekommen, aber vom Tage ihrer Ankunft an hatte Chris mit Überraschung bemerkt, wie glatt alles gelaufen war. Er hatte festgestellt, dass Amos die Frau liebte. Es schien ihm nichts auszumachen, dass sie streng mit dem Kleinen umging, denn er verlangte beständig nach ihr.

Als sie sich vornüberbeugte, um das Tuch auszuwaschen, das sie benutzte, fragte er sich, warum sie nie geheiratet hatte. Sie fuhr fort, die Wunde sorgfältig zu reinigen, und er fühlte die Versuchung, sie zu fragen, hielt aber den Mund. Er kannte Frauen zur Genüge, um zu wissen, dass sie es übel nahmen, wenn ein Mann sich in Dinge einmischte, die ihn nichts angingen.

Als Angharad die Wunde gereinigt und mit kühlender Salbe bestrichen hatte, bandagierte sie den Arm sorgfältig, dann sagte sie: »Das werden wir jetzt zweimal am Tag wechseln.«

»Danke, Angharad –«

»Oh, ich bin noch nicht fertig«, schnitt sie ihm gelassen das Wort ab. Sie blickte sein Gesicht an, dann sagte sie mit nüchterner Stimme: »Zieht Euer Hemd aus, Sir Christopher.«

»Mein – Hemd!«

»Euer Nachthemd, Sir. Ihr seid schmutzig!« Sie sah den Schock auf seinem Gesicht und lachte laut. »Ich habe jahrelang meinen Bruder und meinen Vater gepflegt. Meint Ihr, eine nackte Brust erschreckt mich? Kommt schon, runter damit!«

Chris fühlte sich ziemlich töricht, als er es schließlich schaffte, sein Nachthemd auszuziehen, wobei er das Hemd sorgfältig über den Unterleib deckte. »Jetzt werden wir uns einmal waschen«, kündigte Angharad ruhig an. Sie nahm ein sauberes Tuch und goss kühles Wasser in das Becken, dann wusch sie Chris das Gesicht, die Brust und den Rücken. »So, das ist besser«, sagte sie, dann half sie ihm, sein Nachthemd anzuziehen. »Nun ist es Zeit für ein wenig Tee ...«

Trotz seiner anfänglichen peinlichen Verlegenheit spürte Chris, dass es ihm weitaus besser ging. Er beobachtete, wie sie ein Pulver aus dem kleinen Sack in die Teekanne schüttete. Sie nahm den Krug mit Wasser, das immer noch ziemlich heiß war, und goss es in die Teekanne. Der Raum füllte sich mit einem starken aromatischen Duft. »Trinkt eine Tasse davon«, befahl Angharad. »Da, trinkt sie aus bis zum letzten Schluck.« Als er ausgetrunken hatte, nahm sie die Tasse und lächelte ihn an. »Das ist fürs Erste alles, wozu ich Euch zwinge, Sir Christopher.«

Als Angharad sich daranmachte, seine schmutzigen Kleider aufzuheben, sagte Chris demütig: »Nun, Angharad, ich habe alles getan, was du mir gesagt hast, also lass mich jetzt einen Augenblick lang der Herr von Wakefield sein. Ich habe einen Auftrag für dich.«

»Ja, Sir?«

»Setz dich nieder und sprich mit mir.«

»Mit Euch sprechen soll ich, Sir?«

»Ja. Erzähl mir von Amos. Was tut er so?« Chris nickte ihr zu und sagte: »Setz dich bitte nieder. Du kannst doch sicher einem kranken Mann ein wenig Gesellschaft leisten.«

Angharad ließ die Kleider fallen, setzte sich nieder und begann, von Amos zu sprechen. Die Sonne malte gelbe Streifen über ihr Gesicht, sie glättete ihre Haut und verlieh ihr einen elfenbeinernen Glanz. »Nun, Sir Christopher, gestern gingen wir Boot fahren –«

Chris lag da und wurde allmählich schläfrig. Er genoss den Klang von Angharads gedämpfter Stimme. Als sie schwieg, stellte er fest, dass er beinahe im Traum zu reden begann – etwas, was er nie getan hätte, wäre da nicht die beruhigende Wirkung der Medizin gewesen, die er eingenommen hatte.

»Ich – vermisse Patience so sehr«, flüsterte er in jenem Zustand, der dem Schlaf unmittelbar vorausgeht. »Sie war eine solche Freude für mich ...«

Angharad lauschte aufmerksam. Das geflüsterte Eingeständnis des Mannes bewegte ihr Herz. *Er muss sie leidenschaftlich geliebt haben*, dachte sie. *Ich frage mich, wie man sich wohl fühlt, wenn einen ein starker Mann wie Sir Christopher liebt.*

Schließlich fielen ihm die Lider zu, und er bat mit schleppender Stimme: »Schicke – noch nicht nach dem Arzt. Du kannst dich – um mich kümmern –«

Angharad blickte auf das Gesicht des Mannes nieder, als er in Schlaf sank. Er wirkte müde und schwach, nicht stark und gesund, wie es sonst der Fall war. Trotz seiner zweiundfünfzig Jahre hatte er etwas von einem Kind an sich. Sie verstand, dass er einer jener seltenen Männer war, die ihr ganzes Leben lang ihren Kinderglauben bewahren. Vielleicht war dies – und ihr mütterlicher Instinkt – der Grund, warum Angharad Morgan die Hand ausstreckte und das kastanienbraune Haar streichelte. Ein zärtliches Lächeln malte sich auf ihre Lippen, und sie flüsterte: »Schlaft wohl, Sir.« Dann setzte sie sich nieder und hielt den Blick auf sein Gesicht gerichtet, während er schlief.

* * *

Am 22. August 1642 hisste König Karl sein Banner in Nottingham. Er war von einer Gesellschaft vornehmer Familien umgeben – unter ihnen auch Sir Vernon Woodville. Es war Vernon, der zum König sagte: »Euer Majestät, vielleicht wäre es besser, wenn wir noch einige Tage warteten.«

Karl war voll Begeisterung für den – wie er meinte – Anfang einer Bewegung, die alle seine Feinde hinwegfegen würde. Er starrte den Mann an. »W-warum sollten wir d-das tun, Sir Vernon?«

»Nun, Sir, schließlich jährt sich heute der Tag, als Heinrich VII. die Krone auf dem Schlachtfeld von Boswort gewann – und das war der Beginn der Tudor-Dynastie.« Woodville zögerte, dann fügte er rasch hinzu: »Hier haben wir es mit der Dynastie der *Stuarts* zu tun, nicht der Tudors.«

»Unsinn, Woodville!«

Ein gut aussehender Mann Ende zwanzig, der in der Nähe des Königs gestanden hatte, hob seinen Becher. Das war Prinz Rupert, der auf dem ganzen Kontinent berühmt war. Er hatte einen dichten Schopf schwarzer Haare, die ihm bis auf den Rücken hinabhingen, ein Paar großer dunkler Augen und war so hübsch, wie man es einem Mann nur zugestehen mag. Ohne sich um Woodville zu kümmern, sagte Rupert: »Ich trinke auf den Führer Englands, König Karl I. Gott schütze König Karl, und die Rundköpfe sollen zum Teufel gehen!«

Der Trunkspruch wurde lauthals von den Anwesenden wiederholt, die leuchtend bunte Kleidung trugen. »Rundköpfe!« Karl krauste die Stirn, »so nennt Ihr also C-Cromwell und seine Männer?«

»Ich gebe ihnen noch viel schlimmere Namen, Euer Majestät«, lachte Rupert. Er sprühte vor Lebensfreude, dieser junge Soldat, der es kaum erwarten konnte, sein Genie auf englischem Boden unter Beweis zu stellen, wie er es im Ausland getan hatte. Er warf einen stolzen Blick auf all die jungen Männer, alles Aristokraten aus vornehmen Familien, dann rief er aus: »Euer Majestät, seht Ihr nicht, dass wir mit diesen Ehrenmännern nicht verlieren können?«

Karl nickte eifrig. »Wann werden wir gegen sie kämpfen?«

»Sobald ich sie in eine Ecke treiben kann«, sagte Rupert, und ein Schrei der Zustimmung wurde laut. Er lächelte den König an. »Wartet nur, bis wir die Schwerter mit diesen Männern kreuzen, die keinen Sinn für Ehre oder Loyalität für ihren König haben, und wir werden sie rennen sehen wie die Hasen!«

»Gott s-sei mit uns!«, sagte der König, und überall im Zimmer hoben junge Männer in vornehmer Kleidung ihre Schwerter und riefen laut: »Gott sei mit uns! Tod Cromwell und den Rundköpfen!«

16

EIN BEWERBER FÜR SUSANNE

»Dich heiraten, Henry? Aber – daran habe ich nie gedacht!«

Lord Henry Darrows breite Lippen kräuselten sich, als er den verstörten Ausdruck sah, den Susanne bei seinem Heiratsantrag angenommen hatte. Die beiden hatten in dem kunstreich geschmückten Salon im Herrenhaus der Woodvilles nebeneinandergesessen. Darrow war wochenlang unterwegs gewesen. Er hatte unter Prinz Rupert gekämpft, und Susanne war überrascht gewesen, als sie ihn an diesem Morgen auf den Hof reiten sah. Sie hatten den Tag zusammen verbracht, und sie hatte ihn eingeladen, sich einige neue Zeichnungen anzusehen, die Van Dyke von der königlichen Familie angefertigt hatte. Darrow hatte sie gebührend bewundert – dann hatte er ihr einen sardonischen Blick zugeworfen und gesagt: »Ich möchte, dass du mich heiratest, Susanne.«

Susanne war so verblüfft gewesen, dass sie mit dem ersten Gedanken herausplatzte, der ihr in den Sinn kam – und nun lachte sie gezwungen auf und sagte: »Du kannst niemals lange ernst sein, nicht wahr, Henry?«

»Ich meine es aber vollkommen ernst.« Darrow trug ein kostbares Wams aus grüner Seide, graue Kniehosen und weiche Lederschuhe. Sein blondes Haar fiel ihm in Locken über die Schultern, in einer Frisur, die Prinz Rupert in Mode gebracht hatte, und seine blassblauen Augen und seine helle Haut machten ihn zu einem gut aussehenden jungen Mann.

Er beobachtete Susanne ein paar Augenblicke lang, dann streckte er die Hand aus, legte den Arm um sie, und bevor sie noch protestieren konnte, zog er sie an sich und küsste sie.

Es war ein roher, fordernder Kuss. Susanne war schon früher geküsst worden – mit sechzehn Jahren hatte sie viele Verehrer gehabt –, aber sie hatte den Flirt immer unter Kontrolle gehalten. Darrows Liebkosungen waren auf eine Weise fordernd, wie sie es nie zuvor erlebt hatte.

Susanne riss sich von ihm los und fuhr sich mit der Hand über den gequetschten Mund. In ihren Augen loderte eine zornige Flamme auf, und sie sagte empört: »Du hast mich nie auch nur *angesehen*, Henry. Was soll das alles bedeuten?«

Henry, der sich von ihrer unfreundlichen Frage nicht im Geringsten beleidigt fühlte, grinste. »Du bist nicht mehr das kleine Mädchen, mit dem ich aufwuchs, Susanne. Du bist zu einer gut aussehenden Frau herangewachsen – und Frauen sollte man benutzen, nicht auf einem Regal verstauben lassen.«

Susanne wusste nur zu gut, dass Henry Darrow ein gieriges, forderndes Kind gewesen war, und als er zum Mann heranwuchs, hatte sich diese Eigenschaft noch verstärkt. Sie wusste schon immer: Wenn er etwas wollte, so fand er auch einen Weg, es zu bekommen – ganz gleich, wem er damit wehtat. Nun neigte sie den Kopf zur Seite und sagte: »Du kannst jede Frau haben, die du begehrst, Henry. Das ist allgemein bekannt.«

Ihre Bemerkung trieb einen rötlichen Schimmer in Darrows helle Wangen. Er war nicht der Typ, der errötete, aber ihr Hinweis auf seinen Ruf als Schürzenjäger dämpfte ihn ein wenig. Er schüttelte den Kopf und sagte: »Nun, Susanne, ein Mann muss die Frauen studieren, er muss sie kennenlernen, damit er weiß, wie er ihnen Freude machen und für sie sorgen soll.« Er schenkte ihr das Lächeln, das andere Frauen so unwiderstehlich gefunden hatten.

Sie zeigte sich unbeeindruckt. »Ich habe nicht die Absicht, eines von deinen Studienobjekten zu werden, Henry!«

»Nun, ich wollte nicht sagen –«

»Du würdest sowieso den schlechtesten Ehemann der Welt abgeben.«

»Warum sagst du das?«

»Du würdest Dutzende Weiberaffären haben!«

»Aber sie würden niemals vulgär sein, meine Liebe!« Als Darrow die junge Frau anblickte, war er überrascht, wie gut sie sich entwickelt hatte. Susanne Woodville war schön genug, um eine Zierde seines Hauses zu sein, und das sagte er auch. »Du bist eine sehr schöne Frau geworden, Susanne. Ich glaube, wir würden gut zusammenpassen. Ich wäre sehr froh, wenn du mich heiraten würdest.«

Susanne starrte das hübsche Gesicht des jungen Mannes an. Ein listiger Ausdruck lag auf ihrem Gesicht. »Ich weiß, was du vorhast. Du möchtest dir den Besitz der Woodvilles aneignen.«

Wieder stieg das ungewohnte Rot in Darrows Wangen. Er brachte jedoch ein Lächeln zustande und griff nach ihrer Hand. Er küsste sie und sagte: »Es wäre eine gute Verbindung für unser beider Häuser, Susanne. Mein Vater ist gestorben, und eines Tages wirst du deine Eltern verlieren. Eine Frau ist skrupellosen Männern ausgeliefert«, fügte er fromm hinzu, »aber wenn ich dein Gatte wäre, könnte ich deine Interessen schützen.«

»Eine Geschäftssache also, nicht wahr, Henry?« Susanne schüttelte fest entschlossen den Kopf. »Nein. Ich glaube nicht. Ich danke dir trotzdem, aber ich habe immer noch die Vorstellung, dass Männer und Frauen aus Liebe heiraten sollten.«

»Liebe kommt und geht, aber Güter wie die unseren bleiben ewig bestehen.«

»Nein, das stimmt nicht.« Susanne blickte ihn beinahe mitleidig an. »Sie zerfallen zu Staub. Nur eines dauert für immer, und das ist die Liebe.«

Darrow schüttelte missbilligend den Kopf. »Du hast eine romantische Ader, Susanne. Ewige Liebe ist eine hübsche Sache für Gedichte, wie mein Freund Lovelace sie schreibt.« Er hielt inne, studierte ihr Gesicht eindringlich und sagte dann: »Entscheide dich, Susanne, denn wir werden auf jeden Fall heiraten. Deine Eltern haben zugestimmt.«

Susanne blinzelte vor Staunen. »Nein! Sie können nicht zugestimmt haben!«

»Du bist nur nervös, wie es sich für eine unschuldige junge Frau geziemt.« Darrow sprach in herablassendem Ton. Er hatte die Situation in den Griff bekommen und war überzeugt, dass er dieses Mädchen erobern würde, wie er andere erobert hatte. Was die Zeit nach der Hochzeit anging – nun, ein Mann brauchte seine Zerstreuungen! »Ich werde dich die Liebe lehren«, murmelte er und rückte näher an sie heran. Ein sardonisches Lächeln kräuselte seine Lippen. »Das ist einer der Vorzüge, den du von meiner – Erfahrung haben wirst!«

★ ★ ★

Francine Fourier lehnte sich zurück und starrte Darrow an, Zynismus in den Augen. »Du wirst sie *heiraten?* Ich kann es nicht glauben!«

Darrow ließ seine Finger über den glatten Nacken der jungen Frau gleiten. »Nur eine Geschäftssache, meine Liebe. Sie wird nichts zwischen uns ändern.«

»Sei kein Narr! Natürlich wird sich etwas ändern.« Francine war schöner denn je, aber jetzt verzerrte der Zorn ihre Lippen zu einem hässlichen Gebilde. Sie hatte nur geringe Hoffnung gehabt, Henry Darrow zum Ehemann zu bekommen, obwohl sie sich nach Kräften bemüht hatte, ihn dazu zu bringen. Oh, sie hatte genug Angebote erhalten, aber keines hätte ihr den Reichtum gebracht, den sie sich ersehnte. Nun löste sie sich aus Darrows Umarmung und ging quer durch den Raum, um aus dem Fenster zu starren.

Henry zuckte die Achseln, denn er hatte Francines Reaktion vorhergesehen. Er hatte seine Affäre mit ihr mehr genossen als jede andere, aber nie hatte er an Heirat gedacht. Dennoch hasste er den Gedanken, dass etwas so Vergnügliches seinem Ende zugehen sollte. Er trat hinter sie, nahm sie in die Arme und flüsterte: »Nein, es wird sich nie ändern! Ich fühle etwas für dich, Francine, das ich nie für eine andere Frau empfunden habe. Und ich kann dich nicht verlieren!«

Francine wusste, dass das immerhin zum Teil wahr war. *Er will nichts auslassen*, dachte sie, als sie sich zu ihm umdrehte. *Er ist der besitzgierigste Mann der Welt!* Dann schlang sie die Arme um seinen Nacken und flüsterte: »Nein, wir werden einander nie verlieren …« Sie küsste ihn, drückte ihn eng an sich, und als er erregt wurde, trat sie zurück und sagte: »Ich muss aber jemanden heiraten.«

Darrow lächelte. »Wir finden dir einen netten reichen alten Mann, am besten einen, der krank ist und keine Erben hat«, antwortete Darrow. »Liebe ist nicht genug, nicht wahr?«, fragte er plötzlich. Er hatte daran denken müssen, was Susanne gesagt hatte.

»Natürlich nicht. Nur Narren denken so.«

»Ich bin froh, dass du eine praktisch denkende Frau bist, Francine«, flüsterte Darrow und zog sie enger an sich. »Eine *sehr schöne* praktische Frau.«

Aber Darrow hatte keine Ahnung, wie praktisch diese lieblich aussehende Frau war. Noch während sie seinen Kuss erwiderte, dachte sie an ihre Zukunft. *Wenn Cromwell und seine Rundköpfe gewinnen, wird Henry kein Groschen bleiben, genau wie allen anderen Kavalieren. Aber Gavin wird das nicht passieren! Ich schreibe ihm morgen. Er wird kommen, wie er immer kommt.*

Owen Morgan blickte auf, als Angharad und Sir Christopher über das Feld kamen und den Weg zur Hütte einschlugen. Angharad trug einen Korb und lachte über irgendetwas, das der Mann gesagt hatte. Das Benehmen der beiden erweckte Erinnerungen in dem alten Mann, und er zog die Augenbrauen hoch, als ihm einfiel, dass das Paar ihn an die Tage erinnerte, in denen er mit seiner Frau Ceridwen durch die Felder geschlendert war.

Nächsten Monat wäre sie einundsiebzig, dachte er, und die Vergangenheit überschwemmte ihn mit einer Süße, dass er die Augen schloss. Kein Tag war seit Ceridwens Tod vergangen, an dem er nicht an sie gedacht hatte.

»Nun, Vater, machst du ein Nickerchen?« Angharad stellte ihren Korb ab und trat herein, um Owen die schneeweißen Locken aus der Stirn zu streichen. Sie trug ein schlichtes grünes Kleid, und ihr Gesicht sprühte vor Lebensfreude. »Du wirst dein Leben verschlafen«, sagte sie voll Zuneigung.

»Ich habe nicht geschlafen«, widersprach Owen. »Ich habe nur an deine Mutter gedacht.«

Angharads Augen wurden groß, und sie sagte: »Sie ist dir niemals ferne, nicht wahr?«

»Ich verstehe ein wenig davon, Owen«, sagte Chris. »Eine gute Frau verlässt ihren Mann nicht, selbst wenn sie zum Herrn eingeht.«

»Ja, so ist es.« Owen nickte. Er warf dem Jüngeren einen raschen Seitenblick zu, dann sagte er: »Wollt Ihr einen Bissen mit uns essen, Sir? Angharad ist eine grauenhafte Köchin, aber das macht nichts.«

»Das weiß ich besser, alter Schurke.« Chris lächelte. »Ich bin absichtlich vorbeigekommen, damit ich bei Euch zu Gast sein kann.«

Das stimmte durchaus. In den Monaten, seit er sich von seiner Wunde erholt hatte, hatte er den Morgans immer häufiger Besuche abgestattet. Wakefield wusste, dass manche Leute das für eine seltsame Beziehung zwischen Herr und Dienern hielten – aber er hatte gelernt, den Frieden der kleinen Bauernkate in sich aufzusaugen. Amos kam oft mit ihm, und dann saßen sie beide stundenlang da und lauschten Owen, wie er die alten Waliser Geschichten erzählte.

Und Chris war schmerzlich bewusst, wie seine Gedanken immer öfter zu Angharad flogen, wenn er aus der Schlacht heimkehrte – und dass sie oft der Grund waren, warum er seinem Pferd die Sporen gab und wie der Wind auf sein Haus zujagte.

Was Angharad anging, so hatte sie sich ihm gegenüber nie Freiheiten herausgenommen. Sie hatte an Amos Wunder vollbracht, aber sie achtete immer darauf, den Jungen an seine Mutter zu erinnern und ihn zu lehren, dass er ihr Andenken in hohen Ehren hielt. Dennoch war es unvermeidlich, dass Sir Christopher die Neuigkeiten hören wollte, wie es seinem Sohn ging; so verbrachten die beiden viel Zeit zusammen, während Angharad von Amos' Fortschritten berichtete.

Nun drängte Angharad: »Setzt Euch, Sir Christopher. Will hat gestern ein Schaf geschlachtet, und es schmeckt einfach herrlich! Unterhaltet Euch mit Vater, während ich den Topf umrühre.«

Und so saß Chris da und unterhielt sich mit Owen. Als der alte Mann nach Gavin fragte, sagte er: »Er ist auf Reisen. Ich nehme an, es hat mit einer jungen Frau zu tun, obwohl er nichts dergleichen sagte.«

Später kam Will herein, und die vier setzten sich zu Tisch und aßen gemeinsam. Es war eine köstliche Mahlzeit, und nach Tisch setzten sie sich alle vors Haus und genossen den Sonnenuntergang.

Owen erzählte wie gewöhnlich Geschichten, eine Mischung aus Sagen über alte walisische Helden mit den Familiengeschichten der Morgans.

»Ich weiß nicht, wie ein einzelner Mann so viele Geschichten im Kopf behalten kann«, sagte Chris, als Owen schließlich mit einer seiner Sagas zu Ende gekommen war.

Owen zögerte, dann sagte er: »Sir Christopher, ich habe eine Geschichte für Euch, aber ich weiß nicht, ob sie Euch gefällt.«

Überrascht von der Bemerkung, warf Chris Owen einen schrägen Blick zu. »Sie würde mir nicht gefallen? Alle deine Geschichten gefallen mir.«

Owens Gesicht hatte einen seltsamen Ausdruck angenommen, und Angharad und Will wechselten Blicke. »Warum sagst du das, Vater?«, fragte Angharad ruhig. Die sinkende Sonne, eine rosige Scheibe, die hinter die niedrigen Hügel sank, färbte ihre Haut zartrosa, und Chris dachte, dass er selten etwas Hübscheres gesehen hatte.

In der Ferne bellte ein Hund, und Owen Morgan ließ das Geräusch verklingen, bevor er sprach. »Es ist eine Geschichte, die Euch sehr nahegehen könnte«, sagte er beinahe im Flüsterton. »Ich werde sie nicht erzählen, Sir, es sei denn, Ihr verlangt es ausdrücklich von mir.«

Verwirrt blickte Chris Angharad an, dann nickte er: »Erzähl sie, Owen«, sagte er.

»In Ordnung«, sagte Owen. »Es betrifft die Familie Morgan. Der Name meines Vaters war Kelwin. Er heiratete Arwain Ellis, und ich war das älteste ihrer Kinder. Mein Großvater, der Vater meines Vaters, war Gwilym. Er heiratete Beth Rhys –«

Chris lauschte aufmerksam, aber die Geschichte enthielt nichts, das ihn berührt hätte. Es war kein aufregendes Abenteuer, sondern eine bloße Geschichte der Familie Morgan. Er entspannte sich und versuchte den verschlungenen Wegen der Dynastie Morgan zu folgen, aber es fiel ihm schwer.

»Nun war da John Morgan, der Evans Sohn war. Er heiratete ein Mädchen namens Eileen Harris.« Owen erzählte einiges aus der Geschichte von John Morgan, und dann hob er seine dunkelblauen Augen auf und richtete sie auf Chris, als er sagte: »John hatte eine Schwester, Sir Christopher. Ihr Name war Margred.«

Chris fühlte sich plötzlich alarmiert. Er starrte den alten Mann an, befeuchtete sich die Lippen, dann fragte er: »Margred, sagst du?«

»Das ist kein ungewöhnlicher Name bei uns, Sir«, sagte Owen. Seine Augen hingen am Gesicht des Herrn von Wakefield. »Soll ich weitererzählen?«

»Ja.«

»Nun gut. Margred war eine Zeit lang ein feines Mädchen, aber dann brachte sie Schande über ihre Familie. Sie wurde schwanger und wollte nicht sagen, wer der Vater war.«

Als er nicht weitererzählte, fragte Angharad: »Nun lass uns nicht hängen, Vater, was ist aus ihr geworden?«

Sir Christopher Wakefields Stimme klang gepresst, als er abrupt hervorstieß: »Sie hatte einen kleinen Jungen, Angharad – sie kam nach England.« Als Will und Angharad ihn anstarrten, nickte er langsam. »Der Vater des Kindes war mein Ahnherr, Robert Wakefield, der erste Inhaber des Titels.«

»Der Name des Jungen war Myles, so erzählt man«, sagte Owen nachdenklich. Sein Blick hing an Christopher. »Es gab einen Brief von Margred – ich bekam ihn zu sehen –, in dem sie schrieb, der Vater ihres Kindes sei von edlem Geblüt, dass sie den Mann aber niemals bei Namen nennen würde.«

Stille senkte sich über die kleine Gruppe. Schließlich brach Angharad das Schweigen. Sie beobachtete Chris sorgfältig. »Aber, Sir Christopher – woher wisst Ihr das?«

»Ich hörte es von meinem Vater, Robin Wakefield, oft erzählen«, sagte Chris. »Er hatte es von meinem Großvater, Myles, der Margreds Sohn war. Myles erinnerte sich an Wales und die Reise, die er mit seiner Mutter unternommen hatte, um nach England zu kommen.«

»Hat Euer Ahnherr sie geheiratet?«, fragte Will.

»Nein, sie sah ihn niemals wieder, bis sie im Sterben lag. Dann sandte sie den Jungen, ihn zu holen. Als er kam, sagte sie ihm, dass Myles sein Sohn war – bis dahin hatte er nicht gewusst, dass es ein Kind gab. Sir Robert liebte Margred, sagte mein Vater, aber sie war nicht von edlem Blut, und so konnte er sie nicht heiraten. Aber er liebte sie sein Leben lang – so, sagte mein Vater, hatte Myles es ihm erzählt. Und er nahm Myles an Sohnes statt an und gab ihm seinen Namen. Als Sir Robert starb, erbte Myles den Titel.«

Die drei Waliser beobachteten Sir Christopher sorgfältig und sprachen kein Wort. Der Schock stand in seinen Augen geschrieben, aber schließlich streckte er die Hand Owen hin, der sie ergriff. »Ich bin stolz auf mein walisisches Blut, Owen«, sagte er schlicht. Dann warf er Angharad einen seltsamen Blick zu, den sie niemals wieder vergessen sollte. »Wir sind eines Blutes, du und ich«, sagte er zu ihr, dann streckte er die Hand aus. Als sie sie ergriff, sprang ein Funke zwischen den beiden über.

»Und du, Will, du hast nichts davon gewusst?«, fragte Chris.

»Kein bisschen davon!«

»Wie seltsam!«, murmelte Chris. »Dass du von all den Häusern in England ausgerechnet hierhergekommen bist!«

»Da hat Gott seine Hand im Spiel«, sagte Owen mit einem halben Lächeln. »Er lenkt alle Dinge nach seinem Willen.«

Chris nickte langsam. »Daran glaube ich«, sagte er schlicht. Dann wandte er sich ab und verließ sie mit den Worten: »Ich muss darüber nachdenken.«

Als er verschwunden war, fragte Will augenblicklich: »Vater, hast du davon schon gewusst, als ich nach Wales kam, um euch hierherzubringen?«

»Anfangs nicht, aber ich dachte über die alten Geschichten nach, und James, der Steward, sprach eines Tages von Sir Robert Wakefield. Er erwähnte, dass er einen verloren geglaubten Sohn gefunden hatte – einen walisischen Sohn. Es erschien mir wahrscheinlich, dass die Mutter unsere verlorene Margred sein könnte.« Er schloss die Augen und sagte nach einem Augenblick der Stille: »Das ist sehr ähnlich wie die Geschichte von Josef. Er wurde nach Ägypten geschickt, damit seine Familie nicht verhungern sollte.«

»Und wäre Sir Christopher nicht gewesen«, flüsterte Angharad, »so würden wir alle jetzt in Wales verhungern.« Ihre Augen folgten der breitschultrigen Gestalt des Mannes, der durch die Felder davonging. »Das war ein harter Schlag für ihn – herauszufinden, dass er Bauernblut in den Adern hat.«

»Das hat jeder, denn wir alle sind Nachkommen Adams«, bemerkte Owen. Seine Augen ruhten auf dem Gesicht seiner Tochter. Sie beobachtete Wakefield mit einem Ausdruck, der ihn innehalten ließ, aber er behielt seine Gedanken bei sich. Er lehnte sich zurück und sagte: »Er ist ein Mann, das allein zählt. Und es kann keinem Mann schaden, einen Spritzer walisisches Blut in den Adern zu haben!«

★ ★ ★

Chris hätte vielleicht mehr Zeit gehabt, mit Owen über seine Wurzeln zu sprechen, wäre nicht eine dringliche Nachricht von Cromwell gekommen. So hatte er nur Zeit für ein kurzes Wort mit Angharad.

Er schickte nach ihr und bat sie, in seine Bibliothek zu kommen. Als sie ankam, sagte er: »Ich muss ins Feld ziehen, Angharad.« Als er sprach, sah er, dass sie verstört war. »Was ist?«

»Es gefällt mir nicht, dass Ihr in die Schlacht zieht«, sagte sie schlicht. Dann errötete sie und fügte hastig hinzu: »Um Amos' willen.«

Chris hielt ihren Blick fest. Ein leises Lächeln krümmte seine wohlgeformten Lippen. »Um Amos' willen, eh? Ich hatte gehofft, du würdest mich auch selbst ein wenig vermissen, vor allem jetzt, wo wir praktisch verwandt sind.«

Angharad hob den Kopf und betrachtete seine blauen Augen und seine hohe Gestalt. »Ich vermisse Euch immer, Sir«, sagte sie schlicht. »Ich denke, das wisst Ihr auch.«

Chris dachte einen Augenblick lang, dass das Wesen dieser Frau ihn an das Wesen erinnerte, das er so oft bei Patience gesehen hatte. *Wie oft hat Patience mich gerade so angesehen, wenn ich fortzog!,* dachte er. Einen Augenblick durchzuckte ihn das Schuldgefühl, dass er solche Empfindungen für Angharad hegte. Vor der Ankunft der Waliserin hatte Chris nicht einmal daran gedacht, eine andere Frau anzusehen, aber nun wusste er, dass er noch nicht zu alt für Herzensregungen war. Er räusperte sich und sagte: »Nun, ich werde dich auch vermissen. Wenn ich unterwegs bin, denke ich immer an dich und Amos.« Er streckte die Hand aus und ergriff die ihre.

Sie blickte ihn voll Erstaunen an. Er hatte sie nie berührt, aber nun hielt er ihre feste, starke Hand und sagte: »Du bist meinem Sohn eine Mutter geworden. Er liebt dich von Herzen.«

Angharad war sich überdeutlich bewusst, wie Chris' Hand sich anfühlte, wie zart sie die ihre hielt. Sie senkte den Blick und versuchte die Gefühlsaufwallung zu ignorieren, die sie überschwemmte. Sie hatte niemals einen Mann erkannt oder geliebt, aber nun hielt sie den Atem an und fragte sich: *Was ist das? Was geschieht mit mir?* Schließlich flüsterte sie: »Es ist eine Freude, Sir ... für Euren Sohn zu sorgen.«

Chris empfand einen jähen starken Drang, die Hand auszustrecken und ihr Kinn anzuheben ... und das tat er auch. »Beuge niemals dein Haupt vor mir oder vor irgendeinem anderen Mann, Angharad«, sagte er. Er hielt ihr Kinn in einem zärtlichen Griff fest und blickte ihr tief in die Augen. Was er darin las, bewegte ihn, und er beugte sich vor und küsste ihre Lippen. Sie waren glatt und weich unter den seinen, und einen Augenblick lang überschwemmten ihn intensive Gefühle. Er sehnte sich danach, sie an sich zu ziehen, ihren Duft zu genießen – aber er zog sich zurück und sagte: »Ich will nicht despektierlich sein, meine Liebe, aber du bedeutest mir sehr viel.« Er betrachtete sie, dann fragte er besorgt: »Ich hoffe doch, ich habe dich nicht beleidigt?«

»Nein, keineswegs«, sagte Angharad ruhig. Ihr Gesichtsausdruck war ernst, und sie warf ihm einen langen Blick zu, den er nicht lesen konnte. »Ihr solltet jetzt lieber gehen, Sir. Ich werde mich um Amos kümmern – und für Eure Sicherheit beten.«

Chris nickte und verließ den Raum. Sobald sie alleine war, tat Angharad ein paar rasche, nervöse Schritte, dann schlang sie die Arme um ihre Schultern. Die Gedanken überschlugen sich in ihrem Kopf, und sie konnte fühlen, wie ihr Herz hämmerte.

Was ist los mit dir, Mädchen?, verlangte sie zu wissen. *Du kannst doch nicht solche Gedanken denken!*

»Oh, aber ich denke sie«, wisperte sie, und eine seltsame Freude durchschauerte sie. »Tatsächlich, das tue ich. Und was für wunderbare Gedanken das sind!« Dann atmete sie tief ein, ein Lächeln auf dem Gesicht und ein glückliches Licht in den Augen, und trat ans Fenster, um zuzusehen, wie Sir Wakefield das Herrenhaus verließ.

★ ★ ★

Oberst Cromwells Regiment bestand aus fünf Schwadronen, und während er mit der Hand auf die Reihen der Soldaten deutete, sagte er stolz: »Gute Männer, eh, Sir Christopher?«

Chris blickte die Berittenen an und bemerkte, dass der Feldkaplan eine Pistole in einer Hand und die Bibel in der anderen hielt. Er lächelte. »Ja, Sir, eine gute Streitmacht.«

»Nun, wir haben jetzt keine Zeit zum Reden. Versteht Ihr die Taktik?«

»Ja.«

»Dann lasst uns aufbrechen.«

Die Schlacht bei Grantham war keine der bedeutenden Schlachten des englischen Bürgerkriegs, aber Chris erinnerte sich deutlicher daran als an jede andere. Es bestand die Absicht, die bedeutende Festung der Royalisten, Newark, anzugreifen, und als Cromwells Schwadronen vorwärtsdrängten, standen sie einundzwanzig Schwadronen Reiterei und drei oder vier Schwadronen Dragonern gegenüber – Infanterie zu Pferd, mit Musketen und kurzen Schwertern bewaffnet.

Als die beiden Streitkräfte aufeinanderstießen, hörte Chris eine Zeit lang nur noch den Lärm der Schlacht. Der Feind schrie und fluchte, aber die Rundköpfe sangen Psalmen, als sie in die Schlacht zogen! Chris ließ seine Schwadron in gleichmäßigem Tempo vorwärtsrücken, bis sie auf den Feind stießen, und nach einem harten Kampf fand er sich abgeschnitten vom Rest der Armee. Er wandte sein Pferd und wollte fliehen, aber eine Reihe der Kavallerie tauchte plötzlich vor ihm auf. Der Anführer hielt ihm eine Muskete direkt vors Gesicht und schrie: »Ergebt Euch oder Ihr seid ein toter Mann!«

Chris ignorierte ihn, riss sein Pferd herum und donnerte davon, als ihn etwas im Rücken traf. Er fühlte, wie er fiel – aber den Aufprall auf dem Boden spürte er bereits nicht mehr.

★ ★ ★

Am frühen Abend unterbrach ein Diener Gavin beim Arbeiten im Studierzimmer.

»Ein Bote, Sir. Er besteht darauf, Euch zu sehen.«

Sorge überkam Gavin, aber er schob das Gefühl von sich, als er aufstand und zu dem wartenden Boten ging. Er ergriff den Briefumschlag, starrte aber den Reiter an, der die Botschaft überbracht hatte. Der Kurier war ein Kavalier.

»Wer, sagt Ihr, hat mir das gesandt?«, verlangte Gavin zu wissen.

»Sir Henry Darrow«, antwortete der Mann und starrte Gavin stolzen Blicks an. »Wünscht Ihr eine Antwort zu senden, Sir?«

Gavin erbrach das Siegel, nahm ein einzelnes Stück Papier aus dem Umschlag und überflog es rasch. Schrecken erfüllte ihn, als er las, obwohl sich nichts davon in seinen Gesichtszügen spiegelte:

Mr Wakefield, ich muss Euch Mitteilung machen, dass Euer Vater heute Nachmittag in einer Schlacht bei Grantham gefangen genommen wurde. Er wurde verwundet, und es ist nicht zu erwarten, dass er überlebt. Einige dachten daran, ihn zu Euch nach Hause schicken zu lassen, aber ich überzeugte sie, davon Abstand zu nehmen. Wenn ein Mann seine Hand gegen den König von England erhebt, muss er auch die Konsequenzen tragen. Es gibt kein Lösegeld für Euren Vater. Wenn er stirbt, werde ich zulassen, dass sein Leichnam nach Hause überführt wird. Ich vertraue darauf, dass Ihr dieses beklagenswerte Ereignis zum Anlass nehmt, über Euer hochverräterisches Verhalten nachzudenken. Ich würde Euch aufs Dringlichste empfehlen, den Verrätern den Rücken zu kehren, deren Komplize Ihr seid, aber ich kenne Euren Stolz zu gut, um zu erwarten, dass Ihr auf einen gediegenen Rat hört.

Gavins Gesicht wurde hart, aber er sagte mit fester Stimme: »Es gibt keine Antwort.«

»Auch gut!«

Während der Reiter sein Pferd auf die Straße zutrieb, wandte Gavin sich um und sah, dass Angharad und Amos warteten. »Sind es schlechte Nachrichten, Sir?«

Er warf einen Blick auf seinen kleinen Bruder, dachte aber dann, dass es nichts nützen würde, die Wahrheit verbergen zu wollen. »Mein Vater ist ein Gefangener des Königs.« Er sah, wie Kummer in Angharads Augen aufstieg, und fügte hinzu: »Und er ist ernsthaft verwundet.«

»Mein Papa wird nicht sterben!«, schrie Amos auf, aber Tränen standen in seinen Augen, als er sich zu Angharad umwandte, die ihn fest umschlungen hielt.

Angharad und Gavin wechselten einen langen Blick, dann sagte sie: »Gott wird ihn nicht sterben lassen!«, und irgendwie brachte sie Gavin dazu, ihr zu glauben.

17

WAS BEDEUTET SCHON EIN TRAUM?

Die entscheidende Schlacht des englischen Bürgerkriegs wurde am 2. Juli 1644 ausgefochten, auf einem Hügelkamm in der Nähe von Marston Moor. Es war die größte Schlacht, die je auf britischem Boden geschlagen wurde, und sie schuf die größte Begräbnisstätte in England.

Am Anfang dieses Jahres hatte der König den Großteil des Landes hinter sich. Wie es schien, war der militärische Sieg zum Greifen nahe. Prinz Rupert hatte sich nach Lancashire vorgekämpft und die Parlamentstruppen schwer geschlagen. Lathom House wurde befreit, dem Prinzen schloss sich Lord Goring mit fünftausend Mann Reiterei an. Sie stürmten Liverpool und retteten York vor den Rundköpfen.

Die Royalisten waren außer sich vor Begeisterung, als sich, wie es schien, der sichere Sieg der Krone abzeichnete – aber sie hatten nicht mit Oliver Cromwell gerechnet. Obwohl man ihm noch nicht den höchsten Rang verliehen hatte, war die Disziplin in seinem Regiment beachtlich, und er war noch niemals im Kampf geschlagen worden. Er ignorierte den Rat derjenigen, die wünschten, dass er hochrangigen Gentlemen das Kommando übergab. Er sagte: »Ich hätte lieber einen einfachen Hauptmann im braunen Rock, der weiß, wofür er kämpft, und liebt, was er weiß, als einen, den ihr einen Gentleman nennt und der nichts weiter zu bieten hat als den Namen. Ich halte nur einen Gentleman in Ehren, der auch tatsächlich einer ist.«

Schließlich war der Krieg zu einem Duell zwischen zwei Männern geworden: Prinz Rupert und Generalleutnant Cromwell. Der Unterschied zwischen den beiden war beträchtlich. Mit fünfundvierzig war Cromwell zwanzig Jahre älter als Rupert, und der Prinz war auch, was seine Kleidung anging, ein wahrer Kavalier, während Cromwell sich ziemlich nachlässig kleidete. Was aber noch wichtiger war: Rupert stand im Zenit seines Ruhmes als militärisches Genie. Cromwell war ungeschlagen als Anführer von Berittenen, hatte aber nur in relativ kleinen Scharmützeln gekämpft. Dennoch hatte er Größe gezeigt, und unter seinen Anhängern betrachtete man seine Siege als Zeichen göttlichen Wohlgefallens.

»Man bemerkte, dass Gott auf seiner Seite stand«, schrieb Joshua Aprigge, »und er begann, berühmt zu werden.«

Als die beiden Streitkräfte sich nun an diesem ersten Juli Marston Moor näherten, fragte Rupert einen Späher voll Eifer: »Ist Cromwell da?«

»Ja, Sir!«

»Gut! Dann wollen wir die Sache heute zu einem Abschluss bringen.«

Cromwell wurde mitgeteilt, dass er am nächsten Tag auf Prinz Rupert mit seiner glänzenden Kavallerie treffen würde. Er sagte: »Mit Gottes Gnade werden wir genug zu kämpfen haben.«

Und so stießen sie aufeinander – die Rundköpfe des Parlaments und die Kavaliere von König Karl I. Dem alten Brauch gemäß wurden die Fußsoldaten in der Mitte aufgestellt, während die Reiterei sie auf beiden Seiten flankierte. Manchester kommandierte die Fußsoldaten der Parlamentsstreitkräfte, Sir Thomas an der rechten Flanke, Oliver Cromwell an der linken. Die gesamte Streitkraft belief sich auf zwanzigtausend Mann Infanterie und siebentausend Berittene.

Rupert führte elftausend Infanteristen und siebentausend Mann Reiterei über den Hügelkamm – und der Prinz konnte es nicht erwarten, die Schlacht zu beginnen.

»Ich glaube, Rupert wird als Erster losschlagen.« Cromwell sprach mit seinen Kommandanten. »Er hat damit geprahlt, wie er die *Eisenmänner* zu Boden schlagen wird.« Cromwell gestattete sich ein seltenes Lächeln angesichts des Spitznamens, den man ihm und seinen

Männern verliehen hatte. »Aber mit Gottes Hilfe werden wir heute den Sieg sehen. Nun kümmert Euch um Eure Männer!«

Cromwell ritt an den Reihen der Männer auf und ab und hielt inne, um ihnen Mut zuzusprechen. Gavin fiel ihm auf, und er hielt sein Pferd lange genug an, um zu sagen: »Nun, Gavin, und wie geht es dir?«

»Ich bin voll Zuversicht, General Cromwell«, sagte Gavin sofort. In Wirklichkeit war er jedoch aufs Äußerste besorgt um seinen Vater, der, wie man ihm mitgeteilt hatte, immer noch am Leben war. »Ich wünschte, mein Vater wäre hier, um Euch zu helfen, Sir.«

»Das wünschte ich auch, mein Junge«, Cromwell nickte, und obwohl ihm die härteste Prüfung seines Lebens bevorstand, sagte er: »Lasst uns für ihn beten, dass er den Schlingen des Fallenstellers entkommt.«

Die Soldaten nahmen ihre Helme ab, und der Feldkaplan neben Cromwell sagte »Amen!«, als der große Heerführer den Kopf neigte und ein leidenschaftliches Gebet für Sir Christopher Wakefield sprach.

Dann ritt Cromwell weiter, und Gavin zwinkerte, um die Tränen zurückzudrängen, die ihm in die Augen steigen wollten. Er saß auf seinem Pferd, wartete darauf, dass die Schlacht begann, und dachte an Francine. Vor mehr als einem Jahr war er ihrer Einladung gefolgt, aber sie hatte ihn die ganze Zeit nur geneckt, viel versprochen und nichts gegeben. Schließlich hatte sie sich zurückgezogen und gesagt: »Wenn wir verheiratet wären, Gavin, könnten wir einander rückhaltlos lieben.«

Er hätte ihr beinahe einen Heiratsantrag gemacht. Beinahe. Aber irgendetwas hielt ihn zurück. Schließlich hatte er zu ihr gesagt: »Nach dem Krieg wollen wir sehen. Jetzt ist alles zu chaotisch.«

Aus Missfallen über seine Reaktion – oder was sie für einen Mangel an Reaktion hielt – hatte sie ihn weggeschickt. Als er heimkehrte und erfuhr, dass sein Vater gefangen genommen worden war und vermutlich sterben würde, machte er sich heftige Vorwürfe, dass er weg gewesen war. »Wäre ich bei ihm gewesen, so hätte ich ihn vielleicht retten können!« Angharad hatte gesehen, wie Schuldgefühle an ihm fraßen, aber nichts hatte geholfen.

Nun stand er denen gegenüber, die seinen Vater gefangen genommen und verwundet hatten, und er war grimmig entschlossen, dass sie teuer bezahlen sollten!

Aber Prinz Rupert griff nicht an. Seiner Ansicht nach würde es bis zum folgenden Tag keine Schlacht geben. Also hielten die obersten Kommandanten mit Cromwell und Sir Thomas Fairfax Kriegsrat.

»Wir werden angreifen«, sagte Cromwell, als er von der Beratung zu seinen Truppen zurückkehrte. Ein Schauer überlief Gavin, und der Himmel, der sich bereits mit der Düsternis eines nahenden Unwetters überzogen hatte, riss auf und sandte einen Sturzregen hinunter, der beide Armeen durchnässte.

Aber in Cromwell kochte das Blut. Er richtete sich im Sattel auf und rief: »Mit Gottes Hilfe, greift an!« Dann begann der Angriff in dem Stil, den er seinen Eisenmännern beigebracht hatte – blitzschnell, kontrolliert ritten sie mit kurzen Zügeln und kurzen Steigbügeln eng nebeneinander auf den Feind zu. Cromwell hatte Gavin erklärt, wo die Schwachpunkte der prinzlichen Kavallerie lagen: »Sie sind wütend, aber es gibt nur eine einzige Chance. Er hat keine Kontrolle über seine Männer, denn sie sind nur aufs Plündern aus, also wird es keine Gelegenheit für einen zweiten Schlag geben. Wir werden unsere Männer unter Kontrolle halten, damit sie nicht wild auseinanderlaufen.«

Prinz Rupert saß beim Essen, als die Geräusche der Schlacht an sein Ohr drangen. Aufgeschreckt rannte er zu seinem Pferd und rief seine Männer zum Einsatz – und so ritten die Kavaliere los, um Cromwells Angriff abzufangen.

Gavin ritt in der ersten Reihe der angreifenden Eisenmänner. Zuerst erzitterte er, als er sah, wie der Feind ihm geradewegs ins Gesicht stürmte. Ruperts Männer waren ausgezeichnete Reiter, und als die beiden Streitkräfte aufeinanderstießen, geschah es mit einem klirrenden Lärm, der Gavin beinahe die Ohren zerriss. Eine Pistole ging los, beinahe in sein Gesicht, aber er schlug mit seinem Schwert zu, und es fuhr in den Nacken des Soldaten, der die Pistole abgefeuert hatte. Als der Mann zu Boden fiel und sein Blut in einem scharlachfarbenen Strahl aufspritzte, hob es Gavin den Magen, aber er kämpfte die Galle nieder, die ihm in den Hals stieg – er hatte keine Zeit, seinen Reaktionen nachzugeben. Die Schlacht tobte, und über allem hörte er die lauten Psalmen, die die Eisenmänner sangen.

Er kämpfte, bis sein Arm müde war, und als er dachte, er könnte nicht mehr weitermachen, sah er Oliver Cromwell im Kampf mit einem mächtigen Reiter, dessen lang herabfallende Locken vom Regen durchnässt waren. Gavin versuchte sein müdes Pferd an die Seite des Generals zu treiben, aber das Tier brach zusammen. Gavin fiel mit einem Grunzen zu Boden, dann sah er einen Kavalleristen auf sich zugaloppieren, der die Pistole im Anschlag hielt!

Ich werde Susanne nie wiedersehen, dachte er mit überraschender Klarheit, dann richtete er sich auf, um dem Tod ins Auge zu schauen – und in dem kurzen Augenblick, der ihm noch blieb, kam ihm der Gedanke: *Seltsam, dass ich an Susanne gedacht habe statt an Francine.*

Der Reiter war nicht mehr als zehn Fuß entfernt, und sein Finger lag am Abzug, aber Gavin blinzelte nicht. Er hielt die Augen weit geöffnet und war bereit, sein Schicksal auf sich zu nehmen – aber plötzlich verschwand der Kavallerist. Eine Kraft, so abrupt, dass Gavin es kaum glauben konnte, hatte ihn von seinem Pferd geschleudert.

»Seid Ihr in Ordnung, Sir?«

Gavin drehte sich um und starrte einen hochgewachsenen, schwergewichtigen jungen Mann an, der eine blutige Pike in den Händen hielt. Er hatte ein rundes Gesicht und ein Paar heller blauer Augen und fragte erneut: »Nicht verletzt, Sir?«

»Nein –«, brachte Gavin mühsam über die Lippen. Er schluckte und sah den Feind an, der auf dem Rücken lag. Blut strömte aus seiner Brust. Die lange Pike hatte ihn in dem Augenblick erwischt, als er den Abzug ziehen wollte, und Gavin wandte sich um und sagte: »Du hast mir das Leben gerettet, Soldat!«

»Nun, freut mich, dass ich hier war, um zu helfen.« Der Soldat warf einen Blick auf die immer noch tobende Schlacht und sagte: »Wir sollten Euch lieber ein anderes Pferd suchen.«

Der Schock ergriff Gavin erst jetzt, und er konnte nur zusehen, wie der große Mann über das Schlachtfeld rannte und die Zügel eines grauen Schlachtrosses ergriff, dessen Reiter gefallen war. Er brachte das Tier zurück und sagte: »Steigt auf, Herr.«

Gavin schwang sich in den Sattel, und als er die Zügel ergriff, fragte er: »Wie heißt du, Soldat?«

»Bunyan, Sir – John Bunyan.«

»Nun, John Bunyan, nach der Schlacht werde ich dich suchen, um dir gebührend zu danken.«

»Ah, Sir, wir sind alle Soldaten!« Bunyan ließ ein blitzendes Grinsen sehen, dann drehte er sich um und rannte auf die Schlachtreihen zu, wo er zwischen den anderen Männern verschwand.

Gavin sah, dass seine Schwadron sich auf einen weiteren Angriff vorbereitete, und ritt los, um seinen Platz in der Schlachtreihe einzunehmen. »Alles in Ordnung, Gavin?«, fragte Leutnant Spines. »Ich sah Euch fallen und dachte, Ihr wärt verloren.«

»Ein Engel hat mich gerettet«, sagte Gavin mit einem Grinsen, und als der Leutnant ihn anstarrte, nickte er. »Ein Engel namens John Bunyan«, fügte er hinzu.

»Seltsamer Name für einen Engel«, sagte der Leutnant und grinste zurück. »Aufgepasst, los geht's –«

Die beiden Armeen schwankten vor und zurück, und schließlich errang Rupert die Oberhand über den rechten Flügel der Parlamentarier, den Lord Leven befehligte. Oliver Cromwell und seine Eisenmänner kamen zu Hilfe. Sie stürmten in geordneter Schlachtreihe heran, und als sie auf die Armee der Kavalleristen stießen, schlugen sie mit alles vernichtender Kraft zu.

Die Kavalleristen sahen, dass sie nicht mehr viel ausrichten konnten, und bald zogen sie sich geschlagen zurück.

Cromwell sprach später davon und sagte: »Wir jagten die gesamte Kavallerie des Prinzen vom Schlachtfeld. Gott machte sie zu Strohstoppeln vor unseren Schwertern.«

Und so endete die Schlacht, und Ruperts Niederlage erwies sich als eine Katastrophe für den König. Seine nördliche Armee war in alle Winde zerstreut, und der ganze Norden war verloren. Die Schlacht öffnete den Puritanern die Tür, den Krieg zu gewinnen – und es war das Schwert Oliver Cromwells, das den Sieg errungen hatte.

★ ★ ★

»Gavin, Ihr müsst aufhören, Euch Vorwürfe zu machen!«

»Ich kann nicht anders, Angharad!«

Angharad starrte in das bleiche Gesicht des jungen Mannes, dann stieß sie in Verzweiflung hervor: »Was wird es Eurem guten Vater nützen, wenn Ihr Euch vor Sorge um ihn in ein frühes Grab bringt?«

Die beiden standen im Garten und beobachteten Amos, der einen riesigen Monarchenschmetterling jagte und dabei durchdringend schrie. Angharad hatte versucht, Konversation zu machen, aber als Gavin ihr nur mit mürrischer Einsilbigkeit geantwortet hatte, hatte sie die Geduld mit ihm verloren.

Auf ihren herben Ton hin wandte er ihr gequälte Augen zu. »Aber ... was ist, wenn er in diesem Gefängnis *stirbt*? Ich dachte ... ich hoffte, er würde längst wieder frei sein. Es dauert so lange ... mehr als ein Jahr! Und mit jedem Tag, der vergeht, wächst meine Angst, dass er ... er niemals wieder heimkommt.«

Angharad wollte ihn ausschelten, aber in diesem Augenblick wirkte Gavin trotz seiner neunzehn Jahre so kindlich und verletzlich wie Amos. Sie trat neben ihn, legte ihre Hand auf seinen Arm und sagte voll Mitgefühl: »Steht es so schlimm um Euch, Junge?«

»Ja!«, schrie Gavin auf. »Ich kann es nicht ertragen, Angharad!«

»Ich weiß, Gavin ... ich weiß es nur zu gut.« Etwas an ihrem Ton ließ ihn in ihr Gesicht blicken, als sie fortfuhr: »Und Ihr bemerkt wohl nicht, junger Herr, dass – ich ebenfalls Schmerzen leide.«

Gavin hatte Angharad sehr lieb gewonnen. Er bewunderte ihr

vornehmes Betragen und den kühnen Witz, den sie aufblitzen ließ. Sie hatte ihnen allen das Leben leichter gemacht – vor allem aber ihrem Vater. Nun blickte Gavin sie an. Ihr Eingeständnis hatte ihn verblüfft. Bienen summten in der Luft, als sie einander anblickten, und Gavin sagte leise: »Ich sehe das jetzt, Angharad. Du und mein Vater, ihr steht euch sehr nahe.«

»Ich bin nur seine Haushälterin, Gavin.«

»Nein«, sagte er und schüttelte langsam den Kopf. Jetzt erinnerte er sich daran, wie glücklich sein Vater gewesen war, wenn sie in der Nähe war – glücklicher, als Gavin seit Patience' Tod ihn je gesehen hatte. »Du hast meinem Vater gutgetan. Er war so einsam, seit Mutter starb.«

Angharad hob ihren Blick dem jungen Mann entgegen, der seinem Vater so ähnlich sah, und sagte: »Ich habe nie zuvor einen Mann wie ihn kennengelernt. Gesegnet seid Ihr, einen solchen Vater zu haben –«

Wohin das Gespräch vielleicht noch geführt hätte, erfuhr Gavin nie, denn von der Tür her rief eine Stimme seinen Namen. Er drehte sich um, und sein Gesicht hellte sich auf, als er Susanne auf sich zukommen sah.

»Susanne!«, rief er aus und lief ihr entgegen. Sie streckte die Hände aus, und er ergriff sie. »Ich freue mich, dich zu sehen!«

Die Hitze der Sommersonne hatte Susannes Gesicht gerötet, aber ihre Augen strahlten, als sie sagte: »Hallo, Gavin! Ich freue mich auch, dich zu sehen.«

Gavin hielt ihre Hände einen Augenblick lang fest, dann erinnerte er sich an Angharad – und Amos, der gekommen war, um die Besucherin anzustarren. »Das ist Angharad Morgan, unsere Haushälterin. Angharad, das ist Miss Susanne Woodville, eine sehr liebe Freundin von mir.«

Angharad nickte leicht, aber Susanne trat vor und streckte die Hände aus – eine ungewöhnliche Geste für eine Frau ihres Standes einer Dienerin gegenüber. »Ich habe von dir reden gehört«, sagte sie und betrachtete die Frau von oben bis unten.

»Von mir?« Angharad blinzelte vor Staunen. »Von wem könnt Ihr wohl von mir gehört haben?«

»Von Sir Christopher.«

»Du hast meinen Vater gesehen?«, verlangte Gavin zu wissen. »Wo – wo hast du ihn gesehen? Wie –«

Susanne unterbrach ihn. »Ich besuchte ihn vor zwei Tagen.« Sie warf einen Blick auf Amos, dann beugte sie sich vor und sagte: »Dein Vater liebt dich, Amos. Er sagte mir, ich sollte dir einen Kuss von ihm geben. In Ordnung?«

»Ja, gut.« Amos ertrug den Kuss mit dem Stoizismus eines Vierjährigen, dann verlangte er zu wissen: »Wann kommt mein Papa heim?«

Susanne zögerte, dann sagte sie: »Bald, hoffe ich. Er kann es nicht mehr erwarten, dich wiederzusehen.«

Als Angharad sah, dass Susanne vor dem Kind nicht reden wollte, sagte sie: »Amos, lass uns beide gehen und die lustige alte Kuh auf der Weide ansehen.«

Gavin wartete, bis die beiden außer Hörweite waren, dann sagte er: »Nun – sag es mir!«

Susannes Gesicht wurde ernst, und sie sprach zögernd. »Es sind keine guten Nachrichten, Gavin. Ich ging ins Gefängnis, um ihm ein wenig Essen zu bringen, und es geht ihm nicht gut.«

»Macht ihm die Wunde immer noch Schwierigkeiten?«

»Sie ist nie richtig geheilt. Sie kümmern sich gerade so weit um ihn, dass sie ihn am Leben erhalten, aber sie tun nichts gegen die Infektion! Kaum geht es ihm etwas besser, vernachlässigen sie ihn, und der Teufelskreis beginnt von Neuem. Und der Kerker ist ein übles Loch! Weder Luft noch Sonne und so schmutzig! Ich versuchte den Kerkermeister dazu zu bringen, dass er ihn besser pflegt, aber er lehnte ab. Ich – ich glaube, er hat entsprechende Befehle erhalten.«

»Befehle von Sir Henry Darrow!«

»Ich kann es nicht sagen, aber wir müssen etwas tun, Gavin! Er wird an diesem Ort sterben!«

Gavins Gesicht verzerrte sich in ohnmächtiger Wut. »Ich habe versucht, ein Lösegeld anzubieten, aber die Krone will nichts davon hören. Ich zermartere mir bis zum Wahnsinn den Kopf darüber!« Er stand zutiefst niedergeschlagen da, die Augen von Verzweiflung erfüllt, aber dann schien er sich so weit zu erholen, dass er sie dankbar anlächelte. »Danke, dass du ihn besucht hast – und dass du hierhergekommen bist. Du warst immer schon freundlich.«

Sein Kompliment trieb ihr die Farbe in die Wangen, und sie machte eine abwehrende Geste. »Es war nichts – aber ich weinte, als ich ihn sah, Gavin! Er war immer so stark, und nun ist er krank und allein!«

Die beiden standen da, und schließlich ging er ihnen voran ins Haus. Als Angharad sie zum Esstisch führte, musterte Susanne verstohlen die Waliserin. Als es Schlafenszeit war, führte Angharad sie zu ihrem Zimmer, aber als sie sich zum Gehen wandte, sagte Susanne: »Sir Christopher sprach viel von dir, Angharad.«

»Tatsächlich!« Angharad wandte sich augenblicklich um. Ihre Augen wirkten riesig im gelben Lampenlicht. »Mein Herz fleht zu Gott für ihn!«

»Ich soll dir ausrichten, dass der Gedanke, dass du dich um Amos kümmerst, ihm den meisten Trost spendet.« Susanne hatte Chris Wakefield zugehört, wie er von der Frau sprach, und nun fügte sie hinzu: »Weißt du, dass er dich liebt?«

»Nein –!«, protestierte Angharad. Ihre Lippen waren angespannt. »Ich bin nur eine Dienerin für ihn!«

»Das glaube ich nicht. Als er von dir sprach, veränderte er sich. Seine Stimme wurde zärtlich, als er deinen Namen aussprach – und ich kenne ihn gut genug, um ihn zu verstehen. Er liebte Gavins Mutter innig, aber sie ist tot, und Sir Christopher ist ein Mann, der Liebe in seinem Leben braucht. Die Liebe einer Frau.«

Angharad stand sehr still, den Blick zu Boden gesenkt. Sie erfreute sich an dem, was sie hörte, aber als sie den Blick hob, sagte sie: »Es kann niemals mehr sein, als es ist, Miss Woodville. Er ist ein Lord – und ich bin eine arme Frau.«

Susanne sagte mit gedämpfter Stimme: »Wenn ein Mann eine

Frau liebt, und wenn er ein guter Mann ist – dann fragt er nicht nach ihrem Stand. Er folgt seinem Herzen.«

»Das – ist eine seltsame Art, die Dinge zu betrachten, Miss Woodville«, flüsterte Angharad. »Aber sagt Gavin bitte nichts davon. Und auch sonst niemand.«

»Natürlich nicht. Ich dachte nur, du solltest Bescheid wissen.«

★ ★ ★

Den ganzen nächsten Tag verbrachte Susanne mit Gavin. Sie machten einen Spaziergang durch die Wälder und erinnerten sich an die Tage der Kindheit. Einmal blieb er stehen und sagte: »In der Schlacht bei Marston Moor wäre ich beinahe getötet worden …« Er erzählte ihr die Geschichte, und dann sagte er: »Als ich dachte, ich müsste sterben, da dachte ich an dich, Susanne.«

Sie blickte ihn überrascht an. »An mich? Nicht an Francine?«

Gavin sah peinlich berührt aus. »Ich weiß nicht, warum ich nicht an sie gedacht habe … es scheint mir, dass ich sie schon so lange liebe.« Er streckte die Hand aus und berührte sanft ihre Wange, dann lächelte er. »Aber wir waren Freunde, solange ich mich zurückerinnern kann. Du warst meine beste Freundin, Susanne.«

»Das ist süß, Gavin!« Susanne spürte nur zu deutlich, wie seine Hand ihre Wange berührte. »Es ist nett, Freunde zu haben. Und ich habe dich immer … gern gehabt. Sogar, wenn du abscheulich zu mir warst!«

»Wie damals, als ich dich in den Fluss warf?« Er lachte sie an, dann schritten die beiden den Pfad entlang weiter. Die Zeit, die sie gemeinsam verbrachten, bedeutete für Gavin eine kurze Erholungspause von den Lasten, die er trug, und als sie zum Haus zurückkehrten, sagte er: »Ich bin froh, dass du hier bist.« Er krauste die Stirn und fragte: »Wirst du Henry heiraten?«

»Meine Eltern sagen, ich muss es tun.«

»Aber du liebst ihn nicht?«

Susanne schüttelte den Kopf und entfernte sich von ihm, ohne ihm eine Antwort zu geben. Ihr Vater und ihre Mutter hatten sie beide bedrängt, Darrow zu heiraten, aber irgendwie hatte sie ihnen widerstanden. Aber sie wusste nur zu gut, dass sie ihren Willen durchsetzen würden, denn junge Mädchen ihrer Gesellschaftsklasse hatten kaum eine Wahl in diesen Dingen.

* * *

Susanne blieb noch zwei Tage, und in dieser Zeit fühlte sie sich stark hingezogen zu den Morgans und den Bewohnern von Wakefield. Amos gewann ihr Herz, aber Angharad sagte zu ihr: »Er ist ein Charmeur! Wartet nur, bis er herangewachsen ist – was er den Mädchen dann antun wird, daran will ich gar nicht denken!«

Gavin war mit den vielen Pflichten eines Gutsherren beschäftigt, und Susanne war überrascht, als sie sah, wie tüchtig er war. Sie sagte es ihm eines Morgens, als sie gemeinsam neue Pferde kaufen gegangen waren, und er blickte sie an, dann zuckte er die Achseln. »Mein Vater hat mich dazu erzogen, es zu tun. Er findet, der Herr des Hauses sollte so gut Bescheid wissen wie die Dienerschaft.«

Die Sonne stieg in den Himmel und drängte die weißen Wolken beiseite. Die Felder waren reif, sodass es bis zur Ernte wenig zu tun gab. Ein paar Arbeiter waren in den Feldern am Werk, und der Klang ihres Lachens schwebte zu dem Paar hinüber. »Es gefällt mir hier, Gavin«, sagte Susanne, als sie sich einer Weide näherten, auf der die Schafe sich zu schwarz-weiß getupften Häufchen zusammendrängten. »Und ich mag die Morgans so sehr.«

»Sie sind nette Leute, nicht wahr? Will hat mich praktisch erzogen – und was wir ohne Angharad mit Amos anfangen sollten, weiß ich nicht.« Sie kamen an einen Zaun, und er half ihr durch das Tor. Er hob ein wolliges weißes Lamm auf, legte es in ihre Arme, und sie hielt es unbeholfen fest.

»Es ist so weich!«

»Du würdest doch kein hartes, ruppiges Lamm wollen, oder?«, neckte er sie. Der Wind wehte sanft, und Gavin bewunderte das

Bild, das sich ihm bot – das schneeweiße Lamm in den Armen des schönen Mädchens. Susanne trug ein blaues Kleid, das der Wind nach ihrem Körperbau formte. Ihre Augen waren so dunkelblau, dass sie beinahe schwarz wirkten, und das kleine Muttermal auf ihrer linken Wange hob die Glätte ihrer Haut noch hervor.

Ihre Haut wirkt so weich wie Satin, dachte Gavin. Er ließ den Blick einen Augenblick lang auf ihrem herzförmigen Gesicht ruhen – und plötzlich hob sie den Kopf, und ihre Augen begegneten sich. Überrumpelt stotterte er: »Nun – es wird ein schöner Tag werden –«

»Das glaube ich auch.« Susanne fühlte dieselbe Verlegenheit, die sie in Gavin gesehen hatte, und sie setzte das Lamm vorsichtig ab. Es tollte auf unsicheren Beinen zu seiner Mutter davon, und sie sagte: »Lass uns gehen und Owen besuchen. Ich liebe es, seine Geschichten zu hören.«

Sie machten sich auf den Weg zum Haus der Morgans und sahen, dass Angharad Amos zum Spielen mitgebracht hatte. Der kräftige Junge grub ein Loch in die Erde neben der Wand, die das Bauernhaus umschloss, und als die beiden sich niedersetzten, sagte Angharad: »Er nimmt es so ernst mit diesem Loch. Jedes Mal wenn ich ihn hierherbringe, arbeitet er daran.«

Owen betrachtete den Jungen voll Zuneigung, dann wandte er sich Gavin zu. »Ich habe letzte Nacht von Euch geträumt.«

»Von mir?«

»Ja, und von Eurem Vater.«

Angharad stellte ihre Teetasse ab, und ein ernstes Licht glomm in ihren schönen Augen. »War er von Gott, dieser Traum?«

»Ich glaube schon, Tochter.« Er wandte sich den beiden jungen Leuten zu und erklärte: »Wir haben Gott gebeten, uns einen Weg zu zeigen, wie Eurem Vater geholfen werden kann.«

Gavin und Susanne wechselten Blicke, und Angharad bemerkte es. »Vergesst nicht, dass Gott zu vielen seiner Leute im Traum gesprochen hat.«

Gavin bat neugierig: »Erzähle uns den Traum, Owen.«

»Er war sehr kurz, eigentlich nur ein einzelnes Bild.« Owen

schloss halb die Augen und presste die Lippen zusammen, als er das Bild in seinem Geist Gestalt annehmen ließ. »Ich sah Euch und Will einen Karren die Straße entlangfahren. Ihr wart beide in groben Kleidern – nicht denen, die ihr für gewöhnlich tragt. Da waren einige bewaffnete Männer in einem Gebäude, Männer des Königs, würde ich annehmen. Und dann sah ich Euren Vater –«

»Meinen Vater?«, rief Gavin Owen zu. »Was tat er?«

»Ich sah nicht, dass er irgendetwas getan hätte. Er schien im hinteren Teil des Wagens zu sein. Ihr drehtet Euch um und sagtet etwas zu ihm, das ich nicht verstand, und dann legte er sich in dem Karren nieder, und Will zog irgendwelche Decken über ihn.« Owen öffnete die Augen, und Gavin sah, dass sie so hell und glänzend waren, wie er sie nie zuvor gesehen hatte. »Das Ganze war so klar zu sehen, als wäre es hingemalt! Und ich glaube, es ist Gottes Botschaft an uns.«

»Botschaft? Was für eine Botschaft?«, fragte Gavin. Und dann blitzte es in ihm auf. »Oh – du willst damit sagen, Will und ich sollten meinen Vater aus dem Gefängnis befreien?«

»Das mag sein.« Owen nickte. »Ich kann es nicht mit Sicherheit sagen. Viele geben nichts auf Träume, aber Angharad und ich, wir haben Gott durch sie wirken gesehen, nicht wahr, Tochter?«

»Ja«, stimmte sie mit sanfter Stimme zu. Sie starrte ihren Vater an, ihre Augen hingen eindringlich an seinem Gesicht. Schließlich sagte sie: »Ich glaube daran, dass dieser Traum von Gott kommt. Wir werden darüber beten, und Gott wird es bestätigen, wenn er uns damit eine Wegweisung geben wollte.«

Das alles war Gavin und Susanne zu viel. Sie hatten nie gehört, dass ein Traum eine Bedeutung hätte, und als sie die Kate verließen, sagte Susanne: »Ich kann mir nicht vorstellen, dass Owens Traum von Gott kommen soll.«

»Ich wünschte, er wäre es, aber ich bin mir einfach nicht sicher.«

Später an diesem Tag, als es bereits dämmerte, kam Will ins Haus und suchte Gavin. Als Gavin zu ihm kam, sagte er prompt: »Nun, wir werden Eurem Vater helfen, nicht wahr?«

»Was meinst du?«

»Der Traum, Junge! Meines Vaters Traum!«

»Oh, Will, wir können uns doch nicht in ein gewagtes Unternehmen stürzen, ohne dass mehr als ein Traum dafürspricht!«

Will Morgans Augen wurden schmal: »Ihr glaubt nicht, dass Gott zu seinen Leuten spricht?«

»Durch die Bibel, ja, aber in Träumen? Ich bin mir nicht sicher.« Gavin biss sich nervös auf die Lippe. »Du weißt, ich würde *alles* geben, um meinen Vater zu retten, aber Owen träumt viel. Es kommen doch gewiss nicht alle seine Träume von Gott. Sagte Angharad nicht, ihr wolltet um Bestätigung beten?«

»Das haben wir auch getan«, sagte Will. Seine Zähne hoben sich plötzlich sehr hell von seiner gebräunten Haut ab. »Und der liebe Gott hat uns das Zeichen gegeben. Also bereitet Euch vor, Junge, denn wir werden Gott gehorchen!«

»Ein Zeichen? Was für ein Zeichen, Will?«

»Nun, letzte Nacht hatte ich selbst einen Traum«, sagte Will. Er wurde sehr ernst, als er langsam fortfuhr: »Und es war genau derselbe Traum, den mein Vater hatte – bis zur letzten Einzelheit!«

Gavin Wakefield war kein Fachmann, was Gott anging, aber als er das hörte, stieg ein Gefühl in ihm auf. Er stand da, und das Gefühl wurde stärker, und schließlich lächelte er.

»In Ordnung, Will, wir brechen mit der Dämmerung auf. Komm, wir wollen Kriegsrat halten.«

Bis spät in die Nacht hinein redeten und beteten Gavin, Susanne, Owen, Will und Angharad miteinander. Gavin entdeckte, dass die Morgans an das *leidenschaftliche* Gebet glaubten – und als er ihnen zuhörte, hatte er das Gefühl, dass er nie richtig gebetet hatte. Die drei bestürmten den Himmel, und als das Treffen sich schließlich auflöste, waren alle Pläne geschmiedet.

»Ich habe etwas erkannt, Susanne«, sagte Gavin zu ihr, als sie die Kate verließen und zum Herrenhaus gingen, »ich verstehe gar nichts von Gebet – im Vergleich zu diesen dreien!«

Susanne war eine fromme Katholikin gewesen, aber ihr Herz war nie so berührt worden wie in den letzten paar Stunden. »Ich fühle mich so seltsam«, flüsterte sie, als sie zum Tor kamen. Sie drehte sich um und sagte: »Sie *kennen* Gott, nicht wahr, Gavin? Und ich – ich habe immer nur von Gott *gehört!*«

Am nächsten Morgen fuhren Gavin und Will, beide in die groben Kleider von Bauern gehüllt, einen mit Gemüse beladenen Wagen aus den Toren von Wakefield und machten sich auf den Weg nach Oxford. Die Sonne war eine schwache, bleiche Scheibe, die nur einen gelblichen Glanz in den Himmel warf, und als Gavin zurückblickte, sah er Angharad, die Amos hielt, und Susanne, die ihnen nachwinkte. Er hob den Arm und winkte, dann sagte er ernst: »Will, ich habe das Gefühl, uns stehen schwere Zeiten bevor. Es ist ein wenig, als wäre man blind. Wir wissen nicht, wohin wir gehen oder was wir tun wollen, wenn wir dort ankommen!«

Aber Will lachte tief in der Kehle. »Es ist ein Abenteuer, Junge, ein Abenteuer, in das Gott uns führt! Nun müssen wir nur noch tun, was er sagt! Er hat noch nie eine Schlacht verloren!«

Der Wagen rumpelte über die steinige Straße, und je näher sie dem Feind kamen, desto mehr wurde Gavin sich der Gegenwart Gottes bewusst. »Ich bin mein ganzes Leben lang zur Kirche gegangen, Will«, sagte er schließlich, »aber ich fühle mich Gott in diesem alten Bauernkarren näher, als ich mich je in einer Kathedrale gefühlt habe!«

18

EINE LEKTION IN DEMUT

»Seht Euch nur an, Ihr tragt den Kopf erhoben, als wärt Ihr ein König!« Will schnauzte Gavin an, der ihn empört anfunkelte. Der Ältere streckte die Hand aus und zog dem Jungen den abgenutzten Hut über die Augen.

»Zum Teufel!«, rief er laut aus. »Um die Leute zu täuschen, müsst Ihr mehr tun, als alte Kleider tragen. Also lasst den Kopf hängen. Ich weiß, es fällt Euch nicht leicht, Junge, aber seid demütig!«

Die beiden standen neben einem Feuer, über dem die Kadaver zweier abgehäuteter Kaninchen auf einem Spieß brutzelten. Sie hatten bereits lange genug angehalten, um die beiden zu braten, und Will hatte gesagt: »Während das Essen kocht, lasst mich Euch ein paar Lektionen geben, wie Ihr ein rechter Bauer werdet.«

Gavins hoch aufgerichtete Gestalt hätte schon ausgereicht, um sie zu verraten, das wusste Will; also begann er damit, dass er den jungen Mann dazu brachte, mit gebeugten Schultern zu gehen. Aber wie sehr Gavin sich auch bemühte, er konnte es Morgan anscheinend nicht recht machen. »Stolz! Das ist es, was Ihr seid, Gavin Wakefield!« Er nickte. »Legt Euren Stolz ab, das sage ich Euch. Und wenn wir schon dabei sind, habt Ihr heute Morgen Euer Gesicht gewaschen?«

Gavin blickte ihn entrüstet an. »Natürlich.«

»Nun, da haben wir's! Meinst du, wir einfachen Leute hätten nichts anderes zu tun, als uns zu waschen?« Will trat beiseite, raffte eine Handvoll Schmutz auf, und bevor Gavin ausweichen konnte, pappte er ihn dem jungen Mann ins Gesicht.

»Au! Pass auf, Will!« Verärgert rieb Gavin an dem Schmutz herum, der seine Stirn verunzierte, und starrte Morgan böse an. »Wage es nicht, mich so zu misshandeln!«

»Und was würdet Ihr tun, wenn ein Offizier oder Adeliger Euch eine Maulschelle gäbe?« Will lachte rau. »Sie ihm zurückgeben? Das wäre das Letzte, was wir bräuchten – dass wir die Hand gegen die Vornehmen erheben. Dann wären wir im Gefängnis, genau wie Euer Vater.« Will beugte sich vor und berührte eines der Kaninchen, dann steckte er den Finger in den Mund. »Nun, lasst uns essen, dann können wir mit Euren Lektionen fortfahren.«

Die beiden setzten sich nieder und verschlangen die Kaninchen, die sie mit ein wenig Salz gewürzt hatten. Sie spülten das Essen mit dem Wasser eines Baches hinunter, dann sagte Will: »Was wollt Ihr tun, wenn wir gefasst werden, Junge?«

»Kämpfen!« Gavin klopfte auf das Schwert, das er trug, und seine Geste entlockte Will einen weiteren traurigen Blick. Morgan stand auf. »Behaltet das Schwert, aber vergewissert Euch, dass es verborgen bleibt.« Ein Licht glomm in seinen dunklen Augen auf, und er fragte: »Könnt Ihr mit der Waffe umgehen?«

»Will, du weißt, ich bin gut mit dem Florett!«

»Tatsächlich? Dann wollen wir sehen, ob Ihr gegen mich antreten könnt.«

Gavin freute sich, sein hervorragendes Können zu zeigen, und während Will sein eigenes Schwert aus dem Karren holte, nahm er die klassische Position des Duellanten ein. Das rechte Bein setzte er nach vorne, das linke knickte nach hinten ab. Er hielt die linke Hand auf dem Rücken, und als er sich mit blanker Waffe näherte, sagte er: »Ich will dir nicht wehtun, Will –«

»Ist das alles, was Ihr zustande bringt?« Morgan grinste den jungen Mann an und fügte hinzu: »Was seid Ihr doch für ein Narr!« Er bückte sich plötzlich und hob eine Handvoll Erde auf, und bevor Gavin noch ausweichen konnte, warf er sie ihm ins Gesicht!

Geblendet und vom Schmerz in den Augen überwältigt, fuhr sich Gavin mit der linken Hand in die Augen, und als er die Klinge senkte, fühlte er die Berührung von Stahl auf der Brust. »Das – war nicht fair!«, schrie er. Endlich gelang es ihm, die Augen so weit zu reinigen, dass er hindurchspähen konnte. Er sah, dass Morgan ihn auslachte, und geriet in heftigen Zorn. Er ließ sein Schwert fallen, sprang den Älteren an und erwischte ihn unversehens. Die beiden rollten auf dem Boden und tauschten ein paar Schläge aus, bis Morgan ausrief: »Ho – genug, Junge!«

Gavin kam zu sich, sprang auf die Füße und starrte wütend auf Morgan nieder, der sich die linke Wange rieb. »Nun, war *das* niedrig genug für dich?«, verlangte er zu wissen.

Will stieß ein lärmendes Lachen aus. »Ihr habt tatsächlich Waliser Blut in Euch, Junge! Diesmal wird es kein Duell unter Gentlemen sein. Nun geht und kratzt Euch!« Aber er nickte voll Billigung, als er Gavins raue Erscheinung sah. »Jetzt seht Ihr weniger wie ein Lord aus und mehr wie einer von uns einfachen Leuten«, kommentierte er. »Nun lasst uns schlafen gehen. Morgen werden wir in Oxford sein, und wie wir Euren Vater aus diesem Gefängnis herausholen sollen, ist mehr, als ich weiß!«

»Ich wünschte, du hättest *diesen* Teil der Geschichte geträumt«, knurrte Gavin. Er rollte sich in seine Decke und war bald tief eingeschlafen.

So sind die jungen Leute, dachte Will, während er dalag und zu den Sternen aufblickte. *Sie können im Schatten des Galgens schlafen …*

★ ★ ★

Der Tag war schon halb vorbei, als Will das Gespann zügelte und mit der Hand auf die Stadt deutete, die an der geschäftigen Straße lag. Dann sagte er beiläufig: »Nun, hier haben wir Oxford.«

Gavin starrte die Gebäude an, die die Stadt ausmachten, dann sagte er: »Jetzt müssen wir nur noch dieses Gefängnis finden, eindringen, meinen Vater herausholen, alle Verfolger abschütteln und durch Feindesland ziehen, bis wir frei sind.«

»Und wenn wir nur einen einzigen Fehler machen, wird man uns den Hals lang ziehen!« Will schnalzte mit den Zügeln, und bald befanden sich die beiden in der geschäftigen Straße, die durch das Herz der Stadt führte. Die Straße war gedrängt voll mit Reitern, Karren,

Fuhrwerken, spielenden Kindern, Hunden, Schweinen und sogar Kühen.

»Wir suchen uns einen Stall für den Wagen, dann sehen wir uns den Ort einmal an. Wir müssen ihn gut kennen, um wieder herauszufinden, wenn wir Euren guten Vater gefunden haben.«

Zwei Stunden später hatten die Männer ihren Stall gefunden, und Will hatte die Lage des Gefängnisses auf die einfachste Art herausgefunden, indem er ganz einfach den Besitzer des Stalles fragte: »Wo ist das Gefängnis für die Rundköpfe?«

Sie waren augenblicklich zum Gefängnis gegangen, und als sie davorstanden, schüttelte Gavin zweifelnd den Kopf. »Es steht mitten in der Stadt, Will. Ich hoffte, es würde irgendwo draußen im offenen Land stehen. Sieh dir nur die Soldaten an, die darum herumschwärmen!«

»Schusch, Junge! Ihr seht die Dinge immer zu schwarz.« Er schob seinen Hut zurück, betrachtete das zweistöckige Gebäude sorgfältig, dann sagte er: »Lasst uns rundherum gehen.«

Als die Dämmerung hereinbrach, hatten sie nicht nur die Außenseite des Gefängnisses aufs Eingehendste betrachtet, sondern waren auch die Straßen entlanggegangen, die von dort zu den Außenbezirken der Stadt führten. Schließlich sagte Will: »Wir müssen herausfinden, wie es drinnen aussieht. Hat dieses Mädchen Susanne Euch gesagt, was sie sah, als sie drinnen war und Euren Vater besuchte?«

»Nein, nicht in Einzelheiten.« Gavin schüttelte bedauernd den Kopf. »Ich hätte daran denken sollen, sie zu fragen.« Er betrachtete das Gebäude mit schmal zusammengepressten Lippen. Will hatte längst bemerkt, dass der Junge einen hartnäckigen Charakterzug an sich hatte, und nun trat dieser Zug zutage. »Hör zu, ich gehe hinein und besuche meinen Vater.«

»Nun, Ihr kommt vielleicht hinein, aber kommt Ihr auch wieder heraus?«, sagte Will überrascht. »Warum sollten sie einen ruppigen Kerl wie Euch da hineinlassen?«

»Weil ich frisches Gemüse bringe, das Miss Susanne Woodville Sir Christopher Wakefield schickt«, sagte Gavin. Seine blaugrauen Augen flammten vor Erregung. »Und weil ich dem Kerkermeister dies hier geben werde –« Er hielt eine Silbermünze hoch, die er aus seiner Tasche gefischt hatte. »Sie werden es nicht wagen, sich der Tochter von Sir Vernon Woodville zu widersetzen!«

»Ich breche zusammen!«, rief Will Morgan aus. »Ihr solltet Advokat werden, Gavin Wakefield! Ihr habt die ganze List eines Vertreters dieses Standes!« Er schlug Gavin so energisch auf den Rücken, dass der junge Mann hustete, dann sagte er: »Dann lasst uns das Gemüse holen, das die nette junge Dame schickt …«

Dreißig Minuten später näherte sich Gavin dem Eingang des Gefängnisses. Sein Herz hämmerte. Dies hier war so gefährlich wie eine Schlacht, und er wusste, dass seine einzige Hoffnung darin bestand, die Wächter davon zu überzeugen, dass er ein schlichter Bauernjunge war.

»Redet nicht mehr, als Ihr unbedingt müsst«, hatte Will ihn gewarnt, »und haltet Euch gebeugt.«

»Was willst du, Bursche?«

Gavin schluckte schwer, als ein kurzbeiniger, vierschrötiger Wachsoldat ihm den Weg versperrte. »Hab hier was abzugeben für ein' von den Gefangenen«, sagte er mit rauer Stimme.

»Keine Besucher ohne Erlaubnis des Kommandanten!«

Gavin hatte das erwartet. Er stand mit gesenktem Kopf da, dann sagte er: »Bitte, Herr, ich kenn keinen Kommandanten. Aber ich soll den Sack hier für einen abgeben, der Wickfield heißt.«

»Wickfield? Wir haben keinen Gefangenen namens Wickfield!«, schnaubte der Wachsoldat. »Verschwinde von hier!«

»Die Dame sagte aber, ich sollt' Euch das hier geben«, sagte Gavin rasch und hielt die Silbermünze hoch.

Die Augen des Wachhabenden wurden kleiner, und er schnappte nach der Münze. »Was soll das sein? Bestechung?«

»Weiß nicht, Sir, was 'ne Stechung ist. Aber Lady Woodville, sie sagte mir –«

»Lady Woodville?« Der Wächter wurde vorsichtiger. »Redest du von der Frau von Sir Vernon Woodville?«

»Nein, Euer Ehren, sie ist seine Tochter.« Gavin nickte eifrig. »Sie kam diesen Wickfield besuchen, und sie sagte mir –«

»Sie war tatsächlich hier ... aber sie hat Wakefield besucht. Ist es der, den du suchst?«

»Ah – weiß nicht recht, Sir, aber sie sagte, ich sollte ihm das Essen hier geben, und dass die beiden Münzen für den Mann wär'n, der mich reinlässt – und sie sagte, ich sollte es selbst abgeben.«

»Zwei Münzen? Wo ist die andere?«

»Nun, sie sagte – Lady Woodville, meine ich – ich sollte ihm eine geben, wenn ich reinginge, und eine, wenn ich wieder rauskäme, versteht Ihr?«

Gier malte sich auf dem Gesicht des Wächters, und er dachte scharf nach. »In Ordnung, aber ich komme mit dir mit. Und lass mich den Sack da mal ansehen.« Er ergriff den Sack, wühlte grob darin herum, dann warf er ihn Gavin zu. »Du hast nur drei Minuten Zeit.«

»Ach, das ist gut, Euer Ehren!«

Der Wächter führte Gavin nach drinnen, dann sagte er zu einem anderen bewaffneten Soldaten: »Hab einen Besucher für Wakefield.«

»Er soll keine Besucher empfangen.«

»Das weiß ich, aber das hier ist ein *besonderer* Besucher von Lord Woodville. Außerdem gehe ich mit ihm mit.« Er warf einen Blick auf Gavin, der mit halb offenem Mund dastand und dösig vor sich hinstarrte, dann blinzelte er. »Der hier hat nicht genug Verstand, um irgendwas anzustellen!«

Gavin nickte und grinste leer. Als die beiden Männer lachten, lachte er mit. Er folgte dem Wächter in eine Halle und eine Treppe hinauf. Er hielt den Kopf gesenkt, sah jedoch, dass es außer dem Wächter am Eingang keine weiteren gab. *Einer drinnen und einer draußen*, stellte er fest, aber als sie in den zweiten Stock hinaufkamen, erhob sich ein weiterer Wächter und rief ihnen zu: »Wer da?« Er machte Platz, als der Name Woodville genannt wurde, hob eine Laterne auf und ging ihnen voran. Gavin spähte aus dem Augenwinkel in die Dunkelheit des Korridors, durch den er geführt wurde.

Der Wächter blieb stehen, um einen Riegel zurückzuschieben. *Keine Schlösser – nur Riegel außen an der Tür*, dachte Gavin.

Dann rief der Wächter »Wakefield!«, und Gavin trat in die Zelle. Dort stand er und blinzelte in die Dunkelheit, als der Wächter die Laterne hochhob, sodass sich ein bernsteinfarbener Glanz über die Zelle breitete.

Gavin presste es das Herz zusammen, als er seinen Vater auf einer Pritsche liegen sah, die Augen zum Schutz vor dem Licht geschlossen. Er hatte sich seit seiner Verhaftung nicht mehr rasiert, und sein Bart war weiß gestreift.

»Was ist?«, fragte Chris mit dünner Stimme.

»Ein Besucher von Lady Woodville.«

Chris hatte in einem beinahe bewusstlosen Schlaf gelegen, als das Geräusch des Riegels ihn geweckt hatte. Er setzte sich langsam auf. Schmerz durchfuhr seinen Rücken. Die Kugel hatte ihn hoch oben an der rechten Schulter getroffen, und die Infektion, die immer wieder akut wurde, tobte wieder in seinem Körper. Das Fieber, das mit einer solchen Wunde einhergeht, schüttelte ihn. Langsam, als kostete es ihn große Mühe, blickte er auf – und hielt den Atem an, denn es war Gavin, der ihn anblickte! Aber als er Gavins warnenden Blick bemerkte, sagte er nichts. »Von Lady Woodville?«, fragte er, noch halb betäubt.

»Ja, Sir«, sagte Gavin. »Sie sagte, ich sollte Euch sagen, sie hofft, dass Euch das Gemüse hier schmeckt.« Gavin streckte ihm den Sack hin, dann riskierte er es zu sagen: »Sie hofft, es geht Euch besser, und Mr Gavin sagt dasselbe.«

Chris nickte langsam, seine Augen hingen wie gebannt an Gavins Gesicht. »Sag ihnen beiden, ich danke ihnen.«

»Das mach ich, Sir, und ich hoffe, ich seh Euch bald gesund wieder.«

»Genug jetzt!« Der Wächter zog Gavin aus der Zelle und schlug lärmend die Tür zu. Der Riegel fuhr in die Halterung. »Her mit dem anderen Geldstück!«, verlangte er.

»Ja, Euer Ehren, da ist es schon.«

Gavin sagte nichts weiter. Er schlurfte dahin, während er ohne alles Zeremoniell nach draußen eskortiert wurde. Er ließ den Kerker hinter sich, und augenblicklich gesellte sich Will zu ihm.

»Ich machte mir schon solche Sorgen, Junge! Habt Ihr Euch drinnen umsehen können?«

»Ja, und ich glaube, wir können es schaffen, Will. Ein Wächter steht vor dem Tor, und ein zweiter befindet sich im zweiten Stock.«

»Nur zwei Wächter, und wir sind zu zweit«, sagte Will.

»Ich glaube, wir können mit ihnen fertigwerden – aber sobald wir wieder draußen sind, fangen die Schwierigkeiten an.«

»Wann sollen wir es versuchen? In zwei oder drei Nächten?«

Gavin hielt inne und starrte seinen Freund an. Sein Verstand arbeitete rasch, und nun lächelte er. »Heute Nacht, Will.«

Morgan blinzelte, und seine Stimme klang hoch, als er sagte: »Heute Nacht! Aber Junge, das können wir nicht!«

»Sag mir, warum wir das nicht können.« Gavin lauschte, als Will Argumente vorbrachte, aber er schüttelte eigensinnig den Kopf. »Die Pferde sind frisch, und je länger wir hierbleiben, um so eher laufen wir Gefahr, dass uns jemand erkennt – oder sie könnten weitere Wachen aufstellen. Nein, heute Nacht um Mitternacht marschieren wir in dieses Gefängnis und kommen mit meinem Vater zurück.«

Will Morgan war ein kühner Mann, aber die Tollkühnheit von Gavins Plan verschlug ihm den Atem – aber nur einen Augenblick lang. Dann öffneten sich seine Lippen, und er rief: »Wir machen es, Junge!« Er schlang die Arme um den jungen Mann und flüsterte: »Ihr seid ein wahrer Mann, Gavin Wakefield! Sir Christopher hat einen Sohn, auf den er stolz sein kann!«

★ ★ ★

Der Mond war eine gelbe Sichel im schwarzen Himmel. »Er sieht aus wie ein Stück Käse, an dem die Ratten dran waren«, flüsterte Will mit einem Blick zum Himmel. Er wandte sich seinem Gefährten zu, warf ihm aus dem Augenwinkel einen Blick zu und sagte dann: »Seid Ihr bereit?«

»Lass uns gehen.« Gavin war angespannt, aber die beiden waren die rasch gefassten Pläne so oft durchgegangen, dass er schließlich gesagt hatte: »Es liegt in Gottes Händen, Will. Wir werden tun, was wir können, und den Rest ihm überlassen.«

»Amen!«, hatte Morgan laut ausgerufen, und die beiden hatten den Wagen in eine Seitenstraße in der Nähe des Gefängnisses gebracht. Sie waren durch die Straßen geschlichen, wobei sie den Nachtwachen aus dem Wege gingen, und als sie nun dastanden und die dunkle Masse des Gefängnisses anstarrten, spürte Gavin einen jähen Stich der Angst. Nicht um seiner selbst willen, sondern um dessentwillen, was geschehen würde, wenn sie gefasst wurden. *Gott, dies muss in deinen Händen liegen!*, betete er, dann flüsterte er: »In Ordnung, Will, auf geht's!«

Die beiden Männer traten ins Freie, und als sie das Tor erreicht hatten, begab Will sich auf eine Seite, wo er von dem Wachsoldaten nicht gesehen werden konnte. Gavin hob die Faust, atmete tief durch, dann klopfte er an die Tür. Fast im selben Augenblick erscholl ein heiserer Ruf: »Wer da?«

»Ich habe eine Botschaft für den Hauptmann der Wache, vom königlichen Rat.«

Eine lange Stille breitete sich über die Szene, und einen verzweifelten Augenblick lang dachte Gavin, sie hätten versagt. Dann wurde die Tür mit einem kratzenden Geräusch ein paar Zoll weit geöffnet, und ein Wächter, der einen Stahlhelm und ein Schwert trug, spähte heraus. »Was sagt Ihr da? Eine Botschaft vom Rat?«

»Ja. Ich soll sie dem Hauptmann der Wache geben.«

»Gebt sie mir, und ich werde dafür sorgen, dass er sie erhält.«

»In Ordnung.« Gavin streckte ihm einen Briefumschlag hin, und als der Wachsoldat die Hand ausstreckte, um ihn entgegenzunehmen, packte Gavin das Handgelenk des Mannes und warf sich mit aller Kraft zurück. Ein leiser Aufschrei des Schreckens folgte, dann ein lautes Krachen, als die Stirn des Mannes gegen die Tür prallte. Augenblicklich riss Gavin die Tür auf, und Will sprang an seine Seite. Der Wachsoldat war nur benommen gewesen und erhob sich auf die Füße. Er öffnete den Mund, um einen Schrei auszustoßen, aber Will hob rasch den Helm des Mannes an und versetzte ihm mit einem kurzen, schweren Knüppel einen heftigen Schlag auf den Schädel. Der Schrei brach augenblicklich ab, und Will wisperte: »Rasch, Gavin – hinein mit ihm!«

Die beiden schleppten den Mann nach drinnen, und Will fesselte und knebelte ihn in aller Eile. »Jetzt wollen wir uns um den im Oberstock kümmern.«

»In Ordnung!«

Die beiden schlichen auf die Treppen zu. Will ging als Erster. Als sie das Ende der Treppe erreichten, sah der Wächter sie. »Wer zum Teufel –!« Er sprang auf die Füße und ergriff eine Pistole, die auf einem nahen Tisch lag. Will sprang ihn an, aber die Detonation zerriss die Stille. Gavin sah Will stolpern, dann stürzte er sich auf den Wächter und versetzte ihm einen gewaltigen Schlag auf den Mund. Der Mann war jedoch zäh, und nachdem er an die Wand zurückgetaumelt war, versetzte er Gavin einen Schlag, der ihn an der Schläfe traf. Helles Licht explodierte in seinem Schädel, und er sah kaum, wie der Wächter ihn ansprang. Glücklicherweise fiel seine Hand auf Wills schweren Knüppel, als er zu Boden ging. Er schaffte es, ihn in wildem Schwung hochzureißen und den Wächter an der Kehle zu treffen. Der Wächter taumelte zurück, keuchte und würgte, und Gavin erhob sich und versetzte ihm einen Schlag auf den Schädel, der ihn umwarf wie einen gefällten Stier.

»Guter Junge!« Will war wieder auf den Beinen und brachte ein Lächeln zustande. »Nun – in welcher Zelle ist Sir Christopher?«

»Will, bist du in Ordnung? Er hat geradewegs auf dich geschossen!«

»Bloß ein Streifschuss, nicht mehr«, sagte Will. »Beeilung, Junge! Jeder in Oxford muss diesen Pistolenschuss gehört haben.«

Gavin rannte den Korridor entlang, fand die Zelle und stieß den

Riegel zurück. Als er die Tür geöffnet hatte, sah er seinen Vater mitten in der Zelle stehen. Er war bleich, aber ein dünnes Lächeln lag auf seinen Lippen. »Sohn, ich habe dich erwartet«, sagte er ruhig.

»Vater!« Gavin sprang auf ihn zu, und die beiden umarmten einander. Dann sagte Gavin eindringlich: »Komm jetzt, wir haben nicht viel Zeit. Kannst du gehen?«

»Ja, um hier herauszukommen.« Aber Gavin stellte fest, dass er seinen Vater halb und halb die Treppe hinuntertragen musste. Er bemerkte, dass Will sich langsam bewegte, und fragte: »Bist du schlimm verletzt?«

»Nein. Lass uns zusehen, dass wir hier rauskommen.« Will bewegte sich hölzern, aber er gelangte als Erster zum Tor. Er öffnete es vorsichtig und spähte in die Dunkelheit hinaus. »Kommt! Ich sehe niemanden.«

Fünf Minuten später lag Chris auf dem Karren, mit einem Stück Segeltuch bedeckt, das seinerseits unter losem Heu verborgen lag. Gavin ergriff die Zügel und zwang sich, langsam zu fahren. Die Augenblicke schienen sich zu ziehen, und die Zeit war wie gefroren, aber schließlich setzte er sich aufrecht hin und warf einen Blick zurück auf die Stadt.

»Ich glaube, wir sind jetzt in Ordnung.« Dann fühlte er, wie Will gegen ihn sank und fuhr herum, um ihn aufzufangen, als er fiel. »Will!«, schrie er auf. Er hielt den Wagen an, öffnete Wills Kleider und fand eine rohe, blutende Wunde in der rechten Flanke des Bewusstlosen. Rasch zog er Will Mantel und Hemd aus und reinigte die Wunde. Dann riss er eines seiner eigenen Hemden in Streifen, machte Bandagen daraus und befestigte sie, so gut er konnte.

Er war eben fertig geworden, als Will die Augen öffnete. Er sah sich um, dann setzte er sich mühsam auf, ohne auf Gavins Proteste zu hören. »Ich bin nicht schwer verletzt«, murmelte er. Er warf einen Blick auf Chris' Versteck und lächelte dann Gavin an.

»Nun, Junge, ich muss mit Euch auf dem Kutschbock sitzen, denn so war es im Traum. Wir müssen uns an unsere Träume halten, wir Waliser!«

Gavin nickte und schnalzte mit den Zügeln. Als die Tiere sich in Bewegung setzten, dachte er darüber nach, was Will gesagt hatte. Einige Augenblicke später nickte er Will zu und sagte: »Ja, ein Mann muss sich an seine Träume halten, sonst ist er überhaupt kein Mann!«

Der Hufschlag der Pferde bildete ein rhythmisches Muster, und bald fiel Will in Schlaf und lehnte sich an Gavin. Unter seiner Decke aus Segeltuch und Heu lächelte Sir Christopher und dachte daran, wie wenige Söhne imstande gewesen wären, das Gleiche zu vollbringen wie sein Sohn. Und Gavin Wakefield saß auf dem Kutschbock des schwankenden Karrens. Seine Augen wandten sich immer wieder der Stadt zu. Jeden Augenblick erwartete er, von dort Verfolger kommen zu sehen. Aber niemand zeigte sich, und als die Dämmerung den Himmel im Osten rötete, wachte Will auf und sah sich um. Er leckte sich die Lippen, dann lächelte er seinen Kutscher an.

»Nun, Junge, Ihr habt es geschafft! Gott war mit uns, nicht wahr?«

»Ja, das war er, Will.« Sie waren meilenweit von zu Hause entfernt, in Feindesland, aber Gavin Wakefield fühlte, wie Hoffnung in seinem Herzen brannte. Er sagte mit gedämpfter Stimme: »Gott versagt niemals, nicht wahr, Will?«

19
»GOTT IST MIT UNS!«

Susanne erfuhr von Sir Christopher Wakefields Flucht durch einen sehr zornigen Sir Henry Darrow. Sie war eben von einem Ritt auf ihrer Lieblingsstute zurückgekehrt. Kaum hatte sie sich aus dem Sattel geschwungen und die Zügel einem Diener übergeben, als ihre Zofe auf den Stall zugerannt kam. »Oh, Miss Susanne, Eure Mutter möchte Euch augenblicklich sprechen!«

»Stimmt etwas nicht, Sarah?«

Die kleine Zofe rollte die Augen. »Sie ist unglücklich, Miss, und wie! Und Mr Darrow ist mit ihr und Eurem Vater in der Bibliothek.« Die Zofe war überaus neugierig, was die Woodvilles betraf, und wisperte: »Was habt Ihr denn getan, Miss Susanne, dass sie alle so in Aufregung sind?«

»Ich habe nicht die geringste Ahnung.«

Susanne schritt eilends auf das Haus zu und begab sich augenblicklich in die Bibliothek. Die ganze Zeit dachte sie: *Sie haben wohl beschlossen, mich zu zwingen, Henry zu heiraten – sie sind alle so entschlossen, mich dazu zu bringen.* Aber als sie die Bibliothek betrat, empfing ihr Vater sie mit einer zornigen Frage, die sie völlig verwirrte.

»Susanne, was hast du mit der Flucht Christopher Wakefields zu tun?«

»Warum –!« Susanne zögerte, ihre Gedanken arbeiteten fieberhaft. *Gavin und Will – sie mussten Erfolg gehabt haben! Genauso, wie es in Owens Traum geschehen war!* Aber sie sagte nur: »Ich habe nichts von einer Flucht gehört.«

»Nun leugne nicht ab, dass du in die Sache verstrickt bist«, fiel Darrow ein. »Wir wissen, dass du die Hand im Spiel hattest.« Er war staubbedeckt vom Ritt auf der Straße, und Zorn glitzerte in seinen Augen. »Ich wusste, dass du eine törichte Schwäche für den Sohn hast, aber ich dachte nicht, dass du so weit gehen würdest!«

Susanne nagelte ihn mit ihren Blicken fest. Mit leidenschaftsloser Stimme sagte sie: »Ich weiß nichts davon.« Sie sah ihre anklagenden Blicke auf sich gerichtet. »Wann ist er entkommen?«

»Nun spiele hier nicht die Unschuld! Wir haben Beweise, dass du an der Sache beteiligt warst.« Vernon Woodville war krank gewesen, und seine Hände zitterten. »Wenn du nur ein Quäntchen Verstand hast, Mädchen, dann bringst du den Mann ins Gefängnis zurück! Schließlich ist er ein Feind des Königs!«

»Vater, ich wusste nicht, dass Sir Christopher entflohen war, bevor ich dieses Zimmer betrat.« Susanne hatte ihre Fassung wiedergefunden und wandte sich an Darrow mit der Frage: »Was sind das für ›Beweise‹, die du hast, Henry?«

»Du hast ihn in seiner Zelle besucht, das ist schon das Erste. Ich habe mit dem Kommandanten gesprochen, und er sagte, dass du vor zwei Wochen da warst. Der Narr! Ich ließ ihn auspeitschen dafür, dass er dir erlaubt hat, Wakefield zu sehen.«

»Ja, ich habe Sir Christopher besucht, und ich schäme mich nicht dafür. Er ist ein alter Freund, und er leidet an einer Wunde.«

»Er hat bekommen, was er verdient!« Lady Woodville hatte die Entscheidung getroffen, dass Sir Henry Darrow der geeignetste Partner für Susanne war, und sie sah, dass ihr zukünftiger Schwiegersohn sehr zornig war. Sie hatte ihre Tochter immer beherrscht, und nun schnappte sie: »Heraus damit! Wir wissen von den Wächtern, dass du in die Sache verstrickt warst. Wo versteckt er sich?«

Susanne dachte mit jäher Befriedigung: *Sie sind nicht erwischt worden, sonst würden sie mich nicht so befragen.* Sie war von Herzen froh darüber, denn der Anblick Christopher Wakefields in einem so erbärmlichen Zustand hatte sie erzürnt. »Ich habe ihn besucht, aber ich weiß nichts von seiner Flucht.«

»Du bist aber recht glücklich darüber, nicht wahr?«, schnappte Darrow.

»Ja, das bin ich.« Susanne hob das Kinn und blickte dem hochgewachsenen Mann geradewegs in die Augen. »Ich halte es für eine Gemeinheit, dass du ihn so schäbig behandelt hast. Er hätte dir das niemals angetan!«

Die Bemerkung löste einen heftigen Streit aus, in dem Susanne den anderen drei gegenüberstand. Schließlich sagte ihr Vater: »Geh in dein Zimmer, Susanne. Du musst Gehorsam und Loyalität lernen, also wirst du zu Hause bleiben, bis du es gelernt hast!«

Als Susanne den Raum verließ, fand sie Francine draußen wartend vor. Die junge Frau war zu Besuch gekommen, und sie sagte rasch: »Ich sah Henry in den Hof reiten. Er sah unheimlich zornig aus.«

»Das ist er auch. Er denkt, ich hätte Sir Christopher geholfen, aus dem Gefängnis zu entfliehen.«

Francines Augen öffneten sich weit, und sie holte die Geschichte des zornigen Zusammenstoßes aus Susanne heraus. Als sie zufriedengestellt war, schüttelte sie den Kopf. »Du hast einen Fehler gemacht, als du Wakefield besucht hast. Henry hasst die Familie, vor allem Gavin.«

Susanne war von der Szene erschüttert und floh vor Francine, sobald sie konnte. Sie genoss die Gesellschaft der jungen Frau – hin und wieder. Aber sie unterhielt keine richtige Freundschaft mit Francine, denn ihre Lebensart und ihre Ansichten unterschieden sich stark von den ihren. Francine war überaus egoistisch, und Susanne hatte den Verdacht, dass das ältere Mädchen in Henry Darrow verliebt war. Einmal hatte sie sie gefragt, aber Francine hatte nur gelächelt und gesagt: »Er ist wohlhabend, und er sieht gut aus, Susanne. Ich könnte mich in jeden Mann verlieben, der diese Eigenschaften hat.«

Susanne hielt sich den ganzen Tag in ihrem Zimmer auf und ging nur auf Bitten ihrer Mutter zum Essen hinunter. Henry war immer noch wütend auf sie und verbrachte den größten Teil des Tages damit, dass er sich mit Francine unterhielt. Danach, als sie in ihr Zimmer zurückkehrte, um sich auszuruhen, trat ihre Mutter ein und sagte zornig: »Schön hast du alles vermasselt!«

»Mutter, ich hatte nichts zu tun mit dieser Flucht.«

»Das meine ich nicht! Ich meine, du bist eine Närrin, dass du Henry so behandelst, wie du es tust.« Lady Woodville war eine Expertin, was Männer anging, denn sie hatte viele Erfahrungen gesammelt. Sie war immer noch eine attraktive Frau, aber ihre Züge waren von einer Härte, die keine Schminke übertünchen konnte. Ihre Augen waren kalt, als sie auf Susanne hinunterblickte. »Meinst du, ein Vermögen wie seines pflückt man von den Bäumen? Siehst du nicht, wie er die Frauen anzieht? Wenn Francine einen Titel oder Geld hätte, würde er sie im Handumdrehen heiraten.«

»Das sehe ich«, sagte Susanne, fügte aber leidenschaftlich hinzu: »Merkst du nicht, Mutter, dass er dasselbe Spiel spielt wie du? Er ist hinter *unseren* Ländereien her, genau wie du und Vater hinter *seinen* Ländereien her seid!« Plötzlich widerte sie die ganze Scharade an, und sie sagte müde: »Ich habe es satt, diese ewige Jagd nach Geld und Titeln und Land. Eltern verkaufen ihre Töchter wie Zuchtstuten, um einem Gut ein paar Hektar hinzuzufügen.«

Frances Woodvilles Gott war das Geld – und bei den Worten ihrer Tochter durchströmte sie heiße Wut. »Du bist eine Närrin, Susanne!«, flüsterte sie. Ihr Gesicht war bleich. »Es gibt nur eine Art, eine Närrin zu behandeln, und das ist, sie unter Kontrolle zu halten. Ich werde dafür sorgen, dass du Henry heiratest – und zwar bald!« Sie wirbelte herum und verließ den Raum, und Susanne blieb nichts weiter übrig, als die Tränen der Frustration zurückzudrängen, die ihr in die Augen sprangen.

Obwohl der Raum ihr bedrückend erschien, blieb sie bis zur Dämmerung darin, dann machte sie einen Spaziergang im Park. Es war ein heimlicher Ort, mit hohen Hecken, die so angelegt worden waren, dass sie komplizierte Spazierwege bildeten. Wer sie nicht kannte, konnte darin verloren gehen, aber es kam selten jemand außer Besuchern und Gärtnern. Der Ort hatte etwas Einsames an sich, und während Susanne langsam durch das Labyrinth schlenderte, versuchte sie herauszufinden, wie sie ihren Eltern Trotz bieten konnte. Sie hatte begriffen, dass sie Henry Darrow nicht nur nicht liebte, sie empfand sogar eine intensive Abneigung gegen ihn. Die Vorstellung, mit ihm verheiratet zu sein, ließ sie erschaudern, aber ihr fiel nichts ein, wie sie es vermeiden konnte.

Die Sonne stand tief im Westen, und Dunkelheit bedeckte die Wandelgänge. Sie hatte das Ende einer hohen Hecke erreicht, und als sie sich eben umdrehte, erregte eine Bewegung ihre Aufmerksamkeit. Sie dachte zuerst, es sei Firth, der Gärtner, aber bevor sie noch sprechen konnte, hatte ein in Lumpen gehüllter Mann sie gepackt! Sie öffnete den Mund, um zu schreien, aber eine Hand presste sich darüber, und sie wurde in starken Armen gehalten.

»Susanne, hab keine Angst. Ich bin es, Gavin.«

Die Hand löste sich von ihrem Mund, und Susanne starrte ihn an und flüsterte: »Gavin – was tust du hier?« Die Furcht verließ sie, und augenblicklich wusste sie die Antwort. »Du hast deinem Vater geholfen zu entfliehen! Oh, wie freue ich mich.«

»Ja, aber wir sind so weit gegangen, wie wir konnten.« Gavins Augen, sah Susanne, waren rot gerändert vor Erschöpfung. Unter dem zerlumpten Hut erinnerte sein Gesicht kaum noch an das Gesicht, das sie kannte. Seine Lippen waren schmal zusammengepresst, und sie sah, dass er am Ende seiner Nervenkraft war.

Susanne ergriff seinen Arm und sah sich nach allen Richtungen um. »Henry ist hier«, flüsterte sie. »Er denkt, ich hätte bei der Flucht mitgeholfen!«

Gavin war so müde, dass er sich kaum auf den Füßen halten konnte. Will war schwerer verletzt worden, als er zugeben wollte, und war vor Blutverlust zusammengebrochen. Gavin hatte das Gespann abseits der Hauptstraße geführt und hatte seit drei Tagen kaum die Augen geschlossen. Er hatte sich um beide Männer kümmern müssen, während er ständig nach denen Ausschau hielt, die sie suchten. Er hatte mit einem Bauern gesprochen, als er einen Besuch riskierte, um Essen zu kaufen, und hatte herausgefunden, dass Suchtrupps der Miliz das Land nach den Flüchtigen durchkämmten. Er hatte noch schärfer aufpassen müssen, und als er jetzt neben Susanne stand, zitterte er vor Erschöpfung.

»Geht es deinem Vater gut?«

»Er ist nicht gesund, und Will Morgan hat eine Wunde davongetragen, also ist er auch geschwächt.« Gavin fuhr sich mit einer zitternden Hand übers Gesicht, dann ließ er sie sinken. »Ich hätte nicht hierherkommen sollen, Susanne, aber mir fiel nichts anderes ein.«
Augenblicklich wusste Susanne, was sie zu tun hatte. Ein Mut, von dem sie nicht gewusst hatte, dass sie ihn besaß, wallte in ihrer Brust auf. Mit fester Stimme sagte sie: »Ich helfe dir, Gavin.«
»Das solltest du nicht tun.«
Susanne lächelte ihn an und streckte die Hand aus, um eine Locke seines blonden Haars in seine Mütze zu schieben. »Gute Freunde, nicht wahr, Gavin? Allezeit gute Freunde.«
Die Worte und das Lächeln auf ihrem Gesicht brachten Gavin die Aufheiterung, die er so dringend gebraucht hatte. Er ergriff ihre Hand und hielt sie kurz fest. »Allezeit gute Freunde«, flüsterte er. Sie standen da im Zwielicht, und er bezog Kraft aus ihrer ruhigen Haltung.
»Nun, wo sind dein Vater und Will?«
»In einem Wäldchen am See.«
»Dort können sie nicht bleiben.« Susanne schüttelte den Kopf. »Ich weiß, wo ihr hingehen könnt. Erinnerst du dich an die alte Scheune, wo wir als Kinder mit den Hunden hingingen, damit sie die Ratten töteten?«
»Ja, unten bei den Klippen am Fluss.«
»Sie ist immer noch da – mehr oder weniger. Niemand geht jemals dorthin, Gavin. Es ist jetzt dunkel, also bring den Wagen dorthin. Ich komme, so rasch ich kann, mit Lebensmitteln und Medizin.«
Gavin nickte, dann wisperte er: »Du bist mein guter Engel, Susanne.« Dann war er verschwunden, davongeschlüpft in den dunklen Gängen des Labyrinths.
Susanne kehrte augenblicklich ins Haus zurück. Sie schlich durch ein Seitenpförtchen hinein, und als sie durch die lange Halle eilte, sah sie Henry und Francine in der Bücherei. Sie sahen sich ein Buch an, und Francine lachte gedämpft über eine Bemerkung, die er gemacht

hatte. Susanne eilte in ihr Zimmer, und Sarah machte sie zum Schlafengehen zurecht. »Ich fühle mich nicht besonders wohl, Sarah. Morgen will ich lange schlafen. Sag meinen Eltern, dass ich zum Frühstück nicht hinunterkomme.«

»Oh, sie sind spät am Nachmittag auf Besuch bei der Familie Sanders gefahren, Miss«, antwortete Sarah. »Vor Dienstag kommen sie nicht zurück.«

Erleichterung überschwemmte sie, als sie diese Neuigkeit hörte, obwohl Susanne sich nichts anmerken ließ. Sobald es im Hause still wurde, erhob sich Susanne und zog ihr Reitkleid an. Sie öffnete die Tür ihres Zimmers, spähte hinaus und schlich die Halle entlang. Sobald sie Lebensmittel und Bandagen zusammengesammelt hatte, eilte sie in den Stall. Sie war dankbar, dass sie gelernt hatte, ihre Stute selbst zu satteln. Als sie den Sattel aufgelegt hatte, ergriff sie den Sack, stieg auf und lenkte das Pferd aus dem Stall. Die Nacht war still, aber ihre Nerven waren angespannt, bis sie ein gutes Stück Entfernung zwischen sich und das Haus gebracht hatte. Dann sagte sie: »Vorwärts, Lady!«, und die überraschte Stute fiel in flotten Galopp.

★ ★ ★

Drei Tage später fiel ein leichter Nieselregen auf die Felder und überzog sie mit einem grauen Schleier. Er machte den Boden weich und dämpfte den Hufschlag der Stute, die in die Lichtung trat. Will Morgans hellhörige Ohren hatten jedoch das schwache Geräusch wahrgenommen, und er sprang augenblicklich auf die Füße. Er griff nach seinem Schwert, bewegte sich auf die Tür der verfallenen Scheune zu und starrte hinaus. Dann warf er das Schwert beiseite. »Es ist Miss Susanne«, sagte er und stieß das Tor auf. Er fing den Sack auf, den sie ihm zuwarf, dann ergriff er die Zügel der Stute, als sie sich zu Boden gleiten ließ.

»Hallo, Will.« Susanne lächelte ihn an. »Wie geht es deiner Seite?«

»Gesund wie ein Waliser.« Will nickte. »Die gute Pflege der letzten paar Tage hat es geschafft. Geht nur hinein. Ich kümmere mich schon um die Stute.«

Susanne betrat die Scheune und stieß augenblicklich auf Sir Christopher. »Nun, Ihr seid früh dran heute. Das ist gefährlich.«

»Nein, ich glaube, die Streifen haben es aufgegeben. Und die Leute sind daran gewöhnt, dass ich viel ausreite.« Sie ergriff seine Hand und lächelte. »Ihr seht besser aus als beim letzten Mal, Sir. Ihr habt mehr Farbe in den Wangen, und Eure Augen sind klarer.«

»Das habe ich Euch zu verdanken. Gutes Essen, gute Pflege, das hat mich dem Leben zurückgegeben.« Er hielt ihre Hand einen Moment lang fest. »Ich muss Euch doch einmal sagen, was für eine großartige junge Frau Ihr seid, Susanne Woodville!« Er lächelte, als ihr die Farbe in die Wangen stieg, dann ließ er ihre Hand los. »Ich weiß, Ihr habt es nicht gerne, wenn man Euch dankt, aber ich muss es trotzdem sagen.«

Gavin trat durch die Hintertür ein. Er bemerkte die beiden und sagte: »Ich sah dich ankommen, Susanne.«

Er trat neben seinen Vater, und Susanne betrachtete die beiden einen Augenblick lang, dann bemerkte sie: »Ihr beide seht einander so ähnlich!«

»Ich glaube, alle Wakefield-Männer sehen einander ziemlich ähnlich«, sagte Chris. »Amos sieht fast genauso aus wie Gavin in seinem Alter.« Dann wurde er ernst und schüttelte den Kopf. »Ich habe nicht erwartet, Amos je wiederzusehen. Gott ist so gut!«

»Ich glaube, es ist jetzt sicher genug, dass wir hier weggehen können«, sagte Gavin. »Fühlst du dich imstande, die letzte Etappe heute Nacht hinter dich zu bringen?«

»Stell mich auf die Probe!«

Will trat gerade rechtzeitig ein, um diesen Wortwechsel zu hören. »Recht habt ihr! Wir haben uns lange genug versteckt. Wir brechen in der Abenddämmerung auf.«

Es wurde ein schöner Tag für Susanne. Sie und Gavin vergnügten sich damit, im Bach zu fischen. Als sie einen Aal fing, warf sie ihre

Angelrute hin und rutschte aus, als sie davonzulaufen versuchte. Gavin hob den Aal auf und tat, als wollte er ihn sie beißen lassen.

»Nein! Bitte, Gavin, ich hasse diese Dinger!«

»Sie geben ein köstliches Essen ab.« Er grinste und hielt die zappelnde Kreatur in die Höhe. »Ich finde, du solltest ihn ausnehmen und für uns kochen.«

Susanne schauderte und schnitt ein Gesicht. »Da könnte ich gleich eine *Schlange* essen! Bitte, Gavin, neck mich nicht!«

Gavin blickte sie an, dann warf er den Aal zurück ins Wasser. »Tut mir leid, Susanne«, sagte er und legte die Hand auf ihre Schulter. »Ich habe dich immer schon gerne geneckt, nicht wahr?«

Susanne war bewusst, wie groß Gavin war – und wie fest seine Hand ihre Schulter drückte. »Das hast du immer getan«, sagte sie mit gedämpfter Stimme. Sie genoss den Augenblick. Sie trug ein eng anliegendes braunes Reitkleid und elegante schwarze Stiefel. Ihre Augen waren groß, und ihre Lippen zeigten eine Weichheit und Verletzlichkeit, die ihre Jugend verriet. Sie lächelte und sagte: »Ich konnte dich niemals allein lassen, nicht wahr? Ich lief dir auf Schritt und Tritt nach.«

»Ich nehme an, du warst wie eine kleine Schwester für mich.« Er blickte sie an, Bewunderung in den blauen Augen. »Aber jetzt kommst du mir eher wie eine große Schwester vor.«

»Nein, ich bin nicht deine Schwester!«

Ihr Ton war so scharf, dass Gavin blinzelte. »Nun, natürlich bist du nicht *wirklich* meine Schwester.« Seine Hand verließ ihre Schulter und berührte ihre Wange, voll Staunen über ihre weiche Glätte. »Freunde für immer, das sind wir, nicht wahr?«

»Ja.«

Gavin sah etwas in Susannes Augen, das er nicht verstand, und zog rasch die Hand zurück. Jedes Mal, wenn er mit ihr zusammen war, wurde ihm ihre Liebenswürdigkeit und ihr Charakter deutlicher bewusst – und andere Gefühle, aus denen er nicht ganz schlau wurde. »Nun, morgen werden wir weg sein«, sagte er rasch. »Was wirst du tun, wenn du dich nicht um eine Bande Flüchtlinge und Invaliden kümmern musst? Du wirst wohl froh sein, uns loszuwerden, eh?«

»Nein, das werde ich nicht.« Susanne drehte sich um und wandte sich dem Ufer zu. Als sie einen Rasenfleck fand, setzte sie sich nieder, und Gavin gesellte sich zu ihr. Sie war so still, dass Gavin dachte, seine Berührung habe sie aus dem Gleichgewicht gebracht. »Sei nicht zornig«, sagte er. »Es hatte nichts zu bedeuten, dass ich dich berührt habe.«

Sie warf ihm einen raschen Blick zu, dann schüttelte sie den Kopf. »Ich denke nur daran, wie einsam ich sein werde, wenn du nicht mehr hier bist.« Sie versuchte zu lächeln, aber die Anstrengung war vergeblich. »Es hat mir so gutgetan, dir und deinem Vater und Will zu helfen. Ich tue so wenig Sinnvolles.«

»Das stimmt nicht!«

»Doch, das stimmt, Gavin. Ich – ich fürchte mich vor der Zukunft. Meine Eltern werden mich zwingen, Henry zu heiraten – und ich liebe ihn nicht!«

Plötzlich stand das ganze Elend ihrer Zukunft vor ihr, und Susanne begann zu weinen, dass ihre Schultern zuckten. Sie hatte das nie zuvor getan, aber die drei Tage, in denen sie ihren Freunden geholfen hatte, hatten ihre ganze Welt irgendwie verändert. Bis dahin hatte sie den Gedanken an eine Ehe immer in die unbestimmte Zukunft verschieben können, aber nun musste sie der Realität ins Auge blicken.

Gavin war schockiert über den Kummer, der die Schultern des Mädchens schüttelte. Er hatte nicht gewusst, wie unglücklich sie war. *Ich war so beschäftigt mit meinen eigenen Problemen, dass ich gar nicht an sie dachte! Was bin ich doch für ein Egoist!*

Mitleid erfüllte ihn, und er legte den Arm um sie und zog sie dicht an sich heran. Er sagte kein Wort, als sie sich ihm zuwandte und die Tränen fließen ließ. Sie fühlte sich sicher im Kreis der starken Arme, die sie hielten. Schließlich zog sie sich zurück und blickte ihn an. Sie waren einander so nahe, dass er die winzigen Goldpünktchen in den Pupillen ihrer Augen sah und den schwachen Duft roch, der ihn immer an Flieder erinnerte. Ihre Lippen zitterten, und sie flüsterte: »Es tut mir leid, dass ich so –«

Aber sie beendete den Satz nicht, denn Gavin senkte den Kopf und presste seine Lippen auf die ihren. Es war ein sanfter, zärtlicher Kuss, und seine Arme drückten sie eng an ihn. Susanne war überrascht, aber seine Liebkosung hatte nichts Forderndes an sich – und sie konnte nicht anders, sie musste daran denken, wie sehr er sich von Henry Darrows unwillkommener Umarmung unterschied. Sie schmiegte sich an ihn und spürte seine Kraft, und dann verschränkte sie die Hände hinter seinem Kopf und zog ihn näher an sich.

Es war ein Augenblick vollkommener Zärtlichkeit für Gavin und Susanne. Gavin war von Dankbarkeit erfüllt für alles, was Susanne für ihn getan hatte, aber er wusste, dass er weitaus mehr empfand als bloße Dankbarkeit. Als die festen Rundungen ihres Körpers sich an ihn pressten, wusste er, dass er die Freundin seiner Kindertage nie wieder auf dieselbe Weise sehen konnte, denn sie nahm seinen Kuss als Frau entgegen. In ihren Lippen war eine Wildheit und Süße, die er nie erlebt hatte, und als sie sich zurückzog, sagte er mit rauer Stimme: »Susanne!«

Aber sie legte den Finger auf die Lippen und sagte: »Husch! Dies ist, was es ist. Mach nicht mehr daraus.«

Gavin erhob sich und half Susanne auf die Beine. Er war erschüttert von dem Kuss und wusste, dass er ihn noch tagelang beeindrucken würde. Irgendwie hatte sich etwas zwischen ihnen verändert – aber er konnte nicht sagen, was es war. Früher war sie Susanne gewesen, die Freundin seiner Kindheit, aber als er sie nun anblickte, wusste er mit einem Gefühl der Entfremdung, dass sie zu etwas anderem geworden war ... etwas, das er noch nicht in Worte fassen konnte.

»Susanne, du bist so schön«, sagte er mit bebender Stimme, »und das süßeste Mädchen, das ich je kennengelernt habe.«

Susanne warf ihm einen seltsamen Blick zu, überzeugt, dass er an jemand anderen dachte. Aber sie zwang sich zu einem Lächeln und sagte: »Ich muss nach Hause.« Irgendwie fiel es ihr schwer, die Worte auszusprechen, und sie stellte fest, dass sie von Neuem zu weinen anfangen wollte. »Ich glaube nicht, dass wir uns wiedersehen, also sage ich dir jetzt Lebewohl.«

Gavin ergriff ihre Hand und versuchte nachzudenken, aber er war verwirrt. »Ich werde schreiben –«

»Nein, meine Eltern würden den Brief sehen und mir nicht gestatten, ihn zu lesen«, sagte sie. Der Schmerz schnitt ihr ins Herz wie ein Messer, und sie konnte ihn nicht ertragen. »Ich sage deinem Vater und Will Lebewohl –«

Zehn Minuten später standen die drei Männer da und sahen zu, wie die junge Frau ihre Stute über den Hügelkamm ritt. Als sie außer Sicht war, seufzte Chris schwer. »Wir können niemals zurückzahlen, was diese junge Frau für uns getan hat, nicht wahr, Gavin?«

»Nein, Sir.«

Die Tonlosigkeit seiner Antwort erweckte die Aufmerksamkeit beider Männer. Sie wechselten wissende Blicke, aber keiner von ihnen sprach. Sie beluden den Wagen, und als die Dämmerung einbrach, machten sie sich auf den Weg, die staubige Straße entlang. Gavin schwieg den ganzen Weg über.

Einmal, als sie kampierten und er weggegangen war, um Feuerholz zu sammeln, sagte Chris: »Gavin hat sich verändert, nicht wahr, Will?«

»Ja, Sir, das hat er gewiss.«

Chris blickte den massig gebauten Waliser an und bemerkte: »Ich glaube, er kommt mit sich selber nicht ganz zurecht.«

»War das nicht auch bei Euch so in seinem Alter? Mit neunzehn wusste ich nicht, wo bei mir vorne und hinten ist.«

Sie sagten nichts weiter, sondern wandten ihre ganze Aufmerksamkeit darauf, sicher nach Hause zu kommen. Drei Tage lang reisten sie bei Nacht, und in der Dämmerung des Dienstags kamen sie nach Wakefield.

»Ich dachte nicht, dass ich es noch einmal wiedersehen würde, Sohn«, sagte Christopher leise.

Gavin nickte. Die Erfahrung hatte ihn gestärkt – und ihn einen neuen Ernst gelehrt. »Es tut gut, daheim zu sein, Sir«, sagte er schlicht. Und dann schnalzte er mit den Zügeln und fuhr durch die Tore von Wakefield.

★ ★ ★

Christopher Wakefield stand neben Amos, eine Hand auf der Schulter des Jungen. Der Himmel war rot und golden gefärbt von der sinkenden Sonne. Die beiden hatten einen langen Spaziergang gemacht, und als Chris auf ihn hinunterblickte, dachte er: *Wie sehr er Gavin ähnlich sieht!* Der Gedanke erfreute ihn, und er ließ seinen Blick auf dem kräftigen Körper des Vierjährigen und seinem kastanienbraunen Haar ruhen.

»Papa, darf Angharad mit uns morgen ins Dorf gehen?«

»Wenn sie will.«

»Sie will sicher«, sagte Amos. »Es gefällt ihr, überallhin mit uns zu gehen.«

»Tatsächlich? Nun, dann wird sie wohl mit uns mitkommen. Jetzt geh und wasch dir die Hände!«

»Aber ich bin nicht hingefallen!«

»Nein, aber du hast die Kröte im Garten aufgehoben.« Chris lächelte über Amos' Protest. Er musste daran denken, wie sehr das Kind es hasste, sich zu waschen. Er setzte seine ganze List ein, um Bädern zu entkommen, aber Angharad sagte nur: »Was bist du doch für ein altes Ferkel! Rein mit dir!«

Während Christopher den Pfad entlangschlenderte, der am Rosengarten vorbeiführte, dachte er daran, wie sehr er die letzten beiden Wochen genossen hatte. Er war körperlich krank nach Hause zurückgekommen, aber Angharad hatte seine Pflege augenblicklich in ihre starken Hände genommen. Sie hatte ihn mit köstlichen Speisen vollgestopft, hatte dafür gesorgt, dass er lange Stunden ruhte – einmal hatte er sein Schläfchen gemeinsam mit Amos gemacht –, und hatte ihm Getränke verabreicht, die abscheulich schmeckten, ihm aber offenbar neue Kraft verliehen hatten.

»Wo ist Amos?«

Chris wandte sich Angharad zu, die neben den großen Busch roter Rosen getreten war. Sie trug ein blassgrünes Kleid, und ihr Haar fiel in schwarzen Wellen über den Rücken hinab. Chris sagte: »Er macht sich gerade sauber, dann, glaube ich, wird er dich einladen, mit uns morgen in die Stadt zu fahren.« Chris grinste. »Der Junge sagte mir, du willst überall hingehen, wo wir beide hingehen.«

Angharad errötete bei seinen Worten und sagte verlegen: »Habt Ihr ihn dafür durchgeprügelt?«

»Nein.«

»Ich hätte hier sein sollen!« Sie wandte sich zum Gehen, hielt aber inne, als er ihren Namen rief. »Ja, Sir? Wolltet Ihr noch etwas von mir?«

Angharads große Augen hingen an dem Herrn von Wakefield. Sie wusste, dass ihm etwas Sorgen machte, denn in den letzten paar Tagen war er schweigsam gewesen. Sie dachte an die langen Stunden, die sie gemeinsam verbracht hatten, während er sich erholte. Er hatte von seiner Jugend gesprochen, und sie hatte sich weit genug geöffnet, um von ihrem eigenen Leben zu erzählen. Aber in letzter Zeit hatte sie bemerkt, dass er sie mit einem merkwürdigen Ausdruck beobachtet hatte, und sie zerbrach sich den Kopf, womit sie ihn beleidigt hatte. *Jetzt ist eine gute Zeit, es herauszufinden*, dachte sie und sagte: »Sir Christopher, habe ich in irgendeiner Weise Euer Missfallen erweckt?«

Er blickte sie überrascht an. »Warum fragst du das?«

»Ihr seid in letzter Zeit so still. Ganz anders, als Ihr –«

Chris betrachtete sie eindringlich, als sie sich unterbrach, dann trat er nahe neben sie. Der Geruch des Herbstes hing in seiner ganzen Üppigkeit in der Luft, und über ihnen sang ein Schwarm Nachtigallen sein melodisches Lied.

Zu Angharads völliger Überraschung streckte Christopher die Hand aus und ergriff die ihre. Sie starrte ihn ausdruckslos an, die Augen halb offen. »Aber – Sir –!«, japste sie, aber sie machte keine Anstalten, ihre Hand zu befreien.

»Angharad, ich bin ein alter Mann, und du bist eine liebliche junge Frau.«

»Ihr seid nicht alt! Und ich bin gewiss kein Kindchen mehr.«

»Ich bin fünfundfünfzig, und du bist dreiunddreißig.« Bedauern lag in Chris' Stimme, aber seine Hand schloss sich fester um die ihre. »Aber ich bin ein einsamer Mann, Angharad, und aus meinen eigenen selbstsüchtigen Gründen heraus bitte ich dich, mich zu heiraten.«

Angharad starrte Christopher an. Ein Schock durchschauerte sie. Sie liebte diesen Mann, das wusste sie nur zu gut, aber niemals war ihr der Gedanke gekommen, ihn zu heiraten. Obwohl er schon älter war, gefiel ihr seine hagere Gestalt, das keilförmige Gesicht, der breite Mund und das kampflustige Kinn. Aber sie sagte stockend: »Das könnt Ihr nicht ernst meinen – ich bin nur eine Dienerin –«

Christopher nahm sie in die Arme und hielt sie fest, als sie sich zurückziehen wollte. »Du bist die Frau, die ich liebe, Angharad. Erinnerst du dich nicht an deine Familiengeschichte? Margred Morgan war einfacher Herkunft, aber Sir Robert Wakefield liebte sie – wie ich dich liebe.«

Bei seinen Worten überschwemmte Angharad eine Welle reinster Freude. Sie fand keine Worte, aber als er den Kopf senkte, hob sie ihm ihre Lippen entgegen. Er hielt sie fest wie eine Kostbarkeit, und in dem Augenblick wusste sie, dass dies ihr Leben sein würde. Als er den Kopf hob, blickte sie ihn an, und Tränen glitzerten in ihren dunklen Augen.

»Ich habe immer gesagt, wenn Gott mir einen Ehemann schickte, würde ich ihn nehmen.« Sie hob die Hand und streichelte seine Wange. »Du bist derjenige, den Gott gesandt hat, also will ich deine Frau sein – und eine Mutter für Amos. Aus ganzem Herzen will ich dir und unseren Kindern dienen!«

Er küsste sie von Neuem, dann sagte er mit einer Stimme, die zugleich unsicher und stark und klar war: »Wer eine Frau findet, findet etwas Gutes und empfängt Gutes vom Herrn.«

Sie gingen noch lange im Garten spazieren. Sie sprachen wenig.

Beide waren von einer Freude erfüllt, die noch zu wachsen schien, als der Mond aufging. Sie beobachteten, wie die riesige silberne Scheibe bleiche Lichtwellen aussandte, um die Erde darin zu waschen, und dann wandten sie sich einander zu und schworen sich ewige Liebe.

IV

Ein königlicher Tod
1645–1649

20

DAS SCHWERT
OLIVER CROMWELLS

»R-Rupert – was ist das für eine n-neue Armee, die Cromwell entworfen hat?«

König Karl hatte seine beiden vorrangigen militärischen Berater zu einem Kriegsrat berufen, und die drei standen da und blickten eine große Karte an, die auf einem niedrigen Tisch ausgebreitet lag. Karl war viel dünner in diesem Frühling 1645, als er in den ersten Tagen des Krieges gewesen war, und sein Stottern war deutlicher zu bemerken. Die Niederlage bei Marston Moor hatte ihn entnervt, aber der Krieg hatte nicht nachgelassen. Die Kavaliere ließen sich nicht den Mut nehmen, obwohl ihr Territorium und ihre Stärke beständig abnahmen, sondern sie kämpften mit verdoppelter Wildheit in der Schlacht.

Prinz Rupert strich sich mit einer katzenhaften Bewegung über seine langen schwarzen Locken. Er hatte die affektierten Manierismen eines Dandys, aber er war trotz seiner gedrungenen Erscheinung ein zäher, harter Soldat. »Oh, man nennt es die *Armee nach Neuem Modell*, Sir.« Er zuckte die Achseln. »Cromwell hat sie erfunden, aber es ist ein närrischer Einfall.«

»W-wie das?«

»Nun, Cromwell hat eine *Kirche* daraus gemacht!« Rupert schlug angewidert auf das Schwert an seiner Seite. »Unsere Informanten erzählen mir, dass ein Soldat fürs Fluchen ausgepeitscht wird! Die Kapläne halten zehnmal am Tag Gebete ab. Narretei! Verdammte Narretei!«

Sir Henry Darrow warf Rupert einen Seitenblick zu. Darrow hatte sich das Vertrauen des Königs eher durch sein politisches Geschick als seine soldatischen Vorzüge erworben. Es stimmte, er ritt mit dem König in die Schlacht, aber beide hielten sich dem heißen Kampf wohlweislich ferne. Nun betrachtete er Rupert zweifelnd. »Ja, aber diese Neue-Modell-Armee besteht nicht nur aus Religion. Ich habe Cromwells Werk beobachtet, und es ist eine beachtliche Armee.« Er ging über Ruperts Protest hinweg und beharrte: »Zum einen ist sie groß. Zehn Regimenter Reiterei, jedes mit einer Stärke von sechshundert Mann, zwölf Infanterieregimenter zu je zwölfhundert Mann und ein Regiment von tausend Dragonern.«

»D-das sind über zwanzigtausend Mann!«, rief Karl aus.

»Zahlen bedeuten nichts, Euer Majestät«, beharrte Rupert. »Wir jagen diese Psalmsänger ins Meer! Und je rascher wir zuschlagen, desto besser!«

Karl starrte den prahlerischen Kavalleriekommandanten an. Seine Augen zogen sich zu schmalen Schlitzen zusammen. »Aber h-haben wir die m-militärische Stärke dafür?«

»Wir sind so stark, wie wir je sein werden«, stellte Rupert fest. »Und Cromwell und seine Rundköpfe werden von Monat zu Monat stärker. Ich sage, jetzt oder nie!«

»Ich fürchte, der Prinz hat recht, Sir«, stimmte Darrow zu. »Es ist ein Risiko, aber wenn wir hart und unerwartet zuschlagen, können wir einen Sieg erringen, der viele zu Eurer Unterstützung zurückbringen wird.«

Karl wand sich vor Unentschlossenheit in Qualen. Die Niederlagen des letzten Jahres hatten seine Stützpunkte reduziert, und er brannte darauf, sie wiederzugewinnen. »Nun g-gut« – er nickte schließlich, während die beiden Männer warteten –, »wo sollen wir den Feind niederschlagen?«

»Ich würde gerne bei Naseby zuschlagen, Euer Majestät.« Rupert hatte bereits einen Plan entworfen, und er skizzierte ihn auf der Landkarte. Er war voll Zuversicht, dieser deutschblütige Prinz, und seine Fähigkeit, Kavallerietruppen mit erstaunlicher Geschwindigkeit im Land herumzuwirbeln, war bereits legendär geworden. Er hatte ein eisernes Vertrauen in seine Kavaliere und verachtete die niedrigen Bürger, aus denen die Neue-Modell-Armee bestand. Er äußerte sich verächtlich über Cromwell, weil dieser darauf beharrte, bei der Besetzung von Offiziersstellen die Hochgeborenen zu übergehen, und stattdessen die am besten geeigneten Männer wählte, selbst wenn einer als Knecht geboren war.

Karl und Darrow hörten zu. Beide empfanden leise Ehrfurcht vor Ruperts militärischem Genie, und als der Kavalier zu Ende geredet hatte, nickte Karl eifrig. »Großartig! W-wann sind wir bereit zuzuschlagen?«

»Heute ist der fünfte Juni. Wir können den Feind nächste Woche treffen, Sir.«

König Karl war in vieler Hinsicht ein unehrlicher Mann, aber er hatte sich so lange nach dem Sieg gesehnt, dass er sich nun voll Eifer an die Hoffnung klammerte, die Rupert ihm versprach. »Ich w-werde an der Spitze der Armee reiten, Prinz«, sagte er. Ein helles Licht des Selbstvertrauens glimmerte in seinen dunklen Augen.

Nach dem Kriegsrat verließ Henry Darrow die königlichen Gemächer, den Kopf voller Politik und Schlachten. Er verbrachte den Tag damit, dass er sich um die zahllosen Kleinigkeiten kümmerte, die die neue Kampagne erforderlich machte, denn das war etwas, das er besser zustande brachte als Rupert oder der König, und er setzte seinen Stolz darein. Als er schließlich sein Apartment betrat, einen reich geschmückten Raum, den der König ihm während seines Aufenthalts in Oxford zugewiesen hatte, fand er Francine in übler Laune dort vor.

»Ich habe den ganzen Tag auf dich gewartet, Henry«, sagte sie. Ärger verunzierte die Glätte ihrer Züge. Sie trug eine scharlachfarbene Robe, deren tief ausgeschnittenes Mieder mit Perlen in arabesken Mustern bestickt war, und zwei große Diamantohrringe glitzerten an ihren Ohrläppchen und reflektieren das Licht des Leuchters an der Decke. »Eine Schauspieltruppe kam heute hier an, und wir haben ihre Vorstellung versäumt.«

»Tut mir leid, Francine«, sagte Darrow kurz angebunden. Er warf seinen Hut zu Boden und schritt auf die Couch zu. Darüber befand sich ein grandioses Gemälde, das ein Mann namens Rembrandt gemalt hatte. Es war ein seltsames Bild: Man sah eine Gruppe Chirurgen, die einem Lehrer zusahen, der soeben einen Leichnam sezierte. Francine hasste es, und Darrow grinste sie an und fragte: »Hast du die Innereien des Burschen bewundert?«

Francine stieß ein kurzes hässliches Wort aus, dann setzte sie sich neben Henry. Sie schmiegte sich an ihn und zog seinen Kopf herab, und er küsste sie. Sie war unter dem Deckmäntelchen, eine der Hofdamen der Königin zu sein, nach Oxford gekommen, aber sie und Darrow hatten eine schmutzige Affäre miteinander und genossen das prickelnde Gefühl, die Sache vor den Augen des königlichen Paares verborgen zu halten.

Francine wusste, dass sie in Henry Darrow niemals einen Ehemann finden würde, aber zu ihrer Überraschung stellte sie fest, dass sie sich in ihn verliebt hatte. Noch größer war die Überraschung, als Henry sich in einem ganz ähnlichen Zustand befand. Er sagte das jetzt. »Was für ein Jammer, dass du kein Vermögen hast, Süße. Was für eine Schande!«

Am nächsten Morgen, als Francine eben sorgfältig ihr Haar arrangierte, sagte Darrow plötzlich: »Du solltest lieber einige Vorkehrungen treffen, Francine.« Er lag im Bett und betrachtete sie. Als sie sich zu ihm umdrehte, fügte er hinzu: »Ich habe nicht halb so viel Vertrauen in Rupert, wie er in sich selbst hat.«

»Du meinst, wir könnten den Krieg verlieren?«

»Sehr gut möglich.« Darrow erhob sich und kam herbei, um seine Hände auf ihre Schultern zu legen. »Cromwell ist ein Narr, aber er ist noch nie in der Schlacht geschlagen worden. Bei Marston Moor hat er Rupert empfindlich geschlagen. Wenn wir die nächste Schlacht verlieren ...«

Als Darrow eine Pause machte, erhob Francine sich und schmiegte sich in seine Arme. »Was würde geschehen, Henry?«

»Was würde Cromwell und seinen Rundköpfen geschehen, wenn wir sie geschlagen hätten?« Ein zynisches Lächeln kräuselte seine Lippen, und er nahm kein Blatt vor den Mund. »Wir würden sie zu

Staub zermalmen. Ich nehme an, etwas dergleichen würde uns passieren, wenn wir verlieren.«

Ein Schauder durchrieselte Francine, das Gespenst einer armseligen Zukunft versetzte ihr einen raschen Stich der Furcht. »Wahrscheinlich hast du recht«, sagte sie langsam. »Aber vielleicht wird es nicht dazu kommen.«

»Warte nicht, bis du es herausfindest«, sagte Darrow. Sein hübsches Gesicht wurde plötzlich ernst. »Ich hoffe zu gewinnen, aber ich mache bereits Pläne für den Fall, dass wir verlieren – und das rate ich dir auch, Francine.« Er küsste sie zärtlich, dann sagte er beinahe traurig: »Ich würde dich vermissen, mehr als ich je gedacht hätte, dass ich eine Frau vermissen würde. Aber in dieser Welt muss sich jeder um sich selbst kümmern.«

Francine verließ Darrows Zimmer, wobei sie sich sorgfältig vor den Blicken des Wachsoldaten verbarg. Als sie ihr Zimmer erreichte, schritt sie dort lange Zeit auf und ab. Ihre Gedanken beschäftigten sich mit dem, was ihr Henry gesagt hatte. Sie hatte die Tatsache akzeptiert, dass Henry sie nicht heiraten würde, aber sie wusste, dass sie *irgendetwas* unternehmen musste. Die Sonne ging auf, während sie am Fenster stand und beobachtete, wie die scharlachrote Kugel die Wipfel der hohen Bäume, die den Palast flankierten, in feurigem Licht aufleuchten ließ. Sie war nicht nur eine schöne Frau, sondern auch eine Frau von großer Entschlusskraft. Wo ihre eigene Sicherheit und Bequemlichkeit auf dem Spiel standen, war sie überaus fähig zu nennen!

Schließlich kam ihr eine Idee, nicht auf einmal, sondern in Bruchstücken. Den ganzen Tag lang trug sie sie mit sich herum, und am späten Nachmittag hatte sie einen Plan gefasst. *Gavin – es muss Gavin sein*, dachte sie. *Er wird in Sicherheit sein, wenn die Rundköpfe siegen.* Sie fühlte sich, als wäre eine große Last von ihr abgefallen, und während sie zwischen den Blumen spazierenging, stieg ein Gedanke in ihr auf: *Henry kann ich nicht haben, aber bei Gavin könnte ich es schaffen. Er ist bis über die Ohren verliebt, dieser Narr!*

★ ★ ★

Sir Thomas Fairfax war der Generalkommandierende der Parlamentsstreitkräfte, die sich dem Gebiet nordwestlich des kleinen Dorfes Naseby näherten. Als er entdeckt hatte, dass der König zwischen zwei Hügelkämmen sein Lager aufgeschlagen hatte, rief er seine Hauptleute zusammen. »Die Schlacht steht unmittelbar bevor. Skippon, Ihr haltet die Mitte mit Euren Infanteriesoldaten. Ireton, verlegt unsere Kavallerie an die linke Flanke, und Ihr, Cromwell, haltet die rechte Flanke.«

Als der Befehl kam, sich in Schlachtreihen aufzustellen – es war zehn Uhr morgens am 14. Juni 1645 –, besuchte Gavin einen alten Freund. Er hatte seinen Standort unter Cromwell verlassen und die Schlachtreihen nach John Bunyan abgesucht. Nach einigen Schwierigkeiten fand er den Soldaten in der zweiten Reihe der Musketiere. »Hallo, John«, sagte er warmherzig. Er stieg ab und schüttelte die Hand des hochgewachsenen jungen Mannes. »Bist du zur Schlacht bereit?«

Bunyans Gesicht war rot von der heißen Sonne, aber er wirkte fröhlich. »Nun, diese Schlacht gehört dem Herrn, Sir!« Er grinste breit und fügte hinzu: »Ich werde versuchen, ein Auge auf Euch zu haben. Diesmal dürft Ihr Euch von diesen langhaarigen Kavalieren nicht erwischen lassen!«

»Ich werde mein Bestes tun, John. Nun erzähl mir von dir. Was hast du getan?«

Die beiden Männer standen da und unterhielten sich, und Gavin betrachtete den massigen jungen Burschen voll Zuneigung. Nach der Schlacht bei Marston Moor hatte er Bunyan aufgesucht und ihm von Herzen dafür gedankt, dass er ihm das Leben gerettet hatte. Die beiden hatten Freundschaft geschlossen, und während der darauffolgenden Monate waren sie einander zweimal begegnet. Bunyan war ein fröhlicher junger Mann mit einer Neigung zu Sport und Spaß. Er hatte jedoch auch eine ernste Seite, und die ließ er nun sehen, als die beiden miteinander redeten.

»In Zeiten wie diesen, Sir, wenn ein Mann dem Tod ins Auge blickt, dann wünscht er, er hätte ein anderes Leben geführt!«

»Nun, du warst sicher kein schlechter Mensch, John!«

»Ich habe viel geflucht, und ich bin Gott nicht nachgefolgt«, antwortete Bunyan schlicht. Er wandte sich abrupt um und verlangte zu wissen: »Glaubt Ihr an die Hölle, Leutnant Wakefield?«

Die Frage traf Gavin unversehens, aber er antwortete augenblicklich. »Gewiss! Es ist kein erfreulicher Gedanke, aber so wird es klar in der Bibel gelehrt.« Er zögerte, dann sagte er: »Du machst dir Sorgen um deine Seele, nehme ich an!«

Bunyan zuckte die schweren Schultern und blickte zu den königlichen Truppen hinüber, die in Reih und Glied angerückt waren und offenkundig darauf warteten, sich in die Schlacht zu stürzen. »Vielleicht werde ich in einer halben Stunde schon in die Ewigkeit geschleudert. Was sollte ich zu Gott sagen, wenn er mich fragt, warum ich ihn ignoriert habe?«

»Nun, du hast jetzt noch Zeit, ihn zu suchen.«

»Nein, Sir, mir gefällt der Gedanke nicht, Gott links liegen zu lassen, solange ich rüstig und gesund bin, und dann zu ihm zu laufen, wenn schlechte Zeiten kommen. Das gehört sich nicht für einen Mann!«

»Vergiss den Gedanken«, sagte Gavin ernst. »Mein Vater ist der beste Christ, den ich kenne, und er sagt, es ist allein Gottes Gnade, die irgendeinen von uns rettet.«

»So weit, so gut, aber welche Rolle spielt der Mensch dabei? Soll er Gott einfach alles tun lassen?«

»Das sagt mein Vater. Er zitiert die ganze Zeit einen Bibelvers: ›Aus Gnaden seid ihr gerettet worden durch Glauben, und das nicht aus euch selbst; es ist das Geschenk Gottes und kommt nicht aus Werken, damit sich niemand überhebe.‹«

Bunyan schien der Gedanke unbehaglich zu sein. »Das scheint mir nicht recht, Sir. Ein Mann ist ein Mann und sollte alles tun, was er kann, um mit Gott Frieden zu machen – die Gebote halten und so weiter.«

Gavin hatte diese Überlegung schon selbst angestellt und sehnte sich danach, dem Soldaten zu helfen. »John, wenn ein Mann sich selbst retten könnte, warum hat Gott dann Jesus gesandt, um am Kreuz zu sterben? Wäre das nicht niederträchtig von Gott gewesen, wenn er seinen Sohn geschickt hätte zu leiden, obwohl das alles gar nicht notwendig gewesen wäre?«

Der Gedanke bewegte Bunyan, und seine großen ausdrucksvollen Augen leuchteten auf. »Daran habe ich noch nie gedacht, Sir«, bekannte er. »Aber es fällt einem Mann wie mir schwer, solche Dinge zu erfassen. Ich bin kein Theologe, sondern ein einfacher, schlichter Bürstenbinder.« Er beäugte Wakefield aufmerksam, dann fragte er: »Dann habt Ihr also keine Angst vor dem Tode?«

Gavin hatte das alles schon längst bedacht. »Ich nehme an, jedermann hat ein wenig Angst vor einer neuen Erfahrung, und der Tod ist das Einzige, was wir nicht vorher ›üben‹ können, nicht wahr, John? Das Fleisch zittert, wenn ich mir vorstelle, dass mir ein Schwert in die Eingeweide fährt, aber ich habe keine Angst davor, was nach dem Tode kommt.« Er dachte scharf nach, dann sagte er: »Ich habe keine Angst davor, was *nach meinem Tode* geschieht; der *Übergang* ist ein wenig beängstigend.«

Die beiden Männer standen da und sahen zu, wie die Schlachtreihen aufrückten. Sie sprachen über Gott und den Tod und Erlösung, und als die Trompete erklang, ergriff Gavin Bunyans starke Hand und sagte: »Ich muss gehen, John. Ich werde dafür beten, dass Gott dich am Leben erhält. Du suchst Gott, und ich möchte nicht, dass du dahingerafft wirst, bevor du die Sache zu Ende gebracht hast.«

»Gott segne Euch, Mr Wakefield!«, nickte Bunyan. »Ich brauche Eure Gebete, und Ihr sollt die meinen haben, was die Gebete eines rauen Soldaten auch wert sind!«

Die beiden verabschiedeten sich voneinander, und kaum war Gavin an seinen Platz zurückgekehrt, da rief ihn Cromwell an seine Seite. Das Gesicht des Kommandanten glänzte vor Freude, und seine Stimmung war beinahe überschwänglich zu nennen. Er begrüßte

Gavin und sagte: »Ich wünschte, Euer lieber Vater wäre hier und könnte an der Schlacht teilnehmen.«

»Das wäre auch seine eigene Wahl.« Gavin nickte. Er warf einen Blick auf die Reihen des Feindes hinüber und fragte: »Seid Ihr Euch des Sieges gewiss, General?«

»Ich kann nur Gott preisen«, rief Cromwell aus, so laut, dass alle in der Umgebung ihn hören konnten, »in der Gewissheit des Sieges, denn Gott erschafft Dinge aus dem Nichts! Heute an diesem Tag werden wir die Hand Gottes sehen, Leutnant Wakefield!«

Die königlichen Schlachtreihen rückten heran. Im Zentrum marschierte die Infanterie unter Astley, der rechte Flügel der Kavallerie wurde von Rupert angeführt, der linke von General Langdale. So kam es, dass es Cromwell und seine Neue-Modell-Armee eher mit Langdale zu tun bekamen als mit Rupert.

Plötzlich sah Rupert eine Schwäche in den feindlichen Schlachtreihen und tat, was er am besten konnte: Er führte die Kavallerie zu einem wilden, durchschlagenden Angriff. Die Royalisten schrien: »Queen Mary!«, ein Tribut an Henrietta Maria, und die Soldaten der Neuen-Modell-Armee schrien, so laut sie konnten: »Gott und unsere Kraft!«

Der Angriff von Ruperts Männern trieb Iretons Kavallerie zurück, und bald war der ganze rechte Flügel der Neuen-Modell-Armee in Schwierigkeiten. Ireton wurde verwundet und schließlich gefangen genommen. Der ganze linke Flügel der Neuen-Modell-Armee war in schrecklicher Unordnung, und die Fußsoldaten Skippons – er selbst war verletzt und sein Stellvertreter getötet – gaben nach.

Alles schien verloren, aber auf der rechten Seite hatte Oliver Cromwell seine Regimenter in drei Schlachtreihen aufgestellt. Als die beiden Streitkräfte aufeinanderprallten, hielten Cromwells Männer dank der eisernen Disziplin, die er ihnen eingedrillt hatte, die Stellung. In diesem Augenblick, als die Truppen Langdales zurückwichen, zeigte Cromwell sein militärisches Genie. Er stürmte mit seinen Männern vor wie ein Donnerkeil, und die tobenden Eisenmänner trafen mit vernichtender Kraft auf die gegnerischen Linien.

Gavin stand dort, wo die Schlacht am heißesten tobte, und schlug mit seinem Schwert zu, nachdem er seine Pistole abgefeuert hatte. Er merkte, wie eine Musketenkugel durch sein Haar fuhr, kümmerte sich aber nicht weiter darum. Mitten in der Hitze des Gefechts sah er den König von England an der Spitze einer Streitmacht von Kavalieren. »Seht –!«, schrie er seinem Oberst zu. »Da ist der König!«

Karl hatte einen Teil der Armee in einen Gegenangriff geführt, aber noch während Gavin zusah, sammelten sich seine Anhänger um ihn und holten ihn aus der Hitze des Gefechts zurück.

Zehn Minuten später ritt Cromwell vorüber. Sein Gesicht leuchtete vor Freude. »Wir haben sie geschlagen, Gavin!«, rief er.

»Was ist mit Rupert, Sir?«

»Er hat getan, was er immer tut: Er ließ seine Männer außer Kontrolle geraten. Sie schlugen eine Bresche in unsere Reihen, aber statt anzuhalten und zu kämpfen, ritten sie alle weiter zu den Vorratswagen. Dort haben wir sie abgefangen und in Stücke gehackt!« Cromwells Augen glühten, und er nahm seinen Helm ab, richtete den Blick zum Himmel empor und sagte: »Ich danke dir, oh Gott der Schlachten, für den Sieg, den deine mächtige Hand uns gegeben hat!«

Und so endete die Schlacht von Naseby. Sie bedeutete die endgültige Niederlage für König Karl I. und seine Streitkräfte. Es würde noch weitere Schlachten und Belagerungen geben, aber die endgültige militärische Entscheidung des Englischen Bürgerkriegs war gefallen.

Karl entkam und gelangte im April nach Schottland. Er hoffte, dort eine Armee aufzustellen und seinen Thron zurückzuerobern, aber am 24. Juni 1646 ergab sich Oxford, und der Krieg war ein für alle Mal vorbei. Die Schotten übergaben den König an Cromwell, der jetzt praktisch das Haupt der Nation war. Karl kehrte nach England zurück, nicht als König, sondern als Gefangener.

Und ein Gefangener in schwerer Bedrängnis. Karls Papiere wurden nach Naseby unter dem Gepäck der königlichen Armee gefunden. Sie enthielten klare Beweise dafür, dass Karl geplant hatte, eine irisch-katholische Armee nach England zu führen, mit dem Versprechen, die Nation katholisch zu machen! Als diese Papiere laut im Unterhaus vorgelesen, dann gedruckt und verteilt wurden, sagte Christopher Wakefield zu seiner Frau: »Angharad, der König ist ein toter Mann! Er hat dasselbe getan, was Maria von Schottland tat, und er wird ihr Schicksal teilen – den Tod unter der Axt des Henkers!«

21

AUF FRAUENART

Im Frühling 1646 hatten die Puritaner alle militärische Opposition niedergeschlagen, aber die Feindseligkeit der Bevölkerung machte es ihnen schwer, die Früchte des Sieges zu ernten. Um den Krieg zu gewinnen, war das Parlament gezwungen gewesen, alle Bevölkerungsgruppen mit hohen Steuern zu belegen, und was viele noch mehr irritierte: Die Schotten hatten das Versprechen erhalten, die elisabethanische Kirche würde auseinandergenommen und »gemäß dem Wort Gottes« wieder zusammengesetzt werden.

Auf dem Papier geschah das auch. Kathedralen, Kirchengerichte, das Allgemeine Gebetbuch und das Kirchenjahr (einschließlich der Weihnachts- und Osterfeiern) wurden abgeschafft. Die Anführer des neuen Staatsgebäudes hatten das Recht, der Bevölkerung moralische Verpflichtungen aufzuerlegen. Aber viele Unabhängige weigerten sich, die neue Kirche zu akzeptieren, und viele Menschen hassten sie. Sie hatten das Allgemeine Gebetbuch und die Weihnachtsfeiern lieben gelernt.

So kam es, dass der König zwar ein Gefangener war, aber viele davon sprachen, ihn wieder auf den Thron zu erheben. Aber für Oliver Cromwell und andere aus seinem Lager wäre das ein Verrat an Gott gewesen. Dennoch unternahm das Parlament ständige Anstrengungen, Argumente für eine Reinthronisierung zu finden, denen der König zustimmen konnte.

Was König Karl anging, so hatte er sich seit seiner militärischen Niederlage einfach aufs Reden verlegt und auf eine Chance gewartet, den Sieg zu erringen. Der König war alles andere als entmutigt. Er war nach Holdenby Hall gebracht worden, einem fantastischen Gebäude mit grotesken Verzierungen, das ein Günstling von Königin Elisabeth, Christopher Hatton, erbaut hatte.

Während Karl in Holdenby festgehalten wurde, erkrankte Cromwell schwer. Er litt an einer infizierten Schwellung oder einem Abszess im Kopf, und einige flüsterten, die Krankheit habe teilweise emotionelle Gründe. Die hohen Ideale, für die er gekämpft hatte, waren zu giftigem Gezänk zwischen den verschiedenen Anführern im Parlament herabgesunken, und der Frieden für England, nach dem Cromwell sich gesehnt hatte, war nicht gekommen. Er sagte von seiner Erkrankung: »Ich nehme es willig hin, dass der Herr mir in dieser Heimsuchung die Härte eines Vaters gezeigt hat. Ich fiel in mir selbst unter das Todesurteil, damit ich lernen möchte, ihm zu vertrauen, der die Toten erweckt, und kein Vertrauen in das Fleisch setze.«

Während dieser Zeitspanne senkte sich Frieden über Wakefield, obwohl Christopher an einem schönen Junimorgen sagte: »Eines Tages wird der Topf in diesem Land überkochen, aber nicht heute.« Er hatte sich immer noch nicht völlig von seiner Gefangenschaft erholt, aber seine Wangen hatten wieder Farbe, und seine täglichen langen Ausritte hatten ihm einigermaßen die Gesundheit zurückgebracht.

Angharad saß neben ihm und zog bei den Worten ihres Gatten eine Augenbraue hoch. »Von welchem ›Topf‹ redest du?«, fragte sie. »Der Krieg ist vorbei, oder nicht?«

»Nein, und er wird niemals vorbei sein, solange Karl und das Parlament ihre endlose Debatte fortsetzen.«

»Ich dachte, Karl hätte den meisten Bedingungen, die ihm vorgelegt wurden, zugestimmt«, sagte Gavin überrascht. Er war gesund gebräunt und voll Kraft, nachdem er den ganzen Frühling in den Feldern verbracht hatte. Er hob ein Glas mit frischem Saft an die Lippen und fuhr fort: »Die Leute erwarten, dass sich die Lage bald wieder normalisiert.«

Chris schüttelte den Kopf, ergriff Angharads Hand und streichelte sie. In seiner Liebe zu dieser Frau hatte er zu überraschender Lebenskraft zurückgefunden, und sie hatte seine Leidenschaft erwidert. Sie waren wie junge Liebende, und ihr Anblick machte Gavin Freude. Er hatte Angharad rückhaltlos akzeptiert, voll Freude, dass sein Vater eine Gefährtin hatte, die solche Freude in sein Leben brachte. Nun sagte der junge Wakefield: »Wollt ihr beide einander anhimmeln wie die Turteltauben, bis ihr neunzig seid? Das bringt einen ja geradezu in Verlegenheit!«

Chris lachte laut, küsste Angharads Hand und wandte Gavin einen Blick voll Zuneigung zu. »Bete lieber, dass du einmal eine Frau bekommst, die sich so um dich kümmert, wie diese hier sich um mich kümmert.«

»Du bist verwöhnt bis auf die Knochen!«, bemerkte Angharad munter. Sie sah besser aus als je zuvor. Ihre Haut leuchtete vor Gesundheit, und die reichen Kleider, die Chris ihr aufdrängte, hoben ihre Figur gut hervor. »Was geschieht, Chris? Ich dachte, der Krieg würde vorbei sein, wenn der König bei Naseby geschlagen würde.«

»So einfach ist es nicht, fürchte ich.« Chris stand auf und starrte über die Felder hinaus. Das Gras war so grün, dass es beinahe in den Augen wehtat, und er ließ seinen Blick auf den Kühen ruhen, die die sanft ansteigenden Wiesen bevölkerten, ehe er sich umdrehte und sagte: »Es ist die Neue-Modell-Armee. Sie ist völlig außer Kontrolle geraten. Wir brauchten die Armee, um den Krieg zu gewinnen, aber seit das erledigt ist, haben wir keine Verwendung mehr für sie.«

»Warum schickt man die Soldaten nicht einfach nach Hause?«, fragte Angharad.

»Aus dem einfachen Grund, weil sie nicht bezahlt worden sind«, antwortete Chris, »und sie weigern sich fortzugehen, ehe sie ihr Geld erhalten haben.«

»Wie viel schuldet man ihnen?«, fragte Gavin.

»Mehr als dreihunderttausend Pfund, und das Parlament hat keinen Shilling! Ich habe mit Oliver darüber gesprochen, und er sagte, er habe das Gezänk zwischen dem Parlament und der Armee satt, aber er hat keine Antworten. Er hat Vertrauen in seine Armee, aber er hat Probleme, die einen weiteren Krieg auslösen könnten – und diesmal wäre es die Armee gegen das Parlament!«

✳ ✳ ✳

Als die Monate sich dahinschleppten, schienen Cromwells Probleme – und die der gesamten Nation – immer größer zu werden. Der König und das Parlament konnten sich nicht einigen; die Bewegung, die Karl auf den Thron zurückbringen wollte, wurde stärker.

Die Armee wurde die wirkmächtigste Kraft in England, und alle Arten neuer Gestalten machten sich bemerkbar und verkündeten Weisheiten wie: »Der Ärmste in England hat das Recht zu leben wie der Größte« und: »Niemand ist einer Regierung verpflichtet, die nicht durch sein eigenes Tun über ihn gesetzt wurde!«

Cromwell hörte all das und sagte eines Tages zu Christopher: »Solche Forderungen würden zur Anarchie führen! Wir dürfen das nicht zulassen!«

Dann – um die Sache noch komplizierter zu machen – kam dem König zu Ohren, dass er von der Armee ermordet werden sollte, worauf er floh und nach Charisbrooke Castle auf der Insel Wight gelangte. Hier hielt er sich monatelang auf – und hier machte er seinen schicksalhaftesten Fehler.

In seiner Verzweiflung unterzeichnete König Karl einen geheimen Pakt mit den Schotten, der einen zweiten Bürgerkrieg auslöste!

Nie hatte es etwas wie diesen zweiten Krieg gegeben, nicht in der ganzen englischen Geschichte, aber er war eine kurze und einfache Angelegenheit. Jedermann – der König, Adel und Bürger, Gutsherren, Stadt und Land, die schottische Armee, die Leute von Wales und die englische Flotte – *alle* wandten sich gegen die Neue-Modell-Armee.

Und die Armee schlug sie alle! Mit Cromwell an der Spitze marschierte und kämpfte die Armee. Sie marschierten in Wales ein, sie eroberten Schottland, sie gewannen die Herrschaft über die Flotte!

Als alles vorbei war, war Oliver Cromwell der mächtigste Mann in England. Die Royalisten waren am Boden zerstört, und das Parlament diente Cromwell als Werkzeug. Die Schotten und die Waliser waren geschlagen – und Ende 1648 gab es niemand mehr auf der Insel, der Oliver Cromwell herausfordern konnte!

★ ★ ★

Wakefield war im Verlauf der vergangenen Monate genesen, und als Christopher und Gavin über die Fortschritte sprachen, die er gemacht hatte, unterbrach Angharad sie lange genug, um zu sagen: »Ich muss nach Vater sehen.«
»Wo ist Amos?«
»Susan kümmert sich um ihn.«
»Owen geht es nicht gut?«
Angharad schüttelte den Kopf, und Sorge malte sich in ihrem Gesicht. »Es geht ihm gar nicht gut. Er kann den Husten nicht loswerden, der ihn letzten Winter niedergeworfen hat. Ich mache mir Sorgen um ihn.«
»Dr. Wheeler sollte kommen und ihn sich ansehen«, schlug Chris vor. Er erhob sich. »Bring ihm etwas von dem frischen Fleisch, das wir heute aßen.«
Als Angharad das Zimmer verließ, schüttelte Chris den Kopf. »Ich fürchte, Owen wird nicht mehr lange leben.«
»Ich habe dasselbe gedacht«, gestand Gavin ein. Die beiden saßen eine Zeit lang schweigend da, und Gavin sagte: »Ich werde ihn vermissen, Vater. Er ist ein wackerer Mann, ein echter Mann Gottes.«
»Es gibt keinen besseren, und er hat mir eine gute Frau geschenkt.« Plötzlich blickte er Gavin an, einen kuriosen Ausdruck auf dem Gesicht. »Ich muss dir etwas sagen, und ich weiß nicht, wie du es aufnehmen wirst.«
»Warum – was ist es?«
Chris rutschte unbehaglich in seinem Sessel hin und her, dann platzte er heraus: »Angharad bekommt ein Baby.« Er lachte plötzlich über den Ausdruck auf Gavins Gesicht. »Sag schon – du findest es lächerlich!«

Aber Gavin setzte ein breites Lächeln auf. Er sprang auf und trat an seinen Vater heran, schlug ihn auf die Schultern und rief aus: »Aber ich finde das wunderbar!«

»Tatsächlich?« Chris starrte ihn überrascht an. »Ich habe mich … nun, ich habe mich wie ein Narr gefühlt, seit sie es mir erzählt hat. Schließlich bin ich ein alter Mann –«

»Mit neunundfünfzig? Du bist gesünder als die meisten Männer, die nur halb so alt sind wie du!«

»Nun, es freut mich, dass du es so siehst, mein Sohn.« Chris wirkte erleichtert, und lange Zeit saß er da und sprach von dem zukünftigen Kind. »Ich werde nicht lange genug leben, um ihn oder sie heranwachsen zu sehen«, sagte er dann. »Aber du wirst es, und das Kind wird ein Segen für Angharad sein.« Gavin sah, dass sein Vater Frieden hatte, und freute sich für ihn.

Schließlich erhob sich Gavin und machte sich an seine Pflichten. Er hatte entdeckt, dass er ein Talent für die Landwirtschaft hatte oder wenigstens für die Organisation der zahllosen Aktivitäten, die ein großes Gut wie Wakefield verlangte. Den ganzen Rest des Nachmittags ging er zwischen den Arbeitern einher, sprach ein paar Worte mit dem Verwalter über häusliche Angelegenheiten, kümmerte sich um die Sorgen des Grobschmieds, besuchte einen kranken Arbeiter – nichts von großer Bedeutung, aber alles Aufgaben, die er von Herzen genoss.

Beim Häuschen der Morgans blieb er stehen, und als Angharad an die Tür kam, grinste er sie an und sagte: »Hallo, kleine Mutter!«

Angharad stieg das Blut in die Wangen, ihre glatten Wangen färbten sich rot. »Verschwinde hier!«, sagte sie kurz angebunden, aber Gavin packte sie, hob sie hoch und wirbelte sie herum. Indem er ihre Sprechweise nachäffte, rief er aus: »Was bin ich stolz auf die alte Frau!«

»Setz mich ab, du Narr!« Als Gavin sie absetzte, blickte sie zu ihm auf, und er sah, dass Tränen in ihren Augen standen. »Gott ist gut zu mir«, sagte sie schlicht.

»Und zu meinem Vater, dass er ihm eine Frau wie dich gegeben hat.« Gavin neigte den Kopf zur Seite und fragte: »Und wann wird mein kleiner Bruder uns mit seinem Erscheinen beehren?«

»Kein Bruder, sondern eine kleine Schwester für Amos.«

»Bist du dir dessen sicher?«

»Ja.« Ihr Ton war fest, und sie lächelte über seinen Gesichtsausdruck. »Ihr Name wird Hope sein, denn so befahl mir Gott, sie zu nennen.«

Gavin besuchte Owen und stellte fest, dass er viel schwächer geworden war. Als er das Haus verließ, empfand er ein Gefühl des Verlusts. *Ich habe den alten Mann richtig ins Herz geschlossen*, dachte er.

Als er in den Hof ritt, fühlte er sich von Freude erfüllt, dass er einen Ort wie Wakefield besaß. *Nicht viele Männer haben ein solches Erbe*, dachte er. Er beendete seine Arbeit, dann ritt er heim. Als er abstieg, warf er dem Stallburschen die Zügel zu.

»Ah, Sir, die junge Dame kam vor einer Stunde zu Besuch.«

»Junge Dame? Welche junge Dame?«

»Die Schwarzhaarige, Sir. Ich erinnere mich nicht mehr an ihren Namen.«

Gavin eilte ins Haus, wo er auf Francine traf. Sie kam augenblicklich auf ihn zu, die Hände ausgebreitet, ein Lächeln auf den Lippen. »Gavin –!«, sagte sie leise, und in ihrem Benehmen lag etwas Dringliches, das ihn beunruhigte.

»Was ist los, Francine?«, fragte er und hielt ihre Hände fest. Er wollte sie küssen, aber eine der Mägde putzte die Fenster und hatte ein Auge auf sie. »Ist irgendwas nicht in Ordnung?«

Francine zögerte, dann schüttelte sie den Kopf. »Ich wollte dich einfach nur sehen.«

»Das ist etwas ganz anderes«, bemerkte Gavin, der ihr nicht ganz glaubte. »Für gewöhnlich bin ich derjenige, der dir nachläuft.« Ihr Erscheinen gab ihm Rätsel auf. Früher hatte sie immer nach ihm geschickt, statt nach Wakefield zu kommen. »Komm mit«, sagte er. »Wir besorgen uns etwas zu essen.«

»Oh, ich bin nicht hungrig«, sagte Francine. »Könnten wir einen Spaziergang machen? Du kannst mir zeigen, was du aus Wakefield gemacht hast.«

Gavin war gerne einverstanden, denn er war stolz darauf, was er aus dem Gut gemacht hatte. Während der nächsten Stunde führte er sie herum und wies sie auf die Verbesserungen hin, die er vorgenommen hatte. Sie lauschte und gab muntere Antworten, aber als sie schließlich an einen verborgenen Pfad kamen, der sich um den Garten herumwand, blieb er stehen und nahm ihre Hände in die seinen. »Was grämt dich, Francine? Ich sehe doch, dass du bekümmert bist!«

Francine biss sich auf die Unterlippe und senkte den Kopf. »Ich – ich kann es dir nicht sagen, Gavin«, murmelte sie.

Er stand vor einem Rätsel. Das war nicht die Francine, die er kannte, denn ihr Benehmen war auf seltsame, ungewöhnliche Weise zurückhaltend. Sie war eine lebenssprühende, extrovertierte Frau, der Mittelpunkt jeder Gesellschaft, in die sie sich begab. Nun wirkte sie bleich, und etwas wie Furcht malte sich in ihren Augen, als sie zu ihm aufblickte. »Aber natürlich kannst du es mir sagen. Heraus damit. Es kann nicht so schlimm sein. Ist jemand von deiner Familie krank?«

»Mein Vater starb letzte Woche.«

»Oh, Francine, das tut mir leid!« Sie standen neben einem riesigen Stechpalmenbusch, und die hellroten Beeren waren groß und plump. Geißblattranken bedeckten eine Mauer zur Linken, und ihr süßer Duft erfüllte die Luft. Schweigen breitete sich über den Ort, und Francine schien nicht willens, es zu brechen. Schließlich hob sie den Kopf, und er sah Tränen in ihren Augen – so schien es ihm jedenfalls. »Es tut mir leid, dass ich mit meinen Sorgen zu dir komme, Gavin. Ich habe kein Recht –«

»Aber natürlich solltest du damit zu mir kommen!«

»Nein, nicht ... nicht *damit*!«

Gavin legte seine Hände auf ihre Schultern und verlangte zu wissen: »Francine, was in Himmels Namen ist los? Es kann doch nicht so schlimm sein, wie du tust.«

»Doch, das ist es. Und noch viel schlimmer!« Francine schien plötzlich zu schwanken, und als er die Arme ausstreckte, um sie aufzufangen, warf sie sich in seine Arme und stöhnte: »Oh Gavin, ich bin so elend!« Sie begann zu weinen, während sie ihn fest umschlungen hielt.

Gavin hielt ihren weichen Körper fest. Er konnte nichts weiter tun, als ihr Haar zu streicheln und darauf zu warten, dass der Sturzbach von Tränen ein Ende nahm. Schließlich ließen die krampfhaften Zuckungen nach, und als sie sich beruhigt hatte, hob er ihr Kinn hoch und sagte: »Nun erzähle es mir, was immer es ist.«

»Ich – ich habe keinen Ort, wo ich bleiben könnte.« Francine sah den Schock in seinen Augen, und ihre Lippen zitterten. »Ich habe kein Geld, und ich habe keine Verwandten, die mir helfen könnten.«

Gavin konnte es nicht ertragen, den Schmerz in ihren Augen zu sehen. »Du wirst immer eine Bleibe haben – bei mir.« Er küsste sie, und sie schmiegte sich an ihn. »Ich habe dich geliebt, seit ich ein Junge war, das weißt du.«

»Ich weiß, ich war eine Närrin«, antwortete Francine und senkte den Blick. »Ich dachte, ich hätte noch Zeit genug. Ich bin älter als du, und ich dachte, das würde einen Unterschied machen. Und du bist von edlem Geblüt, und meine Familie hat nichts. Männer heiraten nicht aus Liebe, sie heiraten um des Geldes und der gesellschaftlichen Stellung willen.«

»Das stimmt nicht! Mein Vater heiratete Angharad Morgan, und sie stammt aus dem einfachen Volk.«

»Deshalb kam ich zu dir, Gavin. Ich wollte mich – mich umbringen! Dann dachte ich an deinen Vater und wie er eine arme Frau aus Liebe heiratete –« Francines Augen waren groß, sie flehten um Verständnis, und sie flüsterte: »Ich kam, weil ich dich liebe und weil ich mich an niemand anderen wenden kann.«

Gavin stand immer noch unter Schock von ihren Nachrichten, aber als sie da im Kreise seiner Arme stand, schien sie eine Süße und Sanftmut zu besitzen, die er nie zuvor gesehen hatte. Gavin holte tief Atem, dann sagte er: »Wir müssen heiraten, du und ich.«

Durch Francines Körper ging ein Ruck, und sie hob überrascht den Kopf. »Aber Gavin, das ist unmöglich!«

»Warum soll es unmöglich sein? Ich liebe dich seit Jahren. Ich hätte dir schon früher einen Heiratsantrag gemacht, aber du hast immer abgewinkt. Ich dachte, du liebst mich nicht.«

»Und ob ich dich liebe, Gavin! Und das seit Jahren!« Francine zog plötzlich seinen Kopf herab und küsste ihn. Die Weichheit ihrer Lippen und die Formen ihres Körpers, die sich an ihn pressten, erschütterten Gavin. Sie hatte sich ihm nie auf diese Weise ergeben, und er drückte sie eng an sich. Schließlich zog sie sich zurück, und ihre Augen wirkten riesig. »Aber dein Vater würde es niemals gestatten.«

»Doch, das wird er. Er hat nie etwas davon gehalten, um des Geldes willen zu heiraten. Komm mit, Francine, wir wollen es ihm und Angharad sagen.«

»Oh, Gavin, du bist so süß!« Francine küsste ihn nochmals und schüttelte dann den Kopf. »Ich wünschte, es wäre nicht so, wie es ist. Es sieht aus, als sei ich hinter deinem Geld her.«

»Liebst du mich? Das ist alles, was zählt.«

»Oh ja, Gavin, ich liebe dich so sehr! Kein anderer Mann in der Welt kommt dir gleich!« Francine blickte zu dem jungen Mann auf und küsste ihn von Neuem, dann, als die beiden sich umwandten und auf das Haus zugingen, lächelte sie.

Er ist so leicht zu behandeln! Er ist wie ein Kind! Sein Vater wird sich nicht so leicht hineinlegen lassen, und die Frau könnte klug sein – aber Gavin wird seinen Willen durchsetzen!

Die nächsten paar Tage waren für alle schwierig. Sowohl Chris wie auch Angharad waren schockiert, als Gavin seine Ankündigung vorbrachte. Chris hatte natürlich vom Interesse seines Sohnes an der jungen Frau gehört, aber er hatte nicht gewusst, dass es so ernst war. Er sprach mit Angharad darüber und sagte in besorgtem Ton: »Ich dachte, es wäre bloß Schwärmerei, wie alle jungen Männer sie durchmachen.«

»Ich fürchte, nein«, sagte Angharad langsam. Sie hatte Francine nur einmal zuvor getroffen, aber auf ihrem Gesicht lag ein besorgter

Ausdruck, als sie an die jüngst verkündete Verlobung dachte. »Ich wünschte, sie würden warten«, sagte sie. »Manchmal gehen diese Anwandlungen von selbst vorüber.«

»Da mache ich mir keine großen Hoffnungen«, sagte Chris mit schwerer Stimme.

Angharad dachte scharf nach, dann sagte sie: »Ich wünschte, Gavin hätte Susanne geheiratet.«

»Ich auch, aber sie ist Katholikin, und er hat eine harte Einstellung zu diesen Dingen. Außerdem sind sie zusammen aufgewachsen. Er betrachtet sie wie eine Schwester.« Chris seufzte und schüttelte den Kopf. »Gott hat mir so viel Glück geschenkt, Angharad, dich und das Kind, das du erwartest. Aber mir wird das Herz schwer, wenn ich an Gavins Auserwählte denke.«

»Wir wollen es vor Gott bringen.«

Chris grinste und zog sie an sich. »Ich kenne keine andere Frau, die so viel betet.«

»Du bist ein Narr!«, sagte Angharad kurz angebunden, dann schmiegte sie sich in seine Arme, und sie standen da und hielten einander schweigend umarmt. Die Schatten außerhalb des Hauses wurden lang, und über ihnen jagten die Segler in ihren akrobatischen Flügen dahin, bei denen sie sich wild drehten und wanden. Schließlich wandte sich das Paar um und ging nach drinnen. Aus der rasch sinkenden Dunkelheit draußen schritten sie in das Licht und die Wärme der Halle.

22

DIE MAUERN STÜRZEN EIN

»Alle entstehen aus Staub, und alle kehren zum Staube zurück ... ich bin die Auferstehung und das Leben ... das Sterbliche muss Unsterblichkeit anziehen ... Und so übergeben wir den Körper von Sir Vernon Woodville der Erde.«

Susanne stand neben dem offenen Grab, das schrecklich in der roten, rohen Erde gähnte. Das Begräbnis war in der Kathedrale abgehalten worden, und sie hatte den langen Gottesdienst mit dumpfem Schmerz ertragen. Der scharfe Geruch des Kerzenrauchs hatte ihr Übelkeit bereitet, und es war ihr schwergefallen, die endlosen Lobreden und die lange Predigt zu ertragen. Sie hatte ihrem Vater nicht nahegestanden, denn in vieler Hinsicht war es nicht leicht gewesen, mit ihm zusammenzuleben – er war empfindlich, leicht beleidigt und unfähig, den Gefühlen, die er vielleicht empfand, Ausdruck zu verleihen. Dennoch konnte sich Susanne an einige Gelegenheiten erinnern, bei denen er es geschafft hatte, aus der harten Kruste auszubrechen, die ihn gefangen hielt, und während des Gottesdienstes hatte sie diese mageren Erinnerungen heraufbeschworen.

Als ich sechs Jahre alt war, schenkte er mir ein weißes Pony. Und als ich herunterfiel, hob er mich auf und küsste mich. Er sagte: »Weine nicht, Susanne, du wirst eine großartige Reiterin werden!«

Sie konzentrierte sich und stellte fest, dass sie sich so deutlich daran erinnern konnte, als stünde es gemalt vor ihren Augen.

Vater trug einen kastanienbraunen Rock mit Messingknöpfen. Als er mich aufhob und meine Tränen abwischte, sah ich, dass er eine kleine Narbe am Nacken hatte, die ich nie zuvor bemerkt hatte. Als ich ihn fragte, wie er dazu gekommen war, lachte er und sagte, ein Bär habe ihn gebissen.

Das Tempo der Predigt änderte sich, und als sie spürte, dass das Ende des Gottesdienstes sich näherte, dachte Susanne wehmütig: *Ich wünschte, es hätte mehr solche Gelegenheiten gegeben ...*

Aber als sie nun im grauen Nieseln des Regens stand, das alle Trauergäste durchnässte und die Erde in schlüpfrigen, glänzenden Schlamm verwandelte, konnte sie die Tränen nicht zurückhalten. Sie rannen unbemerkt über ihr Gesicht und vermischten sich mit den Regentropfen. Sie warf ihrer Mutter einen Blick zu und versuchte ihre Gedanken zu lesen, konnte aber nur einen maskenhaften Ausdruck sehen, der alles verbarg, was in ihrem Inneren vorgehen mochte.

Sie standen einander niemals nahe. Ich erinnere mich an nicht mehr als zwei oder drei Gelegenheiten, bei denen sie in der Öffentlichkeit Zuneigung zueinander zeigten.

Dann endete der Gottesdienst, und sie wandte sich ab. Sie war froh, die Düsternis des regenzerweichten Friedhofs verlassen zu können. Sie saß schweigend neben ihrer Mutter in der Kutsche und wünschte, sie könnte irgendetwas sagen, das ihr Trost bot. Aber ihre Mutter saß aufrecht, das Gesicht dem Fenster zugewandt, und sagte überhaupt nichts, sondern starrte die schrägen Linien des Regens an, die unablässig herabkamen.

Als sie das Haus erreichten, stiegen die beiden Frauen aus der Kutsche und betraten das Gebäude. »Zieh deine nassen Sachen aus, Susanne«, sagte Frances mit ruhiger Stimme. »Wir können es uns nicht leisten, krank zu werden.«

»Ja, Mutter.«

Susanne wartete, ob ihre Mutter noch mehr sagen würde, aber als nichts dergleichen geschah, wandte sie sich ab und ging in ihr Zimmer. Ihre Zofe Annie half ihr beim Kleiderwechseln, machte ein großes Getue wegen der durchnässten Kleider und versuchte ihr Beileid für den Tod, der Woodville heimgesucht hatte, auszusprechen. »Was für eine Schande, und dabei war er in den besten Jahren!« Sie nickte, während sie die regennassen Kleider aufsammelte. »Er war ein guter Mann, ja, das war er. Ein bisschen kurz angebunden manchmal, aber das machte uns nichts aus …«

Susanne murmelte Dankesworte und war froh, als Annie das Zimmer verließ. Sie ging ans Fenster und starrte mit leeren Augen hinaus auf die weite Rasenfläche. Sie dachte darüber nach, wie das Leben ohne ihren Vater sein würde. Sie fühlte sich unbehaglich, denn seit Vernon Woodvilles Tod hatte ihre Mutter eine seltsame Zurückhaltung an den Tag gelegt. Ihre Lebhaftigkeit war gedämpft, und sie hatte einen ernsten Blick in den Augen.

Susanne war so in ihre Gedanken versunken, dass sie aufschreckte, als ein Pochen ertönte, und als sie sich umwandte, sah sie ihre Mutter den Raum betreten. »Ich muss mit dir reden, Susanne«, sagte sie ziemlich kurz angebunden. Sie trug ein schwarzes Kleid, nicht aus stumpfem Ebenholz, sondern aus einem glitzernden Material, das am Hals und an den Handgelenken mit feinen Perlen bestickt war. Selbst in Trauerkleidung achtete Frances Woodville darauf, dass ihre Kleidung ihre Figur und ihren Teint hervorhob.

»Ja, Mutter?«

»Setz dich nieder, hier auf dem Sofa.« Frances ließ sich auf einem Stuhl ihrer Tochter gegenüber nieder und sagte mit unbewegter Stimme: »Ich möchte in einer Zeit wie dieser nicht von Problemen sprechen, aber uns stehen schwere Zeiten bevor.«

Susanne war verblüfft. Was konnte schwerer sein, als seinen Vater zu verlieren? Aber ihr blieb keine Zeit zu fragen, denn das Gesicht ihrer Mutter nahm einen finsteren Ausdruck an. »Wir sind in finanziellen Schwierigkeiten – nein, das stimmt nicht.« Sie zögerte, dann zuckte sie leicht die Achseln. »Wir sind ruiniert, Susanne.«

»Ruiniert? Aber – was bedeutet das?«

Frances Woodvilles wohlgeformte Lippen verzerrten sich hässlich, als sie voll Bitterkeit sagte: »Ich will damit sagen, dass dein Vater törichte Entscheidungen traf. Er sagte mir nie etwas davon, aber er verpfändete alles und verwendete das Geld, um den König zu unterstützen. Und nun hat der König verloren, und uns bleibt kein Pfennig!«

Susanne hatte in einer Welt gelebt, in der Geld als eine Selbstverständlichkeit galt. Was immer sie wünschte, hatte zur Verfügung gestanden. Nun versuchte sie sich vorzustellen, welche Art Leben ihr bevorstand, und sie murmelte: »Aber doch gewiss nicht *alles!* Es muss doch etwas übrig geblieben sein!«

Ihre Mutter presste die weißen Hände zusammen, und ihre Augen waren hart, als sie sagte: »Ich sagte dir doch, er verschleuderte alles!« Zum ersten Mal in ihrem Leben sah Susanne Furcht im Gesichtsausdruck ihrer Mutter, und das machte wiederum ihr Angst. Die Frau fuhr fort: »Und es war nicht nur das – er spielte um hohe Summen, und er war ein miserabler Kartenspieler!«

»Mutter, wir brauchen das alles nicht.« Susanne wies mit einer Handbewegung auf den reich geschmückten Raum. »Wir können uns ein kleines Haus auf dem Land kaufen –«

»Womit denn? Die Rechtsanwälte haben versucht, etwas zu retten, aber wenn alles verkauft ist, wird nicht genug bleiben, um sie zu bezahlen.«

»Was – was werden wir tun?«

»Susanne, du musst Henry heiraten. Oh, ich weiß, du *liebst* ihn nicht, aber Liebe ist ein Luxus, den wir uns nicht leisten können.«

»Mutter, ich – ich kann nicht –!«

Ärger schwang in der Stimme ihrer Mutter mit, und ihre Augen glitzerten gefährlich. »Du hast dein ganzes Leben lang Kleidung und Essen gehabt. Jetzt ist es an der Zeit, dass du die Rechnung bezahlst. Willst du zusehen, wie man deine eigene Mutter auf die Straße setzt? Und was soll aus dir werden? Willst du für deine reichen Freunde die Böden schrubben?«

Die Szene dauerte beinahe eine Stunde lang an, und als Frances ging, sagte sie: »Du hast keine Wahl, Susanne. Wir können nicht betteln gehen. Henry Darrow ist einer der reichsten Männer im Lande, und er wollte dich schon längst heiraten.«

»Aber nur, um unser Geld und unser Land zu bekommen! Er wird mich jetzt, wo wir diese Dinge nicht mehr haben, nicht mehr wollen.«

»Dann erzähl es ihm nicht, du Närrin! Heirate ihn jetzt, und wenn er es herausfindet, wird es zu spät sein!«

★ ★ ★

Aber Frances Woodvilles listiger Plan hatte keine Aussicht auf Erfolg. Henry Darrow war klüger gewesen als die meisten Royalisten, denn er hatte den Großteil seines Geldes auf dem Kontinent investiert, statt Karl damit zu unterstützen. Er beobachtete, wie viele seiner Freunde ihre Güter verloren, als die Rundköpfe an die Macht kamen, und er wusste nur zu gut, in welchen Schwierigkeiten Frances und Susanne Woodville steckten. Er kam einmal zu Besuch, sagte aber nichts von einer Heirat. Frances hatte in ihrer Verzweiflung versucht, Susanne Ratschläge zu geben, wie sie ihn in die Falle locken könnte. Sie sagte: »Setz deinen Körper ein, Mädchen! Dazu ist er da! Bring ihn dazu, dich so sehr zu begehren, dass er alles tun würde, um dich zu kriegen!«

Aber zu solchen Manövern war Susanne nicht imstande, und schließlich wurden sie und ihre Mutter gezwungen, Woodville zu verlassen – die einzige Heimat, die Susanne je gekannt hatte. Sie nahmen sich Zimmer in Oxford, und nach einem Monat schockierte Frances Susanne bis auf die Knochen.

»Ich verlasse England, Susanne. Ich gehe nach Frankreich.«

Susanne war beim Nähen gewesen, sie hatte einen kleinen Riss in einem Kleid geflickt – etwas, wofür sie keinerlei Talent hatte. Sie blickte erstaunt auf und stieß hervor: »Aber, Mutter – was wollen wir dort tun?«

Es gab nur wenig, das Frances Woodville veranlassen konnte, zu erröten oder Verlegenheit zu zeigen, aber auf die Frage ihrer Tochter hin tat sie beides. Sie netzte sich nervös die Lippen, dann räusperte sie sich. »Ich gehe als Gesellschafterin zu der Tochter des Marquis de Luncford.«

Augenblicklich klingelte eine Warnglocke in Susannes Gedanken. Sie hatte Geschichten über den Marquis gehört, die alle ziemlich anrüchig waren. Er hatte tatsächlich eine Tochter, aber sie war siebenundzwanzig Jahre alt und brauchte wohl kaum eine Gouvernante.

Während sie ihre Mutter verdattert anstarrte, erinnerte sich Susanne an die Worte, die ein Gast einst bezüglich des Marquis' zu ihrem Vater gesagt hatte: »*Er benutzt seine Tochter als Vorwand, um seine losen Weiber ins Haus zu bringen. Er hat sich mit allem in Frankreich, was Röcke trägt, ins Bett gelegt, und jetzt ist er hier und jagt unseren Frauen nach!*«

Susanne hatte den Marquis kennengelernt, als er einst ihr Zuhause besucht hatte, und sie hatte augenblicklich Abneigung gegen ihn empfunden. Er war in den Fünfzigern, aber er hatte etwas Lüsternes an sich, und sie hatte sich gewundert, dass ihre Mutter einen solchen Mann in ihr Heim einlud. Er war ungeheuer reich und Witwer. Ihr Vater hatte gesagt: »Wenn der geile alte Bock nicht zwanzig Millionen Franken im Jahr und ein Dutzend Güter hätte – was wäre er für ein langweiliger alter Klotz!«

Frances sah den Ausdruck auf dem Gesicht ihrer Tochter und sagte kalt: »Ich weiß, was du denkst, was jeder denkt. Aber du irrst dich! Der Marquis ist verliebt in mich. Nach einer angemessenen Trauerzeit für deinen Vater werden wir heiraten.« Der Kummer auf Susannes Gesicht schien sie aufzuregen, und sie sagte zornig: »Ich *liebe* ihn nicht, aber wie ich dir zu sagen versucht habe, eine Frau muss sich in dieser Welt durchschlagen, so gut sie kann. Männer haben das Geld und die Macht, und wir müssen unser Bestes tun, um zu überleben!«

Susanne wusste, dass es keinen Sinn haben würde zu streiten – sie hatte in einem Streit mit ihrer Mutter noch nie die Oberhand behalten –, aber sie hob den Kopf und sagte: »Ich hoffe, du wirst glücklich sein, Mutter, aber ich kann nicht mit dir nach Frankreich gehen.«

Ein schwacher Ausdruck der Erleichterung trat auf Frances' Gesicht, und sie sagte in einem etwas gemäßigteren Ton: »Das musst du selbst entscheiden, Susanne. Es gibt eine kleine Stiftung, die die Gläubiger nicht an sich genommen haben. Sie wird gerade ausreichen, um dich zu erhalten, und auch das nur sehr ärmlich. Aber sie gehört dir, wenn du bleiben willst.«

»Danke«, sagte Susanne leise. Sie trat an ihre Mutter heran, legte die Arme um sie und küsste ihre Wange. »Wir beide haben uns nicht nahegestanden, aber ich werde dich vermissen. Ich hoffe, du wirst sehr glücklich.«

Die Geste schien etwas in Frances Woodville zu zerbrechen. Ihre Lippen zitterten. Sie beugte sich vor und erwiderte den Kuss. Ihre Stimme zitterte, als sie sagte, bevor sie den Raum verließ: »Ich war eine schlechte Mutter, aber ich wünsche dir alles Gute.«

Zwei Wochen später sagte Susanne ihrer Mutter ein letztes Lebewohl. Beide Frauen sprachen wenig und zeigten wenig Gefühle. Eine Woche nach dem Abschied fühlte Susanne sich hundeelend. Sie hielt sich zum größten Teil in ihrem kleinen Apartment auf, denn sie hatte keine Freundschaften geschlossen. Aber eines Mittwochnachmittags war sie in ihrem Apartment, als ein Klopfen an der Tür sie aufschreckte. Als sie zur Tür ging, sah sie Henry Darrow davorstehen.

»Oh, Henry, komm herein«, sagte sie.

»Ich hatte Mühe, dich zu finden, Susanne«, sagte er, nachdem sie einander eher unbeholfen begrüßt hatten und sie Tee gemacht hatte. »Ich habe von deiner Mutter gehört.« Er hatte einen sardonischen Ausdruck in den Augen, aber er sagte: »Es tut mir leid, dass sie dich hiergelassen hat.«

»Ich konnte nicht mit ihr gehen.«

»Nein, natürlich nicht.« Darrow nippte an seinem Tee und sprach eine Weile lang über alltägliche Angelegenheiten. Schließlich stellte er seine Tasse ab und warf Susanne einen ziemlich mitleidigen Blick zu – mitleidig für seine Begriffe jedenfalls. »Susanne, ich bin in einer ziemlich schwierigen Situation …« Seine Stimme verebbte, und er wirkte so verlegen, dass Susanne sich nicht vorstellen konnte, was jetzt nachkommen sollte.

»Was ist denn?«, fragte sie.

»Hol's der Teufel!«, sagte Darrow mit Nachdruck. »Ich habe mir Sorgen um dich gemacht. Hätte früher kommen sollen, um dir meine Hilfe anzubieten, aber es war alles so ungeschickt. Ich weiß nie, wie ich solche Dinge anfangen soll.«

»Ich weiß nicht, was du meinst«, sagte Susanne. Sie warf ihm einen neugierigen Blick zu, und dann sah sie plötzlich klar. Sie konnte ein Lächeln nicht unterdrücken, als sie abrupt hervorstieß: »Du bist gekommen, um mir zu sagen, dass du mich nicht heiraten kannst, nehme ich an.«

»Aber –!« Schock malte sich auf Darrows Gesicht. Dann lachte er abrupt. »Du begreifst schnell«, sagte er. »Ich habe Tage darüber nachgegrübelt, wie ich es dir beibringen soll, und du wirfst es mir einfach ins Gesicht.«

»Ich wusste, du würdest mich niemals heiraten«, sagte Susanne. »Die Frau, die du heiratest, wird Land und Geld brauchen, um für dich attraktiv zu sein.«

Leise Scham malte sich in Darrows blauen Augen, aber er zwang sich zu einem Grinsen. »Kennst mich sehr gut, nicht wahr, Susanne? Das hast du immer schon getan.«

»Ich hoffe, wir können Freunde sein, nachdem diese Angelegenheit nun erledigt ist.«

»Aber natürlich!« Darrow streckte die Hand aus, und während er die ihre hielt, betrachtete er sie einen langen Augenblick lang. »Du hättest mich sowieso nie geheiratet. Ich bin nicht ›romantisch‹ genug für dich, nicht wahr?«

Susanne zog sanft die Hand zurück. Sie fühlte vor allem Erleichterung. Sie war so lange unter Druck gesetzt worden, diesen Mann zu heiraten, und nun musste sie sich keine Sorgen mehr machen! »Ich liebe dich nicht, wie eine Frau ihren Gatten lieben sollte, Henry«, sagte sie leise.

Darrow glaubte an kaum etwas, aber als er Susanne anstarrte, nahm er ihre Schönheit in sich auf, ihre ruhigen blauen Augen und die Stille, die sie umgab, und er hatte das Gefühl, dass ihm etwas fehlte.

Einen Augenblick lang dachte er daran, dieses Mädchen zu umwerben, denn sie hatte etwas an sich, das er bei anderen Frauen nicht gesehen hatte. Er war jedoch viel zu tief in Selbstsucht versunken, als dass er mehr getan hätte, als daran zu *denken*, und so sagte er einfach:

»Ich werde dein Freund sein, und du musst mir erlauben, dir finanziell auszuhelfen –«

»Nein! Das darfst du nicht tun«, unterbrach ihn Susanne. »Das wäre keine gute Idee, Henry. Wir können aber Freunde sein, und ich freue mich, dich von Zeit zu Zeit zu sehen.« Noch während sie sprach, wusste sie jedoch, dass sie ihn nicht wiedersehen würde, denn ihre neue Welt war so weit von der seinen entfernt wie der Mond. Sie unterhielt sich noch eine halbe Stunde mit ihm, dann verließ er sie – mit dem Gehabe eines Mannes, der eine schwierige und peinliche Aufgabe aus dem Weg geräumt hat und sich nun um angenehmere Dinge kümmern kann.

Und als er ging, sah sich Susanne in dem abgewohnten und kärglich eingerichteten Zimmer um und dachte: *Ich würde lieber dies hier wählen und meine eigene Herrin sein, als all die vornehmen Häuser und reichen Dinge, auf die Henry so großen Wert legt ...*

★ ★ ★

»Es ist ein wohlgeratenes Mädchen!«

Es war am frühen Morgen des vierundzwanzigsten Mais, und Christopher und Gavin sprangen beide auf die Füße, als Dr. Williamson durch die Tür trat. Sein Gesicht strahlte. Sie waren die ganze Nacht auf und ab gelaufen und fühlten sich erschöpft. Der Arzt blieb stehen, dann lachte er laut. »Ihr beide seht aus, als hättet ihr euch schwerer getan als die Mutter!«

Christopher stürzte auf den klein gewachsenen, rundlichen Arzt zu und packte ihn am Arm, so fest, dass er sich krümmte. »Wie geht es meiner Frau?«

»Wollt Ihr wohl aufhören, mir den Arm zu brechen?«, sagte Williamson. »Ich werde es Euch schon sagen. Gut so! Nun, es geht ihr gut. Kommt mit und seht Euch Eure neue Tochter an, und Ihr auch, Sir, Ihr habt eine hübsche Schwester!«

Die beiden Männer eilten voll Eifer die Halle entlang und betraten die Kammer, und Chris fiel neben dem Bett auf die Knie. Sein Gesicht war bleich, und er fragte mit heiserer Stimme: »Geht es dir gut, Angharad?«

Angharads Gesicht war entspannt, und sie griff nach seiner Hand und lächelte lieblich. »Ich habe ein wenig Schmerzen, aber sieh nur, was wir haben, mein Gatte.« Sie zog die weiße Decke zurück und enthüllte das rote Gesicht des Babys. »Sie ist wunderschön!«, flüsterte sie. Dann blickte sie auf und fragte: »Möchtest du deine Tochter in die Arme nehmen?«

»Oh, nein!«, platzte Chris heraus. »Es ist so lange her, seit wir hier ein Baby hatten. Ich – ich hätte Angst davor!«

»Bist du denn eine Ratte mit grünen Zähnen?«, verlangte Angharad zu wissen. »Hier.« Sie reichte Chris das Baby, der die Kleine entgegennahm und unglaublich unbeholfen mit ihr dastand. Aber er lächelte, und Angharad sagte: »Sieht er nicht aus wie ein stolzer Vater?«

»Ich wette, er sah nicht so stolz aus, als ich geboren wurde.« Gavin trat näher und berührte die weiche Wange mit einem vorsichtigen Zeigefinger. »Hope. Was für ein hübscher Name!«

Die drei entdeckten immer neue Aspekte der Schönheit an Hope Wakefield, und schließlich sagte Dr. Williamson: »Nun ist es an der Zeit, dass die Mutter sich ausruht.« Chris und Gavin beugten sich beide vor und küssten Angharad.

»Das hast du wunderbar gemacht!«, flüsterte Chris. »Ein schönes Geschenk für deinen Gatten.«

»Ein Geschenk Gottes für uns beide.«

In den nächsten paar Wochen war das Kind der Mittelpunkt des Universums, jedenfalls für die Eltern. Und für Amos, den die weiche, süße kleine Schwester faszinierte. Er bestand darauf, sie festzuhalten, und nichts freute ihn mehr, als wenn ihm gestattet wurde, neben ihr auf dem großen Bett zu liegen und sein Schläfchen mit ihr zu machen. Angharad lachte mehr als einmal über Chris, der ständig ein großes Getue um Hope machte. »Du bist der albernste Vater, den ich je sah«, sagte sie voll Zuneigung. »Aber ich liebe dich dafür!«

Die beiden unterhielten sich eine Weile, und schließlich sagte

Chris: »Wenn Gavin nicht verknallt in Francine wäre, wäre ich der glücklichste Mensch auf der Welt.« Die junge Frau war auf Wakefield eingezogen und benahm sich bestens. Dennoch bereitete die Verbindung Chris Kopfzerbrechen.

»Ich mache mir auch Sorgen, aber ich bete darüber«, sagte Angharad. Dann fügte sie hinzu: »Mir ist da etwas zugefallen, Chris. Ich habe viel gebetet, und es gibt da etwas, das ich Gavin sagen möchte. Ich möchte wissen, was du davon hältst.«

Chris hörte zu, als Angharad erzählte, dann nickte er. »Ich denke, wir werden mit ihm sprechen. Vielleicht bedeutet es nichts, aber Gott spricht auf wunderbare Weise zu uns. Wir werden es ihm nach dem Essen erzählen.«

Gavin hatte nicht die geringste Ahnung, was da im Busch war, aber nach dem Essen sagte Angharad beiläufig zu ihm: »Hast du von Susannes Problemen gehört?«

»Susanne?« Gavin blickte auf, und Francine tat dasselbe. »Was ist geschehen? Ist sie krank?«

»Nein, aber sie macht schwere Zeiten durch«, sagte Chris. »Ich habe mit David McRory gesprochen. Er sah sie in London.«

»Ihre Mutter ging nach Frankreich, nicht wahr?«, warf Francine ein. »Keine gute Idee, wie ich den Marquis kenne.«

Gavins Gesicht war angespannt: »Was tut Susanne?«

»Sie lebt in sehr ärmlichen Verhältnissen ...« Chris beschrieb Susannes Lebensumstände, dann schüttelte er den Kopf. »Ich hasse es, dies hören zu müssen. Sie ist eine tapfere junge Frau.«

»Nun, wir müssen etwas tun!«, rief Gavin aus.

»Was tun?«, verlangte Francine augenblicklich zu wissen.

»Aber – aber – wir können sie doch hierherbringen!« Der Gedanke blitzte in Gavins Hirn auf, und er bemerkte nichts von dem raschen Blick, den sein Vater und Angharad wechselten. »Wir haben Platz genug für zwanzig Gäste!«

»Ich glaube nicht, dass das klug wäre, Gavin«, sagte Francine vorsichtig. »Ich liebe Susanne, aber wenn du einmal mit der Wohltätigkeit anfängst, nimmt es kein Ende mehr.«

»Oh, sei nicht albern, Francine.« Gavin schüttelte den Kopf. Er war sehr impulsiv und hatte bereits seinen Entschluss gefasst. »Wärest du einverstanden, Vater? Dass sie eine Zeit lang als Gast bei uns bleibt?«

»Gewiss! Sie wäre eine gute Gesellschafterin für Angharad und Hope.«

»Ja, tatsächlich!« Angharad nickte. Sie lächelte die jüngere Frau süßlich an und sagte: »Ihr beide seid doch enge Freundinnen, nicht wahr? Ihr könntet einander Gesellschaft leisten.«

Gavin sprang auf die Füße und verlangte zu wissen: »Weißt du, wo sie sich aufhält?«

»McRory kann es dir sagen«, antwortete Chris. »Nimm die Kutsche, Gavin.«

Gavin brach in weniger als einer Stunde auf, und Francines Abschiedsworte ergaben keinen Sinn für ihn. »Sei vorsichtig auf dieser Reise«, sagte sie, nachdem sie ihn leidenschaftlich geküsst hatte und kurz fest umklammert hielt.

»Warum? Es ist nicht gefährlich.«

»Ein Mann allein mit einer Frau? Das ist immer gefährlich.«

Gavin lachte, dann küsste er sie von Neuem. »Mach dir keine Sorgen. Es wird eine Freude sein, Susanne hierzuhaben. Wir werden gemeinsam fischen gehen!«

Aber als die Kutsche davonrollte, wurde Francines Gesicht finster. *Ich muss dafür sorgen, dass diese Geschichte nicht außer Kontrolle gerät. Gavin ist ein Narr, was Frauen angeht.*

★ ★ ★

Gavin fühlte sich leicht angewidert vom Anblick des Hauses, zu dem man ihn gewiesen hatte. McRory hatte ihn gewarnt: »Es ist kein geeigneter Ort für eine junge Frau, aber ich nehme an, es ist alles, was sie sich leisten kann.«

Als Gavin sich von der engen Straße zu dem baufälligen Haus wandte, dachte er: *Sie kann hier nicht bleiben! Das hier ist fürchterlich!*

Er klopfte an die Tür, und eine hochgewachsene Frau in einem formlosen Kleid starrte ihn aus schmalen Augen an. »Was'n los?«

»Ich suche eine Miss Woodville.«

»Ah, geht nur die Stiegen rauf, erste Tür zur Linken.«

Gavin fühlte, wie die Stufen unter seinem Gewicht nachgaben, und der Geruch des Hauses war feucht und faulig. Er tastete sich den dunklen Flur entlang, fand die Tür und klopfte. Susannes Stimme fragte: »Wer ist da?«

»Ich bin's, Gavin.«

Ein Riegel glitt in rostiger Führung zurück, und dann wurde die Tür geöffnet. »Gavin!«, flüsterte Susanne. »Wie schön, dich zu sehen!«

»Kann ich hineinkommen?«

»Äh – ja.« Susanne nickte nach einem Augenblick des Zögerns. »Hier ist nicht viel Platz.« Sie trat zurück, und als Gavin eintrat, sah er, dass der Raum sehr klein war und nur ein Bett, einen klapprigen Stuhl und eine Kommode aufwies. Die Tapete schälte sich von der Wand, und das einzige Fenster ließ nur wenig Licht herein.

»Wie hast du mich gefunden?«, fragte Susanne. Sie trug ein einfaches braunes Kleid, und Gavin schien es, dass sie bleich aussah, aber in dem trüben Licht war das schwer zu erkennen.

»Das ist gleichgültig«, sagte Gavin. Er hatte sich vorgenommen, nur allmählich mit dem Grund seines Kommens herauszurücken, aber sein starker Widerwille gegen Susannes Wohnung spornte ihn an. »Susanne, du kommst mit mir nach Wakefield«, sagte er. Als er sah, wie sie vor Überraschung die Lippen öffnete, schüttelte er den Kopf und fügte hinzu: »Und widersprich mir nicht! Vater und Angharad haben mir strikte Befehle gegeben. ›Wage es nicht, ohne sie zurückzukommen, oder ich mache dir die Hölle heiß‹, sagte Angharad.«

Susanne starrte Gavin sprachlos an. In Wirklichkeit fühlte sie sich absolut elend. Das Geld aus der Stiftung hatte nicht ausgereicht, um sich irgendwelche Bequemlichkeiten zu schaffen. Und was noch schlimmer war, sie hatte angefangen, sich vor den Männern zu fürchten, die im Haus aus und ein gingen, derbe Männer, die sie aus heißen Augen anstarrten. Tag für Tag hatte sie in dem einzelnen Stuhl gesessen, allein und ohne Freunde. Sie betete nicht oft, aber vor zwei Tagen war sie in Verzweiflung verfallen. Zum ersten Mal, seit sie an diesen schrecklichen Ort gekommen war, hatte sie geweint und laut ausgerufen: »Oh Gott! Hilf mir! Hol mich hier heraus!«

Als sie Gavin anstarrte, wusste sie irgendwie, dass Gott ihre Bitten erhört hatte.

»Willst du wirklich, dass ich mit dir in dein Zuhause komme?«

»Aber gewiss!« Impulsiv ergriff er ihre Hände – und zuckte zusammen, als er fühlte, wie kalt sie waren. »Du musst kommen, Susanne«, sagte er und kämpfte gegen die Gefühle an, die ihn zu überwältigen drohten. »Hier ist kein Ort für dich!«

»Du würdest das für mich tun?«

Gavin hob die Hand und streichelte ihre glatte Wange. »Wenn es umgekehrt wäre, würdest du es nicht auch für mich tun?«

Tränen stiegen in Susannes Augen, und sie konnte eine Weile nicht sprechen. Er schlang die Arme um sie, wie er es schon einmal getan hatte, zog sie eng an sich und hielt sie fest. Sie hielt still in seiner Umarmung, lauschte dem festen Schlag seines Herzens, und ein Gefühl des Friedens überkam sie.

Sie löste sich aus seiner Umarmung und sagte mit leiser Stimme: »Es ist gut, Gavin, ich gehe mit dir nach Wakefield.«

23
DIE PROPHEZEIUNG

Der Herbst schien über Nacht nach Wakefield zu kommen. An einem Tag verbrannte ein glühender Sommer die Erde, und die Fische kamen japsend an die Oberfläche des Teiches – am nächsten Morgen hatte der Frost seine Hand auf das Gras gelegt und es zu braunen Halmen aus totem Gewebe schrumpfen lassen.

Für Gavin war dies die beste Zeit des Jahres, denn er genoss den Geruch brennenden Laubwerks und das Geräusch der windverwehten Blätter, die unter seinen Füßen knisterten. Er versuchte Francine zu bewegen, ihn auf seinen langen Ritten und Spaziergängen zu begleiten, aber sie lachte und sagte: »Ich bin mehr für Bequemlichkeit. Außerdem würde dieser Wind meine Wangen in Leder verwandeln!«

Aber Susanne liebte es, sich im Freien aufzuhalten, und so begleitete sie Gavin, wenn er über die Hügel und durch die Felder und Wälder streifte. Eines Morgens, als dünnes Eis auf dem Bach glitzerte, in dem sie als Kinder gefischt hatten, entfernten sie sich weit von Wakefield. Sie verließen das Haus in der Morgendämmerung und gingen an der Bäckerei, dem umfriedeten Garten und den Ställen vorbei. Als sie an der Windmühle vorbeigingen, fragte Gavin: »Ist dir zu kalt?«

»Nein, ich bin begeistert!«

Gavin bemerkte die reiche Farbe in Susannes Wangen und dachte: *Francine irrt sich – solche Dinge schaden der Schönheit einer Frau nicht.* Er führte sie eine Meile nach Norden, wobei er tief eingefahrenen Pfaden folgte und über die Stoppeln eines Heufelds schritt. Sie sprachen wenig, denn sie hatten festgestellt, dass sie jene Art einer guten Beziehung hatten, die auf endlose Gespräche verzichten konnte. Einmal hatte Gavin nach einem langen, ungebrochenen Schweigen zu ihr gesagt: »Mir gefällt, was man über Roger Bacon sagte – dass er in sechs Sprachen schweigen konnte.«

Nun beeilten sie sich, aus den Feldern herauszukommen, auf denen zwei Männer Winterweizen säten, und drangen in das Dickicht eines altertümlichen Waldes ein. Gavin sagte: »Komm schon, ich kann nicht auf dich warten.«

Susanne fühlte sich herausgefordert. Mit einem frechen Glitzern in den dunkelblauen Augen sagte sie: »Wage es nicht, mich zu verlassen, Mr Wakefield!«

Gavin verfiel augenblicklich in einen flotten Trab, und eine halbe Stunde lang bewegten sich die beiden auf verschlungenen Pfaden zwischen den riesigen, verdrehten Stämmen uralter Eiben und Eichen. Die Dornen langten nach ihren Beinen und zerkratzten ihre Hände, aber als sie lachend und atemlos auftauchten, war Susanne an Gavins Seite.

»Nun, du findest dich besser in den Wäldern zurecht, als du kochst«, sagte er und grinste. Er trug ein grünes Wams mit reichem schwarzem Pelzbesatz am Kragen und an den Manschetten, und eine Pelzmütze bedeckte sein kastanienbraunes Haar. Er sah jung und stark und männlich aus, und Susanne erkannte plötzlich, dass sie sich besser amüsierte, als sie es seit vielen Monaten getan hatte.

Er ergriff ihre Hand, und plötzlich zog er sie mit sich und schrie: »Komm! Wir wollen sehen, ob du ebenso gut fischen wie rennen kannst!«

Während der nächsten zwei Stunden angelten sie in dem kalten Fluss. Sie benutzten Ruten, die Gavin mit seinem Jagdmesser zugeschnitten hatte, als Angelruten. Er trug Angelschnur und Haken in der Tasche, und eine Weile trennten sich die beiden. Gavin wanderte der rechten Gabelung entlang, während Susanne die andere einschlug.

Die Luft war scharf, sie biss an ihrem Gesicht, und als sie die Hände ins Wasser steckte, wurden sie augenblicklich gefühllos. Sie fing drei fette Fische und befestigte sie an einem scharf gespitzten Zweig mit einer Gabel daran, den Gavin für sie zugeschnitzt hatte, dann wanderte sie wieder stromaufwärts. Sie war eine gute Fischerin mit einem ausgeprägten Gefühl dafür, wann es an der Zeit war, den Haken hochzuziehen. Sie hatte gelernt, dass es töricht war, zu früh oder zu spät anzuziehen. Nun verstand sie es, sich auf die Angelrute zu konzentrieren, und hatte eine Kunst aus dem Angeln gemacht. Als sie ihre Angel unter einem vorspringenden Felssims auswarf, dachte sie: *Ich erinnere mich an die Zeit, als wir Kinder waren und Gavin und ich in dem Flüsschen bei unserem Haus Fische fingen.*

Sie war so in ihre Erinnerungen versunken, dass es sie völlig überraschte, als die Angelleine plötzlich straff wurde. Sie riss mit aller Kraft an der Angelschnur – und ihr Fuß glitt auf einem schlüpfrigen Felsen aus. Mit einem wilden Schrei taumelte sie rückwärts und fiel in voller Länge in das eisige Wasser. Es schlug über ihrem Kopf zusammen, und der Schock betäubte sie. Das Wasser drang ihr in die Nase, und sie tauchte gurgelnd und spuckend auf. Wild mit den Armen rudernd, gelangte sie ans Ufer, dann zog sie sich an dem trockenen Gras hoch.

Muss raus aus der Kälte!, dachte sie und rannte am Fluss entlang, bis sie Gavin ihren Namen rufen hörte. Sie antwortete, und er kam augenblicklich auf sie zu.

»Du wirst dir den Tod holen!«, rief er aus, dann packte er ihren Arm und zog sie den schmalen Pfad entlang. »Die alte Hütte – wir müssen dorthin!«

Susanne folgte ihm. Sie stolperte, als sie in einen Pfad einbogen. Sie erinnerte sich an die alte Hütte, denn sie hatten dort oft Picknicks abgehalten, als sie noch Kinder gewesen waren. Gavin riss die Tür auf und zog sie ins Innere. »Ich zünde ein Feuer an. Du musst trocknen.«

Er sammelte eine Handvoll trockener Zweige auf, die in der Hütte verstreut lagen, und zog Stahl und Feuerstein aus seiner Tasche. Rasch schlug er sie aneinander, und ein Funken fiel auf die kleinsten Zweige. Vorsichtig nährte er den Funken, dann, als er sanft daraufblies, zuckte eine kleine gelbe Flamme hoch, und er stieß ein zufriedenes Grunzen aus. »Gut.« Er nährte das wachsende Feuer sorgfältig, bis es hellauf loderte. Dann wandte er sich an Susanne. »Zieh diese Kleider aus.«

»Nein – das kann ich nicht tun!«

Er starrte sie ungeduldig an. »Jetzt ist nicht die Zeit für Prüderie! Du musst warm und trocken werden.«

»Ich tue das nicht!«

Gavin nahm seinen Mantel ab, warf ihn ihr zu und wandte ihr den Rücken zu. »Beeil dich!«, befahl er.

Susanne wusste, dass er recht hatte. Unbeholfen zog sie den triefnassen Mantel und das Kleid aus, dann zog sie hastig seinen warmen Pelzmantel über. »Du – kannst dich jetzt umdrehen«, sagte sie mit schwacher Stimme.

Gavin drehte sich um und grinste. »Wenn ich gewusst hätte, dass Drohungen bei dir so gut funktionieren, so hätte ich es schon längst ausprobiert.«

»Verschwende nicht deine Zeit!«, antwortete sie überlegen. »Ich habe dir nur gehorcht, weil ich wusste, dass du recht hattest – und weil ich halb erfroren war!« Damit legte sie ihre Kleider neben dem Feuer zum Trocknen hin.

»Ich hole noch Holz, und wir können diese Fische zu Abend essen.« Gavin ging und kam bald darauf mit großen Holzstücken wieder. Als die Flammenzungen hoch aufsprangen, sammelte er die Fische ein, reinigte sie und briet sie dann sorgfältig über dem Feuer.

Eine Stunde später saß Susanne auf einem wackligen Stuhl und aß einen kleinen Fisch. Er schmeckte köstlich; das weiße Fleisch zerfiel von selbst und war so heiß, dass sie sich beinahe den Mund verbrannt hätte. »Er schmeckt gut, nicht wahr?«

»Ich bin eben ein guter Koch«, sagte Gavin, der sichtlich stolz auf sich war. Er knabberte an dem Fisch und sagte: »Ich wünschte, wir hätten frisches Brot, aber man kann nun mal nicht alles haben.« Sie aßen den Fisch, ungesalzen und stellenweise angebrannt, aber beiden schmeckte er besser als ein Festmahl. Schließlich fragte Gavin: »Hast du es warm genug?«

»Zu warm«, sagte Susanne. »Geh mal kurz raus, ich will mich wieder anziehen.« Als er hinaustrat, schlüpfte sie rasch in ihr trockenes Kleid, das noch warm vom Liegen neben dem Feuer war, und rief:

»In Ordnung, du kannst jetzt hereinkommen.« Als er eintrat, sagte sie: »Ich nehme an, wir können nach Hause gehen, wenn du fertig bist.«

»Wir wollen zuerst noch Süßigkeiten essen.«

»Süßigkeiten? Welche Süßigkeiten?«

»Diese hier.« Gavin streckte ihr seine Kappe entgegen, die voll großer purpurner Beeren war. »Süß und reif! Ich fand sie, als ich Holz holen ging. Hier, versuch sie.«

Susanne steckte eine der Beeren in den Mund und öffnete die Augen weit vor Entzücken. »Oh, die sind aber wirklich gut!«, rief sie aus.

Sie saßen Seite an Seite vor dem Feuer und aßen die saftigen Früchte. Gavin blickte sie an und lachte: »Du bist im ganzen Gesicht voll Saft!«

»Nun, du auch!«

»Frauen sind angeblich sauberer als Männer«, neckte er sie.

»Das sind sie auch. Du siehst aus wie ein Schwein, das nach Wurzeln gewühlt hat!«

»Tatsächlich?« Boshafter Schalk glitzerte in seinen Augen, und plötzlich streckte er die Hand aus und packte sie. In der freien Hand hielt er eine Handvoll Beeren. »Ich schmiere dir die hier in dein unverschämtes Gesicht!«

»Oh bitte, Gavin, tu's nicht!«

Plötzlich veränderte sich das Licht in Gavins Augen, als er sie anblickte. Als sie jünger gewesen waren, hatten sie sich oft im Spaß herumgebalgt, aber ihm wurde plötzlich bewusst, dass er kein Kind gepackt hielt. Ihre riesenhaften Augen waren die einer Frau – und ihre Lippen waren weich und zart, als er den Kopf senkte und sie küsste.

Susanne erstarrte einen Augenblick lang. Dann, als seine Lippen die ihren bedeckten, streckte sie die Arme aus und zog ihn eng an sich.

Als er sich schließlich zurückzog, wirkte er betäubt, als hätte er

Drogen genommen, und er hätte sie von Neuem geküsst, aber sie wandte den Kopf ab.

Atemlos sagte sie: »Lass mich los, Gavin.«

Augenblicklich erhob er sich, dann streckte er ihr die Hand hin. Sie ergriff sie und stand langsam auf. Einen Augenblick starrten sie einander an, unsicher und erschüttert von der Leidenschaft, die sie durchströmt hatte. »Ich glaube nicht, dass wir noch einmal zusammen allein sein sollten«, sagte Susanne leise.

»Hast du Angst vor mir?«, fragte er. Seine Augen forschten in ihrem Gesicht.

»Nicht vor dir«, sagte sie, dann blickte sie ihm in die Augen. »Ich habe Angst vor mir selbst«, flüsterte sie so leise, dass er ihre Stimme kaum hören konnte. »Bring mich nach Hause, bitte.«

Sie sprachen nicht viel miteinander auf dem Heimweg nach Wakefield, aber als sie die Tür erreichten und eintraten, wandte sie sich ihm zu. Ihre Wangen waren glatt und ein wenig blass, was ihre dunkelblauen Augen noch größer aussehen ließ. »Du warst so freundlich zu mir, aber ich kann nicht mehr mit dir ausreiten.«

»Wir haben nichts Unrechtes getan!«

»Wir hätten es aber tun können.«

Gavin starrte sie an: »Nehmen wir an, ich wäre ein Narr gewesen und hätte dich nicht gehen lassen?«

»Nun, ich nehme an, dann wäre ich auch ein Narr gewesen.« Sie schüttelte den Kopf und wandte sich zum Gehen, erstarrte aber mitten im Schritt, als sie sah, dass Francine dastand und sie beobachtete.

»Ihr habt einen ziemlich langen Spaziergang gemacht, nicht wahr?«, fragte Francine, den Blick auf Susanne gerichtet. »Ich bin überrascht, dass ihr nicht erschöpft seid.«

»Nun, Susanne fiel in den Bach«, stammelte Gavin. »Wir mussten ihre Kleider trocknen, bevor sie sich vor Kälte den Tod geholt hätte.«

Susanne lief rosa an unter dem Blick, den Francine ihr daraufhin zuwarf, aber sie sagte nichts. Sie ging einfach weg und begab sich augenblicklich auf ihr Zimmer.

Francine sah ihr nach, dann wandte sie sich an Gavin. »Ich würde gern mehr über dein kleines Abenteuer hören«, sagte sie. Ihre Augen waren schmal, als sie ihn betrachtete. »Komm mit und erzähl mir alles darüber.«

Von da an fühlte Gavin sich unter Druck, wenn er mit Susanne zusammen war – was nicht oft der Fall war, denn Francine legte Wert darauf, die ganze Zeit mit ihm zusammen zu sein. Bei den seltenen Gelegenheiten, bei denen Gavin seine Freundin sah, war jedoch alle Leichtigkeit und alles Lachen zwischen ihnen verschwunden.

Der Winter kam, und Francine tat, was in ihren Kräften stand, um Susanne den Aufenthalt so unerfreulich wie möglich zu machen – obwohl sie sorgfältig darauf achtete, dass Gavin nie zu sehen bekam, was sie tat. Sie fragte beständig, wie lange Susanne noch bleiben wolle, und machte recht offene Bemerkungen über die Belastung, der Gavin ausgesetzt war, und über die Last, für Leute zu sorgen, die nicht dazugehörten.

Eines Abends, nachdem sie sich den ganzen Tag lang Francines Nadelstiche angehört hatte, begab sich Susanne in düsterer Stimmung in ihr Zimmer. *Ich kann nicht einen Augenblick länger hierbleiben*, dachte sie verzweifelt, und ihre Gedanken schienen durcheinanderzuflattern wie gefangene Vögel, die in Panik einen Ausweg suchten. Sie stand da und blickte zu den bleichen glitzernden Sternen auf, frostig und fern, und doch schienen sie so nahe. Sie erinnerte sich an ihr Gebet und wie es ihr erschienen war, als sei Gavin zur Antwort darauf bei ihr aufgetaucht. Lange Zeit stand sie da und lauschte, ob sie die Stimme Gottes hörte. Angharad und Owen hatten sie gelehrt, dass Gott sprechen würde, wenn sie bereit war, ihm zuzuhören.

Aber nichts brach die Stille, und mit einer schwerfälligen Bewegung wandte sie sich vom bestirnten Himmelszelt ab. Aber als sie im Bett lag, fasste sie einen Entschluss und flüsterte: »Oh Gott, ich *weiß*, dass du da bist. Und ich werde dich suchen, bis du mich hörst. Und bis du mir antwortest.«

★ ★ ★

Alles war still, und Owen lag ruhig da. Er schien mit der Stille zu verschmelzen. Der Schmerz war verschwunden, und er konnte Stimmen aus seiner Vergangenheit rund um sich hören. Sie waren dünn und schwach, als klingelten Silberglöckchen in den fernen Hügeln von Wales.

Seine Augen waren geschlossen, und er empfand keine Sehnsucht danach, sie zu öffnen, aber als jemand seinen Namen rief, wusste er, dass er eine letzte Anstrengung unternehmen musste. Langsam sammelte er seine Kräfte, und als er die Augen öffnete, sah er Angharad. Der bernsteinfarbene Glanz des Lampenlichts formte einen Heiligenschein um ihren Kopf. »Vater, kennst du mich?«, flüsterte sie, und als er nickte, legte sie ihre Hand auf sein Haar und strich es zurück. »Ich dachte, du hättest dich von uns verabschiedet«, sagte sie, dann wandte sie sich um und sagte: »Will –?«

Und da war Will. Sein Gesicht wirkte kraftvoll im Lampenlicht, aber seine Augen waren voll Kummer. Owen hatte die meisten Empfindungen verloren, sodass sein Körper jemand anderem zu gehören schien, aber er fühlte den Druck von Wills Hand auf der seinen und war imstande, den Griff zu erwidern.

»Ein guter Sohn warst du, Will, allzeit getreu.« Er sprach ein paar Worte mit Will, dann wandte er sich an Angharad. »Lass mich – das Kind sehen –« Angharad wandte sich zur Wiege, hob Hope auf und legte sie auf das Kissen. Hope starrte mit runden Käuzchenaugen das Gesicht ihres Großvaters an. Sie streckte die Hand aus und berührte sein Gesicht, dann lachte sie, ein gurgelndes, glückliches Geräusch in dem stillen Raum.

Owen ließ seine Hand auf dem kleinen Köpfchen ruhen, und seine Lippen bewegten sich schwach. »Du wirst die Magd des Herrn sein ... deine Füße werden in Öl getaucht werden ... dein Leben wird dir abgefordert werden, und du wirst nicht Nein sagen zu Gottes Befehl ...«

Gavin stand im Schatten, sein Gesicht war von Kummer erfüllt. Er war mit Angharad und seinem Vater in das Bauernhaus gekommen und stand nun Susanne gegenüber, die mit ihnen gekommen war. Er lauschte, als Owen Angharad und Will segnete. Als Gavin die feierliche Szene vor seinen Augen betrachtete, dachte er: *Er wird heute Nacht bei Gott sein. Ich frage mich, ob ich so ruhig und mit solcher Freude gehen könnte?*

Das Licht schien zu erlöschen, und Owen fühlte, wie er dahinschwand. Es war ein gutes Gefühl, aber er fing Gavins Blick auf und flüsterte: »Gavin – du wirst bittere Früchte schmecken, aber dein Herz wird rein sein –« Die alten Augen schlossen sich, und ein schwaches Flüstern drang zu Gavin hinüber: »Wähle eine gottgefällige Frau.«

Die Stimme verebbte, und die Zuschauer standen still da. Angharads Augen füllten sich mit der Herrlichkeit Gottes, als sie sich zu ihm beugte und flüsterte: »Ich sehe dich wieder, wenn ich zum König komme, Vater.«

»Ja«, sagte Will augenblicklich und hielt seines Vaters Hand fest. »An diesem Morgen werden wir uns beim Mahl des Lammes zu dir gesellen!«

Owen öffnete noch einmal die Augen und sah sich im Raum um. Sein Blick glitt prüfend über jedes Gesicht. Zuletzt richtete er den Blick auf das Gesicht seiner Tochter, und das Licht schien sie zu verschlucken. Es war, als würde sie durchsichtig, und schließlich war das Licht so hell, dass er die Augen schloss.

Aber das Licht wurde nur noch heller, und in diesem Augenblick hörte er einen Klang, den zu hören er sich sein ganzes Leben lang ersehnt hatte – eine viel geliebte Stimme, die ihn nach Hause rief. In einem Augenblick löste er sich von der Erde, und dann seufzte er einmal und war kein Pilger mehr.

★ ★ ★

Owen Morgans Tod war von feierlicher Gelassenheit erfüllt, aber noch während der alte Mann bestattet wurde, zogen sich dunkle Wolken über dem König von England zusammen. Als die Armee und das Parlament unaufhaltsam voranschritten, fand sich Karl in der kerzenlosen Düsternis eines kleinen Gefängnisses in einem Turm. Er sagte zu seiner Frau: »Die Armee w-will m-mein Blut. Das wird ihre Rachegelüste stillen. Aber das B-blut, das ich vergieße, wird zum H-himmel schreien!«

Die Armee ließ ein Dokument aufsetzen, den sogenannten *Vorwurf*, der von Anfang an ein bösartiges Papier war. Darin fanden sich reichlich Phrasen wie: »Der König trägt die Schuld an allem Blutvergießen in diesen Bürgerkriegen.«

Oliver Cromwell versuchte diejenigen zur Vernunft zu bringen, die nach Karls Blut schrien, aber selbst seine Macht konnte die Flut nicht mehr aufhalten. Am 20. November 1648 wurde der *Vorwurf* dem Unterhaus vorgelegt. Es dauerte vier Stunden, ihn laut vorzulesen. Die Entscheidung, den König vor Gericht zu stellen, überraschte Cromwell nicht, aber er hoffte immer noch auf ein milderes Urteil. Am 21. Dezember wurde der König von der Insel Wight nach Schloss Hurst auf dem Festland gebracht, die Forderung nach dem Blut des Königs wurde immer lauter, und am 23. Dezember wurde Karl nach Windsor gebracht. Sein Prozess wurde für den 1. Januar 1649 angesetzt.

Christopher Wakefield hatte Cromwell in letzter Zeit nicht gesehen, aber er reiste extra nach Windsor. Als er eine Audienz erhielt, sagte er augenblicklich: »Oliver, sei vorsichtig in dem, was du tust.«

Cromwell wirkte müde und abgezehrt. Er hatte in zwei Kriegen gekämpft und sah sich nun dem kritischsten Augenblick seines Lebens gegenüber. Mit schwerer Stimme sagte er: »Ich bin der Sache müde, Christopher, aber es muss sein.«

Chris schüttelte den Kopf. »Nun, es gibt keine Möglichkeit unter der Sonne, einen König vor Gericht zu stellen! Er kann nicht nach den allgemeinen Gesetzen verurteilt werden, und was eine Jury aus Höhergestellten angeht, so gibt es bei einem König natürlich keine. Du erinnerst dich doch sicher an Maria, die Königin der Schotten? Sie wurde ›vor Gericht gestellt‹, aber die Nation war niemals zufrieden damit, dass Gerechtigkeit geschehen sei. Elisabeth selbst kämpfte dagegen an.«

»Das alles habe ich bedacht«, stöhnte Cromwell. Er stützte den Kopf in die Hände, und sein Körper schien zu schrumpfen. Als er den Kopf wieder hob, stand Verzweiflung auf seinem Gesicht geschrieben. »Ich habe alles versucht, um diesen Weg zu vermeiden, aber ich bin hilflos.«

»Aber wie willst du einen König vor Gericht stellen? Es gibt keine – keine *Maschinerie* für etwas dergleichen.«

»Dann werden wir sie eben schaffen müssen.«

Chris argumentierte so lange, wie Cromwell bei ihm sitzen blieb, aber am Ende sah er, dass es hoffnungslos war. »Ich wünschte, jeder andere in der Welt befände sich in dieser Krise, nur du nicht.«

Cromwell streckte die Hand aus und drückte die Hand seines Freundes. »Ich sage ›Amen‹ dazu, aber wir tun, was wir tun müssen.«

In den nächsten Tagen sah Chris mit an, wie ein Parlament, das von allen »gereinigt« worden war, die nicht für den Prozess gestimmt hatten, eine Reihe von Verordnungen absegnete. Die Verordnungen gaben dem Parlament ein Recht, das es unter dem alten englischen Recht nicht gehabt hatte: einen Herrscher vor Gericht zu stellen und zum Tode zu verurteilen.

Die Bühne war nun bereit für den Prozess gegen den König von England, und er begann am 20. Januar.

Karl betrat Whitehall ganz in Schwarz gekleidet, mit dem Hosenbandorden um den Hals. Er setzte sich auf einen mit purpurnem Samt gepolsterten Stuhl und wartete. John Cook las die Anklage gegen den König vor. Darin wurde der König ein Tyrann, Verräter, Mörder und ein öffentlicher und unbelehrbarer Feind des Commonwealth of England genannt.

Als Karl antwortete, brachte er sein stärkstes Argument aufs Tapet. »Kraft w-welcher Autorität bin ich hierher geb-bracht worden?« Er warf einen Blick auf das gesäuberte Parlament und sagte voll Verachtung: »Ich sehe hier k-keine Lords, die ein gesetzmäßiges Parlament d-darstellen, und ich weigere mich, mich h-hier zu verantworten.«

»Wir sitzen hier kraft der Autorität der Leute, die Euch zum König gewählt haben!«, beharrte Präsident Bradshaw.

»Ah, aber ich wurde nicht gewählt. Ich wurde zum König geboren.« Der Präsident errötete, und ein Murmeln lief durch die Reihen der Zuschauer.

Während der darauffolgenden Tage legte Karl einen Stil und eine Grazie an den Tag, die seinem Leben in bedauerlicher Weise gefehlt hatten. Mut und Würde gingen Hand in Hand, und Chris raunte Gavin zu: »Die Stuarts sind im Unglück besser als im Glück.«

Aber das Netz schloss sich unausweichlich um den König. Am 26. Januar wurde das Todesurteil unterzeichnet. Oliver Cromwells Name befand sich unter den Unterschriften. Am 27. Januar wurde Karl hereingeführt, um das Urteil zu hören, das gegen ihn gefällt worden war. Er versuchte zu protestieren, wurde aber aus dem Gerichtssaal geführt.

Und so kam es, dass Karl I., König von England, ein tragisches Ende fand. Als Christopher sah, wie der König abgeführt wurde, sagte er: »Gavin, wenn dieser Mann hingerichtet wird, dann hat es mit aller Gerechtigkeit in England ein Ende!«

24

EIN ZIMMER IN LONDON

Weder Gavin noch Susanne konnten ihren Ausflug zum Fischen vergessen, denn Francine sorgte dafür, dass sie ihn nicht vergaßen. Sie war klug genug, mit keinem von beiden zu streiten, aber sie erwähnte es von Zeit zu Zeit – im Scherz, wie sie vorgab.

Angharad bemerkte das und sagte zu Chris: »Ich hoffe, sie macht bei Gavin und Susanne mit ihrer scharfzüngigen Art weiter.«

»Warum?«, fragte Chris. Der harte Unterton in ihrer Stimme überraschte ihn.

»Es ist der einzige sichere Weg, dass Gavin erkennt, wie sie wirklich ist. Aber sie wird es niemals tun. Sie ist zu gerissen. Sie wird ihn weiter auf die Folter spannen!«

»Sie macht ihn halb verrückt«, bemerkte Chris düster. »Nun, ich mache mich auf den Weg zu Cromwell, um ein Auge auf die Entwicklung der Dinge zu haben.«

Angharad sagte nichts mehr zu Chris, aber einen Sieg vermochte sie zu erringen. Sie hatte mit Susanne die Bibel gelesen und gebetet, seit die junge Frau angekommen war. Zuerst hatte sich Susanne zur Wehr gesetzt, aber allmählich hatte sich die Bibel in ihr Herz gebrannt. Irgendwie schien der ruhige Ton von Angharads Stimme in ihrem Geist nachzuhallen, und eines Morgens sagte sie, nachdem Angharad einen Teil des Johannesevangeliums gelesen hatte: »Ich möchte haben, was du hast, Angharad.«

»Was ich habe?« Angharad blickte überrascht auf. »Was soll das bedeuten?«

»Du hast solchen – *Frieden*! Ich habe das niemals wirklich gehabt. Und Gott spricht zu dir, und er sprach zu deinem Vater.« Susannes

Augen waren nachdenklich, und sie schüttelte den Kopf. »Alles, was ich jemals hatte, ist, nun, *Religion*, und ich möchte mehr als das.«

Vorsichtig begann Angharad, Susanne zu beraten, und bald kam der Tag, an dem die junge Frau eine Entscheidung traf. Sie kam zu Angharad und sagte mit fester Stimme: »Ich möchte meinen Glauben wechseln.«

»Du möchtest in die anglikanische Kirche eintreten?«

Susanne zögerte, dann nickte sie. »Als Kind habe ich getan, was ich gelehrt wurde, aber jetzt möchte ich mehr als eine Liste von Regeln und Geboten. Ich möchte –« Sie zögerte, dann sprangen ihr die Tränen in die Augen. »Ich möchte Jesus kennen, wie du und Will ihn kennt und wie Owen ihn kannte. Unser Herr ist eine Person für euch, nicht nur ein Name in einem Buch. Willst du mir helfen, ihn kennenzulernen?«

»Er sehnt sich danach, dich kennenzulernen, Kind! Lass uns gleich jetzt beten. Du sagst ihm, wie du dich danach sehnst, ihn kennenzulernen, und er wird zu dir kommen!«

Also beteten die beiden Frauen, und das war der Anfang. Susanne stürzte sich auf die Bibel und unterwarf sich Angharads Lehren, und sie wuchs rasch in den Wegen des Herrn.

Francine beobachtete das, wollte aber nicht an den Bibelstudien teilnehmen, die die beiden Frauen so genossen. Gavin auf der anderen Seite freute sich, dass Susanne und Angharad einander so nahekamen. Und es freute ihn, dass sie in die anglikanische Kirche eintrat.

Als Francine hörte, dass ihr zukünftiger Schwiegervater nach London fuhr, begann sie, Gavin zu bedrängen, er möge ihn begleiten. »Wir können mein Hochzeitskleid aussuchen, Gavin«, drängte sie. »Wir sitzen schon so lange hier auf dem Lande fest, ich langweile mich zu Tode!«

»Gefällt es dir hier etwa nicht?«, fragte Gavin überrascht.

»Oh ja, recht gut, aber ich sterbe vor Sehnsucht nach einem Ball, nach irgendetwas Aufregendem. Du weißt doch, wie viel Zeit ich im

Mittelpunkt des geschäftigen Londoner Lebens zugebracht habe. Obwohl ich das Leben hier ... friedlich finde, ist es manchmal so langsam.« Francine wählte ihre Worte sorgfältig und war sehr darum bemüht, die richtige Balance zwischen Sehnsucht und Befriedigung in ihre Stimme zu legen. Sie beobachtete Gavins Reaktion und dachte: *Warte nur, bis wir verheiratet sind. Ich werde Gavin dazu bringen, ein Haus in der Stadt zu kaufen – und dann können wir diesen kleinen ländlichen Teich Susanne überlassen!*

In Wirklichkeit wurde sie zappelig, denn alle ihre Versuche, Gavin zu einer Vorverlegung des Hochzeitstermins zu veranlassen, waren vergeblich gewesen. Sie hatte alle ihre Verführungskünste aufgeboten, um Gavin zu erregen, hatte aber nur erreicht, dass er sich elend fühlte. Er war ein wenig wehleidig und launisch geworden und hatte sich strikt geweigert, die Bitte seiner Eltern, er möge bis Frühling warten, zu übergehen.

Chris und Angharad sind gegen mich – aber ich werde sie für mich gewinnen! Und selbst wenn es mir nicht gelingt; sobald wir einmal verheiratet sind, werden Gavin und ich nur sehr wenig Zeit in Wakefield verbringen.

Gavin war verblüfft gewesen über Francines Kampagne, nach London zu gehen. Er war durchaus dazu bereit, sagte aber: »Im Augenblick gibt es zu viel zu tun. Wir fahren nächsten Monat.« Sie hatte ihn umschmeichelt und ihn mit ihren Verführungskünsten halb verrückt gemacht, aber er hatte sich als überraschend starrsinnig erwiesen.

Schließlich hatte Francine einen scharfen Ton angeschlagen und gesagt: »Ich werde deinen Vater bitten, mich mitzunehmen. Ich werde das Hochzeitskleid aussuchen, während du hier auf der Farm bleibst.« Sie hatte kaum Hoffnung, das tatsächlich zustande zu bringen, aber zu ihrer Überraschung hatte Sir Christopher sich leicht überreden lassen.

»Aber natürlich«, sagte er augenblicklich, als sie mit ihrer Bitte an ihn herantrat. »Wir brechen am Morgen auf. Ich besorge dir ein hübsches Zimmer, und du kannst so viel einkaufen gehen, wie du nur willst. Wie viel Geld wirst du brauchen?«

Francine betrachtete das als Sieg und gratulierte sich, dass sie ihn gewonnen hatte. Als sie am nächsten Tag Wakefield verließen, küsste sie Gavin und flüsterte ihm zu: »Ich werde ein wunderschönes Kleid für unsere Hochzeitsnacht kaufen, eines, das dir gefällt. Nun denke nur an *das*, Süßer!«

»Ich kann an nichts anderes denken als an dich, Francine«, sagte Gavin ernst. »Die Dichter schreiben, dass der Mond die verliebten Männer in den Wahnsinn treibt. Ich hoffe, ich werde nicht mehr so benommen sein, wenn wir erst verheiratet sind.«

»Wenn du mich hast, ist das alles, was du brauchst!« Sie küsste ihn, dann ging sie mit einem wissenden Lächeln.

Während des ganzen Weges nach London machte sie sich bei Sir Christopher angenehm, und als er für sie ein hübsches Zimmer in einem der teuersten Gasthäuser in London fand und ihr eine dicke Börse voll Goldmünzen in die Hand drückte, küsste sie ihn auf die Wange. Ihre Augen strahlten. »Oh danke, Sir Christopher!«, rief sie aus. Sie lächelte ihn schelmisch an. »Gut, dass ich noch nicht da war, als Ihr in Gavins Alter wart. Ich hätte Euch sofort weggeschnappt!«

Nachdem er sie verlassen hatte, schüttelte Chris nachdenklich den Kopf. *Sie ist schön – aber sie verdreht den Männern den Kopf.* Er verdrängte sie entschlossen aus seinen Gedanken und fuhr zu seinem Treffen mit Cromwell. Er traf den großen Anführer bei einem Treffen mit den Mitgliedern des Parlaments an und musste eine Stunde warten, bevor er eingelassen wurde. Cromwell kam ihm entgegen, ergriff seine Hand und befahl, Essen aufzutischen. »Ich konnte nichts essen«, klagte er. »Einen König hinzurichten, das verschlägt einem den Appetit.« Seine Augen lagen tief in den Höhlen und waren von dunklen Schatten umringt.

»Wie nimmt der König es auf?«, fragte Chris leise. Er wusste, dass es zu spät war, einen anderen Weg einzuschlagen, und seine einzige Sorge bestand darin, seinen alten Freund davor zu bewahren, dass er von den Geschehnissen zerstört wurde.

»Besser, als man erwartete.« Cromwell sprach von der Gefangenschaft des Königs, und als die Diener ein Tablett mit Essen hereinbrachten, knabberte er ohne Appetit daran. »Er hat die Legalität seines Prozesses nie akzeptiert. Da ist er unerschütterlich!« Cromwell ergriff ein Stück Kuchen, dann legte er es wieder hin. Kummer stand in seinen Augen. »Es scheint, als hätte er den Frieden gefunden, den er immer suchte, aber nie fand.«

»Frieden mit Gott?«

»Ja. Er lauscht andächtig den Gottesdiensten der anglikanischen Kirche, und er hat seine Kinder gedrängt, seinen Feinden zu vergeben – wie er ihnen vergeben hat.« Aus irgendeinem Grund schien das Cromwell zu beunruhigen. Er saß da und starrte die Wand an, seine Gedanken malten einen Ausdruck leichter Verwirrung auf sein unansehnliches Gesicht. Er war ein ehrbarer Mann und hatte der Hinrichtung des Königs nur nach großen inneren Hemmungen zugestimmt. Hätte der König seinen Feinden seinen Hass entgegengeschleudert, so hätte er das Urteil leichter akzeptieren können, aber die Geduld und edle Haltung, mit der Karl sein Schicksal akzeptierte, hatten in ihm die Frage aufgeworfen, ob er nicht den falschen Weg eingeschlagen hatte. »Es ist zu spät, der Sache Einhalt zu gebieten«, murmelte er traurig. Als er den Blick hob, begegnete er Chris' mitleidigem Blick. »Aber das Verhalten des Königs stimmt mich bekümmert darüber, dass es zu seinem Tod kommen wird.«

»Keine Chance einer Rettung?«

»Nein, nicht die geringste. Das Schafott wird in Whitehall gebaut.«

»Genau gegenüber von der Banketthalle«, murmelte Chris. »Er liebte diesen Platz am meisten, glaube ich.«

Die beiden Männer wechselten einen langen Blick, dann sagte Chris: »Ich werde für den König beten. Und für dich.«

»Ich brauche deine Gebete dringend. Und wie dringend!«

★ ★ ★

Gavin saß in der Bibliothek und war ganz darin versunken, in einem braunen ledergebundenen Buch zu lesen. Die Dämmerung war angebrochen, und er nahm unbestimmt das sanfte Gurren der Tauben wahr, die sich vor seinem Fenster versammelten, aber er blickte mit einem Ruck auf, als die Angeln der Tür quietschten.

»Oh! Ich wollte nicht unterbrechen«, Susanne war in den Raum getreten, hielt aber abrupt an, als sie Gavin sah. Sie wandte sich rasch zum Gehen, aber seine Stimme hielt sie fest.

»Komm herein, Susanne«, sagte Gavin. »Ich möchte dir etwas vorlesen. Setz dich und hör dir das an.« Er wartete, bis sie sich ihm gegenüber hingesetzt hatte, dann räusperte er sich und las laut:

»Oh Sir, zweifelt nicht daran, dass das Angeln eine Kunst ist. Ist es etwa keine Kunst, eine Forelle mit einer künstlichen Fliege zu täuschen? Eine Forelle hat schärfere Augen als jeder Falke, den Ihr mir nennen möget, und ist wachsamer und ängstlicher, als Euer hochgeschätzter Merlinfalke kühn ist! Zweifelt daher nicht daran, Sir, dass das Angeln eine Kunst ist, und eine Kunst, die erlernt werden kann: Die Frage ist eher, ob Ihr des Lernens fähig seid!«

Gavin blickte auf und nickte entschieden. »Da! Sobald mich wieder jemand mit Vorwürfen überhäuft, weil ich mein Leben mit solchem Zeitvertreib wie Fischen verschwende, habe ich hier die Gegenbeweise!«

»Wer hat das Buch geschrieben?«

»Ein Bursche namens Izaak Walton. Das ganze Buch handelt vom Angeln. Der Bursche hat wirklich Verstand!« Gavin hielt inne und grinste sie abrupt an. »Er stimmt *haargenau* damit überein, was ich immer schon gesagt habe!«

Susannes Lippen kräuselten sich zu einem Lächeln, als sie ihn neckte: »Du hast immer nach Entschuldigungen gesucht, um zu fischen, statt zu arbeiten.«

»Das stimmt nicht! Aber selbst wenn ich es getan hätte, so bedeutet es, dass ich ein *Künstler* bin!«

»Du kannst nicht einmal einen Hund zeichnen – hast es nie gekonnt!«

»Ah, aber das ist der Punkt, wo dieser Bursche Walton die Welt zurechtrückt, siehst du das nicht? Hör dir das an:

»Angeln ist wie Poesie. Männer wurden dazu geboren, denn um ein guter Angler zu sein, muss man nicht nur einen forschenden, suchenden, scharf beobachtenden Verstand mitbringen, sondern man muss auch ein gerüttelt Maß an Hoffnung und Geduld mitbringen und eine Liebe und Neigung zu der Kunst selbst!«

Gavin nickte lebhaft, dann legte er das Buch auf den Tisch neben sich. »Hiermit lasse ich dich wissen, dass ich ein Künstler bin, also lass keinen Mann und keine Frau meine Kunst beleidigen!« Er stand auf und warf ihr einen halb verlegenen Blick zu. »Ich bin einfach vernarrt ins Fischen, nehme ich an. Mir ist jede Entschuldigung recht, um zu fischen, statt zu arbeiten.«

»Ich bin in einer Weise genauso«, sagte Susanne. Sie erhob sich und ging zum Fenster, um in den Abend hinauszustarren. »Ich erinnere mich daran, wie wir den großen Hecht unter der Brücke bei der Mühle fingen.«

Gavin zögerte, dann trat er näher und stellte sich neben sie. »Diese Tage scheinen eine Million Jahre in der Vergangenheit zu liegen.«

»Ja, das stimmt.«

»Hast du jemals gewünscht, du könntest zu diesen Tagen zurückkehren?«

»Nein, nicht wirklich. In der Erinnerung sind sie schön, aber die Realität war ein wenig härter.«

Gavin warf ihr einen Blick zu. Er bewunderte ihr klar geschnittenes Kinn und das Glitzern der Sonne, die sich in ihrem Haar fing. »Daran habe ich nie gedacht«, sagte er leise. Dann, nach einem gedankenverlorenen Schweigen, fügte er hinzu: »Das stimmt tatsächlich. Dinge, die weit in der Ferne liegen, erscheinen uns immer besser als das, was wir haben. Mein Onkel pflegte zu sagen, die Südseeinseln seien wunderbar, wenn man daran denke, aber die Insekten und Schlangen verdürben einem den Spaß daran.«

»Ja, und mit der Vergangenheit verhält es sich ebenso, denke ich. Ich denke an die guten Dinge, aber da waren auch böse Dinge. Nein, ich würde nicht gerne zurückkehren.« Sie drehte sich ein wenig, um ihm ins Gesicht zu sehen. »Wie steht es mit dir, Gavin?«

»Weine ich den Tagen der goldenen Jugend nach? Nun, um die Wahrheit zu sagen, in letzter Zeit würde ich fast alles dafür geben, in der Vergangenheit *oder* in der Zukunft zu leben.« Er wandte ihr den Blick zu, und in seinem Ton schwang Anspannung mit, als er sagte: »Die Gegenwart ist nicht so gut.« Als sie keine Antwort gab, errötete er und sagte: »Für einen zukünftigen Bräutigam ist das wohl keine gute Feststellung, aber es stimmt.«

Susanne sagte sanft: »Ich dachte, nur Frauen wären vor der Hochzeit nervös.«

»Stimmt nicht!« Eine Fledermaus flatterte am Fenster vorbei, schnappte ein wanderndes Insekt auf, dann erhob sie sich mit einem Flattern der schwarzen Flügel in die sinkende Dunkelheit. Gavin hielt bei der Unterbrechung inne und sagte: »Aus irgendeinem Grund machen mir diese Burschen ein wenig Angst.« Dann fühlte er sich offenbar unbehaglich bei der Richtung, die das Gespräch nahm. »Genug von mir. Wie steht es mit dir, Susanne?«

»Ich? Mir geht es gut.«

Gavin zögerte, dann sagte er: »Seit unserem letzten Angelausflug ist mir unbehaglich. Es tut mir leid, dass Francine deshalb so eklig gewesen ist. Ich habe es zu erklären versucht, aber sie ist sehr besitzergreifend.«

»Ja, das ist sie, aber das bin ich auch.« Susanne brachte ein Lächeln zustande und sagte: »Wenn ich jemals einen Mann kriege, werde ich mich an ihn klammern wie die schnappende Schildkröte, die deinen kleinen Finger erwischte.«

Gavin lachte abrupt, dann hob er die linke Hand. »Du hast lauter geschrien als ich, als das Ungeheuer mich erwischte. Sieh nur, ich habe immer noch die Narbe.«

Susanne beugte sich vor, um genauer hinzusehen, und der schwache Duft ihres Haares schlug Gavin in seinen Bann. »Ich habe mich übergeben«, sagte sie. »Eine weitere goldene Kindheitserinnerung.«

»Ja, aber ich möchte diese Zeit um nichts in der Welt missen. Du etwa?«

Susanne sagte: »Einiges war sehr schön. Aber wir können nicht in der Vergangenheit leben.« Sie fühlte sich plötzlich unbehaglich und sagte rasch: »Ich muss jetzt gehen.«

Gavin sah, dass sie sich unbehaglich fühlte, und sagte steif: »Falls du dir Sorgen machst, dass ich dich wieder küssen könnte –« Er hielt unsicher inne, dann glänzte ein Licht in seinen Augen auf. »Nun, es könnte tatsächlich sein, dass ich es tue!«

Ihre Augen wurden groß vor Überraschung. »Nein, das wäre nicht recht.«

Das neckische Licht in Gavins Augen veränderte sich, und er sah sie mit frohen Augen an. »Ich freue mich, dass du so glücklich mit deinem neuen Glauben bist. Es muss dir schwergefallen sein, die Kirche zu verlassen, in der du aufgewachsen bist.«

»Ja, aber das war es wert. Ich – ich wollte etwas Wirkliches, und Angharad hat mir sehr geholfen. Der Herr ist jetzt bei mir.«

Als sie sich umdrehte und zur Tür ging, sagte er: »Ich breche frühmorgens nach London auf. Kann ich dir etwas mitbringen?«

»Nein, das glaube ich nicht.« Susanne zögerte, dann, schon an der Tür, fragte sie: »Wirst du Francine sehen?«

»Ja. Ich werde ihr helfen, das blöde Hochzeitskleid auszusuchen!« Er schüttelte verärgert den Kopf. »Eine Hochzeit ist doch mehr als ein Kleid, oder?«

»Ja, aber für eine Frau sind solche Dinge wichtig.« Susanne lagen solche Gespräche nicht, aber sie fügte impulsiv hinzu: »Sei geduldig mit ihr, Gavin.« Dann verließ sie den Raum, und einige Augenblicke lang stand Gavin da und starrte die Tür an. Dann stieß er einen gemäßigten Fluch aus und verließ den Raum mit langen, entschlossenen Schritten, wobei er vor sich hin murmelte: »In Ordnung, ich werde geduldig sein – aber für ein *Kleid*?«

* * *

Gavin stand früh auf und frühstückte mit Angharad. Sie nahm ihm das Versprechen ab, dass er seinen Vater so bald wie möglich heimschicken würde. »Ich vermisse ihn«, sagte sie schlicht. Dann machte sich der Humor bemerkbar, der zu ihrem Wesen gehörte. »Wenn eine alte Jungfer endlich einen Mann bekommt, möchte sie ihn keinen Augenblick mehr loslassen!«

»Ich werde versuchen, ihn von diesen abenteuerlustigen jungen Frauen loszueisen, die sich immer um einen Mann wie Vater drängen«, versprach Gavin. »Er war immer schon der Liebling der Frauen, musst du wissen.«

»Geh schon – ich würde es ihnen heimzahlen!« Beide lachten. Sie genossen die Neckerei und plauderten fröhlich dahin. Aber als sie sich erhob und mit ihm zur Tür ging, hielt sie inne und sagte: »Ich liebe dich, als wärst du mein eigen Fleisch und Blut.« Auf seinen überraschten Blick hin sagte sie ruhig: »Sei vorsichtig – sehr vorsichtig!«

Gavin ließ sich von ihr einen Kuss auf die Wange drücken, aber als er dann in Richtung London davonritt, wunderte er sich über das Gewicht ihrer Worte. *Sei vorsichtig – aber wovor?* Er wusste nicht, was er davon halten sollte, aber er hatte so großen Respekt vor der Weisheit dieser Frau, dass er in ernster Stimmung war, als er auf die Stadt zuritt.

Er gelangte nach London, als die Nacht eben auf die Stadt herabsank. Der Rauch von Tausenden Kaminen hing in der Luft, und als ihn der scharfe Geruch von Kohlenrauch in der Nase biss, knurrte er: »Kann mir nicht vorstellen, warum irgendjemand an einem solchen Ort leben will!« Er mochte die Stadt nicht, und er sah bereits einen Konflikt mit Francine auf sich zukommen, denn sie war der Meinung, der Himmel selbst sei nicht so schön wie London.

Er nahm sich ein kleines Zimmer in einer Herberge, dann machte er sich auf den Weg in die Stadtmitte, in der Hoffnung, Francine zu finden, bevor es zu spät war. Als er bei der großen Herberge ankam, in der sein Vater ihr Zimmer besorgt hatte, fragte er den Wirt: »Miss Fourier, wo ist ihr Zimmer?«

Der Wirt, ein vierschrötiger Mann mit einem Haken anstelle der linken Hand, winkte mit dem glänzenden Instrument unbestimmt in Richtung Treppe. »Am Ende der Halle, Sir. Letzte Tür links.«

Chris dankte dem Mann, dann stieg er die Treppe hinauf. Als er die bezeichnete Tür fand, klopfte er, aber keine Antwort kam. »Mist!«, murmelte er. »Wahrscheinlich ist sie ausgegangen, um Freunde zu besuchen.«

Er stieg die Treppe hinab, dann wurde ihm klar, dass er hungrig war. Der Geruch von frisch gekochtem Rindfleisch drang in seine Nase, und er setzte sich an einen der Tische im Hintergrund der Schenke. »Bring mir ein Steak und was es sonst noch Gutes gibt«, sagte er zu dem kurzbeinigen Kellner, der nach seinen Wünschen fragte.

»Ja, Sir, ein Stückchen Nierenpastete, würde Euch das schmecken? Und Kartoffeln. Ein Gentleman isst immer gern Kartoffeln.«

Gavin stimmte zu und trank ein Maß Braunbier, während er wartete. Der Raum war gedrängt voll, und er lauschte den Gesprächen rundum. Die meisten betrafen die Hinrichtung des Königs, die in Kürze stattfinden sollte. Er war ein wenig schockiert, als er feststellte, dass die allgemeine Stimmung gegen die Exekution war, denn er hatte angenommen, dass die Entscheidungen des Parlaments die Wünsche des Volkes widerspiegelten. Aber ein rotgesichtiger Mann mit einem Schopf flammend roter Haare und einem Paar kleiner Augen beherrschte das Gespräch. »Wenn sie den König töten«, warnte er mit schriller Stimme, »findet kein Mensch mehr Gerechtigkeit!«

»Aber er wurde schuldig gesprochen!«, protestierte ein dünner Mann mit schneeweißem Haar.

»Schuldig gesprochen von einer Bande von Straßenjungen, die nicht mehr Autorität haben als dieses Glas Bier hier!«, schrie der rotgesichtige Mann. Er hetzte die Menge in der Taverne auf, als befänden sie sich auf einem offenen Platz, aber seine Worte verfehlten nicht ihre Wirkung auf die Leute, die da aßen und tranken. Schließlich schüttelte er den Kopf und stieß eine finstere Drohung aus. »Wenn Karl aufs Schafott steigt, werdet ihr England in ein Königreich von Sklaven verwandelt sehen, und König Oliver Cromwell wird über jeden Einzelnen von uns herrschen!«

Gavin hörte ihnen zu, während er seine Mahlzeit aß, dann ging er zurück, um zu sehen, ob Francine zurückgekehrt war. Das war nicht der Fall, also verließ er die Herberge, um einen Spaziergang zu machen. Der Nebel breitete sich wie eine graue Decke über das Land, und die Kälte biss ihn in Gesicht und Finger. Die Straßen waren nicht beleuchtet, und es gab keine Polizei, die über die Ordnung gewacht hätte, nur einen Nachtwächter, der durch die Straßen ging und die Stunden ausrief. Gavin wanderte so lange herum, dass er mit Schrecken hörte, dass nur noch eine Stunde bis Mitternacht fehlte. Er drehte sich um und kehrte in die Herberge zurück. Als er sich der Tür näherte und die Hand hob, schien es ihm, dass er Stimmen von drinnen hörte, und er zögerte. Er fühlte sich wie ein kleiner Junge, der herumschleicht, wo es ihm verboten ist. Er blickte den langen Flur entlang. Als er sah, dass er allein war, presste er das Ohr an die Tür. Die Tür war aus dicker Eiche gefertigt, aber er hatte ein gutes Gehör, und es schien ihm, dass er eine Frau lachen hörte.

Könnte auch aus einem anderen Zimmer kommen.

Er klopfte, aber keine Antwort kam, und er kam zu dem Entschluss, dass er sich geirrt hatte. Während er die Treppe hinunterstieg, dachte er: *Welchen Raum hat mir der Wirt genannt? Vielleicht habe ich einen Fehler gemacht.* Der Wirt stand immer noch hinter der Bar und putzte Gläser. Als Gavin fragte: »In welchem Zimmer, sagtest du, wohnt Miss Fourier?«, warf er Gavin einen seltsamen Blick zu, dann zuckte er die Achseln.

»Oben an der Treppe – letzte Tür links.«

Gavin starrte den Mann einen Augenblick lang an, dann verließ er die Herberge. Er drehte sich um und ging ein Stück die Straße hinauf, dann spähte er nach oben. Da, an der Ecke des Gebäudes, musste Francines Zimmer liegen. Das Fenster leuchtete als Viereck bernsteinfarbenen Lampenlichts in die Nacht.

Eine volle Minute lang stand Gavin auf der Straße und starrte das Fenster an, als versuchte er es durch bloße Willenskraft dazu zu zwingen, dass es nicht so war. Dann drehte er sich mit zusammengepressten Lippen um und ging ins Haus zurück. Das Starren des Wirtes ignorierte er. Als er die Tür erreichte, beugte er sich vor und lauschte.

Diesmal gab es keinen Zweifel. Er hörte nicht nur das Lachen einer Frau, sondern die Stimme eines Mannes! Gavin starrte die Tür an, und einen langen Augenblick lang fühlte er sich unfähig, eine Entscheidung zu treffen. Dann nahm sein Gesicht einen angespannten Ausdruck an, und seine Augen wurden schmal. Diesmal klopfte er nicht, sondern sammelte seine Kräfte und warf sich mit aller Kraft gegen die Tür. Der Riegel riss ab, und die Tür sprang unter seinem Ansturm auf. Gavin wurde in den Raum geschleudert und verlor das Gleichgewicht. Als er sich fing und sich aufrichtete, hörte er eine Stimme und wusste, dass er auf schreckliche Weise im Recht gewesen war!

»Gavin –!«, kreischte Francine in hellem Entsetzen.

Aber die Gefühlsaufwallung in ihrer Stimme war nichts im Vergleich zu den Gefühlen, die auf Gavin einstürmten, als er die Szene vor sich sah. Francine, seine schöne Verlobte, lag im Bett mit Henry Darrow. Ihre Augen waren groß vor Angst, als sie die Laken um sich hochzog.

Darrow war halb betrunken, aber er wurde augenblicklich nüchtern, als er Gavin dastehen sah. »Verschwindet von hier!«, bellte er, aber seine Stimme klang hohl, als hätte er plötzlich begriffen, dass er in dieser Situation keine Befehle geben konnte.

Gavin fühlte, wie Übelkeit in ihm aufstieg. Er starrte Francine an und dachte an die Jahre, die er damit verbracht hatte, diese Frau zu lieben. Jetzt, wo ihre Züge vom Alkohol und Sex aufgelöst waren, verunzierte etwas Vulgäres ihre Schönheit, das ihn abstieß. Er erinnerte sich daran, wie sie ihn geküsst und ihm gestattet hatte, sie zu liebkosen, sich dann wieder prüde gezeigt hatte, wenn er versucht hatte, sie zu größerer Intimität zu drängen. Und die ganze Zeit hatte sie sich Darrow hingegeben.

Die Übelkeit in ihm wuchs – und damit ein brennender Zorn. Er zog sein Schwert und trat mit holprigen Bewegungen näher.

»Nein! Tut das nicht!«, schrie Darrow, und im selben Augenblick begann Francine zu weinen und zu betteln. Beide wussten nur zu gut, dass sie hilflos waren. Furcht stand in ihren Augen geschrieben, als Gavin die Klinge hob und die Spitze auf Darrows nackte Brust setzte.

»Warte, Gavin!«, flehte Francine. »Töte ihn nicht!«

»Warum nicht?« Gavins Stimme knirschte. »Er hat mir das Meinige genommen!«

»Sie hat niemals Euch gehört, Wakefield!« Henry Darrow mochte ein oberflächlicher, böser Mensch sein, aber er hatte Mut. Der Schock, so plötzlich entlarvt zu werden, ließ nach, und nun presste er die Lippen fest zusammen und starrte über die glänzende Klinge hinweg, die auf sein Herz zielte. Er war bleich, aber er sagte ruhig: »Francine hat Euch nie geliebt.«

»Henry, sag das nicht!«, schrie Francine auf. Sie dachte, dass sie das nächste Opfer sein würde, sobald Gavin Henry getötet hatte.

Darrow warf ihr einen Blick zu, dann schüttelte er den Kopf. »Du hast niemals jemand anderen geliebt als dich selbst, meine Liebe. Ich weiß das«, fügte er zynisch hinzu, »weil ich ganz genauso bin.« Er sah Gavin an, dann zuckte er schicksalsergeben die Achseln. »Ihr werdet mich umbringen, nehme ich an, aber meint Ihr, ich wäre hier, wenn sie mich nicht eingeladen hätte?«

Gavin blinzelte, und die Schwertspitze zitterte. »Du bist ein Hund, Darrow!«

»Oh ja, aber ich war immer schon ein Schurke, wenn Ihr Euch recht erinnern wollt. Genauso, wie Ihr immer ein edler Mensch wart. Warum ist das so, frage ich mich?« Darrow schien ein philosophisches Problem zu bedenken und sagte schließlich: »Ich bin, wie mich Gott geschaffen hat, genau wie Ihr.«

»Nein, so ist das nicht!«

»Nun, natürlich denkt *Ihr* mit Euren Ansichten über Gott nicht so, aber da das nicht meine Ansichten sind, ist es mir erlaubt zu denken, dass alle Menschen mehr oder weniger Marionetten sind. Und Francine hier, nun, Ihr habt sie in ein reines und keusches Wesen verwandelt, aber das ist sie nicht, Wakefield. Sie und ich sind uns gleich, und das ist etwas, wogegen wir nichts unternehmen können.«

Francine sah, dass Gavin zögerte, und sagte rasch: »Es tut mir leid, aber Henry hat recht.« Alle ihre Pläne, in die Familie Wakefield einzuheiraten, waren in dem Augenblick, in dem Gavin ins Zimmer stürzte, wie Spreu im Winde verflogen, und sie wusste es. Nun strich sie ihr Haar zurück und fügte hinzu: »Es wird dir vielleicht Befriedigung verschaffen, uns zu töten, aber ich wäre niemals die Ehefrau gewesen, die du dir wünschst. Nun tue, was du tun musst.«

Gavin starrte die beiden an, Bitterkeit in den Augen, als das Bewusstsein ihn überkam, dass sie die Wahrheit sprach. Mit einer betonten Gebärde steckte er sein Schwert in die Scheide zurück, dann drehte er sich um und ging mit hölzernen Schritten zur Tür.

Als er verschwunden war, begann Francine zu weinen, und Darrow nahm sie in die Arme. Jetzt, wo die Gefahr vorbei war, begann er ebenfalls zu zittern. Er wusste, er war dem Tode sehr nahe gewesen, und er hatte sich wacker gehalten. Dafür war er dankbar.

»Nun weine nicht, Süße«, sagte er und drehte ihr Gesicht in seine Richtung. Ein Gedanke kam ihm, und er lächelte. »Wer weiß, vielleicht heirate ich dich tatsächlich. Ich würde mich wahrscheinlich zu Tode langweilen mit irgendeiner fetten, wohlhabenden Witwe! Nun lass uns sehen, ob wir den Inhaber dieses noblen Etablissements dazu bringen können, unsere Tür zu reparieren.«

Gavin verließ die Herberge, und die Dunkelheit der Nacht schloss sich um ihn. Er eilte durch die Straßen, und seine Gedanken überschlugen sich. Scham und Zorn durchströmten ihn, als er die Szene von Neuem erlebte. Er wusste, dass es Monate oder sogar Jahre dauern würde, bevor er die Erinnerung abschütteln konnte.

Schließlich straffte er die Schultern und sagte, Bitterkeit in jedem Wort: »Ich habe mich wegen einer Frau zum Narren gemacht, aber ich werde es nie wieder tun!«

Dann zog er sich den Hut ins Gesicht und schritt in den Nebel hinein. Die Dunkelheit schloss sich um ihn wie ein ebenholzschwarzer Fluss.

25

DAS BEIL FÄLLT

Am Morgen des Dienstags, des 30. Januar, kleidete Karl Stuart sich für seine Hinrichtung an. Er trug zwei Hemden, damit er nicht vor Kälte zitterte und man ihm den Vorwurf machen könnte, er zeige Furcht.

Das Schafott war vor der bezaubernden Banketthalle des Königs aufgebaut worden, und die Verantwortlichen hatten Seile bereitgelegt, um den König zu fesseln, falls er um sich schlagen sollte. Sie kannten ihn nicht, denn Karl war entschlossen, die Welt in Würde zu verlassen.

Zwischen fünf und sechs Uhr am Morgen seines bevorstehenden Endes erwachte der König und zog die Bettvorhänge zurück. Dabei sagte er: »Ich will aufstehen, denn ich habe heute ein großes Werk zu tun.« Als sein Kammerdiener ihm beim Ankleiden half, sagte er sanft: »Dies ist heute meine zweite Hochzeit. Ich möchte heute so adrett wie möglich sein, denn noch bevor die Nacht kommt, hoffe ich mit meinem gesegneten Jesus vermählt zu sein.«

Der König ging vom St. James Palace nach Whitehall, und als er dort angekommen war, trank er ein wenig Wein und aß ein wenig Brot. Um zwei Uhr verließ er die Banketthalle und trat der wartenden Menge entgegen. Er wurde von seinem Kaplan, dem Bischof Juxon, begleitet.

Das Wetter war kalt, sehr kalt, und den Zuschauern erschien der König viel älter. Sein Bart und sein Haar waren silbern, und sein Gesicht war von Kummer zerfurcht. Als er gefragt wurde, ob er letzte Worte zu sprechen wünsche, sprach er mit einer hohen, klaren Stimme, die nicht wankte – und kaum etwas von seinem Stottern erkennen ließ:

»Was das Volk angeht, so wünsche ich ihm ebenso die Freiheit wie jeder andere, aber ich will euch sagen, dass die Freiheit der Menschen darin besteht, eine Regierung zu haben, und jene Gesetze, unter denen ihr Leben und ihr Besitz so weit wie möglich ihnen selbst gehört.«

Schließlich sagte er: »Ich sterbe als guter Christ. Ich vergebe der ganzen Welt, vor allem aber jenen, die meinen Tod verursacht haben. Ich tausche eine sterbliche Krone gegen eine unsterbliche ein, wo es keinen Aufruhr mehr gibt, keinen Aufruhr in der ganzen Welt.«

Er nahm von seinem Kaplan ein kleines weißes Käppchen entgegen und half dem Henker, sein Haar darunter zu verbergen. Der König hob Hände und Augen zum Himmel und betete im Stillen. Dann ließ er seinen Mantel von den Schultern gleiten und kniete vorsichtig nieder und legte den Kopf auf den Block. Der Scharfrichter beugte sich vor, um sich zu vergewissern, dass sein Haar nicht im Wege war. Karl dachte, er wolle zuschlagen, und sagte: »Warte auf das Zeichen.«

»Das will ich tun, zu Euren Gnaden, Euer Majestät«, sagte der Henker.

Tiefe Stille breitete sich über die Menschenmenge. Dann streckte der König die Hand aus – und der Scharfrichter hob seine Axt und ließ sie fallen. Mit einem einzigen Schlag trennte er den Kopf des Königs vom Körper.

Einer der Vollzugsbeamten hob den Kopf auf und hob ihn in die Höhe, sodass alle ihn sehen konnten, und verkündete: »Dies ist das Haupt eines Verräters!«

Aber Chris, der mit wehem Herzen in der Menschenmenge stand, erinnerte sich sein ganzes Leben lang daran, wie bei dem schicksalhaften Schlag ein Stöhnen aus der Menge aufgestiegen war, wie er nie zuvor eines gehört hatte.

26

»WENN DIE SONNE ERLISCHT!«

Die Hinrichtung König Karls versetzte die Royalisten Englands in Furcht und Schrecken. »Eine Zeit lang waren sie wie Träumende«, sagte Anne Halkett, eine zeitgenössische Schriftstellerin, und ein anderer sagte: »Wenn wir uns treffen, so nur, um darüber zu reden, auf welche weit entfernten Pflanzungen im Ausland wir fliehen sollen!«

Die Melancholie, die diesem dunklen Ereignis entsprang, sollte das Commonwealth während all der Tage seiner Existenz quälen. Sie hatten getan, was nie zuvor getan worden war. Sie hatten einen König auf das Schafott geschickt, sie hatten den »gesalbten Stellvertreter des Herrn« hingerichtet, und diese Tatsache suchte das Land noch jahrelang heim, sodass selbst ein strammer Puritaner wie Ralph Josselin in seinem Tagebuch schrieb: »Ich machte mir viele Sorgen über das schwarze Schicksal, den König hinzurichten; ich hielt meine Tränen nicht zurück, als sein Tod vor meinen Augen geschah.«

Ein Gelehrter namens John Milton war einer der Ersten, der die Hinrichtung Karls in einer öffentlichen Schrift verteidigte. Er veröffentlichte ein Pamphlet mit dem umwerfenden Titel: »Die Dauer von Königen und Beamten: Ein Beweis, dass es dem Gesetz entspricht und in allen Jahrhunderten so geübt wurde, dass alle, die die Macht dazu haben, einen Tyrannen oder bösen König vor die Schranken der Gerechtigkeit rufen und nach gebührendem Schuldspruch ihn abzusetzen und hinzurichten das Recht haben.«

Diese »Verteidigung« des neuen Regimes gefiel Cromwell so gut, dass er Milton als Lateinsekretär mit dem bescheidenen Gehalt von 288 Pfund pro Jahr in seine Dienste nahm.

Was Cromwell selbst anging, so behielt er alle Zweifel bei sich, die er möglicherweise wegen Karls Hinrichtung gehegt hatte. Nach außen hin gab er sich fröhlich und voll Optimismus für das aufblühende Commonwealth.

Chris traf einmal mit ihm zusammen. Nur zwei Wochen waren seit der Exekution vergangen. Er war gebeten worden, in die Dienste der Regierung zu treten, aber er sagte: »Sir, ich muss bitten, mich zu entschuldigen. Es gibt andere, die besser dafür geeignet sind als ich, und wenn ich die Wahrheit sagen soll, ist es mir leid um jeden Tag, den ich nicht mit meiner Familie verbringen könnte. Mein Sohn Amos ist jetzt neun Jahre alt und braucht mich. Und ich habe eine neugeborene Tochter, wie du weißt, und bin ein so vernarrter Vater, wie es nur je einen in England gegeben hat.«

Cromwells Gesicht war von Furchen gezeichnet, aber er lächelte über das Glück seines Freundes. »Ich freue mich für dich, Christopher. Ich wünschte, es würde Gott gefallen, dass ich denselben Weg gehe wie du.«

»Es läuft doch alles gut für dich und die neue Regierung, oder nicht?«

Cromwell fuhr sich mit der Hand übers Gesicht, dann zuckte er die Achseln. »Ein neues Unterfangen läuft niemals gut. Dieselben Männer, die für eine neue Regierung agitiert haben, beklagen nun den Verlust der alten.«

»Ich bete täglich, dass Gott dich stärken möge.«

»Ich danke dir, mein Freund. Ich wusste, ich konnte mich auf deine Gebete verlassen.« Er zog eine Augenbraue hoch, ein leises Lächeln auf den Lippen. »Aber nicht auf deine Dienste, eh?«

»Wenn du darauf bestehst, werde ich gehorchen.«

»Nein! Nein! Ich bestehe nicht darauf. Geh zu deiner Familie. Wie habt ihr eure neugeborene Tochter genannt?«

»Meine Frau sagt, der Herr hat ihr den Namen Hope gegeben.«

Cromwell seufzte tief. »Ein schöner Name – Hoffnung. Das ist das Einzige, was mich aufrechterhält, Christopher ... Hoffnung für dieses heilige Experiment, das wir wagen.«

Chris ging bald darauf, und als er nach Hause zurückkehrte, packte er Angharad und schwang sie im Kreise: »Nun – kein Krieg mehr! Ich muss dich und Amos und Hope nie wieder verlassen!«

»Stell mich ab!« Angharad tat, als sei sie ärgerlich, aber sie freute sich so sehr, Chris zurückzuhaben, dass sie die Arme um seinen Nacken schlang und sagte: »Ich bin so glücklich, dich wiederzuhaben!«

Sie küssten sich, dann führte sie ihn in die Küche, wo sie ihm ein köstliches Essen zubereitete. Während er aß, erzählte sie ihm alles, was sich in Wakefield während seiner Abwesenheit ereignet hatte. Als er nach Susanne fragte, sagte sie: »Dem Mädchen geht es gut, aber im Herzen ist sie traurig.«

»Was ist in London geschehen?«, fragte Chris. »Hat dir Gavin etwas erzählt?«

»Es war, wie es in dem Brief stand, den ich dir schickte«, sagte Angharad. »Gavin kehrte aus London zurück und kündigte an, dass er und Francine beschlossen hätten, nicht zu heiraten. Er machte einen sehr zornigen und bitteren Eindruck. Seit damals ist er in schlechter Laune und hält sich meistens von anderen fern.«

»Und er will nicht sagen, was passiert ist?«

»Nein, und ich denke, er wird es auch nie jemand sagen. Es war etwas so Schmerzliches, dass du es seinen Augen ansehen kannst.« Angharad ergriff Chris' Hand und streichelte sie. »Aber ich kann nicht anders als denken, dass er von Gott kam – der Bruch zwischen den beiden. Francine war keine Frau für unseren Gavin.«

»Nein, das war sie nicht. Aber er war so verliebt in sie, dass ich wette, es muss ein harter Schlag für den Jungen gewesen sein, der die Kluft zwischen ihnen aufriss.« Sie redeten noch eine Weile über Gavin, dann gingen sie zu Hope, die eine Zeit lang Chris' ganze Aufmerksamkeit beanspruchte.

Drei Tage lang sprach Chris kein Wort zu Gavin über sein Problem, und schließlich sagte Angharad: »Ein verbitterter Mensch findet kein Wohlgefallen bei Gott, und Gavin ist auf dem Weg, einer zu werden.«

»Soll ich mit ihm reden?«

»Nein, lass mich das tun.« Sie wartete auf eine Gelegenheit, unter vier Augen mit ihm zu sprechen, und schließlich kam ein Tag, an dem sie ihn von den Feldern nach Hause reiten sah. Sie legte Mantel und Schal an und ging über den Hof. Als sie in die Scheune trat, sah sie, wie er sich zu ihr umwandte. Auf seinem Gesicht lag die finstere Miene, die sich dort für immer eingraben wollte. Abrupt sagte sie: »Ich habe dir etwas zu sagen.«

»Was ist?« Gavin wandte sich von ihr ab und nahm dem Pferd den Sattel ab. Das Tier rang nach Atem und zitterte vor Erschöpfung. Dass Gavin sein Pferd misshandelte, sagte ihr, wie weit der junge Mann sich von seinem eigentlichen Wesen entfernt hatte.

»Du benimmst dich schlecht, Gavin. Dein Vater und ich machen uns Sorgen um dich.«

»Mit mir ist alles in Ordnung«, bemerkte er bissig. Er warf den Sattel zu Boden und riss das Zaumzeug roh aus dem empfindlichen Maul der Stute.

Angharads Augen wurden hart, und als sie sprach, war auch ihr Tonfall hart. »Man sollte dich dafür auspeitschen, dass du eine gute Stute so behandelst.«

Gavin errötete, denn er liebte das Pferd. Aber er war starrsinnig und sagte: »Es ist mein Pferd, und ich behandle es, wie es mir passt.«

»Und du bist mein Sohn, also behandle ich dich genau so, wie du die Stute behandelst.« Angharads Hand schnellte vor und traf Gavin mit einem lauten Klatschen auf der Wange.

Zorniges Rot überzog sein Gesicht, und er hob die Hand, um den Schlag zu erwidern. Aber als seine Augen auf ihren unbeweglichen Blick trafen, erstarrte er – und seine Hand fiel an seiner Seite herab. »Ich ... habe das verdient«, murmelte er. Er streckte die Hand aus und tätschelte mit abgewandtem Gesicht den Nacken der Stute.

Angharad trat augenblicklich an seine Seite. Sie streckte die Hand aus und streichelte sein Kinn. Dabei sagte sie: »Ach, Gavin, was für einen schlimmen Zusammenstoß musst du mit der Frau gehabt haben! Ich weiß, dass es dir wehgetan hat.«

Er drehte sich um, und Verwirrung malte sich auf seinen Zügen. »Ich – es tut mir leid, Angharad. Ich habe mich schrecklich gefühlt, aber ich sollte es nicht an dir und Vater auslassen.«

»Möchtest du mir erzählen, was vorgefallen ist?«

Gavin zögerte, dann nickte er. »Ich muss es *irgendjemand* erzählen«, platzte er heraus. »Ich denke den ganzen Tag daran, dann liege ich im Bett und denke die ganze Nacht daran.«

»Komm, setz dich hin und erzähl es mir. Mein Vater war immer der Meinung, man sollte nichts zurückhalten. ›Lass es heraus, dann macht es dir nicht die Seele sauer!‹ Er muss das mindestens hundertmal gesagt haben.« Sie setzte sich auf ein Bündel Heu und zog ihn neben sich nieder. Er war puterrot vor Scham und Zorn, und sie dachte: *Das muss sich ändern – er wird nie im Leben ein richtiger Mann, wenn er diese Gefühle nicht loswerden kann!*

Schließlich warf Gavin die Hände hoch – zitternde Hände. »So war es, und was für ein Narr war ich, sie zu lieben!« Er schlug sich mit der Faust in die offene Hand und schrie qualvoll auf: »Ich lasse mich nie wieder zum Narren machen!«

Angharad drängte es, ihn mit guten Ratschlägen zu überhäufen, aber jetzt war nicht die Zeit dazu. Sie ließ ihn weiterjammern, dass er nie mehr eine andere Frau lieben würde, und wartete, bis er sich erschöpft hatte. Schließlich war das auch der Fall, und er saß schweigend da.

Nach einem Augenblick sagte sie: »Dir ist ein schreckliches Schicksal erspart geblieben. Francine hätte dein Leben zur Hölle gemacht.«

»Das weiß ich!«

Sie zögerte, dann fügte sie hinzu: »Sie war keine gute Frau, aber nicht alle sind so wie sie. Es *gibt* gute Frauen.«

Gavins Gesicht war gerötet von dem Aufruhr der Gefühle, die ihn bewegten, aber er legte seine Hand auf die ihre und brachte ein Lächeln zustande. »Es gibt jedenfalls eine – Angharad Wakefield.«

Sie schüttelte lächelnd den Kopf. »Nun bist du so charmant wie dein Vater.« Dann wurde sie ernst, und ihr Blick blieb ruhig an ihm hängen. Als sie schließlich sprach, schreckten ihre Worte den jungen Mann neben ihr auf. »Gavin, geh weg von hier.«

»Weggehen? Von Wakefield?«

»Geh weg von allem.« Angharad nickte. »Es gibt Zeiten, wo jeder von uns mit sich und Gott allein sein muss. Ich liebe dich, Junge, und Gott liebt dich, aber du ruinierst dich, wenn du mit der Sache nicht klarkommst.«

Gavin saß einen langen Augenblick schweigend da, dann nickte er. »Ich – ich denke, du könntest recht haben.« Er sprang auf die Füße und half ihr auf. »Ich werde Vater sagen, dass ich eine Zeit lang für mich allein sein möchte. Es gibt jetzt nicht viel zu tun, und Will kann sich um alles kümmern.«

»Gut für dich!«, sagte Angharad erfreut. Dann kehrten die beiden zum Haus zurück. Später, als Angharad und Chris darüber sprachen, sagte sie: »Wir wollen ihn in Gottes Hände legen. Das ist die einzige Medizin für ein bitteres Herz!«

★ ★ ★

Der Frühling des Jahres 1649 kam früh nach England. Gavin fühlte es, als der eisige Wind, der auf seinen Wangen brannte, sanfter wurde. Er folgte den Straßen Englands, immer in Richtung Südwesten, wobei er in kleinen Herbergen oder Privathäusern übernachtete – manchmal schlief er auch in einer Scheune. Seine Stute genoss die gemächlichen Tage, an denen sie die schmalen Straßen entlangtrabten.

Eines Tages hob Gavin den Kopf, denn er roch die See. Er trieb die Stute zu einem Galopp an und ritt, bis sich der Ozean vor ihm ausbreitete. Er lag vor ihm wie eine riesige graue Decke. Er ritt ans Ufer, dann wanderte er stundenlang herum und suchte nach Muscheln. Abends entzündete er ein Feuer aus Treibholz, saß da und lauschte dem Brüllen der riesigen Wellen, die Steine gegen die Küste zu schleudern schienen. Er war überwältigt von der Gewalt und Größe des Meeres. Am nächsten Morgen stand er bei Tagesanbruch auf und blickte über das Wasser hinweg, und ein Gefühl für die Macht Gottes überkam ihn. *All das zu erschaffen! Den Ozean und das Land und die Berge!* Als er den Blick hob, sah er das ferne Blinken der Sterne und dachte an die ungezählten Mengen von Himmelskörpern, die sich durch den Kosmos bewegten … und er betete Gott an, der das alles gemacht hatte.

Ich muss öfter allein sein, in der freien Natur, so wie jetzt, dachte er, als er die Stute sattelte. Er ritt gemächlich die Küste entlang und kam nach vielen Tagen nach Cornwall, von dem einige sagen, es sei die Heimat von König Arthur gewesen. Er gelangte nach Land's End und setzte sich auf einen Felsvorsprung, um über das Meer hinauszublicken.

Weiter kann ich nicht mehr gehen, dachte er. *Hier werde ich Gott finden!*

Eine Woche lang wanderte er die zerklüftete Küste entlang. Die raue Schönheit der Küste faszinierte ihn. Er wohnte in einer kleinen Herberge und aß einfaches Essen. Die Bewohner der Herberge waren nie in London gewesen und drängten so sehr danach, Geschichten darüber zu hören, als wäre vom fernen China die Rede. Gavin fand heraus, dass sie über die Hinrichtung des Königs bestürzt waren.

»Nichts Gutes wird dabei herauskommen!«, sagte der Herbergsvater und nickte. »Hört auf mich, wir werden schlimme Zeiten erleben. Blut bringt wieder Blut hervor!«

»Da könntest du recht haben«, stimmte Gavin zu. Er wollte nicht über Politik zanken, also brachte er das Gespräch auf andere Dinge. Am nächsten Tag verließ er die Herberge und machte sich die Küste entlang auf den Rückweg. Schließlich wandte er sich von der Küste ab, und in der ersten Nacht, die er im Inneren des Landes verbrachte, fand er den Frieden, den er suchte.

Es geschah so schlicht und einfach, dass er kaum glauben konnte, dass es die Wirklichkeit war. Wochen hindurch hatte er mit seinem Hass auf Francine und Henry Darrow gekämpft. Was er auch versuchte, der Hass war immer da. Aber die Tage, die er allein verbracht hatte, waren produktiver gewesen, als ihm selbst bewusst gewesen war. Er hatte seine Gedanken von seinen eigenen Problemen abgekehrt; zuerst hatte er sich der großartigen Welt um sich zugewandt, dann dem Gott, der das alles gemacht hatte.

Er machte ein Feuer und bereitete sich ein einfaches Mahl, dann rollte er sich in seine Decke und beobachtete die Flammen. Der Wind stöhnte sanft in den Zweigen über ihm, aber er konnte die Sterne sehen, die wie glitzernde Eispunkte den Himmel überzogen.

Ein Bibelvers fiel ihm ein, einer, den Owen ihm oft vorgelesen hatte – aber er erinnerte sich nicht so sehr an den Vers, als dass ihm Owen Morgans Stimme wieder und wieder im Ohr klang, wie sie im Tonfall tiefer Ehrfurcht zitierte: »Du bist würdig, oh Herr, Preis und Ehre und Macht zu empfangen, denn du hast alle Dinge geschaffen, und durch deinen Willen existieren sie und wurden geschaffen.«

Lange Zeit lag er da, und die Stimme seines toten Freundes hallte in ihm wider. Die Worte drangen tief in sein Inneres, und schließlich flüsterte er: »Aber damit bin ja auch *ich* gemeint! Nicht nur die Welt und die Sterne ... von *allen* Dingen ist hier die Rede! Ich wurde geschaffen, um Gott Freude zu machen!«

Der Gedanke war Gavin noch nie gekommen, und er lag da und rang um Verständnis. *Wie kann ein Mann Gott Freude machen? Und schon gar ein so törichtes Geschöpf wie ich?*

Schließlich überkam ihn Gewissheit, nicht auf logische Weise, sondern als eine innere Überzeugung – ebenso, wie er wusste, dass er seinen Vater liebte, ohne dass er sich selbst erst gute Gründe dafür anführen musste. Er stand auf und legte Holz aufs Feuer, dann stand er da und blickte darauf hinunter, und schließlich debattierte er laut mit sich selbst, sodass seine Stimme die Nachtgeschöpfe aufschreckte. »Gott erschuf mich, um sich Freude zu machen, und die ganze Zeit dachte ich, es sei umgekehrt. Ich dachte, Gott hätte Himmel und Erde mir zuliebe gemacht. Aber ... ich bin keine Freude für Gott. Nicht, wie ich jetzt bin!«

Er dachte plötzlich an Owen und lächelte: »*Du* hast Gott Freude gemacht, alter Freund. Das bezweifle ich nicht. Aber ich bin kein Owen Morgan.«

Der Wind schwoll an und flaute wieder ab, und als er dastand, fühlte Gavin, wie eine Wahrheit in ihm aufkeimte, obwohl er keine hörbare Stimme hörte.

Nein, mein Sohn, du bist nicht Owen. Du bist Gavin Wakefield – der Einzige, den es je geben wird. Wenn du Gott nicht liebst und ihm nicht dienst, wird er für allezeit etwas verlieren, woran er sich in Ewigkeit erfreuen sollte. Das ist es, was Gott Freude macht, die Liebe und Anbetung eines menschlichen Wesens, das dazu geschaffen wurde, mit Gott zu leben.

Gavin begann zu weinen, und er betete unter Tränen. Als alles vorbei war, fühlte er sich matt und schwach – und er entdeckte bestürzt, dass er keinerlei Böswilligkeit mehr hegte, nicht einmal gegen Francine und Darrow!

»Aber – es ist ja alles weg!«, schrie er auf und warf selbstvergessen die Hände hoch. »Gott, das ist alles dein Tun! Nun lass es nie wieder zurückkommen!« Seine Stimme hallte laut, und als er am nächsten Morgen die Stute bestieg, sah er sich um. »Dies ist heiliger Boden, aber ich kann nicht hierherkommen und hier leben. Ich habe etwas anderes zu tun.«

Ein Gedanke war in ihm aufgekeimt, und mit einem Gefühl der Freude und Erregung lenkte er die Stute die Straße entlang. Er musste nach Wakefield zurückkehren.

Tage später erkannte Gavin in einem Reiter, der sich näherte, den Müller von Wakefield, William Hollis. Er spornte sein Pferd an.

»William«, rief er, als er nahe kam und das Pferd anhielt, »was treibt dich von zu Hause fort?«

Hollis war ein ausgezeichneter Müller, aber seine Rede war beinahe unverständlich. Seine Zunge schien zu groß für seinen Mund, wie bei König Jakob I., und seine Rede war ein solches Kauderwelsch, dass man genau hinhören musste. Selbst dann konnten viele kaum ein Wort davon verstehen, was der Mann redete.

»Ach, junger Herr!«, seufzte William. »Ihr wart lange weg, und dass Ihr zu einem solchen Zeitpunkt zurückkommen müsst!«

Das stieß er unter Stöhnen hervor, und Gavin erfasste nicht alles, aber er erschrak bei den Worten. »Ist jemand tot?«

Wieder brabbelte der Müller: »Es ist Mistress Susanne, Sir. Es geht ihr schlecht.«

»Was ist mit ihr – die Pest?« Kälte überkam Gavin, Furcht umklammerte wie eine Faust seine Kehle. Er lauschte angestrengt und bemühte sich, die Worte zu erkennen. Schließlich fand er heraus, dass Susanne im Sterben lag und dass Hollis unterwegs war, um den Arzt zu holen.

»Aber Lady Wakefield sagt, das arme Mädchen wird nicht überleben – ho, wartet, Mr Gavin –«

Aber Gavin spornte die verblüffte Stute zu einem wilden Galopp an. Als die Bäume vorbeijagten, erfüllte ihn dumpfe Verzweiflung, und plötzlich sah er sich – und sein Herz – mit neuer Klarheit.

Ich war ein Narr! Die ganze Zeit war sie an meiner Seite!

Das Dorf kam in Sicht, und er hielt geradewegs auf das Schloss zu, während er betete: »Gott, Gott ... lass sie nicht sterben. Nicht jetzt!«

Die Straße zum Schloss führte an einem Feld entlang, das von riesigen Bäumen flankiert wurde. Als er vorbeijagte, fiel sein Blick auf jemand, der gebückt im hohen Gras stand. Er ließ das Pferd noch ein paar Schritte tun, dann zügelte er es scharf. Als er herumwirbelte, hing sein Blick an einer Frau – und dann schrie er auf: »Susanne!«

Susanne hatte den Reiter vorbeijagen gesehen, aber nicht bemerkt, dass es Gavin war. Nun ließ sie die jungen Frühlingsblumen zu Boden fallen und hatte gerade noch Zeit aufzuschreien – »Gavin –«, bevor er das Pferd zum Stehen brachte und beinahe aus dem Sattel fiel. Sie sah sein bleiches Gesicht und den wilden Blick in seinen Augen und schrie auf: »Gavin, was stimmt nicht?«

Aber mehr zu sagen blieb ihr keine Zeit, denn er schlang die Arme um sie, zog sie eng an sich und hielt sie so fest, dass er ihr wehtat. Sie keuchte vor Schmerz und versuchte nachzudenken, aber er vergrub sein Gesicht an ihrem Nacken und flüsterte wie ein Verzweifelter ein ums andere Mal ihren Namen.

Sie zog sich zurück und sah erschrocken, dass Tränen in Gavins Augen standen. »Was – was ist los?«, fragte sie, aber er konnte nur den Kopf schütteln. Er brachte keine Worte über die Lippen. Seine Arme hielten sie fest umschlungen, und wider Willen empfand sie Vergnügen in seiner Umarmung.

»William Hollis ... er sagte, du lägest im Sterben«, brachte Gavin schließlich hervor. »Ich wäre beinahe verrückt geworden!«

Ein Schauer der Freude durchrieselte Susanne, aber sie schob ihn beiseite. *Er fürchtete nur den Verlust einer guten Freundin*, sagte sie sich selbst, dann sagte sie: »Nein, nein, Gavin, *Susan* ist so krank, nicht ich.«

»Susan ... unsere Köchin?«

»Ja, aber Angharad sagt, sie wird wieder gesund werden.«

Gavin hielt Susanne immer noch eng umschlungen, und sie sagte: »Gavin ... lass mich los! Jemand könnte uns sehen!«

Er blickte nur auf sie nieder und schüttelte den Kopf. Er war so erschüttert wie nie zuvor in seinem Leben, und er hatte nicht die Absicht, ihren soliden, lebendigen Körper so schnell loszulassen. Im Augenblick wünschte er sich nichts anderes. »Sollen sie uns doch sehen! Mir ist es gleich!«

Susanne spürte, wie seine Arme sie fester umschlangen, und sie blickte wild um sich, dann sagte sie: »Was stimmt nicht mit dir, Gavin?«

»Nichts stimmt nicht mit mir – wenigstens nicht jetzt!«

»Du siehst so – so *seltsam* aus!« Susannes Gesicht war nur wenige Zoll von dem seinen entfernt, und sie spürte, wie seine Arme sie immer noch fester umschlossen. »Gavin, das ist nicht *recht*!«

»Doch, das ist es«, sagte Gavin entschieden. Er holte tief Atem, dann fuhr er fort: »Ich habe dir so viel zu erzählen –«

»Kannst du mich nicht loslassen und es mir im Haus erzählen?«

Gavin schüttelte den Kopf. »Nicht alles, aber einen Teil. Schließlich werden wir ein Leben lang Zeit haben, dass wir uns Dinge erzählen können, Susanne. Aber jetzt und hier – werde nicht zornig, aber ich küsse dich jetzt.«

Susanne wurde nicht zornig. Sie schloss einfach die Augen und überließ sich der Umarmung. Dann, als er den Kopf hob und sagte:

»Liebling, ich liebe dich!«, zog sie seinen Kopf herunter und küsste ihn!

Dann wich sie zurück, und Staunen klang aus ihrer Stimme. »Ich habe dich seit meiner Kindheit geliebt, aber ich dachte nie, dass du mich auch lieben würdest. Bist du sicher, Gavin?«

Gavin nickte. »Siehst du die Sonne da oben? Wenn diese Sonne erlischt, dann werde ich vielleicht aufhören, dich zu lieben.«

Susanne forschte in seinem Gesicht, dann beugte sie sich vor und lehnte das Gesicht an seine Brust. Tränen brannten ihr in den Augen, und sie presste die Lider zusammen. Sie und Gavin standen mitten in dem Feld, hingerissen vom Glanz frisch erklärter Liebe, sich ihrer Gefühle füreinander endlich gewiss ... und völlig ahnungslos, dass sie beobachtet wurden.

Chris und Angharad hatten das Ganze von einem Fenster hoch oben im Haus beobachtet. Nun legte Chris den Arm um seine Frau und schüttelte den Kopf. »Nun, es sieht so aus, als sollten wir doch noch eine Schwiegertochter bekommen, nicht wahr, Frau?«

Angharad lächelte. Sie erinnerte sich an die letzten Worte ihres Vaters zu Gavin und flüsterte: »Ja, und sie ist eine gottgefällige Frau!«

Sie sahen zu, wie die beiden im Feld sich von Neuem umarmten, dann sahen sie, wie Gavin Susanne in die Arme nahm und im Kreis herumschwang, wobei er wild im hohen Gras herumtanzte.

Angharad warf Chris einen listigen Seitenblick zu. »Du machst das niemals mit mir, Christopher.«

»Nein? Warte –«

Hope lag in der Nähe und schlug sich mit einem pummeligen Fäustchen ins Auge. Aber sie hielt inne und sah interessiert zu, wie der Mann, der immer ihren Nacken kniff und ihre Wangen kitzelte, die Frau aufhob, die ihr zu essen gab, und mit ihr durch das Zimmer zu tanzen begann.

Schließlich wurde es ihr langweilig, und sie begann, sorgfältig ihre Finger zu betrachten. Das freudige Lachen drang nur unbestimmt an ihre Ohren.

Mehr über Wakefield in Band 4
»Stärke des Herzens«

1
EINE BEHERZTE FRAU

Plötzliche Anspannung durchschauerte Leah Grayson, als sie den Klang von Pferdehufen hörte. Sie ging zum Fenster und spähte vorsichtig hinaus. Beim Anblick zweier schwer bewaffneter Soldaten, die eben von ihren Pferden abstiegen, presste sie grimmig die Lippen zusammen und schob den Türriegel vor. Sie hatte am Vortag Kanonendonner gehört und wusste, dass überall rund um ihr Haus die Schlacht tobte. Erst vor Kurzem waren mehrere Gruppen Berittener vorbeigezogen, aber keine hatte angehalten.

Warum können sie uns nicht in Frieden lassen?, dachte Leah. Zorn stieg in ihr auf, als die Stimmen lauter wurden. Ihre Tante und ihr Onkel hatten sie davor gewarnt hier zu bleiben, und in Unheil verkündendem Ton davon gesprochen, dass sie dann den feindlichen Soldaten auf Gnade und Ungnade ausgeliefert wäre. Dennoch hatte sie sich geweigert, das Vieh zu verlassen. Zu oft in ihrem jungen Leben hatte sie die Bitterkeit der Armut verspürt. Das Vieh zu verlieren wäre mehr, als sie ertragen konnte.

»Wenn Prinz Ruperts Männer kommen, bist du in großer Gefahr«, hatte ihr Onkel sie bedrängt. »Keine Frau ist vor ihnen sicher!«

»Sie sollen es nur wagen, die Hand gegen mich zu erheben«, hatte sie geantwortet, und ihre Augen waren schmal geworden. »Sie würden sich rasch am falschen Ende einer Heugabel wiederfinden! Gott hat uns dieses Heim und diese Tiere geschenkt, und ich werde sie nicht aus Furcht im Stich lassen!«

Die Tür erzitterte, und eine laute Stimme schrie mit einem Fluch: »Mach auf!«

Offensichtlich sollte sie Gelegenheit bekommen, ihre kühnen Worte zu beweisen.

Verstohlen wich Leah an die Wand zurück. Ihre Hände ballten sich zu Fäusten. *Vater Gott*, betete sie, *gib mir Weisheit ... und Mut!* Sie schlüpfte aus dem Zimmer und eilte in die Küche. Während die Vordertür unter gewaltigen Schlägen erzitterte, sah sie sich nach allen Seiten um, dann ging sie zum Tisch. Eben als ihre Hand sich um den Griff eines Fleischermessers schloss, hörte sie, wie die Vordertür aufsprang.

Hastig eilte sie in den Flur und sah dort einen großen Mann mit einem Schwert in der Hand ihr Heim betreten. Ihm folgte ein weiterer Mann. Beide trugen die Uniformen von Ruperts Kavallerie.

»Na, was ist denn das?« Der Größere der beiden war ein grober Kerl mit einem roten Gesicht, das zum größten Teil unter einem dicken rotbraunen Bart verschwand. Das Haar hing ihm in langen Locken über den Rücken – eine Mode, für die die Kavalleristen eine Vorliebe hatten – und seine Augen waren grausam. Er wandte sich dem anderen Soldaten zu und grinste. »Sieht so aus, als hätten wir eine Gefangene gemacht, Matthew.«

Der andere Mann war viel kleiner und hatte scharfe, füchsische Gesichtszüge. Er näherte sich Leah. Seine schieferblauen Augen glitzerten. »Komm schon, Fräuleinchen, rück heraus, was im Haus ist.«

»Hier gibt es kein Geld, Sir«, antwortete Leah. Ihre Stimme war ruhig, aber bestimmt. »Wir sind arme Leute.«

»Lüg mich nicht an, Mädchen!« Der Soldat namens Matthew bewegte sich wie eine zustoßende Schlange, seine Hand schoss vor und packte den Arm des Mädchens. Leah zwang sich, ruhig zu bleiben. Das Messer hielt sie in den Falten ihres Rockes verborgen.

Sie würde keinen Gebrauch davon machen, es sei denn, sie ließen ihr keine andere Möglichkeit.

Der Mann, der sie festhielt, betrachtete sie aus schmalen Augen. »Wir wissen, dass du das Silber versteckt hast. Halt uns nicht zum Narren. Sieh dich einmal um, Charles. Du kennst diese Schweine.«

»Genau!« Der große Mann legte sein Schwert ab und begann die kleine Hütte zu durchwühlen, wobei er die mageren Besitztümer grob durcheinander warf. Er schritt in den anderen Raum hinüber, riss dort alles in Stücke, dann kam er heraus und knurrte: »Nichts als Lumpen und alter Kram, Matthew.«

»Dann hat sie es vergraben.« Matthews Blick hing an Leahs Gesicht. »Hör mal, Mädchen, wir kriegen deinen Kram, also rück ihn freiwillig raus, verstanden? Hat keinen Sinn, wenn du dir selber Schwierigkeiten machst.«

Leahs Gesicht war bleich, aber sie antwortete ihm ruhig: »Ich habe es Euch bereits gesagt, Sir, wir besitzen nichts.«

Ein Ausdruck des Widerwillens huschte über Matthews Gesicht und er streckte die Hand aus, ergriff Leahs Kinn und hob es an, sodass sie den Kopf in den Nacken legen musste. Sie hielt seinem Blick unbewegt stand, als er sie mit Flüchen überschüttete und verlangte, dass sie das Versteck ihrer Schätze verrate.

Charles spähte in einen Topf, der über einem kleinen Feuer hing. Er krauste die Nase und sagte ärgerlich: »Schweinefraß! Nur für Schweine genießbar!« Er näherte sich seinem Gefährten, der die junge Frau festhielt, und ein listiger Ausdruck trat auf seine platten Züge. Er blinzelte seinem Spießgesellen zu. »Na, wenn sie uns schon nichts anderes gibt, dann kann sie uns doch ein bisschen Spass machen, oder?«

»Das nenn ich eine Idee.« Matthew grinste und bewegte seine Hand von Leahs Gesicht zu ihrem Arm. Dann erstarrte er mitten in der Bewegung, sein Mund klaffte auf, als er Leah fassungslos anstarrte. Sie hatte plötzlich das Messer zum Vorschein gebracht und presste die Spitze gegen seine Kehle. »Was zum –!«, prustete er, dann schnappte sein Mund zu, als Leah das Messer ein wenig fester anpresste.

Charles machte eine Bewegung, als wollte er ihren Arm packen, aber sie warf ihm einen warnenden Blick zu. »Wenn Ihr Euren Freund nicht sterben sehen wollt«, sagte sie, und ihre Stimme war kalt, »dann weicht Ihr jetzt bis an die Wand zurück.«

Er blickte Matthew unsicher an. Der quakte: »Tu, was sie dir sagt, du Tölpel! Bevor sie mir den Hals abschneidet!«

Leah beobachtete, wie der Soldat sich langsam entfernte, bis sein

Rücken die Wand berührte. Sie fing Matthews Blick auf – und ein eisiger Schauer überkam ihn, denn er fand den Stahl im Blick der Frau wieder. »Wenn Ihr mir schon sonst nichts glaubt«, sagte sie zu dem Mann, ohne seinen Blick eine Sekunde lang loszulassen, »so glaubt mir dies: Ich werde von diesem Messer Gebrauch machen, um mich zu schützen.« Sie steigerte den Druck ein wenig, um ihre Worte zu unterstreichen, und bemerkte befriedigt, wie die Augen des Mannes sich weiteten. »Auf jede Weise. Lasst mich jetzt los.«

Der Mann ließ langsam ihren Arm los.

Gott, was soll ich jetzt tun?, betete sie. Sie fühlte sich ein wenig verzweifelt. Es war eine Sache gewesen, den Angriff zu stoppen, aber wie sollte sie diese Männer zwingen, ihr Heim zu verlassen, ohne dass es zu weiteren Auseinandersetzungen kam?

Plötzlich drang eine Stimme von der Tür her.

»Braucht Ihr hier Hilfe, Miss?«

Aufgeschreckt wandte Leah den Kopf in die Richtung, aus der die Stimme kam, wobei sie darauf achtete, das Messer an seinem Platz zu lassen. Aber als sie das tat, nutzte Charles ihre Unaufmerksamkeit aus und sprang vor, um sein Schwert zu packen.

»Vorsicht!«, schrie Leah dem Neuankömmling zu, einem hochgewachsenen jungen Mann, der die Uniform von Cromwells Truppen trug. Zum Glück balancierte er ein Schwert locker in der großen Hand. Er war so groß wie die beiden anderen Soldaten und die Art, wie er sich auf den nun bewaffneten Charles zubewegte, hatte etwas Bedrohliches an sich.

»Legt die Waffe weg und wir sind quitt«, sagte der junge Soldat mit ruhiger Stimme. »Wenn nicht, bin ich gezwungen, Euch niederzuhauen.«

Augenblicklich hielt Charles sein Schwert in Bereitschaft, ein rüpelhaftes Lächeln auf den Lippen. »Wir werden sehen, wer hier wen zerhaut!« Er tat einen Schritt vor, das Schwert in der ausgestreckten Hand, und als er nahe genug war, stieß er einen Schrei aus und schwang es mit einer lange geübten Bewegung – aber es berührte seinen Gegner nicht, denn das Schwert des anderen wirbelte schneller, als das Auge folgen konnte, und traf ihn voll an der Schläfe. Charles fiel lautlos zu Boden. Das Weiße in seinen Augen wurde sichtbar, während das Blut aus dem Schnitt an der Seite seines Kopfes tropfte.

Der Soldat wandte sich Leah zu und beobachtete, wie sie Matthew in Schach hielt. Ein Lächeln breitete sich über sein Gesicht und ein bewundernder Blick trat in seine Augen. »Nun, Ihr scheint den einen ja gut unter Kontrolle zu haben«, sagte er.

Leah errötete. Sie konnte nicht anders, ein Lächeln kräuselte ihre Lippen zur Antwort. »Ich wüsste es sehr zu schätzen, wenn Ihr Euch an meiner Stelle um ihn kümmern würdet«, sagte sie. »Ich bin seiner Gesellschaft müde, aber ich fürchte, er wird mich nicht freiwillig verlassen.«

»Nun, Sir«, sagte der Mann, und sein Blick nagelte Matthew fest. »Was sagt Ihr? Wollt Ihr mir ruhig folgen, um Euch zu Cromwells anderen Gefangenen zu gesellen, oder soll ich zulassen, dass die schöne Dame Euch ein Ende macht?«

Matthews einzige Antwort war ein zorniges Gurgeln, denn der Druck von Leahs Messer hinderte ihn sehr wirkungsvoll am Sprechen.

»Fein, es freut mich, dass Ihr Euch so willig ergebt«, sagte der hochgewachsene Soldat. Sein Lächeln wurde breiter. »Wenn Ihr nun so freundlich sein wollt und die Hände ausstreckt?«

Matthew tat wie geheißen, und der junge Mann zog eine Lederschnur aus der Tasche. Dann drehte er die Hände des Schurken hinter seinen Rücken und band sie sicher fest. Jetzt erst ließ Leah das Messer sinken.

»Es hat mich gefreut, Euch kennenzulernen, meine Dame«, sagte der Soldat. Er packte Matthew am Arm und stieß ihn auf den immer noch bewusstlosen Charles zu. Er band auch die Hände des reglosen Mannes, dann stieß er Matthew neben seinem Spießgesellen zu Boden.

Als seine Gefangenen sicher gefesselt waren, wandte er sich um und trat auf sie zu. »Mein Name ist John Bunyan. Ich bin in General

Cromwells Armee.« Er hatte ein angenehmes Gesicht, und Sorge malte sich in seinen blauen Augen, als er fragte: »Seid Ihr in Ordnung? Sie haben Euch doch nichts angetan?«

»Nein, Sir, durch Gottes Gnade ist mir nichts geschehen.«

Bunyan sah, dass sie zwar keine außergewöhnlich attraktive junge Frau war, aber ihre Züge waren regelmäßig und sie hatte eine gute Figur. Aus milden braunen Augen sah sie ihn an, und üppiges kastanienbraunes Haar stahl sich unter ihrem Häubchen hervor. Ihre Lippen hatten etwas Sanftes an sich, und die ebenmäßigen Linien ihres Gesicht gaben ihrem Ausdruck etwas Graziöses. Sie war nicht groß, und als sie dastand und zu ihm aufblickte, dachte er, dass sie etwas beinahe Kindliches an sich hatte. Dennoch, die Art, in der sie den beiden Männern gegenübergetreten war, war alles andere als kindlich gewesen. Er hatte keinen Zweifel daran, dass sie eine erwachsene Frau war.

»Nun, da bin ich ja froh, dass ich gerade des Weges kam«, sagte er und nickte. »Der Rest meiner Schwadron ist nicht mehr als eine halbe Meile entfernt. Ich kam zu Eurem Haus, um etwas zu trinken zu finden –«

»Oh, wir haben einen guten Brunnen! Ich will Euch gleich frisches Wasser holen!« Leah eilte zum Brunnen und Bunyan folgte ihr. Während er das frische, kühle Wasser trank, erzählte sie ihm, wie ihre Tante und ihr Onkel geflohen waren. »Sie beschworen mich, mit ihnen zu kommen, aber ich konnte Lucy und Alice nicht alleinlassen.«

»Lucy und Alice?«, fragte Bunyan. »Sind das Eure Cousinen?«

Sie lachte plötzlich, und zwei Grübchen erschienen in ihren Wangen. »Oh nein – das ist die Kuh und das neue Kalb! Ich konnte doch nicht zulassen, dass die Soldaten sie abschlachten!«

Er lächelte und genoss den Klang ihres Lachens. »Das ist sehr nett von Euch, und ich bin überzeugt, Lucy und Alice sind Euch gebührend dankbar.« Bunyan setzte sich auf den Brunnenrand und hörte der jungen Frau zu. Er war müde und das Wasser war erfrischend – außerdem hatte er schon eine ganze Weile nicht mehr mit einer jungen Frau gesprochen. Er fand sie anziehend und wäre gern länger geblieben, aber er wusste, dass er das nicht tun konnte. So schüttelte er die Müdigkeit von seinen breiten Schultern und sagte: »Ich muss diese beiden ins Lager schaffen. Danke für das Wasser.«

Leah blickte zu ihm auf. Der Ausdruck in ihren Augen war warm. »Und danke für Eure Hilfe, Sir. Ich wusste nicht mehr, was ich als Nächstes tun sollte. Ich bezweifle, dass ich diese beiden hätte länger in Schach halten können, ohne dass irgendjemand ein schlimmes Ende genommen hätte. Ich wünschte, ich könnte mich Euch erkenntlich zeigen.« Ein Gedanke kam ihr und sie fragte: »Vielleicht könntet Ihr zum Essen bleiben? Mein Onkel und meine Tante sind nicht weiter als eine Meile von hier versteckt. Ich werde sie sofort holen, jetzt, wo der Krieg vorbei ist.«

»Nun, das ist sehr freundlich von Euch«, sagte Bunyan und sie sah ehrliche Freude in seinen Augen. »Ich muss zurück zu den anderen, aber ich glaube, wir werden hier eine Weile kampieren. Wenn ich Urlaub bekommen kann, werde ich kommen und Eure Kochkunst versuchen.« Er lächelte sie an.

Leah erwiderte sein Lächeln. »Gott muss Euch gesandt haben, Mr Bunyan.«

Überrascht starrte Bunyan in ihr eifriges Gesicht. »Nun, ich weiß nicht recht. Ich bin kein Christenmensch.«

Aber Leah nickte, und ihre Augen waren warm vor innerer Gewissheit. »Das hat nichts zu besagen, denn Gott gebraucht alle Menschen, wie es *ihm* gefällt. Und er hat Euch gewiss hierher gesandt, um mir zu helfen. Gepriesen sei sein Name!«

Bunyan fühlte sich von Leahs schlichtem Glauben angezogen. Sie hatte etwas Reizvolles an sich, und er entschloss sich, sie näher kennenzulernen. »Ich nehme Eure Einladung an, Miss. Ich werde so bald wie möglich zurückkehren.« Er lud Charles' reglosen Körper auf ein Pferd, band ihn fest, dann bestieg er das zweite Pferd und führte den mürrischen Matthew die Straße entlang davon. Als er einen Blick zurückwarf, sah er die junge Frau dastehen und ihm nachsehen. Sie winkte ihm zu, und als er die Geste erwiderte, zog ein Lächeln über sein Gesicht.

Ja, das ist wirklich eine feine, tapfere junge Frau! Ich wüsste nur zu gerne, ob sie auch kochen kann!

★ ★ ★

Drei Wochen waren vergangen, seit Prinz Ruperts Streitkräfte vom Schlachtfeld bei Naseby gejagt worden waren. Für Leutnant Gavin Wakefield war die Zeit in gesegnetem Frieden verlaufen. An diesem Morgen hatte er sein Pferd bestiegen und sich auf die Suche nach seinem Freund John Bunyan gemacht. Bunyan war ein kräftiger junger Mann von siebzehn Jahren; er war mit einem rosigen Gesicht und einem Paar hellblauer Augen gesegnet und unter den Männern für sein fröhliches Wesen bekannt.

Aber die Freundschaft des Leutnants mit dem jungen Soldaten hatte tiefere Gründe: Bunyan hatte in einer früheren Schlacht Gavins Leben gerettet. So kam es, dass Wakefield in den darauffolgenden Kampagnen stets darauf achtete, ein Auge auf seinen neuen Freund zu haben.

Als er dahinritt, flatterte Gavins aschblondes Haar sanft in der Brise, und seine blaugrauen Augen durchforschten das Lager. Es dauerte nicht lange, bis er Bunyan an der improvisierten Schmiedeesse fand, wo der junge Mann damit beschäftigt war, die beschädigte Parierstange eines Schwertes zu reparieren.

Als Gavin sich aus dem Sattel schwang, sagte er fröhlich:»Nun, John, wie geht es dir mit deinem Liebeswerben?«

John, dessen Gesicht von der Hitze der Esse doppelt so rot war wie sonst, warf seinem Freund einen vorwurfsvollen Blick zu.»Nun, Herr Leutnant, so würde ich es nicht nennen.« Er senkte den Blick und versetzte dem glühenden Metall ein paar geschickte Hammerschläge, dann tauchte er es in einen Zuber mit Wasser. Während es zischte, wandte er sich wieder Gavin zu. Sein Gesicht war ernster als gewöhnlich. »Ich habe einer Frau nichts zu bieten, also kann ich auch keine umwerben, oder?«

Gavin lehnte sich an die hochaufragende Ulme, die Bunyan Schatten spendete. Die Truppe hatte die Erlaubnis bekommen, sich auszuruhen, und er hatte den Müßiggang genossen. Cromwell war nach der Schlacht nach London gereist und die Disziplin hatte nachgelassen. Als Gavin nun Bunyans hochgewachsene Gestalt betrachtete, wurde ihm klar, dass er nicht die geringste Vorstellung davon hatte, was ein Mann aus Bunyans sozialer Schicht vom Hofmachen hielt. Wakefield, der aus einer reichen Familie stammte, kannte nur die Sitten seiner Klasse. Er hob den Blick, und während Bunyan geschickt an der metallenen Parierstange arbeitete, fragte er: »Was wirst du tun, wenn du nach Elstow zurückkehrst?«

»Zu dem zurückkehren, was ich kenne, Sir.«

Gavin beobachtete ihn stumm und wählte seine nächsten Worte sehr sorgfältig. »Wenn du möchtest, könnte ich meinen Vater fragen, ob wir dich in Wakefield gebrauchen können. Dort gibt es jede Menge Arbeit.«

Bunyan blickte auf und lächelte. »Das ist sehr freundlich von Euch, Sir. Aber mein Vater erwartet von mir, dass ich ihm helfe.«

»Und wie steht es mit einer Ehefrau? Hättest du nicht gerne deine eigene Familie?«

»Ob ich das nun möchte oder nicht, Sir, ich habe einer Frau nichts zu bieten. Ich möchte einen Menschen, der mir am Herzen liegt, nicht bitten, meine Armut zu teilen.«

Gavin nickte. Er hatte vollstes Verständnis für diese Argumente. Und dennoch ... Bunyan schien mehr als nur oberflächlich interessiert an der jungen Frau. *Ach was, es ist nicht meine Sache*, sagte sich Gavin und wandte sich anderen Themen zu.

Im Lauf der nächsten zwei Wochen besuchte Bunyan Leah fünfmal. Er freute sich mehr und mehr auf das Zusammensein. Ihr Haus – oder besser gesagt das Haus ihres Onkels – lag nur fünf Meilen vom Lager entfernt, also kam Bunyan oft zu Besuch, wenn die Sonne eben die Hügel im Osten berührte. Für gewöhnlich begrüßte ihn Leahs Onkel, ein wackerer alter Mann namens Henry Jacobs. Jacobs hatte nicht viel übrig für Soldaten, aber er hatte Bunyan näher kennengelernt; der Humor und der Charakter des jungen Mannes hatten sein Herz gewonnen, sodass die beiden gute Freunde geworden waren. John hatte seine Geschicklichkeit auch Jacobs zugute kommen lassen. Alles hatte er repariert, was eine Reparatur brauchte. Das machte ihn bei Leah und ihrem Onkel umso beliebter.

Eines Samstags arbeitete Bunyan bis zum späten Nachmittag im Militärcamp, dann bat er um Urlaub bis zum Morgen. Sein Sergeant grinste ihn an. »Sag der jungen Frau meinen Gruß, Bunyan. Und bring mir wieder einen ihrer Kuchen mit, wie das letzte Mal.«

»Das mache ich, Sir«, antwortete er, und auf seinem Gesicht lag ebenfalls ein Grinsen. Er hatte schon längst bemerkt, dass sein Kommandant eine Schwäche für Hausmannskost hatte. So hatte er Leahs Talente geschickt genutzt und konnte sicher sein, dass seine Urlaubsgesuche wohlwollend behandelt wurden.

Er begab sich zum Häuschen der Jacobs, und nach einem köstlichen Abendessen begleitete er Leah, als sie das Vieh füttern ging. Er half ihr dabei, dann führte er sie zu einer alten Eiche und setzte sich neben ihr nieder. Sie ruhten sich in freundlichem Schweigen aus und beobachteten die Sterne.

Schließlich wandte Bunyan sich um und forschte in Leahs Gesicht. »Ich gehe nächste Woche weg«, sagte er zögernd.

»Du gehst?« Leah wandte sich augenblicklich zu ihm um. »Zieht die Armee weiter?«

»Nein, einige unserer Truppen haben den Abschied bekommen. Ich kehre nach Elstow zurück.«

»Oh.« Leah blickte einen Augenblick auf ihre Hände nieder, dann flüsterte sie: »Ich – ich werde dich vermissen, John.«

»Wirst du das wirklich?« Seine Stimme hatte einen neckenden, aber zärtlichen Unterton.

Sie blickte auf und begegnete vorwurfsvoll seinem Blick. »Du weißt, dass ich es tun werde!«

Das silberne Licht des Mondes badete ihr Gesicht. Sie wirkte sehr jung und beinahe hübsch. Sie trug ihr bestes Kleid, und als er sie anblickte, sprach John den Gedanken laut aus, der ihn seit vielen Tagen beschäftigte.

»Leah, ich habe kein Geld. Nur meinen Sold von der Armee. Aber ich bin ein guter Arbeiter. Alle sagen das.«

Leah schwieg und wartete, dass er weiterredete, aber er blickte beiseite, als wäre er plötzlich verlegen geworden. Sie streckte die Hand aus und legte sie auf die seine – es war das erste Mal, dass sie ihn so berührte. Er blickte sie überrascht an. Sie sagte mit weicher Stimme: »Du bist der freundlichste Mann, den ich je kennengelernt habe, John.«

Ihre Worte ließen Bunyans Augen aufleuchten und er schloss seine Hand um die ihre. »Leah ... hast du mich je als einen Mann betrachtet, den du heiraten könntest?«

Leah nickte, dann wisperte sie: »Ja, das habe ich.«

Johns Herz schien zu singen. Er zog sie in seine Arme. Sie war klein und zerbrechlich, und ihre Lippen waren weich und süß, als er sie küsste. »Ich habe dich sehr gern«, sagte er, während er sich zurückzog. »Wir werden arm sein, aber du wirst mich niemals niederträchtig erleben. Ich werde dir ein guter und getreuer Ehemann sein.«

»Oh, John!« Leah klammerte sich glücklich an ihn. Sie wusste, bei diesem großen Mann war sie sicher. »Wir werden einander haben, und wir werden Gott haben!« Sie zog sich zurück und Tränen standen ihr in den Augen, als sie sagte: »Gott hat dich zu mir gesandt. Das weiß ich!«

John zog sie eng an sich, und als sie sich an seine Seite kuschelte, war er voll Staunen, dass diese Frau – dieser wunderbare Schatz – ihm gehören sollte. Er lehnte die Wange an ihr weiches Haar und flüsterte: »Ja, Liebste, ich weiß es auch. Komm, wir wollen es deinen Leuten sagen.«

Gilbert Morris

Stärke des Herzens

England, 17. Jahrhundert. John Bunyan ist ein Prediger, der Gottes Wort frei und mutig verkündigt. Als der Staat die Religionsfreiheit einschränkt, droht ihm große Gefahr. Glaube und Liebe sind die mächtigen Gefühle, für die er alles zu geben bereit ist.

Gebunden, 13,5 x 21,5 cm, 416 Seiten
ISBN 978-3-7751-5998-2
Auch als E-Book

Carolyn Miller

Die zweifelhafte Miss DeLancey

Als die Wege von Clara DeLancey und Ben Kemsley sich ein zweites Mal kreuzen, setzt Clara alles daran, nicht erkannt zu werden. Noch kann sie nicht glauben, dass Freundschaft und Barmherzigkeit über die Vergangenheit siegen könnten.

Gebunden, 13,5 x 21,5 cm, 368 Seiten
ISBN 978-3-7751-5984-5
Auch als E-Book *e*

Renate Ziegler

Berenike – Liebe schenkt Freiheit

Rom 92 n. Chr. – Nach dem gewaltsamen Tod ihres Vaters wird die junge Berenike als Sklavin nach Rom verschleppt. Sie landet im Haushalt eines gefühlskalten Prätors und soll sich um seinen Sohn kümmern. Doch Berenike blickt langsam hinter die kalte Fassade des Witwers… Ein spannender, historischer Roman zur Zeit der Christenverfolgung.

Gebunden, 13,5 x 21,5 cm, 256 Seiten
ISBN 978-3-7751-5864-0
Auch als E-Book *e*

Julie Klassen

Die Braut von Ivy Green

Das große Finale der Ivy-Hill-Trilogie. Einige Bewohner des idyllischen Dorfes haben ihre große Liebe gefunden, bei anderen bleiben Fragen offen und Träume müssen noch erfüllt werden. Außerdem überrascht eine unerwartete Braut die Menschen in Ivy Hill.

Paperback, 13,5 x 21,5 cm, 496 Seiten
ISBN 978-3-7751-5968-5
Auch als E-Book e